잔여와 잉여

근현대소설의 공간 재편과 이동

지은이

오태영(吳台榮, Oh Tae-Young)

전남 해남에서 나고 자라다 상경하여 청소년기를 보냈다. 동국대학교 국어국문학과 졸업 후 동(同)대학원에서 석사와 박사 과정을 마치고 2012년 「동아시아 지역주의와 조선 로컬리티」로 박사학위를 취득했다. 같은 대학 다르마칼리지 조교수를 거쳐 2022년 현재 경주캠퍼스 웹문예학과(국어국문학전공) 조교수로 재직 중이다. 주요 저서에 『오이디푸스의 눈-식민지 조선문학과 동아시아의 지리적 상상』(소명출판, 2016), 『팰림시스트 위의 흔적들-식민지 조선문학과 해방기 민족문학의 지층들』(소명출판, 2018), 『재일조선인 자기서사의 문화지리』Ⅰ·Ⅱ(공저, 역락, 2018), 『접경 공간의 형성』(공저, 소명출판, 2019), 『마이너리티 아이콘』(공저, 역락, 2021) 등이 있고, 주요 논문으로 「해방과 혁명의 사이, 경계 구획과 월경의 상상력」(2022), 「탈경의 욕망과 월경의 봉쇄」(2022), 「두 개의 밀항, 해방과 전쟁 사이의 월경」 등이 있다. 체제 변동에 따른 공간 재편과 이동하는 주체의 수행적 과정에 대해 공부해 왔으며, 최근에는 한국문학에 나타난 월경자(越境者) 표상이 갖는 대항헤게모니적 실천에 관해 관심을 가지고 있다.

잔여와 잉여 근현대소설의 공간 재편과 이동

초판 1쇄 발행 2022년 3월 31일
초판 2쇄 발행 2023년 9월 20일
지은이 오태영 **펴낸이** 박성모 **펴낸곳** 소명출판 **출판등록** 제1998-000017호
주소 06643 서울시 서초구 서초중앙로6길 15, 2층
전화 02-585-7840 **팩스** 02-585-7848 **전자우편** somyungbooks@daum.net **홈페이지** www.somyong.co.kr

값 40,000원 ⓒ 오태영, 2022
ISBN 979-11-5905-676-5 93810

한국연구원
동 아 시 아
심 포 지 아
11
EAS 011

잔여와 잉여

근현대소설의 공간 재편과 이동

오태영

Residual and Surplus
:Space Reorganization and Movement of Modern Novels

책머리에

◇ ◇ ◇

최인훈은 『광장』 1961년판 서문에서 인간을 광장이나 밀실 어느 한쪽에 가두어버릴 때, 그는 살 수 없다고 썼다. 해방에서 분단, 전쟁의 시공을 거쳐 결국 죽음에 이른 『광장』의 이명준은 월경자越境者로서 남/북한의 체제와 질서를 체험하고, 인식하고, 감각한 자이자, 전쟁포로로서 남/북한 그 어느 쪽에도 포섭되기를 거부하고 '중립국'이라는 냉전-분단 체제의 밖을 선택한 '예외적 인간'이었다. 냉전-분단 체제하 북한과 남한, 좌와 우, 광장과 밀실이라는 양자택일의 선택지가 그에게 주어졌을 때, 그는 그 너머를 갈망하고 지향했다. 자유를 희구했던 개인주의자로서 그가 체제 너머를 갈망했던 것은 그 무엇보다 '사랑' 때문이었다. 그에게 사랑은 알랭 바디우식으로 말하자면, 자기 고유의 방식으로 차이에 관한 새로운 진리를 생산해내는 것으로, 온갖 고독을 넘어 세계로부터 존재에 생명력을 불어넣을 수 있는 모든 것과 더불어 포획되는 것이었다. 그래서 자유의 극한인 사랑이 좌절되었을 때, 그는 죽음을 맞이할 수밖에 없었다.

체제의 변동 과정 속에서 불안한 내면을 가지고 끊임없이 이동했던 이명준이 자유의 극한 지점인 사랑을 향해 나아갔다고 했을 때, 그것은 문학사적으로 예비된 것이었다. 좀 더 직접적으로 말하자면, 이명준이라는 예외적 인간은 이미 『무정』의 이형식과 『만세전』의 이인화에서 그 기원을 발견할 수 있다. 물론 '내면성'과 '이동성'에 기대 인간을 이해하는 방식은 근대적 개인을 사유하는 한 전혀 새로운 것이 아니다. 하지만 근대 이후 제국-식민지 체제에서 냉전-분단 체제에 이르기까지 체제 변동에 따른 사회 구조의 변화 과정 속에서 인간 삶의 조건들이 재편되고, 그 속에서 불안한 자아와 조우하면서 지속적으로 이동했던 자들의 이야기가 한국문학사에 아로새겨져 있다는 점은 새삼 강조될 필요가 있다. 이 책에서 나는 이형식과 이인화에서 이명준에 이르는, 경계를 넘어 자유를 꿈꾸고 사랑을 갈망했던 개인들의 이동의 조건과 문법, 그리고 이동의 형식들에 주목하고자 했다.

1910년 한일병합 이후 제국-식민지 체제에 복속되었던 근대 한국은 1930년대부터 본격화된 제국 일본의 동아시아 지역으로의 제국주의적 팽창 과정 속에서 그 위상에 심대한 변화를 겪었고, 1937년 중일전쟁과 1941년 아시아-태평양전쟁을 거치면서 새롭게 구축되어갔던 동아시아 지역 질서 속으로 회수되어갔다. 1945년 8월 15일 제국 일본의 패전과 식민지 조선의 해방이라는 '사건'은 바로 이 제국-식민지 체제하 근대 한국인의 이동의 조건과 문법, 형식들의 재편을 낳았다. 이후 38선을 축으로 미소군의 남북한 분할 점령과 주둔, 군정 통치를 거쳐 1948년 남북한 단독정부의 수립·분단 체제가 성립되었고, 1950년 한국전쟁을 겪으면서 냉전-분단 체제하 공간 질서의 구획 및 한국인들의 이동성이 다시금 재편되기에 이르렀던 것이다. 이 책에서는 이러한 점을 감안해 체제 변동에 따른 공간 재편과 이동하는 주체의 수행적 과정에 천착하고자 했다.

'제1부 제국-식민지 체제의 공간 통합과 이동'에서는 근대 한국이 제국 일본의 식민지로 포섭된 이후 상호 연루되어 있으면서도 차별적으로 위계화된 공간 질서가 작동했던 제국-식민지 권역 내 이동했던 청년들의 행위와 욕망에 관심을 두었다. 그들은 전근대/근대, 야만/문명, 동양/서양, 식민지/제국, 지방/중앙 등 이분법적으로 구획된 공간 질서 속에서 식민지 조선인으로서의 제한적·폐쇄적 위상을 탈각하고 새롭게 자기를 정립하기 위해 부단히 움직였다. 자신의 불안한 내면을 응시한 그들은 강한 열망을 가지고 움직였는데, 물론 이동하는 주체로서 그들의 자기 재정립의 욕망은 결코 달성될 수 없는 것이었다. 제국의 통치 권력 아래 새롭게 마련된 이동의 장치들이 그들로 하여금 자기 욕망을 발견하고, 그러한 욕망을 달성할 수 있다는 환상을 제공하면서 이동성을 강화했다. 하지만 제국-식민지 체제의 공간 통합이 그들의 욕망을 강화시키면서 동시에 좌절시키는 역설적 상황이 지속적으로 반복되었다.

'제2부 탈식민-냉전 체제의 공간 분할과 이동'에서는 제국 일본의 패전과 식민지 조선의 해방이라는 역사적 사건이 가져온 공간 재편으로부터 논의를 시작하고자 했다. 패전과 해방은 동아시아 지역에서 국민국가를 단위로 하는 공간 재편성으로 이어졌고, 거기에는 미국과 소련을 축으로 하는 전 세계적 냉전 질서 형성이 가로놓여 있었다. 그리하여 과거 제국-식민지 체제를 살아왔던 자들은 국민국가의 경계 구획에 따라 포섭되면서 동시에 배제되었다. 그리고 해방 직후부터 이념 공간이 폭증하고 경합하는 가운데 좌익, 여성 청년들의 이동이 비가시화되었을 뿐만 아니라, 38선 월경의 과정 또한 민족 수난사의 맥락이 아닌 개인의 자기 욕망에 이끌리는 한 은폐되었다. 물론 그럼에도 불구하고 군정 체제기 이후 남한사회가 점차 미국화되어가면서 문화 접경지대 및 동아시아 연대의 공간이 생산되기도 하였다. 해방 이후 한반도, 특히 남한사회는 이념적으로 닫힌 공간으로 기능하는 것처럼 보이지만, 거기에는 다양하고 이질적인 사회적 공간들이 만들어졌고, 포섭과 배제라는 생명 정치의 테크놀로지 속에서도 다채로운 이동을 수행한 개인들이 존재하고 있었던 것이다.

'제3부 냉전-분단 체제의 공간 중첩과 이동'에서는 한국전쟁 발발 이후 냉전-분단 체제가 성립되어가면서 새롭게 공간들이 중첩되고, 인간 이동의 문법과 조건들이 다시금 재편된 양상에 관해 살펴보았다. 38선 월남의 행위가 그 자체로 냉전-분단 체제를 추인하는 동시에 남성 동성사회적 공간으로 남한사회를 재구조화하였고, 전쟁이라는 예외상태 속 서울과 부산이 폐허와 재건의 논리 속에서 새로운 공간성을 획득해간 양상을 확인하였다. 또한 전쟁 수행의 주체로서 강인한 남성성이 요구되면서 전시와 전후 여성의 이동이 국가주의 권력에 의해 통제되고 불온한 것으로 낙인찍히면서, 욕망하는 주체로서 여성의 이동이 금기시된 상황을 파악할 수 있었다. 전쟁으로 인한 실제적 남성성의 약화는 상징적 남성성의 상실로 연결되었고, 미군이라는 대타자를 선망하면서도 그들에게 불안감을 느낀 남한사회의 남성들은 여성을 성적 대상으로 소유하거나 가정 내 존재로 고착화시키고자 하였다. 그리하여 한국전쟁을 통해 강고화되어간 냉전-분단 체제의 그늘 속에서 여성의 이동은 국가=남성=반공 이데올로기 속에서 규정되고 남성적 공간 속으로 포섭되어갔던 것이다.

'제4부 월경과 연대의 기억, 그리고 경계의 증언'에서는 전후 일본사회에서 경계인으로 존재했던 재일조선인들에 주목했다. 패전과 해방 이후 남한과 북한 그리고 일본 그 어느 곳에서도 자기의 장소를 점유할 수 없었던 재일조선인들은 21세기 현재까지도 배제되고 소외된 상태 속 경계인으로서의 유동적인 삶을 영위해가고 있다. 그들의 장소 상실과 내쫓긴 삶의 궤적들은 근대 이후 동아시아 지역 질서의 변동 과정 속에서 (재)구획된 경계가 내셔널리즘의 광기에 사로잡혀 있을 뿐이라는 것을 증거한다. 또한, 전후 체제를 살아가는 구식민자의 전전의 기억을 통해 패전/해방 이후 망각의 경계를 넘어 파레시아의 글쓰기를 수행하는 과정 속에서 연대의 가능성을 모색할 수 있었다. 경계인으로서 재일조선인은 전후 일본사회 뿐만 아니라 동아시아를 살아왔고 살아가고 있는 사람들로 하여금 경계 너머를 상상할 수 있는 하나의 잣대가 될 수 있을 것이다.

이처럼 이 책은 근대 이후 체제 변동에 따른 공간 질서의 재편 과정 속에서 이동했던 자들의 욕망에 시선을 두었다. 그것은 제국과 식민지, 남한과 북한, 전전과 전후, 좌와 우 등 다양한 공간들이 만들어지고 변형되며, 경합하고 소멸해간 상황 속에서 인간 존재의 자기 구축을 위한 움직임으로 점철되어 있었다. 그래서 나는 공간 재편 그 자체보다는 그러한 재편된 공간 질서를 삶의 조건이나 존재 방식으로 삼은 개인들의 행위에 보다 주목하고자 했다. 이 책의 곳곳에서도 인용했듯이, 이동은 자아를 넘어 세계를 지각하고 경험하는 중요한 방식일 뿐만 아니라, 세계를 보고, 느끼고, 경험하고, 아는 방식으로, '세계 속의 존재로서 나'

를 완성해가기 위한 핵심적인 방편이었던 것이다.

이 책의 제목을 '잔여와 잉여'로 정한 것은 패전과 해방이라는 사건을 축으로 체제의 전환과 공간 질서가 재편되었음에도 불구하고 제국의 잔여이자 국민국가의 잉여로서 존재했던 '벌거벗은 신체들'에 보다 관심을 두었기 때문이었다. 체제의 질서와 문법에 포획되거나 재편된 공간 질서와 구획된 경계 속에서 안착했던 자들이 아니라, 그것들로부터 버려지고 내몰렸거나 스스로 그것들을 부인하고 이탈했던 자들의 행위와 욕망이 중요하다고 생각했다. 줄리아 크리스테바가 역설했듯, 주체화 과정에서 추방되거나 거부된 '아브젝트abject'들은 결코 완전히 제거되지 않고 주체의 주변을 배회하면서 모호한 자아의 경계를 끊임없이 위협한다. 여전히 나는 정책과 제도, 학문과 지식을 통해 구축된 상징질서를 넘어서는 문학적 상상력의 힘이 바로 거기에 있다고 믿고 있다. 비록 이 책에서 그와 같은 이동하는 신체들의 흔적들은 흐릿하게 드러났을 뿐이지만, 자명한 것처럼 여겨지는 경계들에 대해 비판적으로 사유할 수 있는 계기가 되었으면 하는 바람이다.

◇ ◇ ◇

제국-식민지 체제기에서 냉전-분단 체제기에 이르기까지 체제 변동에 따른 공간 재편과 이동하는 주체의 수행적 과정에 대해 살펴보고자 했던 이 책은 앞서 발간한 나의 두 책의 논의 내용과 상당 부분 닮아 있다. 그래서 식민지 말 문학자·지식인들의 동아시아 지역에 관한 공간 인식 및 경계 감각을 살펴본 『오이디푸스의 눈』과 식민지 조선문학과 해방기 민족문학이 덧씌워진 양상을 논의한 『팰럼시스트 위의 흔적들』 속에 이미 이 책의 문제의식이나 연구방법론 등이 산포되어 있다. 하지만 '잔여와 잉여'라는 제목으로 이 책을 구상하면서 기존의 논점을 보다 예각화하고자 했고, 비록 시기별 소설 텍스트 선정에 있어서는 제한적이었지만, 공간 통합과 분할, 그리고 중첩 등 공간 재편 과정 사이에 나름의 '내러티브'를 마련하고자 하였다. 여전히 이 책이 앞선 두 책의 '아류'일 수도 있겠지만, 박사학위논문을 제출한 이후 내 공부가 여기까지라는 데 아쉬움과 함께 나름의 위안을 삼아 본다.

이 책에 실린 14편의 글들은 2017년 6월부터 2021년 6월까지 쓴 것들이다. 역시나 그 기간 동안 내 공부가 깊어진 것은 아니어서 단행본 출간을 위해 한자리에 모아놓고 다시 읽어보니, 이 책의 제목을 빌어 말하자면, '잔여와 잉여'가 너무 많았다. 반복되는 군더더기와 불필요한 첨언들이 논점을 흐리고 소설 텍스트의 다채로운 의미를 가두고 있는 형국이었다. 그럼에도 단행본 형식에 맞게 몇몇 단락과 문장만을 다듬고 그대로 두었다. 삶의 순간이 때때로 그러하듯, 무언가를 버릴 수 있는 용기가 내게 없는 것인지, 다시 쓸 수 없다면 버릴 수 없는 것들을 그대로 두는 것도 하나의 방편이라 여겨 그리하였다. 이러한 내 어리석음을 새삼 깨달으면서 읽고 쓰는 것이 즐거웠던 때가 떠오를 뿐이었다. 그래서 소설을 읽는 즐거움(물론 이는 고통이기도 하지만)을 가르쳐주신 황종연 선생님께 배웠던 때가 그리웠다. 여전히 나는 선생님의 언어들에 매혹되어 있지만, 그저 그 가르침들을 떠올리면서 미혹한 공부를 이어가고 있을 뿐이다. 다시금 이 책이 잠시나마 선생님께 즐거움을 드릴 수 있으면 좋겠다. 그리고 무엇보다 선생님께서 내내 건강하시

길 염원한다.

　단행본 출간을 염두에 두고 있다 무람없이 박진영 선생님께 연락을 드렸고, 선생님께서는 흔쾌히 '한국연구원 동아시아 심포지아' 시리즈로 이 책이 출간될 수 있는 기회를 마련해주셨다. 갑작스러운 연락에도 후배 연구자에게 값진 기회를 주셔서 다시 한 번 감사드린다. 뜻밖의 행운이었지만, 이 우연한 행운이 또 다른 사건이 될 수 있도록 정진하는 모습으로 보답하고자 한다. 아울러 한국학을 넘어 동아시아 인문학의 새로운 지평을 열기 위해 지원을 아끼지 않는 한국연구원과 성균관대학교 비교문화연구소 측에도 사의를 표한다. 그리고 난삽한 원고를 정리해주신 소명출판 조혜민 선생님께도 감사의 마음을 전한다. 언제나 그렇듯, 편집자의 손을 거쳐 비로소 책이 만들어지는 경이를 느낄 수 있었다. 앞선 두 책에 이어 세 번째 책도 소명출판에서 출간하게 되었는데, 이 역시 나에게는 그저 놀랍고 또 다행스러운 일이다. 박성모 사장님을 비롯해 소명출판의 여러 선생님들께도 감사의 말씀을 드린다.

　이 책에 실린 글들을 쓰면서 나는 서울을 떠나 경주로 이동했다. 내가 나고 자란 곳은 아니지만, 청소년기부터 30여 년간 살아왔던 서울을 떠나 지난 3년 동안 경주에서 생활하면서 쓴 글들 속에는 어쩌면 내 이동과 그에 따른 혼란의 흔적들이 담겨 있을지도 모르겠다. 특별할 것 없는 인간 삶의 과정이라고도 할 수 있겠지만, 나에게 경주는 여전히 낯설고 이질적인 곳이다. 이 책에서 다룬 그 무수한 소설 속 인물들처럼, 나 역시 지속적인 이동의 과정 속에서 불안감을 가지고 헤매고 있는지 모르겠다. 이방인으로서 나는 여전히 그 어딘가를 배회하고 있을 뿐이다. 그러한 미몽의 상태 속에서 경주에서의 몇몇 사람들에게 때때로 도움을 받았고, 그들로 인해 가끔 행복했으며, 또 그들에게 의도치 않게 상처를 주며 살았다. 고맙고, 미안하고, 안타깝고, 아쉽다. 그저 나약하고 이기적인 사람이겠거니, 그렇게 시간의 흐름 속에서 지나칠 수 있으면 하는 바람이다. 여기에 일일이 감사의 마음과 미안함을 표하지 못하는 것 또한 깊이 혜량해주기 바란다.

고마움과 미안함을 떠올리자면, 무엇보다 가족에게 그러하다. 내 삶의 조건들이 바뀔 때마다 함께해주고 격려해준 그들에게 나는 실망과 고통을 안겨주었다. 아직 어려서 아비의 이 어리석음을 제대로 알지 못하는 두 아이, 도헌到憲과 라헌羅憲에게 특히 그러했다. 앞선 두 책의 머리글에서 나는 두 아이들이 살아갈 세상이 조금은 더 나아지기를 바라고 바랐는데, 오히려 그러한 세상이 만들어지는 데 아무것도 한 바가 없다는 것을 통감하지 않을 수 없다. 3년 동안의 경주 생활을 뒤로하고 다시 서울로 올라간 아이들이 그저 자신들만의 길을 잘 걸어갈 수 있기를 바랄 뿐이다. 나는 잊지 말자고 그렇게 스스로 경계했음에도, 익숙하고 자연스러워서 당연하다고 생각해왔음을 가족이 멀어지고 아이들을 떠나보내고 나서야 비로소 깨닫게 되었다. 항상 함께할 수는 없겠지만, 두 아이들이 무탈하게 성장할 수 있기를 바란다.

다시 최인훈의 『광장』으로 돌아와 중립국으로 가는 타고르 호가 남중국해를 지날 때, 이명준도, 흰 바닷새도, 사라졌다. 자신을 포획하고 가두고자 했던 경계 밖으로 향했던 이 월경자는 기실 광장이면서 밀실이자, 밀실이면서 광장인 바로 그곳에서 어떻게든 살기 위해 자유롭고 싶어 했던 것인지도 모른다. 그래서 그는 자신을 둘러싼 경계들 속에서 그 경계 너머를 꿈꾸었던 것일 테다. 그의 바람과 좌절, 그의 불안과 이동은 문학사적으로는 예외적이지만, 어쩌면 끊임없이 경계의 중첩들에 맞닥뜨려야 하는 인간 삶의 과정은 아닐까. 경계 앞에 좌절하든, 경계를 넘어서든, 경계에 사로잡히든, 새로운 경계를 만들어가든, 이동은 피할 수 없는 인간 삶의 조건일 테니까. 해서 나 역시 고립을 자초했지만 여전히 불안하고 나약한 나를 데리고 이동의 과정 중에 있을 것이다.

2022년 2월
경주에서
오태영

차례

제2부 탈식민-냉전 체제의 공간 분할과 이동

제4부 월경과 연대의 기억, 그리고 경계의 증언

제1부

제국 – 식민지 체제의 공간 통합과 이동

제1장
식민지 조선 청년의 이동과 시선
이광수의 『무정』과 염상섭의 『만세전』을 중심으로

---

1. 이동과 시선

인간은 이동의 과정 중에 있다. 근대 세계 체제의 성립 및 국민국가의 발전, 사회 구조의 변동에 따라 인간은 다양한 지리적·정치적·경제적·사회적·문화적 이동의 과정을 보이면서 공간 인식과 경계 감각, 그리고 장소감을 창출하였다. 또한, 그러한 공간적 실천 행위의 결과를 문학작품, 여행기, 대중음악, 영화, TV 드라마 등을 통해 서사화하였다. "이동은 자아를 넘어 세계를 지각하고 경험하는 중요한 방식이다. 이동은 세계를 보고, 느끼고, 경험하고, 아는 방식이며, 세계가 '감정'의 대상이 되는 방식이다. 따라서 모빌리티는 유의미한 방식으로 존재론적이고 인식론적이다. 세계에 대한 앎의 많은 부분이 이동과 관련된 다양한 대상을 통해 형성된다."[1] 이동하는 주체는 공간적 실천 행위를 통해 자기를 둘러싼 세계를 보고, 감각하며, 알며, 소유한다.

근대 한국인의 이동에 무엇보다 심대한 영향을 미친 사건은 제국-식민지 체제의 발생 및 전개라고 할 수 있다. 동아시아 지역 질서의 조공-책봉 체제와 한자문화권으로 통합되어 있었던 전근대 한국인들의 삶의 조건들은 근대 세계 체제의 전 지구적 확산 과정 속에서 제국주의 국가들의 식민지 개척·경영에 의해 식민지로서의 근대 한국의 정치적·경제적·문화적·지정학적 위상topology 변동에 따라 그 이전과는 비교할 수 없을 정도의 극심한 변화를 겪었다. 근대 한국인의 삶의 조건들은 식민지인들의 그것으로 급속하게 재편되기 시작했던 것이다. 그리하여 제국-식민지 체제의 실정성positivity을 강화하기 위해 근대 한국인들의 이동을 (불)가능하게 하는 다양한 장치dispositif들[2]이 고안되었는데, 그것은 법과 규칙, 제도에서부터 지리와 공간 구획, 교통·통신, 그리고 그것들과 접속한 서사에 이르기까지 사회 구조와 문화 전반에 걸쳐 있었다.

일반적으로 인간의 이동은 지리적 이동의 양상을 띠는 것처럼 보이지만, 거기에는 다양한 이동의 형식들이 복잡하게 얽혀 있다. 그리고 그러한 이동의 형식들을 가능하게 하는 이동의 장치들 속에는 체제regime에 의해 문법화되고 질서화된 인간 삶의 조건들이 가로놓여 있다. 인간은 자신을 둘러싼 체제의 경계를 넘나들면서 바로 그 체제의 실정

---

1 존 어리, 강현수·이희상 역, 『모빌리티』, 아카넷, 2014, 124쪽.
2 조르조 아감벤은 "생명체들의 몸짓, 행동, 의견, 담론을 포획, 지도, 규정, 차단, 주조, 제어, 보장하는 능력을 지닌 모든 것"을 장치라고 규정하면서 "감옥, 정신병원, 판옵티콘, 학교, 고해, 공장, 규율, 법적 조치 등과 같이 권력과 명백히 접속되어 있는 것들뿐만 아니라 펜, 글쓰기, 문학, 철학, 농업, 담배, 항해[인터넷 서핑], 컴퓨터, 휴대전화 등"에 이르는 것까지 그 의미를 확장해서 사용하고 있다. 조르조 아감벤, 양창렬 역, 『장치란 무엇인가? 장치학을 위한 서론』, 난장, 2010, 33쪽.

성에 포섭되거나 순응하는 한편, 일탈하거나 저항하기도 한다. 인간 삶의 조건으로서 체제는 개인의 욕망을 추동하거나 사회 구조를 변동시키고, 나아가 문화 생산의 동력으로 기능하기도 하지만, 인간의 능동적인 행위에 의해 그러한 체제는 의심과 회의의 대상이 되어 부인되거나 해체되기도 한다. 즉, 인간은 체제 내 안정적 삶을 영위하기도 하지만 체제 밖의 불안정한 삶 속으로 자신을 투기하기도 한다. 따라서 체제가 전적으로 인간의 행위와 그 속에 내재된 욕망을 달성 가능하게 하는 것도 아닐뿐더러, 인간 또한 비록 장구한 혁명의 시간을 견뎌내야 하지만 체제를 변혁시키기도 한다. 체제 내 정주의 욕망과 체제 밖 이동의 욕망은 그 심급을 달리하면서 인간을 이끌고 있는 것이다.

한편, 이동의 과정 중에 있는 인간은 자신을 둘러싼 세계를 새롭게 인식하게 되는데, 이때 이동하는 주체는 무엇보다 '본다'. 보는 행위는 보는 주체와 보이는 대상 사이의 구별을 낳고, 보는 주체로 하여금 대상을 포획하여 소유하게 한다. 물론 이러한 시각 주체의 주체성 확립 과정은 다분히 '폭력적'이다. 그것은 주체화 과정 속에서 끊임없이 타자로서의 대상을 자기와 다른 것으로 배제하고 하위의 열등한 것으로 위치시키기 때문이다. 하지만 한편으로 그러한 대상은 주체의 잔여/잉여로서 남게 되는데, 주체의 입장에서는 통합되고 완결되었다고 여겨지는 자기를 위협하는 존재로서 바로 그 대상을 인식하기도 한다. 즉, 주체는 주체화 과정에서 타자화된 대상을 요구하지만, 그러한 타자화된 대상이 언제든 되돌아와 주체를 위협할 수 있다는 점에서 불안을 느낀다.[3] 그리고 그러한 불안을 해소하기 위해서, 불안이 커지면 커질수록 더욱더 폭력적인 방식으로 대상을 타자화하는 것이다. 주체화(타자화)의 문법은 이처럼 자기 모순적인 상태의 지속성을 보인다. 그럼에도 시각 주체는 대상을 보는 행위를 통해 자기 완결성을 추구하면서 안정감을 느낀다. 나는 볼 수 있다는 권위를 획득했다는 환상 속에서 타자화된 대상과 자기를 구별하고, 자기 또한 보이는 대상이 될 수 있다는 점을 망각한다. 물론 보이는 대상이 보는 주체를 고착화하기도 한다. 포르노가 남성적 응시male gaze의 시각 주체를 낳는 점만 떠올려 봐도 이는 쉽게 확인할 수 있다.

그렇다면 보는 행위는 어떻게 가능한 것인가? 근대 이후 보는 행위를 가능하게 하는 다양한 장치들이 고안되었는데, 그것들은 새로운 방식으로 주체화의 문법 속에서 대상을 인식하게 만들었다. 물론 근대적 시각 주체의 탄생을 가능하게 한 장치들을 한마디로 정리하는 것은 곤란하다. 하지만 근대에 이르러 대상을 바라보는 행위에 어떤 거대한 전환이라고 부를 수 있을 만한 사건이 발생했는데, 그것은 다름 아닌 '원근법'의 창출이었다. 원근법은 인간과 물체 사이의 거리를 만들어냈는가 하면, 인간에 대해 자립적인 현존으로 맞서 있는 사물 세계를 인간의 눈 안으로 끌어들임으로써 그 거리를 폐기시켜버리기도 하였다. 다시 말해 원근법은 외부 세계의 확립이자 체계화로서 뿐만 아니라 자아 영역의 확장으로서도 이해될 수 있는 것이다.[4] 확실히 원근법은 '거리'

---

3 줄리아 크리스테바는 주체화의 필연적인 과정으로 '아브젝시옹(abjection)'을 제시하였는데, 이는 자기 자신에게 낯선 것을 추방하거나 거부하는 것을 통해 언제나 모호한 '나'의 경계를 창출하는 상태를 말한다. 그런데 주체가 혐오하고 거부하며 폭력적으로 배제한 '아브젝트(abject)'들은 추방되지만 결코 완전히 제거되지 않고, 주체의 주변을 배회하며 모호한 자아의 경계를 끊임없이 위협한다. Julia Kristeva, translated by Leon S. Roudiez, *Power of Horror : An Essay on Abjection*, Columbia University Press, 1982.

의 창출을 통해 보는 주체와 대상을 구별시켰고, 시각적 주체라는 새로운 인간을 탄생시킨 근대의 상징형식이라고 할 수 있다. 주체와 대상 사이의 거리를 발생시킨 원근법은 보는 행위를 통해 주체와 대상 사이의 위계화된 관계를 성립시키고, 주체에게 보는 권위를 부여한다. 따라서 누가 볼 수 있는가라는 질문은 자연스럽게 누가 주체의 자리를 점유할 수 있는가로 바뀐다. 이동이라는 공간적 실천 행위의 과정 속에서 개인이 보는 행위를 수행하는 것을 통해 대상을 새롭게 인식한다는 점에 동의할 수 있다면, 이동이야말로 새로운 시각 주체 형성의 핵심에 놓인다. 요컨대 이동의 형식이 시선을 창출하고, 시선의 형식이 주체를 탄생시키는 것이다. 따라서 이동과 시선은 주체화 과정에서 핵심적인 장치이자 형식들이다.

이러한 점에 착안해 이 글에서는 이광수의 『무정』과 염상섭의 『만세전』을 이동 서사의 측면에서 분석하는 한편, 이동하는 주체의 시선에 대해 논의할 것이다. 이광수의 『무정』과 염상섭의 『만세전』에서 이동의 과정 중에 놓여 있는 식민지 조선인 청년들은, 바로 그 이동이라는 공간적 실천 행위를 통해 새로운 '자기'를 구축한다. 식민지 조선인 청년들의 이동과 성장의 과정을 서사화하고 있는 이들 두 소설은 그런 점에서 자연스럽게 서구 교양소설을 떠올리게 한다. 19세기 신분사회의 붕괴, 도시의 형성, 노동 구조의 재편 등 '안정된 공동체'가 해체되어감에 따라 새롭게 불안을 발생시키는 자본주의의 힘에 의해 '이동성'이 강화되었는데, 그러한 이동성의 강화는 한편으로 예상치 않았던 희망

---

4   에르빈 파노프스키, 심철민 역, 『상징형식으로서의 원근법』, 도서출판b, 2014, 68쪽.

을 주면서 이전보다 충만하면서도 불안한 내면성interiority을 만들어냈다. 즉, 근대 사회로의 전환 과정 속에서 개인들은 유동적인 사회적 공간에 대한 불안한 탐색을 통해 자신의 내면성을 형성해갔던 것이다. 그리고 그러한 탐색은 여행, 모험, 방황, 길 잃기, 보엠Bohême, 벼락출세 parvenir 등의 형식으로 나타났다.[5] 개인들의 이동성이 강화되면 될수록 내면성 또한 보다 극심한 유동적인 상태에 처하게 되었고, 이에 따라 개인들은 유동적인 상태를 벗어나기 위해 자기 구축의 욕망을 강화해갔던 것이다. 그리고 이때의 자기 구축은 주체화의 과정 속에서 타자와의 구별 짓기를 위한 '차이'의 발견으로 귀결되었고, 그러한 차이의 발견은 무엇보다 보는 주체와 보이는 대상 사이의 구획에 의해 가능하게 되었다. 이 글에서는 『무정』의 이형식과 『만세전』의 이인화의 이동 과정 및 대상/타자에 대한 시선에 주목하여 식민지 조선인 청년의 이동의 정치학과 시선의 윤리학에 대해 논의하고자 한다.

2. 이동의 회로와 자기 구축의 (불)가능성

이동은 세계 속의 존재로서 자기를 구축하기 위한 공간적 실천 행위의 핵심에 놓인다. 개인들은 유동적인 자신의 정체성을 재구축하기 위해 끊임없이 이동의 과정 중에 자신을 위치시킨다. 지리적 · 정치적 · 경제적 · 문화적 이동의 형식들은 개인들로 하여금 민족적 · 계층적 · 젠더

---

5   프랑코 모레티, 성은애 역, 『세상의 이치』, 문학동네, 2005, 27~28쪽.

적·세대적·지역적·문화적 정체성을 획득/탈각하게 한다. 그런가 하면 이동은 체제의 질서와 문법을 내면화해서 사회화 과정 속에 자기 자신을 투기하는 한편, 그러한 체제의 질서와 문법을 교란시키거나 해체시키는 양상으로 나타나기도 한다. 개인적 층위에서 이동이 성장의 과정으로 내러티브화되는 점을 상기한다면, 성장의 과정 속에서 개인은 자신을 둘러싸고 있는 체제의 질서와 문법을 내면화하기도 하고, 기존 체제의 질서와 문법을 벗어나 새롭게 자기를 구축해가기도 하는 것이다. 여기에서는 『무정』에서의 이형식과 『만세전』에서의 이인화라는 근대적 개인, 식민지 조선인 청년의 이동의 과정 및 그러한 과정 속에 나타난 자기 구축의 수행성에 대해 살펴보고자 한다.

이광수의 『무정』에서 식민지 조선인 청년 이형식의 이동은 전근대에서 근대로의 이행을 보여준다. 그의 이동은 한 마디로 전근대적 가치와 질서로부터 벗어나 근대 세계로의 입사入社 과정[6]에 다름 아닌데, 서사의 종결에 나타난 미국으로의 유학은 미개와 야만의 상태에서 벗어나 계몽과 문명 상태로의 전환을 상징적으로 드러낸다. 따라서 『무정』에 서사화된 이형식의 이동 과정 중 주목되는 것은 그가 어떻게 자신의 이동을 전근대적 질서와 결별하는 한편 근대 세계로의 진입으로 의미화하고 있는가에 있다. 제국-식민지 체제가 마련한 이동의 문법에

6　이와 관련해 권은은 『무정』의 서사가 과거 지향의 평양과 미래 지향의 도쿄(또는 미국) 중 어디로 향해 나아갈 것인가라는 질문에 대한 답을 찾아가는 여정이라고 논의하였다. 그러면서 삼랑진 수해 현장이 일종의 '내부경계'로 기능하면서 식민지 조선인 청년들의 이동을 차단하고 있다고 하였다. 권은, 「이광수의 지리적 상상력과 세계인식-이광수의 초기 장편 4편을 대상으로」, 『현대소설연구』 제65호, 한국현대소설학회, 2017, 10~17쪽. 하지만 '삼랑진 수해 현장'은 이동의 단절 및 지연 기능을 발휘하는 내부경계라기보다는 개인의 이동을 민족의 이동으로 확장·승화하는 것을 통해 그 이동의 정당성을 확보하는 한편 가속화하는 서사적 장치라고 보아야 할 것이다.

의해 식민지 조선인 청년의 이동의 조건들이 구축되고, 그러한 조건들에 기초하여 이동이 (불)가능해진다고 하더라도, 이동하는 주체의 수행적 과정 속에서 이동의 조건들이 발현되고, 체제의 실정성이 강화되거나 해체된다는 점을 감안할 필요가 있다. 요컨대 이동의 문법과 조건들은 선험적으로 주어지는 것이 아니라 이동하는 주체의 수행적 과정을 통해 만들어지고 의미화되는 것이다. 이런 점에서 『무정』에서 이형식이 어떠한 이동의 과정을 수행하고 있는가가 주목된다.

평안남도 안주에서 영채의 아버지인 박 진사로부터 근대식 교육을 받았던 이형식은 박 진사 일가가 몰락한 뒤 도쿄에 가 유학하고 돌아와 경성학교 영어교사로 근무하고 있는 인물이다. 그는 생활공간인 경성의 하숙집과 학교를 축으로 이동하다가 자신을 찾아온 영채가 겁간을 당할 위기에 처하자 그녀를 구하기 위해 청량사로 향한다. 하지만 영채를 구하지 못하고 돌아온 뒤 그녀가 자살하기 위해 평양으로 떠나자 다시금 그녀를 뒤따라가지만, 행적이 묘연한 영채가 죽었다고 여기고 경성으로 돌아온다. 이후 추문에 휩싸여 학교를 그만두고 김 장로의 딸 선형과 약혼하여 미국 유학길에 올라 부산으로 향하던 중 기차 안에서 영채와 재회한다. 그리고 삼랑진 수해 현장에 기차가 멈춰 서자 영채, 선형, 병욱 등과 수재민 구호 활동을 벌인 뒤 자신들의 유학이 식민지 조선의 문명화를 달성하기 위한 것이라며 미국으로 향한다. 이처럼 『무정』에서 이형식은 끊임없이 이동의 과정 중에 놓여 있는데, 그의 이동의 경로는 대체로 (안주→도쿄→)경성 → 평양 → 경성 → 삼랑진 수해 현장 → 미국으로 정리할 수 있다.

이형식의 이동이 전근대에서 근대로의 이행을 보여준다는 점에서 전근대를 상징하는 영채와의 결별은 중요한 의미를 지닌다. 일가가 몰락하고 기생으로 전락하였지만 형식을 위해 정절을 지켜왔던 영채라는 존재는 그 자체로 전근대적 가치와 질서를 상징하는 인물이다. 그녀는 형식으로 하여금 과거 천애고아와도 같았던 자신을 성장시켜줬던 박 진사에 대해 유교적 이념에 기초한 의리를 떠올리게 한다. 자신을 찾아온 영채가 기생이 되었음에도 그녀를 아내로 맞아 보살펴야 한다는 형식의 인식 속에는 박 진사에 대한 보은의 감각이 내재되어 있는데, 한편으로 그것은 자신을 위해 정절을 지켜온 영채에 대한 일종의 부채의식과도 연결된다. 의지가지없이 살아온 자신을 보살펴준 은인에 대한 보답, 자신을 위해 정절을 지켜온 여성에 대한 책임감 등은 모두 전근대적 유교 이념의 발로라고 할 수 있다.

하지만 이형식은 근대적 개인으로서 자기를 구축해가기에 여념이 없다. 해서 청량사 사건에서 겁간을 당한 뒤 자살하기 위해 평양으로 떠난 영채를 뒤따라가지만, 그는 어떤 식으로든 영채와 결별해야만 했다. 이런 점에서 그의 평양행은 영채를 구하기 위한 것이 아닌, 그녀와 결별하기 위한 것이었다고 할 수 있다. 기생집 노파와 함께 평양으로 간 형식은 평양경찰서에 들러 영채를 찾지만, 그녀의 행적이 묘연한 것을 확인한 뒤 기생집에 가 숙식하면서 어린 기생을 데리고 대동강·칠성문 일대를 산책하고, 박 진사의 무덤을 찾았다 영채가 죽었다고 여기고 경성행 기차에 오른다. 영채를 죽음으로부터 구하기 위해 평양으로 이동하였지만, 그는 적극적으로 그녀의 행적을 탐문하지 않았을 뿐더러 너무나 쉽게 영채가 죽었다고 단정한다. 더구나 그는 "영치가 죽은 것이 도로혀 무거운 짐이 덜리는 것 굿핫다"[7]고 느낀다. 물론 경성으로 돌아온 뒤 평양에까지 가 영채의 시체도 찾지 않았다며 영채가 죽은 것은 모두 자신 때문이라고 자책하면서 다시 평양에 가겠다는 태도를 보이기도 하지만, 이는 자신을 향한 하숙집 노파와 친구 신우선의 시선을 회피하기 위한 것일 뿐, 형식의 평양행은 영채와의 결별을 위한 방편이었다. 그가 은사의 딸인 영채를 구원해야 한다는 의무감을 가지고 있었던 것은 틀림없지만, 영채의 죽음으로 인해서 그러한 의무감으로부터 놓여날 수 있었던 것이다.

사실 영채와의 결별은 예비된 것이기도 하다. 이는 『무정』 서사의 서두에서 형식이 김 장로의 딸 선형에게 영어를 가르치기 위해 이동하는 장면이 이미 암시하고 있다. 이후 서사의 전개 과정을 통해 확인할 수 있듯이, 형식은 선형과 약혼한 뒤 미국으로의 유학길에 오르는데 이는 입신출세의 과정을 상징적으로 보여준다. 경성에서 영어교사로 나름의 명성을 떨치고 있었지만, 고아의식을 지니고 있었던 이형식은 지속적으로 입신출세의 욕망을 지니고 있었다. 그리고 이를 달성하기 위해서는 선형과의 결혼 및 미국 유학이 요구된다. 그런데 오랫동안 잊고 지냈던 영채가 나타나 부채의식을 자극하면서 그의 입신출세의 욕망은 지연되는 것처럼 보인다. 따라서 입신출세의 욕망을 가지고 있었던 형식은 어떻게 해서든지 영채와 결별하고, 선형과 결합해야만 했다. 그는 평양행을 통해서, 아니 좀 더 정확하게 말하자면 은사의 딸을 구하려고 했다는 알리바이를 만드는 것을 통해서, 자신의 책무를 다했다고 여기면서 선형을 선택할 수 있었던 것이다. 따라서 『무정』에서 영채가 죽었

---

7 春園, 『무정』, 新文館, 1918, 372쪽.

다는 형식의 '의도된 오인'은 그의 입신출세의 길을 강화하는 한편, 이제 그로 하여금 전근대의 유교적 질서와 가치로부터 벗어나 근대 세계의 질서와 가치 속에서 자신의 욕망을 새롭게 펼쳐보이게 한다.

그런데 『무정』에서 이형식의 이동은 개인적 층위에서 입신출세 욕망의 발현 과정만을 보여주지 않는다. 잘 알려져 있다시피, 그것은 민족적 주체로서의 각성 과정과 동일시된다. 그리고 이때 주목되는 것이 삼랑진 수해 현장으로의 이동이다. 미국 유학길에 올라 부산으로 향하던 이형식은 홍수로 인해 철도가 끊기자 삼랑진에 내려 수해 현장의 참상을 목도한다. 그리고 영채, 선형, 병욱 등과 함께 경찰당국의 원조를 받아 자선음악회를 열어 수재민 구호활동을 펼친다. 그 뒤 그는 무지하고 미개한 조선인들에게 생활의 근거인 힘과 지식을 주기 위해서 과학이 필요하다고 인식한다. 그는 약하고 어리석어 보이거나 미련하고 무감각해 보이는 "죠션 사름에게 무엇보다 몬저 과학科學을 주어야 ᄒ겠서요. 지식을 주어야 ᄒ겠서요"[8]라고 말한다. 무지하고 미개한 조선인들에게 과학적 지식의 보급을 통해 생활의 근거를 마련하게 하겠다는 이러한 인식은 식민지 조선 문명화의 사명을 강조한 것이다.[9] 여기에서 입신출세의 욕망을 달성하기 위한 개인의 이동은 민족의 계몽, 조선의 문명화를 위한 이동으로 그 의미가 확장된다.

근대적 개인의 자아 각성과 자기 계발이 민족을 계몽하기 위한 움직임과 동일시되는 것은 사실 특별한 것이 아니다. 당대의 무수한 담론들

---

8 위의 책, 607쪽.
9 이와 관련해 "이광수의 청년은 과학의 힘으로 자연을 정복하고 인간을 통치하는 사람이다"고 규정한 황종연의 논의를 참고할 수 있다. 황종연, 「신 없는 자연-초기 이광수 문학에서의 과학」, 황종연 편, 『문학과 과학 I-자연·문명·전쟁』, 소명출판, 2013, 33쪽.

을 통해 개인의 성장을 민족의 발전과 동일선상에 놓고 있었다는 점을 쉽게 확인할 수 있을 뿐만 아니라, 당대 서사들도 근대적 개인의 자기 구축의 동력을 민족의식의 각성으로부터 구하고 있었다. 『무정』에서 이형식 또한 민족의 문명화를 위해 일한다는 대의명분을 내세워 신분 상승을 정당화하였다.[10] 그럼에도 이형식이 식민지 조선인 청년이라는 점에서 그가 입신출세의 욕망을 조선 문명화의 길로 승화시키고 있다는 점은 주목된다. 이동이라는 공간적 실천 행위를 통해 개인의 성장이 곧 민족의 발전이 될 수 있다는 것은 한 개인의 이동이 갖는 의미가 얼마든지 민족의 이동으로 확장될 수 있다는 것을 나타낸다. 이때 주목되는 것은 입신출세를 위한 개인의 이동이 민족의 계몽과 문명화의 사명을 달성하기 위한 움직임으로 전이되는 것을 통해 사적 욕망이 민족의 발전을 위한 공적 실천이 된다는 점에 있다. 그리하여 민족의 계몽과 각성, 발전과 문명이라는 역사적 당위 속에서 개인의 욕망과 그러한 욕망을 발현하는 움직임은 긍정되게 되는 것이다. 이처럼 『무정』에서 이형식의 이동은 근대적 개인의 자기 정립의 과정으로서 입신출세의 욕망과 식민지 조선 문명화의 사명이 중첩되어 서사적 당위성을 확보하고 있다.

한편, 염상섭의 『만세전』에서 식민지 조선인 청년 이인화의 이동은 『무정』에서 이형식의 이동과 달리 근대적 개인의 자기 파탄과 환멸의 과정을 보여준다. 전근대적 질서와 가치로부터 벗어나 근대적 개인으

---

10 하타노 세츠코, 최주한 역, 『『무정』을 읽는다-『무정』의 빛과 그림자』, 소명출판, 2008, 376~385쪽. 하타노 세츠코는 삼랑진 수해 현장에서 형식의 내부에 '대변동'이 일어나 문명을 지향하게 되고 이로 인해 개인의 발전이 곧바로 민족의 발전으로 직결되었으며, 그 과정에서 개인의 갈등이 해소되는 하나의 질서가 만들어졌다고 논의하였다.

로서 자기를 구축해가는 과정을 보여줬던 이형식에 비해 이인화는 이미 구축되었다고 여겨지는 자기를 의심하거나 회의한다. 이는 그들의 이동 방향성의 차이를 통해서도 단적으로 드러나는데, 이형식이 식민지 조선에서 (제국 일본을 거쳐) 미국으로 향했던 반면, 이인화는 제국 일본에서 식민지 조선으로 향한다. 문명/야만의 이분법적 구도 속에서 제국/식민지의 위계화된 위상이 구축되고, 야만의 식민지에서 문명의 제국으로 향하는 것이 이동의 방향성을 추인하고 있는 상황 속에서 이인화의 제국에서 식민지로의 이동은 식민지 조선인 청년으로서 망각하고 있었던 자기와 새롭게 조우하는 계기가 된다.

유학생인 그는 아내가 위독하다는 전보를 받고 조선으로 출발하기 전 술집에 들러 그곳에서 일하고 있는 일본인 여성 시즈코를 만난다. 이후 도쿄를 출발하여 시모노세키로 향하던 중 고베에서 내려 과거 교분이 있었던 을라를 찾는데, 그녀가 며칠 뒤 함께 조선으로 가자고 했지만 거부한다. 그는 다시 기차를 타고 시모노세키에서 내린 뒤 관부연락선에 승선하여 현해탄을 건너 부산항에 도착한다. 이후 부산역 일대를 배회하다 경부선 기차를 타고 경성으로 향하던 중 김천에 들러 형의 집에서 하루를 묵으면서 저간의 집안 상황을 전해 듣는 한편, 형의 처세술에 대해 비판적인 태도를 보인다. 다음 날 기차를 타고 경성을 향하던 중 대전역에서 잠깐 내려 대합실에서 죄수를 보고 식민지 조선을 묘지로 인식한 뒤 다시 기차에 올라 남대문역을 거쳐 경성의 본가에 도착한다. 그리고 아내의 장례 이후 서둘러 일본으로 떠나는 것으로 서사가 종결된다. 『만세전』에 나타난 이인화의 이동 과정은 도쿄→고베→시모노세키→관부연락선→부산→김천→대전→남대문역→

경성 본가(→일본 도쿄)의 순서를 보인다.

　이러한 이동의 과정에서 그는 자기 자신에 대해 새롭게 인식하고 동요한다. 특히 식민지 조선인으로서의 자기와 불편한 조우를 하게 되는데, 그때 중요한 공간으로 부상하는 곳이 관부연락선과 대전역 대합실이다. 그곳은 식민 통치 권력이나 그에 준하는 시선의 권력 앞에 놓인 식민지 조선/인의 참상을 확인할 수 있게 한다는 점에서 주목된다. "자기自己의 내면內面에 깁게 파고 들러안즌「결박結縛된 자기自己」를 해방解放하라는 욕구慾求"[11]를 가지고 있던 식민지 조선인 청년 이인화는 도쿄에서 배회한다. 유학생인 그는 조혼한 아내를 비롯한 가족에 대해 고루한 관습에 얽매여 있다며 비판적인 태도를 보일 뿐만 아니라, 타인과의 관계를 통해 자기를 확인하거나 구축하는 것이 아닌 끊임없이 자기 내면에 침잠하는 모습을 보인다. 그리하여 출산 후 죽어가고 있는 아내에 대해 남편으로서의 책무를 느끼거나 인간으로서의 동정심을 드러내지도 않는다. 이 지극히 개인주의적인 면모를 지니고 있는 조선인 청년은 자신을 둘러싼 세계에 대해 회의할 뿐 행동하지 않는데, 그런 점에서 식민지 조선인이라는 민족적 정체성에도 둔감하다. 그는 도쿄에서 유학생활을 하면서 식민지 조선인으로서의 자기 인식을 거의 드러내지 않는데, 실제 생활에서 조선인이라는 정체성을 강요받지도 않는다. 다시 말해, 도쿄라는 공간에서 그는 조선인이라는 정체성을 은폐하고 있는 셈인데, 하지만 그렇다고 해서 그가 식민지 조선인으로서 자기를 탈각할 수 있는 것은 아니었다. 이는 조선으로의 이동의 과정 속에 나타난 자기

11　廉想涉, 『萬歲前』, 高麗公司, 1924, 23쪽.

환멸과 자기 파탄의 체험을 통해 확인할 수 있다.

『만세전』에서 이인화가 애써 외면하고 있었던 식민지 조선인으로서 자기와 조우하게 된 사건은 무엇보다 시모노세키에서 부산으로 이동하는 관부연락선에서 발생한다. 이인화는 시모노세키에 도착하여 관부연락선을 타기 전 대합실에서 경찰로부터 국적과 본적, 나이와 학교, 도항 이유와 목적지 등의 질문을 받고, 명함에 주소를 적어주는 한편 외마디 말로 대답하고 그를 회피한다. 경찰의 검문에 불편한 감정을 느끼면서 배에 올라 삼등실에 짐을 푼 이인화는 목욕탕에 가 우연히 일본인들의 대화를 엿듣게 되고, 그를 통해 조선의 식민지적 현실과 조선인 인신매매의 참상, 그리고 식민지 조선인으로서의 자기를 자각하게 된다. 그는 한일병합 이후 7년의 시간이 경과하는 동안 망국 민족의 한 사람이라는 인식은 지니고 있었지만 소위 우국지사도 아니었을 뿐만 아니라, 국권 상실에 대해 무관심할 정도로 특별히 민족 관념을 가지고 있지 않았다. 그는 그저 조선인이라는 이유로 일 년에 한 번씩 귀국하는 길에 경찰로부터 조사를 받는 것에 불편함을 느끼고 있었을 뿐이었다. 하지만 조선인 노동자들을 속여 일본 각지의 공장으로 팔아넘기는 일본인 브로커의 말을 들으면서 사회와 단절하고 자기를 유폐한 식민지 조선인 청년 이인화는 비로소 자기를 성찰하기 시작한다.

스물 두셋 쯤 된 책상 도령님冊床令任인 그째의ㅅ 나로서는, 이러한 이야기를 듯고 놀라지 안을 수 업섯다. 인생人生이 엇더하니 인간성人間性이 엇더하니 사회社會가 엇더하니 하여야, 다만 심ゝ파적으로 하는 탁상卓上의 공론空論에 불과不過할 것은 물론勿論이다. 아버지나, 그러치 안으면 코ㅅ백기도 보지 못한 조상祖上의 덕택德澤으로, 공부자工夫字나 어더 하얏거나, 소설권小說卷이나 들처 보앗다고, 인생人生이니 자연自然이니 시詩니 소설小說이니 한다야 결국結局은 배가 불너서, 포민飽滿의 비애悲哀를 호소呼訴함일 다름이요, 실인생實人生 실사회實社會의 이면裏面의 이면裏面 진상眞相의 진상眞相과는 아모 계관係關도 연락連落도 업슬 것이다. 그러고 보면 내가 지금只今 하는 것, 일로부터 하랴는 일이 결국結局 무엇인가 하는 의문疑問과 불안不安을 늑기지 안을 수가 업섯다.[12]

이인화는 식민지 조선으로 이동하는 과정 속에서 경찰의 취조 대상이 되거나, 일본인들에 의해 인신매매의 대상이 되는 조선인들의 참상을 엿들으면서 식민지 조선이라는 지리적·문화적 경계를 벗어나 굳이 식민지 조선인임을 자각하거나 인식할 필요가 없는 제국의 중앙 도쿄에서 자기를 유폐하고 스스로를 탐닉했던 행위에 '의문과 불안'을 느낀다. 즉, 자기 유폐와 탐닉을 통한 개인의 각성 및 자기 주조를 기획하고 있었던 그는 관부연락선 승선 체험을 통해 제국에서 식민지로 이동하는 월경을 수행하면서 그러한 개인성 구축이 불가능할 수도 있다는 것을 깨닫게 되었던 것이다. 문화와 교양을 통해 내면에 결박된 자기를 해방시키고자 한 이 문화적 자유주의자[13]는 식민지 조선인이라는 제국 일본에 의해 관리되고, 통제되고, 운용되고 있는 제한적·폐쇄적 자기와 조우하는 순간 그러한 자기 해방의 기획이 파탄에 이를 수 있다는 점을 자각한 셈이다. 따라서 사정이 이러하다면, 『만세전』에서 이인화

---

12 위의 책, 60쪽.
13 일본의 문화주의와 교양론을 통해 습득한 자아와 주체성을 중시하는 개인성의 이념은 염상섭의 초기 삼부작에서 내면의 발견으로 드러나고, 『만세전』에서 고백의 형식을 통해 표현되었다. 허병식, 『교양의 시대—한국근대소설과 교양의 형성』, 역락, 2016, 97쪽.

의 이동 과정은 자기 구축이 아닌 자기 파탄의 경로 그 자체라고 해도 과언이 아니다.

그런데 이동을 통한 식민지인으로서의 자기 인식과 그에 기초한 자기 파탄이 조선의 식민지적 현실에 대한 환멸과 동궤에 놓이고 있다는 점이 다시금 주목된다. 스스로를 책상물림 정도로 조롱하고 있음에도 도쿄 유학생인 이인화는 조선사회에 대해 비판적인 인식을 가지고 있다. 이는 부친과 형의 전근대적인 가치와 삶의 태도에 대해 경멸하는 모습을 통해 확인할 수 있는데, 이인화는 고루한 관습과 명예욕에 빠져 있거나 재리에만 밝은 그들에 대해 비판적인 태도를 가지고 있다. 또한, 그는 식민지 조선과 조선인에 대해서도 유사한 태도를 보이고 있는데, 거기에는 지식인의 관점이 내재되어 있다. 그리하여 지식인의 입장에서 '과학적 지식'으로 대표되는 근대적 문명이 존재하지 않는 조선의 척박한 현실에 멸시의 시선을 보이는 것이다.

이러한 이인화의 식민지 조선의 현실에 대한 경멸 어린 인식과 태도는 그의 이동 과정 중에 지속되는데, 가장 극단적으로 표출되는 것이 경성으로 향하던 중 대전역에서 열차가 정차하자 역사 안팎을 배회하다 마주친 사람들의 모습을 바라보면서이다. 특히 그는 순사가 지키고 있는 범죄자 중 산발하고 치마저고리의 매무새까지 흘러내린 여성의 시선과 마주치는 한편, 그녀의 등에 어린아이가 매달려 있는 것을 보면서 '무덤'을 떠올린다. 자신이 바라본 광경이 실제인지 의심할 정도로 놀란 그는 이유 없이 처량한 생각을 가지면서 "구덱이가 욱을욱을하는 공동묘지共同墓地"[14]를 떠올린다. 그리고 그러한 인식은 경성으로 향하는 기차에 올라서도, 아내의 장례를 치른 뒤 서둘러 일본으로 돌아가면서도 지속된다. 즉, 그는 조선을 하나의 공동묘지로, 조선으로 이동한 자신을 마치 무덤 속에 놓인 존재와도 같이 인식하고 있었던 것이다. 식민지 조선을 무덤으로 인식하는 것은 살아 있지 못한 자로서의 자기 인식에 기초한다는 점에서 자기 환멸에 가깝다. 조선으로 이동하는 과정 속에서 식민지인으로서의 자기와 조우하고, 문화적 자유주의자로서 자기 구축의 욕망에 균열이 발생한 이인화는 조선을 공동묘지로 바라보면서 자기 파탄을 맛보지 않을 수 없었던 것이다.

이러한 이인화의 자기 파탄의 과정은 그가 식민지 조선인이라는 자신의 정체성을 회피하고, 문화적 자유주의자로서 자기를 구축하려고 했음에도 그것이 애초에 달성 불가능하다는 것을 보여준다. 이는 그의 이동을 가능하게 한 것이 제국 일본의 경찰 권력에 있었다는 점을 통해 역설적으로 확인할 수 있다. 『만세전』에서 그의 이동을 가능하게 한 핵심에 '도항증'이 놓여 있는데, 이는 제국-식민지 체제의 실정성을 강화하기 위한 장치로서 기능한다. 검문과 검색, 미행 등 식민지 조선인의 이동은 제국적 질서 속에서 관리되고, 통제되고 있었다. 이를 좀 더 확장해보자면, 이인화가 식민지 조선이라는 경계를 넘어 식민지인으로서 자기를 망각하는 환상 속에서 제국의 중앙 도쿄에서 문화적 자유주의자로서 자기를 구축해갔던 것 또한 제국-식민지 체제가 마련한 이동의 문법에 의한 것이라고 할 수 있다. 식민지에서 제국으로의 이동, 식민지인으로서의 자기 회피와 문화적 자유주의자로서의 개인성을 탐닉할 수 있다는 환상, 그것은 모두 제국-식민지 체제의 문법을 내면화하는

---

14 廉想涉, 앞의 책, 146쪽.

것에 다름 아니다.

물론 『만세전』은 식민지 조선인이라는 이동하는 주체의 자기 환멸과 파탄을 통해 제국-식민지 체제의 문법과 그러한 문법이 구축하고 강화하고 있는 개인의 욕망이 달성될 것이라는 환상이 허상이라는 점을 역설적으로 드러낸다. 이인화가 제국에서 식민지로 이동하는 월경의 수행적 과정 속에 경찰 권력의 감시의 시선이 지속적으로 개입해 들어온다는 점은 이동의 문법과 장치, 그로 인해 가능하다고 여겨지는 자기 기획의 움직임이 기실 제국-식민지 체제의 실정성을 강화하는 것에 다름 아님을 폭로한다. 따라서 이인화의 이동으로 상징되는 식민지 조선인 청년의 근대적 개인으로서의 자기 구축은 제국-식민지 체제의 질서와 문법에 회수되어버리는 것이다. 이처럼 식민지 조선인이라는 제한적·폐쇄적 위상을 망각 또는 회피하고 문화적 개인주의자로서 자기를 구축할 수 있다는 환상은 제국적 질서 하 식민지인들의 이동의 회로와 문법이 어떻게 만들어졌는지를 상징적으로 보여준다.

이상에서 살펴보았던 『무정』에서 이형식의 이동 경로와 『만세전』에서 이인화의 이동 경로는 차이를 보인다. 전자는 전근대에서 근대로, 식민지에서 제국으로의 이동의 과정을 보여주는 반면, 후자는 근대에서 전근대로, 제국에서 식민지로의 이동의 과정을 보여준다. 이 단선적인 이동의 과정은 그 자체로 근대 세계 체제하 문명/야만, 계몽/미개 등 발전론적 진보 이념에 기초해 이분법적으로 구획된 제국-식민지 체제하 식민지 조선인 청년의 욕망의 발현 과정을 보여준다. 이형식이 자신의 입신출세 욕망을 식민지 조선의 문명개화를 위한 사명으로 덧칠한 것이나, 이인화가 식민지 조선의 현실을 '묘지'와도 같다고 인식했던 것은 모두 야만이나 미개의 상태로부터 벗어나 문명의 상태에 도달하거나 계몽적 주체로서 자기를 정립하기 위한 기획이었다. 따라서 『무정』과 『만세전』은 식민지 조선인 청년의 이동 과정을 서사화하는 가운데 그러한 이동의 회로와 문법이 근대 세계 체제나 제국-식민지 체제를 추동하고 있었던 발전론적 진보 이념에 기초하고 있다는 것을 보여준다. 식민지 조선인 청년의 이동은 이미 근대 세계 체제가 마련한 회로와 문법 속에서 수행되고 있었던 것이다.

3. 시선의 투사와 자기 환원의 (몰)윤리성

이동의 과정 중에 있는 개인은 본다. 보는 행위가 관찰, 탐색, 조망, 포착, 투시, 응시, 엿보기 등으로 세분화될 수 있지만, 이동의 주체가 자기를 인식하고, 대상을 파악하며, 세계를 이해하기 위해서는 보는 행위가 수반된다. 따라서 이동이라는 공간적 실천 행위가 자기 구축/해체의 핵심에 놓인다면, 보는 행위 또한 마찬가지이다. 이동을 통해서 보게 되거나, 보기 위해서 이동하게 되거나, 대체로 이동과 보기는 동시에 수행된다. 물론 보는 행위의 주체가 무엇을 보느냐는 중요하다. 그것은 시각 주체가 자기를 정립하는 과정 속에서 어떠한 대상을 바라보고 인식하느냐를 드러낼 뿐만 아니라, 무엇을 보지 않는지/보지 못하는지도 드러내기 때문이다. 다시 말해 보는 행위를 통해 무엇을 대상화하는지, 그리고 그러한 대상화 과정 속에서 어떤 것을 (무)의식적으로 보지 않는지 알 수 있다. 이는 누가, 무엇을, 왜 보는가/볼 수 있는가의 문제와 연결되는데, 다른 측면에서 그것은 체제의 질서와 문법이 그러한 것들을 (불)가능하게 한다는 점을 확인할 수 있게끔 한다.

한편, 주체는 주체 외부의 주어진 대상을 있는 그대로 보는 것이 아니라, 보는 행위를 통해서 자기의 외부에 대상을 위치시키고 인식하며 본다. 따라서 보는 행위의 수행적 과정을 통해서만 비로소 대상은 대상이 될 수 있는 셈이다. 새삼스러운 말이지만, 보는 행위에 의해서 시각 주체와 대상의 구획이 비로소 이루어지는 것이다. 이처럼 보는 행위에 의해 주체가 구축된다면, 자연스럽게 주체로 하여금 보는 것을 가능하게 하는 장치들은 무엇인가에 대해 관심을 갖게 된다. 왜냐하면 개인의 보는 행위를 가능하게 만드는 장치들이야말로 보는 행위의 수행성을 구성하는 핵심에 놓이기 때문이다. 여기에서는 이러한 점에 주목해 『무정』과 『만세전』에서의 식민지 조선인 청년들의 보는 행위의 의미와 함께 그들로 하여금 보게 만드는 제국-식민지 체제의 장치들에 관해 살펴보고자 한다.

이광수의 『무정』에서 이형식이 지속적인 이동의 과정 속에서 자신을 둘러싼 대상을 주의 깊게 바라보고 있었다는 것은 서사 곳곳을 통해 확인할 수 있다. 그는 인간과 사물을 포착하여 의미를 부여하는 한편, 그 의미화 과정의 중심에 자기를 놓는 것을 통해 자아를 발견하고 내면을 형성해간다. 이 글의 관심사에 초점을 맞춰 개인의 자기 구축 과정에서 보는 행위가 갖는 의미가 드러나는 부분으로 먼저 거론할 수 있는 장면이 앞서 언급한 평양행이 서술된 부분이다. 이형식은 평양행 기차 안에서 잠들어 있는 기생집 노파를 바라보며 자신과 같은 사람이라고 여기면서 영채의 자살 결심에 동정과 연민을 가진 노파를 '참사람'으로 인식한다. 이전까지 전근대의 숙명론적 세계관에 사로잡혀 있다며 자아를 각성하지 못한 인간으로 노파를 인식하고 있었던 그는 영채에 대한 동정과 연민의 감정을 표출한 노파를 자신과 같은 사람으로 여긴 것이다. 그런데 이는 이미 자아를 각성한 자의 위치에서 타자를 대상으로 포착하여 바라본 결과라고 할 수 있다. 또한 그것은 시선의 위계화를 단적으로 드러내는 것인데, 보는 주체에 의해서 보이는 대상이 의미화될 뿐만 아니라, 보는 주체는 이미 참사람의 자각이라는 스스로 부여한 권위를 획득한 상태에서 자신의 시선을 대상에 투사하고 있는 것이다.

이러한 시선은 영채 찾기를 단념하고 계향과 함께 칠성문 밖을 산책하면서 탕건을 쓴 노인을 보는 행위를 통해 보다 극명하게 드러난다. 이형식은 노인을 바라보면서 평양에 처음 왔던 소년기의 자신을 떠올리는 한편, 이제 소년이 아닌 '이형식'이 되었다면서 노인을 낙오자, 과거의 사람, 화석 같은 존재로 위치 짓는다. 그는 노인을 과거의 유물로 박제화하는 시선을 통해 전근대적 삶을 영위했던, 그리하여 아직 자아의 각성을 하지 못했던 자신을 극복할 수 있었던 것이다. 다시 말해 전근대적 가치와 질서를 표상하는 노인, 그리고 소년기의 자신을 과거의 시간 속에 봉인하는 것을 통해 현재의 근대적 가치와 질서 속에서 삶을 기획하고 있는 자기를 구분하고 긍정하고 있는 것이다. 그리하여 그가 평양을 떠나면서 무한한 기쁨을 얻었다고 생각한 것은 영채의 죽음으로 인해 부채의식으로부터 해방된 것 때문이기도 했지만, 온전한 자기를 발견했기 때문이기도 하였다. "즈긔는 이제야 즈긔의 싱명을 씨달앗다"[15]라고 이형식이 말할 수 있었던 것은 소위 개인의 내면을 발견했기 때문인데, 이는 시각 주체로서 자신을 둘러싼 세계와 대상을 타자화시켰기 때문에 가능한 것이었다. 이처럼 보는 행위를 통해 자신을 둘러싼 세계를 대상화하고, 그에 기초하여 자신의 정체성을 구축해간 이형식의 성장 드라마는 『무정』 서사 곳곳에 펼쳐진다. 아니 『무정』 서사 자체가 바로 그러한 근대적 시각 주체의 탄생 과정을 보여주는 것이다.

그런가하면, 『무정』 서사에서 개인의 발전과 성장 과정은 서술자에 의해 보는 행위로 명명된다. 이형식은 김 장로의 집에서 선형과 순애에게 영어를 가르치고 하숙집으로 돌아오는 교동 거리에서 자아를 각성한다. 생활공간으로서의 경성의 거리가 이전과 다르게 그에게 육박해 들어오고, 그는 거리의 풍경을 바라보면서 새롭게 자기를 인식하게 되는데, 이 과정이 눈을 떠가는 것으로 서술되고 있어 흥미롭다. 『무정』의 서술자에 의하면 이형식의 내면의 발견, 자아의 각성은 "그 속에 잇는 「사름」이 눈을 썻다. 그 「속 눈」으로 만물의 「속뜻」을 보게 되엇다. 형식의 「속 사름」은 이제야 히방되엇다"[16]로 서술된다. 여기에서 볼 수 있게 되었다는 것은 세상의 이치를 깨닫고 인간을 이해할 수 있게 되었다는 것을 의미한다. 즉, 주체화를 달성한 상태를 의미하는데, 그 주체화 과정에서 무엇보다 중요한 것이 바로 보는 행위였던 것이다.

한편, 시선에 예민한 이형식이 시각 주체로서 대상을 포획하는 것은 식민지 조선 문명화의 주체로서 자기를 정립시키는 과정 속에서도 반복해서 나타난다. 계몽의 주체가 계몽의 대상을 요구하듯, 타자화된 대상으로서 식민지 조선인을 위치시켜야만 조선 문명화의 주체로서 자기를 정립할 수 있는 것이다. 앞서 살펴보았듯이 이는 시각 주체에게 권위

15 春園, 앞의 책, 325쪽.
16 위의 책, 138쪽.

를 부여하는 것으로, 개인은 그러한 권위를 확보하기 위해 대상의 타자화를 반복한다. 그렇다면 시각 주체의 권위는 어디에서 오는가? 일견 그것은 내면의 발견, 자아의 각성이라는 개인의 성장에 있는 것처럼 보인다. 근대 세계 체제의 질서와 문법을 강화하는 개인들의 행위와 그에 내재된 욕망이야말로 그 자체로 정당성을 갖는 것처럼 여겨지기 때문이다. 하지만 이형식이 제국-식민지 체제가 마련한 질서와 문법에 의해 삶을 영위해가고 있는 식민지 조선인이라는 점을 간과해서는 안 된다. 따라서 식민지 조선인 청년으로서 그의 시선을 근대적 개인의 그것으로 일반화할 수 없을 뿐만 아니라, 그러한 시선에 권위를 부여하는 것 또한 제국-식민지 체제가 마련한 문법에 있다는 점을 감안해야 한다.

그네는 과연 아모 힘이 업다. 즈연自然의 폭력暴力에 되히여서야 누구라서 능히 뎌항抵抗ㅎ리오마는 그네는 넘어도 힘이 업다. 일싱에 써가 휘도록 익써서 싸하노혼 싱활의 근거를 하로밤 비에 다 씻겨나려 보내고 말리만큼 그네는 힘이 업다. 그네의 싱활의 근거는 마치 모래로 싸하노은 것과 굿다. 이제 비가 그치고 물이 나가면 그네는 다― 훗허진 모래를 글어모와서 새 싱활의 근거를 쌋는다. 마치 개아미가 그 가늘고 연약ᄒᆞᆫ 발로 쌍을 파서 둥지를 만드는 것과 굿다. 하로밤 비에 모든 것을 일허바리고 발발 써는 그네들이 엇지 보면 가련ᄒᆞ기도 ᄒᆞ지마는 쏘 엇지 보면 넘어 약ᄒᆞ고 어리석어 보인다.

그네의 얼굴을 보건댄 무슨 지혜가 잇을 것 굿지 아니ᄒᆞ다. 모도다 미련ᄒᆞ 보이고 무감각無感覺ᄒᆞ 보인다. 그네는 몃 푼어치 아니 되는 농스ᄒᆞᆫ 지식을 가지고 그저 쌍을 팔 샌이다. 이리 ᄒᆞ여서 몃 히 동안 하느님이 가만히 두면 썩은 볏섬이나 모화두엇다가는 한 번 물이 나면 다 씻겨보내고 만다. 그래서 그네는 영구히 더 부富ᄒ여짐 업시 점점 더 가난ᄒ여진다. 그래서 몸은 점점 더 약ᄒ여지고 머리는 점점 더 미련ᄒ여진다. 저디로 내어버려두면 마침내 북히도에 「아이누」나 다름업는 종즉가 되고 말 것 ᄀ다.[17]

삼랑진 수해 현장에서 식민지 조선인들의 참상을 목도한 이형식이 그들을 야만과 미개의 상태에 놓았던 것은 보이는 대상으로 고착화한 것으로, 그때 말할 수 없는 그들은 주체화의 도구로 전락하게 된다. 물론 그는 식민지 조선인들에 대해 연민의 태도를 보이기도 한다. 하지만 그러한 연민의 시선은 무지와 무감각한 존재로서 그들을 규정하면서 부인과 거부의 시선으로 바뀐다. 이는 그 자체로 시선의 폭력성을 노출하는 것이지만, 그러한 시선이 가능한 것은 식민지 조선인들을 홋카이도의 아이누와 동일한 종족으로 인식하게 하는 힘에 있다. 그리고 그 힘은 쉽게 짐작할 수 있다시피, 제국-식민지 체제의 실정성을 강화하기 위해 고안된 각종 정책과 제도, 학문과 지식 등으로부터 온 것이다. 좀 더 정확하게 말하자면, 거기에는 근대의 학문과 지식이 광범위하게 확산시킨 인종 개량주의적 관점이 내재되어 있는데, 이는 사회진화론에 기초한 것이기도 하였다.

그런데 여기에서 보다 주목해야 할 것은 이형식의 시선에 문명/야만의 이분법적 인식이 내재되어 있고, 그것은 그가(나아가 이광수가) 의도했든, 그렇지 않든 간에, 제국적 질서를 추인하게 한다는 점에 있다.[18]

---

17 위의 책, 605~606쪽.
18 이와 관련해 사노 마사토는 『무정』 서사의 시각적인 상상력이 제국적인 시선과 시각적인 시선이 겹쳐지는 영역에서 생성되는데, 그러한 시각적 미디어성에 의하여 조선인들(토착민, 원주민)이 재발견된다고 논의하였다. 사노 마사토, 「이광수 소설에 나타난 시

말할 것도 없이 문명/야만의 이분법적 구도는 제국 일본의 식민지 조선 지배의 정당성을 확보하기 위한 사상의 핵심적 동력에 해당한다. 따라서 이형식의 시각 주체로서의 자기 정립 과정은 다분히 식민지인으로서 자기를 망각한 것이라고 할 수 있다. 아니 오히려 제국-식민지 체제의 질서와 문법이 마련한 시각 주체의 자기 정립 과정이 역설적으로 그로 하여금 식민지인으로서 자기를 망각하게 한 것인지도 모른다. 식민지 조선인 청년이 제국의 시선을 소유하는 것을 통해 식민지인으로서의 자기를 벗어날 수 있다는 환상, 그것은 제국-식민지 체제가 자신의 실정성을 강화하기 위해 각종 정책과 제도, 학문과 문화 등을 통해 유통시킨 시각 장치에 다름 아니다. 개인은 자신의 자율의지에 의해 세계 속의 존재로서 대상을 바라볼 수 있다고 여기지만, 그러한 개인들로 하여금 볼 수 있게 하는 힘은 체제가 마련한 질서와 문법에 있었던 것이다. 특히 제국-식민지 체제는 마치 식민지인들에게도 제국의 시선을 소유하는 것이 가능하다는 환상을 부여하면서 체제의 실정성을 강화·고착화해갔다. 이형식은 볼 수 있다는 환상 속에서 식민지 조선인으로서 자기를 자연스럽게 망각했는데, 그런 점에서 『무정』에서 이동의 과정 중 보는 행위를 통해 자기를 구축해간 그의 행위는 몰윤리적이라고 할 수 있을 것이다.

한편, 『만세전』에서의 식민지 조선인 청년 이인화 역시 『무정』의 이형식과 마찬가지로 이동의 과정 속에서 끊임없이 본다. 그리고 보는 행위를 통해 시각 주체로서 자신의 위치를 공고히 하고 있다. 아내가 위

각성(視覺性)의 문제-근대문학의 시작과 '외부'적인 시선」, 『한국현대문학연구』 제34집, 한국현대문학회, 2011, 117쪽.

독하다는 전보를 받았음에도 곧바로 귀국길에 오르지 않은 그는 평소 드나들던 술집 M헌에 들러 일본인 여성 시즈코와 P코를 불러 대화를 나누면서 그녀들을 바라본다. 그리고 남성인 자신의 시선에 포착된 존재로 그녀들의 여성성을 규정하면서 그는 자신과 대상을 구분하고 시각 주체로서 자신의 위상을 강화해간다. 그런데 이인화는 보는 행위의 주체로서만 자기를 위치시키는 것이 아닌 자기 또한 그녀들에 의해 보일 수 있다는 점을 알고 있었다. 다시 말해, 보는 행위를 통해 주체와 대상이 구획되고 시각 주체가 권위를 갖는다고 했을 때, 주체와 대상이 고정되어 있는 것이 아닌 언제든 뒤바뀔 수도 있다는 점을 인식하고 있었던 것이다. 물론 그럼에도 이인화는 이형식과 마찬가지로 보이는 대상이 되는 것에는 거부감을 가지고 있었다. 그의 여성에 대한 남성적 응시가 반복되는 것 또한 그러한 거부감의 발로라고 할 수 있다.

이인화가 보이는 대상으로서 거부감을 지니고 있었다는 것은 한편으로는 식민지 조선인으로서의 정체성을 회피하고 있었다는 점을 의미하는 것이기도 하다. 그가 제국 일본의 수도 도쿄에서 굳이 식민지 조선인으로서의 자기를 드러내지 않았던 것이 이를 방증하는데, 문화적 자유주의자로서 자기를 주조해가던 이 청년은 교양이라는 이념에 기초해 식민지 조선인이라는 자기를 회피하고 있었다. 하지만 조선으로의 이동 과정 속에서 그러한 회피는 불가능하게 되고, 그는 식민지 조선인으로서 보이는 대상으로 위치 지어지게 된다. 관부연락선에 승선해 현해탄을 건너는 과정 속에서, 다시 말해 제국 일본과 식민지 조선의 경계를 넘는 이동의 과정 속에서 식민지 조선인인 그는 경찰 권력의 시선 앞에 자기를 드러내지 않을 수 없게 된다. 관부연락선 내 목욕탕에서 조선인 인신매매에 대한 일본인들의 대화를 엿들으면서 그들에게 일본인으로 여겨지고 있었던 이인화는 자기를 검문 검색하던 경찰에 의해 조선인임이 밝혀진다. 더구나 그 경찰 또한 조선인이어서 "일본日本 사람 앞헤서 희극喜劇을 연작演作하는 앵무鸚鵡새의 격格"[19]으로 주위의 일본인들의 시선에 노출되게 된다. 시각 주체가 스스로 보이는 대상이 될 수도 있다고 생각하고 있었지만, 그것이 제국의 권력에 의해 폭력적인 방식으로 이루어지고, 그에 따라 은연중에 회피하고 있었던 식민지인으로의 자기와 조우하게 되었던 것이다.

보고자 하지만 오히려 보이는 이 역설적 상황이 이인화로 하여금 시각 주체의 욕망을 보다 더 강화시키고 있는 것은 틀림없다. 또한, 그러한 시각 주체가 나름의 권위를 갖기 위해 '남성 지식인'의 시선이라는 형식을 취하는 것 또한 쉽게 확인할 수 있다. 고베에서의 을라와 부산에서의 술집 여성들에 대한 이인화의 남성적 응시와 아버지와 형을 비롯한 고루하고 미개한 식민지 조선인들에 대한 멸시의 태도를 통해 시각 주체로서 자기를 구축해간 식민지 조선인 청년이 흔들리는 자기를 어떻게 붙잡고 있는지 확인할 수 있다. 여성을 대상화한 남성의 시선, 무지한 자로 식민지 조선인을 고착화한 지식인의 시선, 문화적 자유주의자를 자처했던 이인화는 이 두 시선을 통해 식민지 조선인으로서의 자기 한계를 벗어나고자 했던 것이다. 아니 이 두 시선을 끊임없이 대상에 투사하는 것을 통해 보이는 대상으로서의 자기 위치를 망각하고 있었던 셈이다.

---

19 廉想涉, 앞의 책, 63쪽.

하지만 그러한 자기 탈각, 자기 망각은 불가능하다. 그가 위계화된 시선의 권력을 통해 식민지 조선인으로서 자기를 은폐하고자 한다고 해서 그것이 실현 가능한 것은 아니다. 이는 앞서 언급했던 대전역 역사 내에서 조선인 여성 범죄자와 시선을 마주쳤을 때 극명하게 드러난다. 대합실도 없이 난로 하나만 덩그러니 놓인 역사에 모인 사람들 가운데 결박된 범죄자와 순사를 보던 이인화는 옷이 흘러내려 있음에도 부끄러움도 없이 부러워하는 듯한 눈으로 자신을 물끄러미 쳐다보는 조선인 여성과 시선을 마주친 뒤 섬뜩함을 느낀다. 그리하여 잠깐 동안 정거장 문밖으로 나섰다가 돌아오는데, 다시금 자신을 쳐다보는 여성의 강렬한 시선에 치를 떨면서 분노를 느낀다. 그가 대전역 역사의 풍경을 구더기가 끓는 무덤으로 인식한 것, 나아가 식민지 조선 전체를 하나의 거대한 공동묘지로 인식한 것은 모두 이 시선의 전도를 통해서이다. 자기를 향한 조선인 여성 범죄자의 시선 속에서 이인화는 그녀를 보이는 대상으로 구획 짓고, 자기와 다른 존재로서 배제할 수 없다는 것을 깨달았는지도 모른다. 관부연락선을 타고 현해탄을 건너면서 일본인 경찰의 감시의 시선을 회피하는 한편, 남성 지식인의 시선을 통해 시각 주체로서 유동적인 자기를 안정화하고자 했던 그는 이 조선인 여성의 시선을 통해 그러한 자기 구축이 불가능하다는 것을 명징하게 인식한 것이다.

이는 그가 경계 위에 서 있는 존재라는 점을 다시금 상기시킨다. 『만세전』에 등장하는 공간과 장소, 지리들은 대체로 경계를 나타낸다. 시모노세키에서 부산으로 가는 관부연락선, 조선의 입구이자 출구인 부산, 부산을 출발해 경성으로 향하는 기차, 그리고 삶과 죽음을 매개해

주는 공동묘지 등은 모두 경계를 상징한다. 그곳들은 염상섭이 식민지 조선의 상황을 조소하고 냉소하기 위해, 동시에 분노하고 위무하기 위해 마련한 곳이지만, 일본 내지와 식민지 조선 사이의 위계적 질서와 그에 따른 조선인들의 비참한 처지를 극명화하는 장치 정도로 그 의미가 한정되지 않는다. 왜냐하면, 그 경계들을 통해 비로소 조선과 내지가 구분되고, 그러한 구획 속에서 조선인/내지인의 식민주의적 민족의 위계화가 노동력 속에서 이뤄진다는 식민 지배의 본원적 축적을 드러내는 것이기 때문이다.[20] 『만세전』은 경계 위에 선 자가 바로 그 경계를 응시하는 것을 통해 제국-식민지 체제의 근원에 민족국가와 자본주의의 본원적 축적이 진행되고 있음을 폭로하는 서사이기도 한 것이다.

따라서 식민지 조선은 제국 일본의 경계 내부와 달리 이인화로 하여금 계속해서 식민지 조선인임을 자각하게 하는 공간으로 기능한다. 그가 식민지 조선의 척박한 경관과 비천한 조선인들에게 멸시와 천대의 시선을 보이면 보일수록 역설적으로 그는 식민지 조선인으로서의 자기를 자각하지 않을 수 없었던 것이다. 아내의 장례를 마치고 그가 서둘러 일본으로 다시 돌아가려고 했던 것 또한 공동묘지로서의 조선을 벗어나고자 한 욕망의 발로이자 식민지 조선인으로서의 자기를 은폐하기 위한 수단에 다름 아니다. 하지만 그가 일본으로 돌아간다고 해서 식민지 조선인으로서 자기를 탈각할 수 있는 것은 아니다. 다만, 그는 식민지 조선 내 조선인들을 바라보면서 곳곳에서 '또 다른 자기'와 조우하

---

20 김항, 「식민지배와 민족국가/자본주의의 본원적 축적에 대하여-『만세전』 재독해」, 『제국일본의 사상-포스트 제국과 동아시아론의 새로운 지평을 위하여』, 창비, 2015, 186~192쪽.

는 고통스러운 상태로부터 벗어나고자 했던 것인지도 모른다. 그런 점에서 관부연락선 목욕탕에서 일본인들에 의해 '조선 쿠리苦ヵ'로 불렸던 노동자들이나, 일본인 아버지와 조선인 어머니 사이에서 태어나 부산의 술집을 전전하고 있던 여성이나, 대전역 역사의 포승줄에 묶여 있던 여성 범죄자, 그들은 모두 이인화와 다르지 않다. 그가 문화적 자유주의자로서 남성 지식인의 시선을 통해 그들과 자신을 구별하려고 했지만, 제국 일본의 경찰 권력의 감시에 놓인 존재로서의 그는 본질적으로 그들과 다르지 않은 것이다. 제국-식민지 체제 내 규율 권력의 감시 속에서 조선인들은 계층, 젠더, 지역, 세대 등의 분화에도 불구하고 보이는 대상으로 위치 지어졌던 것이다. 물론, 제국 일본이 제국-식민지 체제의 실정성을 강화하기 위해서 식민지 조선인들로 하여금 볼 수 있다는 환상을 은밀히 제공했다는 점은 간과할 수 없는 사실이다.

『만세전』의 서사가 『무정』의 서사와 다른 점은 바로 여기에 있다. 『무정』에서는 이형식이 볼 수 있다는 환상을 계속해서 강화해가 반면, 『만세전』에서는 이인화의 이동과 시선을 통해 볼 수 있다는 것이 환상임을 폭로한다. 아니, 좀 더 나아가 그러한 환상을 강화시키는 것이 제국의 질서와 문법에 있다는 점을 명확히 한다. 이인화의 이동을 가능하게 만드는 것이 제국 일본의 경찰 권력이고, 이인화가 언제나 감시의 시선에 놓여 있었다는 점을 다시 한번 상기한다면, 이동의 과정 중 보는 것을 통해 자기를 구축해가려고 했던 그의 수행성은 제국-식민지 체제의 질서와 불가분의 관계에 놓이게 된다. 『만세전』은 제국과 식민지의 경계에 서 있는 관찰자적인 시각 주체의 위치―타자의 시선과 자기 감시 사이의 분열이 발생하는 위치―를 고수하는 것을 통해 식민지 근대의 모순을 주체의 내적 모순으로 환유한다.[21] 따라서 이인화라는 시각 주체의 자기 동일시의 불가능을, 식민지 조선인의 자기모순적 시선의 환원을 말하고 있다는 점에서 윤리적이라고 할 수 있다.

제국-식민지 체제의 질서와 문법이 작동시킨 보기의 방식으로 이인화가 대상과 세계를 포착하고 바라본다는 것은 어쩌며 자기방어를 위한 기제를 작동시킨 것인지도 모른다. "약弱하기 쌔문에 자기自己의 주위周圍에 경계망警戒網을 처노코 다른 사람을 주시注視할 필요必要가 잇는 것이다"[22]라는 이인화의 인식처럼, 볼 수 없는 자가 그럼에도 불구하고 보기를 욕망한다는 것은 약한 자가 자신의 약함을 감추기 위한 방편이 될 수 있다. 식민지 조선인에게 본다는 것은 어떤 권위를 획득하게 하는 것이 아니라, 나약한 자기를 방어하기 위한 최소한의 수단인지도 모른다. 따라서 『만세전』의 서사는 자기에의 배려라는 측면에서 보는 행위가 자기 테크놀로지에 해당한다는 점을 명확히 하고 있다. 하지만 그러한 자기방어는, 자신의 주위에 설정한 경계는, 쉽게 허물어질 수밖에 없다. 제국적 질서가 제공한 보기의 문법과 경계 짓기는 언제나 바로 그 제국적 질서에 의해 파탄 나거나 허물어질 수 있다. 염상섭의 『만세전』의 서사는 이인화라는 이동하는 식민지 조선인 청년의 시선이 자기 자신에게 되돌아오는 역설적 상황을 서사화하면서 시각 주체로서 자기를 구축하고자 한 식민지 조선인의 욕망과 그 한계 지점을 예리하게 묘파해내고 있다.

---

21 이광호, 「염상섭과 경계인의 여행」, 『시선의 문학사』, 문학과지성사, 2015, 142~165쪽.
22 廉想涉, 앞의 책, 24쪽.

4. 식민지 나르시시스트의 비애

이광수의 『무정』에서 식민지 조선인 청년 이형식의 이동은 자기를 기획하고 자신의 정체성을 새롭게 정립하는 과정 그 자체를 보여준다. 그는 서양 유학을 통해 계몽적(낭만적, 민족적) 주체로 자기를 새롭게 구축하기 위해서 영채로 상징되는 전근대적인 가치와 질서, 상징체계와 결별해야 했고, 평양으로의 이동이라는 공간적 실천 행위를 통해 이를 수행한다. 또한, 삼랑진 수해 현장에서 무지하고 미개한 조선인들의 참상을 목도한 뒤 그들에게 생활의 근거인 힘과 지식을 주기 위해 과학이 필요하다고 역설하면서, 자신의 유학이 바로 이 식민지 조선 문명화의 사명을 이루기 위한 것이라고 의미 부여한다. 한편, 염상섭의 『만세전』에서 식민지 조선인 청년 이인화는 일본에서 조선으로의 이동 과정 속에서 식민지 조선인으로서의 자기와 조우하고, 조선의 식민지적 현실을 목도한다. 제국의 수도 도쿄에서 자기를 유폐했던 식민지 청년인 그는 일본인 형사의 감시 속에서 망각하고 있었던 식민지 조선인으로서 자기를 자각하고, 탐욕으로 가득 찬 묘지와도 같은 조선의 식민지적 현실에 환멸을 느끼지 않을 수 없었다. 하지만 그러한 환멸의 시선은 되돌아와 자기 자신을 향하게 되면서 그는 자기 파탄에 직면하게 된다.

이형식과 이인화가 이동이라는 공간적 실천 행위를 통해 보여준 대상과 세계에 대한 응시, 그리고 그러한 응시를 통해 시각 주체로서 자기를 구축하는 과정은 다분히 나르시시즘적이다. "가끔씩 자신이 전능하다는 환상에도 불구하고, 나르시시스트는 자존심을 확인하기 위하여 타인에게 의존한다. 그는 주위의 찬사가 없이는 살아가지 못한다. 가족적 유대와 제도적 압박으로부터의 명백한 해방은 나르시시스트로 하여금 혼자 떨어져 있거나 혹은 자기의 개성을 찬미하게 하지는 않는다. 반대로, 그것은 다른 사람들의 관심에 비쳐진 자신의 '장엄한 자아'를 보거나, 혹은 명성과 권력과 카리스마적인 자질을 발산하는 사람들에게 자신을 접착시킴으로써만 극복할 수 있는 불안감을 키운다."[23] 나르시시스트에게 세상은 자신을 되비추는 반사경이다. 근대적 개인으로서 자기를 구축해가는 데 여념이 없었던 식민지 조선인 청년 이형식과 이인화가 제국-식민지 체제 내 이동성이 강화되어가면서 자기 구축에 불안감을 느끼는 한편, 그러한 과정 속에서 끊임없이 타인의 시선에 예민하게 반응하여 내면성을 형성해갔던 나르시시스트로서의 욕망을 발현하고 있었던 것은 『무정』과 『만세전』의 서사를 통해 쉽게 확인할 수 있다.

『무정』에서 이형식은 일본 유학 후 조선에 돌아와 경성의 영어 학교에서 학생들을 가르치면서 "죠선에 잇서서는 가장 진보한 스상을 가진 선각자로 즈신"[24]하고 있었는데, 이는 학생들을 비롯해 주위 사람들로부터 학식과 인격에 존경을 받고 있었기 때문이었다. 그런 그가 영채와의 추문에 휩싸여 학교를 그만두면서 "오늘이야 비로소 스년급 학싱들의 눈에 비최인 즈기를 분명히 쌔달은 것"[25]이라고 토로했던 것은 타인으로부터의 존경이라는 선망의 시선에 기댄 자아의 확인이 언제나 유동적인 상태에 놓여 있다는 것을 보여준다. 고아의식을 가진 결핍된 존재로서 이형식은 일본 유학을 통해 그러한 결핍을 메우고 조선에 돌아

---

23 크리스토퍼 라쉬, 최경도 역, 『나르시시즘의 문화』, 문학과지성사, 1989, 25쪽.
24 春園, 앞의 책, 345~346쪽.
25 위의 책, 358쪽.

와 학생들을 가르치는 행위를 수행하면서 우월감을 확보하는 한편, 학생들을 자신의 분신과도 같은 존재로 만들고자 했지만, 그것이 파탄나자 다시금 결핍된 존재로 남게 된다. 따라서 그의 미국 유학은 계속해서 그러한 결핍을 메우기 위한 움직임이라고 할 수 있다. 그리고 그때 그의 이동은 근대적 개인의 입신출세 욕망이 식민지 조선 문명화의 사명으로 승화되면서 보다 강화될 수 있었다. 식민지 조선의 문명화를 선도해야 할 청년 지식인으로서 그는 나르시시즘적인 욕망을 의심 없이 탐닉할 수 있었던 것이다.

이형식처럼 명징하게 자기 욕망의 발현 과정을 보여주지 않는 것처럼 보이지만, 『만세전』의 이인화 역시 결핍된 자로서의 자기 인식을 지니고 있었다. 그는 스스로를 "남의 동정同情을 밧구 십허 하는 사람도 안이요 남에게 동정同情할 줄도 모르는 사람"[26]이라며 타인과의 관계나 그들의 시선에 비친 자기로부터 벗어나 내면에 침잠하고자 했지만, 식민지 규율 권력의 감시 대상인 자기 자신에 대해 환멸의 시선을 가지고 있다. 그러한 환멸의 감각은 감시와 처벌의 식민지 규율 권력 속에서 배태된 것으로, 식민지인으로서의 자기 인식에 기초한 것이기도 하다. 그가 "인생人生의 이상理想이란 것은 나는 생각해 본 일도 업습니다. 구태어 말하자면 자기自己를 위爲하야 산다 할까요"[27]라고 말했던 것은 불안성이 증폭되는 제국-식민지 체제 속에서 내면성을 강화해 그에 대응하고자 한 것이지만, 그것은 역설적이게도 나르시시스트로서의 자기 구축이 불가능하다는 것을 드러낸다. 묘지와도 같은 식민지 조선의 현실

---

26 廉想涉, 앞의 책, 188쪽.
27 위의 책, 117쪽.

을 목도하고 자신 또한 그러한 현실 속에 놓여 있음을 자각한 이 식민지 조선인 청년은 다시금 자기 자신의 내면에 침잠하는 나르시시스틱한 행위와 욕망을 펼쳐 보이고 있는 것이다.

이처럼 이광수의 『무정』과 염상섭의 『만세전』은 식민지 조선인 청년의 이동 과정을 서사화하고 있는 '이동 서사'로, 전자는 식민지 나르시시스트의 자기 구축 과정을, 후자는 자기 파탄 과정을 보여준다는 점에서 시각 주체의 (몰)윤리성을 보여준다. 『무정』의 이형식이 나르시시스틱한 낭만적 주체로 자기를 주조할 수 있었던 것은 시선의 위계화에 의해 타자를 바라보고 배제할 수 있었기 때문이고, 『만세전』의 이인화가 나르시시스틱한 시각 주체로서 자기 파탄의 체험을 맛보지 않을 수 없었던 것은 그러한 시선의 환원을 통해 내적 균열을 일으켰기 때문이다. 하지만 이러한 차이에도 불구하고, 그들의 나르시시즘적인 욕망을 추동한 것이 제국-식민지 체제의 질서와 문법이라는 점은 다시금 강조될 필요가 있다. 낡은 도덕의 구속에서 벗어나 새로운 문명의 세계로 진입하는 식민지 조선인 청년들의 서사는 제국-식민지 체제의 식민주의를 뒷받침하는 문명화의 논리에 기대고 있었다.[28] 식민지 조선인 청년이라는 제한적·폐쇄적 위상을 극복하고 자기를 구축하기에 여념이 없었던 그들이 자신들을 둘러싼 세계 속에 또 다른 자기를 발견하고 동일시하려고 했던 욕망은, 비록 그것이 강화되거나 부인되는 방식으로 나타났지만, 제국-식민지 체제가 마련한 이동과 시선의 장치들에 의한 것이었다.

---

28 황종연, 「노블, 청년, 제국-한국 근대소설의 통국가간(通國家間) 시작」, 『탕아를 위한 비평』, 문학동네, 2012, 411쪽.

제2장
식민지 조선 청년의 귀향과 전망
이광수의 『흙』을 중심으로

1. 식민지 지식인 청년의 귀향

　형식과 선형은 지금 미국 시카고 대학 사년생인데 내내 몸이 건강하였으며 금년 구월에 졸업하고는 전후의 구라파를 한번 돌아 본국에 돌아올 예정이며, 김장로 부부는 날마다 사랑하는 딸이 돌아오기를 기다려 벌써부터 돌아온 후에 할 일과 하여 먹일 것을 궁리하는 중.

　병욱은 음악학교를 졸업하고 자기의 힘으로 돈을 벌어서 독일 백림에 이태 동안 유학을 하고 금년 겨울에 형식의 일행을 기다려 시베리아 철도로 같이 돌아올 예정이며, 영채도 금년 봄에 동경 상야 음악학교 피아노과와 성악과聲樂科를 우등으로 졸업하고 아직 동경에 있는 중인데 그 역시 구월경에 서울로 돌아오겠다.[1]

이광수의 『무정』 서사 말미에는 삼랑진 수해 현장에서의 구제 활동을 통해 자신들의 이동을 식민지 조선 문명화의 사명을 완수하기 위한 것으로 승화시켰던 청년들이 '돌아올 것'을 예기하고 있는 서술자적 논평이 제시되어 있다. 이에 주목하자면, 이형식을 비롯한 선형, 영채, 병욱 등 식민지 조선인 청년들의 유학은 처음부터 귀국(귀향)을 전제로 한 것이었다. 문명/야만의 이분법적 구도 속에서 서양/조선을 구획 짓고, 야만의 땅 조선을 벗어나 문명을 선취한 서양으로 향했던 식민지 조선인 청년들은 문명과 교양을 체득하여 '자기'를 완성한 뒤 다시금 돌아와야만 했던 것이다. 한국 근대 최초의 장편소설 『무정』이 노블의 형식으로서 이동의 서사 속에 근대적 개인의 성장 과정을 서사화했다면, 이제 성장 이후 그들의 이동과 그 속에 내재된 욕망에 대해 자연스럽게 시선이 간다.

그런데 여기에서 다시금 주목되는 것은 20세기 초 식민지 조선 근대화의 주역으로서 근대식 교육을 받고 돌아온 청년들이 부상하고 있다는 점이다.[2] 물론 이는 일본을 비롯한 동아시아 근대문학, 특히 노블의 형식에서 손쉽게 찾아볼 수 있는 것이기도 하다. 노블 생산의 역사적 조건들 중 근대적 개인의 성장과 자아의 각성이 국민국가의 성립 및 전

---

1 이광수, 『무정』, 문학과지성사, 2005, 469~470쪽.
2 "청년을 정의하는 실천이자 사명인 문명화는 야만, 반개(半開), 문명 삼 단계를 상정한 후쿠자와 유키치나 그것을 모방하여 미개, 반개, 개화 삼 등급을 상정한 유길준의 예가 말해주듯이 하나의 보편적인 진보의 역사를 이룬다. 세계의 모든 민족이 다투어 참여하고 있는 문명화의 단선적 과정에서 자기 동족이 낙후한 상태에 있음을 인식하고 서양사회가 도달했다고 믿어지는 가장 '선미(善美)'한 문명의 단계로 자기 동족의 물질적·정신적 삶을 주도함으로써 청년은 성립한다." 황종연, 「노블, 청년, 제국-한국 근대소설의 통국가간(通國家間) 시작」, 『탕아를 위한 비평』, 문학동네, 2012, 401쪽.

개 과정과 동궤에 놓인다는 점에서 근대식 교육을 받고, 서양의 문물을 체득한 청년 세대들이 민족적 주체이자 계몽적 주체로 자기를 정립해 간 과정은 동아시아 근대소설에서 손쉽게 찾아볼 수 있는 장면이다. 그렇다면 『무정』의 이형식을 비롯한 귀국(귀향)한 식민지 조선 지식인들은 어떠한 이동의 과정을 수행하는가? 그리고 그러한 과정에서 어떠한 비전과 전망을 지니는가? 이 글에서는 이에 주목해 논의를 전개하고자 한다. 무엇보다 그것은 20세기 초 근대/전근대, 문명/야만, 서양/동양, 제국/식민지 등 이분법적 공간 인식과 구도 속에서 근대 한국의 위상을 파악한 뒤 근대·문명·서양·제국 등으로 향했던 청년들이 되돌아와 전근대·야만·동양·식민지의 세계 속에서 새롭게 자기를 정립해 가는 한편, 그 속에서 나름의 비전과 전망을 펼쳐보였다는 점을 감안했기 때문이다. 그리고 그것은 근대 한국이 식민지화된 현실에 대응하는 식민지 조선 지식인 청년들의 분투의 기록이기도 하다. 따라서 귀향한 조선 지식인 청년의 실천은 20세기 초 근대 한국의 사회 구조의 변동 과정 속에서 식민지 지식인 청년들의 이동의 회로와 욕망을 가늠할 수 있게 한다는 점에서 주목된다.

이러한 점을 감안해 이 글에서는 이광수의 『흙』(『동아일보』, 1932.4.12.~ 1933.7.10)을 대상으로 하여 논의를 전개하고자 한다. 이광수의 『흙』이 씌어진 1930년대 초는 제국-식민지 체제기 이동의 조건과 문법, 그리고 형식들이 상호 연루되어 있으면서도 분기하는 하나의 지점이었다. 제국-식민지 체제 초기 문명/야만의 인식 틀 속에서 '조선'에서 '세계'로 이동했던 청년들과 식민지 말 전시총동원 체제에 의해 이동했던 청년들은 체제 변동에 따라 상이한 이동성을 보였는데, 이광수의 『흙』의 서사에 나타난 식민지 조선인 청년의 이동은 이전 시기 이동의 결과이자 이후 시기 이동을 예기하고 있다는 점에서 주목된다. 즉, 근대 초기 문명개화의 이념 속에서 세계로 향했던 조선인 청년들이 돌아와 그와 대척적인 공간으로 상정한 조선의 농촌으로 이동하고, 그것이 제국 일본의 식민지 조선에 대한 공간 재편 과정과 맞물리면서 1930년대 이후 전쟁 수행을 위한 동원으로 회수되어가는 굴절 지점을 확인할 수 있게 한다. 문명개화의 이념에 기초한 계몽적 주체로서의 자기 기획의 움직임이 어떻게 제국적 주체로서 자기 정립의 길로 연결될 수 있는가를 『흙』의 서사를 통해 파악할 수 있는 것이다.

이광수의 『흙』에 관해서는 많은 연구가 이루어져왔다. 비교적 최근의 연구들 중 방민호는 『흙』의 서사가 안창호의 '이상사회론'에 영향을 받아 자본주의적 질서에 의해 해체되어가는 농촌 공동체의 이상적 상태로의 진화를 펼쳐 보이고 있다고 논의하였고,[3] 같은 맥락에서 박진숙은 『흙』의 서사가 조선총독부의 농촌진흥운동을 전유해 안창호의 동우회 운동의 일환인 이상촌 건설을 실현하려 한 것이라고 논의하였다.[4] 한편, 이철호는 지혜, 의지, 열정의 삼위일체적 구현자로서 허숭이라는 지도자상에 주목하여 "『흙』에서 '인격'은 근대적 욕망과 도덕, 도시와 농촌, 서구와 전통 사이의 가치론적 위계가 전도되는 가운데 허숭에게서 뚜렷한 형상을 얻게 되었고 그것은 다이쇼 인격주의의 한국적 토착화를 의미"[5]한다고 밝혔다. 정하늬는 『흙』의 허숭이 『무정』의 이형식

---

3 방민호, 「장편소설 『흙』에 이르는 길-안창호의 이상촌 담론과 관련하여」, 『춘원연구학보』 제13호, 춘원연구학회, 2018, 35~74쪽.

4 박진숙, 「이광수의 〈흙〉에 나타난 '농촌진흥운동'과 동우회」, 『춘원연구학보』 제13호, 춘원연구학회, 2018, 75~109쪽.

에서 보였던 계몽주의적 지도자상이 확대된 형태로, 한민교와 허숭의 관계에 주목해 이광수가 허숭에게 "사도 바울의 투사적인 지도자상을 투영했다"[6]고 논의하였다. 한편, 정홍섭은 이광수 문학을 이해하는 데 나르시시즘과 자전적 성격의 글쓰기가 본질적인 방법임을 전제한 뒤, 1919년 이광수가 상해에서 안창호를 만난 뒤 발표한 「민족개조론」을 통해 조선 민중을 보다 일방적으로 대상화하는 나르시시즘이 강화되었고, 그것이 안창호의 죽음 이후 식민지 말 '친일적' 행적 및 해방 이후 글쓰기로 이어지고 있음을 밝혔다.[7] 이러한 정홍섭의 논의는 『흙』에 관한 직접적인 논의는 아니라고 하더라도 허숭으로 대표되는 지도자상 구축에 이광수의 나르시시즘적인 욕망이 내재되어 있음을 간취할 수 있게 한다. 이들 연구와 다소 결을 달리하는 권은은 이광수의 문학에 나타난 공간 지평과 지리적 상상력을 통해 그의 역사 인식을 살펴보면서 『흙』의 서사가 표면적으로는 식민지 조선 내 서울과 살여울의 대립 관계를 제시하지만, 심층적으로는 동경-서울-살여울-검불랑의 점층적인 관계망을 보여준다고 논의하였다. 그리하여 제국 일본의 승인을 받은 식민지 엘리트 허숭이 이러한 제국-식민지의 공간적 위계를 확인하고 그 간극을 좁히는 역할을 수행한다고 밝혔다.[8]

5　이철호, 「이광수 소설에 나타난 '인격'과 그 주체 표상-『흙』을 중심으로」, 『동악어문학』 제56집, 동악어문학회, 2011, 127~128쪽.

6　정하늬, 「이광수의 『흙』에 나타난 투사적 지도자상 고찰」, 『춘원연구학보』 제10호, 춘원연구학회, 2017, 230쪽.

7　정홍섭, 「춘원 문학의 나르시시즘과 자전적 성격-「농촌계발」과 「민족개조론」을 중심으로」, 『춘원연구학보』 제13호, 춘원연구학회, 2018, 111~143쪽; 정홍섭, 「나르시시즘의 거울 만들기로서의 이광수의 자전적 글쓰기」, 『한국현대문학연구』 제57집, 한국현대문학회, 2019, 235~265쪽.

8　권은, 「이광수의 지리적 상상력과 세계인식-이광수의 초기 장편 4편을 대상으로」,

이상의 논의를 통해『흙』의 서사 구축의 동력으로서 이광수에 대한 안창호의 사상적 영향, 허숭으로 대표되는 다이쇼 인격주의와 관련된 계몽적 주체로서의 지도자상, 그리고 이광수의 나르시시스틱한 욕망의 발현 및 자전적 글쓰기 양상 등을 확인할 수 있다. 이 글에서는 이러한 선행 연구를 비판적으로 수용하면서 허숭의 이동과 그 속에 내재된 욕망에 초점을 맞춰 논의를 전개하고자 한다. 특히 식민지 조선 지식인 청년이 중앙/지방의 위계화된 공간 질서 속 서울에서 시골로 이동(귀향)하고, 농촌운동에 투신하여 계몽적 주체로서 자기를 정립해나가는 과정에서 나타나는 욕망의 회로와 그 임계점을 살펴보고자 한다. 이는 1930년대 초, 나아가 제국-식민지 체제기 식민지 조선 지식인 청년의 존재 방식의 일단을 확인하는 길이 될 수 있을 것이다.

2. 욕망 통제의 공간으로서 농촌

이광수의『흙』의 서사에서 식민지 조선인 청년 허숭이 향한 곳은 고향 살여울이다. 그곳은 중앙과 지방, 중심과 주변, 서울과 시골이라는 이분법적 공간 위계화 구도 속에서 위치 지어진 서북 지방의 농촌마을이다. 물론『흙』의 서사에서 이러한 이분법적 공간 구획이 직접적으로 서사의 표층에 드러나는 것은 아니다. 하지만 서사 초반 김갑진과 허숭에 관한 대비적 인물 서술 속에서 그러한 양상을 쉽게 확인할 수 있다.

『현대소설연구』제65호, 한국현대소설학회, 2017, 3~58쪽.

그들은 각각 '서울 사람'='양반'/'시골 놈'='상놈'으로 구분된다. 이러한 구분이 가능한 것은 그들의 정치경제적 능력 및 사회적 위상과 관련된 것이지만, 그것은 출신지와 결부시켜 신분을 규정하는 방식이기도 하다. 이는 근대 이전부터 서울이 정치·경제·문화의 중심지로 기능하면서 개인들의 사회문화적 위상을 규정한 것과 관련되지만, 근대이후 제국 일본의 식민지 조선 통치를 위한 공간 재편 과정 속에서 서울과 지방이 중심과 주변으로 다시금 위계화되는 구도를 여실히 보여주는 것이기도 하다.[9] 근대적 개인이 출향하여 자신의 입신출세의 욕망을 달성하기 위해 중앙인 서울로 향하는 '상경上京의 심상지리'는 제국일본에 의한 근대적 공간 질서의 재편 과정 속에서 보다 강화되었다.

김갑진에게 '시골 놈'은 '서울 사람'에 비해 무지하고, 엉큼하며, 지방열이 강해 서울 사람을 미워하고 배척하는 자로 인식될 뿐이고, 따라서 시골은 미개와 야만의 공간으로 여겨지고 있다. 해서 허숭이 "지금우리 조선 사람은 모조리 세계적 시골뜨기요 상놈이 아닌가. 그런데 이조그마한 조선, 몇 명 안 되는 조선 사람 중에 양반은 다 무엇이고 상놈은 다 무엇인가. 서울 사람은 다 무엇이고 시골 사람은 다 무엇인가. (…중략…) 김갑진이나 허숭이나 다 한 가지 이름밖에 없는 것일세—'조선 사람'이라는"[10]이라고 항변해 보았자 그것은 시골 놈의 '인식 착

---

9   이와 관련해 유럽의 경우, 시골과 도시를 서로 대조되는 인간 생활방식으로 보는 관점은 고전 시대까지 거슬러 올라가는데, 대체로 "시골에 대해서는 평화, 순수, 소박한 미덕 등이 깃든 자연적 생활방식이라는 관념이 축적되었고, 도시에 대해서는 학문, 소통, 빛 등이 존재하는 인간 업적의 중심이라는 관점이 축적되었다. (…중략…) 도시는 소음, 세속성, 야심의 장소이고, 시골은 후진성, 무지, 편협함의 장소이다."(레이먼드 윌리엄스, 이현석 역, 『시골과 도시』, 나남, 2013, 15~16쪽) 제국-식민지 체제하 서울과 시골에 관한 관념 또한 이와 크게 다르지 않다.

오'일 뿐이다. 시골 놈으로서 자신의 제한적·폐쇄적 위상을 극복하기 위해 서울/시골, 양반/상놈의 이분법적 위계 구도를 '조선 사람'으로 통합하고자 했던 허숭의 욕망 발현이 자못 흥미롭지만, 그에게도 조선을 중앙과 지방, 중심과 주변으로 구획 짓는 공간 관념이 작동하고 있다는 것은 『흙』의 서사 곳곳에서 쉽게 확인할 수 있다.

　허숭에게 그의 고향 살여울은 출향자 지식인 청년들의 고향에 대한 인식과 감각이 대체로 그러하듯이, 유년의 체험과 기억의 공간으로서 노스텔지어를 자극하는 장소애[11]의 대상으로 여겨질 수 있다. 하지만 이 소설에서 살여울은 노스텔지어의 대상으로서의 고향으로 인식되는 측면이 약하다. 그것은 이 소설의 서사가 농촌운동의 주체로서 식민지 조선인 청년의 행위와 욕망에 초점을 맞추고 있기 때문이다. 그런 점에서 살여울은 계몽 이전의 미개하고 척박한 영토로 드러난다. 그리고 전 조선 인구의 80%가 농촌에 거주하고 있다는 점에서 살여울은 특정한 개인의 장소로 한정되는 것이 아니라 조선 그 자체를 상징적으로 드러내는 공간으로 위치한다. 『흙』의 서사에서 전 조선의 쇠락한 풍경이 실정失政의 산물이라는 서양인의 인식이 단편적이고 피상적일 수 있다는 점을 차치하고서라도, 살여울로 대표되는 조선의 농촌마을이 피폐화되고 농민들의 삶이 척박해진 것은 소위 상류층 지배 계급의 억압과 착취 때문이다. 그들에 의해 조선의 근본이라고 할 수 있는 농촌·농업·농

10　이광수, 『흙』, 문학과지성사, 2005, 34쪽.
11　장소애(topophilia)는 물리적 환경과 인간 사이의 정서적 관계를 지칭하는 개념으로, 고향, 기억의 장소, 삶의 터전에 대한 인간의 애착적인 장소 감각을 의미한다. Yi-Fu Tuan, *Topophilia : A study of Environmental Perception, Attitudes, and Values,* Colombia University Press, 1990, pp.92~93.

민의 가치는 무시되고, 그들의 사리사욕을 채우는 과정 속에서 농촌과 농민의 삶은 파괴되어갔던 것이다.

전근대적 경제 질서 속에서 농민들의 삶의 토대로서 농촌이 파괴되어가고 있다는 허숭의 이러한 인식은 『흙』의 서사 곳곳에서 살펴볼 수 있는데, 보다 주목되는 점은 제국-식민지 체제기 근대화의 과정 속에서 농촌이 발전하는 것이 아니라 오히려 쇠락해가고 있다는 점이다. 과거 살여울은 마을이 만들어진 이래 근대식 법과 제도가 없었지만, 마을 원로들의 지도에 의해 "개인과 전체, 나와 우리의 완전한 조화"[12]가 이루어진 곳이었다. 하지만 그곳은 지방 관공서의 주도 아래 '나라 법'에 따라 운용되면서 농민들에게 살 수 없는 곳이 되어버렸다. 집과 땅을 잃은 농민들에게 가난의 원인은 파악 불가능한 것이었고, "넓게 뚫린 신작로, 그리고 달리는 자동차, 철도, 전선, 은행, 회사, 관청 등의 큰 집들, 수없는 양복 입고 월급 많이 타고 호강하는 사람들"[13]은 자신들과 무관한 것들이었다. 농민들은 그저 모든 것을 팔자소관으로 여기면서 세상이 변했기 때문이라고 탓할 뿐이었다.

그런데 식민지 조선의 농촌이 피폐해진 원인은 농민 개개인의 자질이나 역량에 있지 않았다. 1930년대 초 세계대공황의 여파로 농촌 경제의 파탄이 가속화되자 조선에서는 혁명적 농민·노동조합운동이 대두하는 등 계급·민족혁명운동이 발전하고 있었는데, 조선총독부는 식민지 지배 체제를 강화하기 위해 그러한 혁명운동을 탄압하고 농촌사회를 진정시켜야 했다. 그에 따라 1931년 조선총독으로 부임한 우가키

---

12 이광수, 『흙』, 176쪽.
13 위의 책, 152쪽.

가즈시게^{宇垣一成}는 농촌진흥운동을 실시하였는데, 「조선소작조정령」과 「농지령」을 시행하여 그를 뒷받침했다. 하지만 두 법안이 시행되자 지주들은 자신들의 손해에 대비해 소작료를 인상하고 소작인을 교체하였을 뿐만 아니라 소작인의 무지와 개별 권해의 약점을 이용해 규제를 피하고자 하였고, 소작인들은 그에 맞서 소작 조건의 악화를 막고 경작권을 지키려 하였다. 그러한 과정에서 두 법안은 빠르게 제도적으로 정착되어갔고, 소작쟁의가 계급투쟁이나 민족혁명으로 발전하지 못했던 것이다.[14] 한편, 조선총독부의 관제운동이었던 농촌진흥운동은 '자력갱생'을 슬로건으로 내세웠는데, 이는 농민의 빈곤과 농촌경제 파탄의 원인이 농민 개개인의 무지와 나태에서 비롯되었다고 보고 근면과 노력으로 그것을 극복할 수 있다고 선전한 것이었다. 1920년대 일본의 국민정신작흥운동에서 시작된 자력갱생론을 본떠 식민지 조선에서 관제 이데올로기로 선전된 자력갱생론은 미천하고 빈한한 출신의 개인이 근면과 노력으로 성공을 이룰 수 있다는 스마일즈의 자조론에 사상적 기반을 두고 있었는데,[15] 농촌경제의 파탄에 대한 제도적 병폐와 구조적 모순을 농민 개개인의 정신적 영역으로 전가한 것에 지나지 않았다.

『흙』의 서사에서도 식민지 조선의 압축도로서 살여울에서 농민의 삶이 곤궁해진 원인은 농민들의 무지와 미개, 자본력에 기대어 사리사욕을 채우고자 했던 특정 인물 때문인 것으로 제시된다. 『흙』의 서사 말미에서 귀향한 유정근의 계략과 음모에 의해 허숭에 대한 마을 사람

---

14 이윤갑, 「농촌진흥운동기(1932~1940)의 조선총독부의 소작정책」, 『大丘史學』 제91집, 대구사학회, 2008, 267~270쪽.
15 최희정, 「1930년대 '자력갱생'론의 연원과 식민지 지배 이데올로기화」, 『한국근현대사연구』 제63집, 한국근현대사학회, 2012, 139~177쪽.

들의 신임이 깨지고, 허숭이 주관하던 각종 사업이 좌초되는 동시에 새로운 공동체로 일신해가던 살여울은 다시금 몰락하고 농민들의 삶은 곤궁해져간다. 유정근이 경영하는 식산조합의 채무 때문에 경매, 차압, 지불 명령에 의해 집과 땅을 잃게 된 농민들은 다시금 가난에 허덕이게 되는데, 유정근에게 "그것은 게으른 자의 핑계"[16]일 뿐이고, 허숭에게 그들의 몰락은 아직 미몽에서 깨어나지 못한 자들의 귀결일 뿐이다. "이 살여울은 너무도 경치가 좋고 토지가 비옥하고 배들이 불러. 좀더 부자들한테 빨려서 배가 고파야 정신들을 차릴 모양이오"[17]라고 말하는 허숭은 유정근의 말에 속아 자신을 배반하고, 자신이 주도해오던 농촌운동을 내팽개치고 술 마시고 노는 농민들을 아직 배고픔을 모르는 존재들로 규정한다.

그런데 살여울이라는 농촌마을의 질서는 허숭의 헌신적인 노력도, 유정근 일가의 기만적인 착취도 아닌, 제국에 의해 마련된 근대식 법과 제도에 의해서 운용된다. 기존의 혈연과 지연, 상호 부조를 바탕으로 한 유대감과 결속력을 지니고 있었던 농촌마을의 공동체적 질서는 근대식 법과 제도, 제국의 통치 질서에 자리를 내주었다. 유정근 일가의 축재 과정에서 나타나듯, 먹고사는 문제와 관련해 채권-채무의 계약 관계가 마련되고 그것이 법적 효력을 갖게 되는 장면이나 허숭이 고향을 위해 "글 모르는 사람 글도 가르쳐주고 조합을 만들어서 생산, 판매, 소비도 합리화를 시키고, 위생 사상도 보급 시키고 생활 개선도 하고, 그래서 조금이라도 지금보다 좀 낫게 살도록 해보자는"[18] 뜻으로 수행

---

16 이광수, 『흙』, 710쪽.
17 위의 책, 673쪽.

했던 농촌운동이 "총독 정치에 반항한다는 것을 의미"[19]하는 것으로 경찰 권력에 의해 낙인찍히는 장면을 통해 이러한 상황을 쉽게 확인할 수 있다. 즉, 살여울, 나아가 조선을 지탱해왔던 공동체적 질서와 가치는 근대화 과정 속에서 과거의 퇴물로서 자연스럽게 소멸되어간 것이 아니라, 제국의 식민지 통치 권력에 의해 운영되던 법질서, 그리고 그러한 법질서에 기생한 자들에 의해 파탄났던 것이다.

그런 점에서 허숭이라는 청년 주체의 조선 농민을 대상으로 한 계몽의 이야기는 근대적 개인의 의지와 실천에 의해 이끌리는 것처럼 보이지만, 제국 일본의 식민지 조선 통치를 위한 법과 제도가 그러한 개인의 의지와 실천을 촉진시키거나 저지시킨다고 보는 것이 온당하다.[20] 허숭이 살여울에 귀향하여 마을 사람들로부터 환대와 존숭을 받았던 것은 그가 고향 마을의 발전을 위해 헌신했기 때문이라기보다는 시골 출신으로 서울에 가 공부한 뒤 고등문관시험에 합격해 변호사가 되었기 때문이다. 이는 출향 상경 지식인 허숭을 마을 사람들과 구별 짓는 지표이다. 뿐만 아니라 비록 제한적이라고 하더라도 제국의 법질서를 파악하고 운용할 수 있는 변호사라는 자격을 가지고 있다는 점에서 허숭은 이질적인 존재가 되는 것이다. 허숭이 스스로 계몽적 주체로서 자

---

18 위의 책, 699쪽.

19 위의 책, 690쪽.

20 홍순애는 『흙』의 서사가 치안유지법의 강압적 집행을 비판하는 대신 양심률에 의한 '법률의 유교화'와 덕치주의를 지향함으로써 이상주의적 법의식을 보인다고 논의하면서 허숭이 식민지 법 체제에 순응하는 동시에 순교자의 포즈를 취하는 아이러니가 결국 식민논리를 수용하는 결과를 낳는다고 주장하였다. 홍순애, 「식민지 법제도와 이광수 소설의 문학법리학(Literary Jurisprudence)적 재인식―『삼봉네 집』과 『흙』을 중심으로」, 『우리文學研究』 제63집, 우리문학회, 2019, 647~684쪽.

기를 구축할 수 있었던 것 또한 바로 이 제국의 법질서에 의해 이른바 '엘리트'로서 인정받았기 때문인 것이다.[21] 『흙』의 서사에는 허숭의 자기희생과 헌신적 노력이 지속적으로 제시되어 있고, 허숭 또한 계몽적 주체로서 자기를 구축해나가는 과정 속에서 그것들의 중요성을 자각하고 있었지만, 마을 사람들에게 그는 고등교육을 받은 변호사, 즉 근면과 노력을 통해 성공했기 때문에 권위를 가진 자로 여겨질 수 있었던 것이다.

이처럼 이광수의 『흙』의 서사에는 근대 이후 중앙과 지방, 중심과 주변으로 위계화된 서울과 시골의 공간 질서 및 구도를 보여준다. 그리고 시골 출신 조선인 청년이 고향을 떠나 서울에서 교육을 받고 다시 귀향하여 농촌운동에 투신하는 이동의 과정을 서사화하는 것을 통해 그러한 위계화된 공간 질서 속 조선의 서울과 시골이 어떠한 문화지정학적 위상을 갖는지 확인하게 한다. 그런데 이러한 인식과 구도는 식민지 조선 내 서울과 지방에 한정되지 않는다. 허숭이 비록 서울에서 고등교육을 받고 귀향해 농촌운동을 펼치면서 자기희생과 헌신을 보여주고 있지만, 그의 권위는 제국적 질서와 법체계에 의해 승인 받아 발현 가능한 것이 된다. 따라서 『흙』의 서사에서 간단히 처리되어 있지만, 그가 도쿄에 가 고등문관시험을 치르고 돌아온 것은 상징적이다. 제국 일본

---

21 고등문관시험은 고등 관료를 선발하는 시험인데, 고등관은 조선총독부 전체 관료 중 대략 10%에 불과했고, 그중 조선인은 극소수에 해당했다. 또한, 고등문관시험은 제국-식민지 체제 내 식민 관료로서의 입신출세를 보장하는 첩경이었다. 1943년 고등문관시험이 중단될 때까지 사법과 합격자가 총 272명 정도였다는 점에서 『흙』에 나타난 허숭의 피식민자 엘리트로서의 위상의 짐작할 수 있다. 고등문관시험 관련해서는 정종현, 『제국대학의 조센징 - 대한민국 엘리트의 기원, 그들은 돌아와서 무엇을 하였나?』, 휴머니스트, 2019, 138~153쪽 참조.

의 중앙으로서의 도쿄는 식민지 조선 청년의 욕망을 증폭시키거나 강화시킬 수 있는 곳이었던 것이다.

같은 맥락에서 살여울로 대표되는 시골 농촌마을은 제국적 질서와 법체계에 의해 재편되어가는 식민지 조선 그 자체를 상징하는 공간으로, 제국에 의해 자신의 권위를 확보했다고 여기고 있었던 식민지 조선인의 욕망을 증폭시키는 공간이자 동시에 그것을 좌절시키는 공간이기도 하다. 제국적 질서와 법체계에 의해 자신의 행위에 정당성을 확보한 식민지 조선인 청년의 욕망은 계몽의 대상으로서 농촌을 위치시켰지만, 결코 그러한 제국적 질서와 법체계에 의해 운용되고 있는 농촌을 장악하거나 초과할 수는 없다. 이 소설의 말미에 허숭이 살여울을 떠나 검불랑으로 향하고자 한 것은 살여울에서의 그의 농촌운동이 좌절된 결과인 것처럼 제시되어 있지만, 검불랑은 아직 제국적 질서와 법체계가 미치지 않는 곳으로서 식민지 조선인 청년의 좌절된 욕망을 새롭게 발현할 수 있는 곳으로 여겨졌기 때문이다. 하지만 쉽게 짐작할 수 있다시피, 식민지 조선이 제국의 법역으로서 재편된 이후 검불랑은 살여울과 다른 공간이 아니다. 허숭이라는 식민지 조선인 청년이 가지고 있는 권위가 제국적 질서와 법체계에 의해 승인 받아 발현 가능한 것이라면, 제국의 법역 내 그의 욕망은 여전히 제한적으로만 달성 가능한 것이다.

3. 새로운 공동체의 모색과 좌절

출향하여 서울에서 고등교육을 받고 제국적 질서에 의해 엘리트로 승인받은 식민지 조선인 청년이 귀향하여 펼치고자 하는 것은 '농촌운동'이다. 그것은 앞서 살펴보았던 것처럼, 살여울로 대표되는 조선의 농촌이 근대 이전부터 쇠락해가고 있다는 인식과 함께 근대 이후 농민들의 삶이 더욱 피폐해져가고 있다는 판단에 기초한다. 무엇보다 문명/야만, 계몽/미개의 구도 속에서 농촌은 야만과 미개의 상태에서 문명과 계몽의 상태로 전환되어야 할 곳으로서 식민지 조선 그 자체를 상징적으로 드러낸다. 이러한 맥락 속에서 허숭이 살여울에 돌아와 전개하는 농촌운동은 농민들의 생활 개선 및 경제적 자립에 초점이 맞춰져 있다. 그는 교육을 통해 과학적 지식을 보급하고 위생 관념을 확산시키는 한편, 자립적 경제 활동의 토대를 구축하는 것을 통해 농민들의 삶을 보다 나은 방향으로 발전시키려고 한다.

그런데 귀향 후 농촌운동을 전개하는 그의 활동 중 가장 주목되는 것이 협동조합을 설립해 운영하는 것이다. 이는 제국-식민지 체제하 근대식 법과 제도에 의해 기존의 전근대적 농촌공동체가 와해되고, 농민들의 삶이 피폐해져가고 있다는 현실 인식 속에서 그들의 생활의 근거와 경제적 자립을 마련하기 위한 방편이었다. 살여울은 5년 전만 해도 농민들이 자신의 땅에서 농사를 지을 수 있었지만, 지주가 소작인들에게 경작지를 불하하지 않고 품을 사 농사를 지으면서 농민들은 날품팔이로 전락해 근근이 호구지책을 마련할 뿐이었다. 지주-소작제의 병폐를 넘어 농민들이 값싼 날품팔이로 노동력을 착취당해 생활의 근거를 상실하게 된 것이 살여울의 현실이었던 것이다. 이에 허숭은 살여울 농민들의 출자를 바탕으로 한 협동조합을 설립해 운영하는 한편, 상호 부조의 원칙 아래 공동 생산과 분배를 통해 경제적 자립도를 높이고자 한다. 이는 자본력을 독과점한 지주·마름 등에 농민들이 경제적으로 예속되는 상황을 타파하기 위한 것이었다. 『흙』에서의 협동조합이 어떠한 원칙으로 운용되고 있는가는 구체적으로 드러나지 않지만, 그것이 농민들의 기본적인 생계를 위한 삶의 조건으로서 최소한의 경제력을 확보하기 위한 것이었다는 점은 쉽게 확인할 수 있다.

이와 관련해 이광수는 『흙』 연재 직전 발표한 「조선민족운동의 삼기초사업」에서 협동조합 운동의 필요성을 피력한 바 있다.[22] 제국-식민지 체제기 민간 협동조합은 피폐해진 농촌 상황의 개선과 민족자본의 형성을 과제로 하는 경제적 요인, 문화정치와 근대적 사회운동의 태동이라는 정치적 요인, 토착문화로서 계契의 경험과 청년 지식인의 등장이라는 사회문화적 요인 위에 국제적 네트워크, 농민 획득 경쟁, 사상운동과의 결합이 핵심적인 촉진 요인으로 작동하면서 조직될 수 있었다.[23] 1920년대 말에서 1930년대 초 제국 일본의 식민농정과 세계대공황의 여파로 인해 조선 농촌에는 농가 부채의 증가, 기아와 궁민의

---

22 "生産力向上에는 前項에서 말한 바와 같이 生産技術의 傳習과 販賣·消費의 合理化를 必要로 하는 外에, 浪費慣習을 矯正하고 그 자리에 家政經濟의 法則化의 習慣을 樹立하는 것과, 또 細民金融問題의 解決을 必要로 하는 것이다. // 生産技術의 傳習은 啓蒙運動 속에 넣을 수가 있고 革舊習立新法도 當然히 거기 들어갈 것이어니와, 生産資本의 融通(農組資, 農漁糧, 工場, 失業對策等을 包含한)과 販賣, 消費의 合理化의 任務를 할 協同組合의 創設, 經營, 訓練이 生産力의 向上을 爲하야 絶對로 必要한 것이다."(李光洙, 「朝鮮民族運動의 三基礎事業」, 『李光洙全集』 17, 三中堂, 1964, 317쪽. 초출은 『東光』, 1932.2)

23 김정원, 「일제강점기 사회적경제의 조직화 동학—민간 협동조합을 중심으로」, 『경제와사회』 제124호, 비판사회학회, 2019, 320~321쪽.

급등 등 위기가 발생했다. 이에 민족주의 계열은 자구책으로 생산 증대와 소비 절약, 그리고 그를 가능케 하는 농민 조직화와 농촌 구제 기구의 설치 등을 제시하였고, 그를 실현하기 위해 '비정치적'인 경제운동의 성격을 가지고 있는 협동조합의 운용을 도모했다. 이처럼 1930년대 초 협동조합론이 제기된 배경에는 농촌 구제를 위한 자구책의 모색, 사회주의 계열과 맞서거나 민족운동 내 자파의 정치적 세력 확대를 염두에 둔 목적이 결합되어 있었다. 이광수가 「조선민족운동의 삼 기초사업」에서 염두에 두고 있었던 협동조합도 이러한 맥락에 놓여 있었다. 그런데 그가 1920년대 중반 이후 정치운동의 무망함을 지적하면서 조선의 자치를 주장했고, 동우회 세력의 민족운동이 비정치적인 성격을 공유하고 있었다는 점을 상기한다면, 식민 지배에 대한 저항의식의 표출에 있어서는 소극적인 성격을 가지고 있었음을 알 수 있다. 또한, 생산 과정의 협동화를 통해 농촌공동체를 달성하고자 공영농장을 통한 공동경작을 계획하여 소작농의 토지 이용권 확립, 소작료 합리화, 농산물가 하락 방지 등을 제시하였지만, 그것이 자본주의 체제를 극복하는 방향으로 나아간 것은 아니었다는 점에서 식민 체제 그 자체에 반하는 것은 아니었다.[24]

『흙』의 서사에서 협동조합의 설립 및 운영이 가능했던 것은 거기에 참여하는 농민들 사이의 상호 부조의 원칙에 기초한 연대 때문인 것으로 제시된다. 그러한 연대는 새로운 형식의 공동체 결성 및 운영 과정에서 기존의 농촌공동체적 질서가 일정 부분 작동해야만 가능한 것이

---

24 조형렬, 「1920년대 후반~1930년대 전반기 민족주의 계열의 농촌협동조합론-제기 배경과 경제적 지향을 중시으로」, 『韓國史學報』 제61호, 고려사학회, 2015, 584~616쪽.

었다. 근대식 제도의 정착과 운영은 기존 농촌공동체의 질서를 해체시키고 새로운 질서를 구축하는 데서 출발하는 것이 아니라, 기존의 농촌공동체를 유지·존속시켜왔던 유대감과 결속력에 기반하여 새로운 공동체적 질서를 창출해가는 방향으로 마련된 것이었다. 협동조합이 가능했던 것은 거기에 참여하는 농민들의 경제적 상황의 유사성 및 척박한 농민 삶에 대한 정서적 공감대가 형성되었기 때문이었고, 그들의 결속력을 마련하는 데 허숭과 같은 소위 청년 '지도자'가 헌신적인 노력을 발휘했기 때문이었다. 허숭의 지도에 따라 협동조합에 출자하고, 마을 단위의 공동 생산 및 분배의 형식으로 경제활동을 영위하는 것이 농민들 각자 삶에 있어서 경제적 안정을 취하고 생산력을 확충할 수 있는 방편이었던 것이다.

이러한 새로운 공동체의 모색은 익히 알려진 것처럼, 안창호가 구상한 높은 수준의 조직과 시설과 정신을 가진 '모범부락'에 이광수가 영향을 받아 공동체를 건설하는 것이야말로 민족개조운동의 가장 실제적이고 유효한 방법이라고 인식했던 것을 보여준다.[25] 뿐만 아니라 살여울이라는 공간이 "수양동우회의 이상촌理想村 기획, 이광수의 톨스토이나 웰즈 독서를 통해 형성된 유토피아적 상상력이 투영된 지점이자, 1930년대 조선 농촌을 사회문제로 인식하는 담론적談論的 문법文法이 다양한 방식으로 그 영향을 드리운 부분"[26]이라는 점을 확인할 수 있게 한다. 즉, 이광수는 자발적 조화가 이루어진 이상촌으로서 인류 전체의

---

25 방민호, 앞의 글, 48쪽.

26 徐恩惠, 「노동의 향유, 良心律의 회복」-『흙』에 나타난 이상주의적 사유의 맥락과 배경」, 『語文研究』 제45권 제1호, 한국어문교육연구회, 2017, 263쪽.

복지라는 박애정신과 함께 경제적으로 독립된 자치구의 모습을 살여울의 공간 서사화에서 보여준 것이다.[27] 하지만 허숭에게 투영된 이러한 비전과 전망이 달성되기 위해서는 공동체의 구성원으로서의 농민들의 자발성과 함께 공동체 자체의 독립성이 마련될 필요가 있다.

『흙』에서는 이를 위해 협동조합을 설립해 운영한 것이었는데, 허숭이라는 지도자의 존재, 그리고 제국-식민지 체제하 조선인들만의 경제 공동체라는 점에서 그러한 자발성과 독립성은 언제든 깨질 위험이 도사리고 있었다고 해도 과언이 아니다. 살여울에서 새로운 공동체를 건설하려고 했던 허숭이 헌신적으로 농촌운동을 전개했던 것은 『흙』의 서사 곳곳에서 찾아볼 수 있지만, 농촌운동의 성공은 그 대상인 농민들의 자발적인 참여가 전제되어야만 가능한 것이다. 즉, 농촌운동의 주체로서 허숭이 농민들을 대상으로 하여 농촌운동을 전개한 것이지만, 농민들의 자발적이고 적극적인 참여가 이루어지지 않는다면 농촌운동은 실패로 귀결될 수밖에 없는 것이다. 여기에서 지도자 중심의 위계화된 관계 속에서는 역설적으로 허숭이라는 존재 그 자체가 농민들의 자발성을 저해할 수 있게 된다. 유정근의 계략에 너무나 손쉽게 허숭을 외면했던 마을 사람들, 치안유지법 위반으로 허숭이 구속된 뒤 그동안 마을의 발전을 위해 해왔던 모든 활동들이 좌초되는 것을 통해 이를 확인할 수 있다.

한편, 제국-식민지 체제하 살여울이 경제적 공동체로서 독립성을 구축하는 것은 더욱 곤란한 일이다. 허숭이 치안유지법 위반으로 구속될

---

27 위의 글, 264쪽.

때 그 근거 중 하나가 협동조합을 조직한 것이라는 점은 여기에서 다시금 주목된다. 농민들 개개인의 경제적 자립을 마련하고, 생산력을 확충하기 위해 설립했던 협동조합은 허숭에게는 "조선 사람들이 저희끼리 힘써서 잘"[28]살기 위한 것이지만, 경찰 당국 입장에서는 총독 정치, 식민 권력에 저항하는 불온한 것이 된다. 즉, 허숭의 행위는 농민들을 선동하여 체제에 반하는 운동을 전개한 것이 되는 것이다. 이는 허숭이 구속된 뒤 살여울의 공동체적 질서가 와해되고, 유정근이 식산조합을 만들어 마을 사람들의 재산을 잠식해 들어가는 과정에 식민 권력이 그 배후에서 작동하고 있었다는 점을 통해서도 확인할 수 있는 바이다.

이런 점에서 『흙』에서의 새로운 공동체의 모색을 이상주의적이라고 비판할 수 있다. 그리고 제국-식민지 체제에 대한 냉철한 현실 인식 없이 낙관적 전망으로 일관했다고 말할 수도 있을 것이다. 제국-식민지 체제하 자본주의적 질서의 확산 속에서 협동조합을 중심으로 한 경제적 공동체의 모색이 자본주의의 구조적 모순이나 제국주의적 질서의 농촌 경제 수탈을 극복하는 방향으로 나아가지 못했을 뿐만 아니라, 그 핵심적 원인으로 무지하고 미개한 농민들을 제시했기 때문이다. 하지만 『흙』에 나타난 허숭의 새로운 공동체의 모색과 전망이 이상주의적이라고 비판하는 것은 손쉬운 일이다. 오히려 그보다는 왜 허숭이 이상주의적 인식을 가질 수밖에 없었는가, 다시 말해 허숭의 새로운 공동체의 모색과 전망이 어디에서 배태된 것인가를 따져 묻는 것이 필요하다. 물론 이는 앞서 언급한 것처럼, 안창호로부터의 사상적 영향 및 이광수

---

28 이광수, 『흙』, 690쪽.

의 개인사적인 체험들에 기인하는 것이기도 하다. 하지만 여기에서는 허숭이 귀향하여 농촌운동을 전개하려고 했던 행위와 그 속에 내재된 욕망에 주목하고자 한다.

허숭이 살여울에 귀향해 농촌운동을 전개해가면서 계몽적 주체로서 자기를 정립해가는 과정에서 하나의 전범으로 위치시킨 인물이 한민교이다. 조선의 청년들의 사명을 역설하여 그들로 하여금 이상을 실현하게 하는 한민교는 역사와 문화 공동체로서의 조선을 위해 헌신하고자 하는 민족주의자로서의 면모를 유감없이 보여준다. 이러한 한민교는 허숭에게 자신을 경계하기 위한 대타자로서 위치한다. "낙심되려 할 때에, 타락하려 할 때에 한 선생은 항상 어떤 힘을 주었다. 숭이 생각하기에 한민교 선생은 큰 힘의 샘이었다."[29] 기실 살여울을 구제하겠다는 허숭의 신념과 의지는 조선을 위해 헌신하겠다는 한민교의 그것과 다른 것이 아니다. 따라서 허숭 또한 민족주의자로서의 면모를 지니고 있다. 그때 자신의 힘으로 민족을 구제할 수 있다는 신념 속에서 민족을 위해 자기를 투신하면서 자기 행위의 정당성을 갖게 되고 나아가 민족과 자신을 동일시하게 한다. 이러한 나=민족의 동일시가 살여울에서의 새로운 공동체의 모색 과정에서 이상주의적 전망을 낳았던 것이다. 확고한 의지와 신념을 가지고 조선을 구제하는 주체로서 자기를 위치시킨 허숭은 그러한 의지와 신념을 추동하는 민족주의의 도그마 속에서 자발적이고 독립적인 공동체 건설을 낙관했던 것이다.

이상에서 살펴보았던 것처럼, 『흙』의 서사는 귀향한 지식인 청년이

---

29 위의 책, 409쪽.

농촌운동을 전개하는 것을 통해 새로운 공동체를 모색하는 과정을 보여주고 있다. 그가 구상하고 있던 새로운 공동체는 조선인 농민들의 자발성과 독립성에 기초한 것으로, 과학적 지식의 보급과 위생 관념의 확산, 경제적 자립도를 높이는 것을 통해 달성 가능한 것이었다. 하지만 지도자 중심의 공동체는 지도자의 부재로 와해되고, 경제적으로 독립된 단위의 공동체는 식민 당국에 의해 불온시되어 금지된다. 이처럼 제국-식민지 체제하 조선인들만의 공동체는 결코 달성 불가능한 것이 되는 것이다. 그럼에도 지식인 청년은 자신이 대타자로 삼았던 민족주의자로부터 영향을 받아 자기를 구축해나가는 과정 속에서 자신과 민족을 동일시하면서 이상주의적 전망을 가지게 되었던 것이다.

4. 계몽적 주체의 욕망의 회로

나는 이 모든 인물로 하여금 비록 처음에는 서로 미워하는 적도 되고, 또는 인생관과 민족관의 인식 부족으로 생활에 많은 흠이 있다 하더라도 그것은 다 목자 잃은 양, 지남철 없는 배와 같은 오늘날의 조선 청년계의 혼돈하여 갈피를 잡을 수 없는 시대의 탓이요, 그들 다 서로 사랑하고, 서로 한 목표, 한 이상, 한 주의를 위하여 한 팔이 되고 한 다리가 되어 마침내는 한 유기적 큰 조직체의 힘 있는 조성분자가 될 사람들이요, 또 되지 아니하면 아니 될 사람들이 되게 하고 싶다.[30]

이광수는 단군 유적 답사를 위해 『흙』의 연재를 중단하면서 위와 같이 창작 의도를 밝힌 바 있다. 조선의 청년들을 대상으로 그들을 "큰 조직체의 힘 있는 조성분자"가 되게 하고 싶다고 말하는 것은 일차적으로 계몽적 주체로서 자기를 주조하는 이광수의 면모를 유감없이 보여준다. 동시에 이는 『흙』의 서사에서 허숭의 이동과 성장 과정을 통해 확인할 수 있듯이, 조선 청년들 스스로 무지하고 미개한 조선인들을 계몽하는 주체로서 거듭날 것을 촉구하고 있는 것이다. 민족을 위해 헌신하는 지도자상을 구축하고 제시하는 것을 통해 조선 청년들이 나아갈 길을 역설하고 있는 『흙』의 서사는 그런 점에서 세계 곳곳에 자신의 분신을 산포시키고자 하는 이광수의 나르시시스틱한 욕망 발현의 이야기이다. 개인과 민족, 사적 이익과 공적 가치를 대비시켜 민족의 발전을 위해 개인적 사욕을 버려야 한다는 논리 구조 속에서 이광수의 분신 격인 허숭은 조선 민족에 자신을 투신할 수 있었고, 민족의 발전을 위한 허숭의 희생과 헌신은 조선인 청년들의 삶의 지표가 될 수 있었던 것이다.

하지만 이러한 계몽적 주체로서의 자기 기획 및 욕망의 발현은 두 가지 측면에서 쉽게 달성될 수 있는 것이 아니다. 먼저 계몽의 대상으로서 상정된 식민지 조선인들은 어떤 개인이 계몽적 주체로서 자기 정체성을 (재)구축하는 과정에서 결코 계몽의 대상으로 고착화되지 않는다. 계몽적 주체화의 길을 걷는 개인의 입장에서 그것은 아직 미몽의 상태를 벗어나지 못한 자들의 어리석음 때문으로 여겨질 수도 있지만, 관습적·문화적 삶의 조건들 속에서 그들의 존재 방식은 쉽게 바뀌지 않는

---

30 위의 책, 133쪽.

다. 뿐만 아니라 어떤 개인의 주체화 과정 속에서 대상으로 타자화되는 자들은 끊임없이 타자의 위치를 벗어나고자 한다. 한 개인이 주체화의 문법 속에서 지속적으로 타자를 호명하고 위치시키지만, 타자로 호명된 자들 또한 주체/타자의 위계화된 구조 속에서 자신들의 차별적인 위상을 당연한 것으로 받아들이지만은 않는다. 계몽적 주체화의 과정에 균열이 발생하는 것은 바로 그에 응수하는 타자들의 움직임 때문인 것이다.

한편, 이보다 주목해야 되는 것이 제국-식민지 체제기 식민지 조선인 청년들의 계몽적 주체로서의 자기 구축이 갖는 임계점에 있다. 식민지 조선인 청년들이 계몽적 주체로서 자기를 구축하는 데 있어서 계몽의 논리와 문법은 그들이 의식했든, 그렇지 않든 간에, 제국 일본의 식민지 조선 통치 이데올로기를 추인할 수 있는 가능성을 가지고 있다. 『흙』의 서사에서 찰나적이지만 이러한 장면을 확인할 수 있다. "송영하는 군중이나 송영 받는 장졸이나 다 피가 끓는 듯하였다. 이 긴장한 애국심의 극적 광경에 숭은 남모르게 눈물을 흘렸다. 고향과 사랑하는 사람들을 두고 나라를 위하여 죽음의 싸움터로 가는 젊은이들, 그들을 맞고 보내며 열광하는 이들, 거기에는 평시에 보지 못할, 애국, 희생, 용감, 통쾌, 눈물겨움이 있었다. 숭은 모든 조선 사람에게 이러한 감격의 기회를 주고 싶다고 생각하였다. 전장에 싸우러 나가는 이러한 용장한 기회를 못 가진 제 신세가 지극히 힘없고 영광 없는 것같이도 생각되었다."[31] 남대문 역에서 학생들과 단체로부터 송영을 받는 장졸은 말할 것

---

31 위의 책, 440쪽.

도 없이 1931년 발발한 만주사변에 참전하기 위해 "일본에서부터 만주로 싸우러 가는 군대"[32]이다. 이광수가 제국 일본의 동아시아 지역으로의 제국주의적 팽창에 대해 어떠한 인식을 가지고 있었던 것인지 이 소설을 통해 확인하기 곤란하지만, '전시'에 이념적으로 강제된 애국·희생 등을 숭고한 것으로 의미부여하고 있다는 점은 되새겨볼 필요가 있다.

만주사변 발발 이후 국가와 민족을 위해 기꺼이 목숨을 내던지는 청년의 희생과 헌신에 감격스러워하고 있는 허숭의 모습은, 농촌운동의 주체로서 자기를 투기한 자가 보이는 계몽의 논리가 결국 민족주의=제국주의로 수렴될 수 있다는 것을 짐작하게 한다. 그리고 그때 민족주의는 국가와 민족을 위해 개인의 생명을 희생할 수 있다는 공/사의 차별적 구조를 인식론적으로 반복하고 있을 뿐만 아니라, 제국/식민지 사이의 침략과 전쟁, 억압과 수탈의 구조를 눈감게 한다는 점에서 문제적이다. 익히 알려진 것처럼, 이광수는 식민지 말 전시총동원 체제에 협력했는데, 해방 이후 그는 그러한 자신의 선택이 민족을 위한 길이었다고 강변한 바 있다.[33] 이는 민족주의자가 전향을 통해 '친일파'로 훼절한 것이 아니라, 그의 민족주의에 기초한 계몽의 논리가 식민지 말 전시총동원 체제에 조응한 것이라고 할 수 있을 터이다.[34] 그런데 여기

---

32 위의 책, 139쪽.

33 "나는 내 이익을 위해서 친일행동을 한 일은 없다. 벼슬이나 이권이나 내 몸의 안전을 위해서 한 일은 없다. 어리석은 나는 그것도 한 민족을 위하는 일로 알고 한 것이었다." (李光洙, 「서문」, 『나의 告白』, 春秋社, 1948, 4~5쪽.)

34 이와 관련해 류보선은 식민지 말 이광수가 식민제국이라는 초자아와 식민지 민중이라는 초자아 사이에 위치하면서 한편으로는 식민제국이라는 초자아를 활용하여 식민지 민중을 개조시키려 하였고, 다른 한편으로는 식민지 민중의 염원을 대변하여 식민제국의

에서 주목하고자 하는 것은 식민지 지식인 청년이 계몽적 주체로 자기를 정립하는 데 있어 민족주의 이데올로기가 어떻게 작동하는가에 있다. 허숭은 민족주의 이데올로기를 통해 자기를 민족과 동일시해 확장시키고 산포시키는 전략을 사용했다.

계몽적 주체로 자기를 정립하고자 한 식민지 지식인 청년은 계몽의 대상으로서 조선인(농민)을 상정하고, 계몽의 과정을 수행하는 것을 통해 그들을 무지와 미개의 상태로부터 벗어나게끔 하고자 한다. 그리고 그것은 이광수가 허숭이라는 계몽적 주체를 자기 분신 격으로 제시한 것처럼, 계몽의 대상을 자기화하는 것으로 나르시시스틱한 동일시의 문법을 창출한다. 하지만 만약 계몽의 대상으로서 조선인들이 계몽된다면, 계몽적 주체의 나르시시스틱한 욕망은 달성될 수 있을지언정 그들은 되돌아와 계몽적 주체의 존립 근거를 뒤흔든다. 즉, 계몽의 주체로서 위상이 흔들리게 되는 것이다. 따라서 계몽의 주체는 계몽'하는' 과정 속에서만 존재할 수 있는 것이다. 계몽이 달성된 순간 계몽의 주체와 대상은 그 경계가 불분명해질 뿐만 아니라, 계몽의 주체 또한 계몽의 대상이 되는 전도가 발생할 수 있는 것이다. 이로 인해 계몽의 구조는 계몽의 주체와 대상 사이의 차별적 구조를 지속적으로 반복한다. 이처럼 지속적으로 반복되는 계몽적 구조의 연쇄가 마련되지 않는다면, 계몽'하는' 것을 통해 자기 존재를 확인하는 계몽적 주체는 소멸하

허구적인 초자아를 전복시키려 하였다고 논의하였다. 물론 그러한 이광수의 마조히즘적 욕망은 결코 '실존'을 포기할 수 없는 식민제국과 식민지 민중에 의해 달성 불가능한 것이 된다는 것이 그의 논지이다. 이에 대해서는 류보선, 「민족≠국가라는 상황과 한국문학의 민족 로망스들」, 『문학과사회』 제21권 2호, 문학과지성사, 2008, 346~347쪽 참조.

게 되는 것이다.

　계몽적 주체의 이러한 불완전성은 제국/식민지 사이의 지배/피지배의 차별적 구조를 연상시킨다. 제국 일본의 식민지 조선 통치 이데올로기 중 동일화의 전략은 결코 동일화의 달성을 요구하지 않는다. 제국 일본인과 식민지 조선인이 동일화된다면, 제국/식민지 사이의 지배/피지배의 차별적 구조는 붕괴될 수 있기 때문이다. 그런 점에서 계몽의 서사에서 주목되는 것은 욕망의 달성이 아니라, 욕망이 어떻게 지연되는가에 있다. 즉, 계몽의 내러티브를 구축하고 운용하기 위해서는 욕망의 달성을 통한 서사의 종결이 아니라, 그러한 욕망의 달성을 위한 수행적 과정을 지속시키는 것을 통해 서사를 전개해 나가는 것이 필요하다. 또한, 계몽적 주체가 계몽의 논리로 제시하고 있는 문명/야만, 계몽/미개의 이분법적 구조가 제국/식민지의 경계를 강화하여 지배/피지배의 관계를 고착시키고 강화시키는 이데올로기로 작동하고 있음을 애써 눈감는 것은, 식민지 조선인 지식인이 식민지 조선인을 대상으로 했을 때에는 계몽적 주체로서 자기를 현현할 수 있지만, 제국 일본 앞에서는 그 또한 계몽의 대상이 될 수 있다는 점을 망각하는 것에 다름 아니다. 계몽적 주체로서의 자기 욕망의 발현 및 강화, 지연되는 욕망의 회로 속에서 자기 또한 계몽의 대상이 될 수 있다는 불안감은 봉합되고 있는 형국이다. 조선 지식인 청년이 식민지 조선인을 대상으로 발현하는 계몽의 욕망은, 그가 의식했든 그렇지 않든, 그 또한 식민지인이라는 제한적·폐쇄적 위상 속에서 언제나 불안정한 상태로 지속되는 것이다. 물론, 그렇기 때문에 오히려 계몽적 주체로서 식민지 조선인 청년의 욕망이 지속되고 강화될 수 있는 것이기도 할 것이다. 이처럼 이광수의 『흙』의 서사는 제국적 질서에 의해 승인 받은 식민지 조선 지식인 청년이 출향과 상경, 귀향의 이동을 수행하면서 계몽적 주체로서 자기를 구축해가는 욕망의 발현과 그 임계점을 보여준다.

제3장
식민지 말 전시총동원 체제와 조선문학
이광수의 문학과 논설을 중심으로

1. 민족문학으로서의 근대문학이라는 관점

'문학이란 무엇인가'라는 질문에 다양한 방식으로 답할 수 있겠지만, 대체로 그것은 문학에 관한 인식과 관념, 문학 개념의 형성 및 발전, 문학이라는 제도, 문학 생산의 역사적 조건들에 대해 말하는 것을 통해 이루어진다. '한국 근대문학이란 무엇인가'라는 질문에 대한 답 역시 마찬가지의 방식으로 수행된다. 근대문학에 관한 인식과 관념, 근대문학 개념 형성 및 발전, 근대문학이라는 제도, 근대문학 생산의 역사적 조건들에 대한 탐색 결과가 한국 근대문학이란 무엇인가에 답하는 과정 속에서 자연스럽게 말해진다. 그런데 리터러처literature의 역어로서 문학 개념에 동의할 수 있다면, 그리고 그와 관련해 20세기 초 이광수가 근대 서양 및 일본의 문학이론을 번역하는 통언어적 실천을 통해 문학을 본질적으로 심미화하고 민족문학의 이념적 원점을 제시한 것에 이견이 없다면, 육체적·감성적 인간의 자발적인 국민 주체화는 미적인 것을 부르주아 민족국가에 대한 정치적 인준에 동원한 계몽주의 이후의 미학과 친연성을 가지고 있었다는 점 또한 승인할 수 있다.[1] 근대화 기획, 민족국가의 성립, 미학적 주체의 탄생 과정 속에서 이른바 '민족문학으로서의 근대문학'을 위치시키고 이해하고 있는 것이다.

한국 근대문학을 민족문학으로서 이해하는 것은 서양 근대문학을 하나의 준거점으로 해서 문학을 파악하는 일반적인 방식이었고, 근대 이후 서양 근대문학의 전 지구적 확산 및 그것의 이형태異形態들로서 비서양 지역에서의 근대문학의 발생 및 전개 과정을 염두에 둔 것에 다름 아니었다. 아프리카 문학과 중남미 문학, 그리고 아시아 문학은 언제나 유럽의 문화적 전통을 담지하고 있다고 여겨져 왔던 서양 근대문학의 자장 안에서 파악되었다. 물론 이는 근대 세계 체제의 성립, 국민국가의 발흥, 민족 관념의 대두, 자아 개념의 확산 속에서 근대문학이 어떻게 성립하고 발전해갔는가를 말하기 위해서 별다른 의심 없이 받아들여졌던 것이기도 하였다. 활자문화의 발달, 민족주의의 발흥, 근대적인 자아 관념 등이 근대적 의미에서 문학의 불가결한 조건으로 거론[2]되었듯, 그러한 문학 생산의 역사적 조건들을 선취한 서양 근대문학을 하나의 전범으로 삼아 한국 근대문학을 위치시키고 이해하는 것은 상식에 속했다.

하지만 1990년대 들어 근대문학 생산의 역사적 조건들이 쇠퇴하고, 소위 '근대문학의 종언'이 운위되자 근대문학에 대한 의심과 회의가 촉발되었다. 근대문학 생산의 역사적 조건들이 붕괴했다는 진단이 근대

---

1   황종연, 「문학이라는 역어」, 『탕아를 위한 비평』, 문학동네, 2012, 479쪽.
2   황종연, 「문학의 묵시록 이후」, 『탕아를 위한 비평』, 14쪽.

문학 자체의 종언으로 연결되었고, 때를 같이해 민족문학으로서 근대문학에 대한 인식과 개념, 그것들을 둘러싼 제도에 대해 다각도의 비판적 검토가 이루어지기도 하였다. 무엇보다 그것은 20세기 한국사회의 정신사적 구조를 장악하고 있었던 민족 관념에 대한 비판적 성찰이 근대문학을 민족문학이라는 심급 속에서 파악하는 것이 갖는 한계를 돌파하기 위한 모색으로 확장되었던 것이다.

그럼에도 민족/문학이라는 관념은 여전히 한국사회에서 유령처럼 배회하고 있다. 문학에 대한 일반적 인식을 넘어 제국-식민지 체제 이후 탈식민-냉전 체제와 분단 체제를 거쳐 오고 있는 근대 한국에서 민족/문학에 대한 다채로운 비판적 언설이 발화되었지만, 민족/문학은 대체로 체제의 실정성positivity 강화라는 측면에서 쉽게 훼손되거나 결코 폐기되어서는 안 되는 것이었다. 다시 말해, 근대문학을 지탱하고 있었던 역사적 조건들이 그 힘을 상실해가고 있었음에도 불구하고 민족문학으로서의 근대문학에 대한 신뢰는 비록 약화되었을망정 유지·존속되어왔던 셈이다. 그리고 1990년대 이후 탈민족주의, 포스트콜로니얼리즘, 후기 구조주의, 페미니즘, 문화연구, 동아시아론 등 문학연구에 다양한 관점과 방법론이 개진되면서 민족문학으로서의 근대문학에 대한 비판이 다각도로 이루어진 것은 틀림없는 사실이지만, 그럼에도 불구하고 여전히 한국 근대문학을 민족문학의 자장 속에서 인식하고 파악하고 의미화하는 것은 우세종으로 자리 잡고 있다.

민족문학으로서의 한국 근대문학이라는 인식이 우세종을 점하고 있다고 할지라도, 간과할 수 없는 것이 20세기 전반 한국 근대문학은 어떤 식으로든 제국-식민지 체제와 직간접적으로 연루되어 있었다는 점이다. 따라서 이 상황을 좀 더 명확히 하기 위해 '한국 근대문학'을 '식민지 조선문학'으로 바라볼 필요가 있다. 한국 근대문학이 그 발생 초기부터 제국-식민지 체제regime의 정치경제적·사회문화적 조건들에 강하게 주박呪縛되어 있었다는 점을 고려한다면, 서양 근대문학을 준거로 해서 그것을 파악하는 것은 언제나 제한적일 수밖에 없다. 특히 민족문학으로서 한국 근대문학을 위치시키고 이해하는 데 있어 민족 상실이라는 제국-식민지 체제의 실정성을 무시하기란 요원한 일이다. 물론 역설적으로 상실된 민족에 대한 회복의 욕망이 민족문학으로서 한국 근대문학을 추동하는 핵심에 놓여 있었다고 말할 수 있다. 하지만 그렇다고 해서 제국-식민지 체제 내 발생하고 변화해간 한국 근대문학을 민족문학으로서 근대문학이라는 관점에서 파악하는 것은 한국문학을 둘러싼 제국-식민지 체제의 실정성과 역사적 조건들을 무시하는 결과를 초래할 수도 있다. 요컨대 근대 한국과 일본이 단일한 체제 속에 함께 연루되어 있으면서도 동시에 제국과 식민지 사이의 차별적 구조를 재생산하기 위한 다양한 장치들이 제국적 질서를 유지·강화하여 식민지인들의 삶의 조건들을 문법화하는 하나의 상징체계로 작동했던 실정을 무시할 수는 없는 것이다.

따라서 이 글에서는 한국 근대문학을 '식민지 조선문학'이라는 관점에서 바라볼 것을 제안한다. 그리고 '식민지 조선문학'으로서 한국 근대문학의 위상과 성격을 극명하게 보여준다고 여겨지는 '식민지 말'에 주목하고자 한다. 익히 알려져 있다시피, 식민지 말은 근대 한국의 역사적 전개 과정 속에서 하나의 '임계점'에 해당한다. 근대 이후 제국-식민지 체제로 재편된 동아시아 지역 질서의 굴절과 변용이면서 다른 한편으로는 이후 탈식민-냉전 체제로 다시금 재편되는 세계 질서의 변화 과정을 고찰할 수 있는 임계점으로서의 식민지 말[3]은 근대의 끝에서 근대 이후를 모색했던 시기였다. 그리고 그것은 전 세계적인 파시즘 체제의 강화와 자본주의 체제의 몰락 징후 속에서 기존의 가치와 질서를 해체하고 새로운 가치와 질서를 마련하는 움직임으로 연결되었다. 물론 역사가 증언하듯, 결국 그러한 움직임이 전시총동원 체제하 제국 일본의 전쟁 수행을 위한 이데올로기로 회수되어버렸지만, 그럼에도 불구하고 기존 한국사회를 추동하던 근대성 자체에 대한 나름의 비판적 성찰이 진행되기도 하였다.

이는 문학에서도 마찬가지였다. 식민지 말 전시총동원 체제기 기존의 가치와 질서를 추동하고 있었던 근대성 자체에 대한 불신으로 인해 '조선문학=근대문학'이라는 등식에 균열이 발생하였고, 조선문학은 '현대=동양'이라는 새로운 세계사적 질서에 조응해 그 위상을 재구축해야 했다. 당시 식민지 조선의 문학자들은 제국의 문화적 권역 내에서 조선문학의 위상을 새롭게 정립하기 위해 다양한 담론적 실천을 수행했다. 당시 식민지 조선문학은 지방문학, 국민문학, 세계문학 사이의 다중적 역학 관계 속에서 자신의 위상을 찾고 있었던 셈인데, 그것은 전시총동원 체제가 촉발한 지방, 국가, 지역, 세계에 대한 새로운 인식과 감각의 결과이기도 하였다.[4] 물론, 그럼에도 불구하고 조선문학의 위상을 재정립하기 위한 위와 같은 움직임들은 대체로 전시총동원 체

---

3 오태영, 『오이디푸스의 눈-식민지 조선문학과 동아시아의 지리적 상상』, 소명출판, 2016, 16~17쪽.

4 위의 책, 116~118쪽.

제의 실정성을 강화하는 길로 수렴되었고, 식민지 조선문학은 내지 일본문단에 통합되었다.

이런 점에서 기존 문학연구에서 식민지 말 조선문학을 이해하는 데 있어 제국-식민지 체제에 대한 협력의 여부를 묻는 것은 자연스러운 귀결이었다. 거칠게 정리하자면, 1980년대까지 '친일문학'과 '암흑기문학'이라는 레테르가 주로 식민지 말 조선문학을 서술하는 술어로 작동[5]했다면, 1990년대 이후에는 거기에 더해 '협력/저항'이라는 이분법적 도식이나 그것이 착종된 상태로 당시 문학의 성격을 이해하는 것[6]이 일반적이었다. 하지만 1990년대 이후 암흑기나 공백기로 식민지 말을 바라보지 않게 되면서 다양한 논의가 촉발되었다. "식민지와 후기식민지 사이의 사상적·인적 연쇄를 통해 식민지말로 소급되곤 하는 파시즘 비판, 대중을 조직하는 방식과 국민병제도, 전쟁에 수반되는 충성과 재화의 동원을 식민지말 총동원 체제로부터 연역하려는 국민국가 비

---

5   임종국이『친일문학론』에서 식민지 말 문학단체 및 개별 작가의 활동과 작품에 대한 세밀한 분석을 통해 가장 우수한 국민문학은 가장 우수한 매국문학이라는 공식을 제시한 이래 그러한 견해는 이후 남한 문학사 서술에서 지속되어왔는데, 송민호의『일제 말 암흑기문학연구』가 단적으로 보여주듯 1990년대 초에 이르기까지 식민지 말 문학은 민족문화 전통을 훼손한 기형적인 전시문학일 뿐이었다고 일축되었다. 이에 대해서는 임종국,『친일문학론』, 평화출판사, 1966과 송민호,『일제 말 암흑기문학연구』, 새문사, 1991 참고.

6   2000년대 이후 식민지 말 삶과 문학에 대해 기존 '암흑기'의 명명법으로부터 벗어나 논의를 전개한 것은 김재용의『협력과 저항』이 대표적이다. 세계사적인 근대 몰락의 징후와 동양사적인 제국 일본의 파시즘 체제 강화 속에서 식민지 조선인 문학자들이 자발적인 내적 논리를 만들어 제국주의 체제에 협력하거나 저항했다는 점을 논의한 그는 "친일문학의 성격을 제대로 규명해 내고 이에 입각하여 친일과 그렇지 않은 것 사이를 구분"(김재용,『협력과 저항-식민지 말 사회와 문학』, 소명출판, 2004, 45쪽)하였다. 친일과 반일의 이분법적 구도를 협력과 저항으로 대체한 그의 논의는 최근까지도 이어지고 있는데, 이광수, 장혁주, 유진오, 최재서를 각각 문화주의적 동화형, 혈통주의적 동화형, 속인주의적 혼재형, 속지주의적 혼재형 친일 협력으로 유형화해 제시하기도 하였다(김재용,『풍화와 기억-일제 말 친일 협력 문학의 재해석』, 소명출판, 2016).

판, 국가와 관료의 주도 속에 행해진 인간과 재화의 배치 및 제도의 구성을 개인과 사회의 권리라는 관점에서 해체하려 한 국가이성 비판, 식민지와 후기식민지 사이의 물적·인적·제도적 연쇄를 전후 경제성장의 원천으로 보고 이를 통해 기왕의 부정적 근대화론을 분쇄하려는 (신)자유주의 등은 공히 '식민지(말)의 제도, 관념, 문화를 주요한 착점으로 삼아 왔다.'[7] 이러한 흐름 속에서 민족 관념을 축으로 식민지 말 조선문학을 위치시키고 파악해온 것에 대한 비판적 논의가 이어져오고 있는 것이다.

특히 포스트콜로니얼 이론의 양가성 개념에 기초한 '분열된 주체'를 상정하고 이를 통해 식민지 말 '국민문학'의 성격을 고찰한 논의는 협력과 저항의 도식을 넘어 개인의 내면에서 일어나는 갈등과 모순, 불안과 동요의 지점에 주목하는 한편, 식민지 말 사회주의적 비전과 민족주의적 전망이 불가능해진 상황에서의 식민주의와 자본주의를 극복할 수 있는 가능성을 모색했던 문학/자의 의미를 되묻고 있다[8]는 점에서 식민지 말 문학연구에 흥미로운 관점을 제안한 것이었다. 2000년대 첫 10년 동안 이러한 관점은 식민지 말 문학연구의 주류를 차지해왔다고 해도 과언이 아닌데, 이러한 학문적 성과를 비판적으로 수용하여 식민지 말 문학에 대한 비교적 최근의 괄목할 만한 성과를 보여준 것은 황호덕과 차승기이다. 황호덕은 식민지의 일상에 균열을 일으키는 식민지 말이라는 '극한상태'를 통해 근대 국가의 질서가 움직이는 원리와

---

7   황호덕, 『벌레와 제국―식민지말 문학의 언어, 생명정치, 테크놀로지』, 새물결, 2011, 600쪽.
8   윤대석, 『식민지 국민문학론』, 역락, 2006.

거기에서 파생하는 문제를 파악하기 위해 언어, 생명정치, 테크놀로지라는 문제계를 제시하여 제국의 신화가 어떻게 식민지를 포섭/배제하는 동시에 식민지의 신화가 어떻게 제국의 신화를 초과하는 한편 스스로를 각인시켜갔는지 논의하였다.[9] 또한, 차승기는 제국과 식민지가 함께 연루되어 있으면서도 차별적 구조 속에서 차이를 발생시킨 양상을 면밀하게 탐색하는 한편, 인간 욕망의 조건이자 형식으로서의 장치들이 황민화 과정에서 작동하면서 구성한 제국-식민지 체제의 실정성이 문학이라는 장치를 통해 강화되거나 해체되는 양상을 보여주었다.[10] 이들 논의는 식민지 말이라는 예외상태의 질서와 문법이 촉발한 제국과 식민지 사이의 비균질적 상호 침투와 연루—그리고 그것들을 가능하게 한 장치들과 테크놀로지—에 주목해 민족문학으로서의 근대문학의 균질성을 되묻고 있다는 점에서 각별히 주목된다.

이 글은 이러한 논의를 비판적으로 수용해 제국-식민지 체제의 문학, 특히 식민지 말 전시총동원 체제하 식민지 조선문학을 민족문학으로서의 근대문학이라는 자장 밖에서 새롭게 바라보고자 한다. 20세기 전반 제국-식민지 체제의 문법에 의해 사회 구조가 변동하고, 문화 생산의 동력이 마련되는 한편, 인간 삶의 조건들이 질서화되고 구조화되었다는 점을 감안한다면, '식민지 조선'을 관통하고 있었던 체제의 실정성을 고려하지 않을 수 없다. 따라서 20세기 전반 한국문학을 근대문학=민족문학이라는 관점이 아닌 '식민지 문학'으로서 바라볼 필요가 있다. 그래서 이 글에서는 식민지 말 전시총동원 체제 아래 고쿠고

---

9   황호덕, 앞의 책.
10 차승기, 『비상시의 문/법-식민지/제국 체제의 삶, 문학, 정치』, 그린비, 2016.

(국어＝일본어)와 내지문단을 축으로 통합된 식민지 조선문학의 역할과 위상에 주목하고자 한다.

이를 위해 이 글에서는 이광수의 문학과 논설을 대상으로 논의를 전개하고자 한다. 익히 알려져 있다시피, 식민지 말 이광수는 식민지 조선의 대표적 지식인이자 문학자로 전시총동원 체제에 협력적인 다양한 활동을 전개했을 뿐만 아니라, 당시 조선문학의 역할과 위상 변동과 관련해서도 주목할 만한 문학작품을 창작하였다. 물론 이광수 외에도 최재서, 이석훈, 김사량 등 당시 활동했던 다양한 문학자의 작품과 논설을 대상으로 삼을 수 있다. 하지만 이 글에서는 전쟁이라는 역사적 사건에 의해 촉발된 세계 체제의 변화에 대한 인식에 기초해 식민지 조선인의 전쟁 동원을 직접적으로 서사화하거나 그와 관련된 글을 쓰고 문학적 활동을 전개한 이광수에 초점을 맞추고자 한다. 특히 근대 초기 이래 민족문학으로서의 근대문학의 성립과 발전에 지대한 영향을 미친 이광수가 식민지 말 조선문학의 위상을 어떻게 재조정하고 있는가를 감안하여, 비록 제한적이지만 이광수의 문학과 논설을 주요 논의 대상으로 삼고자 한다. 이를 통해 20세기 전반 한국문학을 식민지 문학이라는 관점에서 바라볼 수 있는 가능성을 탐색하고자 한다.

2. 전시총동원 체제와 식민지 문학/자의 동원

1937년 7월 중일전쟁이 발발한 이듬해 1938년 4월 국가총동원법이 공포되면서 전시총동원 체제에 돌입했고, 이어 1940년 신체제 선포 이후 1941년 12월 아시아-태평양전쟁으로 확전하였던 식민지 말은 잘 알려진 것처럼, '전환기'(또는 전형기)로 인식되었다. 전환기라는 시대 인식은 제2차 세계대전을 전후로 한 전 세계적인 파시즘 체제의 강화 및 자본주의의 몰락 징후 속에서 기존의 근대 세계 질서가 파탄났다는 진단에 의한 것이었다. 그리하여 근대의 파탄을 수리한 후 근대 이후를 모색하기 위한 다양한 담론적 실천이 수행되었다. 물론 근대 세계 체제에 대한 비판적 성찰이 엄밀하게 이루어졌다고 볼 수는 없지만, 근대의 끝에서 근대 이후를 모색한 이 시기 식민지 조선의 담론장에서는 "근대와 탈근대, 식민과 탈식민의 욕망이 복잡하게 충돌"[11]하고 있었다. 단순화해서 말하자면, 식민지 말은 전쟁이라는 세계사적 사건을 통해 근대 세계 체제의 질서와 가치가 붕괴되고 새로운 질서와 가치를 모색하기 위해 제국과 식민지의 담론장에서 다채로운 언설들이 쏟아지는 한편, 파시즘 체제하 전쟁 수행을 위한 인간 개조와 일상의 재편이 강제되었으며, 그러한 비상시에 조응해 식민지 조선인들은 자신들의 욕망을 새롭게 발현하면서 또 다른 자기를 구축해가던 시기였다.

제국 일본에 의해 운용된 총동원 체제는 제1차 세계대전 이후 장기간 동안 정책적으로 준비된 것이었는데, 처음부터 동아시아의 식민지

---

11 차승기, 『반근대적 상상력의 임계들-식민지 조선 담론장에서의 전통 · 세계 · 주체』, 푸른역사, 2009, 276쪽.

와 점령지를 그 대상으로 포함하고 있었다. 이에 따라 식민지 조선에는 대륙의 자원을 일본으로 운송하기 위한 교통 판로 제공, 쌀을 중심으로 한 식량 공급, 일본인 외 보충 노동력·병력의 충원, 부족한 자연 자원의 공급 등이 요구되었다.[12] 특히 제국 일본의 전쟁 수행과 대동아공영권 구축이라는 동아시아 지역 질서 재편 과정 속에서 대륙전진병참기지에서 제국전진병참기지로 그 지정학적 위상이 부여[13]되었고, 그에 부합하는 다양한 역할과 책무가 식민지 조선(인)에게 강제되었다. 1931년 만주사변 발발을 계기로 제국 일본의 중국 대륙에서의 전쟁 수행 과정 속에서 병참선에 놓였던 식민지 조선은 1937년 중일전쟁을 거치면서 대륙전진병참기지의 위상을 부여받았고, 다시 1941년 아시아-태평양전쟁 발발로 인해 동남아시아 지역을 통합하는 제국전진병참기기로 위치 지어졌던 것이다.

중일전쟁 이후 조선총독부는 효율적·안정적으로 전쟁동원을 수행하고자 조선인의 협력을 이끌어내기 위한 정책을 실시해갔다. 그리고 그 중심에 1938년의 '국민정신총동원운동' 및 1940년의 '국민총력운동'이라는 두 개의 '국민동원'이 놓여 있었다. 중일전쟁 발발 직후 1937년 9월 일본 국내에서 국민정신총동원운동이 개시되었고, 그 후 '시국의 항구화' 즉 중일전쟁의 장기화라는 상황을 수리하여 1938년 7월 조

---

12 庵逧由香, 「朝鮮における總動員體制の構造」, 和田春樹 外編, 『岩波講座 東アジア近現代通史 第6卷－アジア太平洋戰爭と「大東亞共榮圈」 1935~1945年』, 岩波書店, 2011, pp.240~244.
13 "대동아공영권에서 조선의 경제적 지위는 북방권의 제국선신병참기지로서 규정된 것인데, 그것은 종래 이해되어왔던 대륙전진병참기지적 성질과는 다른 것이어서, 대동아전쟁과 남방권의 공영권 편입을 계기로 조선의 경제적 지위는 새로운 의의와 성격을 부여받았다고 보아야 할 것이다."(川合彰武, 「朝鮮工業の現政勢」, 人文社編輯部 編, 『大東亞戰爭と半島』, 人文社, 1942, p.86)

선총독부 학무국 주도로 '국민정신총동원조선연맹'이 결성되었으며, 조선에서 국민정신총동원운동이 개시되었다. 조선연맹 산하에는 각 지방 행정 단위 및 정·동·리에 연맹이 설치되었고, 정·동·리 연맹 아래에는 이웃 세대 10호 정도로 구성된 애국반이 조직되었다. 1939년 애국반의 가맹은 사실상 강제적이었고, 거의 전 세대가 가맹하기에 이르렀다. 또한, 식민지 조선의 정신동원운동에는 '내선일체內鮮一體'가 실시 목표로서 강압적으로 제시되었다. 이후 1941년 10월에는 일본 국내의 '신체제운동'에 호응해 식민지 조선에서 총력운동이 개시되었다. 국민정신총동원운동의 조직을 인계해 '국민총력조선연맹' 아래 각 지방 행정 단위의 부락연맹, 그리고 애국반이 다시 조직되었는데, 이것을 계기로 농촌진흥운동 또한 총력운동에 통합되었다. 한편, 제국 일본 및 조선총독부는 조선인의 참정권이나 결사의 권리를 부인해왔고, 그 결과 식민지 조선에서는 제도화된 정치의 장 형성이 억압되었다. 전시 하에서도 조선총독부는 동원의 대가로서 조선인에게 정치적 권리를 부여하는 것에 대해서는 소극적이었다. 그로 인해 조선총독부에서는 행정기구 외에는 조선인의 자발적인 전쟁 협력을 확실하게 이끌어낼 수 있는 경로를 마련할 수 없었다. '국민동원'이 행정 주도의 이른바 관제운동으로서 전개되었던 점에서 일본 국내와는 다른 식민지 조선의 특징이 있었다.[14]

그런데 제국 일본의 입장에서 식민지 조선인을 전쟁에 동원하기 위해서는 자발성을 이끌어낼 필요가 있었고, 그에 따라 제국과 식민지 사이의 민족 모순을 완화·해소하기 위한 방편으로 황국신민화 정책이

---

14 松本武祝, 「戰時期朝鮮における朝鮮人地方行政職員の「對日協力」」, 『岩波講座 アジア·太平洋戰爭 7-支配と暴力』, 岩波書店, 2006, pp.225~227.

실시되었다. 제국 일본의 입장에서는 신뢰할 수 없는 불온한 식민지 조선인들의 총구가 자신들을 향하지 않도록 하기 위해 다양한 프로젝트를 진행하지 않을 수 없었고, 무엇보다 그것은 인간 개조로 귀결되었다. 1938년부터 '국민정신총동원조선연맹', '국민총력조선연맹' 사무국에 국민사상의 통일, 국어 및 군사사상의 보급, 청소년 지도 등을 담당하는 연성부와 선전 계발, 인쇄물의 편집 발행, 황도문화의 지도 진흥, 문화 기구들의 정비 강화를 실행하는 선전부를 두어 '지知의 총동원 체제'를 맡았다. 신체제의 근간이 될 교육기관의 확장과 교원의 확충 역시 중요한 과제였는데, 학교·농촌·탄광·공장에서 생산력 향상과 노동력 육성을 위해 학교가 증설되고 사상·과학·기술교육이 보강되었다. 또한, 각종 학교에 국어·황국신민의 서사가 보급되는 것은 물론 노동과 체력을 연마하는 '학교노동보국대', '조선학생애국연맹' 등이 동원 조직되었다. 아울러 종교·언론·출판·문학·영화·연극·음악·미술·무용·체육 등 각 분야에서 '협회', '보국회', '동호회' 등이 조직되었고, '국민문화건설'에 협력하기 위해 예술가 단체 연락 협의회가 결성되고, 대중을 향해 사상·선전활동이 이루어졌다. '낭독과 연극의 밤', '지원병보급설전대'의 연설회, 지원병위문단의 보고, 국민연극경연대회, 애국가요대회, 반도총후미술전람회, 지방순회공연 등 이른바 국책문화는 애국심을 고취하고 자발적인 동원을 촉구했다.[15]

이때 식민지 조선인들은 전시총동원 체제가 요구하는 전쟁 수행의 과정을 통해 식민지 조선인이라는 제한적·폐쇄적 위상을 극복하고,

---

15 趙寬子,「脱/植民地と知の制度－朝鮮半島における抵抗-動員-翼贊」,『岩波講座 アジア・太平洋戦争 3－動員・抵抗・翼贊』, 岩波書店, 2006, pp.344~345.

새로운 자기를 구축해갈 수 있다는 욕망을 강화할 수 있었으며, 그러한 욕망은 제국주의 국가 권력이 구축한 다양한 장치들을 통해 증폭되었다. 전시총동원 체제는 제국 일본과 식민지 조선이 함께 연루되는 가운데 차별적 구조와 서로 다른 지위를 갖게 하는 문법을 보여준다. 단일한 체제 속 차별적 구조 아래 제국 일본과 식민지 조선이 놓이게 된 것인데, 동시에 그러한 체제의 실정성을 강화하기 위한 다양한 장치들이 고안되고 작동되었다. 이와 관련해 차승기는 제국과 식민지를 하나의 지속적인 체제로 성립시키는 것이 일련의 장치들의 네트워크라고 상정한 뒤, 이 장치들의 네트워크로 이루어지는 실정성 위에서 비로소 제국-식민지 체제가 존속할 수 있다고 말하였다. 그리고 식민지 말의 전시 총동원 체제기 제국-식민지 권력의 통치를 가능하게 하기 위해 식민지 조선인들의 삶을 포섭하고, 그들의 욕망의 조건이자 형식으로서 '치안', '고쿠고', '이름'(창씨개명), '전쟁'(징병 및 징용) 등의 장치들이 황민화 과정에서 작동하고 있었음을 밝혔다. 나아가 이러한 황민화의 장치들이 구성한 제국-식민지 체제의 실정성에 대해 '통제적 합리화', '욕망의 내재화', '가시성의 절대화'로 규정하였다.[16]

총력전 체제를 구축하기 위해 고도국방국가 건설을 기치로 내걸면서 제국 일본을 축으로 하는 식민지들의 정치경제적 위상이 재편되고, 대동아공영권 속에서 위계를 달리하고 있었지만 지정학적으로 통합된 것은 모두 통제적 합리화의 일환으로 진행된 것이었다. 그리고 중일전쟁 이후 제국 일본이 동아시아 권역에서 본격적으로 전쟁을 수행하는

---

16 차승기, 『비상시의 문/법-식민지/제국 체제의 삶, 문학, 정치』, 260~263쪽.

과정 속에서 식민지 조선인들은 오직 제국 일본의 충직한 '신민臣民'으로서만 존재의 의미를 가질 수밖에 없는 생명정치의 장으로 호명되었고, 식민지 조선인들에게는 결코 달성될 수 없는 일본인-되기의 욕망을 기획하고 발현하는 길만이 허락되었다. 또한, 모든 것들이 가시적인 영역으로 이끌려 권력의 시선 아래 포섭되고, 재편되어 의미 부여되었으며, 비가시적인 것들은 부재하는 것으로 치부되어 가시적인 영역 밖은 상상될 수 없었던 가시성의 절대화가 이루어지게 되었다. 이것들은 황민화 과정에서 작동하고 있었던 '치안', '고쿠고', '이름'(창씨개명), '전쟁'(징병 및 징용)이라는 장치들을 통해 나타나게 되었던 것이다.[17]

전시총동원 체제가 식민지 조선인들의 삶의 조건들을 급속하게 재편하여가던 가운데 문학계 역시 전쟁 수행을 위한 역할을 요구받게 된다. 이른바 식민지 조선 문학자들을 대상으로 한 문예동원이 광범위하게 확산되었던 것이다. 당시 식민지 조선 문학계에게 요구되었던 문예동원은 전쟁 수행을 위한 고도국방국가 건설에 문예가를 동원하는 것으로 정리할 수 있는데, 그것은 '자기 수양'과 '대중 동원'으로 대별되었다. 전자에 내지 성지순례, 현지 병영생활이나 근로봉사 참여, 지원병훈련소 견학 및 신사참배 등이 포함되었고, 후자에 시국적 작품의 발표와 지방 강연, 지방문화 현황 보고를 통한 문화정책 수립에의 기여 등이 포함되었다.[18] 식민지 조선의 문학계에서는 조선총독부의 지원 아래 재조일본인在朝日本人 문학자와 식민지 조선인 문학자들을 주축으로

---

17 오태영, 「제국-식민지 체제의 구멍을 응시하는 눈-차승기의 『비상시의 문/법』에 기대어」, 『팰림시스트 위의 흔적들-식민지 조선문학과 해방기 민족문학의 지층들』, 소명출판, 2018, 455~461쪽.

18 「文藝動員を語る」(좌담회), 『國民文學』, 1942.1, pp.104~105.

각종 단체를 설립하여 문예 활동을 전개해나갔는데, 이에 따라 식민지 조선문단이 재편되었고 식민지 지방문학으로서의 조선문학의 위상에도 변동이 발생하였다.

한편, 중일전쟁 이후 내지 일본 문학계에서는 동아시아의 식민지 문학에 대해 관심을 기울이기 시작했다. 전쟁 발발 이후 중국 대륙 지역을 비롯한 동아시아 지역과 문화에 대한 관심이 고조되는 가운데 소위 '외지外地'와 '외지문학'이 일본인 문학자들의 관심의 대상으로 부상하였고, 그것은 근대문학으로서의 일본문학이 침체기에 접어들어 그 침체된 상태를 타파하기 위해 외지문학으로부터 수혈을 받아 변화의 계기를 마련하고자 한 움직임이었다. 1935년 아쿠타가와상이 제정되고, 외지의 문학작품이 다수 수상작으로 선정된 것이 이를 상징적으로 드러낸다. 식민지 조선문학과 관련해서는 잘 알려진 것처럼, 1939년과 1940년 『모던일본』의 조선판이 발간[19]되거나 1940년 『문예』에 조선문학특집이 마련된 것 등 조선문학과 문화에 대한 관심의 열기 속에서 소위 '조선 붐'이 일어나기도 하였다. 물론 이 '조선 붐'은 식민지 조선을 전쟁에 동원하기 위한 프로파간다의 성격이 강했다.[20] 때를 같이해

19 1939년 『모던일본』 10주년 기념 임시증간 '조선판'의 편집자는 "조선반도가 군사적, 경제적, 문화적으로 대륙과 연결되는 거점으로서 중요성이 강조되고 조선에 대한 인식이 절대화되어, 식자는 물론 전국민의 애국적 관심이 팽배해지는 시점에서 간행되었다. 모던일본 조선판의 간행은 시국에 적합한 절호의 기획으로서 조선총독부를 비롯한 조선 명사들의 찬동, 전국적인 지지와 성원에 힘입어 국민운동의 하나로 표현된 감이 있다"(모던일본사, 윤소영·홍선영·김희정·박미경 역, 「편집후기」, 『일본잡지 모던일본과 조선 1939-완역 〈모던일본〉 조선판 1939년』, 어문학사, 2007, 508쪽)라고 밝히고 있다.
20 "군국 일본의 반동 지배층이 '팔굉일우(八紘一宇)', '대동아공영권(大東亞共榮圈)' 실현의 중요 방책으로 '내선일체화', '황국신민화'라는 슬로건 하에 조선의 인적·물적 자원을 총동원하기 위해 직접 보도·출판 기관을 장악하고 '조선 붐'을 만들어낸 것이고,

일본어로 창작되거나 번역된 조선문학이 내지문단에 활발하게 소개되기도 하였다. 그리고 이러한 가운데 조선문학은 자연스럽게 일본의 내지문단으로 통합되어갔다.

식민지 조선문학의 내지문단으로의 통합 과정 속에서 조선 문학자들은 자신의 정체성을 새롭게 정립해야 할 필요성이 대두되었다. 앞서 차승기의 논의를 다시 빌리자면, 그는 근대문학이라는 장치의 규범성을 의심하거나 그것이 지니고 있는 작위성을 폭로하는 실천의 지점들을 제국-식민지 문학 장의 변동에서 찾고 있다. 물론 제국-식민지 문학 장의 변동은 문학 외부의 영역에 자리 잡고 있는 장치들에 의해 문학 장치가 폭력적으로 포섭되거나, '식민지 문학'이 '제국 문학'에 통합되면서 발생한 것이다. 그는 식민지 말 전쟁이라는 장치에 포섭된 문학이 기술적 영역으로 이행해갔고, 그렇게 변형된 문학적 장치에 의해 산출된 주체를 '기술자-작가'라고 명명하는 한편, 고쿠고를 축으로 식민지 외지 문학으로서 내지의 제국 문학에 통합되어가는 과정 속에서 산출된 주체를 '번역가-작가'라고 명명하였다. 전자는 반성적 주체와 상상적 연대의 주체를 생산해냈던 근대문학의 파탄을 수리하고, 그 자리에 전선기행이나 보고문학 등 '사실'에 대한 관찰의 시선을 대체한 결과였고, 후자는 일본어, 내지문단을 매개로 단일한 표상 세계에 진입한 결과였다. 다시 말해, "기술자-작가와 번역가-작가는 각각 근대 문학이라는 장치에 의해 구성된 반성적(내면적) 주체와 상상적 연대의 주체

두 번째는 이와 같은 선전·선동 공작에 일본의 저명한 작가나 학자, 문화인, 언론인, 예능인, 스포츠맨을 총동원했을 뿐만 아니라, 조선의 매국노나 글을 팔아 사는 자들을 필두로 하여 대대적으로 활용한 것이다."(朴春日, 『增補近代日本文學における朝鮮像』, 未來社, 1985, p.363)

=국민적 주체가 식민지/제국 체제의 문학 장의 특이성 속에서 극단적으로 재구성된 결과"[21]였던 것이다.

요컨대 전시총동원 체제기 전쟁 수행을 위한 식민지 조선인 황민화 프로젝트의 일환으로 고안된 '치안', '고쿠고', '이름'(창씨개명), '전쟁'(징병 및 징용)이라는 장치들의 네트워크가 제국-식민지 체제의 실정성을 강화해갔고, 이에 따라 식민지 조선문학의 위상과 역할 역시 극심한 변동을 겪었다. 특히 문학이 전쟁에 포섭되고, 식민지 조선문학의 내지 문단으로의 통합 과정 속에서 식민지 조선인 문학자들은 기술자-작가와 번역가-작가로서 자기의 주체성을 갱신하였다. 하지만 식민지 조선인 황민화 프로젝트가 결코 완결될 수 없는 것처럼, 식민지 조선문학이 일본문학으로 통합되거나, 조선인 문학자들의 주체성 재구축은 달성될 수 없는 것이었다. 만약 그러한 것들이 완결되거나 통합되거나 달성되었다면, 그것은 그 자체로 제국-식민지 체제의 붕괴를 의미하는 것이 될 수도 있기 때문이다. 식민지 조선인, 조선문학이 사라진 자리에 제국 일본인, 일본문학은 존재할 수 없는 것이다.

1937년 6월 동우회사건으로 기소되어 유치장과 병감에서 수형생활을 하다 같은 해 12월 병보석으로 석방된 뒤 이듬해 7월까지 병상에 있었던 이광수는 『문장』 1939년 9월호에 발표한 「육장기」에서 "이 성전 聖戰에 참례하는 용사가 되지 못하면 생명을 가지고 났던 보람이 없지 아니하오?"[22]라고 쓴 뒤 본격적으로 전시총동원 체제에 협력적인 문학 활동을 전개한다. 그것은 앞서 언급한 '자기 수양'과 '대중 동원'의 방

---

21 차승기, 『비상시의 문/법-식민지/제국 체제의 삶, 문학, 정치』, 274쪽.
22 李光洙, 「鬻庄記」, 『文章』, 1939.9, 35쪽.

식을 고스란히 보여줄 뿐만 아니라, 당시 식민지 조선인 황민화 프로젝트를 위한 장치들을 적극적으로 문학이라는 장치 속에 끌어들이는 것이었으며, 기술자-작가와 번역가-작가로 재편된 식민지 조선인 문학자의 위상 변동 과정을 자기 재구축 과정으로 삼는 것이기도 하였다. 이와 관련해 식민지 말 이광수의 '친일문학'에 대해 폭넓게 검토한 이경훈은 그의 친일 사상이나 문학이 이전의 계몽주의적·실력양성론적 민족주의와 연결되어 있고, 개인적 층위에서 고아의식의 무의식적 발현 및 일종의 허위의식과 연관되어 있을 뿐만 아니라, 이 모든 것들이 윤리적·종교적 합리화와 서구 중심의 세계사에 대한 자기기만적 문제의식으로써 관철되고 있음을 밝힌 바 있다. 그리하여 이광수의 약육강식적인 근대 패러다임의 초극을 위한 당시 논의들이 시민사회를 기초로 한 정치적 자주독립 및 민족국가 성립이라는 과제와 동떨어진 채 종교적 낭만성의 추구로 나아갔음을 논의하였다.[23]

전시총동원 체제하 식민지 조선/인의 전쟁동원을 위한 문학 활동을 적극적으로 개진한 이광수 문학에서 당시 전쟁 동원의 수사와 전략을 확인하는 것은 손쉬운 일이다. 특히 식민지 조선인의 전쟁 동원을 위한 문법과 장치들을 상징적으로 보여주는 내선일체 담론과 제국 일본의 군인 되기의 서사들은 식민지 조선인의 황민화 프로젝트와 관련해 당시 이광수 문학의 핵심에 놓인다. 물론 그의 문학에 나타난 황민화론은 '국민적 감정'에 의한 조선과 일본 양 민족 간의 동등한 결합의 문제, 즉 동등한 국민으로서의 권리 획득을 목표로 한 정치운동을 지향하고

---

23 이경훈, 『이광수의 친일문학 연구』, 태학사, 1998, 356~357쪽.

있었다.[24] 그리고 그러한 지향은 자연과 인간계를 초월한 절대의 자각을 강조하는 불교적 진리의 보편성 안에 천황의 적자로서의 식민지 조선인의 정체성을 재기입하는 것을 통해 이루어지기도 하였다.[25] 하지만 그러한 문학적 수행의 과정이 완결되지 못했을 뿐만 아니라, 그것을 체제 협력적인 문학이라고만 단정할 수 없다는 점에 점에서 이광수의, 나아가 식민지 조선문학의 딜레마가 있었다.

3. 내선일체의 이념과 서사적 과잉 전략

전시총동원 체제가 식민지 조선인을 전쟁에 동원하기 위해서는 제국-식민지 체제를 유지·존속해왔던 조선인에 대한 차별적 정책을 철폐하거나, 그렇지 않다고 하더라도 조선인이 피지배 민족으로서 차별의 대상이 아니라는 것을 증명해야 했다. 즉, 제국 일본인과 식민지 조선인을 지배/피지배의 강고한 구도 속에 위치시키는 것이 아니라, 조선인 또한 일본인과 다르지 않다고 말해야 했다. 제국-식민지의 단일한 체제 속에서 차별이 해소되어 일본인과 조선인 모두 전쟁 수행의 주체가 될 수 있다고 역설해야만 했던 것이다. 또한, 무엇보다 피지배 민족으로서 식민지 조선인의 자발적 협력을 이끌어내기 위해서는 그들로 하여금 일본으로의 동화를 자연스러운 것으로 받아들이게 할 필요가

---

24 최주한, 「중일전쟁기 이광수의 황민화론이 놓인 세 위치」, 『서강인문논총』 제47집, 서강대 인문과학연구소, 2016, 79쪽.

25 이에 대해서는 최주한, 「친일협력 시기 이광수의 불교적 사유의 구조와 의미」, 『어문연구』 제41권 제2호, 한국어문교육연구원, 2013, 227~302쪽 참고.

있었다. 이때 제시된 것이 제국 일본의 식민지 조선 통치의 동화 이데 올로기인 '내선일체'의 이념이다. 내지와 조선이 일체가 되어야 한다는 내선일체론이 식민지 조선의 통치 이념으로 본격적으로 개진된 것은 1936년 미나미 지로南次郞가 조선총독으로 부임하면서부터였다. 이후 내선일체론은 중일전쟁이 발발하면서 대륙전진병참기지로 재편된 식 민지 조선의 책무와 조선인의 전쟁 동원이라는 실질적 목적 아래 수행 된 정책의 이념적 근거가 되었는데, 식민지 조선인들에게는 내선 간 차 별의 철폐라는 일종의 환상을 갖게 하는 것이기도 하였다.

그렇다면 이광수가 이해하고 있었던 내선일체는 무엇이었던가? 그 는 "조선인朝鮮人은 그 민족감정民族感情과 전통傳統의 발전적發展的 해소解消 를 단행斷行해야 할 것이다. 이 발전적發展的 해소解消를 가르쳐서 내선일 체內鮮一體라고 하는 것이라고 밋는다"[26]라고 밝혔는데, 결국 그에게 내선 일체는 식민지 '조선인의 황민화' 그 이상도 이하도 아니었다. 이는 「동포에게 보낸다」에서 보다 명징하게 드러난다. 1940년 3월 신체제 선포 직후에 씌어진 이 글은 그대인 일본인에게 보내는 나 반도인의 편 지글의 형식을 취하고 있다. 그대와 나는 운명공동체로서 천황의 적자 이자 일본 제국의 신민이라는 점에서는 차이가 없지만, 한일병합 이후 30여 년이 경과해오면서도 느슨한 결속의 상태에 놓여 있어 "참으로 서로의 마음과 마음이 만나 참으로 서로 사랑하고 동정하여 이끌어 세 워 보다 힘센 문화의 한층 높은 일본을 올려 세"[27]워야 할 시점에 놓여

---

26 이광수, 「心的 新體制와 朝鮮文化의 進路」, 이경훈 편역, 『춘원 이광수 친일문학전집』 2, 평민사, 1995, 112쪽. 초출은 『매일신보』, 1940.9.4~12.
27 이광수, 「동포에게 보낸다」, 김윤식 편역, 『이광수의 일어 창작 및 산문선』, 역락, 2007, 155쪽.

있다. 이는 무엇보다 1937년 중일전쟁 발발 이후 추진되고 있었던 대동아 건설이 내선일체에 기초한다는 미나미 지로 조선총독의 말에 힘입은 바 크다. 전시총동원 체제가 대동아 건설의 기치를 내걸면서 그 핵심에 내선일체가 놓여야 한다는 식민통치 권력의 권위에 기대에 이광수는 식민지 조선인의 차별적 지위를 해소해 제국 일본인의 그것과 동등하게 위치시키고자 했던 것이다.

물론 그러한 과정에서는 먼저 참회가 전제된다. 해서 이광수는 유럽의 제국주의 국가들의 식민지 정책에 근거하여 제국 일본의 식민지 조선에 대한 정책을 오인하고 비판했던 자신을 참회한다. 그러면서 뒤이어 "나를 식민지 토인으로서가 아니라 폐하의 적자로서, 국민의 평등한 일원으로서 일본을 사랑하고 일본을 조국으로서 그리하여 이를 보호하기 위해 생명을 바칠 수 있게끔 할 수 있는 기회를 달라"[28]라고 요청한다. 동시에 내지의 일본인이 조선인은 문화 수준이 낮고, 언어와 관습, 사상이 달라 쉽게 자신들의 수준에 이르지 못하리라고 생각하는 것은 기우에 불과할 뿐이라고 일소하면서 조선인에 대한 인식의 개선을 요구한다. 나아가 사랑, 이해, 존경으로 만날 것을 역설하면서 "때 묻은 내 이불을 펴 비좁은 온돌방에서 나와 베개를 나란히 하여 자면서 은밀히 얘기한다면 어떨까"[29]라며 내선일체의 이념 그대로 마치 육체적으로 '일체화一體化'된 상태를 상정하기에 이른다. 참회와 반성 → 기회 요청 → 인식 개선 요구 → 합일된 상태의 지향이라는 내러티브를 갖는 「동포에게 고한다」에서 이광수의 발화는 식민지 조선인으로서의 제한

---

28 위의 책, 158쪽.
29 위의 책, 170쪽.

적·폐쇄적 위상을 이제 전시총동원 체제의 실정성을 강화하는 장치들, 특히 내선일체의 이념과 정책들이 극복할 수 있게 할 것이라는 상상 속에서 가능한 것이었다.

이처럼 이광수는 일본인과 마찬가지로 조선인은 천황의 적자이므로, 일본 측에서 내선일체를 받아들이는 데 조선인이 불안해할 필요가 없으며, 그저 스스로 황민화해가면 된다고 말한다.[30] 또한 그는 내선일체를 이루기 위해서 문학이 담당해야 할 역할을 몇 가지로 제시하였다. 먼저 일본인과 조선인이 혼연일체가 되기 위해서는 진정으로 서로를 이해해야 하는데, 이를 위해서 개인과 가정 사이의 친밀한 접촉과 함께 문화 교류가 필요하고, 문학이 문화 교류의 일익을 담당할 수 있다는 것이다. 다음으로 내지의 문학자에게 조선에 대해 참된 인식을 주거나 조선인 문학자에게 내지인에 대한 좋은 인식을 주는 것이 중요한데, 문학을 통해 내지 일본인 문학자와 접촉하여 그것이 가능다고 하였다.[31] 즉 문학은 문화 교류와 문학자 접촉을 통해 내선일체에 기여할 수 있다는 것이 이광수의 생각이었던 것이다.

이와 관련해 전시총동원 체제기 제국 일본의 전쟁에 동원되어야 할 조선인이 누구였던가라는 질문과 관련해서 내선일체의 이념을 통해 식민지 조선인의 황민화 과정을 서사화한 이광수의 문학 작품에 주목해 논의를 이어가고자 한다. 앞서 일본인과 조선인 사이의 교류와 접촉을 통해 내선일체를 달성할 수 있다는 생각을 가지고 있었던 이광수의 인

---

30 이광수, 「내선일체수상록」, 이경훈 편역, 앞의 책, 244~253쪽. 초출은 『내선일체수상록』, 중앙협화회, 1941.
31 이광수, 「內鮮一體와 國民文學」, 위의 책, 72~74쪽. 초출은 『朝鮮』, 1940.3.

식이 드러난 대표적인 작품이 『녹기』 1940년 3월부터 7월까지 연재된 「진정 마음이 만나서야말로」이다. 이광수는 이 소설의 창작 의도를 연재 서두의 저자의 말에서 다음과 같이 밝히고 있다. "야마토와 고구려는 하나가 되지 않으면 안 됩니다. 그러나 그것은 힘으로라든가, 또는 싫어하면서 억지로 해서는 안 되는 것입니다. 마음과 마음이 서로 만나서로 사랑하며 융합된 하나가 아니면 안 되는 것입니다. 그러한 한 경우를 그리고자 하는 것이 이 이야기의 의도입니다. (…중략…) 이 작은, 변변치 않은 이야기가 내선일체의 대업에 티끌만한 공헌이라도 될 수 있다면, 나의 바람은 이루어진 것입니다."[32] 즉, 일본인과 조선인이 한마음으로 융합된 상태를 말하고자 하는 것이 이 소설의 집필 의도인 것이다. 그런 만큼 이 소설은 전시총동원 체제의 실정성을 강화하는 내선일체의 내러티브를 충실하게 보여준다.

내선일체 이념을 서사화하고 있는 「진정 마음이 만나서야말로」 서사는 이광수가 내선일체를 위한 문학의 역할에서 피력한바 일본인과 조선인 사이의 접촉과 교류, 그리고 상호 인식과 이해, 나아가 사랑이라는 감정의 교환을 보여준다. 그런 점에서 이 소설의 서두에 제시된 재조일본인 남매가 북한산 등반 중 당한 조난 사고와 그들을 구해주고 보살펴준 조선인 남매의 행위는 일본인과 조선인이 서로 만나 상대방에 대한 인식을 전환한 사건이라고 할 수 있다. 특히, 서사의 첫 부분에서는 재조일본인 히가시 다케오東武雄의 조선인에 대한 인식의 변화 양상이 구체적으로 드러나 있다. 경성제대 법학부에 재학 중인 그는 여타

---

32 李光洙, 「心相觸れてこそ(一)」, 『綠旗』, 1940.3, 74~75쪽.

재조일본인들처럼 조선인들과 거의 교제가 없었고, 조선인 학생들이 조선어를 사용하는 것에 불쾌감을 느끼는 한편, 그들을 '하등한 노예' 보듯이 바라보면서 비하하고 있었던 자이다. 그의 그러한 태도는 한편으로 일본군 고급장교인 아버지가 입버릇처럼 조선인은 열등하다고 말했던 것을 듣고 자랐기 때문이기도 하였다. 그래서 조난을 당해 의식을 잃고 쓰러졌다 조선인 김충식金忠植의 집에서 깨어났을 때, 자신의 여동생인 후미에文江가 조선옷을 입고 있는 것에 이질감을 느끼는 한편, 자신의 몸에 조선옷이 입혀진 것에 대해 불쾌감을 드러냈던 것이다. 그러던 그가 김충식의 구제와 치료, 그리고 그녀의 여동생 김석란金石蘭의 병간호를 받는 과정 속에서 그들이 자신들과 입는 옷에 차이만 있을 뿐 다르지 않다는 인식을 하게 된다. 즉, 열등한 존재로서 조선인에 대한 기존의 인식에 대해 의문을 갖게 되고, 결국 "조선인에 대한 인식을 바꿀 필요가 있다고 생각하거나, 동시에 인생이라는 것에 대한 인식도 하지 않을 수 없게 된 듯한 기분이 들었던 것이다".[33] 이처럼 조난과 구제의 과정 속에서 일본인인 히가시 다케오는 조선인에 대한 기존의 선입견을 버리고 새롭게 그들을 인식할 필요성을 깨닫게 되었던 것이다. 물론 이 소설이 내선일체를 서사화하고 있다는 점에서 제국 일본인 남성의 시선에 식민지 조선인 여성이 포획되어 순수하고, 아름답고, 성스러운 존재로 여겨진다는 것 또한 의미심장하다고 할 수 있지만, 무엇보다이 「진정 마음이 만나서야말로」 서사는 일본인과 조선인의 접촉과 교류를 통한 인식의 전환, 나아가 감정의 교환을 통해 내선일체의 가능성

---

33 위의 글, 84쪽.

을 모색하고 있다.

재조일본인과 조선인 청년들의 접촉과 교류는 이어져 상대방에 대한 편견을 해소하고 이해하가는 과정이 서사를 추동하고 있는데, 그러한 과정 속에서 히가시 다케오 남매가 다시금 김충식의 집에 방문해 조선인들과 나눈 대화가 주목된다. 히가시 다케오는 조선옷을 입은 여동생의 모습을 내세워 일본인과 조선인이 다르지 않다고 말하는데, 불령선인不逞鮮人으로 낙인찍힌 김충식의 아버지 김영준金永準은 히가시 일가와 민족 문제를 고려하지 않은 상태에서 인간 사이의 정과 의를 통해교제하고 있을 뿐이라고 조심스럽게 답한다. 한일병합 이후 해외로 망명하였다 만주사변 직후 길림에서 체포되어 10년 동안 수형생활을 하다 가출옥 상태인 김영준은 아시아 민족들 중 일본이 영도권을 갖는 것은 당연하고, 그것이 조선 민족에게도 이익이라고 생각하고 있는 인물이다. 나아가 그는 조선이 일본 영토로서, 조선인이 제국 일본의 신민으로서 살아갈 운명이라는 것을 수긍하고 있다. 하지만 그는 민족 독립에 대한 의리와 식민지인으로서 조선인이 천대 받는 것에 대해 분노를 가지고 일본의 조선 통치에 반대하고 있는 인물로, 미나미 지로 조선총독의 내선일체론을 정치가의 수사 정도로 치부하고 있었다. 그래서 히가시 다케오의 일본인과 조선인이 다르지 않다는 갑작스러운 질문에일본인과 조선인 사이의 불평등한 차별적 상황을 은연중에 내비친 것이다. 그러자 흥미롭게도 조선인 불령선인 김영준의 말에 히가시 다케오는 자기비판과 반성의 태도를 보인다.

우리들은 더욱 더 하나가 되지 않으면 안 된단 말이야. 그것은 일본제국을 위해서도 그렇지만, 조선을 위해서도, 또한 동양 전체를 위해서도 그렇단 말이야. 우리들이 나빴다. 우리들 일본인 전체가 나빴다. 사과하네, 정말로 사과하네. 우리들 일본인은 조선 동포에 대한 사랑과 존경이 부족했었다. 폐하의 대어심大御心을 알지 못했었다네. 나는 자백하네. 하지만 일본인은 본성이 나쁘지는 않다네. 마음은 지극히 단순하고 쉽게 감격하는 국민이다. 단지 이제까지 조선에 대한 이해가 부족했었네. 우리집 아버지의 조선관은 아예 잘못된 것이네.[34]

　식민지 조선에 대한 인식 부족으로 인해 조선인에 대한 사랑과 존경이 부족했음을 자인하고 반성하고 있는 이 일본인은 일본인과 조선인이 하나가 되자고 역설하면서 청년의 역할과 사명을 강조한다. 이에 김충식은 그의 말의 의미가 확실하지 않지만, 호의는 느끼면서도 식민지 조선인 청년들은 내선일체를 문자 그대로 받아들이지 않는다며 자기 자신부터 그것이 확실하게 다가오지 않는다고 말한다. 그러자 히가시 다케오는 다시 이해가 중요한 것이 아니라 사랑, 즉 정情이 중요하다고 말한다. "이해보다는 사랑이라네. 진실로 동포라고 생각하는 것 말이네. 악마를 이해할 수도 있으니까 말야"[35]라고 말하는 그의 목소리는 차별과 멸시의 대상으로서 조선인에 대한 올바른 이해를 요구하는 것에서 그치는 것이 아닌, 일본인과 조선인이 한 개체로서 동등한 자격을 갖는 인간이라는 점에서의 상호 간의 정의 교환을 요구하고 있다. 따라서 여기에서 사랑은 제국 일본인과 식민지 조선이라는 민족적 경계를

34　李光洙, 「心相觸れてこそ(二)」, 『綠旗』, 1940.4, 99쪽.
35　위의 글, 41쪽.

넘어설 수 있는 이념이 된다.

그런데 이때 주목되는 것은 접촉과 교류를 통한 일본인의 조선/인에 대한 인식의 변화 과정이라기보다는 「진정 마음이 만나서야말로」 서사에서 일본인으로 하여금 그러한 발화, 즉 참회와 반성의 발화를 하게 한 데 있다. 일본군 집안의 재조일본인인 히가시 다케오, 조선인에 대한 차별과 멸시의 시선을 가지고 있던 그는 어느새 조선인보다 더 조선인의 입장에서 일본인의 조선/인에 대한 차별 철폐를 주장하고 있는 것이다. 따라서 이 소설에서 내선일체의 이념을 말하는 자들이 대체로 이광수의 목소리를 대변하는 인물들이라는 점에 동의할 수 있다면, 일본인 히가시 다케오의 자기 성찰의 목소리는 피식민자의 차별적 상황을 극복하고자 한 조선인의 목소리를 대변한 셈이다. 그런 점에서 전시 총동원 체제가 제국 일본인과 식민지 조선인 사이의 위계화된 차별적 구조를 해소하고 제국의 충직한 신민으로서 거듭날 것을 요청하고 있는 상황 속에서도 일본인과 조선인 사이에 여전히 엄존하고 있었던 차별적 위계 구조에 대해 이광수는 내선일체의 내러티브를 구축하고 강화하는 것을 통해 응수했다고 볼 수 있다. 식민지 조선인에 대한 차별적 태도와 멸시의 시선을 가지고 있었던 일본인 스스로 자신의 그러한 태도와 시선을 참회하게 하는 것은 내선일체의 이념을 전유하여 식민자에게 되돌린 것이자, 내선일체의 문법을 과도하게 받아들여 제국-식민지 체제의 차별적 구조를 변형시키고자 한 과잉 전략의 일환이라고 할 수 있다.

하지만 내선일체는 결코 달성될 수 없는 것이다. 특히, 일본인 입장에서 내선일체는 자신들을 위협하는 동화의 이념이자 정책이 될 수 있다는 점에서 쉽게 받아드릴 수 없는 것이기도 하였다. 이 소설에서 히가시 집안의 어머니인 기쿠코菊子가 자식들이 조선인과 접촉하고 교제하는 것에 불안을 느끼는 한편, 김 씨 남매를 자신의 집으로 초대하는 데 반감을 가지고 있는 것이 이를 단적으로 드러낸다. 그녀는 이미 정혼한 자신의 자녀들이 혹시나 조선인과 애정 관계에 놓일까 걱정하며, 조선인들과의 연애와 결혼을 '가문의 수치'라고까지 여기고 있다. 식민지 말 내선일체 이념을 구현하기 위해 내선결혼이 정책적으로 장려되고 있었고, 1942년 말 조선 거주 내선결혼 부부가 2,615쌍으로 늘어난 상황과는 대비적이다. 물론 전시총동원 체제기 내선결혼을 장려하고 있었던 조선총독부는 문화적으로 일본인화될 다음 세대까지는 실제 통혼이 늘어나지 않을 것이라고 판단했지만, 1944년 3월 일본 거주 내선결혼 부부가 10,700쌍으로 늘어날 정도로 일본에 동원된 조선인들은 일본인이라는 국민의식의 체득 여부와 무관하게 일본의 언어와 풍속에 빠르게 적응해갔고, 그 결과 일본 정부가 우려할 만큼 통혼도 늘어갔다.[36] 조선총독부의 내선결혼 정책 장려는 이제 순혈주의에 기반한 일본인에게는 자신들이 오염될 수 있다는 위협으로 다가갈 수 있었던 셈이다. 내선일체의 이념은 식민지 조선인의 자발적 협력을 이끌어내기 위한 동화 이데올로기로서만 작동해야지, 실제로 일본인과 조선인의 경계를 무화시키는 동화가 달성되어서는 곤란한 것이었다.

이러한 내선일체의 불가능성은 「그들의 사랑」에서도 살펴볼 수 있다. 조선인 고학생 이원구를 가정교사로 들여 함께 생활하면서 조선인

---

36 이정선, 『동화와 배제 – 일제의 동화정책과 내선결혼』, 역사비평사, 2017, 350쪽.

에 대한 재조일본인 상류층 집안사람들의 인식 전환의 과정을 서사화하고 있는 이 소설은 「진정 마음이 만나서야말로」와 마찬가지로 일본인과 조선인 사이의 내선일체의 과정을 보여주고 있는 것처럼 보인다. 이원구와 함께 경성제대에 재학 중인 일본인 니시모토 다다시가 조선인에 대한 부정적 선입견에 사로잡혀 있었다며 "자네와 함께 지나보려니, 자네는 우리들과 조금도 다르잖은 줄 알았네"[37]라고 고백하거나, 그의 아버지인 경성제대 교수 니시모토 박사가 조선인은 어떻게 해도 마음을 돌리지 않는다고 멸시하다가 이원구의 성실함에 조선인에 대한 인식을 바꿔가고 있는 서사의 전개가 내선일체의 가능성을 보여주고 있는 것처럼 여겨진다. 하지만 결국 식민지 조선인 이원구는 재조일본인 상류층 집안사람들에게 받아들여지지 않는다. 그가 니시모토 집안의 차녀 미쩨꼬에게 연모의 감정을 갖게 되자 모욕을 당하고 쫓겨난 것이 이를 방증한다. 조선인에 대한 편견과 차별의 시선을 일정 부분 개선한 것과 그를 자신들과 동등한 대상으로 인정하여 가문의 일원으로 받아들이는 것에는 차이가 있는 것이다. 결국 이원구는 니시모토 다다시가 자신의 아버지를 설득하는 과정 속에서 말한 것처럼 일본인 되기의 '실험' 대상이었을 뿐이었다.

조선인의 일본인 되기, 그 실험의 과정은 전시총동원 체제가 식민지 조선인 작가 이광수의 욕망을 강화시켜 발생시킨 측면이 있다. 다시 말해, 이광수는 전시총동원 체제의 질서와 문법에 기대어 조선인의 지위를 격상시켜 일본인과 동등한 위치에 놓고 싶어 했던 것인지도 모른다.

---

37 香山光郎, 「그들의 사랑」, 『新時代』, 1941.2, 271~272쪽.

그래서 그는 일본인으로 하여금 조선인에 대한 편견과 차별의 시선을 되돌아보게 하고, 조선인과 함께 생활하는 것을 서사화하여 조선인에 대한 그릇된 인식을 전환하고자 했던 것이다. 그리고 그러한 과정 속에서 내지 일본인과 달리 식민지 조선에서 생활하고 있던, 그래서 상호간의 접촉과 교류가 상대적으로 가능한 재조일본인에게 나름의 역할을 요구했던 것이다. 「그들의 사랑」에서 경성제대 예과 화학교수인 모리타 다케시가 경성제대 재학 중인 재조일본인 학생들을 향해 "조선동포를 이끌어서 천황의 충성된 신민이 되게 하는 일을 할 자가 누구냐, 하면 그것은 곧 그대들이란 말이다. 조선에 와 있는 내지인들이란 말이다"[38]라고 역설하고 있었던 것은, 재조일본인의 재조일본인을 향한 발화라기보다는 식민지 조선인 이광수의 재조일본인을 향한 발화라고 보는 것이 온당할 것이다.

물론 그러한 상상은 환상에 다름 아니다. 제국 일본인과 식민지 조선인의 접촉과 교제, 상호 이해와 감정의 교환은 대등한 관계 속에서나 가능한 것이다. 비록 전시총동원의 정책적 · 이념적 근거가 단일한 제국-식민지 체제의 실정성을 강화시켜나가고 있었다고 할지라도, 제국/식민지, 일본인/조선인, 식민자/피식민자의 차별적 구조는 엄존하고 있었고, 지속적으로 재생산되고 있었다. 따라서 내선일체 이념을 통해 황국신민화를 달성한다고 해서 식민지 조선인이 제국 일본인이 될 수 있는 것은 아니다. 식민지 조선인에게 일본인으로서 살아갈 자격은 애초에 봉쇄되어 있었다. 그럼에도 이광수는 내선일체의 이념 속에서 식

---

38 李光洙, 「그들의 사랑」, 『新時代』, 1941.1, 155쪽.

민지 조선인의 제국 일본인으로의 동화를 꿈꾸고 있었다. 이는 이광수의 의도와 달리 제국-식민지 체제의 붕괴를 의미한다. 제국과 식민지 사이의 질서와 문법은 앞서 살펴본 것처럼, 체제의 실정성을 가능하게 하는 장치들에 의해서 지속되고 그 가운데 식민지 조선인의 욕망을 달성 가능한 것처럼 증폭하지만, 애초에 식민지의 경계를 넘어선 조선인은 존재할 수 없는 것이다. 이광수의 문학이 내선일체의 이념에 기초한 전시총동원 체제의 질서와 문법을 적극적으로 서사화하였다고 하더라도, 결국 그 동화에의 욕망은 달성 불가능하다는 것이 여실히 드러나는 셈이다.

4. 식민지인의 제국 군인으로서 죽을 권리

전시총동원 체제가 식민지 조선인들의 삶의 조건들을 급속하게 재편하는 한편, 오직 제국 일본의 충직한 신민으로서만 존재 의의를 가질 수 있는 생명정치의 장으로 호명하는 과정을 통해 인간 개조 프로젝트를 실행해간다고 했을 때, 그때 인간은 전쟁 수행의 기계인 '군인'으로서 위치 지어진다. 각각 1937년과 1939년에 발발한 중일전쟁과 제2차 세계대전은 기존의 근대 세계 체제의 질서와 문법을 송두리째 뒤흔든 사건으로서, 인간의 존재 방식을 파시즘 체제 속으로 포섭해 규정하였다. 식민지 조선인들 또한 전 세계적인 파시즘 체제의 강화 속에서 제국 일본의 동아시아 지역으로의 제국주의적 침략 과정에 포섭되어 다양한 책무를 부여받았는데, 대체로 그것은 전쟁 수행을 위한 군인으로서의 역할로 점철되었다. 물론 이때 전쟁은 살육의 장이 아닌 새로운 세계사적 질서를 수립하기 위한 성전聖戰으로 선전되었고, 동아시아 제 민족이 서양 제국주의 세력의 압제로부터 벗어나 공존공영共存共榮할 수 있는 대동아공영권 구축을 위한 핵심적인 방편이라고 의미 부여되었다. 그리하여 전쟁으로 인한 죽음에의 공포는 새로운 세계 건설이라는 역사적 비전 속에서 숭고한 것으로 승화될 수 있었던 것이다.[39]

그렇다면 이광수는 이러한 전쟁을 어떻게 바라보고 있었을까? 특히 전시총동원 체제를 추동시킨 중일전쟁에 대해 그는 어떻게 이해하고 있었던 것일까? 이를 확인할 수 있는 대표적인 글이 『신시대』 1941년 7월호에 발표된 「사변과 조선」이다. 이 글에서 이광수는 중일전쟁이 "세계世界의 역사歷史에 일신기원一新紀元을 획획劃劃할 만한 대사건大事件"[40]이라면서 그것이 조선인에게 끼친 영향을 '신생新生', '재생발再生發' 등의 용어로 규정하면서 조선인들이 국민의식을 각성하는 한편 국민으로서 자기를 발견하게 되었다고 말한다. 그리하여 중일전쟁 개전 이후 지원병 제도가 생겨 식민지 조선인이 황군에 편입되었고, 일본인과 조선인 사이의 교육의 차별이 철폐되었으며, 창씨제도 역시 실시되어 조선인의

---

39 이와 관련해 제국 일본은 국민을 전쟁에 동원하기 위해 지속적으로 전쟁 영웅, 군신을 창출해왔는데, 식민지 말 조선인 특공대로 대표되는 제국 일본과 천황을 위해 목숨까지 바치는 전쟁 영웅, 군신은 조선총독부와 조선군의 전의를 고취시키고 전쟁 수행을 위해 조선인의 인적·물적 자원을 수탈하는 데 동원되었다. 특히 『매일신보』를 중심으로 한 각종 미디어에서는 레이테만 전투에서 가미가제특별공격대로 전사한 마쓰이 히데오(인새웅)를 군신으로 현장한 이래 식민지 조선인 전사자를 군신으로 만드는 작업을 시속하였다. 이때 식민지 조선인의 죽음은 숭고한 것이 되었다. 이에 대해서는 이형식, 「태평양전쟁시기 제국일본의 군신만들기-『매일신보』의 조선인특공대(神鷲) 보도를 중심으로」, 『일본학연구』 제37집, 단국대 일본연구소, 2012, 193~217쪽 참고.

40 香山光郎, 「事變과 朝鮮-國民意識의 昂揚과 地位 向上」, 『新時代』, 1941.7, 24쪽.

90%에 달하는 사람들이 창씨를 하는 등 다양한 국민총동원운동이 전개되고 있음을 피력하였다. 물론 이는 중일전쟁을 계기로 일본인과 조선인 사이의 차별을 구조적으로 재생산했던 제도들이 철폐되고, 이를 통해 차별적 상황으로부터 벗어나고 있다는 점을 자신의 욕망에 기대어 발화한 것이다. 하지만 중일전쟁이 식민지 조선인을 새롭게 존재하게 하거나, 다시 살아가게 하는 역사적 사건이라고 했을 때, 그것은 결국 죽음을 통해서만 가능한 것이 된다. 해서 이광수가 이 글의 말미에서 "조선인朝鮮人은 황민皇民의 의식意識에 깨었고 황도선양皇道宣揚의 대사명大使命에 자부自負를 가지게 되었다. 대동아공영권大東亞共榮圈 건설建設의 근로봉사자勤勞奉仕者요 병사兵士인 자각自覺을 가지게 되었다"[41]라고 했을 때, 조선인이 '신생'하거나 '재생발'할 수 있는 길은 오직 군인으로서 전쟁에 나가 천황을 위해 싸우다 죽는 길 이외에는 없게 되는 것이다.

하지만 쉽게 짐작할 수 있듯이, 식민지 조선인이 제국 일본의 군인이 되는 데에는 복잡다기한 문제들이 얽혀 있었다. 『신시대』1941년 9월호부터 1942년 6월호까지 연재된 이광수의 「봄의 노래」에서도 이러한 상황을 짐작할 수 있는데, 이 소설은 식민지 조선인 청년이 제국 일본의 군인으로 성장하는 과정을 서사화하고 있다. 쇠락한 양반 가문의 가난한 농촌 청년 마키노 요시오牧野義雄는 아버지의 병구완과 집안의 빚을 탕감하기 위해 지원병훈련소 입소 전 구장의 딸과 혼인한다. 이후 그는 아버지의 목숨이 경각에 달린 상황에서 지원병훈련소에 입소하여 군대식 교육과 훈련을 받고 집안 걱정을 떨치고 제국 일본의 충직한 군인으

---

41 위의 글, 27쪽.

로 성장해간다. 그는 "생명이 생명의 목적이 아니라, 제 임무를 다하기 위하여서 있는 생명이라 하는 것"을 깨닫고 "사람은 누구나 다 제 임무를 가지고 세상에 나온 것이다. 그래서 제 임무를 다하다가 죽는 것이니, 여기서 사람의 할 일은 다한 것이다"[42]라며 군인으로서 자신의 존재 이유를 확실히 한다. 즉, 자신의 생명이 군인으로서 전장에 나가 싸우다 죽는 데 있음을 명확히 하고 있는 것이다. 하지만 네 달 동안의 훈련을 마치고 입영 전 휴가를 얻어 집에 돌아왔을 때, 아버지는 죽고 집안의 형편은 나아지지 않았을 뿐만 아니라 아내가 부정한 행위로 다른 남성의 아이를 가지게 된 상황에 고통스러워한다. 제국 일본의 군인으로서 전장에 나가 죽음을 무릅쓰고 싸우기를 자처하고 있는 그이지만, 집안의 경제적 궁핍과 아내의 부정 등으로 인해 번민하게 되는 것이다.

이처럼 천황의 적자로서 제국 일본의 군인이 된다고 해서 식민지 조선인이 자신을 둘러싼 현실의 문제들로부터 모두 벗어날 수 있는 것은 아니다. 군인-되기의 과정을 수행하면서 신체를 개조하고 의식을 변화시키는 것을 통해 일본군으로 자기를 갱신해간다고 하더라도, 전쟁에 동원된 조선인들이 동원 이전의 자기를 완전히 탈각할 수 있는 것은 아니다. 「봄의 노래」에서 마키노 요시오와 함께 지원병훈련소에 입소한 가네무라金村는 입소 사일 전 결혼한 아내가 부정한 행동을 하지 않을까 근심과 걱정에 휩싸여 있는 자로, 훈련에 몰두하지 못하다 결국 탈주를 시도한다. 물론 마키노 요시오에게 탈주 행각이 발각되어 붙잡히고, 그것을 계기로 그 역시 충직한 군인으로 성장해가지만, 전시총동원 체제

---

42 香山光郎, 「봄의 노래」, 『新時代』, 1942.4, 156쪽.

의 문법과 질서가 개인의 사적 욕망을 초월해 오로지 군인으로서만 존재하게 하는 것은 아니다. 다시 말해, 제국 일본의 군인이 되는 것을 통해 식민지 조선인이라는 제한적·폐쇄적 위상을 극복하고 일본인으로서 또 다른 자기를 구축해갈 수 있는 가능성이 제시되었다고 하더라도, 전쟁에 동원된 조선인들은 동원 이전의 자신들의 삶과 쉽게 절연할 수는 없었던 것이다. 물론 이외에도 식민지 조선인이 제국 일본의 군인이 되고자 했던 데에는 단순히 제국 일본의 황민화 전략이나 전쟁 동원의 논리로 회수되지 않는 다양하고 이질적인 욕망의 지점들이 산포하고 있었다.

따라서 이광수의 입장에서는 식민지 조선인이 제국 일본의 군인이 되는 과정을 보다 명확하게 제시할 필요가 있었을지 모른다. 즉, 제국 일본의 군인이 되는 것을 하나의 의무로서 당연시할 뿐만 아니라 자연스럽게 받아들이는 모습을 연출해야만 했던 것이다. 그래야 식민지 조선인에 대한 일본인 측의 의심을 불식시킬 수 있을 뿐만 아니라, 제국 일본의 군인이 된 식민지 조선인의 권리를 요구할 수 있게 되는 것이다. 이런 점에서 앞서 살펴본 「진정 마음이 만나서야말로」 서사의 중반 이후 재조일본인과 식민지 조선인 청년들이 모두 군인이 되어가는 과정이 전개되어 자못 흥미롭다. 앞서 살펴본 것처럼 이 소설은 일본인과 조선인 상호 간의 사랑과 정의 교환을 통한 내선일체의 이념을 구현하는 방식으로 서사를 추동하지만, 그러한 행위가 결국 제국 일본의 전쟁 수행으로 귀결되고 있다는 점에서 주목된다. 전시총동원 체제기 식민지 조선인을 전쟁에 동원하기 위한 이념으로 내선일체가 제시된 것을 다시 한번 상기한다면 이는 자연스러운 것이지만, 이 소설에서 내선일체의 완성이 제국 일본의 충직한 군인 되기에 있다는 점은 결코 간과할수 없다. 히가시 다케오가 전선으로 출정하자 여동생 석란과 함께 그를 전송하고 조선신궁에 참배한 김충식은 군의로 출정할 것을 결심한 뒤 아버지의 허락을 받고 전선으로 향한다. 또한, 석란과 후미에 역시 뒤이어 특별지원 간호부로 지원하여 후방에서 김충식과 해후한다. 이후 전장에서 부상당한 히가시 다케오가 후송되어 김충식에게 치료를 받지만 실명하게 된다. 하지만 그는 고향으로 돌아가지 않고, 선무관이 되어 석란과 함께 중국 피난민으로 변장하고 중국군 진영에 들어가 공작 활동을 펼치다 적군에게 잡힌다. 연재가 중단되어 여기에서 그들의 행적은 끝나지만, 가파르게 전개되는 서사 속에서 히가시 다케오, 후미에, 김충식, 김석란 등 네 명의 청년들은 제국 일본의 군인으로서 자신의 책무를 충실히 수행한다. 군의관, 간호부, 선무관, 군속 등 각자 수행하는 역할은 다르지만, 그들은 모두 제국 일본의 '군인' 그 이상도 이하도 아닌 것이다.

이러한 점에 주목하자면, 정의 교환, 사랑에 기초한 내선일체는 결국 군인이 되기 위한 길에 다름 아니다. 바꿔 말해, 내선일체의 이념은 군인으로서의 전쟁 수행의 과정 속에서 비로소 그 의미를 갖게 되는 것이다. 김석란이 앞이 보이지 않는 히가시 다케오의 눈이 되어 중국군 진영으로 떠나기 전 죽음을 목전에 두고 그와 형식적이나마 결혼을 한 것은 죽음을 앞둔 남녀가 사랑을 확인하는 숭고한 행위라고 여길 수 있다. 하지만 그것은 남녀 간의 사랑에 기초한 사회적 계약으로서의 결혼은 성립 불가능하다는 것, 그리하여 그들의 결합은 결국 제국 일본의 군인으로서 함께 죽는 데 있다는 점을 드러낼 뿐이다. 상황이 이러하다면, 여기에서 일본인과 조선인, 남성과 여성의 구분은 무화된다. 아니 초월된다. 그들은 그저 제국 일본의 충직한 신민으로서 전쟁을 수행하다 죽음으로써 자신의 존재를 드러낼 수 있을 뿐이다. 「진정 마음이 만나서야말로」에서 김충식과 히가시 후미에, 히가시 다케오와 김석란 사이의 지극히 내밀한 연애의 감정이 국가에 대한 충성 속에서 봉합되고 있는 것은 그런 점에서 내선일체의 불가능성을 증거한다. 내선일체를 가능하게 하는 정의 교환은 개인의 사적 욕망의 발현을 전제로 하는 것인데, 전시총동원 체제하 개인의 욕망은 군인이 되어 죽는 것으로만 발현될 수 있기 때문이다.

이광수는 식민지 조선인이 제국 일본인과 동등한 자격을 갖기 위해서 의무교육과 징병제 실시, 나아가 참정권 보장 등을 주장하고 있었다. 특히 그는 참정권 획득을 위해 조선인들에게 제국 일본의 군인으로 참전하여 목숨을 바칠 것을 요구하는 한편, 일본인들에게는 병역의 의무와 참정권을 교환할 것을 요구하기도 하였다.[43] 하지만 앞서 살펴본 소설을 비롯해 그의 무수한 문학이 증거하는 바 전시총동원 체제는 식민지 조선인들을 오직 '군인'으로서만 존재하게 했다. 그런데 군인이 된다는 것은 국민의 자격을 갖는 것처럼 보이지만, 그때의 자격은 오직 죽음으로써만 획득될 수 있다는 점에서 허상이다. 산 자에게는 허락되지 않는 권리, 오직 죽음으로써만 획득될 수 있는 권리, 전시총동원 체제가 식민지 조선인을 천황의 적자로 만들어 황국의 신민으로서 천황을 위해 죽음을 무릅쓰고 전쟁에 나갈 수 있다고 역설했던 것은 조선인

---

43 이에 대해서는 배개화, 「참정권 획득과 감성 정치-일제 말 이광수의 친일 협력의 목적과 방법」, 『한국현대문학연구』 제50집, 한국현대문학회, 2016, 293~324쪽 참고.

에게 일본인의 자격과 지위를 부여하는 것이 아니라, 전쟁에 나가 죽기를 강요한 것이다. 따라서 조선인은 오직 죽음으로써만 자신의 존재를 증명할 수 있었던 셈인데, 이광수는 이 죽음이 식민지 조선인의 지위를 격상시키거나 조선인의 차별적 상태를 해소할 수 있는 길이라고 여겼던 것이다. 그래서 조선인이 징병의 대상이 되는 순간 제국 일본의 국민으로서 받아들여질 수 있다고 보았던 것이다. 국민으로서의 의무가 부과되는 순간, 국민으로서의 권리를 획득할 수 있다고 여겼던 이광수는 비국민의 상태에 고착화되어 있던 식민지 조선인의 국민화(=신민화)를 가능하게 하는 것이 전쟁이라는 장치라고 판단했던 것이다. 하지만 전쟁이라는 장치는 죽어야만 일본인이 될 수 있는 역설적 상황만을 식민지 조선인에게 허락했다.

이와 관련해 이광수의 인식을 살펴볼 수 있는 작품이 『신태양』 1943년 11월호에 발표된 「군인이 될 수 있다」이다. 1942년 5월 각의결정에 의해 1944년부터 식민지 조선에서도 징병제가 실시된다고 공포된 것에 호응하여 씌어진 것으로 보이는 이 소품은 징병제 실시를 계기로 일본인과 조선인 사이의 차별이 철폐될 것이라는 점을 피력하고 있는데, 그런 만큼 식민지 조선인이 제국 일본의 군인이 될 권리를 강박적으로 요구하고 있다. 유치원에 다니던 아이가 조선인은 군인이 될 수 없다는 말에 낙담하던 중 패혈증에 걸려 죽어가면서까지 조선인은 군인이 될 수 없냐고 아버지인 김(金)에게 묻고, 다시 태어나면 조선인은 군인이 될 수 있냐고 재차 묻는 상황은 징병제 실시 공포를 통해 이제 조선인도 군인이 될 수 있다는 것에 대한 환희와 감격으로 대체된다. 즉, 조선인 어린 아이가 죽어가면서까지 일본군이 되고자 하는 열의를 가지고 있었음을 드러내는 한편, 징병제 실시 공포가 조선인의 그러한 바람에 응답한 결과라고 이 소품은 말하고 있는 것이다.

　　그 장난감 군도 칼자루를 움켜쥔 채 자고 있는 두 사람의 적자赤子 — 폐하의 적자이지요! 그 두 아이들로부터 병사가 될 권리를 빼앗을 자 도대체 누구냐, 만일 그런 자가 있다고 하면, 그는 일본의 적이다, 라고 생각했습니다. 그 티 없는 적자들에게 하나라도, 먼지만큼이라도 자존심을 상하게 한다든지, 모욕을 느끼게 한다든지 하는 것은 정말로 위에 계신 한 분께 죄송한 일이라고 생각했습니다.[44]

　　세간에 민족주의자로 알려져 있던 김이 조선인 징병론을 주장한 데 의심을 가지고 있었던 일본군 장교는 그의 집을 방문해 김의 진의를 파악하고자 어떤 근거로 징병을 원하느냐고 묻는다. 그 일본군 장교의 질문에 김은 장난감 군모를 쓰고, 군도를 쥔 채 잠들어 있는 두 아이를 가리킨다. 이에 일본군 장교는 자신의 의심을 거두면서 김의 마음이 조선의 모든 아버지의 마음이자 '대어심'에 이른 것이었다고 말한다. 그러면서 위의 인용문에 나타난 것처럼 자신의 심경을 토로한 것인데, 조선인이 제국 일본의 군인이 될 권리를 빼앗는 자는 일본의 적이라면서, 군인이 되고자 하는 조선인의 자존심을 상하게 하거나 모욕을 느끼게 하는 것은 천황의 뜻에 반하는 것이라고까지 강변한다. 이는 전시총동원 체제기 전쟁 수행의 주체인 제국 일본의 신민으로서 자신의 권리를

44　이광수, 「군인이 될 수 있다(兵になれる)」, 이경훈 편역, 『이광수 친일소설 발굴집 – 진정 마음이 만나서야말로』, 평민사, 1995, 373쪽.

주장하는 식민지 조선인의 입장을 일본군의 목소리를 통해 드러낸 것이다.

이광수는 "건전健全한 제국신민帝國臣民이 아니고는 육해군 장병陸海軍 將兵은 되지 못하는 것이다. 조선인朝鮮人을 육해군 장병으로 징용徵用하신다는 것은 조선인을 완전完全한 제국신민으로 신뢰信賴하신다는 대어심大御心의 표시表示시다"라고 식민지 조선의 징병제 실시 공포에 대한 감격을 드러낸 바 있는데, 그러한 감격 속에서 그는 "병역兵役은 의무義務이지마는 특권特權이다"고 강조한다.[45] 즉, 그는 조선인에게 의무를 요구하는 동원의 논리를 받아들이는 한편, 그 논리 속에서 조선인의 권리를 찾고 있었던 것이다. 그리고 거기에는 전쟁을 수행하는 과정을 통해 식민지인으로서의 하위의 열등한 위상을 탈각하기 위한 욕망이 고스란히 담겨 있기도 한다. 하지만 제국 일본의 입장에서 조선인이 자신들과 동등한 자격을 갖는 것은 제국-식민지 체제 내 지배/피지배, 식민자/피식민자의 위계화된 차별적 구조를 와해시키는 것이자 식민 지배의 정당성을 훼손하는 것이 된다. 해서 식민지 조선인을 전쟁에 동원할 수밖에 없었다고 하더라도, 그들이 자신들과 같은 권리를 갖는 것에 대해서는 부인해야만 했던 것이다. 단적으로 말해, 식민지 조선인은 전쟁 수행을 위한 도구일 뿐, 제국 일본/인으로 동화되어서는 곤란한 것이다. 이 같은 상황에서 이광수는 일본군의 입을 통해 제국의 군인이 되고자 하는 식민지 조선인의 권리를 내세우고 있는 것이다. 이는 전시총동원 체제기 전쟁 수행의 주체로서 위치 지어진 '천황의 적자'라는 논리를 전유

---

45 이광수, 「兵制의 感激과 用意」, 이경훈 편역, 『춘원 이광수 친일문학전집』 2, 395쪽. 초출은 『매일신보』, 1943.7.28~31.

해 조선인의 차별적 지위를 벗어나고자 한 전략적 서술이었다고 할 수 있다.

하지만 역시 문제는 권리를 획득할 수 있다고 하더라도 그 권리를 행사할 수 없다는 데 있다. 이광수가 전시총동원 체제의 문법과 질서가 식민지 조선인에게 충직한 황군이 되라고 요구했을 때, 그것을 받아들여 기꺼이 천황의 적자이자 제국 일본의 군인이 되려고 했던 것은 국민으로서 의무를 다하기 위해서일 뿐만 아니라, 국민으로서의 권리를 행사할 수 있다고 판단했기 때문이었다. 하지만 이때의 권리는 산 자의 것이 아니라 죽은 자의 것이었다. 전쟁 수행의 과정을 통해 죽어야만 비로소 획득될 수 있는 권리, 이광수는 식민지 조선인이 제국 일본의 군인으로 죽을 권리를 말하고 있었던 셈이다. 물론 이광수는 제국 일본의 군인이 되어 죽은 식민지 조선인들의 권리를 살아남은 조선인들에게 전이시키고자 하기도 하였다. 하지만 전황의 전개 과정 속에서 패색이 짙어져갈수록 제국 일본은 보다 많은 식민지인들의 죽어야 할 책무를 요구했지, 살아남은 자들에게 죽은 자들의 권리를 양도하지 않았다. 죽어야 하는 책무와 죽음을 통해 획득되는 권리 사이에 놓인 식민지 조선인에게 책무가 요구되었지, 권리가 주어지지 않았을 뿐만 아니라, 책무이든, 권리이든, 결국 그것은 오로지 죽은 자만의 것이었다. 전시총동원 체제기 생명정치의 장 속에서 작동한 포섭과 배제의 역학 구도는 식민지 조선인으로 하여금 제한적·폐쇄적·차별적 위상 극복의 욕망을 펼쳐 보일 수 있게 문법화되었지만, 그때 욕망이 죽음을 통해서만 달성 가능하다는 데에 기실 처음부터 그것은 봉쇄되어 있었던 것이다.

5. 식민지 문학이라는 관점의 가능성

전시총동원 체제하 전쟁 수행을 위한 동원 과정 속에서 식민지 조선인들은 제국 일본의 충직한 신민이 되어 전쟁에 나가 기꺼이 죽음으로써 자신의 존재를 증명할 것을 요청받았다. 그런데 식민지 조선인이 천황의 적자이자 제국의 신민이 될 수 있는 길을 확장한 전시총동원 체제는 다른 측면에서 제국 일본인과 식민지 조선인 사이의 경계를 약화시키거나 국민으로의 통합을 가속화시키는 것이었다. 비록 차별적 구조가 엄존하고 있었지만, 제국과 식민지가 단일한 체제 속에서 연루되었던 식민지 말의 전시 상태는 이전까지의 제국과 식민지의 경계를 구획지었던 문법을 무화시킬 수도 있었던 '예외상태'였다. 따라서 제국 일본(인)의 입장에서는 전쟁 동원을 위해 식민지 조선(인)이 일본화될 것을 주창하고 있었지만, 식민지 조선(인)은 언제나 그 자체로 남아 있어야만 했다. 왜냐하면 제국 일본(인)이 주체의 자리를 점하기 위해서는 타자로서의 식민지 조선(인)은 그 대상으로 위치 지어져야만 했기 때문이다. 물론 이 모순의 상태는 제국-식민지 체제기 지속되었다고 할 수 있지만, 식민지 말 전시총동원 체제기에 이르러 그것이 극명하게 표출되었다.

그런데 주체는 자기 자신에게 낯선 것을 추방하거나 거부하는 것을 통해 자기의 자리를 확보하고자 하지만, 바로 그 추방과 거부의 수행 과정 속에서 언제나 모호한 '나'의 경계가 창출된다. 주체가 혐오하고 거부하며 폭력적으로 배제한 것들은 추방되지만 결코 완전히 제거되지 않고, 주체의 주변을 배회하면서 모호한 자아의 경계를 끊임없이 위협하는 것이다.[46] 줄리아 크리스테바가 주체화의 필연적인 과정으로 제시한 이와 같은 아브젝시옹abjection을 전시총동원 체제기 일본(인, 문학)과 조선(인, 문학)에 적용하는 것이 가능하다면, 조선(인, 문학)은 아브젝트abject들로 기능한다. 제국 일본(인, 문학)은 주체로서 자기를 구축하기 위해 낯선 것으로서 조선(인, 문학)을 추방하거나 거부해야 하지만, 제국-식민지 체제는 조선(인)을 삭제하지 못하고 끊임없이 제국의 주위에 식민지의 흔적들을 산포시킨다. 그런 점에서 아브젝트로서의 식민지 조선, 조선인, 조선문학은 언제나 제국의 경계를 뒤흔들 가능성을 내포하고 있었다. 흥미롭게도 전시총동원 체제는 식민지 조선인도 제국 일본의 신민이 될 수 있다는 환상을 제시하면서 아브젝트들로 하여금 주체의 경계를 위협하는 힘을 동시에 준 셈이다.

전쟁으로 촉발된 비상시는 제국-식민지 체제를 유지·존속해왔던 차별적 구조를 철폐하고 내지 일본인과 식민지 조선인이 일체가 되어야 한다는 내선일체의 이념을 통해 아브젝트들로서의 식민지 조선(인, 문학)에게 거부되거나 배제된 상태가 아닌, 포섭되거나 통합된 상태를 요구할 수 있는 길을 열었다. 그런가 하면 천황의 적자로서 전쟁에 나가 죽어야 할 책무를 부과 받았을 때, 이 아브젝트들은 기꺼이 그 책무를 받아들여 제국의 식민지인으로서 내쫓긴 자에 머무는 것이 아닌 신민(=국민)으로서의 권리를 요구할 수 있게 되었다. 물론 앞서 살펴봤다시피 그때의 권리는 오직 죽은 자에게만 부여된 것이었지만, 식민지 조선(인, 문학)이라는 아브젝트들을 내몬 주체의 입장에서는 자신들의 특권

---

46 이에 대해서는 Julia Kristeva, translated by Leon S. Roudiez, *Power of Horror : An Essay on Abjection*, Columbia University Press, 1982 참고.

적 위치가 유동적인 상황에 놓일 수 있다는 점에서 그 자체로 위협이 되었다. 다시 말해 전시총동원 체제가 제국과 식민지 사이의 인간, 지역, 문화를 단일하고 균질적인 것으로 통합하여 전쟁 수행에 동원한다고 했을 때 기존의 제국과 식민지 사이의 차별적 구조의 재생산은 단절될 위협에 노출되고, 나아가 제국-식민지 체제의 질서와 문법 자체가 교란될 위험에 처할 수도 있게 되는 것이다. 실제로 그렇지 않다고 하더라도, 불안한 주체의 입장에서는 충분히 그렇게 받아들일 수 있는 것이다.

> 조선인朝鮮人은 이제는 결決코 식민지인植民地人이 아니다. 약소민족弱小民族도 아니다. 패전敗戰 국민國民도 아니다. 위세威勢가 융융隆隆한 대일본제국大日本帝國의 신민臣民이다. 이것은 결決코 허장성세虛張聲勢가 아니다. 웨 그런고 하면 이제부터는 우리 자신自身의 역량力量 여하如何로는 대일본제국日本帝國의 모든 사업事業과 모든 영광榮光에 참여參與할 수가 잇게 된 것이 아니냐. 느저도 삼십년三十年 후後의 조선인朝鮮人의 자손子孫은 조선인朝鮮人이라는 비애悲哀를 맛보지 아니 할 것이요 내지인內地人의 자손子孫인 일본인日本人과 완전完全히 평등平等되고 완전完全히 융합融合한 그야말로 누가 누구인지 모르는 동포同胞가 되어서 영광榮光을 향수享受할 것이다.[47]

이광수는 중일전쟁 발발 이후 조선인은 천황의 적자가 되기 위해서 자신을 개조해야 하고, 그 개조의 핵심에 제국의 운명을 짊어진 국민이라는 생각이 떠나지 않도록 자기 자신을 변혁시켜야 한다고 말했다. 그

---

47 이광수, 「황민화와 조선문학」, 이경훈 편역, 『춘원 이광수 친일문학전집』 2, 77쪽. 초출은 『매일신보』, 1940.7.6.

역시 『법화경』 행자로 자처하면서 종교적 차원의 구원을 제국 일본의 대동아공영권 건설이라는 국가적 차원의 구원으로 치환[48]하여 앞서 살펴본 것처럼 전시총동원 체제에 조응한 문예동원의 다채로운 면모를 유감없이 보여주었다. 그런데 그는 식민지 조선인이 제국 일본의 모든 사업과 영광에 참여할 수 있게 되었다며, 이제 식민지인도, 약소민족도, 패전국민도 아니라고 강변한다. 나아가 30년 뒤에는 제국 일본인과 식민지 조선인의 구분이 사라져 누가 누구인지 알 수 없는 "완전히 평등되고 완전히 융합한" 상태가 될 것이라고 기대를 내비친다. 이러한 그의 인식과 전망, 아니 식민지인으로서의 욕망을 전시총동원 체제의 질서와 문법을 오인한 데서 온 망상이라고 치부하기보다는 이광수라는 식민지 문학자로 하여금 그러한 욕망을 발현하고 강화시킨 것이 제국-식민지 체제의 질서와 문법, 특히 내선일체의 이념을 구현하고, 제국의 군인이 될 수 있는 가능성을 제시한 전시총동원 체제에 있다는 점에 다시금 주목할 필요가 있다. 전시총동원 체제는 적어도 식민지 조선인 문학자 이광수에게는 식민지인이라는 차별적 위상을 벗어날 수 있는 새로운 탈출구였던 셈이다.

그런데 이와 동시에 주목되는 것은 그러한 이광수의 욕망이 제국-식민지 체제 자체의 붕괴로까지 나아가고 있다는 데 있다. 위의 인용문에서 그는 조선인을 규정해왔던 식민지인, 약소민족, 패전국민이라는 술어의 자리에 '대일본제국의 신민'을 대체하는 것을 통해 식민지인으로서의 굴레를 벗어난다. 나아가 내지인(일본인)과 조선인의 구분이 무화

---

48 이에 대해서는 정선태, 「어느 법화경 행자의 꿈―일제 말기 춘원 이광수의 글쓰기에 나타난 개인과 국가」, 『춘원연구학보』 제3호, 2010, 71~94쪽 참고.

될 것이라며 민족적 차이가 없는 '동포'가 될 것이라고 기대한다. 이를 제국 일본/인의 입장에서 보자면, 제국-식민지 체제가 특권화한 주체의 자리를 박탈당하는 것뿐만 아니라, 언제든 타자의 위치에 놓일 수 있게 된다. 일본인과 조선인의 구분이 무화되는 순간 제국과 식민지의 경계는 사라지고, 제국-식민지 체제는 붕괴되고 마는 것이다. 그래서 식민지 조선인이 제국 일본의 충직한 신민이 되어 전쟁을 수행해야 한다는 것은 일본인 자체의 소멸로 이어질 수 있는 논리를 발생시킨다. 식민지 조선인이 조선인인 채로 전쟁에 동원되어서도 안 되고, 동원을 통해 일본인이 되어서도 안 되는, 이중의 딜레마—그래서 식민지 조선인은 전쟁에 나가 싸우다 죽어야만 하는 존재로 호명된 것이지만—에 제국 일본/인이 놓일 수 있는 가능성을 전시총동원 체제가 촉발시킨 것이다.

이와 관련해서 앞서 살펴보았던 식민지 말 전시총동원 체제하 이광수의 소설에 나타난 조선인들이 누구였던가 다시 한번 상기할 필요가 있다. 내선일체의 이념을 서사화했던 이광수의 소설 속 조선인들은 천황의 적자이자 황국의 신민이 되기에 여념이 없었던 일본인보다 더 일본인에 가까운 조선인들이었다. 그들은 일본인들에 비해 하위의 열등한 자질을 지니고 있지 않았고, 오히려 보나 나은 능력과 자질을 가지고 있는 인물들로 형상화된다. 이는 전쟁 수행을 위한 인간형에 식민지 조선인이 결격 사유가 없다는 것을 넘어 오히려 우월한 존재라는 것을 역설하는 전략적 서술이라고 할 수 있다. 그런데 일본인보다 우월한 조선인은 일본인에게는 위협의 대상이 된다. 제국/식민지의 위계화된 구도 속에서 지배/피지배의 정당성을 확보하기 위한 논리 중의 하나가

인종적·문화적 우월성이라는 점을 감안한다면, 총동원 체제기 전쟁 수행의 적임자가 조선인이라는 것은 제국-식민지 체제 내 주체의 자리를 독점하려는 일본인에게는 우월성의 상실로 다가오게 된다. 따라서 내선일체의 이념 속 일본인과 다르지 않은 조선인, 일본인을 넘어선 조선인은 부인될 수밖에 없게 되는 것이다.

　따라서 이광수의 의도와 달리, 그의 소설에 타나난 조선인들의 행위와 욕망은 전시총동원 체제의 질서와 문법이 가속화시킨 식민지 조선인에 대한 황민화 프로젝트를 통해 결코 인간 개조가 가능하지 않다는 것을 보여준다. 일본인보다 우월한 조선인이 내선일체의 이념을 체화해 전쟁을 수행하는 천황의 적자가 되어서는 안 되는 것이다. 따라서 식민지 말 조선문학은 전시총동원 체제의 실정성을 강화하기 위한 하나의 장치로서 기능한 것이 아니라, 오히려 그러한 실정성을 와해시킬 가능성을 가지고 있었다고 할 수 있다. 문예동원의 일환으로 제국의 식민지 통치 이념을 서사화하고, 그를 통해 조선인들의 황민화 프로젝트를 수행하는 것을 강제하고 있었지만, 그것은 결코 달성되어서는 안 되는 것이었다. 그렇다면, 식민지 조선문학을 제국-식민지 체제에 협력하거나 저항하는 관점에서 이해하는 것은 지엽적일 뿐이다. 어쩌면 쉽게 잊고 있었지만, 식민지 문학이 제국적 질서와 문법을 되비추는 거울로서 기능하고 있다는 점에 주목할 필요가 있을지도 모른다. 그래야만 식민지 문학(이라는 관점/방법론)의 어떤 가능성을 모색할 수 있을 것이다.

제4장

패전과 해방, 미귀환자의 반反이동의 정치성
재조일본인과 재만조선인 미귀환자의 문학적 표상을 중심으로

---

1. 패전과 해방, 체제 변동과 귀환

1945년 8월 15일 제국 일본의 패전과 식민지 조선의 해방이라는 역사적 사건은 제국-식민지 체제의 해체와 탈식민-냉전 체제의 형성 및 동아시아 지역 내 국민(민족)국가 발흥의 임계점이 되었다. 이때 과거 제국-식민지 체제에 의해 구축되고 운용된 이동의 조건·문법·형식들을 통해 공간적 실천 행위를 수행했던 일본인과 조선인들은 체제 변동 과정에 조응해 새롭게 움직여야만 했다. 특히, 1931년 만주사변에 이은 1937년 중일전쟁 발발 이후 전개된 전시총동원 체제기 제국 일본과 식민지 조선의 인구와 물자가 전쟁 수행을 위해 동원되어 아시아 전역으로 배치되었다가, 패전/해방 이후 국민(민족)국가 경계가 새롭게 획정되어감에 따라 그 경계 속으로 회수되어 재배치되었다. 그것은 패전/식민의 체험과 기억을 극복하는 한편, 국민(민족)국가를 구심점으로 자신을 재정위시키는 움직임으로 점철되었고, 상실된 것의 회복이라는 욕망의 발현 속에서 '귀환'의 과정을 달성해야만 하는 것으로 간주되었다.

이런 점에서 패전/해방 이후 '귀환'은 일본인과 한국인 모두 수행해야 하는 이동의 과정이었다. 과거 '대동아大東亞'라는 제국의 확장된 권역으로 이동했던 일본인들은 패전의 기억을 억류의 기록으로 덧씌운 채 '인양'되었고,[1] 마찬가지의 맥락에서 동아시아의 각 지역으로 이동했던 조선인들 또한 한반도라는 지리적·문화적·심리적 경계 속으로 서둘러 돌아와야만 했다. 당시 일본과 한국에서 이동의 과정을 서사화한 각종 서사, 소위 '귀환서사'가 문화사적으로 폭증했던 것은 이러한 양상을 잘 보여준다. 일본인의 귀환 과정을 서사화한 대표적인 귀환서사로는 익히 알려진 후지와라 데이藤原てい의 『흐르는 별은 살아 있다』가 대표적이다. 패전 직후 만주국 신징新京으로부터 일본으로 귀환하는 과정의 간난신고는 당시 해방 조선의 미디어를 통해서 소개될 정도로 널리 알려진 것이었다.[2] 한편, 해방기 한국소설에서도 조선인의 귀환 과정을 쉽게 살펴볼 수 있는데, 계용묵, 김동리, 김만선, 안회남, 엄흥섭, 염상섭, 정비석, 채만식 등의 소설 속에서 귀환·귀향하는 조선인의 행

---

1 1950년 전후 일본인의 패전의 체험과 억류의 기록에는 1945년 8월 15일 이전의 경험과 기억은 단절된 채 패전의 기억이 전면에 내세워졌고, 억류의 고통에 관한 기록 속에서 제국의 일원으로서 가해자 의식을 생산해내는 회로와 계기를 봉인하였다. 전쟁 폭력에 대응하는 개인의 경험을 기술하는 것이 그러한 폭력에 이르는 과정을 삭제했던 것이다. 成田龍一, 『戰爭體驗の戰後史—語られた體驗/證言/記憶』, 岩波書店, 2010, p.106.

2 후지와라 데이의 『흐르는 별은 살아 있다』를 비롯한 귀환서사가 '제국적 정상성'의 파탄과 '국민국가적 재정상화' 과정에서 일본과 조선(남한)을 가로지르면서 어떠한 표상체계를 생산하고 기능했는지에 대해서는 김예림, 「종단한 자, 횡단한 텍스트—후지와라 데이의 인양서사, 그 생산과 수용의 정신지(精神誌)」, 권혁태·차승기 편, 『'전후'의 탄생』, 그린비, 2013, 216~252쪽 참고.

위와 욕망을 살펴보는 것은 어려운 일이 아니다.[3]

확실히 해방기 한국소설을 대표하는 서사 형식 중의 하나는 귀환서사이다. 그리고 이 귀환서사에 관한 연구는 비교적 최근까지 다양한 관점에서 이루어져왔다. 일반적으로 귀환서사는 해방 이후 민족국가 건설의 주체로서 자신의 정체성을 확립하는 과정을 서사화하여 제국적 주체가 민족적 주체로 전신轉身하는 양상에 초점을 맞춰 이해되어왔다.[4] 그리고 비록 균열의 지점이 있었지만, 귀환서사가 '국민'의 정체성을 형성하는 하나의 기제로 작동하였음을 밝히기도 하였다.[5] 같은 맥락에서 귀환서사에 나타난 '조선인-되기'의 과정에 남성/여성의 젠더적 위계화가 작동되어 남성 중심의 사회 구조 재편을 상징적으로 드러낸다는 점을 논의하기도 하였다.[6] 한편, 이와 달리 해방기 다층적인 인구의 이동을 '귀환'으로 명명하는 것에 거리를 두면서 이동하는 주체들의 행위와 욕망이 국가의 안전 보장을 위협하거나, 불안을 야기하는 양상에 주목해 국가의 형성이 오히려 이들을 배제함으로써 체제의 안전을 유지하는 방향으로 진행되었음을 밝히기도 하였다.[7] 또한, 제국주의적 질서의 붕괴 이후 조선인 귀환자의 정체성을 분석하는 것을 통해 국가의 작동과 인민의 길항관계가 갖는 의미를 고구하여 에스닉 접촉지대에서

3　김윤식·정호웅, 『한국소설사』, 문학동네, 2000, 340쪽.

4　정종현, 「해방기 소설에 나타난 '귀환'의 민족서사-'지리적 귀환'을 중심으로」, 『비교문학』 제40호, 한국비교문학회, 2006, 131~157쪽.

5　정재석, 「해방기 귀환 서사, 결속의 상상력과 균열의 역학」, 『사이間SAI』 제2호, 국제한국문학문화학회, 2007, 161~193쪽.

6　오태영, 「민족적 제의로서 귀환의 젠더 정치」, 『팰럼시스트 위의 흔적들-식민지 조선 문학과 해방기 민족문학의 지층들』, 소명출판, 2018, 292~293쪽.

7　이종호, 「해방기 이동의 정치학-염상섭의 단편소설을 중심으로」, 『한국문학연구』 제36집, 동국대학교 한국문학연구소, 2009, 327~363쪽.

발생하는 위험을 벗어나고자 했던 귀환자들이 후식민의 에스닉 혼종지대에서 난민으로 전락한 상황을 예리하게 보여주기도 하였고,[8] 귀환을 통한 진정한 해방이 민족=국가 건설에 그치는 것이 아닌, '증여의 윤리'를 통해 교환 경제를 넘어선 탈자본적 민족=국가를 상상하는 방향으로 나가가고 있다고 논의하기도 하였다.[9]

　이상의 귀환서사에 관한 연구를 통해 명확히 확인할 수 있는 것 중 하나는 패전 일본인과 해방 조선인이 귀환이라는 이동의 과정을 수행하면서 각각 국민(민족)국가라는 경계 속에서 자신들의 민족적 정체성을 재구축해갔다는 것이다. 하지만 식민지 조선으로부터 귀환하지 않은/못한 일본인과 만주 지역으로부터 귀환하지 않은/못한 조선인은 엄연히 존재했다. 그간 패전/해방 이후 재조일본인在朝日本人과 재만조선인在滿朝鮮人의 이동에 관한 논의가 주로 '귀환(을 달성)한 자'에 초점을 맞춰 왔지만, 이들 미귀환자는 패전/해방 이후 국민(민족)국가 경계 밖에 위치하면서 '제국의 잔여이자 국민국가의 잉여'로서 인간의 존재 조건 및 방식을 극명하게 보여준다. 제국-식민지 체제에서 탈식민-냉전 체제로 전환되는 동아시아 지역에서 구舊식민자였던 재조일본인과 피식민자였던 재만조선인이 체제 변동에 따라 변화된 세계 속에서 자기를 재정위하기 위해 이동하였고, 국민(민족)국가 건설 및 재건의 당위가 그러한 이동의 문법을 형성하고 방향성을 제시하여 끊임없이 개인들을 움직이게 하였기 때문에 귀환서사에 관한 연구가 주로 귀환하는/한 자

8　김예림, 「'배반'으로서의 국가 혹은 '난민'으로서의 인민─해방기 귀환의 지정학과 귀환자의 정치성」, 『상허학보』 제29집, 상허학회, 2010, 333~376쪽.
9　류보선, 「해방 없는 해방과 귀향 없는 귀환─채만식의 《소년은 자란다》 읽기」, 『현대소설연구』 제49호, 한국현대소설학회, 2012, 175~210쪽.

에 주목하여왔던 것은 자연스러운 것이었다고 할 수 있다. 하지만 반反이동은 그 자체로 체제의 실정성positivity을 강화하는 이동의 조건·문법·형식들의 의미를 되묻게 할 뿐만 아니라, 그를 통해 체제의 실정성을 구축하고 고착화하는 과정에서 기실 무수히 많은 인간들이 배제되었다는 점을 폭로한다. 따라서 패전 이후 '전후戰後' 레짐을 구축해갔던 일본이나, 해방 이후 민족국가 건설의 기치를 내걸었던 조선으로 돌아가지 않은/못한 자에 주목할 필요가 있는 것이다.

물론 1945년의 패전과 해방은 제국 일본(인)과 식민지 조선(인)에게만 해당되는 사건은 아니었다. 제국 일본의 동아시아 지역 내 식민지 개척·경영, 1930년대 이후 본격화된 침략 전쟁의 전개 과정을 떠올린다면, 또한 제국 일본을 정점에 놓는 '대동아공영권'을 구축해 서양 제국주의 세력에 대응하고자 했던 — 비록 그것이 전쟁 수행을 위한 이데올로기로 기능하였지만 — 제국 일본에 의한 동아시아 지역 질서의 재편 과정을 고려한다면, 패전에 의한 제국-식민지 체제의 해체는 한일 간의 사건에 국한되는 것이 아니라 동아시아 지역 질서를 변동시킨, 나아가 냉전 체제를 형성해가는 세계사적 의미를 갖는 사건이었다. 따라서 일본인과 조선인, 재조일본인과 재만조선인의 (미)귀환을 통해 전후/해방기 미귀환자의 반이동의 정치성을 말하는 것은 물론 제한적이다. 쉽게 떠올릴 수 있다시피, 재만일본인, 재일조선인 뿐만 아니라, '내지內地' 일본을 비롯해 동아시아 각 지역으로 이동했던 일본인과 조선인, 나아가 중국인과 타이완인 등 동아시아인들의 존재를 간과할 수는 없는 것이다.

그럼에도 이 글에서 재조일본인과 재만조선인의 반이동에 주목하는 것은 패전 직후 일본인들의 귀환(인양)서사가 주로 식민지 조선을, 해방 직후 조선인들의 귀환서사가 주로 만주지역을, 각각 그 출발점으로 삼고 있기 때문이다. 귀환을 달성해 국민(민족)국가의 경계 속에 자신을 위치시키는 개인의 행위와 욕망이 국가 이데올로기에 의해 정당성을 추인 받는다고 했을 때, 물론 중요한 것은 어떠한 귀환의 과정을 수행했느냐에 있다. 하지만 그러한 이동의 과정이 사건으로서 의미화되어 서사성을 갖기 위해서는 서사의 발단이 되는 이동의 출발지가 어디였는가는 결코 간과할 수 없는 사안이다. 귀환의 과정이 완료되는, 즉 이동이 종료되는 종착지가 모국·고향 등이라고 했을 때, 귀환이 발생하는, 다시 말해 이동이 시작되는 출발지는 돌아가야 할 모국, 고향과 대척적인 의미를 갖는 공간으로 규정된다. 해서 귀한서사에서 그 출발지는 돌아가야 할 곳을 상기시키는 한편, 귀환 행위 자체의 정당성을 예비한다.

지리적 인접성과 자연 조건, 그리고 내선일체의 통치 이데올로기 속에서 여타 동아시아 지역 및 식민지와는 다른 정치경제적 위상을 구축했던 조선으로부터 귀환하는 재조일본인의 서사와, 같은 맥락에서 지리적 인접성과 오족협화의 건국이념 속에서도 이등국민의 지위를 누릴 수 있었던 만주 지역으로부터 귀환하는 재만조선인의 서사는 재만일본인, 재일조선인의 귀환 과정과 다를 뿐만 아니라 서사로서의 의미 또한 차이를 낳는다. 그것은 실제 제국-식민지 체제기 식민지 조선으로 이주한 일본인과 만주 지역으로 이주한 조선인의 수가 다른 지역으로 이주한 자들보다 많았기 때문이기도 하지만, 각각 전후문학 및 해방기 문학에서 중요한 비중을 차지하고 있기 때문이기도 하다. 패전/해방 이후 일본과 한국의 문학이 무엇을 사건화해서 서사로 구축하고 의미 부여하고 있는가, 그것은 단지 문학의 역사적 전개 과정을 보여주는 것이 아니라, 전후 체제하 국민국가의 재건과 해방 조선의 민족국가 건설 과정 속에서 문학이 어떠한 이데올로기적 효과를 발휘하고 있는가를 짐작케 한다. 따라서 이 글에서는 조선으로부터의 귀환하는 일본인과 만주로부터 귀환하는 조선인의 이동을 사건으로서 의미화하는 당대 문학을 비판적으로 바라볼 수 있다는 점에서 재조일본인과 재만조선인의 반이동에 주목하고자 하는 것이다.

이러한 점을 염두에 두고 이 글에서는 해방기 한국소설을 대상으로 제국-식민지 체제 붕괴 이후 돌아가지 않은/못한 자들의 반이동이 갖는 정치적 의미에 대해 고찰하고자 한다. 물론 이를 위해서는 한국소설만을 대상으로 할 것이 아니라, 일본소설과 한국소설, 나아가 동아시아 문학을 비교하는 관점이 필요하다. 그래야만 제국의 잔여이자 국민국가의 잉여로서 미귀환자 일본인과 조선인의 반이동이 갖는 의미에 대해 논의할 수 있을 것이다. 그런데 일본의 전후문학은 돌아오는 데서 시작되었다고 할 정도로 패전 이후 '외지外地'의 전쟁터나 식민지 혹은 점령지를 떠나 돌아오는 것으로 점철되어 있고, 그것은 징집당한 군대나 동원된 군수공장, 소개되어 있던 시골의 공동숙사에서 원래 살았던 장소로 돌아가는 이야기들로 즐비하다. 물론 패전 이후 실제 일본으로 돌아가지 않은/못한 일본인들이 약 310만 명에 이를 정도로 많았기 때문에, 일본의 전후문학에는 돌아오지 못한 자들과 돌아가야 할 '일본'을 상실해 돌아가고 싶어도 돌아갈 수 없는 자들의 서사를 찾아볼 수 있기도 하다. 하지만 전후가 돌아오는 데서 출발한 만큼, 일본으로 돌아온 자들이 황폐한 땅에서 '집'과 '사회'를 재건해나가는 서사가 주를 이룬다고 할 수 있다.[10] 그리고 돌아오지 못한 자들 역시 돌아와야 한다는 당위성을 역설하는 존재들로 위치하고 있기 때문에 미귀환자들의 이야기가 전후문학, 패전 이후 일본 소설의 주를 이룬 것은 아니었다.

이러한 사정은 해방 이후 한국문학도 마찬가지였다. 해방을 맞아 한반도라는 지정학적 경계 속으로 돌아가고자 하는 자들의 이야기, 그리고 돌아온 '조선'이 떠나기 전의 조선과 다른 곳이라는 인식 속에서 동요와 불안을 겪으면서 전재민戰災民으로 전락하여 정처 없이 부유하는 인물군상을 찾아보기란 어려운 일이 아니다. 그런데 제국이 붕괴되었다고 하더라도 국민국가로서 일본은 존속하고 있었기 때문에 일본인은 국민-되기의 과정을 수행하지 않더라도 일본으로 돌아갈 수 있었던 반면, 해방 조선에 돌아가기 위해서는 민족국가 건설의 주체로서 탈식민화의 과정을 수행해야만 했다. 해서 조선인의 귀환은 일본인의 그것에 비해 보다 복잡한 과정을 거쳐야만 했고, 그로 인해 귀환을 달성하는 것이 상대적으로 어려웠다고 할 수 있다. 이처럼 제국적 질서 아래 삶을 영위했던 식민지 조선인이 미귀환자로 남겨질 수밖에 없었던 착잡한 사정을 감안했을 때, 미귀환자의 반이동의 정치학은 탈식민의 해방기 한국소설을 통해 보다 명확하게 확인할 수 있는 것이다. 그리고 흥미롭게도 거기에는 구식민자 일본인 미귀환자의 흔적들이 비록 흐릿하지만 아로새겨져 있기도 한다. 이 글에서는 이러한 점에 착안하여 해방기 한국소설을 대상으로 재조일본인과 재만조선인 미귀환자의 표상 및

10　가와무라 미나토, 유숙자 역, 『전후문학을 묻는다』, 소화, 2005, 13~23쪽.

그들이 보여주는 반이동의 행위와 욕망이 갖는 정치적 의미에 대해 살펴보고자 한다.

2. 재조일본인 미귀환자의 벌거벗은 몸

제국의 식민지 개척의 역사가 그러하듯, 식민지를 점령·운용하는 과정에서 식민 모국의 인구와 물자는 급속히 식민지로 이동한다. 그리고 그것은 대체로 식민 통치 권력의 자장 속에서 국가 주도로 이루어지게 마련이다. 제국 일본이 타이완에 이어 조선을 식민지화하고, 만주·중국 등 대륙 아시아와 필리핀·말레이시아 등 해양 아시아의 각 지역으로 제국주의적 팽창을 가속화함에 따라 일본인, 일본의 자본, 일본의 물자가 동아시아 전역으로 이동하였다. 메이지유신 이후 근대 국민국가를 건설하고 동아시아 각 국가와 지역들을 식민지화해가면서 동아시아 지역 질서를 재편했던 일본은 1930년대에 접어들어 본격적인 침략전쟁을 수행하면서 전시총동원 체제를 구축하였고, 그에 따라 전쟁 수행을 위해 인구와 물자가 동원되어 재편되었다. 하지만 제2차 세계대전 및 아시아-태평양전쟁의 종전/패전에 따라 제국적 질서하 삶을 영위했던 일본인들은 자국으로 돌아가야 했고, 각종 단체와 기관의 원조 아래 그것을 수행했다.

당시 한반도의 일본인 귀환 문제와 귀환자 처리는 남북한에서 차이를 가졌다. 남한 지역의 일본인 귀환은 1단계^{1945.9~11} 군인·군속의 무장해제와 우선 송환, 2단계^{1945.11~1946.3} 민간인을 중심으로 중국 대륙을 비롯한 38선 이북에서 내려온 일본인들의 송환, 3단계1946.3~12 북한에서 내려온 남하 일본인 중심의 송환으로 진행되었다. 1단계의 송환은 군사적 관점에서 일본인 귀환 문제를 접근한 미군 점령지역의 정책상 특징을 반영하였고, 2단계의 송환은 민간인에 대한 정책 변화가 잔류와 귀환 사이에서 동요하던 일본인들의 태도 변화에 미친 영향을 시사하며, 3단계의 송환은 여타 미소 점령지구에서 확인된 상이한 인구 이동 양상이 한반도에서 축약된 형태로 재연된 결과로서 소련 측의 행정적 부담이 미군 측에 전가되었음을 보여준다.[11] 한편, 북한 지역의 일본인 귀환은 소련군의 진주와 일본인의 특권 박탈, 그리고 조선인의 치안유지권 회복 등 소군정 점령 당국과 조선인 사회주의자 그룹의 정권 창출 과정에서 정치적 효용의 대상으로 위치 지어졌던 일본인들이 최소한의 생활비를 제외하고 전 재산을 박탈당하여 공동생활을 하거나 강제노역에 동원되는 상황 속에서 1946년 3월부터 다양한 형태의 남하 움직임으로 시작되었다. 북조선 조선인 사회에서는 일본인들을 '동정론'과 '무용론'의 입장에서 바라보았는데, 잔류 일본인이 힘없는 자들이므로 돌려보내야 한다는 것이 전자에 해당했고, 식량을 비롯한 주택·위생 문제를 감안해 제한된 물자 때문에 일본인에게 배급을 줄 수 없다는 것이 후자에 해당했다. 이러한 상황 속에서 1946년 봄부터 소군정의 '묵인' 하 미군정에게 '부담'을 전가하는 대규모의 남하 이동이 가능할 수 있었다.[12] 이처럼 일본인 귀환은 미소 점령당국, 조선인, 일

---

11 이연식, 「해방 후 한반도 거주 일본인 귀환에 관한 연구」, 서울시립대 박사논문, 2009, 256쪽.
12 위의 글, 256~270쪽.

본인 4자 간의 갈등과 타협의 산물이었다고 할 수 있는데, 식민지 조선에 거주하고 있었던 재조일본인의 경우, 잘 알려진 것처럼 세화회 등의 단체가 1948년까지 활동하면서 그들의 귀환을 직간접적으로 지원하였다.[13] 하지만 모든 재조일본인들이 본국으로 돌아갈 수 있었던 것은 아니었다.

해방 직후 재만조선인의 귀환 과정을 서사화하고 있는 허준의 「잔등」에는 패전 직후 소군정 체제하 북한사회에 잔류·억류된 재조일본인의 모습이 단편적으로 제시되어 있다. 물론 이 소설의 중심 서사는 해방을 맞아 만주국 신찡에서 서울로 가고자 하는 청년 지식인이 이동의 과정에서 만난 노파로 인해 '제3자의 정신'을 갖게 되는, 그리하여 해방 이후 피식민자로서 구식민자에 대한 처벌과 응징이 아닌 연민과 동정의 윤리성을 획득하게 된 양상을 흥미롭게 서술하고 있다.[14] 해방 직전 유일한 혈육인 아들이 노동운동에 가담하여 옥사했음에도 불구하고 뱀장어를 잡는 소년처럼 일본인을 원한의 대상으로 위치시키는 것이 아니라, 기아 속에 허덕이는 한 인간에 대해 연민의 시선을 보내는 노파의 휴머니즘적 태도는 민족 수난사의 맥락 속에서 반제국주의 · 반파시즘의 기치를 내걸면서 일본과 일본인을 적대시했던 당시의 정황과는 확실히 차이를 갖는 것이었다. 해서 그러한 노파의 행위를 서술자인 천은 "경이보다도 그것은 인간 희망의 넓고 아름다운 시야視野를 거쳐서

13 패전 이후 1948년 7월까지 한반도 거주 일본인들의 생활 안정 및 귀환을 지원했던 일본인 세화회의 결성 및 활동 등에 대해서는 최영호, 『일본인 세화회-식민지조선 일본인의 전후』, 논형, 2013 참고.
14 이와 관련해서는 신형기, 「허준과 윤리의 문제-「잔등」을 중심으로」, 『분열의 기록-주변부 모더니즘 소설을 다시 읽다』, 문학과지성사, 2010, 149~178쪽 참고.

만 거둬들일 수 있는 하염없는 너그러운 슬픔 같은 곳에 나를 연하여 주었다"[15]고 말하고 있는 것이다.

이러한 서술자의 눈에 비친 잔류 일본인들은 누구였던가? 패전 직후 소군정 체제하 집단 수용소 격인 '특별구역'에 수용되어 일본으로 돌아갈 날을 기다리고 있던 그들은 이름 없는 자들, 비천한 육체를 가진 자들, 죽음을 기다리는 자들로서 호모 사케르이다. 귀환의 도상에서 회령을 향하던 중 만난 소년이 특별구역에 갇혀 있던 일본인 부부가 탈출하려고 하자 그들을 인민위원회에 고발해 가지고 있던 재물을 몰수하고 고무산이나 아오지 탄광으로 보냈다고 말했을 때, 그때 패전 국민으로서 일본인은 돌아갈 수 없는 자이다. 뿐만 아니라 방과 헤어진 뒤 그를 다시 만나기 위해 청진 역 부근에서 기다리면서 보았던 일본인 여성은 어떠한가? 남편을 잃고 기아에 허덕이는 세 아이를 데리고 노상의 광주리 속에 놓인 배 하나를 구걸하는 여성, "허옇게 퉁퉁 부어오른 나체 기름때에 전 걸레 같은 헝겊쪼각으로 머리를 찔끈 동이고, 업고, 달리우고, 잡힌 채, 길 바추에 비켜 서 있"[16]던 여성, 배 하나 살 돈이 없는 것이 뻔한 일임에도 자신에게 한 개 오 원이라며 배를 들어 보이는 조선인 행상에게 참다못해 일본어로 아이들이 아우성이라며 자포자기의 심정을 토로하는 여성, 비참한 그녀는 돌아가고 싶어도 돌아갈 수 없는 자이다. 그리고 그런 그녀들이 역사에 덩그러니 내버려진 것과 같은 아오지 행 열차에 삶을 체념한 채 오를 수밖에 없는 상황이었던 것이다.

국밥집 노파에게 그들은 "애비랄 것 없이 남편이랄 것 없이 잃어버

---

15 許俊, 「殘燈」, 『殘燈』, 乙酉文化史, 1946, 90쪽.
16 위의 책, 82쪽.

릴 건 다 잃어버리고 못 먹고 굶주리어 피골이 상접해서 헌 너줄떼기에 깡통을 들고 앞뒤로 허친거리며, 업고 안ㅅ고 끌고 주추 끼고 다니는 꼴들"[17]로 비천한 인간으로서 연민의 대상이지만, 일반적으로 패전 직후 잔류 재조일본인들은 조선인들에게 소년이 잡은 뱀장어처럼 죽어가면서 발악하는 '미물' 그 이상도 이하도 아닌 존재이다. "수부首部가 전면적으로 으깨어져 나간 나머지는 그저 고기요, 뼈다귀요, 피일 밖에 없는 생명이 어디가 붙었을 데가 없는 이 미물이 가진 본능이라 할는지 육감칠감이라 할는지 혹은 무슨 본연적인 지향指向이라 할는지 어쨌든 이 생명에 대한 강렬하고 정확한 구심력求心力 — 나는 무슨 큰 철리의 단초端初나 붙잡은 모양으로 흐뭇한 일종의 만족감을 가지고 동물의 단말마적 운동을 바라보고 있었다."[18] 머리가 으깨어져 죽어가면서까지 살기 위해 본능적으로 발휘하는 강인한 생명력, '살아 있음' 그 자체를 현시하는 존재가 패전 직후 억류된 재조일본인의 형상인지도 모른다.

따라서 후지와라 데이의 『흐르는 별은 살아 있다』에서처럼, 남편을 잃고 아이들을 데리고 온갖 생명에의 위협을 감내하며 일본으로 돌아간 여성의 고난의 서사[19]로는 포착되지 않는 제국의 잔여이자 국민국가의 잉여로서 남겨진 재조일본인들이라는 존재는 상징적이다. 그들은 국민국가의 경계 속에 안착하지 못하고 내버려진 존재, 귀환서사가 발휘하는 민족주의 이데올로기를 강화하기는커녕 바로 그 국민국가가 기실 방기하고 배제하는 것을 통해서 성립 가능하다는 것을 증거한다. 귀

---

17 위의 책, 81쪽.
18 위의 책, 29쪽.
19 후지와라 데이, 위귀정 역, 『흐르는 별은 살아 있다』, 청미래, 2003.

환자의 드라마가 패전의 트라우마적 기억을 상기시키는 한편, 그것을 극복해가는 인간 의지를 피력하는 것을 통해 전후 체제의 실정성을 강화해갔다면, 잊혀진 존재로서 미귀환자들은 그러한 체제의 실정성이 무수히 많은 인간들을 이동할 수 없게 한 데서 강화되어갔음을 짐작하게 한다. 해서 돌아가고 싶어도 돌아갈 수 없는 자, 귀환을 통해서 자신의 이름을 되찾은 자들이 아닌 귀환하지 않았기 때문에 이름을 상실한 자들은 패전 이후 전후 레짐의 형성 과정 속 포섭하면서 동시에 배제하는 생명정치의 메커니즘을 짐작하게 한다.

한편, 재조일본인 미귀환자들 중에는 자발적 미귀환자로 보이는 사람도 있었다. 이와 관련해 패전 이후 일본으로 돌아가지 않고, 해방 조선에 잔류했던 일본인은 누구였던가? 아니 누구여야만 했던 것인가? 이에 대한 단서를 염상섭의 「효풍」을 통해 확인할 수 있다. 해방 직후 급속도로 재편된 체제의 전환과 사회 구조의 변동 과정 속에서 각각의 정치적 지향과 노선을 내걸고 민족국가 건설의 기치 아래 대립한 좌우익의 정치 세력 및 단체의 난립, 그리고 미군정 체제하 제국 일본문화의 잔재와 새롭게 유입된 미국문화의 혼재 상태 등 「효풍」은 1945년 해방 이후부터 1948년 남북한 분단 체제 성립 전후까지 서울을 중심으로 한 남한사회의 풍속도를 압축적으로 보여줄 뿐만 아니라, 당시 남한 사회에 새롭게 출현한 인간—통역자, 무역상, '호모 아메리카나' 등—의 행위와 욕망을 서사화하고 있다는 점에서 여러모로 흥미로운 작품이다.[20] 이 혼돈의 서사 속에 구식민자 잔류 일본인 여성이 등장한다.

---

20 오태영, 「남성서사의 젠더 정치와 맨스플레인」, 앞의 책, 355~356쪽.

한일병합 이전 통감부 시대 조선으로 이주한 부모에게 태어난 가네코金子는 조선인 유모의 손에 자라 조선어에 능통한 일본인 여성이다. 그녀는 정혼자 격이었던 일본인 남성이 징집되어 전쟁터로 끌려간 뒤 여학교를 졸업하고 미쓰코시백화점에 취직한다. 이후 학생시절부터 관심을 가졌던 조선인 남성 임평길과 결혼한다. 그녀의 부모는 두 사람의 결혼을 반대했지만 딸의 고집을 꺾지 못했고, 만약 일본인 사위가 전장에 나가 죽기라도 한다면 외동딸을 생과부로 만들 수 있다고 판단하여 결국 그들의 결혼을 허락하게 된다. 그리하여 가네코의 남편 임평길은 가네마쓰의 양자 사위가 되어 길야평길吉野平吉로 입적하는데, 결혼 전에는 아직 조선인을 대상으로 한 징병 징용이 실시되지 않았던 때라 전장에 나가지 않을 수 있었고, 결혼 후 식민지 조선에 징병령이 실시되었을 때에도 일본인 장인 덕에 일본인으로서 군대에 징집당하지 않을 수 있었다. 나아가 해방 이후 그는 다시 임평길이 되어 장인이자 양아버지의 일본인 아들로서 재산을 '상속' 받는 것이 아니라, 조선인으로서 적산敵産을 '불하' 받는 형식으로 자기 것으로 소유하게 된다. 한편, 남편과 관계가 소원해진 가네코는 재산을 처분해 일본으로 돌아간 부모와 달리 조선에 남아 해방 직후 가네마쓰라는 이름의 요릿집을 취송정翠松亭으로 바꿔 직접 운영한다.

「효풍」에 나타난 가네코의 이력에 대해 다소 장황하게 서술했지만, 무엇보다 그것은 패전 이후 한반도(특히, 남한사회)에 잔류했던 일본인이 누구였던가를 확인하기 위해서이다. 다시 말해, 이 글의 논의에 초점을 맞춰 귀환하지 않은/못한 일본인은 누구였던가에 대한 실마리를 찾기 위해서이다. 이와 관련해 해방 이후 잔류한 일본인 여성이 당시 조선인들에게 어떻게 인식되고 있었던 것인지 살펴볼 필요가 있다. 왜냐하면 그녀가 과거 제국-식민지 체제기 식민지 조선인의 식민의 체험과 기억을 상기시키는 존재라든가, 어떤 식으로든 구식민자로서의 흔적을 간직하고 있다면, 그녀는 해방 조선사회에서 배제되거나 처벌당할 가능성이 농후하기 때문이다. 그런 점에서 그녀가 조선인과 미국인들이 드나들던 요릿집 마담이라는 위치에 놓여 있었다는 것은 여러모로 의미심장하다. 정치적 혼돈 상황 속에서 그녀가 소위 배제되거나 처벌당하지 않을 수 있었던 것은 조선인 남편이 있었기 때문이기도 했지만, 무엇보다 미국식 자본주의 질서가 침투·확산되어가던 해방기 남한사회에서 자신의 경제적 이익을 도모하기에 분주했던 인간(특히, 남성 젠더)에게 구식민자였던 일본인 여성은 위협적인 존재가 아니었기 때문이었다.

> 간데없는 조선기생이다. 호박단 양회색 저고리에 웃동 남치마 파마한 머리 앞도 수수하게 얌전히 제자리가 잡혔거니와 장 선생이 외씨같이 뭉글려 신었다는 버선 신은 발 맵시는 스란치마에 가려서 미처 못 보았지마는 이것이 기모노에 게다로 자라난 여자던가 생각하면 혜란이는 하도 신기해서 보고 또 보고 하는 것이다. (⋯중략⋯)
>
> 일본 사람으로 조선 사람이 되었다는 것이 그 미모와 함께 이런 장사에는 인기를 끄는 '간판'도 되겠지마는 그렇다고 어깻바람이 나서 너름새 좋게 얼레발을 치거나 하는 그런 기미는 안 보인다. 퍽 조심을 하는 눈치요 어딘지 쓸쓸한 그림자가 어리어 보인다.[21]

---

21 염상섭, 『효풍』, 실천문학사, 1998, 26~27쪽.

스스로 일본인으로서 자기를 탈각하고 조선인으로서 살아가는 여성, 물론 그녀는 "쪽발이 왜녀가 진솔 버선을 뭉글려 신었"[22]다고 말하는 장만춘의 목소리를 통해 확인할 수 있듯이 비천한 대상으로 위치한다. 그리고 남성적 응시의 대상으로 주로 섹슈얼리티의 측면에서 강한 육체성을 가지고 있는 여성으로 그려진다. "이 여자는 약간 철색을 띤 감중한 귀염성스러운 얼굴 위에서 게슴츠레 뜨는 눈의 표정이 자유자재로 노니 얼굴 전체가 모진 데가 없이 어느 남자에게나 자기의 감정을 실려 오는 듯 시피 어딘지 모르게 유혹을 느끼게 하여 일본 사람이라는 생각도 잊어버리고 동정을 가지게 한다"[23]고 자신과 닮은 듯 다른 가네코에 대한 김혜란의 인상 평에서도 반복적으로 드러나듯이, 해방 조선에 잔류했던 일본인 여성은 특히 남성들의 성적 욕망을 자극하는 존재로서 비로소 살아갈 수 있었던 것인지도 모른다.

일본인이지만 조선인으로 살아가고 있는 그녀는 일본인이지만 일본인일 수 없고, 조선인으로 살아가고자 하지만 결코 조선인이 될 수 없는 존재이다. 그런가하면, 조선인 남편과의 불화 속에서 사랑과 결혼은 파탄 나고, 취송정의 '마담'으로, '간데없는 조선기생'으로 비천한 육체성을 간직한 존재이다. 한편, 그녀는 자신의 부모를 따라 일본으로 돌아가지 않고 조선인 남편에게 삶을 의탁해 패전 이후에도 조선에 남고자 했던 것으로 보이지만, 조선인에서 일본인으로, 다시 일본인에서 조선인으로 기민하게 전신해갔던 남편 임평길에게 그녀는 조선인이라는 민족적 정체성을 훼손하는 존재로서 배제해야만 하는 대상이기도 하였

---

22 위의 책, 26쪽.
23 위의 책, 28쪽.

다. 따라서 그녀의 패전 이후 한반도 잔류가, 즉 일본으로의 미귀환이 내선결혼을 한 일본인 여성의 불가피한 선택의 결과였다면, 그러한 선택을 통해 그녀는 안주하거나 정착하지 못하고 끊임없이 배제되고 소외되지 않기 위해 분투해야만 하는 상황에 처하게 된다. 그리고 가부장제도와 미국식 자본주의로부터 자양분을 받는 한편, 민족국가 건설의 주체로서 자신의 남성성을 회복·강화·발현해갔던 남한사회의 남성들의 성적 응시의 대상으로서 조선 기생을 흉내 내는 일본인 여성이라는 말 그대로 혼종적인 신체를 제공해야만 했던 것이다.

이상에서 살펴보았듯, 해방기 한국소설에서 미귀환자 잔류 재조일본인들은 해방 조선의 민족국가 건설 과정 속에서 과거 식민의 체험과 기억을 환기시키는 위협적인 존재가 아니었다. 그들은 나약하고 비천한 육체를 가진 존재로서 오직 생존에의 강한 욕망을 보일 뿐만 아니라 살아남기 위해서라면 기꺼이 조선인이 되고자 했다. 또한, 미군정 체제 하 경제 구조의 변동 과정 속에서 새롭게 남한사회에 등장한 남성들의 성적 응시의 대상으로 전락하기도 하였다. 물론 해방 이후 잔류 일본인들이 모두 여성 젠더일 리 만무하지만, 허준의 「잔등」이나 염상섭의 「효풍」에서 잔류 일본인이 주로 여성 젠더로 나타나고 있다는 것 또한 이와 무관한 것은 아닐 것이다. 해방 조선의 민족국가 건설 과정 속에서 상실된 남성성을 회복하고 발현하는 데 있어서 구식민자 제국 일본의 여성은 그러한 욕망을 거세하는 존재가 아니라 오히려 그러한 욕망을 강화하는 존재로서 위치 지어져야 했던 것이다. 따라서 전후 일본사회가 그녀들을 배제하는 것을 통해 국민국가로서 거듭났던 것 못지않게 해방 조선의 민족국가 건설 과정 속에서 그녀들은 소외되었던 것이다. 그리고 사정이 그러하다면, 그녀들은 제국의 잔여이자 국민국가의 잉여로서 계속해서 내몰릴 뿐이었던 셈이다.

3. 재만조선인 미귀환자의 훼손된 민족성

해방이라는 사건은 식민지 조선인들에게 과거 제국적 질서하의 삶을 탈각하고 식민의 체험과 기억을 넘어 새롭게 건설될 해방 조선의 건국 주체로서 거듭날 것을 요청하였다. 이때 식민지 말 전시총동원 체제에 의해 내지 일본을 비롯해 만주 일대나 동남아시아 지역 등 제국의 법역法域 각지에 흩어져 있던 조선인들은 서둘러 귀환을 달성해야 했다. 그리고 그때 귀환의 과정은 식민지인으로서의 하위의 열등한 위상을 전복하는 것일 뿐만 아니라 대체로 민족적 주체로서 자신을 변혁하는 과정으로 인식되었다. 물론, 이 과정에서 중요한 것은 한반도 외부에서 한반도 내부로의 지리적 이동을 완수하는 데에만 있지 않았다. 비록 그것이 표면적으로는 한반도 외부로부터 한반도 내부로 이동하는 방식을 취했다고 하더라도, 거기에는 제국 일본의 신민臣民으로서의 자기를 벗어나 민족국가 건설을 위해 헌신하고자 하는 민족의 일원으로 갱신해야 하는 제의의 과정이 필요했다. 물론 이러한 제의는 세대 · 지역 · 젠더 · 계층별 다양하고 이질적인 양상을 보였다. 대체로 징병 · 징용된 남성 청년들의 이동 과정이 지리적 귀환을 달성하는 데 초점이 맞춰져 있었다면, 제국 일본에 의해 '오염'되었다고 여겨졌던 여성 하층민들의 귀환은 조선인-되기의 어떤 정화의 과정을 수행해도 결코 달성될 수 있는 것이 아니었다.

그런데 쉽게 확인할 수 있다시피 해방 이후 한반도로 돌아오지 못한 조선인들과 돌아가지 않으려는 조선인들 또한 존재했다. 그리고 그들 중에는 그 내력을 명확히 확인할 수 없으나 삶에의 의지를 가지고 제국 -식민지 체제기 만주로 이주하여 정착했던 재만조선인들이 있었다. 재만조선인들의 만주개척사를 여기에서 개관하는 것은 곤란하지만, 대체로 그것은 생계로 인한 자발적인 것이든, 조선총독부의 정책에 의한 타율적인 결과이든, 만주 이주 이후 불굴의 의지를 가지고 척박한 땅을 개척하여 삶의 터전을 마련한 농민들의 역사로 점철되어 있었다. 또한 제국 일본에 의해 괴뢰국인 만주국 건국 이후 새로운 삶의 가능성을 모색하여 오족협화五族協和·왕도낙토王道樂土의 이데올로기 공간으로서 만주국에 투신하여 제국 일본인에 이어 '이등국민'으로서의 지위를 확보하며 살아갔던 자들의 이야기가 산포되어 있었다. 제국 일본의 패전 직후 그들은 해방 조선의 민족으로서 제국의 통치 권력으로부터 벗어나 중국인이나 몽골인 등과 마찬가지로 해방된 민족으로서 자유를 만끽해야 했지만, 바로 그 이등국민이라는 위상으로 인해 일본인과 마찬가지로 중국인, 특히 만인들에게 적대시되었다. 그리고 그러한 상황 속에서 생존에의 위협을 느껴 서둘러 조선으로 귀환하고자 했던 것이다.

하지만 재만조선인 전재민들 중에는 귀환하고 싶어도 귀환할 수 없는 상황에 놓인 자들이 있었다. 이와 관련해 주목되는 작품이 염상섭의 「해방의 아들」이다. 경상남도 동래 출신인 조준식은 유년기 아버지를 잃고 어머니를 따라 일본으로 건너간 뒤 일본적日本籍인 외조부 민적에 이름을 올려 자연스럽게 일본인 마쓰노로 행세해오고 있던 자였다. 일본인 처와 결혼해 만주 안동安東에서 해방을 맞았던 그는 그동안 일본인이었기 때문에 배급 등에 있어 유리했지만, 급변하는 시세에 맞춰 조선인으로서 자신의 성姓을 되찾고자 한다. 또한 일본 나가사키에 있는 모친에게 가고자 했지만, 원자탄 피폭 이후 상황을 알 수 없어 조선인으로서 안온히 살 수 있다면 조선에 정착하고자 한다. 하지만 신의주에 있는 친척집에 간 아내와 헤어져 전화戰火 속에서 생존에의 위협을 느껴 스스로를 집안에 억류할 수밖에 없었다. 또한 안동에서 일본인 마쓰노로 살았던 그는 조선인들과 교제도 없었을 뿐만 아니라, 국경을 넘기 위해 필요한 증명서를 발급하는 조선인회로부터 보호나 원조를 받을 수 없어 쉽게 조선인이라고 나설 수 없는 상황이었다. 해방 직후 그는 "조선 사람 편에서 미워할 것은 물론이요 일본인 측에서 탐탁히 여겨주지 않고 만인滿人도 좋아 않"[24]는 존재가 되어버렸던 것이다.

이후 아내의 부탁을 받은 홍규가 찾아와 함께 신의주로 가자고 하자 그는 조선명이 적힌 문패와 태극기를 내걸면서 그간 일본인들을 자극하여 곤욕을 치를 것을 두려워하던 자신을 반성하는 한편, "인제는 조준식이지 마쓰노는 아닙니다"[25]라고 말하면서 조선인으로 살아갈 의지를 피력한다. 그리고 홍규의 도움으로 국경을 넘으면서 일본인 행세를 계속해야 하는 것인지 조선인 성을 되찾을 것인지 방황하던 그는 조선인으로서 새로운 희망을 가지게 된다. 신의주에 와 처자식과 함께 일본인 처의 친척집에 기거했던 조준식은 홍규와 함께 호구지책으로 장작패는 일을 이어가는데, 더부살이하던 집을 내어주게 되자 본국으로 귀

---

24 염상섭, 「解放의 아들」, 『廉想涉全集』 10, 민음사, 1987, 18쪽.
25 위의 책, 24쪽.

환하고자 했던 일본인들이 모여 있던 '곳간'에서 집단생활을 하게 된다. 그리고 그 과정에서 조선인인 그가 와 있을 곳이 아니라며 일본인들로부터 냉대를 받는 한편, 내선결혼 등 가정 내 사정을 안타깝게 여긴 일본인들로부터 동정어린 시선으로 '내지'에 함께 가자는 얘기를 들으면서 모친이 있는 나가사키에 가 직장을 구하고자 한다. 삶의 방향을 정하는 데 끊임없이 방황하던 그는 홍규가 태극기를 건네주면서 어디에서든 가족이 함께 살라며 격려하자 "이 기를 받고나니 인제는 제가 정말 다시 조선에 돌아온 것 같고 조선 사람이 분명히 된 것 같습니다"[26]라고 울먹인다.

만주에서 일본인으로 살아왔던 조준식이 해방이라는 사건을 통해 조선인으로 거듭나는 과정을 서사화하고 있는 것처럼 보이는 이 「해방의 아들」은 그 제목과는 달리 재만조선인의 조선으로의 귀환이 쉽지 않을 것이라는 점을 암시한다. 무엇보다 그것은 그가 일본인 처와 결혼한 자였기 때문에 그녀와 헤어져 조선인으로 살아가는 것이 곤란해서가 아니라, 만주에서 일본인으로 살았기 때문이었다. 해방 이후 과거 식민의 체험과 기억을 극복하는 과정에서 일본인은 적대와 청산의 대상이었다. 더구나 피식민자로서 조선인의 입장에서는 같은 민족인 조선인을 억압하는 데 가담한 것으로 여겨지는 조선인은 결코 민족의 일원으로 받아들여질 수 없는 것이었다. 그렇다고 해서 그가 패전 일본 국민으로 살아갈 수 있는 것은 더더욱 불가능하다. "그놈들이 지금 와서 성명이나 있는 놈들입니까. 보안대나 로스키—가 얼신만 해도 쥐구

---

26 위의 책, 41쪽.

멍을 찾는 놈들이 사람을 만만히 보구…… 내가 이런 처지니까 아무런 개수작을 한대두 일본놈 처 놓고 편을 들어줄 리 없고 조선 사람 역시 역성은 해주지 않을 것이라는 짐작은 있거든요. 그러니까 조선 사람에 대한 분풀이를 내게다가 하려 드는 것이거든요……."[27] 오히려 그는 패전 일본인들에게 분풀이의 대상으로서 일본인을 흉내 냈던 조선인에 불과했던 것이다.

조선인이었다가 일본인이 되었지만, 해방을 맞아 다시금 조선인이 되고자 하는 그는 조선인 사회에서도 일본인 사회에서도 인정받지 못하는 경계 위의 존재이다. 패전/해방 이후 민족적 경계의 분할선이 다시금 획정되어가는 가운데, 조선인 입장에서 그는 구식민자인 일본인이었고, 일본인 입장에서 그는 패전 국민이 아닌 것이다. 홍규가 태극기를 통해 민족의식을 각성시키고 민족의 일원으로서 새로운 출발의 길을 열고 있는 것처럼 보이지만, 또한 그 역시 태극기라는 민족적 표상을 통해 자신의 민족적 아이덴티티를 정립해가는 것처럼 보이지만, 그는 어디에도 속하지 못하고 배제될 뿐이다. 해서 그의 귀환은 달성 불가능하다. 귀환하고 싶어도 귀환할 수 없는 자, 조선인으로서도 일본인으로서도 자기를 재정립할 수 없는 그는 결국 이름을 상실한 자로 남겨질 수밖에 없는 것이다. 생활을 이유로 일본인으로 행세했다고 하더라도 이미 그는 조선인임을 스스로 포기했던 자로 배제되어 해방 조선의 주위를 배회할 수밖에 없었다.

한편, 해방 이후 조선으로 귀환하지 않으려는 조선인의 행위와 욕망

---

27 위의 책, 38~39쪽.

을 서사화하고 있는 대표적인 작품으로 김만선의 「이중국적」을 들 수 있다. 라디오를 통해 일본 천황의 아시아-태평양전쟁 종전 선언을 들은 뒤 아들 명환은 일본이 패망하였으므로 비록 자신이 만주에서 나고 자랐지만 고국인 조선으로 돌아가고자 한다. 하지만 30여 년 전 만주로 이주해 삶의 터전을 마련했던 아버지 박노인은 아들의 귀환 의사에 반대하면서 조선으로 돌아가 무엇을 먹고 살 수 있겠냐며 굳이 귀환하지 않아도 어디서든 잘 살면 된다고 말한다. 그는 제국 일본의 패전으로 만주 일대의 일본인들이 일본으로 돌아간다면 오히려 그들의 간섭을 받지 않고 편하게 살아갈 수 있어 다행이라고 여기고 있었다. 해방의 감격 속에서 징용에 대한 공포로부터 놓여난 아들과 달리 소련군의 참전으로 자신에게 돈을 빌린 뒤 갚지 않고 피난 간 김에 대해 골몰할 정도로 박노인은 「이중국적」에서 강한 물욕을 보이는 인물로 나타난다.

그런데 만인들이 폭동을 일으켜 일본인들의 공장을 파괴하고 주택을 습격하여 인명을 살상하고 물건을 약탈할 뿐만 아니라, 조선인 역시 그 대상에 포함된다는 말에 아들은 다시 조선에 돌아갈 것을 종용하지만 아버지는 만인들에게 습격당하지 않을 것이라 여기고 있었다. 하지만 그의 그러한 기대와 달리 만인의 습격에 아들 내외와 헤어져 급히 피신한 박노인은 만주 이주 후 중국인으로 귀화한 자신을 스스로 중국인이라 여기면서 다시금 자신을 공격하는 만인에게 분개할 뿐이었다. 교분이 있었던 중국인 왕의 집으로 피신한 그는 일본인 공장에서 물건을 약탈하는 만인과 마찬가지로 그것들을 가져오는 한편, 생명에 위협을 느낀 아들이 찾아와 조선으로 돌아가자고 재차 말하지만 만인들에 의해 집안이 파괴되었다는 소식을 듣고 돈을 빌려간 김의 집 세간을 옮겨오기에 여념이 없다. 끊임없이 물욕을 보이고 있는 이 박노인은 왕의 집을 불시에 검문한 만주 군인에게 자신의 중국인 민적을 내어 보이면서 위험을 회피하고자 했지만 조선인으로서 신분이 탄로나 붙잡혀가다 폭행당해 쓰러지는 비극적 결말을 맞이하게 된다.

이 재만조선인은 왜 해방 이후 조선으로 돌아가려고 하지 않았던 것인가? 무엇보다 그것은 만주 이주 후 30여 년 동안 일가를 이루고 재산을 축재한 그가 조선으로 돌아갔을 때 안정적인 삶을 영위할 수 있을 것이라는 확신이 없었기 때문으로 보인다. 즉, 경제적 이유로 귀환을 하지 않으려 했던 것인데, 이는 이 작품 곳곳에서 탐욕적인 모습으로 그려져 있는 그를 통해 그의 이동의 조건에 무엇보다 경제적 상황이 가로놓여 있음을 짐작케 한다. 자신이 떠나온 땅을 고국으로 여기거나 고향에 대한 노스탤지어의 감각을 특별히 가지고 있지 않았던 박노인은 장소애topophilia의 대상으로서 조선을 인식하거나 감각하고 있지 않을 뿐만 아니라, 해방이라는 사건이 촉발한 민족국가 건설의 주체로서의 자기를 재정위하려는 욕망 또한 보이지 않는다. 물론, 생존에의 위협 속에서 피난을 가거나 귀환하지 않은 것에 대해 회의하고 있기도 하지만, 그는 해방 이후 일반화된 재만조선인의 이동의 문법을 통해 자신의 삶을 기획하지 않는다. 무엇보다 그것은 이 소설의 제목이 명시적으로 드러내는 바 그가 조선인으로서 중국인이라는 이중국적을 가지고 있었기 때문에 신변에 이상이 발생하지 않을 것이라고 판단한 결과였다.

'만주사변'이 일어나기 십수 년 전 일인들의 만주에 대한 야망은 차츰 노골해가는 한편 이것을 막으려는 중국인들 틈에 끼어 재만조선인들은 처신하기에 난처했다. 아주 일인들의 앞잽이가 되던가 그렇지 않으면 중국정부 현지 당국인 길림성장吉林省長의 소청대로 귀화하던가 하지 않으면 그날그날의 생활에까지 위협을 느끼곤했었다. 그때 박노인은 선선히 중국인으로 국적을 고치고 말았다. 조선서 생활에 쪼들인 끝에 만주로 건너온 바에야 마음 놓고 살 수 있는 방법을 쫓는 편이 현명할 것 같아서였다. 그 뒤로부터 박노인은 언제나 민적民籍을 품에다 지니고 다녔었다. 만주국이 탄생된 후에야 궤 속에다 간직했었다. 농사를 짓는 한편 토지매매를 소개해오던 그로서는 그가 중국인으로 귀화했다는 사실을 숨기는 편이 유리한 까닭이었다. 그것은 그가 만어를 잘하는 조선인이기에 쉽사리 일인들에게 토지를 소개해 올 수 있었던 까닭이었다. 중국의 동삼성東三省이 만주국으로 행세하게 된 후로부터 일인들 앞에서 조선인들이 공공연하게 조선인으로서 처세한 것은 기실 조선인으로서이기보다도 일본인인 '반도인'으로서였기 까닭에 일어는 불과 몇 마디 못 하는 박노인이었으나 아들 명환의 일어를 빌어 만인들의 토지를 일인에게 소개해 주는 잇속에 빠른 그에게는 중국인으로 귀화했다는 증거물을 지니고 다닐 필요가 없어서였다. 그리던 그는 작년부터 또다시 묵은 문서를 저고리 안주머니에다 지니고 다녔다. 전쟁 때문에 하도 세상이 시끄러우니까 어느 때 또 그놈이 긴요하게 쓰일지 몰라서였다. 좌우간 동기는 어떻던 간에 그가 중국인임에는 틀림없었다. 그러므로 중국인인 그가 만인들에게 조선인이라고 해서 봉변을 당해야 한다는 것을 알 수 없는 노릇이었다.[28]

먹고살기 위해 조선을 떠나 만주에 이주했던 박노인은 제국 일본의

---

28 金萬善, 「二重國籍」, 『鴨綠江』, 同志社, 1948, 70~72쪽.

대륙 진출에 따라 (식민지 조선인으로서의) 일본인과 중국인 중 하나의 국적을 선택해야 하는 상황 속에서 생활에의 편리를 이유로 중국인으로 귀화한다. 하지만 만주국이 건국된 이후에는 만인과 일본인을 교섭하는 데 있어서 '반도인'으로서의 일본인이라는 위치가 유리했기 때문에 귀화의 사실을 숨긴 채 생활하다가 다시 식민지 말 전쟁의 발발 속에서 전화를 피하기 위해 '중국인'으로 행세한다. 그러니까 그의 국적은 생존의 전략이었던 셈이다. 그럼에도 이 소설의 결말에서 박노인이 만주 군인에게 폭행을 당해 쓰러지는 장면을 통해 기실 그는 일본인도, 중국인도 아닌 존재였다는 것이 드러난다. 축재를 위해 위장 국적을 활용하고자 했던 탐욕적인 박노인의 몰락 이야기는 그런 점에서 여러모로 의미심장하다. 무엇보다 그것은 해방이 되었음에도 고국인 조선으로 돌아가려고 하지 않으려는 자에 대한 처벌이자 조선인으로서의 민족적 정체성을 폐기하고 사리사욕에 눈멀어 일본인이자 중국인 행세를 하고자 한 자에 대한 응징의 결과를 보여주기 때문이다.

하지만 만약 그가 귀환하려고 했다면, 그 귀환은 달성될 수 있는 것인가. 만주에서 나고 자랐음에도 조선을 고국으로 인식하고 감각하고 있던 아들과 달리 조선은 그에게 가난하고 척박한 삶을 상기시키는 곳이다. 그리고 만주를 떠난다는 것은 30여 년 동안 구축한 자신의 삶의 기반을 버리는 것이기도 하다. 무엇보다 그는 중국인으로 귀화한 전력이 있을 뿐만 아니라, 소위 '반도인'으로서 일본인과 동일한 것은 아니지만 그에 준하는 위상을 가지고 있던 자였다. 즉, 다시 말해 해방 조선의 민족국가 건설의 주체로서 그가 받아들여질 가능성은 애초에 봉쇄되어 있었던 것이다. 따라서 김만선의 「이중국적」은 민족주의적 시선으로 귀환하지 않(으려)는 재만조선인에 대한 처벌을 서사화하고 있지만, 그리고 그를 통해 귀환을 정당화하는 이동의 문법과 질서를 강화하고 있지만, 기실 박노인으로 하여금 조선으로 돌아갈 수 없게 하는 것 또한 바로 그 민족주의 이념에 다름 아니라는 점을 폭로한다. 해방 조선의 건설 주체로서 호명된 조선인이라는 민족적 정체성을 훼손하거나 위협하는 변절자, 비록 생존을 위해 일본인이나 중국인으로서 위장 국적을 가지고 있었다고 하더라도 제국-식민지 체제의 산물인 그는 민족주의 이념에 따라 배제될 수밖에 없었던 것이다.

이상에서 살펴보았듯, 염상섭의 「해방의 아들」과 김만선의 「이중국적」은 해방 이후 조선으로 돌아가고 싶어도 돌아갈 수 없는 자, 그리고 돌아가지 않고 남으려는 자의 행위와 욕망을 보여준다. 비록 제한적이지만 이 두 소설을 통해 확인할 수 있는 것은 귀환의 가능성이 애초에 봉쇄된 재만조선인이 배제되거나 처벌받는 서사는 한편으로는 해방 조선의 민족국가 건설의 주체가 누구여야 하는가를 말하고 있는 동시에 다른 한편으로는 바로 그 민족적 주체의 강고한 틀 속에서 누가 버려지고 있는가를 보여준다. 그들은 일본인으로 입적했던 조선인과 중국인으로 귀화했던 조선인으로, 그 자체로 훼손된 민족성을 증거하는 자들이자 민족국가의 경계 속에 안착할 수 없는 존재들이었던 것이다. 그리고 그런 점에서 그들의 귀환 가능성은 차단되어 있었고, 반이동은 필연적인 귀결이었다. 해서 앞서 살펴본 미귀환자 재조일본인 여성들과 마찬가지로 그들은 제국의 잔여이자 국민국가의 잉여로서 끊임없이 부유하면서 살아갈 수밖에 없는 것인지도 모른다.

4. 미귀환자의 반이동의 정치성

이 글에서는 해방기 한국소설을 대상으로 패전/해방 이후 일본과 조선으로 돌아가지 않은/돌아갈 수 없는 미귀환자 재조일본인과 재만조선인의 문학적 표상 및 그들의 행위와 욕망에 내재된 반이동의 의미에 대해 논의하였다. 1945년 8월 15일 패전/해방을 임계점으로 한 제국-식민지 체제에서 탈식민-냉전 체제로의 전환기 국민국가의 재건과 민족국가 건설이라는 조건 속에서 전후 레짐의 구축 및 해방 조선의 성립을 위한 다양하고 이질적인 움직임들이 있었다. 그것들은 대체로 재건되어야 할 국민국가와 건설되어야 할 민족국가의 경계를 획정하고 강화하는 방향으로 수렴되었다. 전쟁 수행을 위해 전시총동원 체제하 제국 일본과 식민지 조선의 인구와 물자 등이 제국주의 권력 아래 통합되어 균질적으로 동원되었던 것에 비해 제국 일본의 패전과 식민지 조선의 해방은 일본과 조선, 나아가 동아시아 지역에 기존의 질서와 문법에 의해 통제된 이동을 해체하거나 와해하는 새로운 이동을 낳았다. 특히, 거기에는 상실된 국민(민족)국가의 회복이라는 탈식민화의 기획과 함께 미국과 소련을 중심으로 한 동아시아 지역 질서 재편 과정 속에서 인구와 자본, 문화 등이 서로 교착하고 분기하는 혼종적인 이동성이 창출되기도 하였다. 하지만 그럼에도 불구하고 패전의 기억 속에서 국민국가의 경계 속으로 들어가거나, 해방의 감격 속에서 민족국가의 경계를 구축하여 강화해가면서 자연스럽게 그러한 경계를 기준으로 한 포섭/배제의 방향성이 만들어지고 고착화되었다.

이동은 자아를 넘어 세계를 자각하고 경험하는 중요한 방식이다.[29]

그리고 개인은 이동의 과정을 수행하는 것을 통해 자신의 정체성을 구축하고, 공동체에 입사入社하며, 문화 생산의 동력을 마련한다. 해서 인간은 끊임없이 이동하는 과정 중에 자신을 위치시킨다. 하지만 모두가 이동할 수 있는 것은 아니다. 이동하고 싶어도 이동할 수 없는 자, 이동하기를 그만둔 자, 규준화된 이동에 저항해 그러한 이동의 방향으로부터 벗어나는 자 등 반이동의 형식들은 개인의 욕망에 따라 다채롭게 분기한다. 제국 일본의 패전과 식민지 조선의 해방이라는 역사적 사건이 구식민자로서 일본인들과 피식민자로서 조선인들에게 부여한 이동의 조건·문법·형식들은 대체로 국민(민족)국가의 실정성을 강화하는 방향으로 수렴되었다. 패전 국가로서 전후 레짐의 구축, 해방 조선의 민족국가 건설이라는 체제 변동 과정 속에서 일본인과 조선인의 이동은 국가를 향한 개인의 '당위적 귀환'으로 균질화되었던 것이다.

하지만 앞서 살펴보았던 것처럼 패전/해방 이후 일본과 조선으로 귀환하지 않았던/못했던 재조일본인과 재만조선인들의 행위와 욕망을 통해 전후/해방 국민(민족)국가의 실정성을 강화하기 위한 장치들이 마련한 이동의 조건·문법·형식들이 역설적으로 반이동을 낳았다는 것을 확인할 수 있다. 그리고 그것은 누가 국민(민족)이 될 수 있는가와 관련하여 개인이 어떻게 생명정치의 메커니즘 속에서 포섭되면서 동시에 배제되는가를 보여줄 뿐만 아니라, 기실 확정된 국민(민족)국가의 경계를 기준으로 배제/포섭하는 것이 아닌, 포섭하는 것 못지않게 배제하는 과정을 통해서 그 경계를 획정해가고 있었음을 폭로한다. 나아가 그

---

29 존 어리, 강현수·이희상 역, 『모빌리티』, 아카넷, 2014, 124쪽.

렇게 경계를 획정한 국민(민족)국가가 언제든 국민(민족)됨의 자격을 내세우면서 개인을 포섭하고 배제할 수 있는 유동적인 상태에 놓여 있고, 그러한 유동성을 은폐하기 위해 국가 폭력을 발휘할 수 있다는 것을 짐작케 한다. 이 글에서 살펴본 재조일본인과 재만조선인 미귀환자가 제국의 잔여이자 국민국가의 잉여로서 그 자신의 신체를 통해 우리에게 증언하고 있는 바가 바로 여기에 있다.

끝으로 이 글의 문제의식을 확장시키기 위해서는 제2차 세계대전의 종전과 아시아-태평양전쟁의 패전으로 촉발된 동아시아 지역 질서의 재편과 국민국가들의 발흥 속에서 이동하지 않은/못한 자들의 행위와 욕망을 다각도로 검토할 필요가 있을 것이다. 또한, 미국과 소련을 축으로 하는 전 세계적인 냉전 체제가 성립되어가는 가운데 자유반공 진영과 공산주의 국가들의 연대 움직임 속에서 다채롭게 분기했던 동아시아인들의 냉전적 질서에 대항하는 반이동이 갖는 정치적 의미를 아울러 고찰할 필요도 있을 것이다. 특히 이 글에서 주목했던 제국의 잔여이자 국민국가의 잉여로서 인간 존재의 반이동이 갖는 정치적 함의를 파악하기 위해서는 해방 이후 조선(대한민국과 조선민주주의인민공화국)으로 돌아가지 않은/못한 재일조선인들과 과거 제국-식민지 체제기 동아시아의 각 지역과 국가로 이산되었다가 귀환하지 않은/못한 자들, 그리고 미소군정 체제에 이은 1948년 분단 체제의 성립 전후 38선을 월경하지 않은/못한 자들을 둘러싼 이동의 조건·문법·형식들에 대한 면밀한 탐색이 이루어져야 할 것이다. 그리고 이를 위해서는 그 무엇보다 전시총동원 체제에 투신해 동아시아 각 지역에서 천황의 군대로서 전장에 참전했지만 돌아가지 못한 전쟁 포로들의 자기 서사, 그리고 해방과 분단, 열전으로 이어지는 한반도의 혼돈 상황을 목도하면서 상실된 조국으로 돌아갈 수 없었던 재일조선인들의 목소리가 담겨 있는 문학작품, 수기, 영상물 등을 대상으로 한 다각도의 분석이 요청된다고 할 수 있다.

그럼에도 이 글에서는 제국의 체험과 기억이 패전/해방 이후 잔여로서 지속되는 한편, 국민(민족)국가 성립 과정에서 비국민으로 배제되는 자들의 문학적 표상에 주목해 해방기 한국소설만을 대상으로 하여 논의를 전개하였다. 이는 탈식민화의 과정 속에서 과거 제국-식민지 체제기 함께 연루되었지만 구조적 차별을 갖고 있었던 제국 일본인과 식민지 조선인이 전시총동원 체제하 균질화된 이동의 방향성을 부여받았다가 패전/해방이라는 역사적 사건에 조응해 어떻게 다르게 이동하고 있었는가에 주로 주목했던 기존 논의가 제국 일본인과 식민지 조선인을 각각 패전 일본인과 해방 조선인으로 구분해 그들의 이동성의 차이를 선명하게 부각시킬 수는 있었지만, 그로 인해 제국과 식민지, 국민(민족)국가라는 정치체가 어떻게 인간의 이동을 통제하는가에 대해서는 상대적으로 간과했다는 점을 말하기 위해서였다. 이 글은 지배/피지배의 도식을 통해 그러한 관계가 파탄난 이후의 이동(성)에 주목하기보다는 지배-피지배의 관계망을 형성한 체제와 대면한 주체의 이동(성)에 관심을 두었던 것이다.

제국-식민지 체제기 이동이라는 공간적 실천 행위를 통한 인간의 행위와 욕망을 제국/식민지, 식민자/피식민자, 일본(인)/조선(인)이라는 이분법적인 인식틀로 사유하는 방식이, 패전 이후 전후 체제, 그리고 해방 이후 민족국가를 사유하는 방식으로 이어지는 것은 제국과 국가 그 사이에서 끊임없이 이동 중인 인간의 존재 방식을 단순화시킬 우려가 있다. 이 글은 이러한 점에 착안해 체제의 전환에 응수하는 인간의 행위와 욕망에 관심을 두어 패전/해방이라는 사건이 촉발한 균질화된 이동성에 반하는 인간의 문학적 표상에 주목했던 것이다. 특히 국가주의 권력 아래 인구를 통치하기 위해 이동의 조건·문법·형식을 창출하고, 그것을 내면화시키기 위한 다양한 제도와 정책 등이 실시되어왔다는 점을 염두에 뒀을 때, 그것에 균열을 일으키거나 그것을 초과하는 인간의 행위와 욕망을 추적하는 것은 국가가 무엇인가를 되묻는 작업으로 이어질 수 있다. 한국의 경우에만 한정하더라도, 식민지, 해방, 분단, 전쟁, 그리고 전후에 이르기까지 민족국가의 자기 정당성을 확립하기 위한 인간 이동의 통제가 광범위하게 확산된 것은 충분히 짐작할 수 있지만, 그것들로 인해 배제되거나 은폐된 반이동의 행위자들과 그들의 움직임은 아직 본격적인 논의의 대상이 되지 못했다. 하지만 근대 세계 체제하 국민국가를 단위로 하는 지역 질서 속 인간의 이동(과 그 속에 내재된 욕망)을 문제 삼고자 한다면, 체제에 의해 질서화되고 구조화된 이동을 수행하는 개인이 아니라, 그로 인해 분열하고 불안해하는 주체들, 어떻게든 탈주하고 미끄러지는 신체들에 주목해야 할 것이다.

제5장

해방과 청년 이동의 (비)가시화

이념 공간의 재편과 젠더적 위계질서를 중심으로

---

1. 해방이라는 사건과 이동하는 청년

식민지 말 전시총동원 체제기 식민지 조선인들의 삶은 대체로 제국 일본의 침략 전쟁에 동원되는 방향으로 수렴되었다. 그들은 전장戰場에 나가 제국 일본의 군인으로서 전쟁을 수행하거나, 총후銃後에서 전쟁 물자를 생산하는 노동력으로 동원되었다. 전시통제경제 정책에 의해 각종 물자의 이동 또한 전쟁 수행을 위한 길로 귀결되었고, 식민지 조선 —나아가 제국의 통치 권역—은 전선/총후의 공간으로 재편되었다. 물론 전시총동원 체제의 질서와 문법으로부터 벗어난 식민지 조선인들의 움직임이 없었던 것은 아니다. 국내외 반제독립투쟁 움직임과 함께 전시총동원 체제가 질서화하고 문법화한 '황민화皇民化'의 길을 거부한 자 역시 엄연히 존재했다. 또한, 전시총동원 체제하의 삶의 조건들 속에서도 전쟁 동원의 흐름과 무관하거나 상대적으로 거리가 있는 인구의 이동과 물자의 이동이 발생하기도 하였다. 하지만 식민지 말 조선의 공간 재편, 식민지 조선의 인구와 물자의 이동은 대체로 전쟁 수행의 과정으로 통합되어 제국주의 국가 권력에 의해 단일하고 균질적인 방향성을 갖게 되었다.

이 단일하고 균질적인 이동의 방향성이 와해되거나 중단된 것은 다름 아닌 해방이라는 사건 때문이었다. 1945년 8월 15일 해방은 식민지 말 전시총동원 체제 나아가 36년 동안 질서화되고 구조화된 제국-식민지 체제에 의해 운용된 근대 한국인을 둘러싼 이동성의 문법들, 조건들, 형식들을 재편했다. 그리하여 이때 이동은 무엇보다 탈식민화의 과정으로 점철되는 동시에 민족국가 건설 과정으로 수렴되었다. 제국 일본의 식민지 지방 조선, 피식민자로서 전쟁에 동원되었던 조선인들, 전쟁 물자로 동원되었던 각종 물자들은 각각 해방 조선, 민족적 주체로서의 해방 조선인, 민족국가 건설을 위한 재원으로 옮겨져야 했던 것이다. 물론 이러한 이동의 재편은 체제의 변동에 의해 갑작스럽게 이루어졌고, 특히 미군정 체제에 의해 통치되었던 남한사회에서는 기존 제국-식민지 체제의 통치 질서를 상당 부분 계승했기 때문에 해방을 분기점으로 완전한 단절적 양상을 보이지는 않았다. 하지만 그럼에도 불구하고 해방을 임계점으로 하여 한국인들의 이동성의 문법들, 조건들, 형식들이 재편된 것은 틀림없는 사실이었다.

논의의 범위를 좁혀보아도, 해방이라는 사건이 다양하고 이질적인 주체들의 이동을 가져왔다는 것은 쉽게 확인할 수 있다. 이동은 자아를 넘어 세계를 자각하고 경험하는 중요한 방식이다.[1] 제국-식민지 체제의 붕괴 이후 탈식민-냉전 체제가 형성되어가는 과정 속에서 개인과 집단들은 정치경제적·문화적 헤게모니를 선취하기 위해 앞 다퉈 움직였다. 그리고 그러한 움직임의 정점에 청년들이 놓여 있었다. 청년들은 과거 제국-식민지 체제가 질서화하고 구조화한 삶의 조건들로부터 상대적으로 자유로웠으며, 새로운 민족국가 건설 과정에서 범람한 정치적 이데올로기를 받아들이는 데 보다 적극적이었다.[2] 해방이라는 사건이 과거 피식민자로서의 체험과 기억을 극복하고 새로운 주체로서 자기를 갱신하는 길을 열었다는 점에서, 무엇보다 그 중심에 서야 했던 것은 청년들이었다. 이는 근대 이후 체제 전환에 따라 사회 구조가 변동되고 유동성이 확산되는 세계 속에서 청년들이 자신들의 불안한 내면성을 투사하면서 끊임없이 이동해왔던 양상을 떠올리면 쉽게 짐작할 수 있다. 그런데 해방이라는 사건은 식민지 말 전시총동원 체제가 단일하게 고착화한 이동성을 말 그대로 해방해 분기하고 산포시켰다는 점에서 새로운 이동성의 폭증을 가져왔다. 그때 이동이라는 공간적 실천 행위를 통해 자기를 재구축하고, 사회 구조를 변동시키며, 문화를 생산하고 유통시킨 주체는 다름 아닌 청년들이어야만 했던 것이다.

끝없는 냉대冷待와 박해迫害, 살육殺戮과 가진 박해束縛의 움 속에 숨어 있든 유위有爲한 젊은 청년靑年들이 해방解放과 함께 조국祖國 광복光復의 제일선第一線에 나와 활발活潑한 다각적多角的 청년운동靑年運動을 전개展開하고 있다. 청년靑年은

---

1   존 어리, 강현수·이희상 역, 『모빌리티』, 아카넷, 2014, 124쪽.

2   해방기 청년들은 '정치적 주체'로 갱신하기 위해 '식민지 세대'인 아버지와의 절연 의식을 통한 '존재론적 위치 변화'를 추구했다. 박용재, 「해방기 세대론의 양의성과 청년상의 함의—『1945년 8·15』, 『효풍』, 『해방』을 중심으로」, 『비교문학』 제53집, 한국비교문학회, 2011, 81쪽.

언제나 감격感激의 맥박脈搏이 뛰고 지혜智慧를 호흡呼吸하고 희망希望에 살고 이상理想에로 끈임없는 다름박질한다. 청년靑年은 환상幻想을 꿈꾸지 안는다. 자기自己와 밋 현실現實을 정확正確히 본다. 그럼으로 청년靑年은 지금今日을 가지고 명일明日을 가지고, 또 영원永遠을 가진다 그들의 발랄潑剌한 일거수일투족一擧手一投足은 생명生命의 약동躍動이다. 오늘 조선 청년朝鮮 靑年의 약동躍動은 조선朝鮮의 금일今日이오, 명일明日이오, 장래將來다. 오늘 조선 청년朝鮮 靑年의 움즉임이 곳 조선朝鮮의 동향動向이오, 그 지향指向하는 곳이 곳 조선朝鮮의 노선路線이다.[3]

위의 『동아일보』 사설을 통해 확인할 수 있듯이, 해방의 시공간 속에서 청년들의 움직임을 조선의 현재 및 미래와 유비관계에 놓고, 청년들에게 새로운 역할을 촉구했던 것은 당대 담론에서 쉽게 찾아볼 수 있다. 같은 글에서 "진정眞情한 조선朝鮮의 젊은이여, 먼저 자립自立하자, 자기완성自己完成이 없이 전체全體의 완성이 없다, (…중략…) 『조선』이란 독자적獨自的인 토대土臺 우에다 건설建設하는 『새조선』을 위爲하야 맘과 몸을 밧치기로 하자"[4]라고 역설할 수 있었던 것도 새로운 조선 건설의 주체로서 청년들을 위치시켰기 때문에 가능한 것이었다. 해방 직후 문학 작품을 통해서도 이러한 양상은 반복된다. 김송의 「무기 없는 민족」에서 군사훈련과 일본어 학습을 통해 제국 일본의 군인이 되었던 식민지 조선인 청년이 해방을 맞아 그러한 자질과 역량을 새로운 조선 건설에 전유하면서 민족적 주체로 전신해간 과정[5]이라든가, 안회남의 「섬」, 허

---

3 「朝鮮靑年에게 告함」, 『동아일보』, 1946.5.28.
4 위의 글.
5 정종현, 『제국의 기억과 전유―1940년대 한국문학의 연속과 비연속』, 어문학사, 2012, 16쪽.

준의 「잔등」 등 제국 일본의 통치역으로 동원되거나 이산되었던 식민지 조선인 청년들이 과거 식민의 체험과 기억을 탈각하고 민족국가 건설을 위해 해방 조선으로 귀환을 서둘렀던 것[6]도 같은 맥락에서 이해할 수 있다. 이처럼 해방이라는 사건은 과거 제국-식민지 체제와 다른 새로운 이동의 가능성을 열었고, 그 이동의 중심에는 해방 조선의 건설이라는 역사적 전환에 조응해 비전과 전망을 가진, 이상을 추구하는 청년들이 위치 지어졌던 것이다.

비교적 최근 해방 이후 체제 변동에 따른 공간 질서의 재편에 관한 괄목할 만한 논의가 개진되고 있다. 대표적으로 냉전 체제와 동아시아 지역 질서 재편에 따른 해방 조선의 위상 변동 과정에 대한 연구,[7] 분단 체제 성립 전후 38선 월경의 심상지리에 관한 연구,[8] 비국민이라는 존재로 인해 영토적 완결성을 구축하지 못한 남한사회에 관한 연구[9] 등을

6 정재석, 「해방기 귀환 서사, 결속의 상상력과 균열의 역학」, 『사이間SAI』 제2호, 국제한국문학문화학회, 2007, 161~193쪽.
7 김예림, 「냉전기 아시아 상상과 반공 정체성의 위상학－해방~한국전쟁 후(1945~1955) 아시아 심상지리를 중심으로」, 『상허학보』 제20집, 상허학회, 2007, 311~345쪽; 장세진, 「해방기 공간 상상력의 전이와 '태평양'의 문화정치학」, 『상허학보』 제26집, 2009, 103~149쪽; 오태영, 「지정학적 세계 인식과 해방 조선의 정위－표해운의 『조선지정학개관』을 중심으로」, 『팰럼시스트 위의 흔적들－식민지 조선문학과 해방기 민족문학의 지층들』, 소명출판, 2018, 367~405쪽.
8 정종현, 「탈식민지 시기(1945~1950) 삼팔선 표상의 지정학적 상상력－해방 후 이태준 소설을 중심으로」, 『현대문학의 연구』 제39호, 한국문학연구학회, 2009, 423~460쪽; 신지연, 「해방기 시에 기입된 횡단의 흔적들－해방기념시집 『햇불』(서울, 1946)과 『거류』(평양, 1946)에 실린 동일텍스트를 중심으로」, 『한국근대문학연구』 제32집, 한국근대문학회, 2015, 311~339쪽.
9 김예림, 「'배반'으로서의 국가 혹은 '난민'으로서의 인민－해방기 귀환의 지정학과 귀환자의 정치성」, 『상허학보』 제29집, 상허학회, 2010, 333~376쪽; 정주아, 「두 개의 국경과 이동(displacement)의 딜레마－선우휘를 통해 본 월남(越南) 작가의 반공주의」, 『한국현대문학연구』 제37집, 한국현대문학회, 2012, 247~281쪽.

들 수 있다. 또한, 이 글의 문제의식에 직접적으로 닿아 있는 해방 조선의 청년들의 이동에 관한 논의 역시 일정 부분 이루어졌다. 이와 관련해서는 해방기 국민국가 건설로 수렴되지 않는 이동의 가능성에 관한 논의,[10] 38선 월경 행위의 서사화가 갖는 사상지리로서의 작용과 효과에 관한 논의,[11] 해방기 치안유지운동의 체제적 실천에 가담한 청년들의 이동과 '거리의 정치'의 의미를 다각도로 고찰한 논의[12] 등이 주목된다. 하지만 이들 논의는 제국 일본의 패전과 식민지 조선의 해방으로 인한 체제 변동이 낳은 다양하고 이질적인 주체들이 보여준 이동성의 조건들과 이동의 양상들, 그리고 그것들이 함의하고 있는 정치적 의미를 흥미롭게 규명하고 있지만, 그것이 서사화되는 과정 속에서 어떻게 (비)가시화되고 있는지에 대해서는 그다지 주목하지 않았다. 뒤에서 자세히 살펴보겠지만, 청년들의 이동의 과정이 서사 속에서 (비)가시화되는 것은 그 자체로 심대한 의미를 갖는 것이었다.

이러한 관점에서 이 글에서는 김남천의 「1945년 8·15」, 염상섭의 「효풍」, 김동리의 「해방」을 대상으로 논의를 전개하고자 한다. 이 세 작품은 범박하게 말해 해방 이후 새로운 자기를 구축하기 위한 청년들의 이동의 과정을 서사화하고 있는 신문연재장편소설이다. 청년 세대로서 그들은 새로운 조선 건설을 위한 의지와 실천을 펼쳐 보이고 있는

---

10 이종호, 「해방기 이동의 정치학—염상섭의 단편소설을 중심으로」, 『한국문학연구』 제36집, 동국대학교 한국문학연구소, 2009, 327~363쪽.

11 이혜령, 「사상지리(ideological geography)의 형성으로서의 냉전과 검열—해방기 염상섭의 이동과 문학을 중심으로」, 『상허학보』 제34집, 상허학회, 2012, 133~172쪽.

12 이혜령, 「해방(기)—총 든 청년의 나날들」, 『상허학보』 제27집, 상허학회, 2009, 9~50쪽; 천정환, 「해방기 거리의 정치와 표상의 생산」, 『상허학보』 제26집, 상허학회, 2009, 55~101쪽.

데, 각각 좌익과 중간파, 그리고 우익의 정치적 입장과 전망에 따른 것이었다. 한편, 이들 장편소설은 발표된 시기에 있어 차이를 보이는데, 「1945년 8·15」는 『자유신문』 1945년 10월 15일부터 1946년 6월 28일까지 연재되었고, 「효풍」은 『자유신문』 1948년 1월 1일부터 11월 3일까지 연재되었으며, 「해방」은 1949년 9월 1일부터 1950년 2월 16일까지 연재되었다. 즉, 「1945년 8·15」는 해방 직후 미군정 체제 출범 초기, 「효풍」은 남북한 단독정부 수립 전후, 그리고 「해방」은 48년 체제 성립 직후 한국전쟁 발발 이전의 시점에서 해방 청년들의 이동을 서사화하고 있다는 점에서 차이를 보인다. 따라서 이 세 작품을 통해 해방과 군정, 단정과 분단으로 연쇄하는 해방 이후 남한사회에서 정치적 이념과 전망의 차이에 기초한 청년들의 이동이 어떻게 서사적으로 (비)가시화되는가, 그리고 그러한 (비)가시화가 갖는 의미가 무엇인지 살펴볼 수 있을 것이다. 나아가 그러한 서사적 (비)가시화가 체제의 변동에 따른 해방 이후 정치적 주체로서 자기를 새롭게 구축하려고 했던 청년들의 이동(성)을 어떻게 규정하고 있는지에 대해서도 고찰할 수 있을 것이다.

2. 이념 공간의 창출과 정치적 주체화의 길

식민지 말 전시총동원 체제의 통치 질서에 의해 식민지 조선의 이념 공간은 전체주의 국가 이데올로기로 점철되었다가 해방이라는 역사적 사건을 계기로 하여 해방 조선에는 새로운 이념 공간이 열리게 되었다.

전쟁 수행을 위한 국가총동원 체제하 제국적 질서로 회수되었던 것이 해방을 임계점으로 사슬에서 풀려나 반제국주의·반봉건주의의 기치 아래 탈식민화 움직임 속에서 재맥락화되었고, 민족국가 건설이라는 사회 구조의 재편 과정 속에서 자유와 평등, 민주주의의 이념에 기초해 개인들로 하여금 새로운 주체화 과정을 모색하게 했다. 말 그대로 해방 된 개인들은 과거 피식민자로서 자신들의 제한적·폐쇄적 위상을 탈각 하는 탈식민화의 실천을 수행해야 했을 뿐만 아니라, 새로운 체제 구축 과정에 조응해 그 체제의 중심에 투신하는 등 자신의 위상을 재정립해 야 했던 것이다. 특히, 해방과 함께 전개된 좌우익의 극심한 이념 대립 속에서 정치적 주체로서 자신의 위상을 재구축해가던 개인들은 자신만 의 정치적 신념과 전망에 따라 이동해야 했다.

물론 이동은 누구에게나 허락된 것이었지만, 모두가 이동할 수 있었 던 것은 아니었다. 또한, 누가 이동의 과정을 먼저 수행하는가와 누가 이동의 흐름을 결정하느냐는 사회 구조의 변동 과정 속에서 어떠한 이 동이 정당한 것인가와 직결되는 사안이었다. 해서 청년들은 그 누구보 다 먼저 움직였고, 자신들의 움직임의 방향성을 의미 있는 것으로 규정 하였으며, 그러한 과정을 수행하는 것을 통해 정치적 주체로서 자기 갱 신과 변혁의 길을 걸으면서 정당성을 확보해가고자 하였다. 해방은 되 었지만 독립은 달성하지 못한 상황 속에서 자신들의 이동이야말로 국 가와 민족을 위한 움직임이라고 주장했던 청년들은 정치경제적·문화 적 헤게모니 획득을 위한 쟁투의 장에서 결코 멈춰 있을 수만은 없었던 것이다. 해방 이후 문학작품에서 청년들의 이동의 과정이 서사화되고 있는 것 또한 같은 맥락에서 이해할 수 있다.

김남천의 「1945년 8·15」는 부르주아 지식인 청년 김지원의 갱생과 성장 과정을 서사화하는 것을 통해 해방 직후 공산주의 계열 청년들의 이동을 상징적으로 보여준다. 경성제대 의학부 재학 중 학병반대격문사건으로 검거되어 2년여 동안 서대문형무소에 수감되었던 김지원은 해방 직후 출옥하였지만 장티푸스에 걸려 대학병원에 입원한다. 신병을 치료하던 그는 서대문형무소 수감 중 '통방'했던 황성묵과 다시 만나 그의 지도 아래 좌익 계열 단체에 가담하여 애국심을 가지고 건국사업에 헌신하고자 한다. 그는 조선 민족의 대부분이 노동자·농민이라는 것을 새롭게 인식한 뒤 그들이 착취당하고 있는 현실을 개탄하게 되는데, 38선 이북의 고향에서 지주인 아버지가 소작인들에게 폭력적인 상황에 내몰렸다는 소식을 전해 듣기도 하였지만 새로운 국가 건설을 위한 하나의 과정이라고 여길 뿐이었다. 공산주의 관련 책을 읽거나 황성묵의 교화를 통해 계급의식에 기초한 사상 학습을 이어가던 그는 조선인민공화국 수립을 선포하는 종로의 가두행진을 참관하다 종적을 감추게 되는데, 동양제강 영등포공장 선반공으로 일하고 있던 오성주의 집에 기거하는 한편, 황성묵과 함께 공산주의 계열 노동운동에 본격적으로 가담하게 된다. 그는 좌익 계열 단체의 운동에 가담하는 것이 "이 시대에 처한 지식 청년의 자기 발견이요, 자기 발전"[13]이라고 각성하면서 노동운동에 투신하였던 것이다.

　　이처럼 「1945년 8·15」의 서사는 지주의 아들이자 의학사였던 부르주아 지식인 청년의 공산주의자로서의 성장 과정을 서술하고 있는

13　김남천, 『1945년 8·15』, 작가들, 2007, 298쪽.

데, 서술자에 의해서 그것은 "눈부신 속도로 진보"[14]하고 있는 이상적인 모습으로 제시된다. 김지원의 성장 과정을 단순화하면, 식민지 말반제국주의 투쟁에 나섰던 청년이 해방 이후 공산주의 이념에 기초하여 좌익 계열의 노동운동 단체에 투신한 것으로 이해할 수 있다. 해방 직후 과거 제국 일본의 통치 권력에 의해 탄압의 대상이었던 공산주의 운동이 새롭게 개진되었고, 사회주의적 비전과 전망을 가진 각종 단체와 정치세력이 활동하는 한편, 거기에 지식인 청년들이 나름의 정치적 신념을 가지고 가담하게 되었다는 점은 익히 알려진 바와 같다.[15] 하지만 그럼에도 불구하고 남한사회의 이념 공간에서 그러한 움직임은 해방 이전과 마찬가지로 일정 부분 '불온시'되고 있었다. 따라서 「1945년 8·15」의 서사에서 공산주의자로서 김지원의 성장 과정이 은폐된다면, 그것은 다시금 불온한 것으로 여겨질 여지가 있었다. 공산주의자 청년의 이동을 비가시화의 영역 속에서 서사화하는 것은 그것을 음험한 것으로 치부할 수 있게끔 했던 것인데, 이에 따라 이 소설에서 김지원이 공산주의자로서 성장해간 과정은 가시적으로 드러날 필요가 있었던 것이다. 물론 김지원의 모든 이동의 양상이 낱낱이 가시화되었던 것은 아니지만, 그의 성장 과정에서 핵심적인 사건은 대체로 가시화되어 부각되었다.

특히, 일반적으로 비가시화의 영역이라고 여겨졌던 감옥 내의 생활

---

14 위의 책, 136쪽.
15 이에 대해서는 김무용, 「해방 후 조선공산당의 노선과 국가건설 운동」, 고려대 박사논문, 2005; 정승현, 「해방공간의 박헌영-공산주의의 한국화」, 『현대정치연구』 제5권 제2호, 서강대학교 현대정치연구소, 2012, 133~164쪽; 곽채원, 「북한 청년동맹의 초기 성격 연구(1946~1948)-조직, 당과의 관계, 역할을 중심으로」, 『현대북한연구』 제17권 제3호, 북한대학원대학교 북한미시연구소, 2014, 7~68쪽 참고.

이라든가, 좌익 계열 단체의 노동운동자들의 회동 등이 서사 내 가시화되고 있다는 점은 주목을 요한다. 그것은 앞서 언급한 것처럼, 공산주의자로서의 전신 과정이 불온하거나 음험한 것으로서 은폐되어야 할 것이 아니라는 점을 역설하는 것일 뿐만 아니라, 가시화를 통해 그 자체로 정당성을 확보하는 것이기 때문이다. 해서 실제 그것들은 은밀하게 이루어지고 있었지만, 「1945년 8·15」의 서사에서는 가시화되어 제시된다. 김지원은 경찰서 유치장을 거쳐 서대문형무소에 수감되면서 "방방이 가득찬 신념과 열성에 불타는 진정한 애국가, 진정한 평화 애호자, 참된 민족의 구원자가 명성도 재물도 사심도 사욕도 가족도 부모도 처자도 온갖 것을 털어버리고 정의와 애국심과 뜨거운 열정만을 가지고 다니는 수백 명의 진정한 조선 민족의 구원자"[16]들이 있음을 깨닫게 된다. 그리하여 조선의 독립과 민족의 자유, 근로대중의 해방을 위해 일본 제국주의에 항거해온 '영웅들의 합숙소'로 서대문형무소를 새롭게 인식하는 한편, 그곳에서 만난 장사우와 최학진으로부터 영향을 받아 공산주의 사상에 경도되어간다. 통치성의 메커니즘에 의해 감시와 처벌로 점철되어 있는 감옥이라는 공간은 일반적으로 그 공간 내부의 질서가 비가시화되는 것을 통해 그 공간에 내재된 통치성이 극대화되게 마련인데, 이 소설에서는 그러한 감옥에서 역설적으로 공산주의 사상의 세례를 받아 민족과 국가를 위해 헌신하려는 청년이 탄생하고 있는 과정을 서사화하고 있는 것이다.

같은 맥락에서 황성묵과 함께 좌익 계열 단체에 가담해 노동운동에

---

16 김남천, 앞의 책, 80쪽.

투신하는 과정 역시 비가시화의 영역에서 가시화의 영역으로 이동한다. 노동운동에 가담하고 있는 자들의 은밀한 회합과 그 자리에서의 자기반성 및 비판, 그리고 노선 결정 등은 일견 강령에 의한 행동 및 단체 구성원들 간의 협의 과정 정도로 이해할 수 있지만, 그들이 은폐된 아지트에 은밀하게 모여 노동운동을 기획하고 실천 방향을 강구하고 있다는 점에서 그것은 쉽게 드러낼 수 없는 것이다. 무엇보다 그것은 미군정 체제하 남한사회에서 반체제적인 활동으로 인식되어 불온시되거나 금기시되고 있었던 것이기도 하였다.[17] 하지만 조선노동조합 전국평의회준비회 결성 과정 등에 대한 구체적 서술과 노동자 계급의 연대 투쟁 방식에 대한 세세한 내용 서술 등은 자칫 해방 직후 노동운동이 극좌적 이념투쟁으로 낙인찍히는 것을 회피하는 서술 전략이라고 할 수 있다. 다시 말해 노동운동에 투신하고 있는 청년들이 "민족의 독립과 노동계급의 이익을 위하야"[18] 투쟁하고 있는 면모를 구체적으로 가시화하여 그것이 불온한 것이 아니라, 가치 있고 의미 있는 활동이라는 점을 드러내는 것을 통해 정당성을 획득하고자 했던 것이다.

이처럼 김남천의 「1945년 8·15」는 부르주아 지식인 청년의 계급의식 각성에 따른 노동운동 투신 과정을 가시적으로 서사화하고 있다. 이를 통해 그의 이동이 좌우익의 극심한 이념 대립이 펼쳐지고 있었던 해방 직후 이념 공간에서 단순히 정치적 헤게모니를 장악하기 위한 투쟁이 아니라, 민족의 해방을 위한 길이라고 의미 부여하고 있는 것이

---

17 신치호, 「이승만 정권기 노동운동의 전개와 전국노협의 출현」, 『인문학연구』 제37집, 조선대 인문학연구원, 2009, 259~289쪽.
18 김남천, 앞의 책, 305쪽.

다. 특히 비가시화의 영역 속에서 은폐되어야 한다고 여겨지는 ─ 또는 은폐될 수밖에 없다고 여겨졌던 ─ 공간 속에서 이동을 수행하고, 자기 확신과 신념에 기초하여 공산주의자로서 성장해간 청년의 모습을 가시적으로 드러내는 것을 통해 그러한 청년의 이동에 정당성을 부여하게 한다. 이는 청년 한 개인의 이동을 긍정하거나 그가 보여준 성장의 과정에 의미를 부여하는 것을 넘어, 그러한 청년이 가고자 하는 길이 해방 조선이 나아가야 할 길이며, 노동자·농민을 중심으로 한 민족국가 건설 및 조선 민족의 해방을 위한 길임을 상징적으로 보여주는 것이라고 할 수 있다. 그리하여 이러한 청년 이동이 서사적으로 완결되는 것을 통해 공산주의의 정치적 비전과 전망이 정당성을 가지게 되는 것이다. 물론 「1945년 8·15」의 서사가 연재 중단으로 미완에 그치고, 그로 인해 청년의 이동이 서사적 완결성을 가지지 못했다는 점에서 이러한 정당성은 확보되었다고 보기 어려울 것이다.

한편, 염상섭의 「효풍」에서 지식인 청년 박병직의 이동은 「1945년 8·15」에서의 김지원의 이동과 여러모로 차이를 갖는다. 그의 이동은 무엇보다 방향성이 모호할 뿐만 아니라, 어떤 정치적 신념과 비전을 명확하게 보여주지 않는다. 좌익 계열의 A신문사에 근무하다 이직하여 B신문사 기자로 근무하고 있는 그는 미군정 체제하 미국식 자본주의 질서에 의해 재편된 남한사회에서 유행하고 있는 소비문화를 그저 향락하고 있는 청년 정도로 그려진다. 해서 김혜란에게도 "신문사야 벌이로 다니는 것 아니요, 사상이란 것도 삼팔선 위에 암자나 짓고 들어앉았고 싶다는 그 정도"[19]일 뿐으로 인식되었던 것이다. 물론 A신문사 기자인 최화순에게 이끌리고 있는 것처럼, 일정 부분 좌익 계열의 청년단체와 교섭을 가지고 있는 것처럼 보이지만, 그 역시 최화순이라는 여성에 대한 관심의 발로 정도로 드러난다.

「효풍」의 서사에서 이 부르주아 지식인 청년의 이동은 남한사회의 체제 변동 과정에 조응해 어떤 정치적 주체로서의 자기 정립 과정을 명확하게 보여주는 것은 아니다. 그의 월북행이 좌우익의 이념 대립 상황 속에서 정치적 주체로서의 선택의 결과라고 하기에는 「효풍」의 서사에서 정치적 전망과 관련된 그의 입장은 명확히 제시되어 있지 않다. 물론 월북행이 좌절된 뒤 약혼자인 김혜란의 아버지 김관식과의 대화에서 "애국주의자일 따름입니다. 모스크바에도 워싱턴에도 아니 가고 조선에 살자는 주의입니다"[20]라고 말하면서 전쟁 없이 남북이 통일되는 방향을 모색하겠다고 나름의 의견을 피력하기도 하지만, 이는 자신의 월북행이 좌절된 뒤 남한사회에 안착하기 위한 자기변호에 불과한 것이다. 이 치기어리고 우유부단한 지식인 청년의 이동은 그런 점에서 역설적으로 좌도 우도 선택하지 않는 자의 위치를 보여준다. 좌우익 어느 한 쪽을 선택해 투신하는 것만이 정치적 주체로서 자신을 재구축하는 길인 것처럼 여겨지고 있는 남한사회의 정치적 지형 속에서 그 어느 쪽도 선택하지 않는 것을 통해 좌도 우도 아닌 자기를 정립해가고 있었던 것이다.

그런데 박병직의 이동의 과정을 서사화하고 있는 「효풍」에서 그의 이동이 가시화되고 있는 양상은 그 자체로 이념 공간의 재편 양상을 함축적으로 보여준다. 그가 월북행을 결심하기 전까지의 이동, 특히 미군정 체제하 남한사회를 살아가고 있었던 사람들과 교제하거나 청년 세

---

19 염상섭, 『효풍』, 172쪽.
20 위의 책, 335쪽.

대의 소비문화를 향락하는 면모는 구체적으로 가시화되고 있는 데 반해, 병원에 입원한 뒤 공산주의 계열 청년들과 접촉하여 월북행을 감행하기까지의 그의 이동은 비가시화된다. 물론 이는 해방 직후부터 좌익 계열 청년들의 이동이 점차 비가시화의 영역 속으로 은폐되고, 실제 그들의 활동이 표면적으로 드러나지 않는 것과 연관된다. 하지만 보다 중요한 것은 그의 공산주의에 가담하는 듯한 이동이 경찰에 의해 감시되고 있는 것을 통해 확인할 수 있듯이, 그것은 남한사회에서 반(反)체제적인 것으로 그 자체로 정당성을 확보할 수 없다는 데 있다. 즉, 공산주의 계열 청년들의 움직임이 그 자체로 불온한 것으로 여겨지고 있는 상황 속에서 「효풍」에서 그와 연루된 박병직의 이동은 가시화되어 제시될 수 없었던 것이다. 그리고 그의 이동이 비가시화되면 될수록 그것은 이념적으로 재단되어 정당성을 상실하게 되었던 것이다.

이는 1948년 남북한 단독정부 수립을 전후로 하여 우파 민족주의 계열 청년들의 이동이 그 자체로 정당성을 확보하고 있었던 상황과 밀접한 관련을 갖는 것으로 이해할 수 있다. 박병직의 이동이 뒤에 살펴볼 「해방」에서의 대한청년회 소속 청년들의 이동처럼 가시화될 수 없었던 것은 좌도 우도 아닌 중간파적 입장의 모호성이 점차 하나의 정치적 입장으로 승인받지 못하게 되는 남한사회의 정치적 현실과 결코 무관한 것이 아니다. 서사의 말미에 결국 그가 애국주의자를 자처하면서 남한 사회에 안착할 의지를 표명했다고 하더라도 좌익 계열의 청년들과 관계를 맺고 있었을 뿐만 아니라, 월북행을 기도했다는 점에서 그의 이동은 얼마든지 불온한 것으로 여겨질 수 있었던 것이다. 공산주의에 가담하여 적극적으로 활동하고 있는 것으로 보이는 이동민이 처음부터 서사에 표면적으로 등장하지 않았던 것, 좌익 계열 신문기자였던 최화순의 월북 이후 행적이 은폐된 것을 감안했을 때, 박병직의 월북행을 둘러싼 이동이 비가시적 영역으로 봉인된 것은 1948년 이후 남한사회에서 청년들의 이동이 이제 우파 민족주의의 정치적 신념과 비전에 의한 것일 때에만 가시화될 것이라는 점을 예고하는 것이다. 따라서 「1945년 8·15」에서의 김지원처럼 조선공산당에 투신하는 청년의 움직임은 1948년 「효풍」의 서사에서는 아예 소거될 뿐만 아니라, 중간파의 입장을 견지하고 있는 것으로 여겨지는 박병직의 움직임 역시 언제나 경찰권력에 의한 감시의 대상으로 가시화와 비가시화의 경계 속에서만 표상될 수밖에 없었던 것이다.

한편, 김동리의 「해방」은 우익 청년단체인 대한청년회 고문이자 동아여자대학관 교수인 이장우의 이동을 중심으로 서사를 전개하고 있다. 그는 해방 직후 일본 유학 시절 알고 지냈던 우성근의 연락을 받고 상경하여 동아여자대학관 교수로서 국문학과 국사 강의를 담당하는 한편, 학교 운영 전반을 책임지고 있었고, 더불어 우성근이 회장으로 있던 대한청년회의 고문 격으로 해당 청년단체의 구성원들로부터 신임을 얻고 활동을 이어가고 있었다. 해방 이전의 그는 나약하고 무기력한 존재였는데, 해방 이후 새로운 희망과 용기를 가지고 청년운동 및 학교 경영 일선에 나서게 되었던 것이다. "해방과 함께 나는 새로운 희망과 새로운 용기 속에 살아났습니다—어디를 가 무슨 일이라도 힘껏 하며 정성껏 살아보겠다는, 새로운 힘과 용기를 얻었습니다. 갇혀서 썩어가던 피가 이제는 활발히 흐르고 있고, 나는 매일 만족하게 일을 하고 있습니다. 간접적이지마는 친구를 도와 청년운동에도 관계를 가지고 있고, 또 학교에서는 자기가 하고 싶은 일을 이렇게 즐겁게 하고 있습니다."[21] 이처럼 해방은 이장우로 하여금 자기 갱신과 변혁의 계기가 된 사건이었던 것이다.

「해방」의 서사는 우익 계열의 대한청년회 회장이었던 우성근이 좌익 계열 청년단체 및 군사단체의 일제 해체 성명 발표 후 피살된 뒤 대한 청년회 주도로 범인을 수색하는 과정이 중심축에 놓여 있다. 이와 함께 우성근의 장인인 소위 '친일파' 심재영이 사회 진출을 모색하면서 이장 우를 만나 도움을 받고자 하는 상황, 그리고 10년 만에 재회한 친구 하윤철과의 정치적 지향의 차이로 인한 갈등 등이 제시되어 있다. 물론 서사의 중심 사건으로 이장우의 이동만이 제시되어 있는 것은 아니다. 하지만 우성근의 피살범으로 하윤철의 동생 하기철이 대한청년회에 잡혀와 취조를 받다 죽고, 경찰에 의해 대한청년회 회관이 포위되었을 때, 모든 것에 대한 책임을 자신이 지겠다며 나서는 이장우의 영웅적 면모를 부각시키는 것으로 서사가 종결되는 것을 통해 이 소설이 우익 청년단체를 이끌고 있는 이장우의 지도자로서의 면모와 헌신하는 태도를 의미 있는 것으로 서사화하고 있다는 점은 쉽게 간취할 수 있다.

그런데 흥미롭게도 우성근의 피살과 범인 추적 과정을 통해 당시 우익 청년단체의 성격의 일단을 확인할 수 있다. 「해방」의 서사에서 대한 청년회가 해방 조선의 민족국가 건설을 위해 어떠한 정치적 활동을 전개하고 있는가는 구체적으로 드러나지 않았지만, 자체의 강령에 의해 조직을 구성하고 활동하고 있었다는 점에서 하나의 정치 세력화한 단

---

21 김동리,『탄생 100주년 기념 김동리 문학전집 ⑥-해방(解放)』, 김동리기념사업회·계간문예, 2013, 107쪽.

체였다는 것을 짐작할 수 있다. 그리고 그러한 우익 청년단체가 해방 이후 우후죽순처럼 생겨난 뒤 한편으로는 미군정 체제에 기생해 자신들의 정치적 영향력을 확대하고 있었다[22]는 사실 또한 익히 알려진 바다. 이와 관련해 「해방」에서 범죄 사건이 발생했을 때, 경찰 권력에 의해 그것을 해결하는 것이 아닌 자체적으로 범인을 수색하고 취조하는 등 준 경찰 권력을 행사하고 있었다는 점에서 우익 청년단체의 특징적인 면모가 드러난다. "청년이란 좀 씩씩한 기상이 있어야지 밤낮 당국에서 해주려니 하고 팔짱만 끼고 있어봐요, 우리 꼴이 어떻게 되는가?" "법보다 정의를 살릴랴고 하니 결국 청년이 필요하다는 거지, 장동지처럼 그렇게 법대로만 살려고 하면 청년운동은 왜 시작했겠소?"[23]라고 말하는 대한청년회 감찰부장 윤동섭의 목소리를 통해 확인할 수 있듯이, 우익 계열 청년단체는 자신들이 만든 정의라는 대의명분 아래 실질적으로 법을 집행하는 자의 위치에 섰던 것이다. 그리고 이는 당시 정치 지형도 속에서 남한사회의 실정을 제대로 파악하지 못한 미군정이 그와 같은 청년단체와 공모하거나 활용한 측면을 말해주는 것이기도 하다.

물론 1948년 남북한 단독정부 수립 이후 48년 체제가 강고화되어가면서 남한사회에 반공주의 이데올로기가 광범위하게 확산된 상황에서 씌어진 「해방」의 서사에서 우익 계열 청년단체의 활동을 긍정하는 서술은 자연스러운 것이라고 할 수 있다. 이는 서사 곳곳에서 서술자에

---

22 이에 대해서는 김행선, 『해방정국의 청년운동사』, 선인, 2004; 이택선, 「조선민족청년단과 한국의 근대민주주의국가건설」, 『한국정치연구』 제23집 제2호, 서울대학교 한국정치연구소, 2014, 34~38쪽; 「점령기 우익 청년단 테러의 양상과 성격」, 정용욱 편, 『해방의 공간, 점령의 시간』, 푸른역사, 2018, 312~350쪽 참고.
23 김동리, 앞의 책, 248쪽.

의해 좌익 계열 청년들이 폄훼되고 있는 것을 통해서도 방증된다. "아무리 공산주의 청년들로 자처하는 사람들이라고는 하지만 아직 〈봉건적 유습〉에서 완전히 탈피하지 못한 애송이 〈공청〉들"[24]이라고 좌익 계열 청년들이 왜곡되거나, 민청에 가담한 여성이 근로와 쾌락이라는 두가지 의무와 권리를 가졌다고 주장하면서 혁명을 위한 정치적 활동과 성적 쾌락을 추구하는 것을 동일시하는 데 대해 비난하는 시선을 통해 서술자, 나아가 김동리의 공산주의자 청년들에 대한 비판적 인식은 잘 드러난다. 무엇보다 좌익/우익의 이분법적 이념 대립 구도를 서사의 기본적인 도식으로 상정한 상태에서 좌익＝범죄자/우익＝처벌자로서 형상화하는 것을 통해 우익 계열 청년 단체의 활동을 그 자체로 승인하는 결과를 낳고 있었던 것이다.

이는 좌우익의 청년들의 이동을 (비)가시화하는 과정에서도 고스란히 반복된다. 좌익 계열의 청년들의 이동은 어떤 정치적 비전과 전망을 가지고 자기 신념에 기초한 것이라기보다는 비판적 인식의 주체로서의 자기 각성 없는 치기어린 행동이거나, 타락과 일탈, 방종과 거짓의 산물인 것처럼 그려진다. 그리고 범죄자의 활동이 그러한 것처럼, 은밀하게 이루어지거나 정당하지 못한 술책을 펼친 것으로 제시된다. 즉, 좌익 계열의 청년들의 이동은 대부분 서사 속에서 비가시화되는데, 그것은 서술자의 시선에 의해서 불온한 것으로 인식되면서 금기시되는 동시에 처벌의 대상이 되어 그 자체로 정당성을 확보할 수 없는 것으로 서사화되고 있는 것이다. 이에 반해 우익 계열의 청년들의 활동은 상대

---

24 위의 책, 170쪽.

적으로 보다 구체적으로 가시화될 뿐만 아니라, 범죄자를 색출해 처형하는 과정을 보여주는 것을 통해 그 자체로 정당성을 확보하고 있다. 특히, 미숙하고 불완전한 청년들의 모습이 간간이 제시되기는 하지만, 이장우의 지도와 중재에 의해 결속력을 가지고 활동하고 있다는 점에서 해방 조선의 혼돈 속에서 청년단체로서 중요한 역할을 수행하고 있는 것처럼 여겨지게 하는 효과를 발휘한다.

하지만 좌익 계열의 청년 하윤철에 의해 대한청년회를 비롯한 우익 계열의 청년들이 "부패하고 억압적이고 보수적인 자본주의 세력의 지지자"[25]들이라고 비난받고 있을 뿐만 아니라, 남성중심주의적 우파 민족주의에 기초해 어떠한 법적 정당성 없이 폭력성을 발현하고 있기도 한다. 이장우의 목소리를 통해 자신들은 민주주의를 지향하는 것일 뿐이고, 독립된 민족국가 건설을 위해 미국과 손잡을 수밖에 없다고 강변하고 있지만, 사실 대한청년회는 말 그대로 극우 청년단체에 지나지 않는다. 그럼에도 「해방」의 서사는 1948년 단독정부 수립 이후 분단 체제가 강고화되어가는 과정 속에서 우파 민족주의의 이념적 득세와 우위에 힘입어 이장우를 중심으로 한 대한청년회의 활동을 승인하는 한편, 정당한 것으로 서사적 권위를 부여하고 있었던 것이다. 좌익 계열 청년들에 의한 우익 인사의 피살과 우익 계열 청년들에 의한 좌익 계열 청년의 살해는 모두 해방이라는 사건이 청년들에게 뜻하지 않게 허락한 폭력과 광기의 분출이었지만, 전자는 범죄로 후자는 처벌로 의미화될 여지가 다분히 있었던 것처럼, 김동리의 「해방」은 우익 계열 청년들

---

[25] 위의 책, 288쪽.

의 이동을 가시화하는 것을 통해 그것에 정당성을 부여하고 있었던 것이다.

이처럼 해방 이후 청년들의 이동은 좌우익의 이념 공간의 재편에 따라 서사 속에서 (비)가시화되었다. 해방 직후부터의 좌우익의 극심한 이념 대립 속에서 남한사회의 이념 공간이 확장되고, 새로운 정치적 주체로서 자기를 구축하고자 했던 청년들은 그러한 이념을 체화하는 한편, 그에 기초해 분주히 움직였다. 하지만 청년들의 그와 같은 이동은 해방과 군정, 단정과 분단으로 이어지는 체제 변동 과정 속에서 좌우익의 이분법적 대립 구도로 서사화되었다. 그리고 그러한 서사에서 좌익 계열의 청년들의 이동은 반체제적인 것으로서 불온한 것으로 치부되거나 단죄의 대상으로 범죄시되어 점차 비가시화되었고, 우익 계열의 청년들의 이동은 자기 변혁과 성장의 과정으로 의미화되어 가시화되었다. 이러한 청년들의 이동이 이념적으로 재단되어 「1945년 8·15」, 「효풍」, 「해방」의 서사에서 (비)가시화되었던 것은 거기에 서사적 정당성을 부여하는 것으로, 1945년 해방 직후부터 분단 체제가 구축되어가던 1950년에 이르면 이를수록 우파 민족주의 청년들의 이동을 추인하는 결과를 낳고 있었던 것이다.

3. 젠더적 위계질서와 통제된 여성의 이동

해방이라는 사건을 임계점으로 제국-식민지 체제에서 탈식민-냉전 체제로 전환된 남한사회에서 새로운 이념 공간이 창출되고, 그에 조응한 사회 구조의 재편 과정 속에서 유동성이 강화되어 새로운 이동의 가능성을 증폭시켰을 때, 청년들이 그 누구보다 이동이라는 공간적 실천 행위를 수행하는 것을 통해 주체의 자리를 점유해갔던 것은 앞서 살펴본 바와 같다. 그런데 이때 청년들은 단수가 아닌 복수였다. 즉, 이동하는 주체로서 청년들을 상정했을 때, 그 안에는 부르주아 지식인/프롤레타리아 노동자, 남성 젠더/여성 젠더 등 계급의식이나 젠더 등에 따라 구별되는 청년'들'이 존재했던 것이다. 그들은 해방 조선의 새로운 민족국가 건설을 위해 나름의 신념과 전망을 가지고 각자의 정치적 이념에 따라 움직였던 것인데, 그들을 '청년'이라고 단수화하는 것은 그 내부의 차이를 무화시킬 우려가 있다. 뿐만 아니라 앞서 살펴본 「1945년 8·15」, 「효풍」, 「해방」 등의 서사에 나타난 부르주아 지식인 남성 청년을 마치 해방 이후 남한사회에서 이동의 과정을 수행했던 청년들로 일반화하는 오류를 범할 수 있다. 따라서 민족국가 건설의 주체로서 자기를 재정립하기 위해 이동한 청년들이라고 하더라도, 계급·젠더·지역 등에 따라 분기하는 양상을 고려해야만 한다. 다만 이 글에서 이에 대해 모두 살펴보는 것은 제한적이므로, 여기에서는 남성 젠더와 여성 젠더의 이동의 양상과 (비)가시화의 차이에 주목해 논의를 전개하고자 한다.

남성 젠더와 여성 젠더로 나누어 청년들의 이동에 대해 살펴보고자 하는 것은 물론 각각의 젠더에 대응하는 이동의 문법과 조건, 그리고 그 형식이 다르다는 것을 전제로 한다. 제국-식민지 체제기 식민통치 권력에 의해 지배/피지배의 이분법적으로 위계화된 관계 속에서 하위의 열등한 위상을 부여받았던 식민지 조선인 남성들은 해방과 함께 피지배자의 위치에서 지배자의 위치로의 전환—물론 이는 쉽게 이루어지는 것은 아니었지만—만을 달성하면 되었다. 하지만 식민지 조선인 여성은 남성과 마찬가지로 식민통치 권력에 의해 피지배자의 위치에 놓여 있었던 동시에 남성/여성의 젠더적으로 위계화된 관계 속에서 남성 주체의 타자로서 이중의 억압된 상태에 처해 있었다. 따라서 해방 이후 여성은 식민지 조선인 여성이라는 이중의 속박으로부터 해방 조선의 민족국가 건설의 주체로서 자기를 정립하기 위한 움직임을 전개해나가야만 했다. 민주주의 국가 건설이라는 시대 담론을 촉발한 해방이라는 사건이 여성 젠더에게 자유와 평등의 이념을 통해 새로운 이동의 가능성을 제시한 것[26]은 틀림없는 사실이지만, 여성 젠더 또한 그러한 이념을 전유해 여성 해방의 움직임을 실천한 것[27] 역시 주지하는 바이지만, 여성의 이동이 남성의 이동에 비해 보다 복잡한 과정을 수행해야만 했던 것은 주목할 필요가 있다. 해방 이후 남한사회를 이동하고 있었던 남성/여성 젠더 사이에는 이동의 수행적 과정에 명확한 차이가 있었고, 그것은 여성 젠더의 주체화 과정의 지난함을, 나아가 그것의 불가능성을 증거하기도 하기 때문이다.

---

26 임미진, 「1945~1953년 한국 소설의 젠더적 현실 인식 연구」, 서울대 박사논문, 2017, 9~10쪽.

27 이에 대해서는 류진희, 「해방기 탈식민 주체의 젠더전략－여성서사의 창출을 중심으로」, 성균관대 박사논문, 2015 참고.

김남천의 「1945년 8·15」에서 박문경은 여학교 졸업 후 대흥산업에 취직했다가 학병반대격문사건으로 연인인 김지원이 수감된 뒤 퇴사해 동래고녀 교사로 이직하여 근무하다 해방 이후 상경한다. 그녀는 8월 15일 천황의 방송을 들었음에도 일본의 항복과 조선의 독립에 대해 확신을 가지지 못하였고, "이 중대한 시기에 처해서 자기에게 무엇이 요청되고 있으매 이것을 위하여 어떠한 일을 하여야 하겠다는 것을 깊이 생각"[28]하지 않을 채 특별한 계획 없이 무작정 상경하여 귀가한 뒤 석방된 김지원의 소식을 궁금해할 뿐이었다. 즉, 해방이라는 사건이 촉발한 그녀의 이동의 방향은 과거 연인 관계에 있었던 김지원으로만 향하고 있었다. 임시정부 요인 중 한 사람이었던 아버지의 환국설이 세간에 퍼지고, 동생 박무경은 그와 관련된 청년단체에서 활동하고 있었지만, 박문경은 과거 연모의 감정을 가지고 있었던 김지원의 해방 이후 행적에 대해 관심을 기울일 뿐이었다. 그리하여 해방 직후 출옥하여 병원에 입원해 있던 김지원을 다시 만난 그녀는 그가 애국심을 가지고 건국사업에 헌신하고자 하는 것에 비해서 자신은 그와 관련해 아무런 준비도 되어 있지 않았다고 생각하기에 이른다.

이후 김지원의 교화에 의해 박문경은 공산주의 계열의 청년운동에 가담하게 된다. 김지원에 대한 사랑의 감정을 청년운동에 동참하는 것으로 승화하고 있는 이 여성의 자기반성과 갱신의 과정이 「1945년 8·15」 서사의 한 축을 이루고 있다. 그녀는 자신의 지도자로 상정한 김지원의 영향 아래 공산주의 관련 서적을 탐독하는 것을 통해 이론을 학습

---

28 김남천, 앞의 책, 117쪽.

하는 한편, 그의 소개로 좌익 계열 정치 세력에 참여해 화학노동 세일 제약 분회分會 결성 관련 업무를 맡게 된다. 물론 박문경의 이와 같은 자기 변혁의 길은 전적으로 김지원에 의한 것만은 아니었다. 그녀는 좌우익의 이념 대립 상황 속에서 아버지로 상징되는 임시정부 지지 세력과 김지원으로 대표되는 인민공화국 지지 세력의 정치적 움직임에 가담하는 것이 사적 욕망의 발현이 되어서는 안 된다고 자각하고 있었다. 그녀는 "문제는 조선의 건국에 있는 것이요, 삼천만 새 살림살이의 아름다운 건설에 있는 것이요, 결코 아버지나 애인에 있는 것이 아니기 때문"[29]라고 인식하고 있었다. 그녀가 노동운동에 가담한 첫날부터 일기를 쓰기 시작한 것 역시 자기반성과 비판을 통해 자기를 변혁시키기 위한 것으로, 주체로서 자기를 정립해간 과정을 보여준 것이라고 할 수 있다. 그녀는 스스로 "네 자신으로서 건국에 대한 구상을 가지라. 네 자신의 노력과 연구와 파악한 진리를 가지고 조선 민족을 살리는 일에 나서라"[30]라고 자기 자신에게 말하고 있었던 것이다.

그런데 「1945년 8·15」의 서사가 이동하는 여성 주체의 성장 과정을 서사화하고 있다고 했을 때, 주목해야 하는 것은 남성/여성의 젠더적 위계화가 그러한 성장 과정 자체에도 위계화를 낳는다는 점이다. 김지원과 박문경은 지도하는 자와 지도 받는 자로 나뉘고, 남성 젠더가 이미 성장을 달성한 자의 위치에서 여성 젠더의 성장을 선도하고 있을 뿐만 아니라, 남성 젠더의 경우에는 확고한 신념 속에서 거침없이 자신의 행위를 펼쳐나가는 데 반해 여성 젠더의 경우에는 끊임없이 자신의

---

29 위의 책, 233쪽.
30 위의 책, 255쪽.

행위를 의심하거나 회의하고 있다는 차이를 보인다. 그리고 그러한 의심과 회의는 언제나 남성 젠더를 하나의 준거로 해서 이루어지고 있다는 점에서 여성 젠더의 주체화 과정에서 남성 젠더가 대타자로 위치하고 있다는 점을 확인할 수 있다. 아버지에 대한 경외나 연인에 대한 사랑이라는 사적 감정이 아닌, 해방 조선의 민족을 위해 스스로의 자각에 기초해 활동해야 한다는 여성의 인식은 역설적으로 여성의 정치적 주체로서의 자기 갱신의 길이 언제나 사적 욕망에 이끌릴 수 있다는 점을 은연중에 드러낸다. 또한, 여성은 주체화 과정에서, 특히 민족국가 건설이라는 역사적 과제 앞에서 미몽에 빠지거나 흔들릴 수 있는 불완전한 존재라는 인식을 낳게 하는 것이다.

해서 김남천의 「1945년 8·15」에서 박문경의 이동은 김지원의 그것에 비해 훨씬 분절화되어 있을 뿐만 아니라, 지속적으로 그러한 이동이 정당한 것인가를 스스로 되묻게 하고 있다는 점에 주목할 필요가 있다. 왜냐하면 남성의 자기 정립 과정이 신념에 근거해 명확하고 단선적인 데 반해 여성의 자기 정립 과정은 때때로 불분명하며 복합적이기 때문이다. 물론 이러한 과정을 통해 여성 젠더의 성장이 남성 젠더의 그것에 비해 강고한 토대를 마련했다고 생각할 수 있다. 하지만 해방 이후 새로운 정치적 주체로서 개인이 자기를 재정립해야 한다고 했을 때, 그리고 그것이 이동이라는 수행적 과정을 거쳐야 한다고 했을 때, 남성 젠더에 비해 여성 젠더가 그러한 수행적 과정을 보다 지속적이고 복합적으로 겪어야 한다는 점은 명확하다. 그것은 앞서 언급했던 것처럼, 과거 제국-식민지 체제기 식민지 조선인 여성이라는 이중의 위계화된 구속 상태로부터 해방되기 위해서도 그러하지만, 여성 젠더가 남성중심주의적 질서에 의해 재구조화되어가고 있는 해방 이후 남한사회 속으로 입사(入社)해 정치적 주체가 되기 위해서도 그러한 것이었다.

「1945년 8·15」에서 박문경의 이동이 김지원의 이동에 비해 보다 명시적으로 가시화되었던 것 또한 이러한 맥락에서 이해할 수 있다. 남성의 이동은 그것이 축약되거나 생략되는 등 비가시화되어도 가시화 못지않은 서사적 효과를 발휘하지만, 여성의 이동은 구체적 가시화를 통해 증명되어야만 했다. 다시 말해 남성의 이동은 그 모든 수행적 과정을 서사적으로 가시화해 정당성을 부여받지 않아도 그 자체로 정당성이 있는 것으로 여겨졌던 반면, 여성의 이동은 낱낱이 가시화되어 검증 받아야만 했던 것이다. 또한 무엇보다 박문경이라는 여성 젠더의 이동이 바로 그 여성 스스로에 의해 검열되고 있고, 그러한 자기 검열을 작동시키고 있는 시선이 남성의 것이라는 점에서 여성 이동의 서사적 가시화는 통치의 테크놀로지를 발현한 것에 다름 아니다. 이처럼 노동자와 농민의 중심으로 한 해방 조선의 민족국가 건설을 위해 분투하고 있는 청년들의 드라마를 펼쳐 보이고 있는 「1945년 8·15」의 서사에서도 남성/여성의 강고한 이분법적 젠더 위계화가 작동하고 있었던 것이다.

한편, 염상섭의 「효풍」에서 여성의 이동은 그 자체로 남성/여성의 젠더적 위계화 속에서 여성의 위치를 보여준다. 여학교 영어교사였던 김혜란은 '빨갱이'로 몰려 학교에서 쫓겨난 뒤 외국인을 상대로 골동품 등을 판매하고 있는 경요각 종업원으로 근무하고 있는 지식인 여성이다. 경요각에서 근무하고 있는 그녀는 마치 그곳에 전시된 상품처럼 외국인, 특히 미국인의 오리엔탈리즘적 시각 대상으로 위치 지어지는 한편, 미군정을 축으로 하는 미국식 자본주의에 기생해 축재하고자 하는 협잡꾼과 다름없는 무역상 이진석의 야욕에 의해 미국인에게 성적 대상으로 제공되는 여성이라는 타자로서 위치한다. 하지만 그녀는 자신을 이용하고자 하는 남성들의 욕망을 간파하고 있을 뿐만 아니라, 그것을 역이용해 자신의 삶을 기획하고 있는 인물이기도 하다.[31] 그런데 「효풍」에서 김혜란은─대체로 「효풍」에서의 모든 인물들이 그러하지만─해방 조선의 새로운 민족국가 건설을 위해 특별히 어떠한 행위를 수행하고 있는 인물은 아니다. 그녀는 그저 약혼자 격인 박병직과의 결혼을 꿈꾸고 있었는데, 그의 월북 시도로 그것이 좌절되는 듯하자 번민하였다가, 그가 돌아온 뒤 다시 결혼하고자 하는 여성으로 드러날 뿐이다.

이런 점에서 「효풍」의 서사를 박병직과 김혜란의 혼사장애담 정도로 읽을 수 있다면, 이 서사의 전개 과정 내내 끊임없이 움직였던 김혜란의 이동을 모두 결혼에 이르는 길이라고도 볼 수 있다. 그녀는 좌익 계열의 청년들과 거리가 있을 뿐만 아니라 해방 조선에서 특별히 어떤 정치적 활동을 수행하고 있지 않았다. 박병직이 좌익 계열의 청년운동에 가담한 것으로 보이는 최화순에 이끌려 월북을 기도하기도 했지만, 사실 그 역시 특별히 공산주의 이념을 내면화해 어떤 정치적 활동을 하고 있는 인물은 아니었다. 해서 그들에게 민족국가 건설의 주체로서 자기 정립의 의지나 실천 과정을 파악하는 것은 어려운 일이다. 다만, 김혜란과 박병직은 사회문제에 대해 '민족'과 '계급' 중 무엇을 그 중심에 놓느냐에 따라 차이를 보일 뿐이었다. "많은 문제의 초점焦點은 민족을

---

31 오태영, 「남성서사의 젠더 정치와 맨스플레인」, 앞의 책, 361~362쪽.

출발점으로 하느냐 한 계급만을 출발점으로 하느냐에서 갈리는 것이 아닌가요?"[32]라고 김혜란이 박병직에게 물었을 때 그들의 이념적 차이가 일정 부분 노출된다. 하지만 박병직은 물론 김혜란 역시 1947년의 시점에서 해방 조선을 살아가고 있는 청년 세대로서 어떤 정치적 지향점을 명확하게 보여주는 것은 아니었다.

물론 「효풍」에서 모든 여성 인물들이 자신의 정치적 비전이나 전망을 드러내지 않는 것은 아니다. 박병직과 김혜란의 혼사에 장애를 일으키는 좌익 계열 신문사 기자인 최화순은 "어디까지나 자기본위自己本位면서도 자기를 연애나 남자의 굴레 밖에 자유롭게 놓아두는 동시에 저편도 구속을 안 하려"[33]는 소위 '과학적 연애'를 추구하는 좌익 계열 여성으로 드러난다. 좌익 계열의 이동민이 경찰의 추적을 뿌리치고 탈출한 뒤 경찰 조사를 받은 그녀는 "난생 처음이었던 하룻밤 하루낮의 유치장 경험에 은근히 흥분된 모양이나 사상적으로도 반발적 격동反撥的 激動을 일으"[34]켜 월북을 감행한다. 여기에서 공산주의의 정치적 활동을 범죄로 규정하고 있는 미군정 체제하 남한사회의 경찰 권력이 좌익 계열 청년들의 이동의 촉매제가 되고 있는 상황을 짐작할 수 있지만, 소위 좌파 지식인 여성 청년의 스테레오 타입화된 이미지[35]와 즉흥적인 면모가 부각되고 있다는 데 유념할 필요가 있다. 나아가 이와 같은 좌파 여성의 이동은 간헐적으로 파편화되어 제시될 뿐만 아니라, 비가시화의 영

---

32 염상섭, 『효풍』, 191쪽.
33 위의 책, 49쪽.
34 위의 책, 81쪽.
35 이태숙, 「붉은 연애와 새로운 여성」, 『현대소설연구』 제29호, 한국현대소설학회, 2006, 159~181쪽.

역 속으로 은폐되고 있다는 점에 주목할 필요가 있다.

따라서 「효풍」에서 이동이 가시화되고 있는 김혜란에 다시 시선을 돌렸을 때, 그녀의 이동의 방향이 결국 결혼을 향해서 나아가고 있다는 것은 결코 간과해서는 안 되는 지점이다. 김혜란의 아버지 김관식의 말과 그녀의 약혼자 박병직의 행위를 통해 소위 중간파적 입장을 서사화하고 있는 것[36]으로 이해되고 있는 「효풍」의 세계에서 여성의 정치적 입장과 견해는 거의 드러나지 않고, 결혼이라고 하는 개인의 사적 욕망을 추구하는 데 점철되어 있는 것처럼 보인다. 미군정 체제하 남성중심주의적 질서 속에서 자신을 향한 남성들의 시선과 욕망을 간파하여 자기 나름의 삶을 기획하고 있는 여성의 행위와 욕망은 가정적 영역 내로 봉합되고 있는 것이다. 따라서 「효풍」에서 김혜란의 이동이 가시화되면 될수록 역설적으로 여성 젠더의 정치적 영역으로의 이동을 비가시화하는 결과를 낳는다. 좌익 계열의 정치 활동에 투신한 것으로 보이는 최화순이 서사에서 종적을 감추었던 것처럼, 박병직과의 결혼에 이르는 것으로 종결되는 김혜란의 이야기는 해방 이후 여성의 이동을 가정 내부로 안착시키는 것이자, 그것만이 여성 젠더에게 주어진 이동의 방향인 것처럼 인식하게 할 수 있는 것이다. 결국 「효풍」에서는 여성 젠더의 이동의 과정을 결혼에 이르는 길로 가시화하는 것을 통해 이와 다른 여성의 이동—예컨대 최화순의 정치적 이동—은 비가시화되는 결과를 낳았던 것이다. 어떤 여성 젠더의 이동이 가시화되기 위해서는 다른 여성 젠더의 이동은 은폐되어야만 했던 셈이다.

---

36 이에 대해서는 장세진, 「재현의 사각지대 혹은 해방기 '중간파'의 행방―염상섭의 글쓰기를 중심으로」, 『상허학보』 제51집, 상허학회, 2017, 225~267쪽 참고.

김남천의 「1945년 8·15」가 남성적 시선에 준거한 여성 이동의 자기 검열 과정의 구체적 가시화를 통해 여성 젠더의 정치적 주체로서의 자기 정립 과정의 지난함을 보여주는 한편, 염상섭의 「효풍」이 여성 이동을 결혼에 이르는 길로 국한시켜 가시화하는 것을 통해 여성 이동의 다양한 가능성을 차단했다면, 김동리의 「해방」 서사에는 여성의 이동 자체가 드러나지 않는다고 해도 과언이 아니다. 물론 서사 내 움직이는 여성 인물들이 존재하지 않는 것은 아니지만, '극우청년단체'인 대한청년회의 활동과 그 청년회의 지도자 격인 이장우의 이동을 서사의 중심축에 놓고 있는 「해방」에서 여성의 이동은 의미 있는 어떤 것으로 서사화되지 않는다. 하미경이 학교 졸업 후 3년 동안 병상에 있다 결혼 후 이혼하였고, 삶의 활로를 찾지 못해 고통스러워하다 "해방과 함께 완전히 다시 살아난 것"이라고 여기고, 과거 연모의 정을 나누었던 이장우를 다시 만나 "전 선생님을 만나뵙구 나서 이제 완전히 다시 살아난 것 같아요"[37]라고 말했지만, 그녀의 자기 갱신이나 변혁의 움직임은 보이지 않는다. 이처럼 이 소설에서 여성 젠더의 이동이라고 부를 수 있을 만한 사건을 찾기란 요원한 일이다. 그렇다면 이를 어떻게 이해할 수 있는 것일까?

　　1948년 남북한 단독정부 수립, 48년 체제 성립, 남한사회의 반공 이데올로기의 확산, 분단 체제의 강화 등 서사 밖의 사건을 「해방」의 서사 내 사건과 연계해 읽을 수 있다면, 1949년 9월부터 1950년 2월까지 연재된 「해방」에서 정치적 주체로서 여성의 자리는 존재할 수 없었

37　김동리, 앞의 책, 111쪽.

던 것인지도 모른다. 강고한 우파 민족주의 패권 체제하 남성중심주의와 가부장제, 그리고 그로부터 자양분을 제공받은 자본주의를 축으로 재구조화된 남한사회에서 남성화된 여성의 정치적 활동이야 있을 수 있었겠지만, 여성이 남성과 대등한 정치적 주체로서 자신의 위상을 재구축하는 길은 봉쇄되었다고 해도 무방하다. 따라서 「해방」의 서사는 징후적이다. 그것은 「1945년 8·15」처럼 여성의 이동을 구체적으로 가시화해서 통제하는 것도 아니고, 「효풍」처럼 여성의 이동을 특정 영역으로 국한하는 것도 아닌, 아예 여성의 이동 자체를 소거하는 것이다. 이때 자기 정립이나 민족국가 건설을 위해 이동하는 주체의 자리는 오직 남성에게만 허락되게 된다. 여성은 이동이라는 공간적 실천 행위의 주체로부터 배제될 뿐만 아니라, 아예 여성의 이동은 문제시되지 않는다. 즉, 여성의 이동은 불가능한 정도가 아니라, 여성 자체가 배제되는 상황인 것이다. 이처럼 「해방」이 해방 직후 민족국가 건설을 위한 청년들의 이동의 과정을 서사화한다고 했을 때, 그것은 남성 젠더에게만 해당하는 사건이었던 것이다.

이상에서 살펴보았던 것처럼, 해방 이후 여성의 이동은 젠더적 위계화의 문법에 의해 (비)가시화되었다. 해방과 군정, 단정과 분단으로 이어지는 탈식민-냉전 체제 형성기 남한사회를 살아가고 있었던 여성 청년들의 이동은 남성 청년들의 이동과 마찬가지로 좌우익의 이념 공간의 재편 과정과 맞물려 (비)가시화되었다. 좌익 계열의 여성 청년들의 이동은 불온한 것으로 낙인찍혀 의미 있는 사건으로 서사화되지 못했다. 나아가 여성 청년들의 이동은 좌우익의 이념 대립을 넘어 남성/여성의 젠더적 위계화에 의해 통제되거나 배제되어 (비)가시화되었다. 좌익 계열 여성의 이동은 그것이 비록 서사 내 의미 있는 사건으로 가시화되었다고 하더라도, 남성을 대타자로 하여 끊임없는 자기 검열의 대상으로 위치 지어졌고, 어떤 정치적 입장을 표명하는 것이 아닌 결혼이라는 가정적 영역 내부의 이동으로 고착화되거나, 아예 서사 내부에서 비가시적 영역으로 은폐되거나 배제되는 형국이었다. 따라서 해방이라는 사건이 촉발한 여성 청년들의 이동은 언제나 제한적 · 폐쇄적이었고, 그것은 해방 이후 다시금 남성중심주의적으로 재편된 남한사회의 체제 질서가 여성의 이동(성)을 통제하고 있었다는 것을 여실히 드러낸다.

4. 분단 체제의 발생과 청년 이동의 봉쇄

해방과 군정, 단정과 분단으로 연쇄하는 체제 변동 과정 속에서 서로 다른 정치적 지향을 이동이라는 공간적 실천 행위를 통해 보여준 청년들은 그 자체로 해방 이후 새로운 조선 건설의 주체로서 자기를 정립해가고 있었다. 그런데 그들의 이동의 과정이 서사 속에서 (비)가시화된 것은 단순히 한 개인의 정치적 지향 때문만은 아니었다. 왜냐하면 청년들의 이동의 과정이 (비)가시화되는 것은 서사적 정당성 획득과 결부되기 때문이다. 다시 말해 청년들의 이동의 과정이 사사 속에서 가시화되어 내적 완결성을 갖는다면 그것은 그 자체로 어떤 권위를 획득하는 것으로 여겨질 수 있고, 반대로 청년들의 이동의 과정이 서사 속에서 비가시화되어 내적 완결성을 갖지 못한다면 그것은 그 자체로 정당하지 못한 음험하고 불온한 것으로 여겨질 수 있었다. 따라서 사정이 그러하다면, 남한사회를 추동하던 체제의 질서와 문법이 어떻게 청년들의 이동의 과정에 권위를 부여하고 있는가는 당시 신문연재장편소설에 서사화된 청년들의 이동의 과정이 어떻게 (비)가시화되고 있는가를 통해 확인할 수 있다.

해방 직후부터 남한사회의 이념 공간이 점차 우파 민족주의의 보수적 패권 체제로 닫혀가고 있었다는 것은 주지하는 바다. 무엇보다 그것은 전 세계적인 냉전 체제의 성립 과정에 조응해 해방 조선의 탈식민화의 기획과 실천들이 민족국가 수립의 동력으로 작동하고, 그러한 가운데 미군정 체제와 단독정부 수립을 거쳐 분단 체제가 구축되어가면서 반공 이데올로기가 이동성의 조건으로 강력한 힘을 발휘했기 때문이었다. 해방 이후 미군정 체제하 민족국가 건설이 미국식 자유주의와 자본주의로 경도되면서 공산주의는 반체제적인 것으로 적대시되었다. 이처럼 남한사회에서의 좌우익의 극심한 이념 대립과 이후 우익의 정치경제적 헤게모니 장악 속에서 청년들의 이동은 이념에 따라 재단되었고, 정당성을 부여받았던 것이다.

따라서 김남천의 「1945년 8·15」가 좌익 계열의 청년들의 이동을, 염상섭의 「효풍」이 중간파 청년들의 이동을, 김동리의 「효풍」이 우익 계열의 청년들의 이동을 서사화하고 있는 것은 상징적이다. 각각 좌익, 중간파, 우익 청년들의 이동을 중심으로 사건을 전개하고 있는 이들 소설들은 해방 직후 이념적으로 열린 공간으로 기능했던 남한사회가 점차 우익의 닫힌 공간으로 재편되어가는 과정에 조응해 청년들의 이동을 서사화했다고 할 수 있다. 1948년 단독정부 수립 및 반공 이데올로기를 축으로 하는 분단 체제가 형성되어가는 남한사회에서는 김남천의

「1945년 8·15」에서 서사화된 공산주의 계열의 김지원과 박문경 같은 청년들의 이동은 서사적 정당성을 획득할 수 없을 뿐만 아니라, 은폐되어 불온한 것으로 낙인찍히게 될 뿐이다. 체제의 전환과 사회 구조의 변동이 이념 공간을 재편하고, 이동성의 조건들을 구획 짓는다는 점을 다시 한번 상기했을 때, 단독정부 수립을 전후로 한 시기부터 해방 조선의 청년들의 이동은 기실 봉쇄되어가고 있었다고 해도 과언이 아니다. 그들의 이동은 남한사회의 체제의 실정성을 강화하는 방향으로 수렴되고, 그때에만 비로소 의미를 획득할 수 있었던 것이다.

이는 「효풍」과 「해방」에서의 청년들의 이동을 통해서도 확인할 수 있다. 앞서 살펴보았던 것처럼 「효풍」에서 박병직은 경찰에 의해 검거된 뒤 월북행이 좌절되자 중간파적 입장을 피력한다. 월경에의 욕망이 좌절된 자가 스스로 자신의 욕망을 부정하는 이러한 모습을 통해 이미 이동의 가능성이 차단된 남한사회를 상정하는 것은 그리 어려운 일이 아니다. 또한 「해방」에서 우익 계열의 대한청년단 소속 청년들의 정치적 활동을 통해서 이동의 가능성이 차단된 것을 넘어 그것이 획일화되고 균질화되었다는 것을 확인할 수 있다. 대한청년단의 정신적 지도자격인 이장우가 미국식 민주주의를 추인한 것은 표면적으로는 한반도를 둘러싼 세계 정세 속에서 민족국가 건설을 위한 불가피한 선택으로 보이지만, 좌익 계열 청년들의 정치활동을 범죄로 치부하는 서사를 통해 그것은 이미 예비된 것이었다고 할 수 있다. 즉, 이제 청년들의 이동은 우파 민족주의의 이념을 체현하고 실현하는 과정 속에서만 의미를 가질 수 있게 되는 것이다. 이는 「해방」의 서사가 이장우를 영웅적으로 형상화하는 데서 종결되고 있다는 점을 통해서도 충분히 짐작할 수 있는 바이다.

이처럼 김남천의 「1945년 8·15」에서 염상섭의 「효풍」을 거쳐 김동리의 「해방」에 이르는 청년들의 이동을 좌익, 중간파, 우익이라는 남한사회에서의 정치적 이념 공간의 재편 과정과 결부시켜 이해한다고 했을 때, 그것은 고스란히 해방 이후부터 한국전쟁 발발 이전까지의 남한사회의 정치 지형과 맞물려 있다. 그리고 그러한 정치 지형이 청년들을 청년으로서 존재할 수 없게 했다는 점 또한 떠올리지 않을 수 없다. 체제의 변동이 유동성의 강화를 낳고, 그러한 유동성이 강화된 세계 속에서 다양하고 이질적인 이동의 분기를 통해 새로운 자기를 구축하고, 사회구조를 변혁시켰으며, 다채로운 문화를 생산·유통시키는 것을 통해 청년들은 청년이 될 수 있었다. 따라서 정치체의 질서와 문법이 개인과 집단의 이동성의 조건들로 작동하고, 규정하고, 통제할 뿐만 아니라, 그것에 어떤 정당성을 부여한다는 점을 감안했을 때, 해방과 군정, 단정과 분단으로 연쇄하는 체제 전환과 사회구조의 변동 과정에 조응해 이동이라는 공간적 실천 행위를 통해 새로운 자기를 구축해갔던 청년들은 점차 그 이동의 가능성이 봉쇄되거나 균질화되는 남한사회 속에서 청년으로서의 자기를 상실해갔다고 해도 과언이 아니다. 남한사회의 국가 권력과 정치 이념이 청년들의 이동의 욕망을 통제하고, 그 가능성을 균질적으로 통합한 해방기에 주목해야 하는 이유가 여기에 있다.

제6장

38선 월경의 (비)가시화와 서사적 정당성

분단 체제 성립 전후 38선 월경 서사를 중심으로

---

1. 38선 획정과 냉전−분단 체제

'38선'은 '휴전선'군사분계선, Military Demarcation Line, '(남북)분단선' 등으로 혼용되어 불리고 있고, 각각의 명명법에는 명명 주체의 정치적 (무)의식이 작동하고 있지만, 38선과 휴전선, 분단선 등은 명백히 다른 개념이다. 그럼에도 38선을 휴전선이라고 범칭하는 것을 통해 확인할 수 있듯이, 대체로 그것은 한국전쟁의 결과로 인식되어왔다. 휴전선은 한국전쟁 휴전 이후 남북한 정치체政治體의 적대적 공생관계를 유지·존속시키기 위한 이념적 분할선으로 작동되어왔다. 대한민국 헌법 제3조에 국민국가의 주권이 미치는 범위인 영토를 한반도와 그 부속 도서로 한다고 규정[1]하고 있지만, 휴전선 이북은 대한민국이 실효적으로 지배

---

1 1948년 제헌헌법 제4조 "대한민국의 영토는 한반도와 그 부속도서로 한다"를 지속적으로 유지하고 있는 것으로, 영토 조항은 국가의 영역을 확정함으로써 주권이 적용되는

하는 영토라고 할 수 없고, 조선민주주의인민공화국의 실효적 지배 영토이다. 휴전선을 기준으로 2개의 국가, 정치체가 적대적으로 대치하고 있는 형국이다. 그리고 그로 인해 남북한 인구의 이동의 조건 및 방향성은 통제되고 있다. 휴전선 월경은 대한민국 헌법의 영토 규정과 달리 불법적인 행위로 금기와 처벌의 대상이다. 비교적 최근 분단 체제를 종식시키기 위한 움직임이 남북한 사이에서 일어나고 있지만, 38선과 휴전선은 여전히 분단 체제 그 자체를 상징적으로 보여준다. 그리고 그러한 분단 체제는 1945년 8월 15일 해방 이후 미소군정 체제기를 거쳐 1948년 남북한 단독정부 수립, 1950년부터 1953년까지 이어진 한국전쟁, 그리고 그와 연쇄한 전 세계적 냉전 질서 속에서 강고화되어 왔다.

때때로 간과되고 있지만, 38선은 한국전쟁 휴전 처리 과정에서 남북한 당국 또는 교전 당사자들이 주체가 되어 획정한 분할선이 아니다. 그것은 아시아–태평양전쟁에서 제국 일본의 패전에 따른 미국 주도의 한반도 점령 계획에서 최초 입안되었다. 즉, 전후 처리 문제와 연동하여 미국의 대對아시아 정책의 일환으로 계획된 것이었다. 제국 일본의 패전이 가시화되던 1944년 3월 22일 미 국무부는 한반도에 대한 '다국적이면서도 단일 단위인 점령안'을 구상했는데, 이를 통해 점령 → 신탁통치 → 독립의 장기적인 3단계 계획이 수립되었다. 하지만 이는 명확한 세력 분배를 전제하지 않은 것이어서 보다 현실적인 구상이 필요하게

장소적 효력 범위와 대한민국의 공간적인 존립 기반을 선언하고 있는 것으로 이해할 수 있다. 정상우, 「1948년헌법 영토조항의 도입과 헌정사적 의미」, 『공법학연구』 제19권 제4호, 한국비교공법학회, 2018, 271쪽.

되었다. 해를 넘겨 1945년 한반도 점령과 점령군 구성 등에 대한 실무적 기안권이 미 국무부에서 군부로 옮겨갔고, 같은 해 6월 28일 미 합동참모본부 산하 합동전쟁기획위원회에서는 한반도를 미국의 단독점령 지역으로 분류했다. 하지만 이 역시 소련의 참전이 예상되면서 비현실적인 안이 되었고, 7월 6일 경 미 전쟁부 작전국의 전략정책단에 의해 한반도의 미·소·영·중 4분할 안이 하나의 대안으로 제시되었다. 그런데 당시 영국과 중국은 한반도에 관심을 기울일 여력이 없었고, 이에 미국과 소련을 축으로 한반도 점령에 관한 안이 구체화되기 시작했다. 7월 10일 경계선이 모호한 안을 논의한 것을 시작으로 7월 25일 경미·소 간 지상 작전분계선인 38선 근처를 분할하는 이른바 '헐선'을 기획했다. 또한 30일 열린 합동전쟁기획위원회에서 연합국의 점령지역 분할 보고서가 작성되었는데, 그 가운데 남북 분할 등 '일반명령 1호'의 구상이 거의 확정되었으며, 그때 서울을 한반도에서 가장 먼저 점령해야 할 지역으로 분류하였다. 물론 이러한 안들은 뒤이어질 신탁통치를 적극적으로 감안하지 않은 채 점령 그 자체를 위한 것이었다. 이후 과도한 참전 대가를 요구하던 소련을 배제하기 위한 전략적 구상 속에서 트루먼의 한반도 점령 준비 지시가 내려졌고, 그때 헐선이 획정되었다. 이처럼 미국 주도의 군사적 전략 속에서 해방 이전 획정된 38선을 기준으로 1945년 8월 중순의 시점에서 한반도가 점령 및 분할된 것이었으므로, 38선 획정이 해방 직후 갑작스럽게 이루어진 것은 아니었다.[2]

미국 주도의 (소련과의 밀약을 거쳐) 미군의 한반도 점령 계획에 의해

---

2 이완범, 『38선 획정의 진실-1944~1945』, 지식산업사, 2001, 293~301쪽.

입안되었던 혈선이 채택된 뒤 미소 양군의 남북한 진주 및 점령, 군정청의 설치 및 통치를 통해 38선은 남북한의 분할선이나 경계선으로 작동했다. 하지만 해방 정국의 극심한 정치적 혼돈 상황 속에서 좌우익의 대립이 지속되었고, 이후 남북한 단독정부가 수립되어 분단 체제가 성립되었을 뿐만 아니라, 한국전쟁 이후 반공국가로서 일신해갔던 남한 사회에서 38선 획정의 기원은 은폐되고 북한에 의한 침략 전쟁의 산물 정도로 인식되어왔다고 해도 과언이 아니다. 한반도의 분단을 상징적으로 보여주는 38선은 민족적 층위에서 공산주의 괴뢰 북한에 의한 민족 분열을 증거하는 뚜렷한 지표가 된 셈이다. 물론 여기에서 은폐된 기원을 발굴하고자 하는 것은 아니다. 다만, 38선의 획정이 제2차 세계대전과 아시아-태평양전쟁의 종전 및 전후 처리 과정에서 미국 주도로 과거 제국 일본의 식민지 국가에 대한 점령 및 통치를 위한 방편으로 이루어진 것이었다는 점을 확인해두고 싶을 뿐이다.

이 글에서는 1948년 남북한 단독정부 수립 전후 38선 월경 서사[3]를 대상으로 하여 38선 월경의 과정이 어떻게 표상되어 서사화되는 한편, '서사적 정당성narrative justification'[4]을 갖게 되는지에 대해 주목하고자

---

[3] 이 글에서 사용하는 '38선 월경 서사'는 임의적인 것으로, 38선 월경이라는 공간적 이동을 하나의 사건 단위로 해서 내러티브를 구축하고 전개하는 서사 형식 일반을 지칭하는 것으로 사용하고자 한다.

[4] 이 글에서 사용하는 '서사적 정당성(narrative justification)'은 라이너 포스트(Rainer Forst)가 제안한 '정당화 이야기(justification narrative)' 개념을 차용하여 임의적으로 사용한 것이다. 그에 의하면, 정당화 이야기는 합리적 설득을 목표로 하는 규범적 차원의 정당화를 사람들이 인정하고 실천하며 각자의 경험과 기내로 구성되는 사회적으로 효과적인 정당화의 차원과 연결하는 휴리스틱 장치(heuristic device) 역할을 한다. 또한, 정당화 이야기는 맥락적 합리성의 구현으로 간주되는데, 거기에서 이미지, 개별 이야기, 의식, 사실 및 신화는 질서 감각을 생성하는 자원으로 작동하여 강력하고 웅장한 이야기로 전개된다. 규범적 질서가 서사로 구성되는 한 그것은 특별한 구속력과

한다. 법역法域을 넘는 월경의 행위는 일반적으로 엄격히 통제되며 단순히 지리적 이동으로서의 의미뿐만 아니라 어떤 정치적 이동의 의미를 갖는다. 이는 월경의 행위가 정치적 망명으로 이해되기도 한다는 점을 상기한다면 쉽게 짐작할 수 있는 바이다. 또한 경계에 대한 인식과 감각을 촉발시켜 월경에의 욕망을 강화하거나 약화하기도 한다. 38선이라는 분할선이 해방 조선을 살아가고 있던 조선인들에게 지리적·이념적·정치적·군사적 차단선으로 인식되고 감각되어 그들로 하여금 월경에의 욕망을 품게 하는 동시에 그것을 좌절케 할 수 있는 것이다. 근대 국민국가에서 영토가 국가의 고유성을 확보하게 하는 한편 국가 폭력의 독점적 행사를 가능하게 한다는 점을 상기했을 때, 경계는 그러한 고유성의 자장과 폭력의 독점화를 강화한다.[5] 하지만 동시에 명확하지 않은 경계는 그러한 국가주권의 발현에 틈을 내고 폭력의 독점화에 의문을 제기하게 한다. 해방 직후 38선을 분할선으로 미소군정 체제가 성립되었다고 하더라도 38선이 강고한 경계의 힘을 발휘했다고 보기는 어렵다. 해방 정국의 혼돈 상황 속에서 인구와 물자가 넘나들면서 법역으로서 남북한의 경계는 획정되어가고 있었던 것이지 확정된 것은

권한을 갖게 되는데, 역사적 중요성과 동시에 동일시를 촉진하는 감정적 힘을 갖는다 (이에 대해서 Rainer Forst, translated by Ciaran Cronin, *Normativity and power : analyzing social orders of justification*, Oxford University Press, 2017 참고). 이와 같은 라이너 포스트의 정당화 이야기 개념을 차용하여 이 글에서 사용하는 서사적 정당성은 유기적이고 통일적이며 완결된 형식의 내러티브 구축을 통해 인물의 행위와 그 속에 내재된 욕망을 합리적이고 이성적이라고 여겨지는 사회적 규범과 동일시하게 하는 장치 및 효과 일반을 지칭한다. 다만, 이 글에서 사용하는 서사적 정당성은 임의적인 개념이므로 추후 관련 논의에서 보완하고자 한다.

5 마르쿠스 슈뢰르, 정인모·배정희 역, 『공간, 장소, 경계-공간의 사회학 이론 정립을 위하여』, 에코리브르, 2010, 213쪽.

아니었기 때문이다.

해방 전후 38선 획정을 둘러싼 국제정치의 역학 구조와 분단 체제에 대한 인식과 감각, 한반도를 둘러싼 공간 재편 등에 관한 연구는 일정 부분 진행되어왔다.[6] 문학연구 분야에서도 해방 이후 문학에 관한 관심과 탐구 속에서 38선 월경과 관련된 논의는 다양한 관점과 시각에 의해 이루어져왔다.[7] 그 중 이 글의 논의와 관련해 정종현은 해방 이후 이태준이 새롭게 정체성을 구축해가면서 38선을 경계로 남북한 국가가 분절적으로 수립되어가는 과정에 대응하여 대동아大東亞에서 연합국을 축으로 하는 '세계' 속 민족국가의 기획으로, 다시 그것이 남북한의 국

---

[6] 한반도의 분단 과정에서 전후 처리와 연동한 미국의 대아시아 정책의 영향 및 효과에 대해 논의한 것으로 제임스 I. 메트레이, 구대열 역, 『한반도의 분단과 미국』(을유문화사, 1989)과 윤진헌, 『한반도 분단사-분단의 과정과 전쟁의 책임』(한국학술정보(주), 2008)을 들 수 있다. 한편, 해방 이후 단정 수립으로 이어지는 정치적 기획 속에서 '해양'이라는 공간을 재발견하여 새롭게 의미화하기 위한 문화적 공정이 수행되었는데, 이때 영해/공해라는 국민국가식 영토 개념을 통해 바다를 구획하는 과정에서 새롭게 의미된 공간으로 '태평양'이 동아시아 지역 질서를 재편한 전 지구적 권력으로서 아메리카와 직결된 기호였다는 점을 구명한 장세진의 「해방기 공간 상상력의 전이와 '태평양'의 문화정치학」(『상허학보』제26집, 상허학회, 2009, 103~149쪽)이 주목된다.

[7] 이종호는 「해방기 이동의 정치학-염상섭의 단편소설을 중심으로」(『한국문학연구』제36집, 동국대학교 한국문학연구소, 2009, 327~363쪽)에서 해방기 이동을 다룬 염상섭의 소설을 중심으로 제국 일본의 붕괴 이후 발생한 대규모 인구 이동이 국가/국민 형성의 자연스러운 과정들로 형상화되지 않았음을 논의하였고, 전소영은 「해방 이후 '월남 작가'의 존재 방식-1945~1953년의 시기를 중심으로」(『한국현대문학연구』제44집, 한국현대문학회, 2014, 383~419쪽)에서 해방 이후 남한사회에서 월남 작가의 존재 방식과 그것이 텍스트에 발현되는 양상을 고찰하여 해방기 '재 남조선 이북인'이라는 호명과 1948년 '망명자' 및 '비국민'으로 격하되었던 월남민들의 위상을 밝혔다. 같은 맥락에서 정주아는 「'정치적 난민'의 공간 감각, 월남작가와 월경의 체험」(『한국근대문학연구』제31호, 한국근대문학회, 2015, 39~63쪽)에서 해방과 한국전쟁을 거치면서 남한사회에서 월남민이 임시 체류자 집단이자 국민국가의 일원이라는 이중적 위상을 갖게 된 정치적 상황에 주목해 월남 작가의 창작 행위가 내부자이자 동시에 외부인으로 존재했던 양상을 고찰하였다. 이러한 논의들은 거칠게 말해 38선을 축으로 하는 공간 질서와 담론, 경계 인식과 감각에 주목한 결과라고 할 수 있다.

경이자 냉전의 진영선으로 확고하게 물질화되어 '미국—일본—남한', '소련—중공—북한'의 지정학적 블록에 관한 심상지리로 변화하고 있는 양상을 구명하였다.[8] 한편, 이혜령은 주로 염상섭의 행적과 그의 문학을 중심으로 '사상지리'란 개념을 통해 1945년 8월 15일 이후 38선을 넘는 행위가 미소에 의한 냉전의 현실화와 함께 정치적 표현이자 선택으로 간주되었던 상황이 당시 사상통제와 검열의 문법을 형성한 양상을 세밀하게 밝혔다. 그에 의하면 월북과 월남이라는 용어가 곧 남한이냐, 북한이냐는 정치체에 대한 배타적 선택의 결정적 표현이며, 월남이 하나의 신원증명이자 장소 확정에 대한 동의의 실천으로 간주될 수 있다는 것을 파악할 수 있다.[9] 또한, 조강희는 해방기 소설·기행문 등을 대상으로 38선을 경계로 한 두 개의 공간 인식을 분석한 뒤, 38선 서사가 두 개로 분절된 민족 공간 내 주체의 위치를 재정위할 것을 요구하고 있다고 논의하였다. 이 논의에서 주목되는 부분은 경계 너머 38선 이북의 심상지리를 형성했던 38선 서사가 38선 이남의 사람들로 하여금 특정한 위치에 서게 한다는 것인데, 주체의 내면에서 상상되고 인식된 지리적 감각이 타자에 대한 공간 규정을 통해 자기 공간에 대한 규정으로 이어졌다는 점을 확인할 수 있다.[10]

이 글에서는 기존 연구에서 주목했던 38선 월경의 행위가 어떻게 체제 전환에 따른 심상지리를 형성하거나 정치체의 질서와 문법을 체화

---

8 정종현, 「탈식민지 시기(1945~1950) 삼팔선 표상의 지정학적 상상력」, 『현대문학의 연구』 제39호, 한국문학연구학회, 2009, 452~453쪽.
9 이혜령, 「사상지리(ideological geography)의 형성으로서의 냉전과 검열—해방기 염상섭의 이동과 문학을 중심으로」, 『상허학보』 제34집, 상허학회, 2012, 133~172쪽.
10 조강희, 「해방기 38선 서사 연구」, 연세대 석사논문, 2015 참고.

하는 과정을 보여주는가에 일정 부분 거리를 두고자 한다. 냉전-분단 체제의 형성 과정에서 38선 월경의 행위와 그것의 언어적 표상이 사상 지리를 형성하여 개인과 집단의 내면을 구성하거나 국가주의 권력에 의한 통치성을 발휘하게 한 것은 틀림없는 사실이지만, 개인의 행위와 욕망이 언제나 국가주의 권력의 자장에 포섭/배제되지 않듯이 38선 월경은 다양하고 이질적인 욕망의 발현 과정 속에서 수행된 이동이었다. 따라서 당시 38선 월경 서사에서 월경의 과정이 어떻게 (비)가시적으로 드러나는가, 그리고 그러한 (비)가시적 서사화 전략이 어떠한 이데 올로기적 효과를 발휘하는가에 주목할 필요가 있다. 상식에 속하는 것 이지만, 어떤 사건이 서사화된다고 했을 때 그것은 선택된 결과이고, 선택의 과정에서 배제된 것들은 자연스럽게 은폐된다. 하지만 선택된 것들의 서사 속에서는 배제된 것들이 완전히 소거되지 않고 배회한다. 선택된 것들은 언제나 배제된 것들을 상기시키기 마련인 것이다. 이 글 에서는 이러한 점을 감안하여 1948년 전후 소설에서 38선 월경의 과 정이 (비)가시적으로 서사화된 양상이 갖는 의미와 그것이 발휘하는 효 과에 주목해 논의를 전개하고자 한다.

2. 38선 철폐 운동과 독립의 좌절

38선 월경의 과정이 (비)가시적으로 서사화된 양상이 갖는 의미와 그것의 효과에 대해 주목하고자 하는 이 글에서는 먼저 38선 획정을 둘러싼 당시 국내 정세를 확인할 필요가 있다. 38선이 남북한의 분할선으로 획정되어가면서 남북한 정치체의 상호 배타적 구심력을 강력하게 발휘하기 전 북에서 남으로, 남에서 북으로, 38선 월경은 비록 제한적이었지만 가능했다. 이는 제국 일본의 해체와 식민지 조선의 해방 이후 탈식민화의 움직임 속에서 발생한 인구와 물자의 이동 속에서 자연스러운 현상이었다. 하지만 해방은 되었지만 독립은 달성되지 못했던 현실 속에서 38선은 그 자체로 이동의 차단, 월경의 금지를 상징적으로 드러내는 것이었다. 그리고 38선은 그것을 축으로 하는 남북한의 분할을 의미하는 것으로, 민족의 통일을 통한 독립에의 염원을 좌절시키는 이념적 경계선이기도 하였다. 즉, 38선은 단순히 미소군정 체제에 의한 분할 통치를 의미하는 것을 넘어 탈식민화의 기획과 전망 속에서 새로운 민족국가 건설을 위한 민족 통합을 저지하는 장벽으로 작동하고 있었던 것이다. 따라서 비록 군사적·정치적 분할선으로 38선이 획정되어가고 있다고 하더라도 그것은 독립에의 열망 속에서 민족국가 건설을 위해 철폐되어야만 하는 것이었다.

1945년 8월 10일 미 국무부, 전쟁부, 해군부 조정위원회의 명령을 받은 딘 러스크 등 2명에 의해 북위 38도선이 미소 점령의 경계선으로 그어진 뒤, 공식적으로 38선은 아시아 지역에 산재한 일본군의 무장해제를 위해 연합군이 점령해야 한다는 군사적 목적으로 설명되었다. 9월 2일 연합군최고사령부 명령 1호의 공포(8월 15일 소급 적용)로 38도선 이북과 이남의 일본군 무장해제를 각각 소련군과 미국군이 담당하게 되었고, 일본군 무장 해제를 위한 편의적인 경계선은 1946년 이후 미소 주둔군의 경계선이 되었다. 소련 극동군사령부 예하 25군은 1945년 8월 말까지 38선 이북 지역에 대한 점령을 완료했고, 미국 제24군단은 같은 해 9월 8일 인천에 도착하여 남한 전역에 대한 전술적 점령을 마쳤다. 미국은 점령 직후 주한미군정사령부를 설치했고, 적대적 점령·직접 통치의 방법인 '군정'을 실시했다. 이는 한국인들이 자치정부를 수립하고 운영할 능력이 없다는 판단에 기인한 것으로, 자신들이 해방이 되었으며 독립할 자격이 충분하다고 믿고 있었던 한국인들의 기대와는 전면적으로 배치되는 것이었다. 해방은 되었지만 주권은 회복되지 않은 상태에서 대한민국 임시정부나 자생적 자치정부의 역할을 자임한 조선인민공화국은 주한미군에 의해 주권정부로 인정받지 못했지만, 1945년 12월 모스크바 3상회의에서 한국의 독립과 정부 수립에 대한 결정 방안을 제출할 때까지 주권정부를 자임했다.[11]

해방과 미소 양군의 주둔·점령, 군정청의 설치 등 급변하는 정세 속에서 1945년 11월 국민총회가 열려 미국·중국·소련·영국 등을 대상으로 즉시 독립 승인, 38선 철폐, 적극적 경제 원조, 해방 원조에 대한 감사 표명 등 4가지 안건이 만장일치로 의결되었다. 이는 같은 시기 임시정부의 환국에 따라 분열된 민족적 역량을 통일시켜나갈 수 있으므로, 카이로선언에서 약속한 조선의 자주독립을 위해 당연한 귀결이라고 주장한 것이었다. "즉시卽是 독립獨立 승인承認 즉시卽是 삼팔선三八線 장벽障壁 철폐撤廢 문제問題 등等은 이것이 어느 정당政黨이나 정파政派의 주의 주장主義 主張이 아니며 어느 계급階級이나 어느 계층界層의 문제問題가 아니고 전 민족全 民族의 휴척休戚이 달린 문제問題인만큼 전 국민全 國民은 이 일점一點을 고수固守하고 이 일선一線을 확보確保하면서 우리의 총의總意와 총

11 정병준 외, 『한국현대사 1 – 해방과 분단, 그리고 전쟁』, 푸른역사, 2018, 38~47쪽.

력總力으로서 당당堂堂 세계世界에 향向하야 엄숙嚴肅히 요청要請하는 동시同時에 단호斷乎히 초지初志를 관철貫徹할 결의決意를 가저야 할 것을 제언提言하야마지 안는 바이다."[12] 이러한 목소리는 1946년 초에도 이어져 국민대회준비회에서는 1월 10일 국민대회를 소집하여 대한민국 임시정부 봉대에 관한 건, 자주독립 즉시 승인에 관한 건, 민족적 강기 숙청에 관한 건과 함께 38선 철폐에 관한 건을 토의의 의제로 설정하였다.[13] 이는 대내적으로는 임시정부의 환국을 계기로 정치적 혼란 국면을 수습하여 민족적 통일을 기하는 한편, 대외적으로는 해방 조선의 입장을 명확히 전달하는 것을 통해 자주독립을 달성하기 위한 것이었다. 때를 같이해 조선독립촉성중앙위원회에서 해방 조선의 당면문제로 38선의 신속한 철폐 및 미소 양군의 한반도 분할 점령에 대한 책임을 추궁한 것 역시 같은 맥락에서 이루어진 것이었다.

해를 넘겨 1946년 미소공동위원회가 개최되어 조선의 신탁통치에 관한 안건이 다루어질 것이라는 예상 속에서 조선의 완전한 자주독립을 위해서는 신탁통치가 해소되어야 한다는 점을 강조할 필요성이 대두했는데, 이때에도 38선 철폐에 대한 요구는 계속해서 이어졌다. 하지만 1차 미소공동위원회에서 38선 철폐는 받아들여지지 않았다. 이에 1946년 3월 5일 서울운동장에서 38선 철폐 요구 국민대회를 소집하여 국민의 목소리를 미소공동위원회에 전하고자 하였다. 국민대회에서는 대회위원장이었던 평양조선민주당 부당수 이윤영이 개회사를 통해 38선 문제를 해결하기 전에는 완전한 독립을 기할 가망이 없다며

---

12 「國民總會의 決意」, 『東亞日報』, 1945.12.11.
13 「國民大會의 召集」, 『東亞日報』, 1945.12.19.

이 국민대회를 기점으로 38선 철폐국민운동을 전국적으로 전개하려 한다고 밝혔다. 이후 이승만과 김구의 축사를 조소앙이 대독하였고, 송의순·최규항·박범석 등에 의해 서북선西北鮮의 실정에 관한 보고에 이어 결의문을 읽고 폐회하였다.

일一, 조선朝鮮의 삼팔도선三十八度線은 외적外敵이 마복馬服하기 전前 연합군참모총장회의聯合軍參謀總長會議에서 작전상作戰上의 필요로必要로 획정劃定하엿다는 사실事實에 빗치여 보건대 금일今日에 조선朝鮮에 있어서는 임이 그 필요성必要性을 인정認定치 아니 한다 이 후後도 미소美蘇 양군兩軍이 삼팔선三八線을 경계境界로 분할分割 주둔駐屯하야 현재現在와 같은 삼천만三千萬 민족民族의 생존生存 생활生活의 위협威脅을 계속繼續하는 것은 우리 국가國家 민족民族의 통일統一 단결團結과 자주국가自主國家 건설建設에서 지장支障이 들 뿐 아니라 국가國家 경제經濟의 파멸破滅을 초래招來하야 국민생활國民生活을 도탄塗炭에 빠지게 하며 정치政治, 경제經濟, 문화文化, 교통交通, 통신通信, 거주居住의 자유自由를 포박拘縛하는 바 큼으로 우리는 삼천만三千萬 민족民族의 일홈으로써 연합국聯合國과 연합군聯合軍 총사령관總司令官 급及 미소공동위원회美蘇共同委員會에 대對하야 삼팔선三八線의 즉시卽

時 철폐撤廢를 요구要求하야 기其 목적目的의 관철貫徹을 기期하기를 결의決議함

일一, 우리 동포同胞 중中에는 극유曲를 기회奇貨로 선량善良한 동포同胞들을 기만欺瞞 □ 혹□惑하야 정권政權의 획득獲得을 꾀하는 매국노賣國奴가 있어서 심지어 광휘光輝 있는 조국祖國을 외이外夷에게 파라먹으려는 국□國□이 이 땅에서 횡행橫行 활보闊步하니 어찌 통탄痛歎치 아니하랴

삼팔三八 이북以北을 바라보건대 진정眞正한 민의民意를 무시無視하고 소류인원少類人員의 자의恣意로 된 임시인민위원회臨時人民委員會가 있어 입으로 자민주주의自民主主義를 표방標榜하면서 민중民衆을 억압抑壓 기만欺瞞하야 후일後日 정권政權의 횡탈橫奪을 꾀하려 하니 우리 어찌 만연漫然 방관傍觀할 수 있으랴 이제 우리 삼천만三千萬 동포同胞는 이론理論과 표방標榜에 속지 말고 사리私利와 감정感情을 떠나서 현실現實을 엄정嚴正 냉정冷靜히 관찰觀察하야 정사正邪를 가르고 충송忠送을 판단判斷하야 우리의 추잉推仰 신앙信仰하는 민족民族의 영도지領導者를 선택選擇하지 아니치 못하게 되었으니 여기에서 우리는 조선朝鮮의 혈통血統과 민족적民族的 양심良心을 가진 삼천만三千萬 동포同胞의 일흠으로 대한국민大韓國民 대표代表 민주의원民主議院을 절대絶對 지지支持하는 것을 천하天下에 선명宣命하야 써 내內로는 민심民心의 귀일歸一을 책策하며 외外로는 이를 만방萬邦으로 하여곰 대한국민大韓國民의 완전完全 통일정권統一政權으로 승인承認케 하기를 결의決議함

대한민국大韓民國 삽십팔년二十八年 삼월三月 오일五日
삼팔도선철폐요구국민대회三八度線撤廢要求國民大會[14]

---

14 「眞正한 民意를 無視하는 三八 以北의 "實情"」, 『東亞日報』, 1946.3.6. □-확인 불가.

위의 인용문을 통해 확인할 수 있는바, 국민대회 결의문에는 군사상 필요에 의해 획정된 38선을 기준으로 미국군과 소련군이 남북한에 주둔·점령하여 통일 국가 건설에 지장을 초래할 뿐만 아니라 국가 경제의 파탄을 불러일으킬 수 있으므로 38선을 즉시 철폐할 필요가 있다고 말하고 있다. 나아가 38선 이북에서 이러한 정세에 편승하여 임시인민위원회가 정권 수립의 움직임을 보이는 것을 규탄하는 한편 대한민국의 완전한 통일 정권을 수립하기 위해 그 대표자들인 민주의원을 적극적으로 지지하겠다는 점을 표방하고 있다. 민족의 자주적 통일을 위해 38선을 철폐해야 한다는 논리 속에서 그를 저해하는 국내외 세력을 규탄하고 있는 것이다. 이어 2차 미소공동위원회 개최 이후 소련에 대한 적대감과 함께 북조선의 정치적 움직임에 대한 반대가 피력되었다. 같은 해 5월 하지 중장은 2차 미소공동위원회 결렬 뒤 소련 측의 반대로 38선 즉시 철폐가 받아들여지지 않았다고 공표하였다. 이후 각계각층에서 미소공동위원회의 조속한 개최를 요구하는 한편 38선 철폐와 신탁 해소 등을 요구하는 목소리는 이어졌지만, 미소 양측에 의해 그것이 받아들여지지 않자 절망하게 되었다는 소식이 1946년 내내 신문지상에 등장하였다.

1946년 5월 6일 미소공동위원회가 무기한 휴회된 뒤 38선은 미소 점령군 간의 경계선이자 분할선으로 작동하였다. 조선인들의 독립에의 염원은 좌절되었고, 조선인민공화국은 해산되었으며, 임시정부 세력은 와해되는 등 38선 철폐를 통한 민족 통합과 독립은 요원해졌다. 찬탁과 반탁을 둘러싼 정치 세력들 간 투쟁이 교차하는 가운데 신탁통치 체제는 강고화해졌고, 그러한 가운데 2개의 정권이 수립되어갔다. 이제

38선은 철폐의 대상이 아니라 38선을 축으로 적대적 체제 경쟁이 가속화되었다. 물론 이러한 상황 속에서도 38선 철폐의 당위성에 대한 목소리는 이어졌다. 38선이 실질적인 분할선으로 작동하여 남북한 인구 및 물자의 통제가 강화되어갔던 1946년 11월경 "미국美國이냐 소련蘇聯이냐 그 일방一方에 기울어지는 생각을 갖는다면 지도상地圖上의 삼팔三八 장벽障壁은 해소解消될지라도 심중心中의 『삼팔선三八線』은 영구永久히 해소解消되지 않을 것이니 『삼팔선三八線』의 완전完全한 철폐撤廢는 민족적民族的 자주독립自主獨立"을 위해 필수불가결한 것이므로, 38선 획정이라는 "동족상잔同族相殘의 일대一大 비극悲劇을 계기契機로 하야 조선朝鮮의 국제적國際的 지위地位와 독립獨立 방해자妨害者를 명확明確히 인식認識하는 동시同時에 건설建設의 민주주의적民主主義的 방법方法을 체득體得할"것을 요청하기도 하였다.[15] 38선이 지리적 경계선으로 작동하는 것이 미국과 소련을 축으로 하는 남북한의 이념적 분할로 이어져 민족 독립을 저해할 수 있다는 이러한 경계의 목소리는 38선 획정 이후 민족독립에의 염원을 지속적으로 표출한 것이었다. 하지만 그것은 이제 미국과 소련을 통한 조선 독립에의 길이 불가능한 상황 속에서 그들에 의해 그어진 '지도상의 38 장벽'이 '심중의 38선'으로 이어져 민족이 분열되지 않기를 바라는 호소에 그치고 말았던 것이다.

제국 일본의 패전과 식민지 조선의 해방 이후 조선인들의 독립에의 염원과 무관하게 미소 양 강대국의 대아시아 정책에 의해 한반도에 새로운 지정학적 질서가 구축되었고, 한반도는 제국-식민지 체제에서 탈

---

15 「心中의 三八線을 撤廢하자」, 『東亞日報』, 1946.11.5.

식민-냉전 체제로 회수되어가갔다. 그리고 1948년 남북한 단독정부의 수립을 계기로 그것은 냉전-분단 체제로 고착화되어갔다. 1945년 8월 15일 해방 직후부터 1946년 5월 38선이 실질적인 경계선으로 작동[16] 하기 전까지 38선은 민족의 해방과 조선의 독립을 위해 철폐되어야 할 '장벽'이었다. 해서 이념과 노선을 달리하는 정치 세력 간 입장의 차이는 있었지만, 38선 철폐를 위한 움직임이 활발하게 전개되었던 것이다. 하지만 미국과 소련을 축으로 하는 국제 정치의 역학 구조, 한반도를 둘러싼 동아시아의 지역 질서의 재편 과정에서 38선 철폐가 불가능하게 되자 38선은 이제 남한과 북한, 좌익과 우익의 이념 대립과 체제 경쟁의 '보루'로 위치 지어지기 시작했던 것이다. 그리고 그에 따라 인구와 물자의 이동 방향성이 획일화되었고, 이동의 조건과 형식이 국가주의 권력에 의해 통제되었던 것이다.

---

[16] 1946년 5월 미군과 소련군은 콜레라 만연을 표면적인 이유로 38선 통행을 법적으로 봉쇄하였고, 9월 콜레라가 사라진 뒤에도 38선 봉쇄는 풀리지 않았다. 미소 합작을 통해 1946년 5월 이후 38선의 자유로운 통행은 완전히 단절되었던 것이다. 정치적으로 이 시점은 제1차 미소공동위원회가 무기한 휴회되는 한편, 남북 양측에서 미소의 주도에 의한 독자적인 정권 수립의 움직임이 본격적으로 개진된 시점이기도 하였다. 鄭秉俊, 「1945~48년 美·蘇의 38선 정책과 남북갈등의 기원」, 『中蘇硏究』 제27권 제4호, 한양대학교 아태지역연구센터, 2003, 184쪽.

3. 민족 수난사에 포섭되는 38선 월경

1945년 해방 이전부터 아시아-태평양전쟁 전후 처리 과정에서 미국군과 소련군의 한반도 주둔 및 점령안에 따라 38선이 획정되고, 1946년 5월 이후 38선이 실질적인 정치경제적 분할선으로 작동하는 가운데 38선은 독립국가 건설을 저해하는 장벽으로서 철폐되어야 할 대상이면서 동시에 남북한 체제 경쟁의 보루라는 모순적 위상을 갖게 되었다. 1946년 5월 제1차 미소공동위원회가 무기한 휴회되고, 남북한 각각 미국과 소련의 주도 아래 독자적인 정권 수립의 움직임을 보이면서 38선 월경 통제는 북한과 남한 체제의 '마지노선'을 명확히 한 것이었지만, 민족통일의 당위성 속에서 그것은 여전히 해소되어야 할 장애물이었다. 흥미롭게도 1948년 남북한 단독정부 수립 직전 남한문학에 38선 월경 서사가 다수 등장한다. 물론 해방 직후부터 생산된 귀환 서사에도 38선 월경의 행위가 드러나지만, 귀환 서사에서는 제국-식민지 체제 붕괴 이후 한반도 밖에서 안으로의 이동이 보다 핵심적인 서사의 층위에 놓였다. 이에 비해 단독정부 수립 직전 생산된 38선 월경 서사에는 북에서 남으로 38선을 넘는 과정 그 자체를 서사화하고 있다는 점에서 차이를 보인다. 이는 남한사회의 입장에서 단독정부 수립의 정치적 정당성을 확보하는 움직임과 일정 부분 관련되어 있다고 할 수 있는데, 다만 거기에는 균열의 지점 역시 발견된다.

염상섭의 「삼팔선三八線」은 38선 월경 과정의 간난신고 그 자체를 서사화하고 있다. 해방 직후 만주 안동을 떠난 전재민 일가는 국경을 넘어 신의주 피난민 구제회에서 발행한 피난민 증명서를 발급 받아 기차

편으로 신막까지 갔다가 남하하기가 여의치 않자 짐을 찾아 사리원으로 되돌아온다. 사리원 구제소에서 일군의 피난민 대열에 합류하여 기차 편으로 신막에 도착한 일가는 보안대의 인원 및 짐 조사, 사상 점검 등을 받고, 보안서원의 주선으로 차량을 섭외하여 금교로 출발한다. 정비 불량으로 차량이 고장 나 시간이 지체되어 신계군 마을을 거쳐 늦은 밤 금교에 도착한 일행은 다시 보안서의 심문을 받은 뒤 "원칙적으로는 三八선을 넘어가리는 것은 아니나, 갈 수 있어서 가는 것은 묵인한다"[17]는 애매한 말을 듣고, 상황을 알 수 없어 곧바로 달구지를 빌려 짐을 싣고 도보로 38선을 향한다. 밤길에 강도단을 만날 수 있다는 염려 속에서 잠행을 하던 그들은 다음날 개성 외곽의 개풍군 주막을 거쳐 산길을 통해 38선을 넘는다. 그러면서 "아무리 약소민족이기로 손바닥만한 제 땅 속에서 왔다 갔다 하는데 이렇듯 들볶이는 것을 생각하면 절통하다"[18]라고 느낀다. 소련군이 점심을 먹기 위해 초소를 비운 틈을 타 38선을 넘은 뒤 피난민 일행과 떨어져 먼저 남하한 일가는 비로소 38선을 넘었다고 실감하면서도 제일 먼저 미군을 마주한 것에 당혹해한다.

이 소설에서 38선 월경의 경로는 신의주 → (신막 →) 사리원 → 신막 → 신계 → 금교 → 개풍 → 38선 → 개성으로 이른바 '신막 루트'에 해당한다. 그리고 월경의 과정에서 지속적으로 보안대의 조사를 받아 피난민으로서 신원을 증명해야 했고, 강도를 만나 재물을 빼앗길 수 있는 위험을 감수해야 했다. 실제 소련군에 의한 월경의 저지가 구체적으로 드러나 있지 않을 뿐만 아니라, 미소 양군에 의한 검문검색이 월경을

---

17 廉想涉, 「三八線」, 『三八線』, 金龍圖書株式會社, 1948, 58쪽.
18 위의 글, 70쪽.

차단하는 상황 역시 명확히 제시되어 있지는 않는다. 그럼에도 미소 양군에 의해 분할된 38선을 월경하는 행위는 간난신고의 과정 그 자체를 보여준다. 서술자는 38선을 넘은 뒤 "삼팔선이란 허황하고 허무한 것 같고, 두세 사람의 눈을 기우고 불과 오 리나 십 리 길을 건너느라고 천 리 밖에서부터 계획을 세우고 겁을 집어먹고 몸에 지닌 것까지 다 버리고, 이 고생을 하며 허희단심 겨우 넘어왔다는 그 일이 얼뜨고 변변치 못한 짓 같기도 하다"[19]라고 말하고 있지만, 38선 월경이 손쉽게 이루어질 수 있는 것은 아니었다. 실제 38선 인근을 월경하는 것이 예상했던 것보다 수월했다고 하더라도 그것은 공포의 대상이자 고통의 연속이었다.

염상섭의 「삼팔선」의 서사가 38선 월경의 지난한 과정과 그 속에서의 고통과 불안에 초점을 맞추고 있는 것에 비해 그러한 월경이 갖는 의미를 명확히 드러내는 것은 아니다. 주인공 일가가 38선을 넘어 서울로 향하는 이유가 그저 귀향 정도로 처리되어 있을 뿐, 명확히 제시되어 있지 않기 때문이다. 38선 월경의 행위가 의미 있는 어떤 것이 되기 위해서는 그 이유가 표면화되거나 출발지와 목적지의 대비를 통한 월경 행위 자체에 어떤 정치경제적 의미가 덧붙여져야 할 필요가 있다. 그런 점에서 이 소설에서 38선이 미소 양군에 의해 봉쇄되어 있어 월경의 과정에서 검문검색을 받아야 하는 약소민족으로서의 비애 정도는 확인할 수 있지만, 그것이 어떤 이념 선택의 정치적 행위로 의미화되고 있는 것은 아니다. 오히려 1945년 해방 직후 만주 안동에서 서울을 향

---

19 위의 글, 75쪽.

해 출발한 일가가 1946년 초가 되어서야 비로소 38선을 넘을 수 있다는 것을 통해 귀환 전재민(피난민)의 척박한 상황을 짐작할 수 있게 할 뿐이다. 물론 이는 해방 직후 독립을 달성하지 못하고 미소군정에 의해 분할 통치된 남북한의 정치적 현실을 떠올리게 한다. 즉, 해방이 독립으로 이어지지 못했기 때문에 여전히 이동의 통제를 당하고 있는 상황 속에서 민족 수난의 한 장면을 부조한다. 이처럼 38선 월경 서사는 대체적으로 해방 이후에도 여전히 지속되고 있는 민족 수난이라는 이야기 속에 위치한다.

이는 김송의 소품들을 통해서도 쉽게 확인할 수 있다. 조실부모한 뒤 시골마을을 떠돌다 십대 후반 공사판 인부가 되어 함경도 철도 공사 현장에서 일하던 주인공은 몸을 다쳐 더 이상 일을 하지 못하고 자신을 치료해줬던 한의사로부터 배움을 받아 한의사가 된다. 이후 결혼하여 가정을 꾸렸으나 아내가 다른 남성과 도망가 월남한 뒤 낙망하다 아내를 만나기 위해 38선 월경을 감행한다. 이러한 「한탄寒灘」의 이야기에는 염상섭의 「삼팔선」만큼은 아니라고 하더라도 월경 과정의 어려움이 드러나 있다. 6백 리나 되는 먼 여정 속에서 육체적으로 지쳐 있는 한편, 보안서원의 이북이 싫어서 이남으로 가는 '반동분자'가 아니냐는 취조에 연천으로 환자를 보러 간다고 거짓 대답을 하면서 긴장하는 장면 등을 통해 이를 간취할 수 있다. 그런데 이 소품에서 가장 주목되는 부분은 한탄강을 도강하던 주인공이 보초병의 총에 맞아 죽음에 이르는 장면에 있다. 위협사격을 받고 잡히면 죽는다는 생각에 계속해서 도강하던 주인공이 결국 총에 맞게 되고 총을 쏜 청년이 병원으로 옮기려 하자 죽음을 예감한 주인공이 무엇 때문에 자기의 땅을 못 다니게 하나며 한탄한다. 그러면서도 보초병을 향해 "나는 당신을 원망하지 않소…… 우리들은 약한 겨레기 때문에 남의 손악귀에 들어서 기계처럼 움직이고 있으니까, 어리석은 백성이지"라며 자신이 죽으면 "남쪽을 바라볼 수 있게" 묻어달라고 말하는 장면[20]은 페이소스를 자극한다.

38선 월경이 금지되어 있는 상황 속에서 아내를 만나기 위해 죽음을 무릅쓰고 월경했던 주인공이 결국 총에 맞아 죽음을 맞이하고 만다는 이 소품은 죽어가는 자가 자신을 죽인 자에 대해 원망하는 것이 아니라 약소민족이기 때문에 강대국에 의해 이동이 통제될 수밖에 없는 상황을 보여주는 것을 통해서 지속되고 있는 수난의 역사를 주조하고 있다고 볼 수 있다. 더욱이 이야기 말미에 한탄강 상류 산기슭에 다른 무덤들과 함께 주인공의 무덤이 남쪽을 향해 누워 있다는 서술자적 논평을 통해 그러한 수난이 특정 개인에게 국한되는 것이 아니라 민족 일반으로 확장될 가능성을 열어놓고 있다는 점에서 제국-식민지 체제 이후 수난의 역사는 지속적으로 반복되고 있는 것으로 여겨질 가능성이 농후하다. 특히 「한탄」의 주인공처럼 유년기부터 척박하고 궁핍한 삶을 살아왔던 주인공이 어떤 정치적 신념이 아닌 지극히 개인적인 이유로 38선을 월경하고자 하였지만, 그것이 냉전-분단 체제 형성기 미국군과 소련군, 나아가 남한과 북한에 의해 정치적 행위로 처벌과 단죄의 대상이 되고 있다는 점에서 수난 상황의 비애는 선명하게 부각될 수 있는 것이다.

물론 이러한 수난의 상황은 해방 직후 남북한에 진주하여 점령한 미

---

20 金松, 「寒灘」, 『白民』, 1948.10, 31~32쪽.

소 양군에 의해 비로소 촉발된 것은 아니었다. 그것은 해방 이전부터 예비된 것이었다. 김송의 또 다른 소품 「정임貞任이」는 38선을 월경하여 원산에서 서울로 이주한 여성 수난의 기록이라고 보아도 무방하다. 여학교를 갓 졸업하고 21살에 결혼한 그녀는 중학 시절부터 식민지 교육 반대 구호를 외치며 동맹휴학을 주도하는 등 반일운동에 가담해 조선의 독립을 외쳤던 남편이 '불령선인'으로 감시와 고문 속에 시달리다 결혼 직후 만주로 망명하자 홀로 아이를 낳아 16년 동안 키운다. 그러다 해방이 되자 "아모리 철 장막의 삼팔三八선 경계선이라기루, 십육十六년간 고스란히 조국의 독립을 위해 몸을 바친 내 남편이었으니 수이 넘어오시겠지"[21]라는 생각으로 남편을 기다린다. 그녀는 지속적으로 구애해오던 남편의 친구를 통해 남편이 임시정부 요인들과 함께 서울로 돌아왔지만 반탁 진영에 가담한 반동파이므로 고향에 돌아오면 인민재판에 회부되거나 국외로 추방될 것이라는 협박을 받게 된다. 그리하여 아들을 먼저 서울로 보낸 뒤 가산을 정리하여 고초를 무릅쓰고 38선을 월경하여 서울에 정착한다. 그런데 서울에서 생활하던 중 몸에 이상이 있어 병원을 찾았다가 임신한 사실을 알게 돼 절망한다. 남편과 헤어진 뒤 아들을 키우면서 정절을 지켜왔던 그녀는 38선 월경 과정 중 일행에 뒤처져 경비병에게 잡히고, 수중에 가지고 있었던 5만 원을 빼앗기지 않기 위해 겁간을 당해 임신했던 것이다. 이후 임신 사실을 알고 낙담한 그녀는 자살이나 낙태를 하고자 하지만 그러지 못한 채 아들 몰래 아이를 낳기 위해 병원에 입원한다. 그리고 그 병원에서 16년 만에 남

---

[21] 金松, 「貞任이」, 『白民』, 1948.1, 96쪽.

편과 해우하여 남편에게 자신의 과오를 고백하며 남편이 돌아왔으니 아들을 맡기고 죽겠다고 말한다. 이에 남편은 아내의 '순결한 정신'을 높이 산다며 그녀를 용서하는 태도를 보인다.

생활을 위해 돈을 선택하고 정절을 버릴 수밖에 없었던 여성, 그리고 그러한 여성을 용서하고 신뢰하는 민족주의자 남성이라는 젠더적 위계화를 통해 다시금 해방 이후 젠더 정치의 한 맥락을 확인시켜주는 「정임이」의 이야기에서 주목되는 것은 38선 월경 과정에서의 여성의 수난이 해방 이전부터 지속적으로 이어지고 있었다는 점이다. 남편의 만주 망명 이후 자신에게 성적으로 접근해오는 남성의 위협, 해방 직후 북조선에서의 민청의 감시와 경고, 38선 월경 과정에서의 성폭력과 그에 대한 트라우마적 기억 등은 "이러한 운명은, 비단 당신 하나만이 아니라, 우리 전 민족이 벌서 오래 전붙어 수난受難을 겪은 바가 아니오"[22]라고 말하는 남편의 말 속에서 지속되는 민족 수난사 위에 위치한다. 그러니까 38선 분단이 전후 처리 과정에서 해방 이전부터 미소 양군에 의해 이루어진 것처럼, 38선 월경은 제국-식민지 체제기부터 해방 이후까지 지속되어온 민족 수난의 역사를 상징적으로 보여주는 것이다. 38선 월경 과정에서 한 청년이 "우리 조국, 아름다운 이 강산에 국경 아닌 이 국경을 짤은 재 그 누구냐? 비극의 삼팔三八선! 여러분 저─게 흐르고 있는 강물이 무엇인 줄 알어요─우리의 눈물입니다. 삼二천만의 눈물입니다. 자유에 목마른 배달 족속의 피눈물입니다"[23]라고 역설했을 때, 38선은 해방 전후 지속되는 민족 수난의 역사를 부각시킨다.

---

22 위의 글, 107쪽.
23 위의 글, 99쪽.

그리고 그때 개인들의 38선 월경의 행위와 그 속에 내재된 욕망은 모두 민족적 층위에서 의미화된다. 각각의 개인들이 어떠한 처지와 입장 속에서 38선 월경을 선택했든 간에, 그리고 그러한 38선 월경이 성공했든, 그렇지 않든 간에, 기본적으로 38선은 민족적 단위에서 인식되는 분할선으로 작동하고 있는 것이다. 물론 이는 당시 해방 정국의 정치적 상황과 담론들을 통해서도 쉽게 간취할 수 있는 바이다. 하지만 38선 월경의 행위가 민족 수난사에 포섭되고, 38선이 민족적 단위에서 인식된다면, 그것은 한편으로는 민족 통합의 당위적 명제를 예비하고 있는 것이기도 하다. 약소민족의 비애를 강조하면 할수록 그러한 것을 벗어나기 위해서 민족 간 분열을 일소해야만 한다는 정당성이 마련된다. 그리고 그때 38선 월경이라는 공간적 실천 행위의 주체로서 개인들의 의지와 욕망은 은폐되거나 무시되게 된다. 아니 그것은 민족 수난사의 맥락 속에서만 비로소 의미 있는 어떤 것으로 인식되는 것이다.

이상에서 살펴보았던 것처럼, 1948년을 전후해 씌어진 38선 월경 서사에서 해방 직후 만주를 출발하여 서울로 귀향하는 전재민 일가의 이야기, 아내를 만나기 위해 서울로 향한 남성의 이야기, 생존에의 위협 속에서 남편을 만나기 위해 서울로 이주한 여성의 이야기 등은 모두 약소민족이기 때문에 불가항력적으로 겪을 수밖에 없는 민족 이야기로 바뀐다. 그들이 어떠한 목적을 가지고 38선을 월경하여 서울로 향하는가는 부차적이고, 해방 직후 미소 양군에 의해 38선이 획정되어 민족의 이동이 통제되고 있는 상황, 그로 인해 민족이 분열되고 적대시되고 있는 상황이 서사 밖 현실 정치의 영역에서 펼쳐지는 좌우익의 이념 대립, 신탁통치에 대한 찬반, 남북한 정권 창출의 움직임을 추인하고 있는 셈이다. 월경자에게 38선은 고통과 공포의 대상이자 처절한 생존의 장소이지만, 해방은 되었지만 독립은 되지 않은 상황 속에서 제국-식민지 체제기 이래 억압되고 통제되어온 민족의 수난사의 맥락 속에서 그것은 민족적 비극으로 확장되고 있는 것이다.

4. 38선 월경의 (비)가시화와 이동의 (불)가능성

개인들의 38선 월경 이야기가 민족적 층위에서 수난사의 맥락 속으로 회수된다고 했을 때, 그 월경의 과정은 구체적으로 세목화되어 제시될 필요가 있다. 지난한 이동의 경로 및 불미한 교통 편, 통행의 불/허가, 출발에서 도착하는 과정에서의 이질적인 공간 인식과 장소 공포 등 지리적 이동의 과정에서 수행해야 하는 일련의 행위와 감정들이 시간적인 순서로 연쇄한다. 즉, 생명의 위험을 무릅쓴 간난신고의 과정 자체를 생생하게 재현해야만 이동의 통제를 받는 민족적 수난이 극대화될 수 있는 것이다. 한편, 이때 이동의 방향성은 대체로 북에서 남으로 제시된다. 물론 해방 이후 남한문학에 재현된 월경 이야기라는 점에서 일견 자연스러운 것처럼 여겨질 수 있지만, 이는 단순히 남북한의 이념적 구도가 지리적으로 전이한 양상을 보여주는 것만은 아니다. 징병으로 만주에 끌려갔던 주인공이 해방 이후 귀환하여 북조선 치안부 수사과에서 근무하다 2달 동안의 경찰관 생활을 그만두고 "처음의 결심대로, 서울로 가서 신시대에 맞는 학문을 닦아서, 무엇보다도 먼저 조선사람이 되어야 하겠다는 생각"[24]을 했던 것처럼, 38선 이남의 서울은 해방 이후 개인과 집단에게 정치적·경제적·문화적 헤게모니를 획득하기 위한 중심지로 인식되었다.

대체로 38선 월경이 월남의 과정으로 서사화되었을 때, 주목되는 것은 월경의 행위가 가시화되어 서사적 정당성을 획득하고 있다는 점이다. 앞서 염상섭과 김송의 단편소설에 나타난 월경의 과정은 개인과 집단이 이동을 수행하는 과정을 하나의 단일하고 통합된 내러티브로 구축하는 것을 통해 서사적 정당성을 확보한다. 더욱이 그러한 서사적 정당성은 서사 밖 정치적 상황—강대국에 의해 획정된 38선으로 인해 월경이 통제된 현실—에 의해 억압받는 민족의 고통을 환기시키면서 그 자체로 의심의 여지없는 것으로 받아들여지게 된다. 미소군정 체제하 38선 월경은 처벌과 금기의 대상이지만, 민족적 층위에서 그것은 구체적으로 가시화되어야만 정당한 행위로 인정받을 수 있는 것이다. 그것이 비가시화되거나 흐릿하게 처리된다면, 38선 월경의 행위는 그것을 수행하는 개인과 집단의 욕망이 어떠하든지 간에 정당성을 상실하게 된다. 이는 앞서 염상섭과 김송의 소설 속 월경자들이 월경을 감행한 이유가 무엇이었든지 간에 민족의 일원, 특히 남한사회의 일원으로 국민-됨의 자격을 부여받을 수 있는 가능성을 암시하는 것이다. 하지만 쉽게 짐작하다시피, 38선을 월경한 자들 중에는 민족이나 국민의 경계 속에 포섭되지 않는 자들 역시 엄존했다.

그렇다면 38선 월경자들 중 월경의 과정이 축소되거나 은폐되는 자, 아니 월경의 과정이 서사적으로 구체화되지 않는 자들은 누구인가? 여

---

24 廉想涉, 「엉덩이에 남은 발자국」, 『廉想涉全集 10 – 중기단편 1946~1953』, 民音社, 1987, 53쪽.

기에서는 민족 수난사의 맥락 속에서 위치 지어지지 않는 월경자들에 주목하고자 한다. 제국-식민지 체제 붕괴 이후 식민지 말 전시총동원 체제에 의해 이동했던 인구와 물자들은 탈식민-냉전 체제 형성기 새로운 이동의 과정을 수행해야 했다. 귀국과 귀향, 인양과 소환 등 체제의 전환에 따른 이동의 조건이 변화하면서 38선을 월경했던/해야만 했던 자들은 한국인들만이 아니었다. 그리고 비록 흐릿하게 처리되어 있지만 그들의 월경의 흔적은 38선을 월남하는 한국인들의 이야기 곳곳에 파편적으로 제시되어 있다.

이와 관련해 먼저 눈에 띄는 존재는 구舊식민자 일본인이다. 패전 이후 인양되어 본국으로 돌아가고자 했던 그들, 집단 수용소를 탈출해 도망가고자 했던 일본인의 흔적은 허준의 「잔등」에서처럼 해방기 한국소설에서 간간이 발견된다.[25] 앞서 살펴보았던 염상섭의 「삼팔선」의 서사에서도 찰나적이지만 그들의 모습을 확인할 수 있다. 기차로 신막까지 갔다 남하하기가 곤란해 사리원으로 되돌아온 피난민 일가가 구제소를 찾아가던 중 길가 골목 모퉁이에서 일본 여성과 아이들의 한 떼가 짐을 내려놓고 쉬다가 자신들을 보고 소스라치게 놀라는 것을 대하면서 "쫓겨 다니는 우리를 부럽게 보는 존재도 있고나! ……너이가 우리를 부럽게 볼 때도 있고나……"라며 "여기는 내 나라 내 땅이라는 고마운 생각"을 갖게 된다.[26] '쫓겨 다니는' 신세로 전락한 피난민, 38선 월경이 통

---

25 허준의 「잔등」에는 패전 직후 소군정 체제하 집단 수용소 격인 '특별구역'에 억류된 잔류 재조일본인들이 등장하는데, 그들 중 일부는 탈출을 감행하기도 하지만 붙잡혀 재산을 몰수당하고 탄광 등으로 보내지기도 하였다. 그런 점에서 그들은 돌아갈 수 없는 자들로, 비천한 육체를 가진 호모 사케르였다. 이에 대해서는 이 책의 4장 참조.
26 廉想涉, 「三八線」, 19쪽.

제되어 이동의 자유가 허락되지 않은 조선인들에게 패전 국민으로서 일본인의 이동의 통제는 제국-식민지 체제의 붕괴 이후 식민자와 피식민자의 뒤바뀐 처지를 실감하게 한다. 물론 이러한 장면을 두고 38선 월경의 비가시적 존재로서 일본인에 대해 논의하는 것은 매우 제한적이다. 하지만 이 소설에서 38선을 월경하다 검거되어 조선인 피난민들이 임시 거처로 사용하고 있던 신막역 대합실에 구금된 일본인들이 등장한 점을 감안했을 때, 38선 월경자들 중 일본인의 존재를 결코 간과할 수는 없다.

38선을 월경하는 피난민들에게 일본인들은 대체로 수용소에 집단 구금되어 이동이 통제된 자들로, 이동 중인 조선인들과는 대비적인 존재로 인식된다. 이는 패전과 해방으로 인한 체제 변동이 이동의 통제 대상을 역전시킨 상황을 보여주고 있다고 할 수 있다. 하지만 조선인들 또한 미소 양군에 의해 획정된 38선 월경을 자유롭게 수행할 수 없다는 점에서 이동의 제약을 받고 있었다는 것을 상기한다면, 이는 조선인들이 피식민자로서 통제되었던 이동의 자유가 해방 이후에도 결코 허락되지 않았다는 점을 환기시킨다. 또한, 남북한 체제의 수립 및 사회 구조의 변화 속에서 조선인들의 이동이 통제되었던 반면, 일본인들의 이동이 허락된다면 그것은 제국-식민지 체제하 조선인들의 차별적 지위를 상기시키는 것으로 조선인들의 반발을 불러일으킬 수 있게 된다. 패전 국민은 미소군정에 의해 전후 처리 과정에서 인양되었지만, 신변에 위협을 느끼거나 다른 이유로 38선 월경을 감행한 일본인들은 상존했다. 하지만 그들의 38선 월경은 대체로 은폐되어야 했다. 이는 일본인의 이동이 가시화되어 전재민이나 피난민의 수난의 서사로 인식된다면, 그 자체로 정당성을 갖게 될 수 있다는 점을 차단하고자 했기 때문이라고 할 수 있을 것이다.

물론 일본인에 의해 씌어진 귀환 기록 중 후지와라 데이의 『흐르는 별은 살아 있다』가 남한사회에서 대중적으로 큰 반향을 불러일으킨 읽을거리였고, 비교적 오랜 기간에 걸쳐 문화상품으로 소비되었다는 점, 그리고 그 속에 일본인 귀환 과정 중 38선 월경 체험이 구체적으로 가시화되기도 하였다는 점을 간과할 수 없다. 1946년 5월 남북한의 자유로운 통행이 봉쇄되고, 1948년 이후 38선에서 발생한 충돌이 미소 간의 분쟁에서 남북 간의 분쟁으로 전화한 상황 속에서 일본인의 38선의 돌파와 월남의 서사는 조선인의 38선 월경과 마찬가지로 고통과 긴장을 수반하는 수난의 이야기로 조선인의 감정 구조를 자극할 수 있는 것이었다.[27] 월남의 체험과 기억을 가지고 있는 조선인, 특히 남한 사람들에게 일본인 여성의 38선 월경, 월남의 이야기는 공감을 자아내기에 충분했던 것이다. 하지만 후지와라 데이의 귀환의 기록이 남한의 매체에 처음 등장한 것이 1949년 8월 잡지 『민성』을 통해서라는 점을 적극 감안할 필요가 있다. 진명인이 번역하여 「삼십팔도선三十八度線」이란 제목으로 「흐르는 별은 살아 있다」의 일부를 게재한 『민성』 1949년 8월호에는 "만주滿洲에 있던 과학자科學者의 아내로써 종전終戰 후後 북조선北朝鮮으로 피난避難하기 일 년여一 年餘에 다시 일본日本으로 전재민戰災民들과 함께 귀환歸還한 실정實情을 엮은 등원정부인藤原貞夫人의 장편長篇 「흐르는

---

27 이에 대해서는 김예림, 「종단한 자, 횡단한 텍스트-후지와라 데이의 인양서사, 그 생산과 수용의 정신지(精神誌)」, 권혁태·차승기 편, 『'전후'의 탄생-일본, 그리고 '조선'이라는 경계』, 그린비, 2013, 216~252쪽 참고.

별은 살아 있다」의 일부—部이다. 그는 세 아이를 다리고 삼십팔도선三十八度線을 넘을 때 이러했다고 여실如實히 기록記錄하고 있다. 일인日人의 글로만 보아 넘기기엔 아까웁다"[28]라고 부기가 달려 있다. 피난 전재민의 생존기가 구식민자 일본인에 의한 식민의 체험과 기억을 초과해 수난이야기로 봉합되고 있는 셈이다. 하지만 1949년 8월의 시점에서 후지와라 데이의 귀환 서사가 남한사회에서 유통될 수 있었던 것이 수난사의 내러티브적 효과 못지않게 1948년 분단 체제의 성립 이후 북한과의 체제 경쟁 과정 속에서 반공국가로 일신해갔던 남한사회의 이념적 구심력이 발휘되었다는 점 역시 감안해야만 할 것이다. 적어도 1948년 남북한 단독정부 수립 이전 38선 월경 서사에서 행위의 주체는 남한사회의 '민족-됨'을 획득할 수 있는 조선인이었지 식민의 체험과 기억을 상기시키는 일본인은 아니었던 것이다.

이 사람도 잠상潛商인가 싶었다. 잠상군이 아니기로 이런 길을 나서면 주사약 한 상자라도 지녔을 것이요 흰 것(아편가루) 아니면 일본 지폐장이라도 구두창 밑이든지 여자의 속것춤에 숨겨가지고 왔을지 모를 거라. 운수 좋아서 녀자가 붙들려가지 않을 경우면 여자의 몸은 그리 뒤지지 않는다기도 하거니와, 요지막까지도 삼팔三八 이북에서는 일본 돈 시세가 좋아서 돈 장사의 왕래가 상당하다. 남쪽에서 일본 돈을 몸에 지닐 수 있는 대로 지니고 건너서면 이북에 있는 일본 사람은 조선 돈이나 만주 돈과 바꾸어 두느라고 갈급이 난 것이다. 그러나 이북에서도 일본은행권은 통용이 아니 되고 일본으로 돌려보낸

28 『民聲』, 1949.8, 67쪽.

다는 예정은 점점 밀려가니 조선은행권이나 만주 돈을 다 쓴 사람은 저의끼리 바꾸어 쓰기도 하겠지마는 그나마 일본 사람 전체에 미천이 들어나면 일본은행권을 생으로 먹는 수도 없고 팔아먹을 것은 다 팔아먹고 나면 미구불원에 굶어 죽을지 모를 형편이다. 일본은커녕 전재민도 어름어름 하다가는 가도 오도 못 하고 굶어죽을 판이다.[29]

한편, 38선 월경자들 중 피난민의 그것만큼 이동의 과정이 구체적으로 제시되어 있지는 않지만, 비록 흐릿하게나마 가시화되는 자들이 이른바 '잠상꾼'이다. 신막 구제소에서 만난 여성—몸뻬와 블라우스를 입고 운동화를 신었으며 서울말을 사용하는—을 통해 비싼 서울 쌀값과 38선 월경 과정을 전해 들으면서 그녀가 잠상꾼은 아닌가 의심하는 위의 최태응의 소품 「사과」를 통해 당시 38선을 넘나들며 밀매하는 자들의 존재를 짐작할 수 있다. 38선은 인구의 이동뿐만 아니라 물자의 이동 또한 통제하고 있었지만, 그것이 실제 물자의 엄격한 금수로 이어진 것은 아니었다. 해방 직후 북조선 고향마을에서 농민조합의 책임자이자 청년동맹의 간부였던 윤은 소설가로 일생을 보내고자 '민족적인 과업'을 버리고 문학 활동의 중심지라고 여겨진 서울로 이주하여 정착한다. 하지만 서울의 분위기가 예상과 달라 인민대중을 위한 문학 활동을 하기 위해서는 굳이 서울이 아니어도 된다고 여기면서 독립이 되고 '월경죄'를 비롯한 관련 법령들이 철폐되면 고향으로 돌아갈 수 있을 것이라고 생각한다. 그런데 아내가 아이를 데리고 서울로 넘어와 고향

---

29 위의 글, 10~11쪽.

으로 돌아가지 못하고 극빈한 생활을 이어간다. 그러다가 고향 인근 마을 청년이 가지고 온 어머니의 편지를 통해 배편으로 사과를 보냈다는 소식을 접한다. 사과를 팔아 생활에 가용하고자 기대를 품고 마포 나루에 가 배가 도착하길 기다리던 윤은 배가 파선된 소식을 듣고 망연자실해 하는 한편, 고향과 어머니에 대한 짙은 향수를 느낄 뿐이었다.[30]

이 소품에서 주목되는 것은 인편으로 서신이 왕래하고 배편으로 물자가 옮겨지고 있다는 점이다. 해방 이후 남한사회에서 물가가 앙등해 생활 기반이 없던 월남민들은 극빈한 삶을 연명해갈 수밖에 없었는데, 38선 이북에서의 물자가 이남으로 넘어와 일정 부분 구제책이 되고 있었다. 38선 월경 서사에 관한 논의에서 주목되는 것은 대개 이동하는 인구이고, 그러한 인구가 어떠한 간난신고의 과정을 거쳐 월경을 미/완료하느냐, 그리고 그러한 월경의 수행이 갖는 정치적 의미가 (사후적이라고 하더라도) 무엇인가에 있다는 점은 주지하는 바이다. 하지만 인구뿐만 아니라 물자의 이동이 엄격히 통제된 상황 속에서 비록 바닷길을 통해서라도 물자가 38선 이북에서 이남으로 옮겨지고 있었다는 것은 38선이 모든 것을 봉쇄할 수 없었다는 것을 보여준다. 뿐만 아니라 앞서 잠상꾼의 사례에서처럼, 인구와 물자의 차단을 위해 세워진 38선이 역설적으로 새로운 형태의 이동을 가능하게 했다는 점 또한 간과할 수 없는 사실이다.[31] 이동의 통제와 차단은 이동하고자 하는 자의 욕망을

---

30 崔泰應, 「사과」, 『白民』, 1947.3, 76~83쪽.
31 이와 관련해 김재웅은 「북한의 38선 접경지역 정책과 접경사회의 형성－1948~1949년 강원도 인제군을 중심으로」(『韓國史學報』 제28호, 고려사학회, 2007, 123~178쪽)에서 해방 이후 38선 통제 정책에도 불구하고 사람과 정보, 물자가 넘나드는 접경지역으로서 다양한 유형의 남북교류가 창출된 역동적 공간이 있었음을 구명하였다.

거세시키는 것처럼 보이지만, 오히려 예기치 않은 새로운 이동을 낳기도 하는 것이다.

　물론 38선 봉쇄와 이동의 통제가 육로가 아닌 바닷길을 통한 물자의 이동이나 잠상꾼의 불법적인 경제 활동 등 새로운 이동의 형식을 낳았다고 하더라도, 그러한 이동이 서사 속에서 구체적으로 제시될 수는 없다. 그것은 그 자체가 불법적인 행위이기도 하지만, 민족적 층위에서만 월경의 행위가 서사적 정당성을 획득하고 있는 상황 속에서 그것들이 가시화되어 제시된다면, 먹고살기 위한 생존의 방편으로써 잠상꾼이나 물자의 이동 또한—비록 미소군정청의 법제에 의해서는 불법이라고 하더라도—충분히 용인될 수 있는 어떤 것이 되어버리게 되기 때문이다. 그리고 상황이 그러하다면 월경의 행위 중 정당한 것과 그렇지 않은 것 사이의 경계, 민족적인 것과 반민족적인 것 사이의 위계화된 이분법적 질서 자체가 와해될 수 있다. 따라서 앞서 살펴보았던 것처럼 1948년 전후 38선 월경 서사에서는 북에서 남으로 이동하는 자들, 민족 수난사의 맥락 속으로 포섭되는 피난민들의 행위만이 구체적으로 가시화되어야 했던 것이다. 비가시적인 것들, 흐릿하게 처리되어 찰나적으로 스쳐지나가는 것들, 38선이 없었다면 역설적으로 보이지 않을 것들이 보이게 되는 흥미로운 상황이 펼쳐지고 있지만, 그럼에도 그러한 비가시적이고 흐릿한 것들의 서사적 출현은 월경의 과정이 가시화되어 구체적으로 제시되는 월경자들의 이동을 그 자체로 정당한 것으로 만들었던 것이다.

5. 귀환과 피난, 그 사이의 월경

38선은 휴전선이라는 명명법이 상징적으로 드러내는 것처럼 한국전쟁의 결과가 아니라, 아시아-태평양전쟁 전후 처리 과정에서 미국의 대아시아 정책의 일환으로 전개된 미국군의 한반도 주둔·점령을 위한 군사상의 필요에 의해 획정된 분할선이었다. 38선을 기준으로 이북과 이남에 소련군과 미국군이 진주·점령하고, 군정청이 설치되어가는 가운데 남한사회에서는 38선 철폐를 위한 움직임이 활발히 일어났다. 38선은 민족의 통일을 통한 독립국가 건설의 장벽으로서 해방은 되었지만 독립은 달성하지 못한 조선인들에게 독립을 위해 반드시 철폐되어야 하는 것이었다. 하지만 미소공동위원회의 결렬과 신탁통치 체제가 강고화되어가면서 38선은 남북한의 배타적 적대관계를 강화하는 이념의 분할선으로 작동하였다. 1948년 단독정부 수립, 남북한 분단 체제의 성립을 전후 한 시기에 생산된 38선 월경 서사에서 38선 월경의 행위는 민족 수난사의 맥락 속으로 포섭되어갔다. 그때 지난하고 고통스러운 38선 월경의 과정은 북에서 남으로의 방향성을 띠었고, 남한사회의 민족-됨을 예비하는 인구의 이동으로 가시화되어 서사적 정당성을 획득했다. 하지만 그 가운데에는 구식민자였던 일본인이나 불법적인 월경을 감행하는 잠상꾼들이 비록 흐릿하게나마 그 흔적을 남기고 있었다. 그들의 38선 월경은 구체적으로 서사화되어 제시되지 않은 채 비가시적인 것들로 남아 있었지만 엄연히 존재했다. 그런 점에서 38선 월경 서사는 민족적 층위에서 월경하는 개인과 집단의 행위와 욕망에 정당성을 부여하는 효과를 발휘했던 것이다.

1945년 8월 15일 제국 일본의 패전과 식민지 조선의 해방으로 제국
-식민지 체제가 붕괴된 이후 미소군정의 남북한 주둔 및 점령, 1948년
단독정부 수립을 거쳐 1950년 한국전쟁의 발발에 이르기까지 한반도
를 둘러싼 정치적·경제적·군사적 격랑 속에서 인구의 이동은 폭증했
다. 그리고 그때 이동하는 인간들은 탈식민-냉전 체제 형성기를 거쳐
냉전-분단 체제의 그늘로 회수되어갔다. 식민지 말 전시총동원 체제에
의해 질서화되고 구조화된 이동의 조건·형식·방향 등은 제국-식민지
체제의 붕괴 이후 다채롭게 분기했지만, 그것들은 다시금 냉전-분단
체제하 사회 구조의 재편 과정 속에서 재조직되었다. 해방 직후 전재민
의 귀환, 단독정부 수립 전후의 38선 월경, 한국전쟁 전화로부터의 피
난 등 대규모 인구의 이동은 대체로 개인과 집단의 생존을 위한 것이었
지만, 냉전-분단 체제가 형성되고 강고화되는 과정 속에서 그것들은
어떤 정치적 선택의 결과로 수렴되었다. 해서 어디에서 어디로 이동하
는가/이동하지 않는가는 존재의 조건으로서 작동했던 것이다.

해방 이후 한국소설 역시 이러한 인구의 이동에 주목했다. 익히 알려
진 남한 문학사에서의 귀환 서사와 월남 서사가 하나의 서사 형식으로
인식되고 있는 것 또한 이와 무관한 것이 아니다. 그런데 귀환에서 월
남에 이르는 일련의 이동 과정 속에서 38선 월경은 귀환 '이후'나, 월
남의 부차적인 형식 정도로 다루어지거나, 그것만을 따로 떼어 정치적
선택의 행위로 의미화되는 경우가 많았다. 귀환은 제국-식민지 체제의
붕괴를, 피난은 한국전쟁의 참화를 상징적으로 드러내는 이동으로 각
각 의미화되면서 38선 월경은 해방 정국의 정치적·경제적 혼돈 상태
를 상징적으로 드러냈던 것이다. 하지만 체제의 전환이 곧바로 단절을

의미하는 것이 아니듯, 각각의 이동의 형식들이 개인과 집단이 처한 이동의 조건들을 상징적으로 보여주는 것이라고 하더라도, 귀환에서 월경을 거쳐 피난에 이르는 과정은 하나의 내러티브로 포착할 필요가 있다. 그래야만 1945년 8월 15일 해방 직후부터 한국전쟁 휴전 이후 1950년대에 이르기까지 냉전-반공 체제하 국가주의 권력이 어떻게 개인들의 이동을 통제하고 균질화시켰는가, 또는 개인들이 그러한 국가주의 권력에 응수해 어떻게 자기만의 이동을 수행해갔는가 확인할 수 있을 것이다.

제7장

해방 공간의 재편과 접경/연대의 상상력

이광수의 『서울』을 중심으로

1. 해방 전/후의 공간 재편과 이동의 수행성

1945년 8월 15일 '해방'이라는 사건은 제국-식민지 체제에서 탈식민-냉전 체제로의 전환을 낳았다. 그에 따라 기존 식민지 조선인들의 삶의 조건들은 해방 조선의 체제regime 변동에 조응해 재편되어야 했다. 특히 식민지 말 전시총동원 체제하 제국 일본의 충직한 신민臣民으로서 위상을 부여받았던 조선인들은 해방 이후 민족국가 건설의 주체로서 자기 자신을 재정립해야만 했다. 식민의 체험과 기억은 해방 직후부터 전개된 탈식민화의 움직임 속에서 극복되어야 했고, 새롭게 도래할 민족국가에 대한 염원 속에서 민족성을 자각하고 민족문화를 창달하는 것을 통해 민족의 일원으로 거듭나야만 했던 것이다. 이처럼 해방 전/후는 해방이라는 사건을 임계점으로 분기하고, 체제의 전환을 통해 단절의 대상으로 인식되었다. 하지만 사건으로서의 해방이 이전과 이후의 단절을 낳고, 개인들로 하여금 새로운 체제의 질서와 문법에 의해 삶을 영위하게 했다고 해서 해방 이후가 해방 이전과 완전히 절연할 수 있었던 것은 아니었다. 특히 해방이 곧 독립으로 이어지지 않았기 때문에, 미소군정 체제하 조선인들의 삶의 조건들은 여전히 제국-식민지 체제하의 그것들로부터 자유로울 수 없었다.

그럼에도 해방을 통한 단절의 감각은 탈식민화의 욕망과 민족국가 건설의 기치 속에서 강화되었다. 해방 이후에도 제국-식민지 체제의 질서와 문법이 지속되어 조선인들의 행위와 욕망을 추동하고, 사회 구조를 재생산한다면, 식민화된 상태는 고착화될 뿐이었다. 탈식민화의 욕망은 과거 식민지시기를 민족 수난사의 맥락 속에 위치시키는 한편, 식민권력에 대한 저항의 편린들을 통합하게 했다. 제국-식민지 체제기 개인적·집합적 행위들은 대체로 상실된 주권을 회복하기 위한 일련의 움직임으로 내러티브화되었고, 내러티브를 구축하는 핵심에 '민족성'이 자리 잡게 되었던 것이다. 물론 이때 민족성은 단일민족 신화에 기대어 결코 훼손되어서는 안 될 그 자체로 어떤 고유성을 갖는 것으로 의미 부여되었고, 개인과 사회, 민족과 국가 사이의 강력한 유대감과 결속력을 창출하는 구심력으로 작동하였다. 해서 해방 직후부터 민족국가 건설에 관한 다양하고 이질적인 목소리들이 분출되었고, 그것은 이념과 노선, 정치적 비전과 전망에 따라 차이를 보이기도 했지만, 대체로 민족 로망스의 자장으로부터 결코 벗어난 것은 아니었다.

한편, 해방이라는 사건은 공간 단위에서도 그 이전과 이후를 분절한다. 식민지/탈식민지, 민족 수난의 현장/민족적 열기의 해방 공간, 억압과 통치의 공간/해방과 자유의 공간 등 이분법적 공간 위계화 속에서 식민지 조선과 해방 조선은 전적으로 다른 공간 질서와 문법에 의해 구축되고 작동하고 있는 것처럼 여겨진다. 이는 체제의 변동이 공간성의 변화를 가져왔다는 인식에 근거한 것이다. 특히 식민지 말 전시총동원 체제하 전쟁 수행을 위해 전장戰場과 후방後方으로 연쇄한 대동아공영권大東亞共榮圈에 통합되었던 식민지 조선은 해방 이후 민족국가 건설을 위해 민족성이 충만한 공간으로 재편되었다. 하지만 쉽게 짐작할 수 있듯이, 식민지 말 전시총동원 체제하 식민지 조선의 공간 재편의 논리와 문법은 해방 이후 미소군정 체제를 거쳐 단독정부가 수립되어 분단 체제가 성립되어가는 과정 속에서도 여전히 그 힘을 발휘하고 있었다. 이른바 전쟁 수행을 위한 동원의 공간화(또는 공간의 동원화)는 민족국가 건설을 위한 과정 속에서도 변형되어 유지·존속되고 있었던 셈이다.

여기에서 주목되는 것은 식민지 말 전시총동원 체제든, 해방 조선의 민족국가 건설을 위한 정치 체제이든, 근대 국민국가의 조직 원리에 기초하고 있었다는 점이다. 즉, 국가 주권, 영토적 완결성, 국가 공동체라는 원칙[1]에 의해 식민지 조선과 해방 조선의 공간성이 구축되고 있었다. 특히 영토적 완결성이라는 측면에서 해방 전/후 조선은 균질적이고 통합된 공간으로 위치 지어져야만 했다. 제국 일본의 전쟁 수행을 위해 병참기지로 위치 지어진 식민지 조선이나 해방 이후 민족국가 건설을 위해 한민족의 영토로 거듭났던 해방 조선은 그 자체로 내적 구심력을 갖는 통합된 공간 질서를 구축해야만 했던 것이다. 그리고 그러한 공간 질서는 대체로 체제의 실정성positivity을 강화시키는 방향으로 수

---

1 John Agnew, *Geopolitics : Re-visioning world politics*, Routledge, 2003, pp.15~83.

렴되었다. 즉, 균질적이고 완결성을 지닌 통합된 공간과 '다른 공간들'은 체제의 실정성을 위협하거나 그것에 균열을 일으키는 것으로, 거부되거나 부인되었다. 따라서 근대 국민국가의 조직 원리에 기초한 해방 전/후의 조선, 특히 영토적 완결성에 의해 구축된 식민지 조선 및 해방 조선('한반도')과 '다른 공간들'은 삭제되거나 은폐되었다. 하지만 이 '다른 공간들'은 엄연히 존재했다.

식민 통치 권력이나 해방 조선 건국의 열망이 강력한 공간 구심력으로 작동하고 있었던 것은 틀림없는 사실이었지만, 언제나 비균질적이고 분열된 공간들은 상존했던 것이다. 그런 점에서 공간 재편의 결과가 아닌 그 과정에 눈을 돌려야 한다. "공간은 그 자체로는 절대적이지도, 상대적이지도, 관계적이지도 않지만, 상황에 따라 그중 하나가 되기도 하고 동시에 모두가 되기도 한다. 공간을 적절하게 개념화하는 문제는 인간의 실천을 통해 해결된다. (…중략…) '공간이란 무엇인가'라는 질문은 따라서 '어떻게 상이한 인간 실천이 공간의 상이한 개념을 창출하고 또 그것을 사용하는가'라는 질문으로 대체된다."[2] 비균질적이고 분열된 공간들은 공간적 실천 행위의 주체들의 수행적 과정을 통해 비로소 공간적 의미를 획득하게 되고, 그러한 결과 중 하나로서 해방 이후 민족적 공간이 창출되었던 것이다. 따라서 해방 조선을 민족국가 건설의 장으로 균질화하여 통합하려고 하는 것은, 그리고 그를 위해 동일한 논리에 의해 식민지 조선을 억압과 착취, 통제와 차별의 수난의 장으로 명명하는 것은 '유토피아'에 대한 욕망에 다름 아니다.

---

2   David Harvey, *Social Justice and the City*, The University of Georgia Press, 2009(Revised Edition), pp.13~14.

그런데 이러한 욕망은 대체로 탈식민화 움직임 속에서, 이후 민족국가 건설과 전개 과정 속에서, 민족 로망스에 의해 사후적으로 만들어지고 강화되었다. 해방 이후 조선(또는 한반도)을 영토적 완결성을 지닌 공간으로 통합한 것은 해방 직후부터 다양하고 이질적인 공간적 실천 행위를 수행했던 주체들의 움직임과 그로 인해 새롭게 창출된 공간들의 의미를 오직 민족국가의 경계 안으로 끌어들이고자 하는 욕망, 그것도 전 세계적인 냉전 질서와 남북한 분단 체제하 반공국가로서 자신의 위상을 끊임없이 강화해온 남한사회의 사후적 욕망이 개입한 결과였다고 할 수 있다. 단일민족 신화와 순혈주의에 기초한 민족국가의 정통성을 확보하기 위해서는 그 출발점이라고 여겨진 해방기 조선인들의 분열증적인 공간적 실천 행위와 그로 인한 이질적 공간 창출은 애써 무시되거나 은폐되어야만 했던 것이다. 하지만 해방 조선은 적어도 공간 단위에서는 "양립 불가능할 수밖에 없는 여러 공간을 실제의 한 장소에 겹쳐 놓는 데 그 원리가 있"[3]는 '헤테로토피아'에 가까웠다고 보는 것이 온당하다. 식민과 해방, 군정과 자유, 친탁과 반탁, 단정과 통일, 전쟁과 분단 등 한반도를 둘러싸고 펼쳐진 공간적 사유들을 살펴보아도 이는 쉽게 확인할 수 있다.

이 글에서는 해방 이후 조선을 민족국가 건설을 위해 균질적으로 통합된 '해방 공간'으로 파악하는 기존의 관점[4]에 거리를 두는 한편, 다양

---

3 미셸 푸코, 이상길 역, 『헤테로토피아』, 문학과지성사, 2014, 18~19쪽.
4 대표적으로 김윤식의 '해방 공간'이라는 명명법을 들 수 있다. 그는 해방 공간은 열려 있는 공간이라면서 그것이 나라 만들기의 과정으로 점철되어 있다고 말한다. 그리고 미소 양극 체제가 해방 공간의 폭, 범위, 궤도를 결정하는 '최종적 결정인'이라면서도 그와 무관한 '지배적 원인'에 의해 민족 문학론이 배태되었다고 주장했다. 이처럼 그는 민족국가 건설 과정에 기초해 해방 공간의 의미를 균질적으로 통합하고 있다. 김윤식,

하고 이질적인 공간들이 경합했던 장으로 전제하는 것에서 논의를 시작하고자 한다. 물론 이와 관련된 선행연구가 없었던 것은 아니다. 대표적으로 전 세계적인 냉전 질서와 동아시아 지역 질서 재편에 따른 해방 조선의 위상 변동 과정에 대한 연구,[5] 분단 체제 성립을 전후로 38선 표상과 월경의 상상력에 관한 연구,[6] 국민으로 포섭될 수 없는 자들을 통해 영토적 완결성을 구축하지 못한 해방 조선에 관한 연구[7] 등을 들 수 있다. 그런데 이러한 연구들은 주로 해방 조선을 둘러싼 공간 질서의 재편과 그 과정에서 작동하는 공간 지식의 메커니즘을 구명하는 등 괄목할 만한 논의를 개진했지만, 이동하는 주체의 수행적 과정 그 자체에는 상대적으로 주목하지 않았다. 즉, 해방 조선의 사회적 공간이 체제 변동 과정에 따라 어떻게 재편되었는가에 주목한 결과 공간성을 재구축한 주체의 이동의 과정이 갖는 의미와, 그러한 이동의 수행적 효과에 대해서는 다소 등한시했던 것이다.

하지만 이 글에서는 해방 조선에서 다양하고 이질적인 공간들이 경

『해방공간 한국 작가의 민족문학 글쓰기론』, 서울대 출판부, 2006, 서문 참고.

5 김예림, 「냉전기 아시아 상상과 반공 정체성의 위상학 – 해방~한국전쟁 후(1945~1955) 아시아 심상지리를 중심으로」, 『상허학보』 제20집, 상허학회, 2007, 311~345쪽; 장세진, 「해방기 공간 상상력의 전이와 '태평양'의 문화정치학」, 『상허학보』 제26집, 2009, 103~149쪽; 오태영, 「지정학적 세계 인식과 해방 조선의 정위 – 표해운의 『조선지정학개관』을 중심으로」, 『팰림시스트 위의 흔적들 – 식민지 조선문학과 해방기 민족문학의 지층들』, 소명출판, 2018, 367~405쪽.

6 정종현, 「탈식민지 시기(1945~1950) 삼팔선 표상의 지정학적 상상력 – 해방 후 이태준 소설을 중심으로」, 『현대문학의 연구』 제39호, 한국문학연구학회, 2009, 423~460쪽; 신지연, 「해방기 시에 기입된 횡단의 흔적들」, 『한국근대문학연구』 제32집, 한국근대문학회, 2015, 311~329쪽.

7 김예림, 「'배반'으로서의 국가 혹은 '난민'으로서의 인민 – 해방기 귀환의 지정학과 귀환자의 정치성」, 『상허학보』 제29집, 상허학회, 2010, 333~376쪽; 정주아, 「두 개의 국경과 이동(displacement)의 딜레마 – 선우휘를 통해 본 월남(越南) 작가의 반공주의」, 『한국현대문학연구』 제37집, 한국현대문학회, 2015, 247~281쪽.

합할 수 있었던 것이 무엇보다 공간적 실천 행위를 수행한 주체들에 의해서 가능하다는 점, 다시 말해 해방 조선을 살아가고 있었던 주체들의 공간적 실천 행위의 수행적 과정을 통해서만 공간들이 비로소 공간성을 획득하게 되었다는 점에 주목하여 논의를 전개해나가고자 한다. 공간의 사회적·문화적 의미가 그 공간을 인식하거나 감각하거나 소유하거나 이동한 신체에 의해서 발생한다는 것에 동의할 수 있다면, 공간성은 주체의 수행적 과정의 결과에 다름 아니기 때문이다. 특히 이때 수행적 과정은 대체로 '이동'의 형식을 갖는다. "이동은 자아를 넘어 세계를 자각하고 경험하는 중요한 방식이다. 이동은 세계를 보고, 느끼고, 경험하고, 아는 방식이며, 세계가 '감정'의 대상이 되는 방식이다. 따라서 모빌리티는 유의미한 방식으로 존재론적이고 인식론적이다. 세계에 대한 앎의 많은 부분이 이동과 관련된 다양한 대상을 통해 형성된다."[8] 따라서 소여로서 주어진 것처럼 보이는 공간(성) 또한 기실 개인적·집합적 실천 행위의 결과로서 사회적·문화적으로 구성된다는 점을 다시 한 번 강조할 필요가 있다. 이 글에서 관심을 두는 것은 바로 이 '수행적 공간'이다.

수행적 공간에 관심을 두는 이 글에서는 해방 조선을 살아가고 있었던 이동하는 주체들의 수행적 과정을 고찰하기 위해서 문학작품을 대상으로 삼아 논의를 전개하고자 한다. 서사는 인간의 이동을 사건으로 재구성할 뿐만 아니라, 완결된 서사 형식을 통해 그러한 인간의 이동에 어떤 정당성과 권위를 부여한다. 또한, 서사는 정책과 제도, 권력과 담

---

8 존 어리, 강현수·이희상 역, 『모빌리티』, 아카넷, 2014, 124쪽.

론이 공간을 균질적으로 통합하고자 하는 움직임을 서사화하면서도, 동시에 거기에 균열을 일으키거나 저항할 수 있는 문학적 상상력을 보여주기도 한다. 문학이라는 장치는 문학 이외의 장치들과 마찬가지로 체제의 실정성을 강화하는 효과를 발휘하기도 하지만, 그것을 약화시키는 효과를 자아내기도 하는 것이다. 이러한 관점에서 이 글에서는 이광수의 『서울』을 대상으로 논의를 전개하고자 한다.[9] 이광수는 1949년 2월 7일 반민특위에 체포되어 서대문형무소에 투옥되었다가 3월 4일 병보석으로 출옥한 뒤 8월 29일 불기소 처분되었다. 김윤식에 의하면, 그는 반민특위 기소 중 「사랑의 동명왕」을 집필하였지만 그것은 '오락형 야담'에 지나지 않았고, 『서울』을 연재하는 것을 통해 "세상에다 자기의 새로운 모습과 의미와 사명감을 동시에 드러내고자 하였다".[10] 즉, 식민지 말 체제 협력적인 행적으로 인해 단독정부 수립 이후 반민특위에 회부되어 조사를 받았고, 기소가 중지된 뒤 다시금 문학적 활동을 재기하려고 한 것이 『서울』의 연재라고 할 수 있는 것이다. 김윤식은 연재가 중단되지 않았으면, 민족주의자로서 이광수가 공산주의를 비판하는 서사가 『서울』에 전개되었을 것이라고 말하고 있지만, 이 글에서는 해방과 단정 수립 등 체제의 변동에 따른 이광수의 문학 활동이 어떻게 자기 재정립의 효과를 갖는지에 대해서는 관심을 두지 않는다. 이 글에서는 그러한 체제 변동에 따른 공간 재편과 이동하는 주체

---

9 이광수의 『서울』은 1949년 2월 25일 창간된 좌익적 색채의 『태양신문』 1950년 1월부터 연재되었던 신문연재 장편소설이었는데, 소설 속 청년들이 공산청년동맹의 지하조직에서 활발하게 활동하는 장면이 묘사되어 공산주의 사상을 선전·선동하는 것이라며 공보처의 연재 중단 경고를 받기도 하였다. 이에 대해서는 박정규, 「태양신문」, 『한국민족문화대백과사전』 참고(http://encykorea.aks.ac.kr/Contents/Index).

10 김윤식, 『이광수와 그의 시대』 2, 솔출판사, 1999, 463쪽.

들에 의해 창출된 남한(=서울)의 공간성에 주목하고자 한다.

물론 이 글에서 대상으로 삼고 있는 이광수의 『서울』 이외의 문학작품—범위를 좁혀 『서울』과 같은 신문연재 장편소설들—을 통해서도 체제 변동에 따른 남한사회의 공간 재편과 새롭게 창출되는 공간성에 대해 살펴볼 수 있다. 1945년에서 1946년까지 『자유신문』에 연재되었던 김남천의 「1945년 8·15」에서 조선공산당의 정치적 비전과 전망을 체화한 청년의 이동을 통해 좌파 이념 공간의 창출을 살펴볼 수 있고, 1948년 남북한 단독정부 수립을 전후로 한 시기에 『자유신문』에 연재된 염상섭의 「효풍」을 통해 좌우익의 정치적 이념보다는 미국식 자본주의적 질서 아래 재편되어가고 있는 남한사회의 혼종적 공간을 확인할 수 있으며, 1949년에서 1950년 초까지 『동아일보』에 연재되었던 김동리의 「해방」을 통해 48년 체제 성립 이후 반공 이데올로기에 기초하여 우파 민족주의의 이념 공간으로 협애화되어가고 있는 남한사회의 공간 질서를 파악할 수 있다. 하지만 이광수의 『서울』의 서사는 이상의 작품들에 나타난 해방 이후 남한사회의 체제 변동 과정 속에서 재편된 공간들을 압축적으로 보여줄 뿐만 아니라, 민족적 공간 창출 과정에서 (의도치 않게) 결코 그곳에 통합되거나 균질화될 수 없는 다른 공간들이 존재하고 있었음을 보여준다. 그리하여 그간 연구에서 거의 주목 받지 못한 이광수의 『서울』은 해방 이후 민족국가 건설의 기치 속에서 남한사회가 민족적 공간으로 통합되고 균질화된 과정에 어떠한 '다른' 공간적 실천 움직임이 있었는지, 그리고 그것들이 어떻게 가능했던 것인지 살펴보는 데 적합한 텍스트라고 할 수 있다.

2. 남한사회의 미국화와 문화 접경지대의 창출

이광수의『서울』의 서사는 1949년 12월 크리스마스 파티를 위해 모인 청년들의 첫 번째 회동으로 시작된다. 이 크리스마스 파티는 당시 서울에 거주하고 있던 청년 세대들의 사교 모임이었는데, 그것은 해방 이후 서양문화, 특히 미국문화의 남한사회로의 전파에 따른 새로운 청년문화의 한 형식으로 자리 잡은 것이었다.『서울』의 서술자는 크리스마스가 아직 한국인의 민족적 명절이 된 것은 아니라고 하면서 "예수교인과 댄스나 하고 싶은 젊은 사람들이나 향락의 핑계라면 아무 것도 놓치지 아니하려는 신식 부자 계급의 것에 지나지 못하였다"[11]라고 일갈하고 있다. 해방 이후 크리스마스는 이전 시기와 마찬가지로 사회적 소외 계층에 대한 관심을 촉구하거나 세계 평화를 염원하는 종교적 기념일의 성격을 지니고 있었지만,『서울』에서는 크리스마스를 문화적으로 소비하고 있는 것에 대해 비판적 시선을 보인다. 즉, 크리스마스 파티를 서구 추수의 무비판적인 청년 세대들이 향락에 도취된 상태를 나타내는 기표로 제시하고 있는 것이다. 그리고 무엇보다 크리스마스 파티에서 주로 이루어지는 남녀 간의 '댄스'가 이와 같은 미국식 문화에 무자각적으로 도취된 상태를 상징한다. 당시 청년들에게 댄스는 선진국의 서양인들이라면 모두 하는 것으로, 그 자체로 어떤 문화적 권위를 갖는 것으로 인식되어 사회 전반에 광범위하게 유행하고 있었고, 그런만큼 해방 이후 청년 세대들의 소비문화를 상징적으로 드러내는 하나

---

11 李光洙, 「서울」, 『李光洙全集 第十九卷』, 三中堂, 1963, 112쪽.

의 기호가 되었기 때문이었다.[12]

『서울』에서 박인순은 이규원·이음전 남매와 함께 김수선의 집에서 열리는 크리스마스 파티에 참석하기 위해 그녀의 집으로 향한다. 갓 대학에 입학한 박인순은 늦은 저녁시간에 젊은 남녀들이 모이는 것에 대해 모종의 불안감을 느끼기도 하지만, 새로운 방식의 청년들의 사교 모임에 은연중에 기대감을 가지고 있기도 하였다. 이 크리스마스 파티가 열리는 김수선의 집은 그녀의 아버지인 김만식이 해방 이후 미군정 체제기를 거쳐 오면서 미카오·홍콩·일본 등과 무역을 하여 거부가 된 뒤 소유하고 있는 대저택이다. 그곳은 넓은 마당과 정원이 있고, 개인 소유의 집으로는 쉽게 찾아볼 수 없는 연당을 건물 주위에 두르고 있으며, 대문을 한참 지나 양옥 현관이 있고, 다시 양옥에서 더 들어가면 조선식 대문과 행랑이 늘어선 형태를 취하고 있는 가옥 구조를 가지고 있다. 서술자는 조선식과 서양식이 조화되지 못한 상태에서 잡거하고 있는 형국이라고 비판적으로 논평하고 있지만, 이 저택 내부에는 응접실이나 홀과 같이 파티를 진행할 수 있는 공간이 구획되어 있다는 특징이 있다.

---

12 이와 관련해 염상섭의 「효풍」에 그려진 댄스홀 '스왈로'의 풍경을 참고할 수 있다. "베커는 머리를 받을까 무서운 좁다란 안문을 밀치고 들어서서 양장에 조선옷에 가지각색으로 꾸민 댄서들 틈에 양복 입은 '꼬맹이'들이 끼어서 서고 앉고 부산히들 서성거리는 품이 댄스 홀이라기보다도 명동거리에서 늘 보는 따이야징 장거리 같다고 발을 들여놓기가 싫은 생각이 들었다. (…중략…) // 우선 눈에 띄는 것은 이런 자리에는 어울리지도 않는 하얀 소복한 여자와 웃통을 벌겋게 내놓은 반나체(半裸體)의 양장미인(?)이다. 살빛이 희지도 못한 시뻘건 어깨짓이 떡 벌어진 것을 건너다보며 베커는 니그로!를 생각하였다."(염상섭,『효풍』, 실천문학사, 1998, 107쪽) 이후 미국인 청년 베커가 조선 남녀는 누구나 댄스를 할 줄 아냐고 묻자, 취송정의 여주인 가네코는 "이런 데 다니는 청년은 모던이랍니다. 인텔리층이죠. 여자는 나 같은 난봉꾼이구요"(위의 책, 108쪽)라고 답한다. 이를 통해 당시 댄스가 청년 세대들에게 하나의 문화로 유행하고 있었음을 짐작할 수 있다.

크리스마스 파티에 모인 청년 남녀들은 주선자인 김수선이 이끄는 대로 자신을 소개하는 한편 상대방과 교분을 쌓아 가는데 이성 간의 교제를 비롯해 서양식 파티 문화에 익숙하지 않았던 그들은 어색해한다. 다만, 그러한 어색함을 감추면서 파티를 만끽하는 것이 청년 세대로서 자신의 자유와 열정을 고양시키는 것이라고 여기고 있었고, 그리하여 다 같이 어우러져 댄스를 춘다. 물론 이는 오락과 유흥의 성격이 강한 것이지만, 당시 청년들로 하여금 문화인으로서 자신의 교양을 드러내는 한편 기존의 사회적 제도와 관습의 굴레에 갇혀 억압되었던 자유를 분출하는 문화적 실천으로 받아들여지기도 하였다. 무엇보다 그들은 첨단의 서양문화를 수행하는 주체로서 자기를 위치시키고자 했던 것이다. 서양문화에 경도된 그들의 모습은 주빈으로 참석한 서병달에 대한 시선과 인식을 통해 명확히 확인할 수 있다. 파티가 진행되고 있는 가운데 뒤늦게 도착한 서병달은 서양식 매너와 사교술에 능수능란한 남성으로 선망의 대상으로 그려진다. "서울서 지은 것 같지 아니한 더블 브레스트의 서 줄 있는 양복이 더욱 그를 후리후리하게 보이게 하였다. 빗질 잘한 오올백 머리와 가슴 호주머니에 삼각형의 귀를 늘인 흰 손수건이며, 여러 사람을 향하여서는 하는 목례와 이 사람 저 사람하고 악수하며 인사하는 것 등이 모두 서양적이요, 턱 자리가 잡혔다."[13] 파티에 적합한 의복과 행동, 상대방에 대한 예의 등은 기실 중국 공산당의 지령을 받고 남한에 침투한 스파이의 위장전술이었지만, 미국문화에 동경의 시선을 가지고 있었던 청년들에게 서병달은 서양식 매너와 교

---

13 李光洙, 앞의 책, 116쪽.

양을 갖춘 인물로 여겨지기에 충분했던 것이다.

그런데 이 파티가 해방 이후 남한사회에 유행하고 있었던 청년문화의 한 형식이라고 했을 때, 파티에 참석하는 청년들이 대체로 부르주아 지식인들이라는 데 주목할 필요가 있다. 파티 참석을 위해 돈을 갹출할 정도로 그들은 일정 정도 자본을 소유하고 있었고, 대체로 대학생으로서 지식인층에 속한 자들이었다. 그들은 별다른 경제 활동을 하지는 않았고, 부모의 재력에 기대어 소비생활을 이어가고 있었다. 즉, 이 청년들은 부모의 자본을 통해서 자신들의 문화자본을 획득해가고 있었던 것이다. 이런 점에서 앞서 언급한 것처럼, 파티가 열리는 곳이 무역상인 김수선 아버지의 대저택이라는 것은 의미심장하다. 그에 관한 구체적인 정보가 제시되어 있지 않지만 무역을 통해 거부가 되었다는 점에서 그가 미군정과 어떤 식으로든 연결되어 있으리라는 것을 짐작하는 것은 어려운 일이 아니다. 또한 파티에 참석한 박인순의 아버지 역시 미군정기 축재한 자로서 표면적으로는 예수교인으로 알려져 있지만, 그 이면에는 향락을 일삼는 이중생활을 하고 있는 자로 그려진다. 『서울』에서 그에 관한 정보를 조금 더 확인할 수 있는데, 그는 해방 전 가난한 교사 생활을 이어오다 미군정 체제기 미국 유학생이었던 전력을 활용해 미군정과 교섭하여 졸부가 된 인물이다. 법을 어기고 세금을 내지 않으면서 상업회의소 간부직이나 명예직 등에 올랐던 그는 김수선의 아버지와 마찬가지로 경제 권력에 기초하여 1950년 제2대 국회위원 총선거에 출마하려고 하는 자이다.

『서울』의 서사에 직접적으로 등장하지 않지만, 이들 해방 이후 미군정 체제를 활용해 부자가 된 자들에 대한 서술자의 입장은 명확하다.

"오늘날에는 가난 주접을 벗으려면 무슨 엉큼한 짓을 할 수밖에 없었다. 이 엉큼한 노름의 대표적인 것이 오늘에는 무역과 협잡이었다."[14] "정직과 근면이 값이 떨어지고 협잡과 아첨이 입신 양명의 태도가 되었다."[15] 해방 직후부터 가속화된 인구의 유입 및 물자의 부족, 물가의 앙등 등 극심한 경제적 혼돈 속에서 삶의 터전을 상실하고 극심한 빈곤 상태에서 하루하루 연명해가기 힘겨워했던 대다수 사람들과 달리『서울』에는 사치와 향락을 일삼고 있는 상류층 사람들이 등장한다. 서술자에게 있어서 그들은 국방과 치안을 담당하는 군경의 피복과 무장까지 타국의 원조를 받아 간신히 경제생활을 유지하고 있음에도 불구하고, 그와 무관하게 외국산을 애용하는 등 과소비를 일삼는 자들이다. 그리고 그들은 해방의 혼돈상태에서 미군정 체제에 기생하여 자신들의 부를 축재하는 데 여념이 없었던 브로커·협잡꾼들과 다름없는 자들로서 단정 수립 이후 자신들의 자본력을 바탕으로 정계에 진출하여 정치 권력을 장악하고자 하는 자들일 뿐이었다.

　미군정 체제기 무역과 협잡으로 대표되는 경제 질서의 재편과 그로 인한 남한사회의 경제적 혼돈상태에 대한 서술자의 비판적 인식은 그 자체로 중요한 것이다. 하지만 이 글의 관심사는 그러한 경제 질서를 중심으로 한 남한사회의 구조 재편 과정에서 유입된 미국문화를 향유하는 주체로서의 청년세대의 문화적 실천이 창출한 사회적 공간에 있다. 미군정 체제 초기부터 패권국가로서 지위를 확보하는 한편 동맹국으로서 영향력을 확대·강화하기 위해 미국이 자신의 권력을 내면화할

14　위의 책, 139쪽.
15　위의 책, 151쪽.

수 있는 다양한 장치들을 활용해왔고, 특히 그것이 남한사회를 살아가고 있던 개인들의 신체를 규율하기 위한 문화 미디어의 확산을 통해 이루어졌다는 것은 주지하는 바이다.[16] 따라서 해방 이후 미군정 체제를 거쳐 오면서 가속화된 남한사회의 미국화에 보다 집중할 필요가 있다. 해방 직후부터 미군과 소련군의 주둔·점령에 의한 한국사회로의 미국문화와 소련문화의 유입에 따른 문화변용은 충분히 짐작 가능한 것이었다. "해방解放을 계기契機하야 역사적歷史的 변혁기變革期에 진면直面하게 되엿고 직접적直接的으로는 미美, 소蘇 문화文化의 광면적廣面的 교류交流가 밀접密接히 약속約束될 것이 예상豫想되는 것이다 미국美國의 문화文化는 기위旣爲 반세기半世紀 전前 이래以來로 기독교基督敎를 통通하야 우리의 종교문화宗敎文化가 앙양昂揚될 뿐 아니라 일반적一般的 문화文化 요소要素가 우리 고유문화固有文化에 침투浸透됨이 만헛음을 시인是認하게 됨이며 소련문화蘇聯文化도 대륙大陸과의 연속적連續的 지연地緣과 사상적思想的 영향影響으로 우리 문화文化의 내부적內部的 변용變容을 온양蘊釀하고 잇음도 사실事實"[17]이었던 것이다. 하지만 미국과 소련을 중심으로 한 서양문화의 유입과 그에 따른 해방 조선의 문화변용은 각각이 독립된 문화적 단위로서 공존하고 있었다기보다는 그것들이 상호 침투하여 혼종적인 문화를 낳았다. 1946년 10월 11일 『경향신문』에 실린 「서울의 표정」에서 동서 문화의 교류상으로서 장죽을 물고 있는 미군과 마도로스파이프를 물고 있는 노인을 풍자적으로 제시하고 있는 것처럼, 한국문화와 서양문화의

---

16 허은, 『미국의 헤게모니와 한국 민족주의-냉전시대(1945~1965) 문화적 경계의 구축과 균열의 동반』, 고려대 민족문화연구원, 2008, 141~142쪽.
17 「變革期와 文化(社說)」, 『동아일보』, 1945.12.24.

접촉과 변용은 한국문화도 서양문화도 아
닌, 그것들이 잡거한 상태의 새로운 문화
를 창출했던 것이다.

『서울』에서 서양문화로 대표되는 크리
스마스 파티와 댄스를 추는 청년들의 문화
역시 같은 맥락에서 이해할 수 있다. 그들
은 새로운 시대를 선도하는 청년 세대로서
자의식을 가지고 자신들의 정체성을 (재)
구축하기 위해 문화적 실천 행위의 일환으

〈그림 1〉 서울의 表情 ⑤ : 東西文化의 交流

로서 크리스마스 파티나 댄스를 수행하고 있었지만, 그들의 수행적 신
체는 그러한 문화에 익숙하지 않을뿐더러 모방의 단계에 그치고 있었
다. 해서 서술자는 한국의 생활이 "육체를 감추는 생활, 식욕과 색욕(지
금 말로 성욕)을 감추는 생활"인데 반해 "서양 사람의 생활은 육체의 생
활, 따라서 식욕과 성욕의 생활"이기 때문에 격에 맞지 않는 것이라고
말하고 있었던 것이다.[18] 나아가 청년 세대의 유행에 편승한 자기 욕망
의 발현이 한국의 문화적 전통에 비추어 부자연스럽고 서양문화의 흉
내 내기에 지나지 않는다고 비판하였다. 하지만 모방은 언제나 의도치
않게 이질적인 것을 산출하게 마련이다. 해방과 군정 체제기를 거쳐 오
면서 서양문화의 최첨단이라고 여겨진 미국문화를 받아들여 유행시킨
청년들의 문화는 미국문화도 한국문화도 아닌 그것들이 혼효된 문화인
것이다. 그리고 그러한 문화가 생산되고 소비되는 공간 역시 단일하고

18　李光洙, 앞의 책, 130쪽.

통합된 문화공간이 아닌 혼종적이고 이질적인 문화공간의 성격을 지니게 된다. 이처럼 해방 이후 체제의 변동과 경제 질서의 재편은 남한사회의 이문화들 간의 접촉을 가속화시켰고, 그로 인해 문화 접경지대를 발생시켰던 것이다.

메리 루이스 프랫에 의해 고안된 개념인 '접경지대contact zones'는 지배와 복종, 식민주의와 노예제도 등과 같이 극도로 비대칭적인 관계 속에서, 또는 이러한 것들이 오늘날 전 세계를 가로질러 계속해서 유지되고 있는 것과 같이 극도로 비대칭적인 관계가 초래한 결과 속에서 이종 문화들이 만나고 부딪히고 서로 맞붙어 싸우는 사회적 공간을 의미한다.[19] 비유럽 지역을 여행한 유럽인들의 여행기를 대상으로 제국주의 권력의 확장을 다루고 있는 메리 루이스 프랫은 제국과 식민지 사이의 접경지대에 주목하고 있었지만, 그것이 20세기 후반 전 세계적으로 진행된 탈식민화의 지적 탐구와 관련되어 있을 뿐만 아니라, 제국주의가 직접적으로 또는 변형되어 식민지적·신新식민지적·비非식민지적 형식으로 작동한다는 점에서 해방 이후 한국의 사회적 공간을 이해하는데 있어 시사하는 바가 크다고 할 수 있다. 그가 주목한 제국과 식민지의 접경지대는 그 형식을 달리해 해방 이후 미소군정 체제와 단정 수립을 거쳐 분단 체제가 성립되어가는 한국사회의 곳곳에서도 존재했다고 할 수 있다. 해방이 과거 제국적 질서와 문법에 의해 작동하고 있었던 제국-식민지 체제의 사회적 공간들을 일거에 삭제할 수 없었던 것처럼, 또한 미군과 소련군으로 대표되는 서양 제국주의 국가들의 한반도

---

19 Mary Louise Pratt, *Imperial Eyes : Travel Writing and Transculturation*, Routledge, 2008 (Second Edition), p.7.

진출 및 점령을 통해 새로운 사회적 공간들이 창출되었던 것처럼, 해방 이후 한국, 특히 남한사회에는 그 크기가 다른 무수히 많은 접경지대들이 만들어졌던 것이다.

물론 접경지대의 개념을 통해 해방 이후 한국의 사회적 공간을 이해한다고 했을 때 단순히 비대칭적인 이종 문화들이 경합하는 공간 그 자체가 중요한 것은 아니다. 보다 중요한 것은 그곳들을 경합하게 하는 것이 누구인가, 즉 다시 말해 언제나 그러한 이종 문화들을 '수행하는 신체들'이 중요하다. 그들이 어떠한 욕망을 가지고 문화적 실천 행위의 주체로서 자신들을 위치시키는가, 나아가 그들이 이종 문화들 사이에서 어떠한 이동을 보이는가가 사태의 핵심에 놓인다고 할 수 있다. 이종 문화들 사이의 경합을 염두에 두었을 때, 그러한 이동은 헤게모니 쟁투의 과정으로 읽힐 수 있다. 하지만 헤게모니 장악을 위해 특정한 사회적 공간의 내적 구심력을 구축하고 강화하여 다른 사회적 공간들을 병합해가는 과정 못지않게 주목되는 것은 하나의 문화공간에서 다른 문화공간으로의 이동이다. 극도의 비대칭적 관계 속에서 단절되거나 폐쇄되어 있다고 여겼던 공간들이 접경지대에서는 틈을 노출하고 그 틈을 통해 넘나드는 것을 가능하게 하기 때문이다. 그리하여 바로 이 접경지대에서 문화 횡단이 발생하는 것이다. 해방이라는 사건이 창출한 접경지대는 그런 점에서 다양하고 이질적인 욕망이 투사되는 공간이자, 인종·민족·세대·계층·젠더 등이 자신들의 공간을 새롭게 만들어가던 '열린 공간'으로 기능한다. 『서울』의 서사에서 크리스마스와 댄스로 상징되는 청년들의 문화적 실천은 해방 이후 남한사회가 균질적으로 통합된 민족적 공간으로서만 존재하지 않았다는 것을 증거할 뿐만 아니라, 해방과 자유의 이름 아래 개인과 집단의 문화적 이동성을 강화시킨 다른 공간들이 창출된 시기였다는 점을 암시한다.

이처럼 이광수의 『서울』에는 해방 이후 미군정 체제를 거쳐 오면서 남한사회에 급속하게 유입된 미국식 자본주의에 의해 경제 구조가 재편되고, 그러한 가운데 자본을 소유한 청년 세대들이 소비문화의 주체로서 자기를 재정립한 과정이 서사화되어 있다. 그들은 해방 이후 미군정 체제에 기생에 새롭게 부를 축적한 부모 세대의 자본에 힘입어 남한사회에 유행하고 있는 서양문화, 특히 미국식 문화를 향유하는 데 여념이 없었고, 그를 통해 청년 세대로서 자신들의 문화자본을 획득해갔다. 그것은 서구식 라이프 스타일과 서양문화의 수용을 통한 개인의 교양 함양 및 사회적 관계의 형성으로 이어지기도 했지만, 자본주의적 질서에 의한 무비판적인 자기 욕망의 탐닉 및 사회적 타락으로 여겨지기도 하였다. 이처럼 해방 이후 남한사회에 전파된 미국식 자본주의와 소비문화는 개인의 욕망을 추동하고 사회 구조를 재편하는 동력으로 작동하면서 청년 세대들을 새로운 자본주의적 인간형으로 만들었다. 그리고 그러한 자본주의적 인간들이 이동했던 무대는 민족적 공간도, 이식된 서양문화를 상징하는 공간도 아닌, 그것들 모두의 성격을 가지고 있으면서 그것들과는 다른 문화 접경지대였던 것이다.

3. 동아시아 연대 공간의 모색과 환대의 감각

이광수의 『서울』의 서사에서 이동하는 청년들은 미국의 자본 유입에 따라 급속하게 남한사회에 전파된 미국식 문화를 소비하는 주체로서만 위치하고 있었던 것은 아니었다. 그들은 해방과 단정 수립에 이은 분단 체제의 성립 과정 속에서 전 세계적으로 냉전 체제가 강고화되어가고 있는 가운데 대한민국을 둘러싼 국내외의 정세에 대해 청년 지식인들로서 나름의 입장을 견지하고 있었다. 다만 해방 직후 탈식민화의 기획과 민족국가 수립의 실천들이 중첩되는 가운데 이념과 노선을 달리하는 다양한 청년/단체가 한반도를 둘러싼 국제정치적 상황에 대해 다채로운 입장을 피력하면서 해방 조선이 나아가야 할 길을 모색했던 것과 달리 1948년 단독정부 수립 및 48년 체제가 형성되어가면서 청년들의 목소리는 '민족'에 주박呪縛된 측면이 강했다. 즉, 새로운 시대의 선도자이자 민족국가 건설의 주체로 자임했던 청년 세대들이 해방 직후에는 다성적인 목소리를 들려줬다면, 상대적으로 단정 수립 이후에는 단성적인 목소리를 발화하고 있었던 것이다. 그럼에도 당시 그들의 목소리는 해방 직후 군정 체제의 신탁통치로 인해 해방 조선의 독립이 달성되지 못했고, 이후 1948년 남북한 단독정부가 수립되어 한반도가 분단 체제로 고착화되어가고 있는 상황 속에서 통일이 요원하다는 당시의 정세 판단에 기초한 것이었다. 즉, 해방과 군정, 단정과 분단으로 연쇄하는 체제 변동에 의해 아직 민족 해방과 통일이 이루어지지 않은 것에 대해 청년 지식인으로서의 비판적인 목소리를 발화하고 있었던 것이다. 이와 관련해서 주목되는 것이 서병달의 집에 열린 청년들의 두 번째 회동이다.

크리스마스 파티에서 사람들의 이목을 끌었던 서병달의 초대에 의해 그의 집에서 청년들의 두 번째 모임이 이루어지는데, 첫 번째 모임과 마찬가지로 부르주아 지식인 청년들의 사교를 위한 자리였다. 서병달은 상하이에서 돌아온 뒤 과거 일본인 광업가의 집이었다가 미군 고급장교의 숙사였던 양옥을 사들여 재력뿐만 아니라 정계에도 힘을 미치고 있다고 여겨지고 있었다. 또한, 그는 사회 각 방면의 유력 인사들과 교분을 쌓는 한편, 중국 무역상이 한국 정부에 교섭하는 데 관여하는 동시에 중국대사관에 수시로 드나들 수 있는 인물이었다. 그런가 하면 몇몇 대학에서 중국문학과 영어회화를 가르치면서도 보수를 받지 않아 사회의 존경을 받고 있었던 자였다. 이처럼 세간에 이름을 널리 떨치고 있던 유력자였지만 정작 그 정체가 무엇인지는 알려지지 않았고, 그로 인해 정보국 장교인 김덕상으로부터 모스크바의 밀사가 아니면 중공군의 선전 공작대원으로 의심을 받고 있었으나 그는 그러한 의혹 또한 세간의 인물평으로 무마시키고 있었다. 사실 서병달은 정보국 장교가 의심하고 있었던 것처럼 중국 공산당의 지령을 받고 남한사회에 침투한 스파이로, 선동과 교란의 임무를 부여받았던 자였다. 명망 있던 양반가의 자손이자 과거 식민지시기 민족운동의 지사였던 조부와 부친의 영향으로 애국심과 민족의식을 지니고 있던 그는 중국 쑤저우蘇州의 구가인 외가의 영향으로 조선인이지만 중국 국민당 휘하에서 성장했는데, 국민당의 부패상을 목도하면서 공산주의 사상을 접하고 공산당에 가담한 자였다. 그러한 그가 공산당의 지령을 받고 남한사회로 이동하여 "자기의 본신을 터럭 끝만큼도 내어 놓지 않고 민족주의자, 애국자의 가면을 꼭꼭 쓰고, 마치 점잖은 유생이나 크리스챤이나 기껏해야 미국식 교육을 받는 신사로 행세"하면서 "다소 사회주의 색체를 가진 자유주의자, 소위 중간파보다 조금 우편에 있는 자"로 여겨지고 있었던 것이다.[20] 이 서병달의 주최로 열린 청년들의 두 번째 회동은 기실 공산주의자로서 자신을 감추고 남한사회의 청년들에게 신임을 얻기 위한 방편으로 마련된 것이었다.

그런데 첫 번째 모임이 문화적 향락에 초점이 맞춰져 있었던 것에 비해 두 번째 모임은 정치적 현실에 대한 청년들의 토론의 장으로 기능한다. 이는 무엇보다 서병달 집에 함께 기거하고 있던 중국인 여성 호소검이 남한사회의 청년들을 '동지'로 호명하는 한편, 그들을 대상으로 아시아의 연대 필요성을 역설하였기 때문이었다. 호소검은 중국 장쑤성江蘇省 출신으로 그녀의 아버지는 국민당 간부였는데, '중공의 난'을 피해 서울로 이주하여 정착한 인물이었다. 이 중공의 난은 1946년부터 1949년까지 전개된 중국 공산당의 이른바 '해방전쟁'을 의미하고 있는 것으로 보인다. 1946년 6월 공산당과 국민당의 군사 충돌이 전국 각지로 확대된 것을 시작으로 해서 1947년 3월에는 국민당 군대가 공산당의 본거지였던 옌안延安을 점령하기도 했지만, 1948년 초부터 공산당 군대의 반격으로 인해 전세가 역전되었고, 결국 1949년 4월 공산당 군대가 중국 본토를 제압하자 5월 국민당 정부가 타이완으로 옮겨갔으며, 10월 1일 중화인민공화국 수립이 선포되었다.[21] 국민당에 세력 기

---

20 李光洙, 앞의 책, 182쪽.
21 구보 도루, 강진아 역, 『중국근현대사 4-사회주의를 향한 도전, 1945~1971』, 삼천리, 2013, 37~58쪽.

반을 두고 있던 호소검 일가가 피난길에 오른 뒤 그녀가 서울에 정착하고 있었던 것은 공산당에 의한 생명에의 위협을 강조하는 것을 통해 남한사회의 청년들에게 동정과 연민의 감정을 자아내기에 충분한 것이었다. 하지만 호소검이 서병달과 공산당에 소속되어 동지적 관계에 놓여 있다는 점에서 그녀 또한 중국 공산당의 지령을 받고 남한사회에 잠입한 스파이였다고 할 수 있다.

　전화戰禍를 피해 서울에 이주한 호소검은 동정과 연민의 대상을 넘어 연대와 환대의 대상으로 위치한다. 그녀는 남한사회의 청년들에게 중국과 한국이 과거 문화와 문명을 같이했고, 이후 운명과 사업을 함께할 동지이자 형제라고 말하는 한편, 베트남·말레이시아·버마·인도네시아·팔레스타인 등 아시아의 국가들이 둘로 나뉘어 민족상잔의 도탄에 빠져 있다고 말한다. 그러면서 그 이유가 서양 제국주의 세력 때문이라고 암시하면서 아시아의 해방을 위해서는 아시아인들 사이의 연대가 필요하다고 강조한다. "아시아의 해방이 없는 민족의 해방"은 있을 수 없다고 말하는 그녀는 아시아의 해방을 위해 아시아의 청년들이 각성하고 움직여야 된다고 하면서 자신들이 연대해야만 "아시아를 해방하고 나아가서 인류의 평화를 가져올 것"이라고 피력한다. 그리고 남한사회의 청년들이 중국인 여성인 자신을 받아들이는 것이 그 첫걸음이 될 수 있을 것이라고 기대를 드러낸다.[22] 민족의 해방과 아시아의 해방을 등치시키는 한편, 아시아 청년들의 연대를 부르짖고 있는 이 중국인 여성의 목소리는 물론 중국 공산당의 지령을 받고 남한에 침투해 공산주

22　李光洙, 앞의 책, 156쪽.

의 혁명을 수행하기 위한 위장술에 다름 아니다. 하지만 해방 이후 온전한 독립과 통일을 이루지 못한 채 남한사회를 살아가고 있는 청년들에게 그녀의 연설은 자신들의 처지를 비추는 거울로서 기능하면서 남다른 울림을 갖는 것이기도 하였다. 이는 호서검에 이어 한국 측 대표 격으로 연설한 이음전에 대한 반응에서 보다 명확하게 확인할 수 있다.

호서검에 이어 갑작스럽게 서병달에 의해 지목된 이음전은 다소 당황하기도 하였지만, 호소검에 응답하기라도 하듯 자신의 생각을 거침없이 피력한다. 그녀는 인류의 역사가 민족과 계급 사이에 서로 죽고 죽이기를 반복해왔다면서 현재 제1, 2차 세계대전에 이어 3차 세계대전을 준비하고 있는 것은 아닌지 세계정세에 대해 우려를 드러낸다. 그러면서 적대감이 아닌 '사랑'으로 화합하고 연대할 필요성을 강조한다. 유사 이래 아시아와 한국은 사랑의 정신을 잃지 않았다면서 다시금 '사랑의 깃발' 아래 아시아가 연대하고 세계 평화를 도모해야 한다고 역설하면서 그중심에 서울을 위치시키는 한편, 연대의 주체는 다른 누구도 아닌 자신들 청년들임을 명확히 한다.

나는 사랑의 깃발 밑으로 섬김의 무기를 들고 일어나기를 원합니다. 여러분의 사랑의 고향은 아시아입니다. 석가 세존께서 자비를 설하시고 공자께서 인을 가르치고 예수 그리스도께서 사랑의 길을 보이셨으니 사랑의 고향은 아시아입니다. 중국의 역사는 호 소검 언니께서 잘 아시려니와 우리 나라 역사는 홍익인간의 원리로 나라를 세우셨고, 신라는 광명 이세로, 고려는 독경산보로, 한양 조선은 인의로 나라를 세우셨으니, 말은 같지 아니하여도 뜻은 다 같이 이 땅 위에 서로 사랑하는 나라를 세우자는 것입니다. 지난 사천 년에 여러 번 외적의 침입을 받아서 사랑의 나라 운동이 아직 큰 성과를 짓지 못하였읍니다마는 우리 민족의 본심은 이 정신으로 수련되어 있다고 믿습니다. 하늘이 이 정신을 펼 날을 마련하시고 우리 민족을 오늘날까지 길러 내시고 훈련해 주신 것 아니겠읍니까. 우리 동포 여러분은 가만히 눈 감고 속마음을 들여다 보십시오. 남을 미워하고 남의 것을 탐내는 마음은 우리 본심이 아니요, 폭력과 모략으로 남을 해치려는 것이 우리의 마음이 아닌 것을 발견할 것입니다. 이 마음이야말로 세계의 평화를 가져올 마음이 아닙니까. 우리는 이 사명을 들고 일어날 날이 왔다고 믿습니다. 우리는 모스크바도 아니요, 서울의 깃발 밑에 일어나 인류 구제의 길을 떠날 때라고 믿습니다.[23]

이음전이 온건한 민족주의자로 알려진 명망 있는 지식인 아버지 이한종의 영향을 받아 위와 같이 말하고 있는 것처럼 서술되어 있지만, 사랑을 축으로 아시아의 연대와 세계 평화를 말하는 그녀의 웅변에 모임에 참석했던 청년들은 감격해마지 않는다. 이처럼 이 두 번째 청년들의 모임은 중국인 여성 호소검과 한국인 여성 이음전의 연설을 중심으로 이루어지고 있는데, 연설의 핵심적인 내용이 아시아의 연대와 민족의 해방에 있다는 점에서 이광수의 잔영이 짙게 드리워져 있다고 할 수 있다. 『서울』의 서술자는 남한사회의 정치적 현실을 민족주의적 독재주의, 공산주의적 독재주의, 미국식 독재주의로 일갈하면서 사대주의와 국수주의의 병폐에 빠져 있다고 진단한 바 있는데, 이 역시 이광수의 당대 인식이라고 할 수 있다. 해방 직후부터 좌우익의 극심한 이념

---

23 위의 책, 159~160쪽.

대립 속에서 한반도가 분단되고, 민족이 서로에게 총과 칼을 겨누고 있는 상황, 그리고 그러한 상황을 초래한 미국과 소련으로 대표되는 서양 제국주의 세력의 정치적 이념에 대한 거부감이 여기에서도 고스란히 반복되고 있는 것이다.

그런데 이 글의 관심사에 초점을 맞추자면, 다시금 아시아의 해방과 연대, 그리고 그 중심에 서울을 위치시키는 것에 시선이 간다. 호소검이 공산주의 이념을 축으로 한 아시아의 연대를 말하고 있는 것―물론 이는 그녀의 발화를 통해 선명하게 드러나지 않는다―과 달리 이음전이 사랑을 축으로 한 아시아의 연대를 말하고 있지만, 그것들은 모두 아시아주의로 귀결된다고 할 수 있다. 사실 이광수가 아시아의 해방과 그를 위한 연대의 필요성에 대해 말하고 있는 것은 『서울』 서사뿐만 아니라 이전 시기부터 지속적으로 반복되어오고 있는 것이기도 하다. 도산 안창호에 깊이 공명해 아시아의 해방과 연대에 대해 강조했던 이광수가 식민지 말 전시총동원 체제기 제국 일본의 전쟁 수행의 논리로서 쑨원孫文의 (대)아시아주의를 소환했던 것 역시 익히 알려진 바이다. 이는 서양/동양, 제국/식민지, 지배/피지배의 이분법적 관계망 속에서 아시아를 하나의 지역region 단위로 사유하는 것인데, 흥미로운 것은 과거 친일적 행적으로 인해 반민특위에 회부되었던 이광수가 다시금 그러한 친일의 내적 논리 중 하나인 아시아주의를 내세우고 있다는 점이다. 그가 1943년 「대동아」에서 "아시아의 제 민족이 하나로 뭉치지 않고서는 영미의 독이빨로부터 자기를 해방하여, 빛나는 아시아인의 아시아를 현현할 수 없는 것"[24]이라면서 제국 일본을 중심으로 아시아의 제 민족이 하나의 운명공동체로서 결집해야 한다는 논리를 피력했던 것이 어느새 "우리 아시아의 청년들이 깨고 일어나고 합하여서 싸우는 것이—오직 그것만이 아시아를 해방하고 나아가서 인류의 평화를 가져 올 것"[25]으로 바뀌고 있는 것이다. 물론, 제국의 전쟁 수행을 위한 논리가 민족 해방을 위한 논리로 바뀐 것에 대한 간극은 보편으로서의 사랑 속에서 봉합되고 있다.

이처럼 『서울』의 서사는 민족 해방과 아시아의 해방을 등치시키면서 아시아인들의 연대를 말하고 있다. 그리고 그러한 연대의 첫걸음이 동일한 문화적 토대를 가지고 있고, 유사한 정치적 현실에 놓여 있다고 여겨지는 중국인—결코 공산주의자가 아닌—을 받아들이는 환대에 있음을 명확히 하고 있다. 그런데 『서울』의 연재가 1950년 초에 이루어졌다는 점을 감안했을 때, 이미 1949년 10월 중화인민공화국이 선포되었음에도 불구하고 중국인을 환대하고 있다는 점은 새삼 주목을 요한다. 중국이 이미 공산화되었음에도 불구하고, 호소검으로 대표되는 중국인 여성을 환대하는 것은 그녀를 '난민'으로 위치시켰기 때문에 가능한 것이었다. 국민당과 공산당의 전쟁 와중에 전화를 피해 남한사회로 피난 온 중국인은 '사랑'으로 환대해야 할 난민으로 위치한다. 해방과 단정 수립에 이은 분단 체제의 성립 과정 속에서 대한민국이라는 민족국가의 경계를 구축하고 국민-됨의 자격을 강화하고 있었는데, 흥미롭게도 『서울』의 서사는 난민에 대한 환대를 말하고 있는 것이다. 하지만 이는 다른 것이 아니다. 호소검을 난민으로 호명하고 그녀를 환대하는 것은 보편 가치인 인권을 보호하고 존중하는 자유주의 국가로서

---

24 香山光郎, 「大東亞」, 『綠旗』, 1943.12, 81쪽.
25 李光洙, 앞의 책, 156쪽.

남한의 위상을 공고히하는 것이었다.[26] 따라서 그것은 국제사회에서 대한민국의 위상을 제고하는 것이었고, 결국 민족국가의 공간적 질서를 강화하는 길로 연결되는 것이기도 하였다.

사실 제국 일본의 패전과 과거 식민지 국가/지역의 해방 이후 탈식민-냉전 체제 형성기에 조응해 동아시아의 연대의 움직임은 다양한 방식으로 이루어지고 있었다. 동아시아 지역의 연대는 식민지 말과 마찬가지로 지역적 인접성을 근간으로 하고 있었지만, 과거 피식민의 역사적 경험과 국민국가 건설이라는 정치적 아젠다의 공통성을 내세우고 있었다.[27] 특히 미국을 중심으로 일본-남한-동남아시아 국가들 사이의 연대의 움직임은 이른바 미국적 헤게모니 하 동아시아 지역 질서가 재편되어가면서 가속화된 현상이었다. 동아시아 지역에서 패권을 장악하고자 했던 미국은 제2차 세계대전 이후 일본과 한국에 미군을 주둔·점령하게 하는 한편, 과거 식민지였던 동남아시아의 국가/지역과의 정치경제적 벨트를 구축해가고 있었다. 그리고 그러한 연대의 핵심에는 반공주의라는 이념이 자리 잡고 있었다. 이러한 당시 동아시아 정세를 염두에 뒀을 때, 이광수가 『서울』에서 서사화하고 있는 아시아의 연대의 중심에 '사랑'이 놓여 있다는 점은 여러모로 흥미롭다. 식민지시기 이광수 문학에서 이미 사랑의 이념이 서사 추동의 원리로 작동하고 있었음은 잘 알려져 있다. "이광수는 사랑에 대해 말을 하고 있었지만, 그가 정작으로 말하고 싶었던 것은 사랑이 아니라 민족이라는 공동체의

---

26 김혜인, 「난민의 세기, 상상된 아시아-이광수의 『서울』(1950)을 중심으로」, 『대중서사연구』 제24호, 대중서사학회, 2010, 151~154쪽.
27 장세진, 「역내 교통의 (불)가능성 혹은 냉전기 아시아 지역 기행」, 『상허학보』 제31집, 상허학회, 2011, 125쪽.

운명이었다는 것, 곧 민족이라는 주체의 자기보존이라는 것이다. 이광수가 만들어놓은 모든 사랑의 서사와 담론들은 오로지 이 지점으로 수렴되고 있다. 사랑의 열정도, 목숨 건 사랑의 이데올로기도, 철저하게 정신화된 사랑과 도덕적 엄숙주의도 결국은 집단 주체의 자기보존이라는 하나의 목표를 향해 수렴되고 있는 것이다.″[28] 그리하여 사랑의 서사는 공동체의 이상과 전망을 제시하고 실천하는 계몽의 서사가 되었던 것인데, 『서울』에서도 1948년 분단 체제 성립 이후 아시아의 연대를 통한 조선 민족의 해방을 역설하기 위해 사랑의 이념을 제시하고 있는 것이다. 여기에서 제시된 사랑은, 정치적 이념과 민족의 차이, 국가와 지역의 경계를 넘어 연대할 수 있는 가능성을 마련한다는 점에서 '공동체적 연대로서의 사랑'이다.

그리고 그것은 식민지 말 이광수가 불교적 세계관에 경도되어 『법화경』 행자로 자처하면서 종교적 차원의 구원을 말했던 것[29] ─ 그것은 제국 일본의 대동아공영권 건설이라는 국가적 차원으로 귀결되었지만 ─ 과 동궤에 놓여 있는 것이기도 하다. 물론 식민지 말 내선일체 이념을 서사화하고 있는 「진정 마음이 만나서야말로」에서 이광수는 일본인과 조선인 사이의 접촉과 교류, 그리고 상호 인식과 이해 나아가 사랑이라는 감정의 교환을 보여주었다. 그때 "이해보다는 사랑이라네. 진실로 동포라고 생각하는 것 말이네"[30]라며 일본인과 조선인 사이의 민족적 경계를 넘어서기 위해 다시금 사랑의 이념이 소환된다. 이는 식민지 말

28 서영채, 『사랑의 문법─이광수, 염상섭, 이상』, 민음사, 2004, 127쪽.
29 정선태, 「어느 법화경 행자의 꿈─일제 말기 춘원 이광수의 글쓰기에 나타난 개인과 국가」, 『춘원연구학보』 제3호, 춘원연구학회, 2010, 71~94쪽.
30 李光洙, 「心相觸れてそ(二)」, 『綠旗』, 1940.4, 99쪽.

전쟁 수행을 통한 동아 신질서 건설이 완성되면, 제국 일본인과 식민지 조선인 사이의 구별이 사라지고 모두 천황의 적자로서 하나의 운명공동체가 될 것이라는 인식에 기초한 것이다. 제국 일본이라는 공동체의 이상과 전망을 제시하는 계몽적 주체로서 이광수는 또다시 사랑의 이념을 제시하고 있는 것이다. 그리고 그것이 해방 이후 단정 수립과 분단이라는 민족의 대립과 갈등을 종식시키는 한편, 해방과 통일을 위해 나아가는 민족 공동체 수립과 그것을 저해하는 서양 제국주의 세력을 일소하기 위한 아시아의 연대로 확장되었을 때, 민족주의자였던 그가 사랑이라는 보편 이념에 기대어 환대의 윤리를 말하면서 민족을 인간 보편으로 승화하고 있었던 것이다. 따라서 그에게 사랑은 공동체의 결속과 통합을 위한 핵심 기제였고, 그것은 근대 초기부터 식민지 말 전시총동원 체제기를 거쳐 해방과 분단 이후에도 지속되고 있었던 것이다.

이처럼 이광수의 『서울』은 전 세계적인 냉전 질서와 남북한 분단 체제가 형성되어가고 있었던 1948년 단독정부 수립 이후 국가 주권, 영토적 완결성, 국가 공동체라는 원칙에 의해 민족국가로서 공간성이 강화되어가고 있었던 남한사회(=서울)를 중심으로 동아시아 연대 공간을 모색하고 있었다. 그리고 그러한 동아시아의 연대의 핵심에 난민에 대한 환대를 통한 자유 민주주의 국가의 위상 제고와 함께 민족 공동체를 결속시키기 위한 사랑이 어떤 보편의 이념으로서 제시되어 있었다. 이는 민족을 경계로 공간을 구획하고 공간적 질서를 마련하는 방식과 달리 민족을 최종 심급에 두면서도 그것을 확장할 가능성을 열어두는 것이라고 할 수 있다. 제국 일본의 패전에 의한 동아시아 식민지 국가/지역의 해방과 미소를 중심축으로 하는 냉전 체제가 형성되어가던 가운데 그에 조응해 민족국가를 단위로 하는 공간적 질서를 구축해가던 해방 조선의 분단 상황 속에서 이광수는 다시금 아시아의 연대를 통해 민족의 해방과 통일을 꿈꾸면서 자신의 나아가 남한사회의 제한적·폐쇄적 위상을 넘어서고자 했던 것이다.

4. 민족성 회복의 욕망과 중첩되는 공간들

이광수의 『서울』은 1945년 해방에서 1948년 남북한 단독정부 수립을 거쳐 분단 체제가 성립되어가는 가운데 탈식민화와 미국화의 사회 구조 변동 과정에 조응해 재편된 남한사회의 축도로서 서울이라는 공간의 성격을 상징적으로 보여준다. 그곳은 과거 식민의 체험과 기억이 각인된 공간이자 그것을 극복하기 위한 탈식민화의 기획과 실천들이 수행되는 공간이다. 또한, 미군정 체제하 미국식 자본주의의 침투에 의한 소비문화가 유행하는 곳으로서, 개인의 욕망이 발현되고 사회적 향락이 만연한 공간이다. 그리하여 정치경제적 혼돈과 이질적인 문화들이 잡거하고 있었던 남한사회의 공간 질서를 재구축하기 위한 주체들의 이동이 다채롭게 분기하고 있었다. 특히 단독정부 수립 및 48년 체제가 구축되어가던 1949년과 1950년의 시점에서 정치적 이념보다는 자본주의적 질서에 기초해 자신의 삶을 영위하던 청년 세대들은 소비와 향락을 탐닉하는 데 여념이 없었지만, 상실되거나 훼손된 민족성 회복의 욕망과 함께 민족 해방을 위한 동아시아 연대의 움직임을 보였다. 그리고 그를 위해 사랑의 이념을 제시하면서 환대의 윤리를 설파하기도 하였다.

연재 중단으로 인해 이후 서사의 전개 과정 속에서 이광수가 남한사회의 공간적 질서를 어떻게 재구축하려고 했던 것인가는 명확히 확인하기 어렵다. 하지만 연재본 말미에 나타난 강영주의 집에서의 청년들의 모임과 대화를 통해 그 일단을 짐작할 수 있다. 군정 체제기 이래 민간 외교의 차원에서 미군 및 유엔군과 접촉하고 있던 강영주와 양연경은 미국식 문화의 첨단에 놓여 있는 것처럼 세간에 알려져 있는 여성들로 사회적 선망과 동시에 섹슈얼리티를 제공하고 있다는 비난의 시선을 받고 있었다. 그런데 그녀들은 서양 여행 후 귀국하면서 한국인들이 자신들의 문화를 업신여기고 서양문화를 맹목적으로 추종하고 있는 상태에 빠져 남의 것을 흉내 내는 '원숭이 노릇'만을 하고 있음을 한탄한다. 그리하여 우리 것을 찾아 발굴하고 현대화할 필요성을 느낀 그녀들은 한국 음악과 무용을 배우게 되었고, 미국식 문화를 모방하고 있었던 청년 세대들을 불러 그것들을 보여주면서 그 의미를 되새기게 한다. 앞서 크리스마스 파티에서의 댄스로 대표되는 미국식 문화를 향락하기에 몰두했던 청년들이 서병달의 저택에 모여 민족의식에 기초한 아시아의 연대 필요성을 부르짖고, 이제 민족성의 자각과 민족문화의 회복으로 시선을 돌리게 된 것이다.

우리 집을 보세요. 일본 사람이 지은 집―그도 순 일본집도 못되고 소위 화양 절충이라는 트기 집에다가 온돌을 놓고 한국 세간을 놓고 김치 깍두기를 먹고 코오피를 마시고, 도모지 어색하고 불안하단 말이오. 내 것을 잃고 내 집을 잃고 남의 속에서 해매는 집시의 신세란 말이야요. 민주주의니 공산주의니 해도 모두 어째 우리가 영어나 러시아말을 흉내내는 것 같고, 옛날은 한문, 그다음에는 일본말, 그리고 지금에는 영어 아니면 러시아말로 떠듬거리고 사는 것 같단 말이야요.[31]

서울의 거리를 하루 종일 돌아다녀도 우리의 것이라 할 만한 것을 볼 수 없어 마치 외국에 와 있는 것과 다름없다고 말한 강영주는 일본인이 지은 화양절충식 집에서 한국의 주거문화를 대표한다고 여겨지는 온돌을 설치하고, 김치를 먹고 커피를 마시는 것이 어색하고 불안하다고 토로한다. 그러면서 자신의 처지가 집시와 다르지 않다면서 자기 상실에의 고통을 말한다. 나아가 해방 이후 남한사회를 휩쓴 좌우익의 대표적인 이념인 민주주의와 공산주의 역시 한국에 어울리지 않는 정치 이데올로기라는 인식을 은연중에 내비친다. 여기에는 해방에서 군정 체제를 거쳐 단독정부가 수립된 뒤에도 지속적으로 서양의, 특히 미국식 제도와 문화가 광범위하게 남한사회의 구조를 재편시킨 원리로 작동하였고, 그러한 가운데 민족성이 상실되고 민족문화가 훼손되는 결과를 가져왔다는 인식이 내재되어 있다. 그리하여 강영주가 민족주의자인 이음전의 아버지 이한종을 거론하면서 '우리를 찾는 심정'에 대해 강조한 것 또한 상실된 민족성을 회복하고, 훼손된 민족문화를 복원해 그것이 갖는 가치를 부여해야 한다고 판단했기 때문이었던 것이다.

이광수의 남한사회의 공간 질서 구축의 지향은 바로 이와 관련되어 있다. 강영주의 입을 빌려 "잃어버렸던 나라를 찾는 것이 혁명이라면

---

31 李光洙, 앞의 책, 197쪽.

잃어 버렸던 정신을 찾는 것도 혁명이 아닐까?"[32]라는 말이 1950년 한 국전쟁 발발 직전의 시점에서 이광수의 어떤 정치적 지향을 나타낸다 고 했을 때, 그것은 상실/회복의 이분법적 논리에 기초해 있다. 그리고 그때 상실되었기 때문에 회복해야 할 것은 민족성과 민족문화로 점철 된다. 흥미롭게도 근대 초기부터 식민지 말 전향한 '친일 지식인 문학 자'였다가 해방 후 반민특위에 회부되었던 이광수는 다시금/여전히 민 족(성, 문화)을 내세우고 있었던 것이다. 즉, 식민과 해방, 단정 수립과 분단 체제의 성립 초기 단계를 거쳐 오면서 민족(성, 문화)의 회복을 통 해 자신의 위상을 재구축하려고 했던 것이다. 물론 이것이 가능했던 것 은 해방 직후의 '반일' 담론이 냉전적 질서 하 분단 체제의 성립 과정 속에서 '민족'과 '반공' 담론으로 재편되었기 때문이기도 하였다.[33] 비 록 연재 중단으로 『서울』의 서사는 미완으로 남았고, 이로 인해 이광수 의 전망과 자기 재구축의 욕망이 어떻게 서사화되어갈 것인지 짐작하 는 것은 어려운 일이지만, 이광수가 20세기 초·중반의 체제 변동 과정 속에서 민족을 최종심급에 두고 문학 활동을 해왔다는 것을 다시금 확 인할 수 있다. 같은 맥락에서 그는 48년 체제 성립 이후 반공주의 이념 의 득세 속에서 민족을 내세우는 것을 통해 반공주의 이념을 서사화한 것이 아니라, 민족 정체성에 대한 복원의 욕망을 서사화하기 위해 공산 주의를 거부하고 있었던 것이라고 할 수 있다.[34]

---

32 위의 책, 198쪽.

33 김시덕, 「전후(戰後)와 냉전−이광수와 요시카와 에이지의 침묵과 재기(再起)」, 『東方文學比較硏究』 제6집, 동방문학비교연구회, 2016, 22쪽.

34 김경미, 「해방기 이광수 문학의 기억 서사와 민족 담론의 양상」, 『現代文學理論硏究』 제43집, 현대문학이론학회, 2010, 92~93쪽.

그런데 이 글의 관심사는 해방 이후 남한사회의 공간 재편과 이동하는 주체들에 의해 구축된 공간성에 있으므로, 여기에 초점을 맞추자면 이광수의 자기 재구축의 욕망이나 정치적 지향은 달성 불가능한 것이라고 할 수 있다. 무엇보다 위의 인용문에 나타난 것처럼 근대 이후 제국-식민지 체제기를 거쳐 해방과 단정 수립에 이르기까지 식민지 조선/해방 조선/남한사회는 하나의 공간적 질서가 완전히 붕괴되거나 해체된 뒤 그곳에 새로운 공간적 질서가 마련된 곳은 아니었다. 그럼에도 화양절충식 적산가옥에 온돌을 놓고 김치를 먹고 커피를 마시는 문화적 혼종 상태가 민족성을 상실하게 하고, 민족문화를 훼손하게 해 불안을 야기시킨다는 이광수의 인식은 민족성과 민족문화를 고정된 어떤 것으로 상정할 때에만 가능한 것이다. 하지만 쉽게 짐작할 수 있다시피 그것들은 어떤 고유한 것으로서 한민족과 한반도에 면면이 이어져 내려오고 있었던 것은 아니었다. 해방 이후 민족국가 건설의 기치 속에서 그러한 담론이 확산되고 나름의 권위를 얻은 것은 틀림없는 사실이지만, 민족성과 민족문화는 민족국가의 정당성을 확보하기 위해 새롭게 창안된 것들이라고 보는 것이 온당하다.

나아가 이보다 더 주목해야 하는 것은 민족성과 민족문화의 공간을 상정했을 때, 그것이 소여로서 주어진 것이 아닐뿐더러 확고부동한 공간적 질서에 의해 고정되어 있지 않다는 점이다. 식민과 해방, 군정과 단정 등 체제 변동의 과정 속에서 하나의 공간 위에 다른 공간이 중첩되고, 그러한 중첩이 반복되어 하나의 지층을 형성하고 있었다. 다시 말해 해방 이후 남한사회의 공간적 질서는 마치 팰럼시스트 위의 글자들처럼 공간 지층들이 덧씌워져 구축되어갔던 것이다. 체제의 변동에 의해 구축된 공간은 언제나 재편되기 이전의 공간적 질서나 재편 과정의 공간적 질서의 흔적들을 곳곳에 산포시키게 마련이고, 그런 점에서 자기 모순적이고 분열증적인 공간성을 보여준다. 『서울』에서 단정 수립 후 이광수가 다시금 민족성과 민족문화를 내세워 남한의 공간적 질서를 재편하려고 했다고 해서 과거 식민의 기억과 체험이 간직된 식민지의 흔적들이 사라지는 것도 아니며, 해방과 군정 체제를 거쳐 단정 수립의 과정에서 분기한 이동하는 주체들에 의해 구축된 다양하고 이질적인 공간 체험 및 인식, 공간적 질서가 은폐되는 것도 아니다.

물론 이후 한국전쟁의 발발과 전개, 그리고 전후 체제로 연쇄하는 과정 속에서 분단 체제하 반공국가로서 통합되고 균질화되었던 남한사회의 다양하고 이질적인, 그리고 분열증적이고 모순적인 공간들이 '민족적 공간'이라는 이름 아래 회수되었던 것은 주지하는 바와 같다. 그것이 무엇이든 반민족적이라고 여겨졌던 세대・계층・지역・젠더적 주체들에 의해 이동의 과정이 수행된 공간들은 대체로 거부되거나 부인되었으며, 삭제되거나 은폐되었다. 따라서 해방 이후 단정 수립과 분단 체제하 남한사회의 공간적 질서를 이해하기 위해서는 민족적 공간 상상력의 원천에 대한 탐색이 필요하며, 거기에 전 세계적인 냉전 질서와 남북한 분단 체제의 문법이 개입해 들어간 양상에 대한 면밀한 고찰이 필요하다. 그리고 비록 상실과 회복의 이분법적 논리 속에서 민족을 구심점으로 구축된 민족적 공간 아래 괄호 쳐졌지만, 그 흔적을 아로새기고 있는 '반민족적 공간들'에 시선을 돌릴 필요가 있다. 이광수의 『서울』에서의 '다른 공간들'이 그 단초가 될 수 있을 것이다.

제8장

냉전-분단 체제와 월남서사의 이동 문법

황순원의 『카인의 후예』와 임옥인의 『월남 전후』를 중심으로

---

1. 해방 이후 체제 변동과 이념 공간의 재편

1945년 8월 15일 제국 일본의 패전은 동아시아 지역의 공간 질서를 재편했다. 1937년 중일전쟁 발발 이후 전시총동원 체제에 접어들었던 동아시아 지역은 '황도주의皇道主義'에 기초해 전체주의적 이념 공간ideological space으로 통합되었다. 물론 제국과 식민지, 식민지 지역들 간 차별적 구조를 갖는 위계화된 공간 질서가 작동하고 있었지만, 제국 일본을 중심으로 하여 동심원적으로 확장해간 대동아공영권大東亞共榮圈을 기치로 기존 서양 제국주의 세력의 개인주의와 자본주의에 대항하는 전체주의적 이념이 정치·경제·사회·문화 등 전 영역에 걸쳐 인간 삶의 조건으로 제시되었으며, 일상의 생활공간Lebensraum은 제국주의적 질서 하동원의 대상으로 재조직되었다. 그러던 것이 제국 일본의 패전과 함께 동아시아 식민지 국가 및 지역의 해방으로 민족을 단위로 하는 국민(민

족)국가 건설이라는 내셔널리즘적 공간으로 재편되었던 것이다. 그리고 그러한 내셔널리즘의 자장 속에서는 제국주의적 질서 아래 억압되거나 은폐되었던 이념들이 해방과 동시에 표출되면서 다양한 이념 공간들이 생성되고 경합하기 시작했다.

해방 조선의 경우에도 상황은 마찬가지였다. 전체주의적 이념에 기초한 대동아공영권 내 내선일체內鮮一體 이데올로기를 통해 여타 동아시아 지역과 달리 소위 병참기지로 위치 지어졌던 조선은 해방과 함께 민족국가 건설을 서둘렀고, 민족성과 민족문화가 충만한 공간으로 한반도를 재편해갔다. 그에 따라 과거 제국-식민지 체제기 억압되었던 이념이 새롭게 분출되었는데, 특히 제2차 세계대전 발발을 전후해 '근대의 종언'과 함께 전체주의적 이념에 의해 좌절되었던 사회주의적 비전과 전망이 되살아나 표출되었다. 그리고 그에 더해 미소 양군의 38선 이남과 이북 지역으로의 진주 및 점령에 조응해 좌우익의 극심한 이념 대립 속에서 해방 조선은 반봉건, 반제국, 민주주의, 민족주의의 의장을 입은 다채로운 이념들이 넘쳐났다. 하지만 미소군정의 남북한 분할 통치와 뒤이은 1948년 남북한 단독정부의 수립, 그리고 38선 인근의 국지전에 이은 1950년 한국전쟁의 발발과 휴전을 거치면서 38선을 분할선으로 정치체政治體의 통치성이 강력한 구심력을 작동시켜 좌우익의 이념 공간을 획정하게 되었다.

근대 국민국가의 성립 이후 그것을 유지·존속하기 위한 체제regime가 인간을 통치의 대상으로 위치시키면서, 그러한 통치성이 발휘되는 법역法域을 구획하고 그 너머를 상상하거나 월경越境을 수행하는 존재를 불온시하며 통제해왔다는 것은 상식에 속한다. 해방과 미소군정의 분할 통치, 남북한 단독정부 수립 및 한국전쟁의 발발로 인해 한반도가 적대적 이념에 의해 양분되고, 그곳을 살아가는 인간들로 하여금 적과 동지라는 양자택일의 공간 질서를 제시했을 때, 개인들의 선택은—그것이 능동적이든 수동적이든—대체로 생존을 위한 방편으로서 이루어진 것이었다. 나아가 어떤 하나의 선택은 내가 선택하지 않은 것에 대한 부정을 수행하는 의미를 지니고 있었다. 뿐만 아니라, 적대적 공생 관계 속에서는 단순히 체제 경쟁에서 우월한 위치를 점유하려는 욕망의 표출에 그치는 것이 아닌, 어느 한쪽이 다른 한쪽을 부정함으로써만 존재할 수 있는, 다시 말해 파괴와 소멸의 욕망을 부추기는 것이기도 했다. 기실 조선민주주의인민공화국 없는 대한민국, 대한민국 없는 조선민주주의인민공화국이라는 이념 공간은 그 자체로 존립 근거를 상실할 수밖에 없었음에도 불구하고, 각각의 정치체는 상대방의 이념 공간을 무화無化하는 전략을 펼쳐갔던 것이다.

그런데 이미 역사가 증명하고 있듯이, 단일한 정치체가 작동하는 이념 공간이라고 하더라도 거기에는 다양한 이념적 지향과 전망을 가지고 있는 개인과 집단이 존재했다. 이 '내적 외부자'들은 그래서 언제나 감시의 시선으로부터 자유로울 수 없었을 뿐만 아니라, 때때로 자신들의 이념적 지향과 전망을 스스로 폐기하거나 부정할 수밖에 없었다. 물론 이념적 지향과 전망이 언제나 삶의 조건으로 작동했던 것은 아니다. 좌우익의 이념보다는 당장의 '먹고사는' 문제가 해방과 분단, 전쟁과 폐허 속을 살아가는 사람들에게 보다 직접적인 힘을 발휘했다고 보는 것이 온당하다. 그럼에도 스스로 자신의 정당성을 확보하지 못한 국가 권력일수록 그러한 정당성을 확보하기 위해 이념을 잣대로 개인과 집단을 재단하고 국민-됨의 자격을 부여/박탈하였다. 남북한 분단 체제가 형성되어가는 과정 속에는 이처럼 끊임없이 감시와 처벌 속에서 자신의 이념을 표명하고, 배제되어 축출당하지 않기 위해 분투해야만 했던 개인과 집단들이 존재했던 것이다.

이 글에서는 이러한 점에 착안해 월남서사에 나타난 이동의 문법에 대해 살펴보고자 한다. 월남서사는 해방 직후부터 한국전쟁이 전개되는 가운데 북에서 남으로 이동한 자들이 어떻게 남북한으로 분할된 이념 공간의 재편 과정 속에서 자신의 존재를 증명하는가, 즉 개인의 존재 가능성을 확보하는가와 함께 거기에 개입해 들어간 냉전-분단 체제의 통치성의 한 단면을 확인하게 한다. 해서 해방 이후 광범위하고 급속하게 이루어진 인구의 이동이 이념 공간에 의해 어떻게 질서화되고 구조화되는가, 또한 이후 남북한 통치성에 의해 이동성이 어떻게 고착되어가는가를 짐작할 수 있게 한다. 따라서 월남서사를 반공 이데올로기의 서사적 결과물—물론 이는 월남서사의 이데올로기적 효과이지만—이라고만 단정 짓는 것은 제한적이다. 이 글에서는 월남한 자의 자기 이야기self-narratives를 따라가면서 그들이 구축한 이동의 조건과 문법들이 갖는 의미와 함께 그것이 분단 체제하 냉전-반공 이데올로기와 결합되는 단초를 확인하고자 한다.

주지하다시피, 그 명명법에는 차이가 있지만 월남서사에 관한 연구는 비교적 최근까지 지속적으로 이루어져왔다. 문학사 서술에서 한국전쟁으로 인한 인구의 이동은 대체로 반공 이데올로기와 휴머니즘이라는 추상적 관념에 의해 의미화되었고,[1] 월남서사 역시 그러한 관점에서 평가 받아왔다. 비교적 최근 연구들 중에서는 해방 이후 남한사회에서 월남 작가의 존재 방식과 그것이 텍스트에 발현되는 양상을 고찰하여 해방기 '재 남조선 이북인'이라는 호명과 1948년 '망명자' 및 '비국민'으로 격하되었던 월남민들의 위상을 밝히거나,[2] 같은 맥락에서 해방과 한국전쟁을 거치면서 남한사회에서 월남민이 임시 체류자 집단이자 국민국가의 일원이라는 이중적 위상을 갖게 된 정치적 상황에 주목해 월남 작가의 창작 행위가 내부자이자 동시에 외부인으로 존재했던 양상을 고찰한 논의[3]가 있어 주목된다.

이 글에서 주목하고자 하는 황순원의 『카인의 후예』와 임옥인의 『월남 전후』를 논의한 연구 역시 쉽게 살펴볼 수 있다. 먼저 『카인의 후예』와 관련해 김종욱은 황순원이 상상계 속에서 어머니와의 상상적 합일을 꿈꾸는 유아기적 상태에 놓여 있는 등장인물을 통해 역사성을 제거하면서 민족적 통합성에 대한 이념적 선택을 보여주었는데, 이는 전쟁으로 인해 확대·재생산된 내셔널리즘과 연관되어 있다고 하였다.[4] 이재용은 토지개혁이라는 사건에 주목해 국가권력이 폭력적으로 사회를 재편하는 과정에서 국민을 이분법적으로 구획하는데, 오작녀의 박훈을 보호하기 위한 행위가 그러한 구획을 넘어 윤리적 주체성을 획득할 수 있는 가능성을 가지고 있다고 논의하였다.[5] 노승욱은 황순원이

---

1   김윤식·정호웅, 『한국소설사』, 문학동네, 2000, 360쪽.
2   전소영, 「해방 이후 '월남 작가'의 존재 방식 – 1945~1953년의 시기를 중심으로」, 『한국현대문학연구』 제44집, 한국현대문학회, 2014, 383~419쪽.
3   정주아, 「'정치적 난민'의 공간 감각, 월남작가와 월경의 체험」, 『한국근대문학연구』 제31호, 한국근대문학회, 2015, 39~63쪽.
4   김종욱, 「희생의 순수성과 복수의 담론 – 황순원의 〈카인의 후예〉」, 『현대소설연구』 제18호, 한국현대소설학회, 2003, 267~291쪽.
5   이재용, 「국가권력의 폭력성에 포획당한 윤리적 주체의 횡단 – 황순원의 『카인의 후예』론」, 『어문론집』 제58집, 중앙어문학회, 2014, 301~324쪽.

좌절된 귀환 욕망을 추동하기 위해 디아스포라의 심상지리를 그의 소설 속에서 구축하였다고 전제한 뒤, 향수의 근원지인 서북지역이 월남 실향민인 황순원의 이상적 원형 공간으로 제시되어 있다고 주장하였다.[6] 우찬제는 황순원 소설에 나타난 '사회 상징적 나무의 상상력'에 주목하여 월남 작가로서 황순원이 인간의 이기적 욕망이 살인으로 이어진 데 대해 진정한 사랑을 통해 살림으로 나아가는 '접목의 수사학'을 보여주고 있다고 논했다.[7] 한편, 『월남 전후』와 관련해서 한경희는 임옥인 소설에서의 사랑이 혈연/성性과 구분되고 있음에 주목하여 그것이 새로운 공동체 윤리로 확장할 가능성을 가지고 있음을 논증하는 가운데 『월남 전후』가 남한사회를 살아가기 위한 이북 출신 작가의 자기 방어에 해당한다고 논의하였다.[8] 김주리는 월남 여성 지식인이라는 분열된 정체성이 가져오는 서사적 균열을 포착하는 것을 통해 『월남 전후』에서 지식인 여성의 월남이 가족-친족의 경계에서 지식-야만의 경계로 이동하는 분열된 주체의 경험과 관련되어 있음을 밝혔다.[9] 서세림은 월남 작가들이 공유하고 있었던 '고향'의 개념과 의미가 변용되는 양상을 중심으로 월남문학을 유형화하면서 이북이 고향으로서 그리움의 대상이자 동시에 순수성이 훼손된 곳으로 부정의 대상으로 자리매

---

6 노승욱, 「황순원 소설에 나타난 디아스포라의 지형도(地形圖)」, 『한국근대문학연구』 제31호, 한국근대문학회, 2015, 121~158쪽.

7 우찬제, 「황순원 소설에 나타난 뿌리의 심연과 접목의 수사학」, 『문학과환경』 제14권 제2호, 문학과환경학회, 2015, 125~142쪽.

8 한경희, 「임옥인 소설에 나타나는 월남 체험의 서사화와 사랑의 문제」, 『춘원연구학보』 제7호, 춘원연구학회, 2014, 263~291쪽.

9 김주리, 「월경(越境)과 반경(半徑)-임옥인의 〈월남 전후〉에 대하여」, 『한국근대문학연구』 제31호, 한국근대문학회, 2015, 91~119쪽.

김되고 있음을 논의하였다.[10]

이상의 선행연구를 통해 확인할 수 있듯이, 월남서사는 대체로 체제 변동에 따른 남북한의 공간 구획과 이념 대립의 구도, 월남 작가의 '자기의 테크놀로지'의 관점에서 이해되어왔다. 이 글에서는 이러한 관점을 비판적으로 수용하면서 황순원의 『카인의 후예』[11]와 임옥인의 『월남 전후』[12]를 대상으로 하여 월남서사 속 이동의 수행적 과정과 그러한 이동 과정의 조건들로서 공간 재편 및 인식에 대해 살펴보고자 한다. 이 글에서 주목하는 작품 이외에도 해방 이후 남한문학에서 월남서사는 쉽게 찾아볼 수 있지만, 이 두 작품은 해방 직후 남북한 이념 공간의 재편 과정 속에서 비교적 초기에 월남한 자의 행위와 욕망을 살펴볼 수 있을 뿐만 아니라, 그것들이 한국전쟁 발발 이후 서사화되어 텍스트로 생산되었다는 점에서 여타 월남서사와 차이를 갖는다. 다시 말해 한국전쟁의 발발과 함께 극심한 좌우익의 대립으로 인해 한반도가 이분법적 이념 공간으로 강고하게 구축되어가고 있는 가운데 그것의 발생 초기 월남한 자의 자기 서사를 통해 월남이라는 행위를 가능하게 하는 조건과 문법을 확인할 수 있게 한다. 즉, 월남이라는 한 개인의 이동이 서사화되어 정당성을 확보하는 과정에서 해방 직후의 정치경제적 조건들이 어떻게 작동하고 있는가를 파악할 수 있게 한다. 나아가 한국전쟁을 거치면서 냉전-분단 체제가 고착화되어가는 가운데 그러한 월남서사

---

10 서세림, 「월남문학의 유형-'경계인'의 몇 가지 가능성」, 『한국근대문학연구』 제31호, 한국근대문학회, 2015, 7~38쪽.

11 『카인의 후예』는 1953년 9월부터 『문예』에 연재되었으나, 잡지의 폐간으로 5회까지 연재 중 중단되었다가 1954년 12월 중앙문화사에서 단행본으로 간행되었다.

12 『월남 전후』는 1956년 7월부터 12월까지 총 6회에 걸쳐 『문학예술』지에 연재되었다가 1957년 9월 여원사에서 단행본으로 간행되었다.

가 어떠한 이데올로기적 효과를 발휘하는지 짐작할 수 있게 한다.

2. 상실의 감각과 추방당하는 자의 문법

인간의 이동은 다양한 형식을 갖지만, 체제와 불화한 개인이 생활공간을 떠나 자신의 삶의 근거지를 버린다는 것은 돌아올 수 없음을 의미한다. 해방 직후 남북한이 38선을 축으로 이념 공간으로 획정되어가고 있는 상황 속에서 38선 이북을 떠나 38선 이남으로 향하는 월남은 그래서 단순히 지리적 이동이라는 의미에 국한되지 않는다. 하지만 이러한 지리적 이동을 이른바 사상적 전향이라는 측면에서 좌익의 이념 공간에서 우익의 이념 공간으로의 전환 정도로 일괄한다면, 다시 말해 북조선에서 남조선으로의 이동을 이념을 잣대로 하여 의미화[13]하는 것은 개인들의 행위와 그 속에 내재된 욕망을 단순화할 우려가 있다. 뿐만 아니라 이러한 이동을 생존을 위한 불가피한 선택이었다고 말하는 것 또한—비록 그것이 실제에 맞닿아 있는 것이라고 하더라도—일반화의 위험을 내포한다. 따라서 보다 주목해야 하는 것은 결코 돌아갈 수 없는 자들의 이동이 어떠한 조건들 속에서 이루어졌는가에 있다.

근대 이후 개인과 집단의 이동은 근대 세계 체제의 구축, 그리고 그

---

13 이와 관련해 이혜령은 해방 이후 38선을 넘는 행위가 미소에 의한 냉전의 현실화와 함께 정치적 표현이자 선택으로 간주되었던 상황 속에서 당시 사상통제와 검열의 문법을 형성한 양상을 세밀하게 밝히면서 월남이 하나의 신원증명이자 장소 확정에 대한 동의의 실천으로 간주될 수 있다는 점을 논의하였다. 이혜령, 「사상지리(ideological geography)의 형성으로서의 냉전과 검열—해방기 염상섭의 이동과 문학을 중심으로」, 『상허학보』 제34집, 상허학회, 2012, 133~172쪽.

와 연동한 사회 구조의 변동 과정 속에서 복잡하게 분기했다. 그럼에도 그 이동은 대체로 성장과 발전의 패러다임 속에서 의미화되었고, 주체의 자발적 선택에 기초한 것으로 이해되었다. 하지만 그러한 이동의 형식 중 떠남은 나고 자란 고향을 등지는 것이든, 하나의 집단으로부터 이탈하는 것이든, 상실의 감각을 동반한다. 비록 한 개인과 집단이 자신들의 성장과 발전을 위해 자율의지를 가지고 선택한 행위라고 하더라도, 그 동안의 생활공간을 떠나 다시 그곳으로 돌아가지 못한다는 것은 상실감을 자아내는 것이었다. 해방 이후 월남서사에서 서사화된 이동의 형식은 이념 공간의 구축 과정 속에서 대체로 돌아갈 수 없는 자들의 고향 상실의 감각을 추동한다. 물론 이때 고향은 단순히 자신이 나고 자란 땅을 의미하는 것이 아니라, 개인이나 집단의 시원의 공간으로서 의미를 지닐 뿐만 아니라, 기억의 장소, 신체화된 공간이라는 점에서 장소애topophilia의 대상이기도 하였다.[14] 따라서 월남서사에서 상실의 감각은 장소애의 대상으로서 자기 자신과 밀착된 곳을 빼앗기는 고통과 자연스럽게 결부된다.

일반적으로 황순원의 『카인의 후예』 서사는 북조선 토지개혁에 의해 숙청당할 위기에 놓인 지주 계급의 월남 이야기로 쉽게 읽힌다. 해방되기 2년 전 서울 생활을 정리하고 귀향하여 야학을 운영하던 박훈은 해방 직후 북조선사회 구조의 변동, 특히 토지개혁을 중심으로 한 경제 체제의 전환 과정 속에서 지주 계급으로서 신변에 위협을 느낀다.

---

14 장소애(topophilia)는 물리적 환경과 인간 사이의 정서적 관계를 지칭하는 개념으로, 고향, 기억의 장소, 삶의 터전에 대한 인간의 애착인 장소 감각을 의미한다. Yi-Fu Tuan, *Topophilia : A study of Environmental Perception, Attitudes, and Values*, Colombia University Press, 1990, pp.92~93.

"훈은 소위 토지개혁이란 걸 앞둔 요지음 뜻 않았던 때, 뜻 않았던 곳에서 느끼곤 하는 어떤 강박감이 어제오늘에 와서는 어떤 구체성을 띠워 가지고 신변 가까이 닥쳐왔음을 느꼈다."[15] 그런데 귀향 후 3년 동안 운영하던 야학을 당 공작대원에게 접수당하고, 자신을 도와 함께 야학을 운영했던 청년들에 의해 농민위원장이었던 남이 아버지가 살해된 뒤 그 배후자로 의심받는 등 신변의 위협을 느끼고 있던 상황 속에서도 박훈은 고향을 떠나지 않는다. 그는 특별히 농토에 대한 애착 같은 것을 가지고 있지 않았지만, "왜 그런지 지금 당장은 떠날 수가 없는 심정"[16]으로 당에 의해 숙청되어 내쫓기기 전까지는 고향에 남아 있고자 한다.

역사적歷史的 및 경제적經濟的 필요성必要性에 의依하여 실시實施된 토지개혁土地改革은 조선朝鮮에 있어서 일본인日本人 통치統治의 멸망적滅亡的인 잔재殘滓를 소탕掃蕩하고 근로농민勤勞農民인 수백만數百萬 대중大衆의 생활生活을 근본적根本的으로 개조改造하며 생산력生産力 발전도상發展途上의 장애물障碍物인 봉건농노적封建農奴的 관계關係를 제거除去하는 방향方向으로 지향志向되었다. 또 농촌農村 경리經理를 급속急速히 향상向上시키며 인민人民의 물질적物質的 형편形便을 개선改善하며 국가國家의 모—든 경제經濟를 발전發展시키기에 불가피不可避한 제조건諸條件이 창조創造되었다.[17]

1946년 3월 북조선임시인민위원회에 의해 공포된 '북조선 토지개혁

15 黃順元, 『카인의 後裔』, 中央文化社, 1954, 10쪽.
16 위의 책, 84쪽.
17 北朝鮮勞動黨中央本部, 『北朝鮮 土地改革의 歷史的 意義와 그 첫 成果』, 勞動黨出版社, 1947, 2~3쪽.

에 대한 법령'에서 토지개혁은 반제·반봉건을 기치로 내걸면서 농민의 생활을 개선하여 생산력을 확충하고 이를 바탕으로 국가 경제를 발전시키기 위한 것으로 선전되었다. 지주소작제 철폐를 지향한 토지개혁은 해방 이후 단행된 북한의 어떤 개혁 조치보다 반제·반봉건의 성격을 강하게 띠었는데, 이를 통해 친일파와 지주층의 물적 기반을 허물어버릴 수 있었다.[18] 특히, 토지개혁의 과정에서 지주 계급은 제국주의와 봉건주의의 산물로서 일소되어야만 했던 것이다.

토지개혁의 단행이 다가오면서 박훈은 고향을 떠나 월남을 감행할 수밖에 없는 상황에 놓이게 된다. 토지개혁에서는 당 주도로 농민대회를 개최해 반동지주를 호명하고 농민들의 직접 비판 및 판결이라는 '인민재판' 형식을 취해 지주 계급을 숙청할 것을 결의한 뒤 재산을 몰수하는 방식을 진행했다. 그러한 과정에는 인간 본성에 내재한 폭력성을 증폭시키는 권력의 형태와 사회적 조건들, 그리고 그로 인해 희생당하는 개인의 삶이 가로놓여 있었다.[19] 박훈 또한 같은 상황에 처하게 되는데, 오작녀가 박훈과 부부관계에 있다고 항변하자 재산을 몰수당할 위기를 벗어나게 된다. 하지만 당의 입장에서 박훈은 '혁명'에 불만을 가지고 있는 자이자 무지한 청년들을 유혹해 반동 결사를 조직하여 농민위원장의 살해를 사주한 자로, 숙청의 대상일 뿐이었다. 계속해서 숙청이 이어지는 가운데 생명에의 위협을 느낀 박훈은 사촌동생이 친구의 도움으로 월남을 감행하고자 하자 그와 함께 고향을 떠나고자 한다. 물

---

18 김재웅, 『북한 체제의 기원-인민 위의 계급, 계급 위의 국가』, 역사비평사, 2018, 220쪽.
19 신아현, 「황순원 소설에 나타난 희생양 메커니즘 연구」, 『현대문학이론연구』 제69집, 현대문학이론학회, 2017, 234쪽.

론 이러한 떠남은 자발적 선택에 의한 것이 아니라 숙청 과정에 따른 내몰림의 결과이다. 즉, 박훈은 고향에 정착해 살고자 하였지만 토지개혁이 단행되면서 지주 계급으로서 북조선 체제로부터 추방될 수밖에 없었던 것이다.

그런데 표면적으로 『카인의 후예』가 토지개혁에 따른 지주 계급의 숙청, 그리고 그에 의한 박훈의 월남 과정을 보여주고 있는 것처럼 보이지만, 박훈은 지주 계급으로서 특별히 토지를 비롯한 재산에 대해 소유욕을 가지고 있는 인물은 아니었다. 그는 여타 지주 계급처럼 숙청당하기 전 재산을 빼돌리거나 농민과의 밀거래를 통해 토지가 몰수당하는 것을 방지하지 않는다. 토지개혁 자체에 적극적으로 저항하기보다는 오히려 그것을 담담히 받아들이고 있는 것처럼 보인다. 그런 점에서 흥미로운 부분은 자기 집안의 마름이었던 도섭 영감을 죽이고자 하는 부분에 있다. 박훈의 아버지 대부터 마름으로서 가산을 관리했던 도섭 영감은 해방 이후 '생존'을 위해 지주 계급의 숙청에 앞장서게 되고, 용제 영감이 숙청되어 죽은 뒤에도 박훈 일가에 강한 적의를 드러낸다. 이에 용제 영감의 아들인 박혁이 그를 죽이고 월남하려고 하자 박훈이 대신해 도섭 영감을 죽이려고 한다. 하지만 그 시도는 결국 실패로 돌아가고, 오히려 자신이 도섭 영감의 손에 죽기 위한 행동을 한 것은 아니었는지 반문하게 된다. 물론 박훈의 이러한 행위는 지주 계급에 대한 숙청에 앞장선 도섭 영감—자신의 안위를 위해 배반한 자, 북조선 체제의 잔학성을 상징적으로 보인 자—을 처단하려고 했다는 점에서 월남의 알리바이를 마련하기 위한 것이라고 볼 수도 있을 것이다. 하지만 『카인의 후예』의 서사는 박훈의 도섭 영감에 대한 처벌을 통해 토지개혁에 대한 저항을 수행하는 데 초점을 맞추고 있지 않다.

지주 계급의 숙청 과정 속에서 박훈은 "난 이제 여기서 없어져야 할 사람이다, 없어져야 할 사람이다!"[20]라고 느끼거나, "지금 자기도 이 뒤숭숭한 세상 속에 들어 있는 것이다. 거기서 자기는 이제 알맹이 없는 쭉정이 벼이삭마냥 타 버리려고 하는 것이다. 그러나 이 모닥불 속의 쭉정이처럼만 아름답게 타버리면 그만이라는 생각이 들었다".[21] '없어져야 할 사람', '알맹이 없는 쭉정이'는 존재를 부정당한 자의 자기 인식이다. 그러니까 박훈은 지주 계급으로서 계급의식에 기초한 자기 인식이 아니라, 인간 존재 자체로서의 자기를 부정하는 북조선 체제로부터 내몰린 자가 되는 것이다. 이와 관련해 그가 월남 직전 오작녀에게 "산 사람이 살았다구 할 수 없는 세상이지요"[22]라고 말하는 장면은 암시적이다. 자신의 삶을 부정당한 자에게 살아 있음은 성립 불가능한 것이다. 월남하기로 결심한 그가 선산을 찾아 자신의 돌 사진을 태워 없애면서 "이것으로 자기의 모습은 이 세상에 하나 남지 않는다고 생각"[23]한 것 역시 같은 맥락에서 이해할 수 있다. 물론 이는 그가 북조선에서 자기를 지우는 것을 통해 월남 후 남한사회에서의 갱생의 가능성을 마련하는 제의ritual의 과정이기도 하지만, 자기 존재의 근거를 박탈당한 자의 자기 지우기라고도 할 수 있을 것이다.

따라서 『카인의 후예』에서 추방당하는 자로서 박훈의 상실감의 근원은 지주 계급으로서의 토지를 비롯한 재산을 몰수당하는 데 있지 않

20　黃順元, 앞의 책, 316쪽.
21　위의 책, 322쪽.
22　위의 책, 301쪽.
23　위의 책, 308쪽.

다. 오히려 그의 상실의 감각은 자기 존재를 부정당하는 데 초점이 맞춰져 있다. 그가 끊임없이 유년기의 기억의 장소이자 모성성의 공간으로서 고향을 배회하는 것 또한 이와 무관한 것이 아니다. 지주 계급으로서 숙청당해 내몰릴 위기에 처해 있음에도 불구하고 쉽게 고향을 떠나지 않았던 것은 존재의 시원으로서 고향이 자기 확인의 장소였기 때문이다. 또한 그가 사촌동생을 대신해 도섭 영감을 죽이고자 했던 것은 도섭 영감이 자신을 숙청하는 데 앞장섰기 때문이 아니라, 유년의 기억 속 도섭 영감이 변화된 체제에 순응해 자기를 배반(부정)하는 잔학성을 발휘했기 때문이라고 할 수 있다. 자기 존재를 확인하는 장소로서 과거 유년기의 기억을 간직한 고향을 환기시키는 도섭 영감의 변모는 박훈에게 있어 장소 상실과 그에 결부된 존재의 부정을 일으킨다. 따라서 『카인의 후예』 서사는 체제 변동에 따른 장소 상실과 자기 상실의 위기에 처한 자의 월남서사로, 월남 이후 남한사회에서 자기 회복의 가능성을 열어두고 있는 것이다.

한편, 임옥인의 『월남 전후』는 해방 이후 북조선에 진주한 소련군과 공산주의 세력에 의해 개인의 자유가 말살되어가는 상황 속에서 월남한 여성의 이야기라고 할 수 있다. 제국 일본의 패전 직전 참전하여 연합군의 일원이 된 소련군은 약소민족의 해방이라는 기치를 내걸고 대일 선전포고를 감행했지만, 1945년 8월 15일 일본 천황의 항복 선언 직후인 17일 함경도에 폭격을 가한다. 이는 명분상으로는 일본군 패잔병을 소탕하기 위한 것이었지만, 북조선의 조선인들에게는 전쟁의 참화로 다가온다. 『월남 전후』의 내포 서술자 김영인에게도 이러한 소련군의 참전 및 폭격, 북조선으로의 진주는 "뻔뻔스럽게 전쟁 윤리라는 걸 행사"[24]하는 것으로 증오의 대상이 될 뿐이었다. 이 소설에서 해방군이 아닌 점령군으로서의 소련군에 대한 반감은 쉽게 살펴볼 수 있는데, 이러한 반감은 지식인 여성의 입장에서 그들을 미개한 종족으로 인식하는 것으로 이어진다. 자신의 책[25]을 몰수해간 소련군을 찾아가 되돌려받고자 한 김영인은 영어 서적을 '반동 서적'이라며 돌려주지 않을 뿐만 아니라, 선전부 소속 소련군이 톨스토이나 도스토예프스키에 대해 무지한 것에도 놀란다. 그러면서 "영미진영에 가담해서 약소민족을 해방하겠다는 이들의 대의명분을 도무지 알 수가 없었다"[26]라고 토로한다. 물론 이는 한국전쟁 이후 반공 이데올로기의 문화적 확산 속에서 소련군을 적대시한 레토릭에 해당하는 것이지만, 『월남 전후』의 서사에서 소련군은 폭력과 약탈을 자행하는 야만과 미개의 종족으로 그려진다.

소련군에 대한 이러한 인식은 북조선 체제 변동의 주체로 새롭게 부상한 공산주의자들에 대한 인식에서도 고스란히 반복된다. 이와 관련해 주목되는 인물이 김영인의 사촌동생 을민이다. 과거 제국-식민지 체제기 항일운동에 가담한 것으로 짐작되는 이 인물은 해방 직후 혜산진 치안대에 근무하면서 북조선에 반체제적인 사람을 무참하게 고문하고 살해한다. 자신의 폭력과 광기를 혁명 과업을 완수하기 위한 것으로

---

24 林玉仁, 『越南前後』, 女苑社, 1957, 50쪽.
25 『월남 전후』에서 김영인의 '책'은 사별한 것으로 추정되는 남성, 출생 직후 병사한 조카 등과 함께 '집 모티프'를 구성하는 것으로, 그녀가 '자기'를 보존하여 자신의 정체성을 구축하는 장치들 중 하나이다. 이러한 것들의 상실이 김영인의 월남으로 이어졌던 것이다. 정혜경, 「월남 여성작가 임옥인 소설의 집 모티프와 자유」, 『어문학』 제128집, 한국어문학회, 2015, 331쪽.
26 林玉仁, 앞의 책, 164쪽.

정당화하는 그의 면모는 곳곳에서 드러난다. 토지개혁에 대해 친구 허욱이 비판적 시각을 드러내자 그에 반발하면서 언쟁을 벌이다 그가 "북한에서는 벙어리가 젤이야!"[27]라고 한탄하자 구타하거나, 학교에서 적기가를 부르는 것에 반감을 표한 김영인에게 "기독교나 자유주의자들이나 다 이 북한을 좀 먹는"[28] 자들이라며 적대감을 드러내는 등 공산주의 사상에 경도되어 모든 것을 당의 지침에 의해 판단하고 행동하는 면모를 보여준다. 그러한 그를 보면서 김영인은 소련군과 마찬가지로 '야만'의 상태로 규정한다.

이처럼 이 소설에서 소련군과 그에 연대한 공산주의 세력은 대체로 폭력과 살육을 일삼는 야만의 상태로 제시된다. 그리고 북조선 또한 그러한 폭력과 야만의 공간으로 드러난다. 이는 제국-식민지 체제기 제국 일본에 의해 억압되었던 개인의 자유가 해방 이후 체제가 바뀌어가고 있음에도 불구하고 여전히 지속되고 있음을 의미하는 것이기도 하다. "해방을 빙자해서 달겨든 사이비(似而非) 자유나 해방을 오히려 역행하려는 이 얄구진 세력"[29]들에 의해 점유된 북조선은 그런 점에서 개인의 자유를 말살하는 곳으로, 상실감을 자아낸다. 김영인은 "해방이 됐다고는 하지마는 그와 정반대로 내 환경이나 개성이 마치 거미줄에 얽혀든 벌레처럼 앞도 뒤도 꽉 막혀진 듯한 답답함을 느끼지 않을 수 없었다. // 생리에 맞지 않는 사람들과 일상 접속하고 그들의 비위까지 맞춰야 하다니…… 우울하기 짝이 없었다".[30] 답답함과 우울감을 가지고 있던

---

27 위의 책, 180쪽.
28 위의 책, 205쪽.
29 위의 책, 109쪽.
30 위의 책, 100쪽.

그녀는 스스로를 유폐되어 있는 자로 인식하면서 "감옥 속에서 자유 세상이 그리운 죄수와도 같은 존재"[31]로 자기를 주조한다. 폭력과 야만의 공간 속에서 개인의 자유가 말살되어 유폐된 자로서 자기를 인식하고 있는 그녀의 이러한 면모는 물론 월남의 정당성을 마련하기 위해 떠나야 할 곳으로서 북조선에 대한 공포와 혐오를 드러낸 것이다.

그녀가 해방 직후부터 상경할 것을 종용 받았음에도 불구하고 고향 마을을 떠나지 않았던 것은 지식인 여성으로서 부녀자들을 대상으로 교육활동에 매진하고자 했기 때문이다. 또한 그러한 교육활동을 통해 점차 문맹이 퇴치되어가고, 그에 기초해 문화 균등을 이뤄 국가를 바로 세울 수 있다는 나름의 신념을 가지고 있었기 때문이기도 했다. 하지만 당의 지침에 의해 자신이 원하는 교육활동을 진행할 수 없을 뿐만 아니라, 개인의 자유가 억압 받는 상황 속에서 그녀는 월남을 감행하고자 한다. 물론 월남을 감행하는 과정 속에서 가족, 특히 어머니를 남겨두고 떠나는 것에 대한 회한과 사랑하는 사람에 대한 기억의 장소를 벗어나는 데 대한 고통이 수반되지만, 월남 이후 다시 가족을 데려올 수 있을 것이란 전망 속에서 그녀는 홀로 38선을 넘는다. 그녀가 38선을 넘은 뒤 "이것이 이남 하늘이라니……. 관념이 아니라 참말 조롱 안에 갇혔던 새가 푸른 창공을 후루루 날라가는 시원함을 나는 내 생리로써 체험했던 것이다. 나는 몇 번이고 심호흡을 했다. 대기大氣 그 자체가 나를 온통 삼켜 주었으면 하고 내 전신을 떠맡기는 심정이었다"[32]라고 감격했던 것은 억압 속에서 통제되었던 개인의 자유를 회복한 데서 오는 희

---

31 위의 책, 139쪽.
32 위의 책, 215쪽.

열감의 표출에 다름 아니었던 것이다.

따라서 『월남 전후』에서 월남하는 여성에게 북조선은 체제 변동을 주도했던 소련군과 공산주의 세력으로 대표되는 폭력과 광기, 야만과 미개의 공간으로, 개인의 자유를 말살하는 상실감을 자아낸다. 억압과 구속된 상태 속에서 나름의 신념에 기초해 교육활동을 전개하고자 했던 그녀에게 북조선은 공산주의라는 획일적 이념의 닫힌 공간으로 기능한다. 그리하여 해방과 함께 도래할 자유에의 희구가 좌절되고, 제국-식민지 체제기 못지않게 개인의 자유가 침해될 뿐만 아니라 부르주아 지식인이라는 낙인 속에서 체제에 협력하지 않으면 내쫓길 위기에 처하게 된다. 물론 이는 남북한이 이념적으로 분할되어 있다는 점에서 남한=자유의 땅이라는 것을 암시하고, 월남의 방향성과 그 이유에 정당성을 부여하는 효과로 이어진다. 월남을 수행하는 자에게는 월남의 과정 못지않게 떠날 수밖에 없는 이유, 즉 남한사회로 진입해야만 하는 이유가 제시될 필요가 있다. 요컨대, 『월남 전후』의 서사는 폭력과 야만의 공간에서 자유를 빼앗긴 자가 끊임없이 자유를 갈망하는 상태를 서사화하는 것을 통해 상실의 감각을 증폭시키는 한편, 월남 행위의 근거를 마련하고 있는 것이다.

이상에서 살펴보았던 것처럼, 황순원의 『카인의 후예』와 임옥인의 『월남 전후』의 서사는 해방 직후 북조선 체제 변동 과정 속에서 월남의 수행적 과정을 펼쳐 보이고 있다. 다만, 이들 소설에서 월남의 수행적 과정은 월남의 과정 그 자체—지리적 이동이나 사상적 전향 등—를 구체적으로 서사화하는 것이 아니라, 월남이라는 행위를 가능하게 하는 조건들을 지속적으로 제시하는 것으로 대체된다. 그리고 그때 월남한 자는 변화된 체제에 순응하지 못하고 내몰린 자들로 숙청과 배제의 대상으로 낙인찍힌다. 그들은 존재 그 자체를 부정당하는 자들이자 자유를 박탈당한 자들로 폭력과 광기, 야만과 미개의 상태에서 공포와 절망, 상실감을 강하게 느낀다. 결국 그들이 월남을 감행하는 것은 바로 이러한 공포와 절망을 극복하기 위한 행위로서 상실된 것들의 회복에의 염원을 수반한다. 배제된 자들로서 그들은 배제 그 자체에 저항하는 것이 아니라, 지속적으로 배제된 상태에 자신을 위치시키는 것을 통해, 또한 그러한 위치에서 끊임없이 상실감을 드러내는 것을 통해 월남의 정당성을 마련할 뿐만 아니라 월남 이후 남한 체제에 입사(入社)할 수 있는 가능성을 예비하고 있는 것이다.

3. 남성 동성사회적 공간 재편과 토포포비아

월남서사에서 북한과 남한은 좌우익의 이념에 의해 양분된 공간으로서, 38선을 기준으로 경계 지어져 대립하고 있다. 해서 월남의 과정을 수행한다는 것은 좌익에서 우익으로, 엄밀한 개념이라고 할 수 없지만 사회주의에서 자유주의로, 공산주의에서 자본주의로의 전환을 의미했다. 한국전쟁 발발 이후 남한사회에서 생산·유통된 월남서사가 자유주의와 자본주의를 근간으로 하는 정치체의 질서와 문법을 내재화하고 있는 것이 자연스럽게 받아들여지는 것처럼, 월남서사에서 북조선 (조선민주주의인민공화국)은 사회주의와 공산주의의 이념 공간으로 제시된다. 하지만 그러한 이념 공간이 인간 삶의 조건으로서 새로운 비전과 전망을 제시하는 것이 아니라, 남조선(대한민국)의 이념을 잣대로 하여 부정당하거나 폐기되어야 할 적대 공간으로 드러나는 것이 일반적이다. 기존의 월남서사에 관한 연구 역시 이러한 공간 재편 과정에 주목해왔다. 즉, 서사 밖 냉전-분단 체제하 이념 공간의 재편 논리를 고스란히 서사에 회수하여 서사 추동의 원리로 제시해왔던 것이다.

그런데 월남서사에서 해방 이후 남북한 공간의 재편 과정에는 이념뿐만 아니라, 젠더적 관점 또한 개입해 들어가 있었다. 즉, 좌우익의 이념 대립 못지않게 남성/여성의 위계화된 젠더 문법이 월남서사를 추동하는 하나의 원리로 작동하고 있었던 것이다. 그리고 그것은 앞서 살펴본 상실의 감각과 결부되면서 남성성의 강화 및 여성성의 상실로 표면화되었다. 물론 남한이라고 해서 남성성이 약화되거나 여성성이 새롭게 발현될 수 있는 공간으로 드러난 것은 아니었다. 일반화의 위험이 있지만, 해방에서 단정 수립, 한국전쟁에서 전후戰後 사회로 연쇄하면서 한반도는 좌우익의 이념 공간을 막론하고 남성 동성사회적 욕망homo-social desire이 분출되고 강화되는 남성성의 공간으로 재편되었다고 보는 것이 온당하다.[33] 그럼에도 월남서사에서 북한은 여성성이 부인당하거나 약화되는 공간으로 드러난다는 점에서 주목을 요한다. 그것은 남한 또한 그러한 공간적 질서를 가지고 있었다는 점을 망각한 채, 과잉된 남성성의 표출을 통해 폭력성이 점철된 공간으로서 북한을 주조하

---

33 남한의 경우, 해방 이후 1980년대까지 한국사회에서 지배적 남성다움의 의미는 친미반공 군부독재 세력이 주도하는 호전적 남성성이었는데, 군인다움과 용맹성을 주장하고 폭력적이었음에도 미국이 남한을 방기할 것에 대한 두려움 때문에 철저히 대미 의존적 국가 안보정책을 펼쳤다. 그들이 남한에 대한 보호를 요청하는 방식은 중 하나는 여성을 제공하는 것이었다. 정희진, 「편재(遍在)하는 남성성, 편재(偏在)하는 남성성」, 권김현영 외, 『남성성과 젠더』, 자음과모음, 2011, 25~26쪽.

고, 그에 대한 공포를 강화하는 효과를 자아낸다.

황순원의 『카인의 후예』에서 박훈의 고향, 나아가 그곳으로 대표되는 북조선이 공간적으로 여성의 공간으로 기능하거나, 공간적 질서를 구축하는 데 있어 '여성적인 것'이 그 중심에 놓인다고 단정하기는 물론 어렵다. 하지만 이 소설의 서사성을 구축하고 전개하는 데 월남의 과정을 수행하는 주체로서 박훈에게 고향이 어떻게 젠더적으로 인식되고 감각되는가, 특히 그곳이 어떻게 여성성을 약화시키면서 동시에 남성성을 강화시키는 공간으로 드러나고 있는가는 주목을 요한다. 이와 관련해 당 주도로 토지개혁을 단행하는 과정에서 지주 계급을 숙청하기 위한 국가주의 권력이 폭력적으로 행사될 뿐만 아니라, 거기에 가담하거나 동원되는 농민들이 점차 광기에 사로잡혀 그러한 폭력을 증폭시킨다는 점에서 해방 이후 체제 변동 과정 속에서 북조선이 남성적인 공간으로 재편되어갔던 정황을 짐작하기란 그리 어려운 일이 아니다. 하지만 이 글에서는 박훈의 고향에 대한 공간 인식에 초점을 맞춰 논의를 전개하고자 한다.

이와 관련해 주목되는 인물이 박훈의 월남을 지연시키는 오작녀이다. 그녀는 지주 계급이었던 박훈 일가의 마름의 딸로서 3년 전부터 귀향한 박훈과 함께 생활하면서 그를 돌보고 있는 여성이다. 아버지인 도섭 영감이 해방 이후 북조선 체제 변동 과정 속에서 과거 지주의 마름으로서 농민들을 핍박했던 위치에서 벗어나 지주 계급의 숙청에 앞장섰던 것과 달리 그녀는 박훈의 안위를 걱정하면서 그를 보살핀다. 그리하여 토기개혁의 일환으로 박훈의 재산이 몰수될 위기에 처하자 자신과 부부 관계를 맺었다는 거짓말을 통해 그를 보호하고자 한다. 그러면서도 숙청의 위기 속에서 박훈이 고향을 떠나 월남을 감행할 것을 예감하면서 그와 함께 할 수 없음을 안타까워하는 한편, 박훈의 월남 이후 스스로 자신의 죽음을 예비하고 있는 인물이다. 또한 오작녀는 신분제 사회에서 사랑을 이루지 못하고 바위가 된 여종에 관한 큰아기바윗골 전설을 떠올리면서 자신은 분에 넘치는 행복을 가지고 있다고 생각하는 등 박훈에 대해 일정 부분 연모의 감정을 가지고 있기도 하다.

이러한 오작녀는 박훈에게 어머니의 대리자로 위치한다. 당에 의해 야학이 접수당한 뒤 술에 취해 귀가하여 잠든 박훈은 꿈속에서 산길을 달리다 상처가 났음에도 멈추지 않으면서 오작녀가 자신을 붙들어주기를 바란다. 그의 바람대로 꿈속에서 그녀가 박훈을 붙든 뒤 "오작녀는 훈의 얼굴의 상채기를 빨기 시작했다. 목줄기의 상채기도 빨아 주었다. 손등이며 팔목의 상채기도 빨아 주었다. // 나중에는 혀로 핥기 시작했다. 이마며 어깨며 가슴이며 모조리 돌아가며 핥아 주는 것이었다. 부끄러웠다. (…중략…) 부끄러웠다. 그러면서도 행복스러웠다".[34] 꿈이 무의식적 욕망의 발현이라고 했을 때, 이 장면은 박훈이 오작녀를 어떻게 인식하고 있는지 확인할 수 있게 한다. 그는 오작녀를 성적 대상으로 위치시키는 것이 아니라 자신에게 안전과 안정을 가져다주는 어머니와 같은 존재로 받아들이고 있었던 것이다. 해서 꿈속에서 박훈의 상처를 치료해주는 오작녀의 행위는 성애적 행위가 아니라 마치 어미가 새끼를 보살피는 것과 같은 돌봄의 행위에 가깝다고 할 수 있다.

『카인의 후예』 서사 곳곳에서 박훈이 어머니를 떠올리는 것은 점차

---

34 黃順元, 앞의 책, 23쪽.

신변에의 위협이 강화되어가면서 불안감이 증폭되었기 때문이다. 그는 불안감을 불식시키기 위해 자신에게 안정감을 주었던 유년기의 기억 속 어머니를 소환한다. 그에게 어머니는 "따뜻하고 아늑한 피난처"[35]였던 것이다. 토지개혁을 위시한 지주 계급에 대한 숙청 과정 속에서 신변의 위협을 느꼈던 박훈이 기댈 수 있는 곳은 자신의 어머니와 같은 존재 오작녀 뿐이다. 다가오는 숙청의 위기 속에서 공포를 느끼고 있던 그는 오로지 오작녀에 의탁해 생활을 이어갈 수밖에 없었던 것이다. 오작녀는 존재를 부인당한 자가 자기를 의탁할 수 있는 곳일 뿐만 아니라 ─ 돌 사진을 찍을 때를 회상하면서 어머니가 자기를 바라보고 있을 것이라고 생각하고 있듯이 ─ 자기 근원이 송두리째 뿌리 뽑히는 것을 방지할 수 있는 시원의 장소이기도 하다. 그리고 이는 유년기의 고향에 대한 기억과 연동하면서 박훈의 존립 근거가 되는 것이다.

따라서 박훈이 존재 자체를 부정당하고 내쫓겨 월남을 감행한다고 했을 때, 고향 나아가 북조선은 더 이상 어머니(=오작녀)의 땅이 아니다. 그곳은 북조선 체제 성립 과정에서 남성적인 폭력과 광기로 점철된 공간으로 박훈에게 상실감과 절망감을 자아낸다. 그때 상실과 절망의 감각은 모성성에 기초한 안정과 안전을 그에게 제공해주지 않는 데서 기인하는 것으로, 북조선이 남성적인 공간으로 재편·강화되어가고 있음을 짐작케 한다. 그런 점에서 『카인의 후예』는 월남서사를 전개하는 것을 통해 좌익에서 우익으로의 사상적 전환을 보여주고 있다기보다는 안전과 안정을 제공하는 어머니의 땅으로부터 축출당한 자의 비애의

---

35 위의 책, 167쪽.

정서를 강하게 표출하고 있다고 할 수 있다. 그에게 상실의 감각은 지주 계급으로서의 경제적 위상이 박탈되는 데서 오는 것이 아니라, 자기 존재의 시원으로서 어머니의 땅으로부터 추방당하는 데서 기인한다. 따라서 이 소설의 서사에서 해방 직후 체제 변동 과정 속에서 북조선의 공간성이 재편되는 양상이 명징하게 표출된 것은 아니지만, 서사의 전개를 통해 북조선이 강고한 남성성의 공간으로 재편되어가고 있었다는 것을 확인할 수 있다.

한편, 임옥인의 『월남 전후』에는 남성 폭력의 공간으로 재편되고 있는 북조선의 실상이 보다 구체적으로 제시되어 있다. 이 소설에서 북조선 함경북도의 시골마을은 소련군의 진주 및 공산당 세력의 득세 속에서 폐허와 야만의 공간으로 드러난다. 소련군은 민가를 습격하여 조선인들의 재산을 약탈하는 만행을 저지르고, 공산당 세력들 또한 그에 가담하여 폭력을 일삼는다. 이러한 양상은 내포 서술자인 여성의 입장에서 남성중심주의적인 광기와 폭력으로 인식된다. 소련군이 탑승한 기차에서 여성의 시체가 발견되고, 소련군이 신랑과 신부가 탄 트럭을 강탈하여 신부를 빼앗아 간 사건을 전해 듣거나, 소련군들이 젊은 미인을 죄수처럼 묶어서 몰고 가는 상황을 목도하면서 김영인은 분노와 함께 공포를 느낀다. 이처럼 이 소설에서 함경북도의 시골마을로 대표되는 북조선은 소련군과 그에 연대한 공산당 세력의 남성적 폭력이 자행되는 공간으로, 여성 주체에게 개인의 자유를 박탈당하고 성적으로 대상화되는 공간으로 인식된다.

이는 북조선이 남성 동성사회적 공간으로 재편되어가고 있음을 확인하게 하는 장면에서 극대화된다. 이와 관련해 문화선전공작대 간부들이 치안대를 통해 "아름답고 젊은 여자"[36]를 요구하고, 그녀들을 소련군에게 제공하는 장면은 주목을 요한다. 과거 제국-식민지 체제기 면장을 했던 전과로 당으로부터 처벌을 받을 수 있는 상황 속에서 월남하지 못한 조선인 부부는 "목숨을 부지하기 위해"[37] 당 간부의 요구에 따라 여성을 섭외해 제공한다. 하지만 금품에 현혹되어 그에 응했던 여성은 소련군에게 성적 대상이 되는 것에 인간으로서의 가치를 상실했다며 원통해한다. 이 에피소드에서 주목되는 부분은 문화선전공작대 간부들이 소련군에게 조선 여성을 제공하는 것을 통해 그들 사이의 암묵적인 연대성을 강화하고, 그것을 바탕으로 자신들의 권력을 행사하는 데 있다. 다시 말해, 조선인 여성을 소련군의 성적 대상으로 제공하는 것을 통해 남성 동성사회적 욕망을 강화하는 한편, 남성/여성의 젠더화된 이분법적 질서를 강고히하고 있는 것이다. 따라서 북조선은 소련군과 공산당의 남성중심주의적 권력의 구축 및 행사를 위해 여성을 타자화하는 곳으로, 조선인 여성에게는 억압과 수난의 공간으로 인식되게 되는 것이다.

임옥인의 『월남 전후』의 서사 곳곳에서 해방 직후 북조선에 거주하고 있던 여성들의 수난의 기록은 손쉽게 살펴볼 수 있다. 뿐만 아니라 체제 변동 과정에서 여성성이 소거되거나 삭제되는 상황 역시 명확하게 드러난다. 이와 관련해 흥미로운 인물이 최순희이다. 그녀는 과거 김일성 직속 부하로 북만주 일대와 함경남도 산악지대에 잠복하면서 항일운동에 가담하였던 이력을 가지고 있는 '혁명동지'의 일원으로, 혜

---

36 林玉仁, 앞의 책, 91쪽.
37 위의 책, 91쪽.

산진 소련사령부에서 근무하고 여군이다. 치안대에 근무하고 있던 사촌동생의 소개로 그녀를 만난 김영인은 최순희를 대하면서 "여성다운 데라거나 부드럽다든가, 인정스럽다거나, 그러한 인상은 받을 수가 없었다. 하나의 기계와 같이 느껴졌다".[38] 여군인 최순희는 여성동맹회원들을 소집하여 강연하면서 독립과 혁명을 완수하기 위해 투쟁해왔다면서 근로대중을 위한 정권을 수립해야 된다고 역설한다. 그러면서 그녀는 여성들의 화장이나 의복을 지적하면서 "유두분면油頭粉面에 비단을 휘감구 흐늘거"[39]리는 존재로 규정한다. 이는 소위 혁명 달성을 위한 여성의 사회적 역할을 강조한 것이라고 할 수 있지만, 여성적인 것을 폄훼하여 소거되어야 할 대상으로 여기는 것으로, 혁명의 주체를 남성으로 위치시키는 것에 다름 아니다.

이 소설에서 최순희는 여성성을 소거한 자, 남성화된 여성으로서의 면모를 유감없이 보여주는 인물로 김영인에게 인식된다. 그녀는 "사내들처럼 손끝으로 턱을 쓸며 너털 웃음을 웃"[40]는다든가, "사내들마냥 다리를 틀고 앉"아 "수염이라도 있는 듯이 턱을 쓸어보이는 것이었다".[41] 물론, 최순희의 행위를 남성적인 것으로 인식하고 있는 김영인 또한 남성/여성의 젠더적 성 역할을 전제로 한 이분법적인 성 관념을 가지고 있는 것은 틀림없다. 하지만 프롤레타리아 계급의식에 기초하여 혁명을 완수하고 새로운 정권을 수립하는 주체는 남성=군인이라는 점에서 북조선은 여성성이 상실되고 남성성이 강화되는 공간으로 재편되고 있

---

38 위의 책, 96쪽.
39 위의 책, 95쪽.
40 위의 책, 97쪽.
41 위의 책, 105쪽.

다고 할 수 있다. 그리고 그러한 공간 질서의 재편이 여성 주체로서 김영인에게 반감을 자아냈던 것이다. 『월남 전후』 서사에서 김영인의 여성적인 면모는 계속해서 드러나고 있는데, 한편으로 그것은 소련군과 공산주의자들 사이의 남성 동성사회적 욕망의 강화 속에서 여성이 성적 대상에 놓이게 되는 데에 대한 공포 속에서, 다른 한편으로 그것은 혁명 주체로서 여성의 탈성화脫性化를 강제하는 상황 속에서, 개인의 자유에 대한 박탈과 함께 여성성의 상실로 귀결된다.

『월남 전후』에서 김영인이 월남을 감행하고자 한 것은 개인의 자유에 대한 억압이 표면적인 이유로 제시되어 있지만, 무지와 야만, 폭력과 광기는 모두 소련군과 공산주의 세력의 남성중심주의적 권력의 작동에 따른 것이다. 김영인이 가난과 무지와 암흑 속에 놓여 있던 조선인 여성들을 구제하기 위해 문맹퇴치의 일환으로 교육 활동에 매진하고 그로 인해 월남을 유예한다고 했을 때, 그녀는 여성들을 보살피는 자로 자기를 위치시킨다. 즉, 여성성에 기초하여 자신의 사회적 위상을 구축해나갔던 셈이다. 하지만 남성적인 폭력이 그러한 그녀의 활동을 억압하고 통제하는 한편, 그녀로 하여금 당이 요구하는 활동을 수행할 것을 강제했을 때, 그것은 단순히 개인의 자유를 말살하는 것이 아닌 여성성의 상실로 연결되었던 것이다. 그런 점에서 임옥인의 『월남 전후』의 서사는 북조선 체제 변동 과정 속에서 여성의 수난이 지속되고, 남성중심주의적 권력에 의해 여성성이 상실될 위기에 처한 여성 주체의 월남 이야기로 읽을 수 있다. 그때 북조선은 남성/여성의 이분법적 젠더적 위계화 속에서 남성화된 공간으로 재조직되고 있었던 것이다.

이상에서 살펴보았던 것처럼, 황순원의 『카인의 후예』와 임옥인의

『월남 전후』의 서사에서 남북한은 좌우익의 이념적으로 분할된 공간으로 제시될 뿐만 아니라, 남성/여성의 젠더적으로도 위계화된 공간으로 드러난다. 특히 북조선은 해방 직후 체제 변동 과정 속에서 소련군과 공산주의 세력의 남성중심주의적 권력이 강하게 발현되는 공간으로서 체제 변동을 추동하고 혁명을 완수해야 하는 주체로서 남성을 상정하는 한편, 여성은 그러한 남성의 대상으로 타자화된다. 또한, 남성중심주의적 권력을 구축하고 강화하는 가운데 소련군과 공산주의 세력 간 남성 동성사회적 욕망이 강화되고, 여성은 성적 대상으로 위치지어진다. 동시에 혁명에 저해 요소가 된다고 판단되는 여성성은 소거되거나 폐기되어야 할 것으로, 여성성의 탈성화 역시 강제되는 공간으로 드러난다. 그런 점에서 북조선은 월남 주체에게 폭력과 야만의 공간으로 인식되어 토포포비아를 느끼게 할 뿐만 아니라, 추방당한 자에게는 장소 상실을 낳았던 것이다.

4. 월남의 수행성과 반공서사의 이데올로기

이 글에서 해방 직후 남북한 이념 공간의 재편 과정에서 월남한 자의 행위와 욕망, 그리고 그것들을 추동한 이동의 조건과 문법에 주목하여 살펴본 황순원의 『카인의 후예』와 임옥인의 『월남 전후』는 한국전쟁 이후 월남이라는 행위가 반공의 핵심적인 지표가 되면서 소위 반공서사로 자리매김하게 된다. 단독정부 수립과 한국전쟁을 거쳐 오면서 반공국가로서 갱신해갔던 남한사회에서 38선 이남으로 월남했던 자들의 행위는 '자유 대한의 품'으로 기꺼이 자기를 투신한 것이며, 그것은 생존의 위협 속에서 추방당한 자가 상실의 고통을 회복하는 과정과 겹쳤다. 그리고 그때 남한사회, 이승만 정권은 이념적 우월성과 정치적 정당성에 기초하여 월남한 자들을 대한민국의 국민으로서 포용하여 정착할 수 있도록 선정을 베푼 구원자로서 위치하게 되었다. 『카인의 후예』와 『월남 전후』 서사에는 월남한 자의 이동의 종착지, 다시 말해 월남의 완결지로서 남한사회에 대한 구체적인 서술이 결락되어 있음에도 불구하고, 그곳은 상실·추방·폭력을 치유하고 극복할 수 있는 유토피아와 같은 곳으로 상상되었던 것이다.

그런데 황순원과 임옥인의 작품이 해방 직후 월남한 작가의 체험을 기초로 하여 씌어진 자기 서사였다는 점에서 그것이 남한사회에 입사하여 안착하기 위한 '자기의 테크놀로지'의 일환으로 수행된 글쓰기의 산물이었다는 점을 감안할 필요가 있다. 황순원은 1946년 5월 평양에서 월남하였는데, 조선문학가동맹 기관지였던 『문학』에 「아버지」와 「황소들」을 게재한 전력[42]이 있어 사상적으로 의심의 대상이 될 수 있었다. 마찬가지로 임옥인 또한 1946년 4월 한탄강을 넘어 단신으로 월남하였는데, 사촌동생이 치안대장의 이력을 가지고 있었을 뿐만 아니라 본인 또한 공산당 말단 조직에 가담한 것[43]으로 오해 받아 사상적 의심의 대상이 될 수 있었다. 기실 남한사회에서 월남 작가는 남한에 거주하지만 남한의 원주민과 변별되는 월남민이라는 배타적 정체성이 각

---

[42] 조은정, 「1949년의 황순원, 전향과 『기러기』 재독」, 『국제어문』 제66집, 국제어문학회, 2015, 40쪽.

[43] 林玉仁, 『나의 이력서』, 正宇社, 1985, 86~88쪽.

인되어 있는 '재남(조선) 이북인'[44]으로서 월남 이전 북조선 체제하 문학 활동이 사상적 검열의 대상이 될 수밖에 없는 상황에 놓여 있었다. 그리고 그런 점에서 월남의 과정을 수행하는 것을 통해 자신의 신원을 증명하는 데서 나아가 사상적 전환, 즉 전향의 과정을 거쳐야만 했다.

이와 관련해 황순원이 1949년 12월 3일 『서울신문』 지상에 "본인은 해방 후 혼란기에 문학가동맹에 가입하였으나 본의 아님으로 탈퇴하는 동시에 대한민국에 충성을 다할 것을 맹서함. 11월 30일"이라고 전향 성명서를 발표하고, 보도연맹에 자진 가입함으로써 '전향자'가 되었다는 사실은 상징적이다. 그는 대한민국에서 자신의 신원을 증명하고 안정적인 문학 활동을 지속하기 위해 자기검열 속에서 국민-됨의 자격을 획득해 나갔던 것이다.[45] 이는 같은 시기 임옥인이 "전국문필가협회문학부全國文筆家協會文學部와 한국韓國 청년문학가협회靑年文學家協會를 중심中心으로 기타其他 일반一般 무소속無所屬 작가作家와 전향문학인轉向文學人을 포함包含한 전문단全文壇 문학인文學人의 총결속總結束 하下에 대한민국大韓民國을 대표代表하는 유일唯一한 문학단체文學團體로서 「한국문학가협회韓國文學家協會」"[46] 결성에 가담하거나 "우익진영 여성 단체의 활동을 보도하는 신문"[47]인 『부인신보』 창간에 편집차장으로 참여하였다가 『부인경향』 편집장을 거쳐 미국공보원 번역관으로 옮겨가는 등 월남 이후 자신의 신원을 지속적으로 증명하면서 국민-됨의 자격을 획득해간 과정과 그 궤를 같이

---

44 전소영, 「월남 작가의 정체성, 그 존재태로서의 전유 – 황순원의 해방기 및 전시기 소설 일고찰」, 『한국근대문학연구』 제32호, 한국근대문학회, 2015, 84쪽.

45 이에 대해서는 조은정, 「해방 이후(1945~1950) '전향'과 '냉전 국민'의 형성 – '전향 성명서'와 문화인의 전향을 중심으로」, 성균관대 박사논문, 2018, 185~202쪽 참조.

46 「韓國文學家協會 結成式」, 『京鄉新聞』, 1949.12.14.

47 林玉仁, 『나의 이력서』, 97쪽.

하는 것이다. 즉, 황순원과 임옥인의 월남서사가 반공서사로 자리매김해가는 과정 속에는 월남 작가로서 그들의 사상적 전환, 즉 전향 또는 그에 준하는 통과제의의 과정을 수행해야만 했던 것이다. 그들은 반공국가로 일신해갔던 남한사회의 체제와 질서에 의해 배제되지 않고 포섭되기 위해 다양한 문학 활동을 이어갈 수밖에 없었는데, 그때 그들의 자기 서사가 월남서사로 제시되면서 신원을 증명하는 자기의 테크놀로지로 작동했던 것이다.

한편, 월남서사가 반공서사로 전화되는 과정 속에는 이와 같은 월남 작가의 행위를 남한사회의 체제와 질서가 승인하는 양상만 있었던 것은 아니다. 거기에는 문학을 둘러싼 다양한 정책과 제도들이 개입해 들어갔는데, 여기에서 주목하고자 하는 것은 이 두 작품이 자유문학상 수상작이었다는 점이다. 『카인의 후예』는 1954년 제2회, 『월남 전후』는 1956년 제4회 수상작으로 선정되었는데, 그것은 아시아재단이 반공적 가치 발굴과 아시아적 확산이라는 취지 아래 제정한 자유문학상의 방향에 부합하는 것이었다. 대부분의 수상작들이 그러하지만, 이 두 작품 역시 해방 이후 좌우익의 이념 갈등 및 한국전쟁을 소재로 하여 자유·휴머니즘의 가치를 선양하여 반공주의와 자유민주주의의 가치(체제)의 우월성을 보증했던 것으로, 자유문학상이 한국 전후문학의 주류였던 반공문학을 진작시켰다는 점을 쉽게 확인할 수 있게 한다.[48]

아시아재단財團은 동란動亂이 쉬지 않는 아시아에 대하여 미국美國의 민간적

---

48 이봉범, 「냉전과 원조, 원조시대 냉전문화 구축의 역동성」, 『한국학연구』 제39집, 인하대학교 한국학연구소, 2015, 261쪽.

民間的인 일대一大 관심關心과 협조協助로서 자유自由를 선택選擇하는 아시아적的
진로進路에 물심양면物 · 心兩面으로 기여寄與하고 있다. (⋯중략⋯) 아시아가 오
랫동안 내부內部에 가지고 있는 잠재潛在한 근원根源과 그 가치價値가 자유自由 인
민人民의 노력에 의依한 인류적人類的인 견지見地에서 창달暢達되고 개화開花되기
위하여[49]

제2회 자유문학상 수상작 발표 즈음 기자가 전하고 있는 자유문학상
제정 취지에서도 반공주의와 자유민주주의적 가치의 현창은 반복적으
로 드러난다. 이는 1950년 11월에 발표된 아시아재단의 전신인 자유
아시아위원회의 초기 목표로부터 그 시원을 확인할 수 있는데, 아시아
각국의 반공주의 세력의 육성 및 지원이 핵심이었다.[50] 또한, 한국전쟁
기 자유아시아위원회가 특별히 관심을 보였던 사업은 한국인들의 공산
침략 경험을 담은 수기나 예술작품을 영어나 아시아권의 언어로 번역
하여 세계에 수출하는 것이었다. 1954년 가을 아시아재단으로 개편 이
후 반공 선전에서 자유주의 문화예술 진흥으로 사업의 목적을 전환하
였지만, 자유문학상은 월남 및 반공 문화인들을 지원할 목적으로 제정
되었던 것이다.[51] 황순원의 『카인의 후예』와 임옥인의 『월남 전후』가
자유문학상을 수상한 과정에는 이처럼 아시아재단의 지원이 1950년대
한국문학을 재편하는 데 개입해 들어온 양상을 확인할 수 있게 한다.

---

49 「文學復興과 再建協助」, 『東亞日報』, 1954.2.4.
50 이상준, 「아시아재단의 영화프로젝트와 1950년대 아시아의 문화냉전」, 『한국학연구』
　　제48집, 인하대학교 한국학연구소, 2018, 54쪽.
51 이에 대해서는 최진석, 「문화냉전기구의 형성과 변동 연구─한국 지식인의 문화적 자
　　율성 모색을 중심으로」, 성균관대 박사논문, 2019, 157~168쪽 참조.

따라서 전후 한국사회에서 월남서사가 반공서사로 자리매김했던 데에는 세 가지 층위의 구조가 중첩되어 있었다. 먼저 월남서사 내 월남주체의 수행적 과정이 해방 이후 좌우익의 이념 공간으로 양분된 남북한의 공간 질서 속 북에서 남으로의 이동하는 것이 야만과 억압의 상태에서 문명과 자유의 상태로의 전환, 상실에서 회복으로의 전환을 의미한다는 점에서 자유민주주의 체제의 우월성을 확보하게 했다. 그리고 그러한 월남서사가 월남 작가의 자기 서사로서 고백의 진정성을 가질 뿐만 아니라, 남한사회에 입사하기 위한 사상적 전환의 과정을 수반한다는 점에서 반공 이데올로기를 강화하는 효과를 자아냈다. 또한 아시아재단의 자유문학상 제정 및 지원이라는 측면에서 문학 제도적으로 남한사회와 문화인들에게 반공과 자유의 이념을 확산하는 효과를 발휘했던 것이다. 따라서 황순원의 『카인의 후예』와 임옥인의 『월남 전후』는 한 개인의 월남의 과정이 서사화되어 월남 행위의 정당성을 확보하는 가운데 해방 직후의 정치경제적 조건들이 어떻게 가로놓여 있는가를 파악할 수 있게 할 뿐만 아니라, 남북한 이념 공간의 분할 및 획정의 내러티브적 기원을 확인할 수 있게 한다.

제9장
한국전쟁기 남한사회의 공간 재편과 욕망의 동력학
염상섭의 장편소설을 중심으로

1. 한국전쟁과 공간 재편

1945년 8월 15일 해방 이후 탈식민-냉전 체제 형성기 정치경제적 혼란 속에서 남한사회의 공간은 재편되었다. 그것은 식민지 말 전시총동원 체제기 전쟁 수행에 필요한 인구와 물자를 동원하기 위해 구축된 전체주의적 공간 질서의 해체를 의미했다. 대동아공영권 건설을 위해 동심원적으로 확장해간 제국 일본의 지방으로서 식민지 조선에게 부여된 병참기지로서의 위상은 와해되었다. 그리하여 해방 직후 민족국가 건설의 열망 속에서 반제·반봉건의 기치가 내세워졌고, 자유와 평등, 민주주의의 이념 과잉 속에서 다양하고 이질적인 주체들의 정치경제적 실천의 장으로서 사회적 공간들이 만들어지고 경합했다. 또한, 미소군의 남북한 분할 및 주둔 점령, 군정 통치가 이루어지면서 남한사회의 공간들은 점차 전 세계적인 냉전 질서 형성의 소용돌이 속으로 포섭되어갔다.

그러한 가운데 1946년 5월 38선이 실질적인 경계선으로 작동하고, 1948년 남북한 단독정부 수립을 거치면서 남한사회의 공간들은 다시금 재편되었다. 그것은 자유와 민주주의의 의장 속에서 정치적으로는 반공국가, 경제적으로는 자본주의 체제를 구심점으로 하는 균질적이고 일원화된 사회적 공간의 형성을 강제했다. 물론 그러한 정치경제적 이념과 질서에 포섭되지 않는 개인·집단의 욕망과 행위에 의해 체제의 질서에 반하는 사회적 공간들이 만들어지기도 했지만, 대체로 그것들은 국가주의 권력 아래 감시와 처벌의 대상으로 위치 지어지거나 비가시적인 영역으로 은폐되어야 했다. 해방과 독립국가 건설에의 좌절, 단독정부 수립과 반공국가로서의 갱신 과정 속에서 남한사회의 공간들은 무엇보다 폐쇄적 민족주의에 기초한 이념 공간ideological space으로 거듭나야 했던 것이다.

체제regime의 변동에 따른 공간 질서의 변화 못지않게 인간의 이동에 따른 사회적 공간의 재편이 가속화된다는 점[1]을 감안했을 때, 해방 이후 남한사회의 공간 재편을 추동한 핵심적인 역사적 사건은 한국전쟁이었다. 1945년 8월 제국 일본의 붕괴 및 식민지 조선의 해방이 동아시아 지역 질서를 재편하고, 구舊식민자 일본인의 인양 및 식민지 조선인의 귀환 등 한반도 거주 인구의 이동을 증폭시킨 것은 틀림없는 사실이었지만, 한국전쟁의 발발은 한반도 전역의 전장화戰場化 속에서 전쟁 수행을 위한 인구의 동원 및 만연한 죽음에의 공포 속 생존을 위한 피난 등 그 이전과 비교할 수 없을 정도로 대규모 인구의 이동을 낳았고,

---

1 David Harvey, *Social Justice and the City*, The University of Georgia Press, 2009(Revised Edition), pp.13~14.

그를 통해 사회적 공간의 생성 및 변화를 급격하게 추동했다. 특히 전선의 이동에 따라 체제의 경계가 유동적으로 구획되고, 그것들이 인간 삶의 조건으로 작동하면서 개인과 집단의 욕망을 통제했다는 점에서 한국전쟁으로 인한 공간의 재편은 '전선'과 '후방' 정도로 일괄할 수 없는 복잡다기한 지점을 지니고 있었다.

1950년 6월 25일 새벽 3~4시 경 옹진전투를 시작으로 한국전쟁이 개전되어 26일 오후 의정부 일대로 북한군이 진격하였고, 전쟁에 임할 준비가 되지 않았던 남한군 부대는 폭동을 일으키거나 도주했다. 같은 달 27일 남한군 사령부 전체가 미국에 통보 없이 서울 남쪽으로 이전 하였으며, 28일 한강 다리를 폭파하여 서울은 약 3만 7천 명의 북한군 공격 부대에 함락되었다. 개전 직후 6월 26일 미 국무장관 딘 애치슨은 미 공군과 해군을 한국전쟁에 투입하기로 결정하였고, 30일에는 지상 군 투입을 예고하였다. 북한군의 남하에 따라 8월 초 부산 방어선(=낙 동강 방어선)에서 전투가 계속되었고, 9월 15일 인천상륙작전을 감행해 28일 서울을 탈환하였다. 10월 1일 유엔군이 38도선 이북으로 진격하여 11월 24일 압록강 경계까지 돌진하였으나, 11월 말 중국군의 대규모 참전 이후 28일 장진호 전투에서 대패해 퇴각하였다. 12월 5일 공산군의 평양 점령에 이어 이튿날 38선 북쪽 인근까지 진주했고, 12월 말에 이르러서는 서울이 다시금 함락될 위기에 놓이게 되었다. 이후 한강을 중심으로 전선이 구축되었다가 1951년 늦봄이 되어 38선 인근 전투로 고착화되었다. 이는 1953년 7월 27일 휴전협정이 체결될 때까지 이어졌다.[2]

여기에서 한국전쟁의 개전 이후 전황戰況에 대해 구체적으로 살피고자 하는 것은 아니다. 다만 한반도 전역으로 전선이 이동하면서 그에 따른 남한군과 북한군, 유엔군과 공산군의 점령 지역이 분할되었고, 그 것이 전황의 전개에 따라 유동적이었다는 점을 확인할 수 있다. 그럼에 도 한국전쟁 개전 이후 남한사회의 공간 재편과 관련해 가장 주목되는 것은 소위 '인공치하' 서울과 '임시수도' 부산의 공간 구획이라고 할 수 있을 것이다. 특히 서울과 부산은 전쟁 발발 이후 인구의 이동과 관련 해 '잔류파'와 '도강파'로 명명되곤 하는 피난 가지 못한 자와 피난 간 자 사이의 삶의 조건과 생존의 방식에 차이를 발생시키는 공간 질서를 보여주는 곳이다. 전쟁 발발 이전부터 남한사회에서 서울이 갖는 정치 ·경제·문화적 위상을 감안했을 때 북한군의 서울 점령은 개전 초 전 쟁 수행에 중요한 전환점이었고, 북한군 남하에 따른 전선의 움직임 속 에서 최후의 보루로서 부산은 남한 체제의 존립을 상징적으로 드러내 는 곳이었다. 따라서 한국전쟁 발발 이후 남한사회가 재편된 양상은 곳 곳에서 살펴볼 수 있지만, 역시 서울과 부산이 핵심적인 공간이었다고 할 수 있을 것이다. 뿐만 아니라 전쟁 원조와 전후戰後 재건이라는 맥락 에서 그곳들은 냉전-분단 체제하 남한사회의 공간 재편을 예비하고 있 는 곳으로서도 주목된다고 할 수 있다.

이 글에서는 이러한 점을 감안해 한국전쟁 발발 이후 염상섭의 장편 소설을 대상으로 인공치하 서울과 임시수도 부산으로 재편된 남한사회 의 공간 질서와 그러한 공간 재편이 인간의 욕망을 어떻게 추동했는지 살펴보고자 한다. 주요 논의 대상은 염상섭의 『홍염』과 그 후속편인

2　브루스 커밍스, 조행복 역, 『브루스 커밍스의 한국전쟁 – 전쟁의 기억과 분단의 미래』, 현실문화, 2017, 31~72쪽 참조.

『사선』, 그리고 『취우』-『새울림』-『지평선』 연작이다.[3] 이들 장편소
설들은 대부분 미완으로 그쳤고, 한국전쟁 휴전협정 이후까지 창작되
었지만, 인공치하 서울(『홍염』-『사선』 연작, 『취우』)과 임시수도 부산(『새
울림』-『지평선』 연작)의 공간 재편 과정을 흥미롭게 서사화하고 있다. 뿐
만 아니라, 그곳을 살아가는 인간들의 욕망이 그와 같은 공간 재편을
추동한 정치경제적 조건들에 의해 발현되거나 강화되는 양상을 예리하
게 포착해 제시하고 있다는 점에서 한국전쟁이라는 역사적 사건에 조
응한 인간의 존재 방식을 탐색하게 한다.

　염상섭의 이들 장편소설을 대상으로 한국전쟁에 관한 비판적 인식
및 그 문학적 성취에 관한 선행연구는 쉽게 찾아볼 수 있다. 그것들 중
비교적 최근 주목되는 연구들에서는 『취우』의 서사가 개인들의 사적
욕망을 탐닉하는 데 여념이 없는 서울의 풍경과 한국전쟁의 폭력성을
비판적으로 성찰하는 문제의식을 반영[4]하고 있다거나, 한국전쟁의 발
발로 남근적 위기에 봉착한 남성이 윤리, 욕망, 이념의 경계 속에서 동
요하면서도 어느 것도 소홀히 하지 않는 '동정자'적 면모를 보이는 한
편, 전후 여성을 중심으로 개편될지도 모를 가족관계의 재구성을 예기
하고 있다고 설명[5]하였다. 또한, 『취우』와 『미망인』의 서사 분석을 통

3　「홍염」은 『자유세계』 1952년 1월호부터 1953년 1·2월 합병호까지 연재되었고, 「사
　선」은 『자유세계』 1956년 10월호부터 1957년 3·4월 합병호까지 연재되었다. 「취우」
　는 『조선일보』 1952년 7월 18일부터 1953년 2월 10일까지 연재되었고, 「새울림」은
　『국제신보』 1953년 12월부터 1954년 2월까지 연재되었으며, 「지평선」은 『현대문학』
　1955년 1월부터 6월까지 연재되었다. 발표 순서로는 「홍염」-「취우」-「새울림」-
　「지평선」-「사선」의 순서를 보인다.
4　공종구, 「염상섭의 『취우』에 나타난 한국전쟁」, 『현대문학이론연구』 제78집, 현대문
　학이론학회, 2019, 5~25쪽.
5　이철호, 「반복과 예외, 혹은 불가능한 공동체-『취우』(1953)를 중심으로」, 『대동문화

해 전쟁이 일상의 삶에 미치는 영향을 분석하면서 죽음과 파괴의식 너머 생명력과 희망을 발견할 수 있도록 한다고 논의[6]하였다. 한편, 이와 다소 결을 달리하면서 『난류』–『취우』–『지평선』 연작을 분석한 논의에서는 전후 남한사회의 변혁에 대한 전망이 전쟁에 대한 충분한 반성과 애도 없이 국가 재건이라는 체제 담론을 급속히 추인한 문제점을 지적[7]하기도 하였다.

이 글의 논의 관점과 관련해서도 흥미로운 선행연구가 이루어졌다. 대표적으로 『취우』의 서사에서 정치경제적 질서가 정지된 인공치하 서울에 잔류해 살아가야만 했던 인간들의 욕망을 자극한 것이 '보스톤백'으로 상징되는 자본주의 체제였다고 논의[8]하거나, 『새울림』–『지평선』 연작에서 임시수도 부산의 임의적이고 일시적인 공간 질서가 전시 원조와 전후 재건에 대한 현실 인식을 미국의 동아시아 전략 및 냉전 이데올로기로 이끌리게 했던 양상을 규명[9]하였으며, 같은 맥락에서 피난지 부산이 아메리카니즘에 잠식된 공간으로 변모되어가는 양상을 포착하여 제시[10]하였다. 물론 이 외에도 이 글에서 논의하고 있지 않지만, 염상섭의 『젊은 세대』, 『대를 물려서』를 대상으로 하여 1950년대 서울

연구』 제82집, 성균관대 대동문화연구원, 2013, 101~129쪽.

6 정보람, 「전쟁의 시대, 생존의지의 문학적 체현-염상섭의 〈취우〉, 〈미망인〉 연구」, 『현대소설연구』 제49호, 한국현대소설학회, 2012, 327~356쪽.

7 배하은, 「전시의 서사, 전후의 윤리-『난류』, 『취우』, 『지평선』 연작에 나타난 염상섭의 한국전쟁 인식 연구」, 『한국현대문학연구』 제45집, 한국현대문학회, 2015, 185~216쪽.

8 김영경, 「적치하 '서울'의 소설적 형상화-염상섭의 『취우』 연구」, 『語文硏究』, 제45권 제2호, 한국어문교육연구회, 2017, 293~315쪽.

9 김영경, 「한국전쟁기 '임시수도 부산'의 서사화와 서사적 실험-염상섭의 「새울림」과 「지평선」을 중심으로」, 『구보학보』 제19집, 구보학회, 2018, 359~388쪽.

10 나보령, 「염상섭 소설에 나타난 피난지 부산과 아메리카니즘」, 『인문논총』 제74권 제1호, 서울대학교 인문학연구원, 2017, 247~279쪽.

중산층 '중도파 보수'의 욕망의 지점을 포착[11]하거나, 그것이 4.19 전
야의 시대성의 한 양태를 보여준다는 논의[12]가 있어 참고할 만하다.

　이들 선행연구는 대체로 『취우』에 주목하면서 그 연작에 해당하는
『새울림』-『지평선』으로 논의를 확장해갔는데, 『취우』가 "한국전쟁의
혼란 속에서도 젊고 능동적인 여성인물을 통해 경제적 부르주아의 삶
의 형태를 재구성하면서 새로운 가능성을 모색"하였던 데 반해 『홍
염』-『사선』 연작이 "정치적 부르주아의 무기력함"에 초점을 맞추면서
인공치하의 삶을 다른 방식으로 형상화했음[13]을 감안한다면, 『홍염』-
『사선』이 가지고 있는 서사적 한계에도 불구하고 함께 다룰 필요가 있
다. 한편, 기존 선행 연구들에서는 『취우』/『새울림』-『지평선』 연작으
로 대별하여 인공치하 서울/임시수도 부산의 공간성 및 그곳을 살아가
고 있는 인간들의 행위와 욕망에 초점을 맞춰왔다. 이는 개별 공간의
재편 및 공간 질서의 구축, 그리고 그러한 공간 질서가 인간의 욕망을
어떻게 이끌어내는가에 대해 살펴보는 데 유익하지만, 한국전쟁으로
인해 남한사회, 나아가 한반도 및 미국 주도의 동아시아 지역의 공간이
재편된 양상을 감안했을 때에는 보다 거시적 관점에서 통합적으로 다
룰 필요가 있다. 이에 따라 이 글에서는 이상의 선행연구를 비판적으로
수용하여 한국전쟁 발발 이후 남한사회의 공간 재편 및 그러한 공간 재
편이 인간의 욕망을 어떻게 추동했는지 살펴보고자 한다.

11　최애순, 「1950년대 서울 종로 중산층 풍경 속 염상섭의 위치-〈젊은 세대〉와 〈대를 물
　　려서〉를 중심으로」, 『현대소설연구』 제52호, 한국현대소설학회, 2013, 143~185쪽.
12　정종현, 『1950년대 염상섭 소설에 나타난 정치와 윤리-『젊은 세대』, 『대를 물려서』를
　　중심으로」, 『동악어문학』 제62집, 동악어문학회, 2014, 119~150쪽.
13　이종호, 「냉전체제하의 한국전쟁을 응시하는 복안(複眼)」, 염상섭, 『홍염·사선』, 글누
　　림, 2018, 289쪽.

2. 인공치하 서울의 진공 상태와 욕망의 발견

1948년 남북한 단독정부 수립 이후 북한과의 체제 경쟁 과정 속에서 남한사회의 공간 질서를 구축하는 데 반공 이데올로기가 주요 동인으로 작동하고 있었다. 이를 단적으로 확인할 수 있는 것이 1949년 12월 1일 제정된 국가보안법이다. 이 국가보안법의 제정에 따라 반공청년단체와 경찰은 무소불위의 권력을 행사했으며, 감옥에는 정치범들이 넘쳐났다. 또한, 대구 10·1 사건[14]이나 제주 4·3 사건을 거치면서 일반 민중들은 경찰 권력에 불신을 가지고 있었지만, 1949년 이후 이승만 정권을 지탱한 경찰 권력 앞에 위축될 수밖에 없었다.[15] 단독정부 수립 이후 억압적 이승만 체제하 일반 민중들은 국가 폭력에 순응적인 태도를 보였고, 반反이승만 정서가 확산되기는 하였지만 그것이 좌경화로 이끌리지는 않았다. 그리하여 국가주의 권력 주도 남한사회의 재편 과정 속에서 단일하고 균질적인 공간 질서가 구축되어갔고 그 중심에 서울이 놓이게 되었다. 해방 직후부터 넘쳐났던 자유와 평등, 민주주의의 이념 표출 속에서 다양하고 이질적인 정치경제적 비전과 전망을 가지고 있던 사람들은 남북한 단독정부 수립과 국가보안법 제정 등을 통해 남한사회의 폐쇄적 공간 질서 속으로 회수되어갔던 것이다.

---

14 1946년 9월 대구·경북 지역의 총파업이 계기가 되어 전국적으로 확산한 항쟁으로 식량문제와 같은 민생고에 시달리던 민중들이 시위를 열어 경찰과 군정 관리를 공격했는데, 이는 식민지시기부터 이어져오던 친일파에 대한 울분과 미군정의 현상유지 정책에 대한 반발이 주된 원인이었다. 정용욱 편, 『해방의 공간, 점령의 시간』, 푸른역사, 2018, 61~65쪽.

15 이에 대해서는 김동춘, 『전쟁과 사회 ─ 우리에게 한국전쟁은 무엇이었나?』, 돌베개, 2011(개정판), 136~146쪽 참조.

그러던 중 한국전쟁의 발발과 함께 서울의 공간을 재편한 핵심적인 사건이 발생했는데, 그것이 바로 6월 28일 새벽 한강 다리의 폭파였다. 당시 채병덕 참모총장은 북한군 탱크가 서울에 진입하기 두 시간 전에 북한군이 남하할 수 있는 유일한 교량이었던 한강 다리를 폭파하라고 지시했지만, 공병감은 한강 이북의 기마경찰대 진주 소리를 북한군 탱크 소리로 오인해 계획보다 앞당겨 한강 다리를 폭파하였다. 교량의 조기 폭파로 대부분의 병력과 장비를 후송하지 못하였고, 남쪽으로 피난 가던 무수한 인명이 살상되었다.[16] 여기에서 보다 주목되는 것은 한강 다리의 폭파를 통해 북한군 남하를 지연시켰다는 데 있는 것이 아니라, 서울이 고립 상태에 놓이게 되었고, 대부분의 서울 시민들이 피난을 가지 못하고 잔류하게 되었다는 점이다. 따라서 인공치하 서울의 공간 재편은 기실 전쟁의 한복판에 '국민'을 버리고 간 이승만 정권과 군의 미숙한 대응 결과물이었다고 할 수 있을 것이다.

염상섭의 『취우』 서사의 첫 장면도 피난길에 오른 자들이 한강 다리 폭파로 서울에 잔류할 수밖에 없는 상황을 여실히 보여주고 있다. 북한군의 서울 진주에 위협을 느낀 한미무역 사장 김학수와 그의 비서 강순제, 그리고 직원 신영식 등은 차량을 이용해 한강 이남 지역으로 피난길에 오르지만, 무수한 인파에 휩쓸려 쉽게 남하하지 못한다. 그러다 목전에서 한강 다리가 폭파되어 길이 막히고 다른 곳으로 도강을 하고자 하지만 그조차 여의치 않자 다시금 돌아와 서울에 고립된다. 한강 다리의 폭파로 피난길이 봉쇄되자 서울은 "공포의 도시 주검의 거리"

---

16 위의 책, 152~153쪽.

가 되고, "치안과 방비를 완전히 잃은 진공眞空" 상태에 놓이게 된다.[17] "정부가, 국회가 입으로만 사수死守하고 내버리고 간 서울"[18]의 사람들은 불안과 공포를 느끼는 동시에 "하룻밤 사이에 국가의 보호에서 완전히 떨어져서 외딴 섬에 갇힌 것 같은 서울 시민은 난리 통에 부모를 잃은 천애天涯의 고아나 다름없는 신세"[19]로 전락하고 만다.

『취우』의 서사에서 북한군의 진격에 따른 교전 상황이나 전장에서의 무참한 살육의 풍경은 제시되지 않는다. 물론 총을 든 군인의 모습, 지축을 뒤흔드는 탱크 소리, 그리고 폭격을 가하는 전투기의 출몰 등 전장으로 변한 서울의 모습은 쉽게 살펴볼 수 있다. 하지만 그보다는 기존의 법과 질서, 체제와 제도가 정지하고, 북한군 치하에서 일상이 새롭게 재편되는 양상이 보다 부각된다. "법률의 적용은 정지되지만 법률 자체는 효력을 갖는 영역을 창출"[20]하는 예외 상태는 여기에서도 발생하는데, 남한의 통치역統治域 내부에는 포함되어 있으나 북한군에 점령된 인공치하 이법異法 공간으로서 서울, 또한 역으로 북한군의 통치역 내부에는 포함되어 있으나 남한의 법률이 적용되는 공간으로서의 서울은 예외 상태에 놓이게 되었던 것이다. 전쟁이라는 비상시 기존 인간 삶의 조건으로 작동해왔던 체제의 질서와 문법이 작동을 멈추고 전쟁 수행을 위한 법과 제도의 개편, 인구와 물자의 이동에 따라 일상의 시공간이 재편되는 것은 일반적인 것이지만, 한국전쟁 발발 직후 서울은 전쟁 수행을 위한 새로운 질서를 구축하기 전 북한군의 점령지가 되어

---

17 廉想涉, 『驟雨』, 乙酉文化社, 1954, 30쪽.
18 위의 책, 36쪽.
19 위의 책, 52쪽.
20 조르조 아감벤, 김항 역, 『예외 상태』, 새물결, 2009, 65쪽.

소위 인공치하의 일상의 영역으로 변화한다. 그리고 서울 시민들은 만연한 죽음에의 공포를 체감하면서 고립된 상태 속 피난살이를 이어갔던 것이다.

인공치하 서울의 일상이 재편된 양상은 북한군에 붙잡히지 않기 위해 이곳저곳으로 거처를 옮기면서 생존을 도모하는 인물들의 행위를 통해 엿볼 수 있는 것이기도 하지만, "입에 담아서는 안 될 무서운 소리"[21]였던 '동무'가 서슴없이 발화되는 상황을 통해 상징적으로 확인할 수 있다. 전쟁 발발 직후 잠적한 김학수를 모리배로 힐난하면서 회사 직원들을 선동했던 임일석의 이 말은 그 자신을 포함해 남한사회를 살아오고 있었던 사람들에게는 금기어와 같은 것이었다. 이는 남한 체제에 반하는 언어로 소위 '빨갱이'로서 처벌 받을 수 있는 증표였다. 그러던 것이 인공치하에서는 역으로 자기의 신원을 증명하고, 생존에의 방편[22]이 될 수 있었다. 기실 "이북에서 내려왔냐는 말과 미국 갔다왔느냐는 조짐은 재판정에서 검사가 사형을 구형하는 말과 마찬가지로 공포를 느끼는 것이었다"[23]라는 표현처럼, 남한사회의 공간 재편은 좌우의 이념 공간이 중첩되고 충돌되는 양상을 보이고 있었다. 다시 말해 그것은 우익 이념 공간에서 좌익 이념 공간으로의 전환이라기보다는 북한군 점령에 따른 좌익 이념 공간의 팽창 속 우익 이념 공간들이 은폐된 형국이었다고 할 수 있을 것이다. 도래할 것으로 여겨지는 한국군과 유

---

21 廉想涉, 『驟雨』, 119쪽.
22 『사선』에서 인민위원회의 검색에 '빨갱이'인 큰아들의 이름을 대 위기를 모면하면서 "이때처럼 서슴지 않고 자랑이나 하듯이 아들의 이름을 불러 본 때가 없었다"(염상섭, 「사선」, 『홍염·사선』, 글누림, 2018, 233쪽)라고 생각하는 이선옥의 모습을 통해서도 이를 확인할 수 있다.
23 廉想涉, 『驟雨』, 240쪽.

엔군의 서울 탈환이 다시금 은폐된 우익 이념 공간들의 돌출을 가능하게 할 것이라는 점을 감안했을 때, 서울 잔류민들은 공간 질서의 재편에 따른 이념 공간의 논리와 문법을 체화하는 데까지 나아가지는 않았던 것이다.

그런 점에서 인공치하 서울 시민들에게 요구되었던 것은 기존의 생활방식을 청산하고, 자기를 비판하여 새로운 체제에 협력하는 것이었다. 특히, 남한사회의 자본가 계급이나 미국과 연관된 활동을 했던 사람들은 숙청을 피하기 위해서라도 이른바 '전향'을 수행해야 할 상황에 내몰리게 되었다. 이를 확인할 수 있는 작품이 염상섭의 또 다른 장편소설 『홍염』-『사선』 연작이다. 출판업자이자 잡지 『중앙시론』을 발간하는 한편 정치운동에 나서고 있는 박영선은 한국전쟁 발발 직전 미국무부 고문 덜레스가 방한하여 중소동맹조약에 대응해 대일강화조약을 체결한 것을 "일본을 경제부흥을 시켜 주고 재무장을 시켜서 반공反共의 방파제로 내세우자는 것"[24]으로 이해한다. 그러면서 미군이 철수한 뒤 '진공 상태'의 남한, '비무장 상태'인 삼팔선을 지키기 위해 100만 무장을 주장하는 동시에 미국을 향해 한국에 대한 구체적인 원조 정책을 마련해 실행할 것을 촉구하는 사설을 싣는 등 우익 성향이 농후한 인물이다. 그가 발간하는 『중앙시론』 또한 북한의 암약상을 폭로하고 배격하는 성격의 잡지로서 우익적 색체를 띠고 있었다. 따라서 한국전쟁 발발과 동시에 서울에 잔류하게 된 그가 신변에 위험을 느끼고 이곳저곳으로 거처를 옮기며 피난살이를 하고 있었던 것은 인공치하 반체

---

24 염상섭, 「홍염」, 『홍염·사선』, 63쪽.

제 인사로서 숙청당해 죽음에 내몰리지 않기 위한 방편이었던 것이다.

그런데 전쟁 발발 후 행적이 묘연했던 큰아들이 돌아와 자신의 동정을 파악하고 자수를 권고하는 한편, 가택을 압수하고 공산군 체제 협력에의 길에 나서기를 강제 종용하는 상황 속에서 그의 공포와 불안은 가중된다. 인공치하 서울은 피난 가지 못한 자들에게는 세상이 뒤바뀌었음을 실감하는 곳이자 전향과 체제 협력을 강제하기 위한 감시와 그에 대한 의심의 시선이 교차하는 곳으로 공간 질서를 작동한다. 서울은 전쟁 발발 이전부터 영문과 재학생으로 자신을 드러내면서 미 제24군단 산하 정보기관 CIC Counter Intelligence Corps[25]에 통역 겸 타이피스트로 근무했던 김난이 같은 인물이 암약하였다가 본격적으로 북한군 체제에 협력하는 등 "빨갱이가 속속들이 아니 낀 데가 없고 무선전신망을 치고 있는 듯한 세상"[26]으로 감시의 시선으로부터 결코 놓여날 수 없는 곳이다. 동시에 바로 그 감시의 주체가 누구인지 알 수 없다는 데서 가족과 친구, 주위 사람들을 경계하는 의심의 시선이 팽배한 곳이다. "좌익분자들에게 극우極右라고 낙인이 찍힌 '중앙시론'의 사장 박영선이라는 것이 발각만 되는 날이면 당장에 어느 귀신이 잡아가는 줄도 모르게 사라질 것이 뻔한 노릇이니 살얼음을 밟고 가는 것"[27]과 같은 일상이 반복되는 서울은 감시의 사각지대 속에 숨어 의심의 눈초리를 거둘 수 없는 시선 투쟁의 장으로 기능하고 있었던 것이다.

---

25 첩보 및 정보 수집 기관으로 한국의 정치 지도자와 미국인에 대한 사찰·정치공작을 담당하였고, 남한 내 반공청년단체들과 연계해 공작원을 파견하는 등 대북 공작 활동을 수행한 것으로 추정된다.
26 염상섭, 「홍염」, 『홍염·사선』, 155쪽.
27 염상섭, 「사선」, 221쪽.

이처럼 염상섭의 장편소설은 한국전쟁 발발 이후 인공치하 서울의 풍속도를 압축적으로 보여준다. 그것은 "아무 예고도 없이 별안간 주위와 동포와 전 세계와 뚝 떨어져서 죄 없는 감옥살이를 석달 동안이나 하느라고 영양부족과 신경과민에 널치가 된"[28] 상태로, 육체적으로 껍데기만 남고 정신적으로 허탈한 서울 시민들의 모습으로 점철되어 있다. 하지만 바로 이 고립과 단절, 감옥과도 같은 진공 상태가 개인들로 하여금 자신들의 욕망을 새롭게 발견하고 발현하게 하는 계기가 되고 있어 흥미롭다. 일반적으로 한국전쟁의 발발과 북한군의 점령 이후 인공치하 서울은 기존 체제의 질서와 문법이 정지하는 예외 상태 속에서 일상의 삶을 살아왔던 개인들의 욕망이 통제되어 금지당하는 폐쇄적 공간으로 이해할 수 있지만, 또한 그렇기 때문에 인간의 욕망이 발현된다면 그것은 대체로 살아남기 위한 생존 그 자체로 귀결되는 것으로 여겨질 수 있지만, 염상섭의 소설들에서는 오히려 그러한 비상시의 예외 상태가 개인들로 하여금 새로운 욕망을 발견하고 발현할 수 있게 하는 동력이 되고 있다는 점에서 눈길을 끈다.

이는 먼저 『취우』에서 강순제와 신영식의 행위를 통해서 확인할 수 있다. 김학수의 비서 겸 '애첩'이었던 강순제는 서울 함락 직후 잔류하여 피난살이를 이어가면서 물질적 탐욕에 사로잡혀 있는 김학수로부터 점차 거리를 두면서 부산으로 피난 간 정명신과 연인 관계에 있었던 신영식에게 애정을 느끼고 사랑을 쟁취하기 위해 움직인다.[29] 신영식 또

---

28 廉想涉, 『驟雨』, 362쪽.

29 이와 같은 강순제의 행위에 대해 이철호는 "자본주의 체제가 그 작동을 멈추는 순간부터 또는 순제의 육체가 자본주의 현실이 은유적으로 재현되는 공간이기를 거부하는 일이 가능해지는 순간부터 비로소 그녀는 자신의 자아에 충실할 수 있게 된다"(이철호,

한 의용대에 징집되어 끌려가면서도 강순제가 자신을 구명하기 위해 전 남편이었던 장진에게 속박되는 것을 고통스러워할 정도로 사랑의 감정을 갖게 된다. 인공치하 서울 잔류민으로서 죽음에의 공포와 불안 속에서 "애욕이나 치정의 발산"[30]을 보이고 있는 이들은 "철교가 끊어지지 않아서 그대로 대구나 부산으로 내달았어도 운명의 바늘은 다른 각도를 돌았을지 모른다"[31]라는 서술자적 논평처럼, 인공치하 서울의 고립 상태 속에서 기존의 인간관계를 단절하고 새로운 관계를 구축하기 위해 자신의 욕망을 발현한다. 같은 맥락에서『홍염』-『사선』연작에서의 이선옥과 최호남의 애정 행각을 이해할 수 있다. 우익 인사인 남편에 대한 자수 및 체제 협력에의 압력이 지속돼 피난살이의 고통이 가중되고, 둘째 아들이 군인으로 참전하여 생사가 불분명한 가운데서도 이선옥은 최호남에 대해 애욕의 감정을 이어가고, 최호남 또한 생존에의 위협 속에서도 그러한 이선옥에게 애욕의 감정을 발산한다. 생존을 위한 피난살이 와중에도 "오랫동안 잠자던 본능에 불이 붙어서 전신이 오스스 떨리다가는 확확 달아오르는 오한과 고열이 맞장구를 치는"[32] 지경에 이른 이 두 남녀의 행위와 욕망 또한 전쟁의 발발이 하나의 기폭제로 작용한 결과라고 할 수 있다.

앞의 글, 114쪽)라고 논의하고 있다. 하지만 인공치하 서울에서 자본주의적 질서가 멈춘 것은 사실이지만, 그녀의 욕망이 자본주의 체제로부터 완전히 벗어났다고 단정할 수는 없다. 이는『새울림』-『지평선』연작에서 강순제가 부흥다방의 마담으로 전신해 간 과정을 통해 확인할 수 있다. 따라서 자본주의 체제로부터 촉발된 그녀의 욕망이 인공치하 억압되어 잠복하거나 애욕의 세계로 전이되어 있다가 임시수도 부산에서 다시금 발현된 것이라고 할 수 있을 것이다.

30 廉想涉,『驟雨』, 136쪽.
31 염상섭,「새울림」,『취우·새울림·지평선』, 글누림, 2018, 429쪽.
32 염상섭,「홍염」,『홍염·사선』, 131쪽.

이들 소설에서 남녀의 애욕의 세계, 특히 그것이 부정과 타락, 퇴폐와 반윤리가 점철된 것으로 받아들여질 수 있다는 점에서 한국전쟁의 발발로 인한 기존의 법과 제도, 질서와 규칙이 작동을 멈추고 인간의 윤리의식이 파탄 난 결과로 이해할 수 있다. 또한, 만연한 죽음에의 공포 속 생존에의 의지가 인간의 원초적이고 본능적인 성적 욕망의 발현으로 이어진 것이라고 유추할 수도 있을 것이다. 하지만 여기에서 보다 주목되는 것은 강순제와 이선옥을 비롯해 염상섭 소설 속 여성 인물들이 자신들의 욕망을 새롭게 발견하고 추구하고 있다는 점이다. 물론 이는 한국전쟁의 발발과 인공치하의 일상 재편이 서울을 진공 상태로 만들었기 때문이지만, 그리하여 기존의 법과 제도가 정지하는 예외 상태가 오히려 여성들로 하여금 자기 욕망에 이끌리게 한 것이지만, 그것은 전쟁 발발 이전 남한사회의 공간 질서가 남성중심주의적 우파 민족주의 이념에 기초하여 구축되었다는 점을 짐작케 한다.

따라서 인공치하 서울의 공간 재편은 기존의 남성중심주의적 이념 공간의 해체와 그에 의해 억압되었던 여성들의 욕망이 새롭게 분출될 수 있는 계기가 되었던 것이다. 인공치하 서울이 북한군 체제하 점령지로서 군인에게 요구되는 것과 같은 강인한 남성성을 기반으로 운용되는 공간이었던 것은 틀림없는 사실이지만, 전쟁 발발 이전 남한사회의 체제와 질서에 의해 자기를 기획하고 일상을 영위해왔던 사람들 중 여성들에게는 자기의 욕망을 응시하게 하는 새로운 공간 질서와 권력을 작동시켰다. 잔류 서울 시민들은 북한군에 의해 잠재적인 적으로 간주되어 전향이나 협력에의 길을 강제 받았지만, 그들 가운데에서도 여성 젠더들은 기존 남한사회의 공간 질서 속 억압되거나 은폐된 자기 욕망을 발견하고 발현할 수 있는 계기로 인공치하 서울의 재편된 공간 질서를 받아들였던 것이다. 무중력의 진공 상태는 멀리서 보면 혼돈 그 자체이지만, 가까이 다가가 자세히 들여다보면 인간 각자 자기만의 욕망에 이끌리는 움직임을 보이고 있었던 셈이다.

해방 이후 남한사회의 공간 재편이 민족적 주체로서 새롭게 부상한 남성 젠더들의 강인한 남성성을 중심으로 구축되어왔고, 한국전쟁의 발발이 다시금 남한사회의 공간 질서를 남성/여성의 젠더적 위계화 속에서 작동시켜왔다는 것은 주지의 사실이다. 하지만 인공치하 서울에서 민족주의 이념에 기초한 남성성의 발현이 억지되고, 전장에서의 실재적인 죽음으로 인해 상징적 죽음에 내몰린 남성성의 상실·약화는 여성들로 하여금 그동안 억압되거나 은폐되었던 자신들의 욕망을 재인식하고 발현할 수 있는 계기가 되었다. 인공치하 서울의 진공 상태가 기존의 법과 제도를 정지하고, 체제의 실효적 지배를 불가능하게 한 것이라면, 그것은 남성화된 남한사회의 공간 권력이 작동을 멈춘 것으로, 여성 젠더들에게는 새롭게 자기의 욕망을 발견할 수 있는 틈을 열어놓은 것이라고 할 수 있다. 전쟁이라는 비상시, 전쟁 수행의 주체가 남성＝군인이고, 전국토의 전장화 속에서 남성적 공간이 남한사회 곳곳에서 과잉 생산되었다고 하더라도, 인공치하의 서울은 그러한 남성성과 남성적 공간이 무화되는 진공 상태 속에서 여성 젠더의 욕망이 발현되고 강화되는 장이었던 것이다.

3. 임시수도 부산의 재건 기획과 욕망의 굴절

부산은 1950년 9월 28일 서울 수복에서 1951년 1월 4일 '1·4후퇴'까지의 기간을 제외한 한국전쟁 거의 모든 시기 임시수도로 기능했고, 지정학적으로는 해상 교통의 요충지였으며, 전쟁 물자를 보급하는 병참기지로서 중요한 위치를 차지하고 있었다. 뿐만 아니라 전쟁 당시 가장 많은 피난민이 임시 거주하거나 정착했던 곳으로, 전쟁 발발 이전 거주 인구에 필적하는 피난민의 유입으로 치안·전염병·주택난·물가 폭등 등 많은 사회적 문제를 야기한 곳이기도 하였다. 일반적으로 피난민은 전쟁 피해를 입은 구호의 대상이자 후방지역을 교란시키는 통제의 대상으로 이중적인 성격을 지니고 있었는데, 한국전쟁기 북한과의 이데올로기적 체제 경쟁 과정 속에서 피난민의 이러한 성격은 보다 부각되었다. 따라서 피난민의 관리는 매우 중요했는데, 후방지역의 안정과 피난민의 관리를 총체적으로 담당하는 것은 민사 분야였고, 그런 점에서 당시 미군의 민사정책이 후방지역의 안정과 피난민 관리뿐만 아니라 경제 재건까지 관여하고 있었다는 점은 눈길을 끈다.[33] 이는 임시수도 부산의 공간 질서의 재편 과정에 미군이 개입하고 있었다는 점을 암시하는 것이기도 하다.

1950년 말부터 시작된 2차 피난 이후 부산에서의 인물들의 행위와 욕망을 서사화하고 있는 『새울림』－『지평선』의 연작 또한 이와 같은 공간 질서의 재편 과정 속에서 피난지의 일상을 구축하고 있다. 북한군

---

33 서만일, 「한국전쟁초기 민사정책－부산의 피난민 통제 및 구호 그리고 경제복구」, 『석당논총』 제72집, 동아대학교 석당학술원, 2018, 269~270쪽.

의 서울 점령 이후 은신해 있다 피랍되어 생사가 불분명한 아버지와 그에 충격을 받아 서울에 잔류하여 죽음을 맞은 어머니의 장례도 치르지 못하고 부산으로 피난 온 김종식은 미군 측과 교섭하고 그들의 지원 속에서 아버지의 뒤를 이어 동아상사(『취우』에서의 한미무역)의 사장이 되어 회사를 재건하고자 한다. 비록 『지평선』의 서사가 미완으로 종결되었지만, 그가 부산에서 동아상사의 간판을 다시 걸고 아버지가 경영하던 회사의 취체역 회장이었던 정필호를 사장에 앉히고 그의 딸 정명신을 비서로 고용하여 회사를 재개한 뒤 미국인을 초대한 축하파티를 마치고 상기되어 만족해하는 장면은 전체 서사에서 상징적이다. 그는 "자기의 혼자 솜씨로 세운 회사의 첫출발이 순조로 되어 나가고 인제는 기초가 서 나가려나 보다고 운이 좋다는 생각에 만족을 느끼는 것이었다."[34] 김종식의 행위와 그에 내재된 욕망을 통해 확인할 수 있듯이, 부산은 피난민들에게 재건의 움직임 속에서 자신의 욕망을 새롭게 펼쳐 보일 수 있는 장으로 기능하고 있었다.

이는 여타 인물들의 모습을 통해서도 쉽게 확인할 수 있다. 한국전쟁 발발 직후 기존 삶의 질서가 파탄 난 인공치하 피난생활 속에서 신영식과 강순제는 연인 관계로 발전한다. "생명의 위협과 마음의 폐허廢墟 속에서 허비적대던 두 젊은 사람의 접근"[35]은 기존의 인간관계를 해체하고, 새로운 인간관계를 창출한다. 『취우』에서 한미무역 직원이었던 신영식은 한강다리의 폭파로 피난이 좌절된 뒤 인공치하 서울에 잔류하면서 강순제에게 사랑의 감정을 느끼고, 의용대에 징집되었다가 간난

---

34 염상섭, 「지평선」, 『취우·새울림·지평선』, 562쪽.
35 염상섭, 「새울림」, 위의 책, 409쪽.

신고 끝에 살아 돌아온 뒤 연인이었던 정명신과 재회하지만, 강순제에 대한 애정의 감정을 이어간다. 그런데 2차 피난기 대구를 거쳐 부산에 도착한 신영식은 강순제와의 관계에 거리를 두다 그녀가 김종식을 중심으로 한 미국 시찰단에 가담하여 떠난 뒤 결별을 준비하면서 생활의 근거를 옮긴다. 그는 강순제가 돌아온 뒤 "세계가 다르고 생활의 방향이 다른 사람"으로 그녀와 자신을 구분하고, 자기 삶의 "근본적인 개조"를 단행하고자 한다.[36] 대학에서 경제학 분야의 강의를 하면서 집필활동을 하고 있는 그의 삶의 개조 방향이 서사에 명확히 제시되어 있지 않지만, 그것이 미국 주도의 남한사회 재건과 관련되어 있다는 점은 쉽게 간취할 수 있다.

또한 서울에 잔류해 신영식에 대한 애욕의 감정을 강화해가던 강순제는 부산 피난 후 부흥다방을 운영하는 한편, 김종식을 통해 알게 된 재계 인사를 이용해 그 규모와 성격이 뚜렷하지 않지만 자신만의 사업을 구상한다. 마치 서사에서 그녀의 변모는 사랑에서 돈으로의 전환 양상을 보이는 것처럼 제시되는데, 무엇보다 그것은 한국전쟁 체험에 기인한 바 크다. "격난 끝에 얻은 결론은 외곬으로 파고 들어가는 애정 순정, 그것으로는 몇 번이나 겪어 본 경험으로 풍전등화같이 간들간들 매달린 목숨을 건져내야 할 위경에 아무런 도움도 되지 못하였다는 것이다. 그리고 보니 다음에 얻은 순제의 결론은 어느 세상이라고 그렇지 않은 것은 아니나 돈! 돈이 그지없이 □□□□ 것이었다."[37] 인공치하 서울에서 그녀의 삶에의 의지로서 작동한 것이 신영식에 대한 애욕이

---

36 위의 글, 539쪽.
37 위의 글, 423~424쪽. 원문 그대로 인용.

었다면, 임시수도 부산에서 그녀의 삶의 조건은 자본에 있는 듯 보인다. 서술자에 의해 이러한 그녀의 태도 변화는 "정신적 매춘부로 전락한 야비하고 천속한 변화요 상인근성이 뿌리박아 가는 경향"[38]으로 비난 받고 있지만, 한국전쟁으로 인한 죽음에의 공포와 삶의 조건들이 변화하는 가운데 생존을 위한 자본의 위력에 눈을 뜬 그녀가 그것을 욕망하는 것은 그 자체로 부정될 수 있는 것은 아니다. 그런데 뒤에 자세히 논의하겠지만, '부흥다방'이라는 상호명이 상징하듯, 강순제의 이러한 변화 역시 남한사회의 재건 움직임 속에서 촉발된 것이라고 할 수 있다.

한편, 북한군의 서울 함락 직전 가족과 함께 부산으로 피난 가 해군본부에서 통역 및 타이피스트로 일했던 정명신은 9·28 서울 수복 이후 환도하지만, 다시금 전세가 불리해지자 부산으로 2차 피난을 가 해군본부에서 근무하다 김종식의 권유로 그가 운영하는 회사에 아버지의 비서로 취직한다. 전 연인이었던 신영식에게 그녀는 "잠깐 본 인상으로도 그 앳된 티가 불과 서너 달 동안에 한 꺼풀 벗겨진 다음에 남은 것이 대담하고 당돌한 세상맛을 다 본 듯한 그런 태도"[39]를 지니고 있는 것으로 여겨지는데, 1차 피난 기간 동안 그녀가 피난지 부산에서 어떠한 변화를 겪은 것인지 이들 서사를 통해 명확히 확인할 수 없지만, 미군 측과의 사교모임에 참석하면서 외양이나 사람을 대하는 방식에 변화가 발생했음을 추측할 수 있다. 그녀가 신영식과의 결혼을 도모하는 아버지의 의사에 반해 '양공주'라는 근거 없는 비난을 받을까 걱정하면서도 미군 측과의 사교모임에 지속적으로 참석하고 내면의 욕망을 응시하면

---

38 위의 글, 423쪽.
39 위의 글, 416쪽.

서 자기를 재정립해가고 있는 것은 이들 서사 곳곳에서 확인할 수 있는 바이다.

이처럼 『새울림』–『지평선』 연작에서 욕망하는 주체로서 청년 세대들은 새로운 삶의 방향을 모색한다. 물론 그것은 일차적으로 "6·25란 사변의 충격과 혼란과 고민, 고독이 빚어낸"[40] 결과이다. 하지만 한국전쟁의 발발과 그로 인한 잔류/피난이라는 이동의 체험, 그리고 만연한 죽음에의 공포 속에서 역설적으로 강화되는 생존에의 의지가 그들의 삶의 방향을 전환시킨 것은 틀림없는 사실이지만, 그러한 삶의 방향을 결정하는 욕망의 동인은 임시수도 부산의 공간 재편에 있었다는 점을 결코 간과할 수는 없다. 그리고 임시수도 부산의 임의적이고 일시적인 공간적 특성은 인물들의 성격 및 관계에 영향을 끼친다.[41] 사회적 공간의 생성 및 변화, 소멸 과정은 그 자체로 유동적인 것이지만, 전시기 임시수도로서 부산은 수도 서울로의 환도를 전제로 하는 한 언제나 제한적 기능과 위상만을 부여받는다. 따라서 이러한 공간의 임의적이고 일시적인 특성은 공간성을 창출하는 데 구심력을 발휘하기보다는 원심력을 작동시킨다.

부산에 피난 와 새롭게 삶의 근거지를 마련하고자 한 피난민들이나 서울에서 좌절된 욕망을 다시금 발현하고자 했던 자들에게 부산은 유동성이 강화된 공간으로 가능성의 영토로 다가온다. 법과 제도의 작동이 느슨한 임시수도라는 공간은 그곳을 살아가고 있는 사람들에게 기

---

40 위의 글, 417쪽.
41 김영경, 「한국전쟁기 '임시수도 부산'의 서사화와 서사적 실험–염상섭의 「새울림」과 「지평선」을 중심으로」, 363쪽.

존 체제의 관행과 규칙, 질서와 문법을 수행하지 않아도 된다는 점에서 개방적 공간으로 기능한다. 특히 전쟁의 폐허 속에서 욕망이 폐기되거나 단절되었던 자들에게 미국의 원조와 재건 계획은 새로운 삶을 모색할 수 있는 가능성을 증폭시킨다. 더구나 전후의 삶은 전쟁 이전 삶과의 단절 속에서 새로운 주체를 요구할 가능성이 크다. 하지만 공간의 임의적이고 일시적인 특성이 유동성을 강화해 인간들로 하여금 새로운 행위와 욕망의 발현을 가능하게 할지라도, 그곳은 불확정성의 영역이다. 공간 질서의 구축, 공간 권력의 작동이 느슨한 만큼 그것에 기대 삶의 모색하는 것은 언제나 불안정한 것이다. 또한, 임시성은 결국 종결을 전제한다는 점에서 임시수도 부산에서의 욕망의 발현은 제한적일 수밖에 없게 되는 것이다.

이들 소설에서는 피난민의 척박한 삶이나 인구 유입에 따른 각종 사회문제와 그로 인해 발생하는 혼란상, 전쟁 수행을 위한 임시수도로서 피난지 부산의 공간성이 구체적으로 서사화되지 않고 흐릿하게 제시되어 있다. 반면, 미군 주도 또는 미국 개입의 전쟁 원조 및 국가 재건 움직임 속에서 청년 세대들의 욕망이 그에 조응해 이끌리고 있는 모습이 부각되고 있어 부산의 공간 재편 과정에 미국(미군)의 권력이 개입해 들어오고 있다는 점을 짐작할 수 있다. 이는 "한국 재건사업 때문에 유엔 측에서 와 있는 분들을 일간 초대하려는 계획"[42]에 따라 연회를 마련하고, 관계 관청의 국장급 인사와 금융계 중견층·무역상들이 모이는 한편, 주빈으로 단장 마틴 박사를 초청하고, 주최 측 대표로 관재처장

---

42 염상섭, 「새울림」, 『취우·새울림·지평선』, 460쪽.

이 환영사를 한 뒤 한국 '부흥사업'에 관해 의견을 교환하는 장면을 통해 명확히 확인할 수 있다. 미국 측 대표인 마틴 박사는 "여러분의 기탄없는 희망과 조언을 들려주시는 것이 우리들에게 주시는 더 좋은 선물이 된 것이요, 한국 부흥사업의 계획을 세우는 데 큰 협력이 될 것입니다. 여러분이 우리를 부르신 의취도 여기에 있는가 싶고, 우리가 이 자리에 나온 것도 여러분의 고언苦言을 배청하고자 함에 있습니다"[43]라고 하였다. 이에 신영식이 유엔과 미국의 원조에 사의를 표한 뒤 "모든 부문에서 제각기 제가 더 급하다고 나도 나도 하고 손을 벌리고 덤빌지 모르나 편파 편중하지 말고 골고루 매만져서 전체의 균형 있는 소생을 위하여 면밀하고 공정한 계획을 세워달라는 부탁"[44]의 취지로 응대하였다. 마틴과 신영식의 말을 통해 확인할 수 있듯이, 이 모임은 전쟁 원조와 남한사회의 재건을 위한 한미 유력인사들의 회동이었던 것이다.

당시 전쟁 원조와 국가 재건을 위해 부산에서 활동하고 있는 단체 중 염상섭의 소설에서 주목하고 있는 것은 유엔한국재건단UNKRA과 민간원조사령부CAC이다. 1950년 10월 12일 유엔 경제사회이사회에서는 종전 후 한국 재건 및 부흥에 관한 회의를 개최하고, 미국 측의 제안을 받아들여 한국재건단을 설치하기로 한다. 이에 12월 1일 제5차 유엔총회 결의로 유엔한국재건단을 창설하여 구제 한도를 결정하고 각국의 기여품 입수, 원조물자의 수송·분배·감독, 그리고 구제 금품의 분배에 관한 한국정부의 자문에 응하는 일 등을 담당하기로 합의하였다. 유엔한국재건단은 중국군 참전으로 전황이 악화됨에 따라 부산에서 소극

---

43 위의 글, 480쪽.
44 위의 글, 482쪽.

적인 활동을 이어갔고 휴전 이후 활발하게 활동을 전개했다. 한편, 개전 이후 전쟁 난민의 구호문제가 부상하자 유엔군사령부 복지파견대는 1950년 10월 30일 미 제8군 예하에 민간원조사령부를 창설하였는데, 12월 8일 주한유엔민간원조사령부UNCACK로 확대·개편하였다. 이 기구의 기본 임무는 질병·기아 방지를 통해 후방의 생활을 개선함으로써 군사작전의 혼란을 방지하는 것이었고, 부가적으로 한국의 경제 부흥 사업을 지원하는 것이었다.[45] 『새울림』과 『지평선』 연작에서는 이들 단체나 기구를 대표하는 미국인들이 등장하고, 그들과의 교섭을 통해 자신의 욕망을 실현시키려고 하는 청년 세대들이 움직임이 서사화되고 있었던 것이다.

그런데 이러한 원조와 재건이 근대 자본주의 세계 체제에서 발생하는 전쟁의 일반화된 양상이자 정당화되는 방식이라는 점에서 문제적이다. 한국전쟁 당시 미국(유엔)과 이승만 정권은 무참한 학살과 무차별적인 진압을 자행하는 동시에 인도주의적 원조와 위생 처리, 정치적 재교육을 연출했는데, 이는 원조가 파괴로서의 전쟁과 함께 이루어진다는 것을 의미한다. 또한 그것은 전쟁 이후 세계 질서의 재편 과정 및 국내 정치의 이해관계와도 얽혀 있는 것으로, 결과적으로 미국 주도의 자본주의적 세계 질서를 구축하고, 그 내부로 남한사회를 포섭하는 장기적 전환으로서의 재건의 출발점이었다고 할 수 있는 것이다.[46] 1950년대가 "역설적으로 완전한 폐허 속에서만 가능한 창조와 건설에 대한 강박

---

45 양영조, 「6·25전쟁 시 국제사회의 대한(對韓) 물자지원 활동−1950년~58년 유엔의 물자지원 재정립을 중심으로」, 『軍史』 제87호, 국방부 군사편찬연구소, 2013, 53~86쪽.
46 나보령, 앞의 글, 252쪽.

적 충동을 동시에 보여준 시대"[47]였다고 한다면, 바로 그 시대의 서막은 1950년대 초 임시수도 부산에서 응축되고 있었던 셈이다. 그리고 한국 전쟁의 폐허와 참상을 목도하고 엄습하는 죽음에의 공포에 내몰렸던 청년 세대들은 바로 그 창조와 건설의 패러다임 속에 함몰되어갔던 것 이다.

따라서 염상섭의 『취우』 후속편인 『새울림』-『지평선』 연작의 서사 는 비록 미완으로 끝났지만, 임시수도 부산에서 전쟁 피난민의 척박한 삶의 현장을 배면에 깐 채 국가 재건의 움직임 속에서 자신들의 욕망을 펼쳐나가고 있는 청년 세대들의 드라마를 압축적으로 보여준다. 그것 은 파괴와 살상, 폐허를 부흥과 재건, 발전이라는 미명하에 봉합하는 것이자, 전쟁 이후 남한사회가 미국 주도의 정치경제적 헤게모니에 예 속되는 결과를 예고하는 것이기도 하였다. 바로 그때 임시수도 부산은 전쟁으로 인해 욕망이 좌절되거나 지연된 개인들로 하여금 새롭게 자 신의 욕망을 발견하고 발현할 수 있는 곳이자 그것을 증폭시킬 수 있는 공간으로 기능하고 있었던 것이다. 하지만 부산이 '임시'수도였던 만큼 청년세대들의 욕망의 달성 가능성은 언제나 유동적일 수밖에 없다. 이 는 인간의 욕망의 구조가 그러한 것이기도 하지만, 체제 변동에 따른 공간 질서·권력에 기초한 인간의 욕망이 갖는 숙명일지도 모른다. 사 회적 공간의 역사는 결코 인간의 욕망을 완결 짓지 않는 법이다.

---

47 장세진, 『상상된 아메리카』, 푸른역사, 2012, 45쪽.

4. 공간 재편과 욕망의 동력학

한국전쟁은 한반도에서 대규모 인구의 이동을 낳았고, 그를 통해 사회적 공간의 생성 및 변화를 급격하게 추동했다. 특히 전선의 이동에 따라 경계가 유동적으로 구획되고, 그것들이 인간 삶의 조건으로 작동하면서 개인과 집단의 욕망을 제어했다는 점에서 한국전쟁으로 인한 공간의 재편은 복잡다기한 지점을 지니고 있었다. 이 글에서는 이러한 점을 감안해 한국전쟁 발발 이후 염상섭의 장편소설을 대상으로 인공치하 서울과 임시수도 부산으로 재편된 남한사회의 공간과 그러한 공간 재편이 인간의 욕망을 어떻게 추동했는지 살펴보았다. 한국전쟁 이후 염상섭의 장편소설들은 인공치하 서울(『홍염』-『사선』 연작, 『취우』)과 임시수도 부산(『새울림-『지평선』 연작)의 공간 재편 과정을 흥미롭게 서사화하고 있을 뿐만 아니라, 그곳을 살아가는 인간들의 욕망이 그와 같은 공간 재편을 추동한 정치경제적 조건들에 의해 발현되거나 강화되는 양상을 예리하게 포착해 제시하고 있다는 점에서 한국전쟁이라는 역사적 사건에 조응한 인간의 존재 방식을 탐색하게 한다. 그것은 전후 냉전-분단 체제하 남한사회의 공간 재편의 방향성과 인간 삶의 조건으로서 자본주의적 욕망의 시원을 확인할 수 있다는 점에서 중요한 의미를 지닌다.

나는 이번 난리를 겪어오면서 문득문득 머리에 떠오르는 것은 썰물같이 밀려나가는 피난민의 떼를 담배를 피우며 손주새끼와 태연무심히 바라보고 앉았는 그 노인의 얼굴과 강아지의 오도카니 섰는 꼴이다. 길 이편에서는 소낙 비가 쏟아지는데 마주 뵈는 건너편에는 햇발이 쨍히 비추는 것을 눈이 부시게 바라보는 듯한 그런 느낌이다. 생각하면 이러한 큰 화란을 만난 뒤에 우리의 생활과 생각과 감정에는 이와 같이 너무나 왕창 뛰게 얼룩이 진 것이 사실이다. 나는 그 얼룩을 그려보려는 것이다.[48]

염상섭은 『조선일보』에 『취우』를 연재하기 전 「작자의 말」에서 위와 같이 썼다. '피난민의 떼'를 바라보는 '노인'의 시선, '이편'과 '건너편'의 구분은 한국전쟁 발발로 인한 인구의 이동과 그에 따른 공간의 재편 상황을 짐작하게 한다. 피난 간 자와 남겨진 자, 임시수도 부산의 재건 움직임 속에서 새로운 삶을 도모했던 자들과 인공치하 서울에 잔류해 생존의 위협을 견뎌내야만 했던 자들, 그리고 그들의 욕망을 제어한 남한사회의 재편된 공간 질서는 모두 한국전쟁으로 촉발된 것이었다. 염상섭은 그와 같은 전쟁이 초래한 "생활과 생각과 감정"의 차이에 주목하고자 했고, 그것이 이 글에서 살펴본 장편소설들 속 인간의 행위와 욕망의 서사들을 직조했다.

따라서 한국전쟁 발발 이후 씌어진 염상섭의 장편소설들을 '전쟁문학'으로 규정하고 이해하는 것은, 특히 총력전 체제하 문예동원의 일환으로 그것들을 이해하는 것은 곤란하다. 염상섭 또한 문예동원의 일환으로서 전쟁 수행의 당위성이나 전장에서의 승전보를 프로파간다 식으로 선전하는 전쟁문학의 한계를 명확히 인식하고 있었다. "반드시 전시문학이나 전쟁문학이어야 한다는 것은 아니다. 전시문학, 전쟁문학이

---

[48] 廉想涉, 「작자의 말―『驟雨』」, 『조선일보』, 1952.7.11. 여기에서는 한기형·이혜령 편, 『염상섭 문장 전집』 3, 소명출판, 2014, 213쪽.

어도 좋지마는 포성이나 초연 냄새를 작품에서 듣고 말자는 것이 아님은 물론이다. (…중략…) 이번 사변의 전모와 성격이 문학을 통하여 해부 분석되고 결론을 짓고 게시되고 반성에 이끌어가서 새살림을 배포하는 길잡이가 되어주어야 할 것이다."[49] 결국 염상섭이 염두에 두고 있었던 것은 전쟁으로 인한 체제 변동과 사회 구조의 변화가 인간 삶의 조건에 어떠한 영향을 끼치고, 그것이 개인의 욕망을 어떻게 추동하는가에 있었던 것이다. 염상섭에게 비상시의 한국전쟁은 평시에 잘 드러나지 않던, 아니 드러나지 않아야 했던 한국사회의 집단 무의식이나 상징계적 질서의 외설적 이면을 포착할 수 있는 현장이었던 것이다.[50]

이 글에서는 그러한 점을 감안해 한국전쟁의 발발이 남한사회의 공간을 재편하고, 그러한 공간 재편이 인공치하 서울과 임시수도 부산을 살아가고 있었던 인간들로 하여금 새롭게 자기 욕망을 발견하거나 굴절시켜 발현할 수 있는 동력으로 작동하고 있었음을 확인하고자 했다. 전쟁은 기존 체제의 질서와 문법을 정지시키거나 교란시켜 인간의 욕망을 제어하고, 오직 전쟁 수행을 위한 인간 존재의 현현을 강제하는 것처럼 보이지만, 경계의 유동성으로 인해 이념 공간이 끊임없이 재구획되면서 오히려 폐쇄적 공간 내 존재들로 하여금 새로운 욕망을 인식하고 발현할 수 있는 동력이 되기도 하였다. 염상섭의 한국전쟁 발발 이후 장편소설들에서는 이러한 공간 재편에 따른 인간 욕망의 발현이 예리하게 포착되어 서사화되었던 것이다.

---

49 염상섭, 「광명의 도표되기를」, 『부산일보』, 1952.1.1. 여기에서는 신영덕, 「한국전쟁기 염상섭의 전쟁 체험과 소설적 형상화 방식 연구」, 문학사와 비평연구회, 『염상섭 문학의 재조명』, 새미, 1998, 223쪽에서 재인용.

50 공종구, 앞의 글, 12쪽.

끝으로 이 글에서 한국전쟁 발발이라는 역사적 사건이 추동한 남한 사회의 공간 재편을 인공치하 서울과 임시수도 부산으로 대별해 살펴보았지만, 그것이 해방 이후 남한사회(나아가 한반도)의 공간 재편 과정과 밀접하게 연관되어 있다는 점을 밝혀두고 싶다. 해방을 맞아 구식민자 일본인으로서 자기를 탈각하고 '태극기'를 통해 만주에서 조선(인)으로 귀환하고자 한 「해방의 아들」의 조준식,[51] 해방 직후 귀환 길에 올랐지만 약소민족의 비애를 느끼면서 간난신고 끝에 1946년 초가 되어서야 비로소 미소군에 의해 분할 점령된 38선을 넘을 수 있었던 「삼팔선」의 조선인들,[52] 그리고 월북이 좌절된 뒤 '워싱턴'도 '모스크바'도 아닌 "조선에서 살자는 주의"[53]를 말하는 「효풍」의 박병직, 이들 역시 체제의 변동과 공간 재편 과정 속에서 자기만의 삶을 새롭게 기획하고 움직였던 자들이다. 그런 점에서 이 소설들은 이 글에서 살펴본 『홍염』-『사선』 연작과 『취우』-『새울림』-『지평선』 연작의 전사前史에 해당한다. 그것은 제국-식민지 체제가 붕괴하고 탈식민-냉전 체제가 형성되어가는 가운데 해방과 단정, 전쟁과 분단으로 연쇄하는 사건들을 통해 한국의 사회적 공간들이 생성되고, 변형되며, 소멸해간 흔적들을 아로새기고 있을 뿐만 아니라, 한국전쟁 이후 미국 주도의 동아시아 냉전-반공 진영의 자본주의 질서 속으로 남한사회가 복속되어가는 상황을 짐작케 한다.

---

51 염상섭, 「解放의 아들」, 『廉想涉全集』 10, 민음사, 1987.
52 廉想涉, 「三八線」, 『三八線』, 金龍圖書株式會社, 1948.
53 염상섭, 『효풍』, 실천문학사, 1998, 335쪽.

제10장

전후 여성의 이동과 (반)사회적 공간의 형성

정비석의 『자유부인』과 손소희의 『태양의 계곡』을 중심으로

---

1. 한국전쟁과 이동

1950년 발발한 한국전쟁은 인간의 이동에 심대한 변화를 가져온 역사적 사건이었다. 1945년 해방 이후 미소군정 통치, 1948년 남북한 단독정부 수립 등 일련의 체제 변동 과정 속에서 좌우익의 이념공간이 만들어지고 38도선을 기준으로 양분되어 체제의 실정성을 구축하고 강화하는 방향으로 인간의 이동을 통제했다. 대체적으로 정치적 이념의 도그마에 포섭/배제되었던 이와 같은 일방향적 이동의 흐름은 한국전쟁 발발과 동시에 생존을 위한 이동으로 전환되었다. 물론 그때 개인의 생존은 국가의 존폐와 결부되면서 국가주의 권력이 제시한 이동을 수행하는 것으로 귀결되었다. 그것은 전쟁 수행을 위한 '동원'과 생존을 위한 '피난'으로 대별되었고, '전선'과 '후방'이라는 이분법적 위계 공간의 창출을 낳았다. 사실 한반도에서 살아왔던 사람들에게 동원과 피

난, 전선과 후방은 낯선 것이 아니었다. 식민지 말 전시총동원 체제기 한반도에 거주했던 조선인들은 제국 일본의 전쟁 수행을 위해 다양한 방식으로 동원[1]되어 동아시아 각 지역으로 이산되었고, 그들 가운데는 생존에의 위협 속에서 지속적인 피난의 삶을 살아간 자들 역시 존재했다. 하지만 한국전쟁은 한반도 내 남북한 사이에서 발생한 전쟁으로 한반도 거주민들에게는 이전의 전쟁과는 다른 체험과 실감의 차원에서 죽음에의 공포를 낳기에 충분한 사건이었다.

한국전쟁 개전 3일 만에 서울이 함락되고, 7월 유엔군 참전에 이어 9월 인천상륙작전을 펼친 뒤 같은 달 28일 서울을 수복하여 10월 압록강까지 진격하였다가 중공군의 개입으로 12월 흥남 철수에 이르기까지 6개월 여 만에 한반도 곳곳은 전장화戰場化되었고, 생존을 위한 피난의 행렬은 끊이지 않았다. 대체로 동원은 남에서 북으로, 피난은 북에서 남으로 정도의 방향성을 가지고 있었던 것으로 여겨지지만, 한반도 전역이 전장이 된 상황 속에서 동원과 피난, 전선과 후방의 구분은 불가능에 가까웠다고 해도 과언이 아닐 것이다. 전쟁 수행을 위한 인구와 물자의 동원, 그리고 그러한 동원을 가능하게 하기 위한 후방의 지원이라는 측면에서 전선과 후방은 긴밀하게 연결되어 있었고, 그것은 전쟁 수행의 목적에 따라 일원적으로 조직되고 통합되었다.[2] 한편, 전쟁 수

---

1   이에 대해서는 와타나베 나오키·황호덕·김응교 편, 『전쟁하는 신민, 식민지의 국민문화―식민지 말 조선의 담론과 표상』, 소명출판, 2010 참고.

2   결국 그 목적은 달성되지 못했지만, 1951년 제정·공포되었던 〈전시생활개선법〉은 한국전쟁에 직면한 남한사회가 전쟁 수행 주체에게 요구되는 의식과 생활방식을 국민 일반에게 강제하기 위한 일종의 '생활동원'이었다. 이는 기본적으로 전투원과 비전투원 사이, 전선과 후방의 구분을 인정하지 않는 '총력전'으로서의 한국전쟁의 특성을 전제로 한 것이었다. 이에 대해서는 강창부, 「6·25전쟁기 「전시생활개선법」과 후방의 '생활동

행의 주체가 (청년) 남성이었고, 그들이 보호해야 할 존재가 가족, 특히 여성으로 위치 지어졌다는 점에서 전선/후방은 남성/여성의 젠더적 공간으로 분절되어 인식되기도 하였다.[3] 그리고 그에 따라 후방에서의 여성의 삶은 대체로 전선에서의 남성의 행위에 귀속되는 방식으로 규정되었다.

그런데 이처럼 전선/후방, 동원/피난, 남성/여성의 대쌍항을 통해 한국전쟁기 인간의 이동과 존재 방식을 파악하는 것은 매우 제한적이다. 그것은 이러한 이분법적 구획이 1950년대 초 한반도(남한사회)를 전쟁의 시공으로 일원화하고, 한반도를 살아갔던 사람들의 삶을 전쟁의 문법으로 규정하려고 하는 욕망에서 기인하기 때문이다. 또한, 쉽게 짐작할 수 있다시피 실제 한반도 전역에서 전쟁이 지속되고 대다수의 사람들이 생존을 위해 고군분투했다고 하더라도 전쟁 수행을 위한 국가주의 권력에 포섭되지 않는 자들, 동원과 피난을 중심으로 하는 전쟁의 문법에 저항하거나 그것과 무관한 삶의 조건들 속에서 살아갔던 자들 역시 존재했던 것이 사실이다. 전쟁으로 인한 만연한 죽음에의 공포가 도처에서 인간 삶의 조건으로서 작동하고 있었던 것은 틀림없는 사실이었지만, 개인들의 삶은 생존을 위한 움직임 정도로 일괄할 수 없는 다채롭고 이질적인 자기 욕망에 이끌리는 양상을 보였던 것이다.

이 글에서는 이러한 점을 감안해 한국전쟁 발발 이후 여성의 이동에

원」, 『민족문화연구』 제86호, 고려대학교 민족문화연구원, 2020, 325~356쪽 참고.
3 "남성 전투원과 여성 민간인의 구분은 전선과 후방을 나누는 기준이 되었으며 공사(公私)의 분리로 이어지기도 했다." 허윤, 「멜랑콜리아, 한국문학의 '퀴어'한 육체들—1950년대 염상섭과 손창섭의 소설들」, 권보드래 외, 『문학을 부수는 문학들』, 민음사, 2018, 155쪽.

주목하고자 한다. 해방 이후 미소군정 통치기를 거쳐 남북한 단독정부 수립, 그리고 한국전쟁의 발발 및 휴전에 이르기까지 체제의 재편 과정 속에서 주로 주목되었던 것은 민족적 주체로서 포섭·성장해갔던 남성들의 이동이었다. 해방 조선의 새로운 민족국가를 건설하고 민족문화를 창달하기 위해 성장해갔던 남성, 단독정부 수립 이후 반공국가로 일신해갔던 남한사회의 정치경제적 헤게모니를 획득해갔던 남성, 그들의 이동은 과거 식민의 체험과 기억을 청산하고 상실된 남성성을 회복해 대한민국이라는 국가 권력의 정당성을 확보하고 주권자로서 새롭게 자기를 주조하기 위한 움직임으로 의미화되었다. 그리고 그때 여성들의 이동은 해방 이후 자유와 평등의 이념 속에서도 남성중심주의적 권력에 의해 통제되었을 뿐만 아니라, 부차적이고 종속적인 것으로 인식되었다. 그러던 것이 한국전쟁이 발발하면서 전쟁 수행을 위한 남성 젠더의 역할과 위상이 다시금 부각되었고, 여성 젠더의 역할과 위상은 또다시 남성 젠더의 그것에 수렴되는 양상을 띠었던 것이다.

하지만 전쟁이 지속되는 상황 속에서도 여성들은 내밀한 자기의 욕망을 발견하면서 자기만의 삶을 기획하고 실천하기 위해 움직였다. 전쟁의 시공 속에서 군인으로 대표되는 남성성이 강화되어 발현되었고, 그러한 남성 젠더의 이동이 사회적으로(나아가 국가적으로) 의미 있는 어떤 것으로 규정되었지만, 그렇다고 해서 인간 존재로서 여성의 이동이 무의미한 것은 아니었다. 다만 전쟁이 가져온 강인한 남성성의 표출과 남성적 공간의 팽창이 여성 젠더의 이동과 여성적 공간의 출현을 통제·억지한 것은 간과할 수 없는 사실이다. 전장에서의 '실제적' 죽음으로 인해, 죽음에의 공포 속에서 사회병리적 증상으로 발현된 광기에 의해, 남성성이 약화되어간다고 했을 때, 여성의 이동과 여성적 공간의 탄생은 여성성의 강화에 따른 남성성의 약화로 받아들여질 수 있었다. 그런 점에서 전쟁 수행을 위해 그 어떤 때보다 강인한 남성성이 요구되고 긍정되었던 한국전쟁 이후 여성의 이동은 제한적일 수밖에 없었던 것이다. 설령 그렇지 않다고 하더라도 여성 젠더의 이동은 전쟁 동원의 논리를 설파한 국가주의 권력과 그에 결탁한 남성중심주의의 자장 속에서 승인받아야만 했다. 남성성을 강화하기 위한 남성화된 여성의 이동, 또는 남성성을 발현 가능하게 하는 타자로서의 여성의 이동이 아닌 한 여성 젠더의 주체로서의 자기 기획과 움직임은 남성성의 위축·상실, 나아가 전쟁 수행을 위한 남성화된 국가 권력의 약화로 여겨져 그 자체로 부인되어야 했던 것이다.

이러한 상황은 전후戰後 남한사회에서도 지속되었다. 1953년 7월 23일 한국전쟁 휴전 협정이 조인되었지만, 전화戰禍의 상흔은 쉽게 극복할 수 있는 것이 아니었다. 피폐화된 국토와 무수한 인명의 살상은 지속적으로 죽음에의 공포를 환기시키기에 충분했고, 인간 삶의 조건들을 송두리째 바꿔놓았다. 정당성이 약화된 국가 권력은 반공 이데올로기를 구심점으로 삼아 국가 재건을 획책했고, 전장의 '실재적인' 죽음으로 인해 상징적인 죽음에 내몰려 또 다시 남성성을 상실당할 것이라고 불안해했던 남성 젠더들은 국가 재건의 주체로 자기를 현시하면서 불안감을 일소하고자 하였다. 과거 식민지시기 이래 해방과 군정, 전쟁을 겪으면서 남성성이 위축되거나 약화되었던 남성 젠더들은 자신들의 남성성을 회복·발현하기 위해 체제의 실정성을 강화하는 움직임에 적극적으로 투신했던 것이다. 그리고 그때 그와 다른 여성들의 이동을 검열하고 통제하고자 하였는데, 대체로 그것은 여성 젠더들의 주체적인 자기 기획과 실천을 反사회적인 것으로 낙인찍는 방식으로 이루어졌다.

이 글에서는 이러한 점을 염두에 두고 전후 장편소설에 나타난 여성의 이동과 그러한 이동에 따른 (반)사회적 공간 형성 과정에 대해 살펴보고자 한다. 1990년대까지 남성중심주의적 시각에 기초한 문학사에서는 대체로 1950년대 문학을 '전쟁과 폐허', '휴머니즘과 반공주의', '무의미와 관념', '실존과 성찰' 등의 키워드로 서술[4]하였고, 이는 개별 작가와 작품에 관한 연구에서 여전히 주류를 이루고 있다. 하지만 전후 1950년대 한국문학·문화 장에서 남성(성)/여성(성)의 젠더적 위계질서를 재구축하기 위한 사회문화적 움직임이 활발하게 일어났고, 그에 관한 괄목할 만한 연구들이 이루어지고 있다.[5] 이 글의 논의 대상인 정비석의 『자유부인』과 손소희의 『태양의 계곡』과 관련해서도 비교적 최근 주목할 만한 연구 성과가 제출되었다. 대표적으로 전자와 관련해서는 여성의 일상 문화와 그것을 규율하는 당대 미시 권력 사이의 길항 관계에 관해 논의[6]하거나, 가부장제적 질서로 회귀하는 여성이 보여준 욕망과 소비를 대중적 욕망의 관점에서 규명한 논의,[7] 가정을 벗어난

---

4 이에 대해서는 김윤식·정호웅, 『한국소설사』, 문학동네, 2000, 347~382쪽 참조.
5 대표적으로 다음의 논저를 참고할 수 있다. 이임하, 『여성, 전쟁을 넘어 일어서다』, 서해문집, 2004; 권보드래 외, 『아프레걸 사상계를 읽다』, 동국대 출판부, 2009; 임미진, 「1945~1953년 한국 소설의 젠더적 현실 인식 연구」, 서울대 박사논문, 2017; 허윤, 『1950년대 한국소설의 남성 젠더 수행성 연구』, 역락, 2018.
6 강상희, 「계몽과 해방의 미시사－정비석의 『자유부인』」, 『한국근대문학연구』 제24호, 한국근대문학회, 2011, 177~196쪽.
7 류경동, 「1950년대 정비석 소설에 나타난 소비주체의 향방－『자유부인』과 『민주어족』을 중심으로」, 『Journal of Korean Culture』 제31호, 한국어문학국제학술포럼, 2015, 131~149쪽.

여성의 공적 영역에서의 인정투쟁이 갖는 '남근적 욕망'의 은폐 효과에 대한 논의[8] 등이 주목되고, 후자와 관련해서는 전쟁과 공간 이동으로 촉발된 국민·국가·공동체에 대한 '경계' 탐색과 정체성 구축 과정에 관한 논의,[9] 남성적 상징 질서의 호명 방식에 호응하지 않고 일탈하는 여성적 욕망의 비언어적 발화 방식이 갖는 의미를 규명한 논의[10] 등이 주목된다.

이 글에서는 이상의 선행연구를 비판적으로 수용하는 한편, 전후 여성의 이동과 공간에 주목하고자 한다. 이동이라는 공간적 실천 행위에 의한 사회적 공간의 생산 과정[11]을 염두에 두었을 때, 남성 젠더 못지않게 여성 젠더의 이동은 전후 한국사회에서 사회적 공간의 생산 과정을 파악하는 데 중요하다. 하지만 한국전쟁을 거치면서 반공국가로서 일신해갔던 남한사회 내 상실된 남성성 회복을 위한 남성 젠더의 이동이 사회적 공간의 생산으로 이어졌을 때, 여성 젠더를 비롯한 다양하고 이질적인 주체들의 이동과 그에 따른 사회적 공간들의 생산은 은폐되거나 반사회적 공간들로 치부되기 일쑤였다. 냉전-분단 체제하 반공 이데올로기 속에서 남성중심주의적 질서가 과잉되었다고 하더라도 사회적 존재로서 비非-남성 젠더의 이동 및 그에 따른 사회적 공간의 생산

---

8   심진경, 「『자유부인』의 젠더 정치-성적 가면과 정치적 욕망을 중심으로」, 『한국문학이론과 비평』 제46호, 한국문학이론과 비평학회, 2010, 153~175쪽.
9   김정숙, 「손소희 소설에 나타난 '이동'의 의미」, 『비평문학』 제50호, 한국비평문학회, 2013, 7~29쪽.
10 신수정, 「마녀와 히스테리 환자-1950~60년대 손소희 소설의 여성의 욕망과 가부장제의 균열」, 『현대소설연구』 제66호, 한국현대소설학회, 2017, 235~270쪽.
11 David Harvey, *Social Justice and the City*, The University of Georgia Press, 2009(Revised Edition), pp.13~14.

과정에 주목할 필요가 있다. 이를 위해 이 글에서는 정비석의 『자유부인』과 손소희의 『태양의 계곡』을 대상으로 논의를 전개하고자 한다.[12] 소위 '자유부인'과 '아프레 걸'[13]의 이동을 서사화하고 있는 이 소설들은 한국전쟁과 그 이후 여성의 자기 욕망에 이끌리는 삶과 그 속에서 나타나는 이동의 실천이 어떻게 전후 사회에서 반사회적인 것으로 규정되는지 확인할 수 있게 한다. 나아가 이들 서사는 전후 한국사회에서 여성 젠더의 이동과 여성적 공간들이 어떻게 규정되고 고착화될 수 있는가에 대해 탐색할 수 있게 해 전후 여성의 사회적 위상이 어떻게 자리매김되고 있는가를 되묻게 한다.

---

12 정비석의 『자유부인』은 1954년 1월 1일부터 8월 6일까지 『서울신문』에 연재되었다가 1954년 정음사에서 단행본으로 발간되었다. 손소희의 『태양의 계곡』은 1957년 5월부터 1958년 7월까지 『현대문학』에 연재되었다가 1959년 현대문학사에서 단행본으로 발간되었다. 이 글에서는 단행본을 저본으로 논의를 전개한다.

13 전후라는 뜻의 프랑스어 아프레 겔(après guerre)을 여성화한 조어로서 아프레 걸 (après girl)은 일체의 도덕관념에 구애됨 없이 구속받지 않으려고 하면서 성적으로 방종한 여성들을 의미했다(권보드래, 「실존, 자유부인, 프래그머티즘─1950년대의 두 가지 '자유' 개념과 문화」, 권보드래 외, 앞의 책, 79쪽). 이러한 아프레 걸에는 양공주, 자유부인, 팜므 파탈, 여학생 등 다양한 유형이 있었는데, 전후 한국사회에서는 아프레 걸 프로젝트를 통해 새로운 사회 건설에 요구되는 여성상을 촉구하는 동시에 무질서 및 위기 담론을 통해 젠더 질서를 재구축하기 위해 여성을 관리·통제하고자 하였다(김 복순, 「아프레 걸의 系譜와 反共主義 敍事의 自己構成 方式─최정희의 『끝없는 낭만』을 중심으로」, 『語文研究』 제37권 제1호, 한국어문교육연구회, 2009, 286쪽). 따라서 자유부인 또한 아프레 걸의 범주에 포함된다고 할 수 있다. 하지만 이 글에서는 정비석의 『자유부인』과 손소희의 『태양의 계곡』에서 남성 젠더에 의해 명명되는 방식과 여성 젠더의 자기 인식 및 규정을 감안해 '자유부인'과 '아프레 걸'을 구분하고자 한다.

2. 자유부인, 거리에서 가정으로의 강요된 귀가

"오선영 여사는 이제 몸과 마음이 아울러 그리운 옛품으로 돌아오고 있는 것이었다."[14] 정비석의 『자유부인』의 이 마지막 문장에 주목하자면, 이 서사는 여성이 '돌아오는' 이야기이다. 그리고 돌아오는 곳은 '옛 품'이다. 돌아오기 위해서는 떠났다는 전제가 선행되어야 하고, 돌아오는 곳이 '옛 품'이라는 점에서 그곳은 과거의 시간과 기억 속에 봉인되어야 한다. 지금 여기를 벗어나 과거 거기로 돌아가는 여성의 이야기, 그것이 『자유부인』의 서사인 것이다. 그렇다면 지금 여기와 과거 거기는 어디인가? 서사를 통해 쉽게 확인할 수 있다시피 그곳은 '거리'와 '가정'으로 대별된다. 가정을 떠나 거리를 배회하던 여성이 다시금 가정으로 되돌아가는 과정을 서사화하고 있는 『자유부인』은 이처럼 여성의 되돌아가는/되돌아갈 수밖에 없는 서사적 정당성을 설파하고 있다. 그렇다면 여기에서 물어야 할 것은 이 여성이 왜 가정을 떠났다가 다시 돌아와야만 했던 것인가, 그 이동의 이유에 있다.

『자유부인』의 여성 주인공 오선영은 국어학자 교수인 장태연의 아내로 두 아이를 키우고 있는 인물이다. 이 소설에는 그녀가 왜 집을 나간 것인지 명확히 제시되어 있지 않다. 하지만 가정과 대척적인 공간으로서 거리에 대해 그녀가 어떻게 인식하고 감각하는가를 확인하는 것을 통해 집을 나간 이유를 유추해볼 수 있다. 사교 모임에 참석하기 위해 집을 나선 "그녀에게 있어서는 대문 밖은 자유의 세계였다."[15] 가정

14　鄭飛石, 『自由夫人』 下卷, 正音社, 1954, 330쪽.
15　鄭飛石, 『自由夫人』 上卷, 正音社, 1954, 10쪽.

이라는 굴레를 벗어나 거리에 나선 여성은 '자유'를 만끽한다. 그녀가 가정 내 여성으로서 어떠한 억압과 굴레 속에서 구속된 삶을 살아왔는 가는 서사에 표면화되지 않았지만, 아내이자 어머니로서의 삶 자체가 '노예 노릇'처럼 여겨지고, 거리, 특히 서울 밤거리의 풍경은 그녀에게 자유에 대한 새로운 인식과 감각을 추동한다. 그리하여 고루한 남편에 대한 반감과 가정부인으로서의 자신의 처지에 대한 비관은 자유에 대한 강렬한 희구로 이어진다. "노라라는 여성은 「인형의 집」에서 조차 나와버렸는데, 하물며 「노예의 집」을 나가는 것이 무엇이 나쁘단 말인 가"[16]라고 생각하는 그녀는 "노예의 생활에서 해방되어, 진정한 자유를 누리기 위해서"[17] 집을 떠났던 것이다.

사실 여성에게 가정과 거리가 구속과 해방이라는 도식 속에서 이해 되는 것은 새로운 것이 아니다. 근대 전환기 이래 한 개인으로서 자신 의 주체적인 삶을 기획하고 실천해갔던 여성들에게 가정(집안)은 벗어 나야 할 곳이었고, 가정부인domestic woman은 남성중심주의적 질서와 가부장제도 하 여성의 위상과 역할을 가정 내 존재로 고착화시키는 것 이었다. 아내와 어머니로서의 삶이 여성의 자기 인식 및 삶의 방향을 결정하는 동인으로 작동한 것은 틀림없는 사실이었지만, 그것은 남성 에게 종속된 여성의 자리, 부계 혈통주의의 계승을 위한 여성의 폐쇄적 삶의 조건들로 기능했다. 따라서 가정을 벗어난다는 것은 여성 주체화 의 핵심적인 방편이었고, 비록 여성이 사회적 존재로서 자기만의 자리 를 점유하는 것이 지난한 과정이라고 할지라도 그것은 노예와도 같은

---

16 위의 책, 209쪽.
17 위의 책, 93쪽.

상태를 벗어나 주인이 되기 위한 자기 변혁의 길로 의미화되었던 것이다.[18] 같은 맥락에서 해방 이후부터 한국전쟁에 이르기까지 사회문화적으로 자유와 평등, 민주주의 이념이 세속화된 방식으로 넘쳐나는 가운데 가정 내 여성이 가정 밖 거리로 나서는 것은 자율의지를 가진 개인이 주체화의 역동적인 움직임을 실천한 것으로 여겨질 수 있었다.[19] 『자유부인』의 오선영 역시 그러한 인식 속에서 거리로 나와 자기만의 움직임을 보인다.

『자유부인』에서 가정을 나온 여성의 이동은 여러 가지 측면에서 살펴볼 수 있지만, 먼저 눈에 띄는 것은 사교모임에 참석하기 위한 움직임이다. 이 소설의 첫 부분에서부터 서사화되고 있는 이 사교모임은 R대학 동창생들의 친목을 도모하기 위해 만든 것으로 '화교회花交會'라고 불린다. "각계의 지도적 입장에 있는 부인들과 실업계의 중역부인들만으로 한 달에 한 번씩 모이기로 되어 있는"[20] 이 사교모임은 30여 명의 참석자로 제한되어 있을 뿐만 아니라, 일회 천 환을 회비로 내는 이른

---

18 물론 1920~30년대 거리의 여성(산책자)들은 '모던걸'로 명명되어 사회주의 지식인들의 담론 속에서 물질주의와 아메리카니즘에 중독돼 허영과 사치를 일삼는 자들로 이미 지화되었고, 도시의 근대 감각을 향유하는 시각 주체로서의 남성(산책자)들과 질적으로 다른, 자신의 몸과 섹슈얼리티를 매매하는 형상으로 재현되기도 하였다. 서지영, 「식민지 조선의 모던걸-1920~30년대 경성 거리의 여성 산책자」, 『한국여성학』 제22권 제3호, 한국여성학회, 2006, 209~210쪽.

19 이와 관련해 해방기 부녀국 기관지 『새살림』은 해방 후 조선을 세계 속의 국가로 편입시키기 위해 여성의 지위 향상이 선행되어야 함을 전제하면서 여성을 민주주의의 기수로 내세우거나, 총선에서의 여성 단결을 촉구하며 여성의 정치 참여를 독려하는 등 여성의 자유와 권리를 확보하고자 하였다. 하지만 그것은 미국 민주주의에 대한 막연한 동경과 '위로부터의 계몽'을 일방적으로 실시한 한계를 지니고 있었다. 이에 대해서는 임미진, 「해방기 민주주의 선전과 여성해방-가정잡지 『새살림』을 중심으로」, 『한국학연구』 제47호, 인하대학교 한국학연구소, 2017, 355~379쪽 참고.

20 鄭飛石, 『自由夫人』 上卷, 7쪽.

바 회비회원제의 성격을 가지고 있다. 사교모임인 만큼 특별한 목적 없이 구성원들 간 친목을 도모하기 위한 여성들의 이 모임은 남성적 응시의 시선을 가진 서술자에 의해 "허위와 허영"[21]의 산물로 그려진다. 시내의 음식점을 빌려 꽃으로 장식하고, 참석한 여성들 또한 자신들의 신체를 화려하게 치장했을 뿐만 아니라, 탐욕스럽게 음식을 먹고, 권세를 과시하기에 여념이 없는 모습으로 드러난다. 이 사교모임은 서술자에 의해 소위 유한有閑 가정부인들이 집 밖으로 나가기 위해 만든 모임으로 남편의 권위에 기대어 호가호위하는 여성들, 가정부인으로서의 역할과 책무를 방기하는 여성들의 일탈로 비난의 대상이 된다.

그런데 이 화교회가 단순히 유한 가정부인들의 친목모임 정도에 그치지 않는 것은 그러한 모임이 반사회적인 것으로 규정되고 있다는 데 있다. 가정 내 존재로서 자기를 가두지 않고 집 밖을 나와 자기 욕망을 실현하고자 했던 여성들은 사교모임을 통해 그것을 증폭시키고자 하고, 그때 그 근거로 '자유'와 '민주주의'를 제시한다. 하지만 남성 서술자에게 그것은 방종이자 민주주의에 대한 오독의 결과일 뿐이다. 가정을 벗어나 자기 욕망을 발화하는 순간 여성은 허위와 허영에 사로잡힌 상태에 놓이고, 그것은 여성에게 주어진 역할을 방기하는 것일 뿐만 아니라 사회적 존재로서도 반사회적 행위를 서슴지 않는 것으로 비난의 대상이 된다. 『자유부인』의 서사 후반부 창경원 수정궁에서 화교회 회원들의 댄스파티가 열리고, 거기에 참석하기 위해서는 반드시 애인을 동석시켜야 한다는 조건이 제시되는 등 화교회 모임은 여성들만의 친

---

21 위의 책, 24쪽.

목 모임이 아닌 가정부인의 일탈과 부정을 낳는 반사회적인 것으로, 가정을 파괴하고 사회를 병들게 하는 것으로까지 여겨지고 있었던 것이다. 하지만 이는 전적으로 여성의 이동을 통제하고 여성의 위치를 가정 내로 고착화시키고자 한 남성적 욕망의 발로일 뿐이다.

한편, 이 소설에서 여성의 이동 중 간과할 수 없는 것이 계契의 결성이다. "요새 거리에 나다니는 여자들치고 계에 가입하지 않은 여자가 한 사람인들 있는 줄 알아? 핸드·빽 속에는 계문서契文書가 으레히 들어 있는 걸!"[22]이라든가, "그동안 방구석에만 쳐박혀 있었기 때문에, 계라는 것의 내막을 모른 것은 사실"[23]이라는 서술을 통해 계가 여성들의 세계에서는 일반화되어 있는 것처럼 제시된다. 그리고 그때 계는 부의 증식을 위한 수단으로써 여성들만의 어떤 경제적 활동으로 인식된다. 그런데 계의 결성이 어떠한 점에서 개인이나 국가 단위의 경제에 폐해를 가져오는지 이 소설에서는 명확히 드러나지 않는다. 다만 부의 과시와 물신화된 욕망 충족의 방편으로써 계를 결성하고 추진하는 여성들의 모습이 '낭비벽'을 조장하는 것으로, 앞서 사교모임처럼 '허영'에 물든 것으로 나타날 뿐이다. 계의 활성화는 경제적으로 무능력자였던 여성들의 경제활동 영역을 확장하고 가정 경제의 중심을 남성에서 여성으로 전환하는 계기가 되었지만, 사회적으로 계의 부정적 이미지를 유포하고 공격하는 행위는 한국전쟁으로 점차 확대되어갔던 여성의 경제활동을 규제하며 위축시키기 위한 것이었다.[24] 따라서 『자유부인』에서

---

22 위의 책, 285쪽.
23 위의 책, 287쪽.
24 이임하, 앞의 책, 254~256쪽.

계에 대한 비난은 여성의 경제적 활동 자체에 대한 비판적인 시선을 내재한 것으로, 다시금 여성의 역할과 위치를 가정 내로 제한하고 있는 것이라고 볼 수 있다.

『자유부인』 서사에 나타난 여성들의 사교모임과 계에 대해 간단하게 살펴보았지만, 가정을 벗어나 거리로 나선 여성의 행위 중 가장 주목되는 것은 댄스를 탐닉하는 데 있다. 댄스는 해방 이전부터 근대적 문화를 향유하는 하나의 기호로 널리 통용되어왔지만, 해방 이후 미군의 남한 주둔 및 점령에 따른 미국식 문화의 급속한 유입 속에서 청년 세대를 중심으로 서구 선진문화로 이해되어 인기를 끌었고, 한국전쟁을 거치면서 1950년대 중반 전후 한국사회에서 열풍을 불러일으켰다. 댄스는 자유·민주주의·현대·문화(교양)의 표현으로 간주되었고, 민족주의와 반공 이데올로기에 자유를 억압당한 개인들은 댄스를 통해서 자유와 섹슈얼리티의 욕망을 표출하기도 하였다.[25] 『자유부인』에서 댄스는 오선영에게 봉건사상을 청산하고 여성의 행복을 위해 기꺼이 '모성애'를 희생할 수 있는 행위이자 여성 주체에게 자유를 만끽할 수 있는 해방구로 여겨진다. 그녀는 거리에서 이웃집 청년을 만난 뒤 은밀히 그의 집에 가 댄스를 배우는데, 대학생 청년 남성에게 댄스를 교습 받는 것을 '혁명'이라고까지 인식하게 된다. 그리하여 남편 몰래 그 청년을 집안으로 불러들여 아이들이 보는 앞에서 댄스를 추기에 이른다. 또한, 몇몇의 남성들과의 만남에서도 자연스럽게 댄스홀을 방문하는데, 대표적으로 해군장교구락부(LCI; Landing Craft Infant)를 확인할 수 있다. "오선

---

25 이에 대해서는 주창윤, 「1950년대 중반 댄스 열풍-젠더와 전통의 재구성」, 『한국언론학보』 제53권 제2호, 2009, 277~299쪽 참고.

영 여사는 자기가 살고 있는 서울 안에 이처럼 호화로운 세계가 있을 줄은 몰랐다. 돈 삼백 환만 내어 놓으면 이처럼 호화판으로 놀 수 있는 장소가 있음을 이제야 알았다는 것이 몹시 부끄럽기도 하였다.”[26] 그곳에서 그녀는 '다른 세계'를 목도하게 되었던 것이다.

> 여기서만은 인간 생활의 모든 시름을 잊어버린 듯, 오직 쾌락과 행복만이 무르녹고 있을 뿐이었다. 인생의 쾌락과, 정열의 발산發散과, 청춘의 난무가 있을 뿐이었다. 관능적인 체취體臭에 정신이 현혹해 오도록 대담무쌍한 애욕의 분방이기도 하였다.[27]

자유와 해방을 만끽하기 위해 여성이 향한 곳이 유흥과 오락의 세계로서 댄스홀이었는데, 그곳은 현실 너머의 세계로 인식된다. 자신을 둘러싼 억압과 고통의 세계를 벗어난 듯한 환상을 맛보게 한 댄스홀, 자신에게 무감각한 고루한 남편과 달리 육체의 아름다움을 상찬하는 남성들과의 만남을 통해 여성으로서의 자긍심을 가질 수 있는 댄스홀, 그곳은 가정부인이라는 존재의 굴레를 벗어나 한 여성으로서 자기를 발견하고 억압된 욕망을 발현할 수 있는 곳이었던 것이다. 하지만 쉽게 짐작할 수 있다시피, 이 소설의 서사는 그러한 여성의 행위와 욕망을 긍정하는 방향으로 나아가지 않는다. 남성들의 기만과 탐욕 속에서 여성은 성적 대상으로 타자화되고, 여성은 결국 남편과 아이들을 버리고 향락과 퇴폐 속에 침잠해 들어가 부정한 짓을 저질러 비난의 대상이 된다.

---

26 鄭飛石, 『自由夫人』 上卷, 227쪽.
27 鄭飛石, 『自由夫人』 下卷, 246쪽.

가정부인으로서의 여성은 자신의 욕망에 이끌리는 삶 속에서 부정한 행위를 저지르고, 성적 일탈과 방종을 일삼았으며, 그로 인해 아내와 어머니의 자격을 상실하게 되었고, 결국 가정을 파탄에 이르게 하였다는 것이 남성 서술자에 의한 비난의 시선이다. 구속된 상태를 벗어나 자유를 희구했던 여성의 이동은 허위와 허영이 점철된 것으로 반사회적인 것으로 낙인찍히게 되고, 여성은 가정 안팎 어느 곳에서도 자신의 자리를 차지할 수 없게 된다. 물론 여성이 타락했다고 했을 때, 그 원인은 그녀와 관계 맺었던 남성들의 성적 욕망이나 폭력에 의한 것이 아닌 결코 인정받을 수 없는 여성 욕망의 발현 그 자체에 있는 것으로 나타난다. "자유부인의 말로"[28]를 서사화하고 있는 『자유부인』은 애초에 가정 밖으로 이동한 여성의 욕망을 어떠한 경우에도 인정하지 않았던 것이다. 여성, 특히 가정부인의 행위와 욕망은 모두 가정 내에서만 의미 있는 어떤 것으로 받아들여질 수 있었던 것으로, 따라서 처음부터 여성이라는 존재의 가치와 그녀의 삶의 조건들은 남성(중심주의적인 사회 질서)에 의해서만 가능했던 것이다.

이처럼 가정을 벗어나 거리로 향했던 여성의 욕망이 부인되고, 그녀의 욕망에 이끌리는 삶이 반사회적인 것으로 규정된다면, 그녀는 다시금 가정으로 돌아가야만 한다. 그리고 그녀가 가정으로 돌아가기 위해서는 스스로의 참회와 반성이 선행되어야 한다. 오선영이 남편으로부터 부정한 아내로 여겨져 집에서 쫓겨난 뒤 오갈 곳 없는 상황 속에서 그동안의 자신의 행위를 반성하면서 "오직 「나의 집」만이 유일한 자유

---

28 위의 책, 321쪽.

의 세계요, 행복의 보금자리라고 생각"[29]하는 장면을 통해 이를 쉽게 확인할 수 있다. 자신이 거리를 방황하는 '유랑녀流浪女'로 전락했다는 참회 속에서 그녀는 "노예의 집이라고 생각했던 가정은, 이제 알고 보니 노예의 집이 아니라, 극락이었던 것이다"[30]라고 말하기에 이른다. 가정/거리=구속/자유의 구도가 역전되어 거리의 자유는 허상에 불과하고 진정한 자유는 가정에 있음을 토로하고 있는 형국이다. 물론 이는 여성을 가정 내 존재로 규정하고 고착화시키는 남성의 입장과 관점을 고스란히 대변하는 것이다. 기실 오선영이 자유와 행복을 추구하며 거리에 나섰지만 오히려 "부자유와 절망감"[31]을 느낄 수밖에 없었던 것은 바로 그 거리의 남성들에 의한 '사기와 기만' 때문이었다. 즉 여성의 욕망을 좌절시킨 남성들의 행위는 모두 여성의 허위와 탐욕이라는 불온한 것 속에서 봉합되고, 남성들의 반사회적 행위는 문제시되지 않고 은폐되는 것이다. 욕망하는 여성은 불온한 자, 반사회적인 존재로 낙인찍히고, 다시 집으로 돌아와야만 했던 것이다.

그런데 참회와 반성만으로 여성이 집으로 돌아올 수 있었던 것은 아니었다. 그녀가 돌아오기 위해서는 최종적으로 남성의 용서와 승인을 거쳐야만 했다. 오선영의 남편 장태연은 아내를 내쫓은 뒤 아버지의 역할을 묵묵히 수행하는 한편, 아내의 옷가지를 무심한 듯 직장 동료에게 전해준다. 그 역시 젊은 여성에게 연애의 감정을 느끼기도 하였지만, 남편이자 아버지로서의 그의 위치는 흔들리지 않는다. 이후 그는 한글

---

29 위의 책, 280쪽.
30 위의 책, 291쪽.
31 위의 책, 296쪽.

간소화 문제를 토론하기 위해 국회의사당 공청회에 참석한 자신을 찾아온 아내를 발견한 뒤 별다른 말없이 그녀를 이끌고 집으로 향한다. 이러한 그의 모습은 아내에 대한 용서와 애정이 깃든 것으로 서술되어 두 부부가 함께 집으로 향하면서 서사가 마무리된다. 이처럼 여성이 돌아오는 과정에서 최종 결정권자는 역시 남성으로 제시된다. 자유와 행복을 추구했던 여성의 자기 욕망에 이끌리는 움직임은 부정한 것, 반사회적인 것으로 낙인찍히고, 여성의 위치가 오직 가정 내로 규정되었다고 했을 때, 가정을 떠난 여성이 돌아오기 위해서는 언제나 남성의 승인을 받아야만 했던 것이다.

3. 아프레 걸, 죽음에의 공포 속 거리의 배회

"태양이 떠 있는 한 언니의 새로운 출발은 가능할 것이라고 자위를 삼습니다."[32] 손소희의 『태양의 계곡』 서사의 마지막은 올케 지희에게 보내는 시누이 정아의 편지로 마무리된다. 이 편지의 마지막 문장은 한국전쟁의 여파로 남편과 사별한 지희가 자책 속에서 삶을 이어오다 힘겹게 재혼하지만, 재혼한 남성 역시 결혼 직후 병사하였다는 소식을 접한 정아가 안타까운 마음에 위로의 편지를 보내면서 적은 것이다. 그런데 '새로운 출발'이 가능할 것이라고 말하고 있는 것은 비단 지희를 향한 정아의 발화로 한정되지 않는다. 그것은 이 소설의 서사 전개 과정

---

32 孫素熙, 『太陽의 谿谷』, 現代文學社, 1959, 390쪽.

속에서 확인할 수 있듯이 ─ 피난지인 부산을 떠나 서울로 환도한 정아가 강 중령과 사랑 없는 결혼을 하면서까지 자기를 재정립하려고 한 것 ─ 자기 자신을 향한 발화이기도 하다. 즉, 정아의 지희에게 보내는 편지는 기실 자기 자신에게 보내는 편지이기도 한 셈이다. 그렇다면 이 소설은 '새로운 출발'을 하기 위한 여성의 움직임, 좀 더 적극적으로 말하자면 한국전쟁의 트라우마적 기억을 극복하고 새롭게 자기를 갱신하기 위한 여성의 이동을 서사화하고 있다고 할 수 있다. 따라서 그때 여성 이동의 조건으로서 전쟁의 트라우마적 기억이 어떻게 작동하고, 여성은 그러한 트라우마적 기억 속에서 어떠한 이동의 양상을 보이는가에 자연스럽게 시선이 간다.

1951년 4월부터 1952년 2월까지[33] 부산과 서울을 주된 배경으로 하고 있는 이 소설은 대체로 초점 화자인 정아의 피난지 부산에서의 이동을 중심으로 서사가 전개된다. 한국전쟁기 부산은 거의 전 기간 임시수도로 기능했는데, 무수한 피난민의 유입으로 치안·전염병·주택난·물가 폭등 등 많은 사회적 문제를 야기한 곳이었다.[34] 또한, 당시 부산은 전선의 후방으로 자유로운 일탈과 욕망 실현의 장이자, 방종과 퇴폐로 뒤섞인 혼돈스러운 공간으로 여겨지기도 하였다.[35] 『태양의 계곡』의

---

33 소설의 서두에 "오늘은 이십세기의 중엽인 1953년 사월도 저물어가는 그믐"(위의 책, 11쪽)이라고 쓰여 있지만, 마지막으로 정아가 지희에게 보내는 편지의 발신일이 "一九五二년 二월 ×일"(위의 책, 390쪽)인 것으로 보아 1953년은 1951년의 오기인 것으로 보인다.

34 서만일, 「한국전쟁초기 민사정책─부산의 피난민 통제 및 구호 그리고 경제복구」, 『석당논총』 제72호, 동아대학교 석당학술원, 2018, 269~270쪽.

35 나보령, 「염상섭 소설에 나타난 피난지 부산과 아메리카니즘」, 『인문논총』 제74권 제1호, 서울대학교 인문학연구원, 2017, 261쪽.

정아는 집 안에 안착하지 못하고 이 임시수도 피난지 부산의 거리를 배회한다. 그녀는 자신의 "시간에 공백이라는 것이 있어서는 안된다고 방에서 마당으로 마당에서 행길로 행길에서 찻집으로 마구 돌아 다"[36]닌다. '시간의 공백'을 메우기 위한 그녀의 이러한 움직임은 여러 남성들과의 만남과 성적 일탈 또는 방종, 가부장제적 권위에 대한 저항 정도로 제시되는데, 그런 점에서 그것은 '아프레 걸'의 면모를 유감없이 보여주는 것으로 여겨질 수 있다. 그녀는 남성에 의해 "분방하고 일체의 도덕적인 관념에 구애되지 않고 구속 받기를 잊어버린 여성들"로 자신이 호명되었을 때, "제가 그 부류의 계집"이라고 응수한다.[37] 남성중심주의적 상징 질서로부터 벗어나고자 한 그녀의 이동이 남성에 의해 부인당하고 있는 상황 속에서 그녀는 자신을 향한 비난을 기꺼이 감수하고 있는 것이다. 그런데 "아프레 걸이란 간판은 불안한 지점에서 수시로 이동을 일삼고 있다는 것을 정아 자신이 긍정하고 있는 거야"[38]라는 남성의 비난은 그 자체로 근거 없는 것이지만, 그녀가 아프레 걸을 연기/수행하면서 '불안' 속에서 이동하고 있는 것은 틀림없는 사실이다.

손소희의 『태양의 계곡』에서 정아는 지희를 통해 결혼 상대자로 소개 받은 석은이 여전히 지희에 대해 연모의 감정을 가지고 있다는 것을 확인한 뒤, 자신의 첫사랑 격인 소설가 한철휘를 만나기 위해 대구에 가고자 한다. 대구행 여비를 마련하기 위해 자신을 유린한 제일호텔 사장 문상태를 만나 수면제를 먹여 금품을 훔치고자 하였으나 미수에 그

---

36 손소희, 앞의 책, 78쪽.
37 위의 책, 74쪽.
38 위의 책, 75쪽.

치고, 우연히 다방에서 만난 약제사 박진길의 호의에 여비를 마련해 대구로 가 한철휘를 만난다. 하지만 그는 정아에게 "낡아 빠진 헌옷과도 같이 쓸모없는 시대의 유물인 자학의 누더기를 쓰지 않으려고 사방으로 피해 다녀도 소용이 없는거야"[39]라며 이미 '자학의 누더기'를 쓰고 있는 존재로 그녀를 규정하고, 그에 환멸을 느낀 정아는 부산으로 되돌아온다. 이후 그녀는 도움을 받았던 박진길을 만나 납치되다시피 한 뒤 그의 집에 반#자발적으로 감금된다. 박진길의 시선에 "고아와도 같은"[40] 처지로 비쳐진 그녀는 자신의 이름을 묻는 그에게 "이름이 없어요"[41]라고 대답하면서 박진길의 집을 떠나지 않는다. 이름을 상실한/폐기한 자로서 그녀는 "나의 삶을 내 손으로 영위하기 위한 준비 기간"[42]이 필요하다며 박진길의 집을 망명지이나 은신처로 여긴다. 하지만 그곳에서 그녀는 박진길의 남성적 폭력 앞에 고스란히 노출되어 성적 대상으로 위치 지어질 뿐이다.

이후 오빠의 죽음 속에서 자책하고 있는 지희를 구제하기 위해 그녀를 연모하고 있는 석은을 만나 그로 하여금 지희에 대한 사랑을 확인하고자 하였지만, 그가 유부남이라는 사실을 알게 된다. 그리고 그와 함께 부산 곳곳을 배회하다 귀가하지 않고 '자학'에 가까운 심정으로 다시금 박진길의 집을 찾는 등 그녀는 계속해서 거리를 전전한다. 다방과 댄스홀, 음식점과 술집에서 여러 남성들을 만나 남성적 응시의 대상으로서 자신을 위치시키는 이 여성은 아프레 걸처럼 반사회적인 불온한

---

39 위의 책, 75쪽.
40 위의 책, 99쪽.
41 위의 책, 100쪽.
42 위의 책, 102쪽.

대상으로 받아들여질 수 있다. 하지만 이 소설이 초점화자인 정아의 서술에 의해 전개되고 있다는 점에서 그러한 그녀의 자기 파괴적 행위가 단순히 자유의 이름에 기댄 일탈과 방종으로 여겨지지는 않는다. 정아가 수행하는 "성적 방종, 가부장적 사고에 대한 조롱과 이용, 남성의 관심을 유도하는 연기와 스펙터클한 전시"들은 남성 젠더들의 "주체화의 논리를 교란시키고 모호하게 만듦"으로써 남성적 호명 체계에 대한 저항으로 읽힐 수 있다.[43] 이는 그녀의 그와 같은 움직임이 불안과 공포 속에서 시간의 공백을 메우기 위한 그녀만의 분투의 기록이기도 하다는 점에서 특히 그러하다. 그리고 그러한 불안과 공포가 다름 아닌 한국전쟁으로 인해 죽은 오빠로부터 기인한다는 점을 간과할 수 없다.

따라서 정아가 거리의 대척적인 공간으로 제시되는 집안에서 어떤 행위를 하고 있는가에 주목할 필요가 있다. 그녀는 지희로부터 오빠와의 만남의 과정, 한국전쟁이 발발한 뒤 피난을 가지 않고 서울에 남아 지희를 찾던 오빠의 모습, 인민군에 끌려가 죽음의 고비 속에서 탈출해 하숙집에 은거하던 오빠와 지희가 재회하게 된 상황, 그리고 전쟁의 상흔 속에서 죽어간 오빠에 대해 듣게 된다. 즉, 살아남은 자로서 죽은 자에 관한 이야기를 듣고 있었던 것이다. 이 소설에서 오빠의 죽음에 대한 그녀의 부채 의식이 구체적으로 드러난 것은 아니지만, 그녀가 오빠의 죽음에 관한 트라우마적 기억에 사로잡혀 있다는 것은 쉽게 확인할 수 있다. 따라서 정아는 지희의 목소리를 통해 지속적으로 트라우마적 기억과 대면하고 있었던 것이고, 그럼에도 그러한 기억을 극복하거나

---

43 신수정, 앞의 글, 250~252쪽.

일소하지 못한 채 기억 속에서 소환된 오빠의 죽음에 대한 공포와 불안 속에서 거리로 나가 자기 파괴적인 행위를 이어갔던 것이다. 그녀의 자학에 가까운 이러한 행위들은 결코 채워질 수 없는 '시간의 공백'을 메우기 위한 분투, 살아가기 위한 몸부림이었던 것이다.

그런데 '시간의 공백'은 전쟁으로 인한 불안과 공포를 보다 가중시킨다. 해서 그와 같은 불안과 공포를 벗어나기 위해 그녀는 거리로 나섰던 것이다. 그리하여 그녀는 "슬픔과 고통과 어쩌면 환희인지도 모르는 충족된 자학 속에"[44]서 "부산에 현존하고 있는 별개의 세계"[45]를 탐닉하지만, 그곳은 "나를 외면하고 상대해 주지 않는 많은 사람들이 살고 있는 거리"[46]일 뿐이다. 그녀에게 부산은 피난지에 세워진 임시 건물처럼 언제든 철거할 수 있는 것이지만 동시에 결코 치워버릴 수 없는 곳으로서, 장소 상실의 감각을 추동한다. 장소에 애착을 갖고 유대감을 형성하는 것이 인간의 중요한 욕구 중 하나이고, 한 장소에 뿌리내린다는 것이 사물의 질서 속에서 자신의 입장을 확고하게 파악하는 것이자 어딘가에 의미 있는 정신적이고 심리적인 애착을 가지는 것이라는 점[47]을 감안했을 때, 정아가 피난지 부산의 거리를 배회하는 것은 자기만의 장소를 갖지 못했음을 의미한다. 그녀가 스스로를 "전쟁이 낳은 너절한 기형아"[48]로, "앞으로 나갈 수도 없고 과거의 자리를 지키고 있을 수도 없는 세대와 세대의 혼혈아"[49]로 인식하고 있는 것도 이와 무관한 것이

---

44 손소희, 앞의 책, 141쪽.
45 위의 책, 142쪽.
46 위의 책, 154쪽.
47 에드워드 랄프, 김덕현·김현주·심승희 역, 『장소와 장소상실』, 논형, 2005, 94~95쪽.
48 손소희, 앞의 책, 155쪽.

아니다. 장소 상실의 감각은 자기 소외감으로 이어지고, 그러한 소외감은 결코 벗어날 수 없는 트라우마적 기억, 즉 오빠의 죽음을 또 다시 환기시킨다.

한편, 정아의 이러한 행위들은 앞서 한철휘가 그녀를 아프레 걸이라고 규정한 것처럼, 인간 존재의 실존적 고뇌의 결과로 받아들여지지 않는다. 그리하여 이 소설에서 남성들은 정아를 성적 대상으로 여길 뿐이다. 첫사랑의 밀어를 망각하고 전후의 질서를 체화하는 한철휘, 감금하다시피까지 하면서 그녀를 소유하려고 하는 박진길, 지희에 대한 사랑의 좌절 속에서 정아를 사랑하게 되는 것으로 보이는 석은 등 이 소설에서 등장하는 대부분의 남성들은 '거리의 여성'으로서의 정아에게 구애의 제스처를 보이고는 있다. 그리하여 석은처럼 정아로 하여금 사랑의 감정을 불러일으키기도 하기도 하지만, 대체로 여성의 행위와 그 속에 내재된 욕망을 수용·긍정하기보다는 그러한 욕망을 비정상적인 것, 불온한 것으로 치부하면서 자기 욕망의 발현에 여념이 없다. 특히, 정아의 트라우마적 기억에 의한 불안과 공포를 전쟁의 상흔 정도로 일반화하면서 그녀의 자기 파괴적 행위에 공감하지 못하고 그것을 대수롭지 않게 여긴다. 여성의 행위와 욕망, 그 속에 도사리고 있는 불안과 공포의 감정은 살아남은 자로서 남성들—어쩌면 죽은 자로서의 오빠의 대리자가 될 수 있는 그들—에게 공감되지 못하고 살아남은 여성인 정아(그리고 지희)에게 '잔여'로 남아 고스란히 자기 자신만을 향할 뿐인 것이다.

---

49 위의 책, 292쪽.

정아를 아프레 걸에 위치시키고 그녀의 행위와 욕망을 부정하는 것은 이 소설에 등장하는 주요 여성 인물의 대비적 구도를 통해서도 확인할 수 있다. 서울 함락 직후 자신 때문에 피난을 가지 않고 서울에 남아 있다가 인민군에 잡혀 목숨을 걸고 탈출해 살아 돌아왔지만, 결국 전쟁의 여파로 죽음에 이른 남편을 생각하면서 자책하는 여성 지희는 자신에게 향하는 석은의 구애를 받아들이지 않고 피난지 부산에서 시집과 직장 사이를 오간다. 그녀는 "어떻게 하면 즐겁고 유쾌한 시간을 많이 가질 수 있느냐, 젊고 아름다운 날의 권리와 보람을 행사하고 누릴 수 있느냐, 하는 것"[50]에 몰두하고 있는 아프레 걸 정아와 달리 죽은 남편의 아내였다는 '굴레' 속에서 자기의 욕망을 통제하고 자신에게 주어진 역할을 묵묵히 받아들이는 모습을 보인다. 이 소설에서 그녀가 가정 내 존재로서의 여성의 위치나 역할을 적극적으로 수행하고 있는 것처럼 보이지 않지만, 정아와의 대비 속에서 善선과 美미를 체현하고 있다는 점은 쉽게 확인할 수 있다.[51] 거리의 여성으로서 정아가 자신을 惡악과 醜추를 통해 설명하면서 그 대척점에 지희를 놓은 서술은 서사 곳곳에 산재해 있다. 하지만 지희는 동료 미술교사와 재혼을 결심하면서도 "골동품같이 낡아만 가는 내 자신을 그렇게 처리할 수밖에 없"[52]다고 말하

50 위의 책, 74쪽.
51 『태양의 계곡』 출간 즈음 곽종원은 "〈太陽의溪谷〉은六·二五動亂을통해 허트러졌던 우리民族의 모습을捕捉해본 것"이라면서 "아쁘레 – 껄의 典型的인「정아」와 淸敎徒的인忍從으로 韓國婦德의 標本이라 볼 수 있는「지희」와의 대조적인 性格의 浮彫"를 언급하고 있다(郭鍾元,「孫素熙著『菖蒲필 무렵』『太陽의谿谷』」,『東亞日報』, 1959.12.25). 이러한 곽종원의 견해를 일반화할 수 없지만, 정아와 지희를 대척점에 놓고 인식하고 있음을 확인할 수 있다.
52 손소희, 앞의 책, 337쪽.

는 등 정아와 마찬가지로 죽은 자의 그림자를 결코 떨쳐내지 못한다. 즉, 지희 역시 전쟁으로 인한 죽음에의 공포와 불안 속에서 삶을 살아가고 있었던 것이고, 다른 한편으로 그것으로부터 벗어나기를 희구하고 있었던 것이다. 따라서 지희/정아의 선/악, 미/추의 이분법적 위계 구도는 아프레 걸로서 정아의 일탈과 방종, 반사회적 특성을 부각시키는 데에는 용이할지언정, 기실 그녀들은 전후의 여성 삶의 조건들 속에서는 결코 다른 인물이 아니었던 것이다.

이를 고려했을 때, 부산을 떠나 서울로 환도하면서 정아가 '새로운 출발'을 다짐하고 있는 것 — 지희가 죽은 남편의 굴레에서 벗어나 재혼하고자 한 것과 마찬가지로 — 은 자연스러운 귀결이다. 그녀는 환도 전날 석은과의 만남에서 "고통이 없는 건 무의미예요. 무의민 싫어요. 무의미보다는 차라리 고통이나 슬픔이 나아요"[53]라고 말하는데, 그때 무의미는 죽음에 다르지 않다. 따라서 이를 통해 그녀가 '무의미'한 상태로부터 벗어나기 위해 거리의 여성을 연기하면서 지속적으로 움직여 왔다는 것은 짐작할 수 있다. — 이는 지희가 죽은 남편의 그림자로부터 벗어나고자 재혼을 한 것과 동궤에 놓인다. — 즉, 한국전쟁으로 인한 오빠의 죽음 이후 '무의미'를 체감한 그녀는 그와 같은 무의미를 극복하기 위해 스스로를 고통과 슬픔 속에 놓았던 것이다. 하지만 결코 무의미한 상태를 벗어날 수 없었고, 해서 이제 "나의 몸둥이에, 정신에, 온갖 오점을 남겨준 거리"인 부산을 떠나 "나의 사랑하는 사람들이 거기 살고 있는" 서울로 향하면서 새로운 삶을 꿈꾸었던 것이다.[54] 그녀가

---

53 위의 책, 332쪽.
54 위의 책, 364쪽.

서울 환도 열차에서 만난 강 중령과 재회해 그의 청혼을 받아들였던 것 또한 이러한 맥락에서 이해할 수 있다. 서로의 과거를 묻지 않는다는 조건 속에 사랑 없는 결혼을 한 그녀는 결코 불안감을 극복할 수는 없겠지만 그것에 익숙해질 것이며, 그러한 가운데 "남의 어머니로, 아내로, 굳건히 살아 갈 것"[55]이라고 다짐한다. 전쟁의 상흔, 죽음에의 공포와 불안을 극복하기 위해 '아프레 걸'을 연기했던 여성은 이제 그러한 트라우마적 기억을 떨쳐낼 수 없다는 판단 속에서 자기 삶 속에서 그것을 감싸 안은 채 어머니이자 아내로서의 삶을 살아가고자 한 것이다.

이런 점에서 손소희의 『태양의 계곡』의 서사를 가정 내 존재로 회귀하는 여성의 이야기로 이해할 수도 있을 것이다. 특히 서사의 종결이 결혼과 그것을 통한 새로운 삶의 시작으로 마무리된다는 점에서 결국 남성중심주의적 질서를 수용하는 여성의 삶에 대한 이야기 정도로 일괄할 수도 있을 것이다. 정아의 결혼은 상징질서로의 편입이나 뒤늦게 찾아온 성장 정도로 의미화될 수 있기 때문이다.[56] 또한, 그녀가 피난지 부산에서 수행했던 자기 파괴적 행위들은 대체로 아프레 걸의 일탈 및 방종 정도로 여겨지고, 반사회적이고 불온한 그녀에 대한 처벌—낙태—이후 가정부인으로서의 삶이라는 조건 속에서 삶을 영위하는 것이 여성에게 주어진 길인 것처럼 읽힐 수 있다. 하지만 초점 화자인 정아가 명확하게 인식하고 있듯이, 그녀의 불안과 공포는 결코 해소될 수 있는 것이 아니다. 전쟁으로 인한 죽음에의 공포가 만연한 전후, 여성뿐만 아니라 인간 존재 모두에게 그러한 전쟁의 상흔은 트라우마적 기

---

55 위의 책, 286쪽.
56 신수정, 앞의 글, 251쪽.

억으로 작동하여 불안과 공포를 증식시킬 가능성이 농후하지만, 그렇다고 해서 '무의미'를 극복하고자 한 여성의 행위와 욕망을 모두 전쟁의 탓으로 일반화하고 전후 새롭게 구축되는 질서와 체제에 순응할 것을 강요할 수는 없는 노릇이다. 여성의 전쟁 이후의 삶은 전쟁을 체험하고 인식하고 감각하며 기억한 그녀만의 것인 것이다.

4. 전후 여성의 이동과 남성 동성사회적 욕망

한국전쟁 이후 냉전-분단 체제가 구축되어가고 사회 구조가 변동되는 가운데 여성들의 사회 진출은 급속히 확산되었다. 무엇보다 그것은 전쟁으로 인해 경제력을 상실한 남성을 대신해 경제활동을 수행하기 위한 여성들의 집밖으로의 움직임이었다. 그러나 이 생존을 위한 여성들의 이동은 강인한 남성성에 기초하여 반공국가를 지향했던 남한사회에서는 남성성을 약화시키는 것으로 여겨져 통제되어야 했다. 이 글에서 살펴본 것처럼, 전후 여성들은 새로운 질서와 체제에 호응해 자기의 내면을 응시하고 자신의 욕망에 이끌리면서 가정을 나와 거리로 향했다. 그것은 가정 내 존재로서 자신을 탈각하는 과정이자 사회적 존재로서 자기를 새롭게 자리매김하는 과정이기도 하였다. 하지만 자유와 민주주의의 세례 속에서 그녀들의 이동은 일탈과 방종, 퇴폐와 부정으로 낙인찍혔고, 자유부인과 아프레 걸 등의 명명 속에서 반사회적인 것으로 규정되었다. 그리하여 가정을 떠나 거리로 나섰던 여성들은 다시금 가정으로 회수되어 가정 내 존재로 고착화되는 결과를 낳았다. 이동하는 주체로서 여성의 욕망은 남성중심주의적 질서에 반하는 것으로, 여성적 공간의 생산은 반사회적 공간의 창출로 여겨져 금기시되었던 것이다.

그럼에도 간과할 수 없는 것은 전후 여성 이동의 금기와 통제 속에서도 여성 젠더들이 체제 안팎에서 주체적인 움직임을 보이면서 자기만의 욕망을 추구해갔다는 사실이다. 이 글에서는 논의의 초점을 전후 젠더 정치의 맥락에서 여성의 이동과 여성적 공간의 생산이 어떻게 남성중심주의적 질서 속으로 재再회수되어갔는가에 두었기 때문에 이에 대해 본격적인 논의를 전개하지 못했다. 하지만 전후 여성의 사회 진출이 모두 남성중심주의적 질서를 재구축하는 데 '동원'되었던 것은 아니었다. 여성 젠더들은 자유의 이념을 성적 자유로 전유하여 자신만의 섹슈얼리티를 체현하면서 남성적 응시의 대상으로 자기를 고착화한 것이 아니라 그것을 초과하여 여성의 삶을 모색하였다. 뿐만 아니라 가계와 국가 경제에 해악을 끼치는 허영에 물든 소비 주체로서가 아닌 생산/노동의 주체로서 새롭게 자기를 정립해나가기도 하였다. 그리하여 남성성 회복을 위한 전후 젠더 정치의 문법을 교란시키고, 남성중심주의적 질서의 폭압성을 폭로하기도 하였다. 여성의 이동을 통제하고 그녀들의 공간을 반사회적인 것으로 낙인찍고자 했던 남성들의 불안과 동요는 바로 이 지점에서 히스테릭한 병리적 증상으로 발현되었던 것이다. 또한, 거리에서 가정으로 돌아온 여성들은 가정을 떠나기 전과 동일한 가정 내 존재로 위치 지어지지도/지어질 수도 없었다. 가정부인의 제한적·폐쇄적 위상이 '거리'를 인식하고 체험하고 감각한 여성들에게 지속적으로 하나의 굴레로 작용한 것은 틀림없는 사실이지만, 거리에서 돌아온 여성들이 거리로 떠나기 전 가정부인과 동일한 존재는 아니었던 것이다.

한편, 이 글에서 주목한 '전후 여성들'은, 남성중심주의적 질서에 의해 자신들의 욕망이 부인되고 가정 내 존재로 고착화되어간다고 하더라도, 단일하고 균질적인 존재는 아니다. 이는 그녀들의 이동의 회로를 통해서도 확인할 수 있다. 자유부인은 가정을 떠나 거리로 나섰다가 다시 가정으로 되돌아오는 반면, 아프레 걸은 거리에서 가정으로 향하는 양상을 보인다. 물론 그녀들의 이동의 최종 종착지가 가정이라는 점은 이후 그녀들의 또 다른 이동 (불)가능성의 조건으로 작동할 것이지만, 출발지가 가정과 거리였다는 점에서 자유부인에 비해 아프레 걸의 가정 내 정착 가능성은 상대적으로 희박하다고 할 수 있다. 돌아갈 곳이 있는 여성과 돌아갈 곳이 없는 여성 사이의 이동의 특성을 감안했을 때, 그리고 이동에의 욕망을 촉발시킨 곳이 가정과 거리였다는 점을 고려했을 때, 아프레 걸은 자유부인에 비해 뿌리 뽑힌 자로서 이동의 방향성 및 목적이 불분명할 뿐만 아니라 이동의 과정을 완료하기보다는 지속적으로 이동의 과정 중에 자신을 위치시킬 가능성이 농후하다. 그것은 처음부터 그녀의 이동이 어떤 목적지(종착지)를 향해 나아가는 것이 아닌, 이동하는 것 그 자체가 그녀의 삶의 조건으로 기능했기 때문이다. 따라서 이 글에서 살펴본 전후 여성들이 가정 내 존재로 호명되었다고 했을 때, 참회와 반성, 용서와 승인을 거쳐 가정으로 되돌아온 자유부인에 비해 전쟁의 트라우마적 기억을 감싸 안은 채 가정으로 향한 아프레 걸은 보다 유동적인 상태에 놓여 있다고 할 수 있을 것이다.

여기에서 다시 정비석의 『자유부인』과 손소희의 『태양의 계곡』 서사의 마지막 부분으로 시선을 돌려보자. 앞서 살펴보았던 것처럼, 정비석의 『자유부인』은 "오선영여사는 이제 몸과 마음이 아울러 그리운 옛 품으로 돌아오고 있는 것이었다"라는 문장으로 끝난다. 자유부인의 거리에서 가정으로의 강요된 귀가의 서사적 정당성을 구축하고 있는 이 소설의 결말을 좀 더 주의 깊게 읽자면, 그때 여성은 '돌아오고 있는' 중으로, 아직 돌아온 것은 아니다. 즉, 돌아와야 한다는 당위성 속에서 그러한 과정을 수행 중인 것이지, 완료한 것은 아니다. 한편, 손소희의 『태양의 계곡』은 "태양이 떠 있는 한 언니의 새로운 출발은 가능할 것이라고 자위를 삼습니다"라는 편지글의 마지막 문장으로 끝난다. 이 발신자의 목소리가 수신자만이 아니라 자기 자신을 향하고 있는 것이라면, 그녀 또한 새로운 출발의 '가능성'을 말하고 있을 뿐이다. 결혼하고 출산한 여성이 가정 내 존재로서 자기의 자리를 찾아가고 있지만, 그때의 결혼이 전쟁으로 인한 죽음에의 공포와 불안 속에서 자학적 행위를 수행했던 과거의 자기를 일소했다고 단정 지을 수는 없는 것이다. 따라서 이 전후 여성들의 이동은 완료된 것도, 완성된 것도 아니다. 사정이 이러하다면, 그러한 여성들의 이동을 통제하고 강요한 남성중심주의적 질서—그것이 반공국가로 일신해가던 남한사회에서의 강인한 남성성에 의해 재구축되었다고 하더라도—는 언제나 균열의 틈을 가지고 있었던 셈이다.

자유부인과 아프레 걸의 이동을 반사회적인 것으로 낙인찍고, 그것을 추동했던 전후 여성들의 욕망을 부인하는 서술 방식을 보이고 있는 이 소설들은, 역설적으로 전후 국가주의 권력과 결탁한 남성중심주의적 질서 하 그러한 낙인찍기와 욕망의 부인이 쉽게 달성될 수 없을 뿐만 아니라, 그것이 해방 이후 지속적으로 남성성의 회복 및 강화, 발현을 위한 남성 젠더들의 젠더 정치의 산물이었다는 점을 증거한다. 여성 젠더의 자기 욕망에 이끌리는 행위의 실천들이 반사회적이라고 규정되었을 때 기실 그것은 반反남성적인 것이었고, 전후 사회의 균열 또한 남성중심주의적 질서 자체에서 발생한 균열이었던 것이다. 이러한 균열의 시원은 멀리 갈 것도 없이 제국-식민지 체제에서부터 탈식민-냉전 체제에 이르기까지 (준)식민자— 제국 일본의 통치자, 남한 주둔 미점령군 등— 를 대타자로 설정하여 선망하는 한편, 기꺼이 주인의 자리를 양도했던 남성 젠더 자신들에게 있었음에도 불구하고, 지배/피지배의 권력 구도를 남성/여성의 젠더적 위계 구도에 덧씌워 자신들의 남성성을 구축하고 표출했던 것이다.

그렇다면 전후 남한사회에서 그러한 균열의 틈을 메우는 방법은 무엇인가? 즉 남성성이 상실되거나 위축되어가는 상황 속에서, 다른 한편으로는 전후 체제 변동 과정 속에서 다시금 강인한 남성성이 요청되는 상황 속에서, 남성성 회복 및 발현은 어떻게 가능한 것인가? 흥미롭게도 그것은 여성을 교환 대상으로 삼아 남성 동성사회적 욕망homosocial desire을 구축하고 강화하는 방식으로 이어진다. 여성의 위상을 가정 내 존재로 고정하고, 여성의 역할을 가정부인의 그것으로 강제하는 한편, 가정 밖으로 나가고자 하는 여성을 자신들의 대타자에게 양도하는 방식을 통해 약화되고 위축된 남성성을 회복하고자 한 움직임은 전후 젠더 정치의 핵심을 이룬다.[57] 해방 이후 지속적인 미국의 지원과 원조 속

---

[57] "미국에 의한 신식민과 이승만이라는 노쇠한 가부장에 의해 훼손당한 남성성은 '대한민국'을 건설할 건강한 남성국민을 아프레걸, 자유부인 등의 여성성을 부정함으로써

에서 정치체를 운용하는 한편, 냉전 질서 하 반공국가로서 자기를 재정립해갔던 남한사회에서 남성 젠더들은 한국전쟁으로 인한 훼손된 신체와 약화된 남성성을 회복하고자 했을 때, 바로 그 자신들의 남성성을 약화시킨 미군이라는 대타자에게 여성을 제공하는 것을 통해 남성 동성사회를 구축하고 남성성을 강화해갔다. 그리하여 여성 젠더들은 다시금 성적 대상으로 교환되면서 남성성 구축을 위한 수단으로 전락했던 것이다. 그리고 그때 남성 동성사회적 욕망의 대상이 되기를 거부한 여성들, 인간 주체로서 자기만의 삶을 기획하고 이동했던 여성들은 지속적으로 반사회적 존재로 낙인찍히고 검열되며 통제되었다. 『자유부인』과 『태양의 계곡』 서사에서 전후 여성들은 결국 가정 내 존재로 회수되었지만, 그녀들이 다시금 가정 밖 거리로 이동한다면 그녀들에게는 바로 이 남성 동성사회적 욕망에 의해 구축된 공간이 기다리고 있을지도 모른다.

구성해나간다. 국가는 양공주, 유엔 마담 등의 여성을 교환하면서 냉전의 세계체제하에서 미국과의 형제애를 획득하였지만, 이렇게 교환되는 여성들을 민족국가를 더럽히는 존재로 여겼다. 나쁜 자유부인과 좋은 어머니의 이분법 속에서 전통적 부덕이 젠더 규범으로 등장하고 여성혐오가 강화된 것이다." 이에 대해서는 허윤, 앞의 책, 328쪽.

제11장
전후 남성성 회복과 여성 욕망의 금기
최정희의 『끝없는 낭만』을 중심으로

1. 전후 사회구조의 재편과 젠더 질서

1950년 발발한 한국전쟁은 남성 젠더의 주체성 확립 및 남성성 분출의 핵심적인 '장치'[1]였다. 남성 젠더는 전쟁을 수행하는 과정 속에서 자신의 주체성을 새롭게 정립해나가는 한편, 전쟁이 마련한 젠더 정치의 문법에 의해 남성성을 발현할 수 있었다. 특히 이때 남성 젠더는 민족과 국가를 위해 목숨을 바쳐 헌신하는 자의 위치에 자신을 놓음으로써 '민족=남성'이라는 등식을 강화할 수 있었다. 과거 식민지 말 전시총동원 체제가 식민지 조선인을 제국 일본의 충직한 '신민臣民'인 '군인'으

---

1 조르조 아감벤은 장치를 특정한 권력의 작동 과정에서 "생명체들의 몸짓, 행동, 의견, 담론을 포획, 지도, 규정, 차단, 주조, 제어, 보장하는 능력을 지닌 모든 것"이라고 정의하였다. 이는 권력 관계의 규율화·내면화 과정에서 상대적으로 자율적이라고 여겨졌던 영역까지 확장한 개념이다. 조르조 아감벤, 양창렬 역, 『장치란 무엇인가? 장치학을 위한 서론』, 난장, 2010, 33쪽.

로서만 존재할 수 있게 했던 것처럼, 한국전쟁은 전쟁을 수행하는/할 수 있는 자로 오직 남성 젠더를 위치시키면서 남성성의 세계를 강화하는 한편, 남성성의 폭력적 표출을 당연시하였던 것이다.

하지만 전쟁이 촉발한 남성성의 강화는 전장에서의 처참한 살육, 만연한 죽음에의 공포, 신체의 훼손 등을 낳으면서 역설적으로 남성성의 상실로 귀결되기도 하였다. 즉, 전쟁은 실제적·상징적으로 남성(성)의 부재 상태를 낳았던 것이다. 전쟁의 발발은 해방 이후 민주주의 국가 건설의 주체로서 참여하고자 한 여성 젠더의 위상 재정립 과정[2]에 불안을 느낀 남성 젠더들로 하여금 전쟁 수행의 핵심적인 자리를 독과점하는 것을 통해 남성성을 강화·고착화한 측면이 있지만, 바로 그 전쟁으로 인해 남성 젠더는 생존의 위협과 죽음에의 공포에 직면해 남성성을 발현하기는커녕 그것을 상실해갔다. 물론 상실의 감각은 은폐되었고, 상실을 은폐하기 위해 오히려 남성성의 폭력적인 표출이 강화되기도 하였다. 그러니까 남성성이 강하게 표출되면 될수록 바로 그 남성성의 상실을 방증하고 있었던 셈이다.

한편, 전쟁 발발에 의해 남한 내 미군의 주둔과 점령이 지속되어가면

---

2 1946년 5월 부녀자 인신매매 금지, 1946년 9월 부녀국 설치, 1947년 9월 보통선거법 규정에 의한 여성 참정권 획득, 1947년 공창제 폐지 등 해방 이후 일련의 법률적 시행은 여성의 자유와 권리 쟁취 — 실제로 그것이 달성되었는가의 여부와는 무관하게 — 에 대한 기대감을 높였고, 젠더 인식의 변화를 가져왔다. 동시에 1946년부터 약 1년에 걸쳐 5개의 여성신문과 7개의 여성잡지가 발행되어 여성 관련 담론이 폭증하였는데, 주로 '민주주의=남녀평등'이라는 도식을 강조하면서 새로운 민족국가 건설 과정에서 여성의 자유와 권리의 중요성을 언급하였다. 이러한 여성의 위상 변화(에의 움직임)는 남성중심주의적 질서를 와해하는 것으로 여겨졌고, 그에 따라 민족국가 발전을 위한 여성의 참여와 역할을 인정하면서도 그것을 '현모양처'로서의 숭고한 지위로 제한하려고 하였다. 이에 대해서는 임미진, 「1945~1953년 한국 소설의 젠더적 현실 인식 연구」, 서울대 박사논문, 2017, 1~10쪽 참조.

서 남한사회의 남성(성)은 또 다른 측면에서 위축되었다. 과거 제국-식민지 체제기 제국 일본의 통치 권력에 의해 남성성이 거세되거나 상실되었던 식민지 조선의 남성 젠더들은 해방 직후부터 자신들의 상실된 남성성을 회복하기 위한 일련의 탈식민화의 움직임들을 보여 왔지만, 미군정 체제하 後식민의 상황 속에서 그러한 탈식민화의 기획은 결코 쉽게 달성될 수 없었다. 이어 한국전쟁을 계기로 남성 젠더들은 자신들의 젠더적 위상을 재정립하고자 하였지만, 미군의 주둔과 점령은 후식민의 상황을 고착화하는 한편, 또다시 그들의 남성성을 위축시키거나 상실케 하였다. 제국 일본의 통치자의 자리를 점령군 미군이 대체한 상황 속에서 남한사회의 남성 젠더들은 자신들의 남성성을 발현하는 데 장애를 겪고 있었던 것이다.

물론 미군의 주둔과 점령이 남한사회 남성 젠더들의 남성성 상실로만 이어진 것은 아니었다. 해방 이후 남성성 회복의 욕망이 여성을 성적 대상으로 타자화하는 한편, 점령군이었던 미군에게 남한사회의 여성을 '제공'하는 것을 통해 남성들 사이의 연대가 발생하고, 이러한 과정 속에서 점령군과 원주민 남성들을 관통하는 남성성이 새롭게 형성되기도 하였다.[3] 즉, 남한사회의 남성들과 미군들 사이에 여성을 교환가치의 대상으로 매개하는 행위를 통해 남성 '동성사회적 욕망homosocial desire' 이 발생하였고, 이에 기초해 남성 연대가 마련되었으며, 거기에는 여성

---

3 이와 관련해 미군정 체제기 이후 한국 내 미군을 중심으로 한 매매춘이 한국과 미국의 두 정부에 의해 '후원되고 규제되는 체계'로서 '양국의 '우호적인 관계'를 진전시키고 '남한 사람들의 자유를 위해 열심히 싸우는' 미군들을 즐겁게 해주기 위한 수단'이었다는 점 또한 점령군 미군과 남한사회 원주민 남성들을 관통하는 남성성 연대의 단면을 보여준다. 캐서린 H.S. 문, 이정주 역, 『동맹 속의 섹스』, 삼인, 2002, 20쪽.

에 대한 혐오의 감정이 분출되기도 하였다.[4] 흥미롭게도 남한사회의 남성 젠더들은 자신들의 남성성을 거세했던/거세하고 있다고 여겼던 미군이라는 또 다른 남성의 욕망에 기생해 남성성을 재구축하거나 발현하고 있었던 것이다. 그리하여 점령군 미군들은 남한사회 남성 젠더들의 남성성을 위축시키거나 제한할 때에만 적대시되었고, 여성을 타자화하여 남성 주체의 자기 정립의 기획을 펼쳐갈 때에는 암묵적 공모의 대상이 되기도 하였다.

그런데 이러한 미군에 대한 적대와 공모의 양가적 태도는 남한사회의 남성 젠더들을 둘러싼 역사적 조건들과 밀접한 관련을 가지고 있었다. 한국전쟁이라는 열전과 전후의 냉전적 질서 및 남북한 분단 체제가 구축되어가는 가운데 미국을 축으로 하는 일본·남한·동남아시아 지역들은 자유반공 연대 모색의 움직임을 보였다. 하지만 전쟁이 고착화되어가는 상황 속에서 남한 정부의 입장과 배치되는 미군 주도의 정전 협상이 진행되었고, 이에 이승만 정권은 정전 반대 북진통일 등 반공주의 이데올로기를 내세워 정권의 정당성을 확보하고자 하였다. 그리하여 정전 반대 북진통일의 추진 과정에서 점령군인 미군에 대한 적개심 고조되기도 하였다. 고착화되어가던 한국전쟁의 정전을 추진하던 미군에 대한 적개심과 북진통일을 통한 민족적(=남성적) 주체의 정립 기획의 기저에는 모두 반공 이데올로기가 놓여 있었지만, 그것은 젠더 정치의 맥락에서 미군에 의한 남성성 위축·제한·상실과 미군과 공모한 남성성 신장·표출·회복으로 나뉘어 발현되었던 것이다.

---

4   허윤, 「냉전 아시아적 질서와 1950년대 한국의 여성혐오」, 『역사문제연구』 제35호, 역사문제연구소, 2016, 89~90쪽.

전쟁의 발발과 휴전에 이은 '전후戰後' 남한사회의 구조 변동과 그것을 추동한 '전후 레짐postwar regime'[5]의 발현 속에서 남성성은 지속적으로 상실과 회복의 대상으로 인식되었다. 전쟁으로 인해 상실된 남성성을 전후 남한사회의 구조를 재편한 체제의 질서와 문법이 회복 가능하게 할 것이라는 전망 속에서 남성 젠더들은 자기 주체성 확립을 위한 움직임을 보였고, 그러한 과정을 수행하는 것을 통해 분단 체제하 반공 국가로서 남한사회에서 자신들의 위상을 재정립하고자 하였다. 전쟁으로 인해 상실되거나 훼손된 남성성에 대한 불안이나 전쟁이라는 광기 속에서의 폭력적인 남성성의 표출에 대한 회의와 의심은 전후 파괴된 국가 재건의 주체로서 자기를 위치시키는 과정 속에서 봉합되거나 망각되었다. 그리고 이때 여성들은 대체로 남성성의 세계를 구축하기 위한 대상, 특히 성적 대상들로 타자화되었다. 위축되거나 훼손되거나 상실된 남성성을 회복하는 데 있어서 또다시 타자로서 여성이 필요했던 것이다. 하지만 그와 동시에 남성성을 훼손하거나 남성성에 위협을 가하는 여성 젠더의 존재는 그 자체로 부인당하기 일쑤였다고 해도 과언이 아니다.

이러한 문제의식 아래 이 글에서는 최정희의 『끝없는 낭만』을 대상

---

5 이 글에서 사용하는 '전후 레짐'은 해방에서 단정 수립, 그리고 한국전쟁 발발과 전후로 이어지면서 전 세계적인 냉전 질서와 남북한 분단 체제가 구축되어가는 가운데 반공국가로서 자신의 위상을 재정립해간 남한사회의 실정성을 재생산하기 위한 일련의 통치적 배열로서, 개인들의 행위를 규제하고 그 효과를 통제하는 규범을 나타내기 위해 임의적으로 사용한 개념이다. 이는 인간 삶의 조건이자 개인의 행위와 욕망을 구획 짓는 한편, 사회 구조 변동의 추동 원리로서의 레짐을 염두에 둔 것이다. 또한, 주어진 문제 영역에 대한 행위자들의 기대가 수렴되는 원칙, 규범, 규칙, 그리고 의사결정의 절차 정도로 정의되는 국제정치학에서의 레짐의 일반적 용법(Stephen D. Krasner, *International Regimes*, Cornell University Press, 1983, pp.1~2)을 차용한 것이다.

으로 논의를 전개하고자 한다. 이 소설은 1956년 1월부터 1957년 3월 『희망』지에 「광활한 천지」라는 제목으로 연재되었다가 1958년 동학 사에서 『끝없는 낭만』으로 개제되어 단행본으로 발간되었는데, 연재본 과 단행본 사이의 내용상 차이는 거의 없다. 『희망』지는 전후 한국사회 의 급격한 아메리카니즘을 지식인·엘리트 등의 고급문화와 여성 섹슈 얼리티의 과잉과 연루된 질 낮은 아메리카니즘의 하위문화로 분절하는 매체 지향과 전략을 보였다. 이는 전후 레짐과 연동된 1950년대 대중 지의 존재 방식이기도 하였다.[6] 하지만 이 글에서는 『희망』지의 미디어 적 특징은 논외로 하고 전후 젠더 정치의 관점에서 『끝없는 낭만』의 서 사가 갖는 의미에 주목하고자 한다. 이 소설은 전후 비봐팜므파탈로서 의 양공주를 통해 낭만적 사랑을 묘사하고 있다는 점에서 여타 소설들 과 큰 차이를 갖는다. 기존의 양공주에 대한 문학적·문화적 표상은 주 로 경제적 어려움을 타개하고자 나선 생계형, 불순한 존재로서의 비난 과 낙인의 상징, 육체적 쾌락을 추구하는 요부 또는 남성을 유혹하는 팜므파탈, 그리고 군사주의와 제국주의의 희생자 등이었다. 하지만 최 정희의 이 소설은 '새로운 유형'의 '양공주'를 통해 여성의 욕망을 문제 삼는다는 점에서 주목된다.[7]

이 소설은 당시 여타 문학작품과 달리 여성 작가에 의한 여성의 이야 기로서 여성의 목소리를 통해, 상실된 것들의 회복, 파괴된 것들의 재

---

6 공임순, 「1950년대 전후 레짐(postwar regime)과 잡지 '희망'의 위상」, 『대중서사연 구』 제23권 3호, 대중서사학회, 2017, 9~55쪽. 공임순은 이 논문에서 '준전시-전시 (전쟁)-전후'로 이어지는 분절과 연쇄를 가리키기 위해 '전후 레짐'이라는 용어를 상 정하였다.
7 김복순, 『"나는 여자다" 방법으로서의 젠더-최정희론』, 소명출판, 2012, 172~173쪽.

건이라는 전후 남한사회의 패러다임 속에서 전쟁기 욕망하는 여성의 몰락이라는 서사의 이데올로기적 효과와 함께, 문학작품을 통한 젠더 정치의 상상력을 가늠할 수 있는 흥미로운 관점을 제시한다. 나아가 전형적인 양공주들과 '다른 여성'의 사랑과 죽음을 서사화하는 것을 통해 문학적으로 표상된 전후 남성성 회복과 여성 욕망의 부인이라는 젠더 정치의 맥락을 확인할 수 있게 한다. 이후 자세히 논의하겠지만, 그것은 표면적으로는 전후 레짐하 남성성 회복의 욕망을 강화하는 것처럼 보이지만, 해서 여성의 욕망을 금기시하고 있는 것처럼 보이지만, 욕망하는 주체로서 여성의 자기 구축의 가능성을 펼쳐 보이고 있다는 점에서 차별성을 갖는다.

2. 가부장의 몰락과 남성성 회복의 욕망

최정희의 『끝없는 낭만』은 여성의 이야기이다. 하지만 그러한 여성의 행위와 욕망을 누가 바라보고 의미화하고 있는가, 그리고 그러한 여성이 놓인 세계의 질서는 누구에 의해 어떻게 추동되고 있는가에 주목했을 때, 이 소설에 표상된 남성 젠더들(의 행위와 욕망)에 주목하지 않을 수 없다. 그런 점에서 먼저 눈길을 끄는 것은 전후 남한사회에서 몰락한 가부장으로서의 아버지의 모습이다. 과거 식민지시기 출향하여 만주 일대를 전전하던 그는 결혼 후 하얼빈에 정착하여 농장에서 일하다 해방 직후 귀향한다. 하지만 해방의 감격도 잠시 북조선 공산화에 생존의 위협을 느낀 그는 가족과 함께 월남하여 서울에서 피난생활을 이어간다. 한국전쟁 발발 이후에도 죽음에의 공포 속에서 숨어 지내던 그는 가족의 생존을 위한 어떠한 활동도 하지 않은 채 무기력한 삶을 이어갈 뿐이었는데, 가부장으로서의 권위를 상실한 지 오래였다.

이 아버지의 표상은 여러모로 남성성을 상실해간 남성 젠더의 면모를 유감없이 드러낸다. 해방 이후 그는 민족국가 건설의 주체로서 자신을 재정립하지 못하고, 술과 아편에 중독된 무기력한 상태에 놓여 있을 뿐이었다. 과거 식민지 말 친구인 배형식이 독립운동에 가담했던 전력으로 인해 해방 이후 북조선에서 투옥되자 그의 아들 배곤에 대한 모종의 부채의식을 가지고 있던 그는 그 자체로 식민의 체험과 기억을 각인당한 신체로서 탈식민화의 어떠한 움직임도 보이지 않는다. 따라서 식민화된 상태 속에서 남성성을 상실한 자로서 그는 해방 이후 민족국가 건설이나 반공 이데올로기에 기초해 민족을 위한 전쟁에 참여할 수 없었다. 식민의 체험과 기억을 탈각할 수 없는 그는 그저 술과 아편에 취해 아내와 딸에 의탁할 수밖에 없었는데, 집안에서도 그녀들에게 멸시의 대상이 되어 천대받는다. 미군의 군복 등을 세탁해 근근이 생계를 유지해가고 있던 아내와 딸에게 호감을 가지고 있던 미군의 원조에 의존할 뿐 가족의 생계를 위해 경제활동을 하지 않았던 그는 몰락한 가부장의 전형을 보여준다.

그럼에도 그는 무능한 자신의 삶을 타개할 방법을 모색하는 것이 아니라, 아내와 딸을 폭력적으로 대할 뿐이었다. 가부장으로서의 권위를 상실했음에도 불구하고, 가부장의 지위를 누리고자 했던 것이다. 이후 그는 딸에게 호감을 가지고 있던 미군이 방문하자 하얼빈에서 외국인이 경영하던 목장의 노동자로 일하면서 습득한 영어를 통해 의사소통하여 친교를 맺는다. 그리고 그 미군의 도움으로 아편 중독을 치료받는 한편, 미군 부대에서 통역자로 일하게 된다. 일견 영어 구사라는 개인적 능력을 통해 경제활동을 비롯한 사회생활을 영위해나가는 것처럼 보이지만, 이는 모두 딸을 미군에게 '제공'했기 때문에 가능한 것이었다. 다시 말해, 미군에게 자신의 딸을 성적 대상으로 '거래'하는 행위를 통해 가부장의 권위, 나아가 자신의 상실된 남성성을 회복하고자 했던 것이다. 하지만 그의 이러한 남성성 회복에의 욕망은 결코 달성 불가능한 것이다. 무엇보다 딸(여성)에 기대어 자신의 남성성을 회복하려고 한다는 점에서 그것은 언제나 불안정한 상태에 놓여 있다. 자신을 미군에게 제공하려는 가부장의 폭력에 대해 딸은 양공주가 되는 불안을 느끼고, 그것이 모두 아버지 때문이라고 여기고 있었다.

"너 미쳤니? 배은망덕해두 분수가 있지. 우리 집안에 은인을 그래 인연을 끊어버릴 작정이냐? '죠오지'씨한테 편지만 했다 봐라. 당장 목아질 비틀어 놓는다……."
고 버럭버럭 소리를 지르셨읍니다. 왼 동내가 다 듣게스리…….
"왜 이리 소릴 크게 치세요? 동네가 부끄럽게. 아버진 제발 좀 가만 계세요. 오늘날 이렇게 된 건 모두 아버지 때문이예요. 왜 날 이렇게 만들어요? 날 왜 천길 낭떨어지기에 떨어지게 하려는 거예요?"[8]

미군과의 교제가 지속되는 것에 불안을 느낀 딸은 번민하다 그와의

---

8   崔貞熙, 『끝없는 浪漫』, 同學社, 1958, 118쪽.

단교를 결심하고 편지를 보내 이를 통보하려고 한다. 이에 아버지는 딸의 불안은 아랑곳하지 않고, 자신의 입장만을 내세우며 폭언을 일삼는다. 스스로 양공주가 되는 것은 아닌지 마치 낭떠러지 앞에 선 공포를 느끼고 있는 딸의 심정을 헤아리려고 하기는커녕 가부장으로서의 자신의 권위를 내세우고 있는 이 아버지의 모습 속에서 상실된 남성성 회복 과정의 일그러진 욕망을 짐작할 수 있다. 아버지는 딸과 미군의 단교로 인해 경제적 원조를 받지 못할 것에 대해 두려워하고 있었다기보다는 미군에 기생해 자신의 남성성을 회복하고자 한 욕망이 좌절될 것에 두려움을 느끼고 있었다. 그래서 딸이 양공주가 되는 불안과 공포를 느끼고 있었음에도 불구하고 미군에게 지속적으로 딸을 제공해 자신의 상실된 남성성을 회복하고자 했던 것이다. 이후 미군과 딸의 교제가 이어지고 두 사람을 결혼시키고자 했던 그는 결혼 직후 출산한 딸과 아이를 뒤로 하고 먼저 미국으로 돌아간 미군에 대해 의심과 불안을 가지고 있었던 딸을 위로하기보다는 딸을 통해 미군으로부터의 경제적 원조를 계속해서 받아내기를 원하였고, 미군이 딸을 데려갈 때 장사 밑천을 받아낼 생각뿐이었다. 결국 그는 딸을 교환가치의 대상으로 삼아 자신의 욕망을 달성하고자 했던 것이다.

이처럼 『끝없는 낭만』에서 몰락한 가부장으로서의 아버지는 식민의 체험과 기억을 각인당한 신체를 지니고 있었기 때문에 해방 이후 민족 국가 건설의 주체로서 자기를 재정립할 수 없는 자이다. 또한 민족을 위한 헌신으로 의미화된 전쟁을 수행할 수 없는 자로서 그는 미군 중심의 경제 체제에 기생해 자신의 권위를 회복하고자 하지만, 그것은 자신의 능력에 의한 것이 아닌 미군에게 여성(딸)을 제공하는 과정을 통해서만 가능한 것이었다. 하지만 미군이라는 대타자와의 수평적 거래는 기실 불가능한 것이었고, 그런 점에서 그는 언제나 제한적으로 자신의 욕망을 발현할 수밖에 없었다. 그런데 가부장으로서의 권위를 상실한 남성 젠더라고 하더라도 그가 여성을 도구로 삼고 있다는 점을 간과할 수는 없다. 가부장으로서 아내와 딸에 대한 자신의 권위가 그 자체로 정당성을 지니고 있지 못한 것과 무관하게 그는 여성(아내와 딸)을 자신의 상실된 남성성 회복의 수단으로 활용하고 있었던 것이다.

따라서 여기에서 다시금 주목해야 할 것은 권위를 상실한 남한사회의 가부장이 미군에게 딸을 제공하고 있다는 점이다. 가부장으로서의 상실된 권위를 회복하기 위해 딸을 제공한다고 했을 때, 그 거래의 대상이 미군이라는 점은 새삼 강조될 필요가 있다. 이때 미군은 남성성을 상실한 남한사회의 남성 젠더들과는 달리 그 자체로 남성성을 확보하고 있을 뿐만 아니라 그것을 발현하는 데 정당성을 갖는 존재로서 인식된다. 즉, 미군의 남성성은 의문시되지 않고 있는데, 그것은 지속적인 식민의 상태에 놓인 남한사회의 남성 젠더들에게 바로 그 미군(의 남성성)이 욕망되고 있기 때문에 가능한 것이다. 해서 남한 주둔과 점령을 통해 자신들의 남성성을 약화시키거나 거세시킨 존재가 미군임에도 불구하고 오직 그들의 강력한 남성성을 동경하고 있었을 뿐인 것이다. 마치 제국-식민지 체제기 제국 일본의 남성화된 통치 권력에 의해 식민지 조선인 남성 젠더들의 남성성이 상실되었음에도 불구하고 그에 저항하는 것이 아닌 모방하는 것을 통해 제한적이나마 남성성을 확보하려고 했던 양상이 여기에서도 반복되고 있는 형국이라고 할 수 있다. 따라서 이 몰락한 가부장의 남성성 상실은 해방과 전쟁이라는 역사적 사건이 촉발한 사회 구조의 변동에 있다기보다는 그의 자가당착적인 욕망의 탐닉에 그 원인이 있었다고 보아야 할 것이다.

한편, 『끝없는 낭만』의 서사에는 이처럼 미군의 남성성을 동경하고 그에 기생해 자신의 남성성을 회복하고자 하는 일그러진 욕망을 지니고 있는 몰락한 가부장만 등장하는 것은 아니다. 그와 달리 식민의 체험과 기억을 각인당한 훼손된 신체를 가지고 있지 않을 뿐만 아니라 국가와 민족을 위해 죽음을 무릅쓰고 전쟁을 수행하고 있는 남성 역시 등장한다. 그가 바로 이차래의 약혼자인 배곤이다. 그는 아버지가 투옥되고 어머니가 죽은 뒤 이차래 일가와 월남하였다가 한국전쟁 발발 이후 자원하여 군에 입대한다. 북한에 투옥된 아버지를 구하기 위해 참전한 그였는데, 이 소설에서 비록 단편적이기는 하지만 전쟁을 수행하는 그의 용맹함이 영웅적으로 형상화되어 강조되고 있다. 즉 이 소설에서 배곤으로 상징되는 남성 젠더는 국가와 민족을 위해 헌신하는 청년이자 가족에 대한 애정과 책임감을 가지고 반공주의 이념에 기초해 전쟁 수행하고 있는 자로 의미화되고 있는 것이다.

그런데 그는 『끝없는 낭만』 서사 곳곳에서 여성이 자신의 욕망을 통제하는 장치로서 작동한다. 약혼자였던 그가 전사했다는 소식을 전해 들은 이차래가 미군과 사랑을 나누고 결혼에 이르는 과정 속에서 불안과 공포를 느끼고 있었는데, 그 불안과 공포는 다름 아닌 배곤이라는 존재 그 자체 때문이었다. 전쟁에 나가 전사한 것으로 알려진 ─ 물론 이후 살아서 돌아오지만 ─ 그는 존재하지 않으면서 존재하고 있는 자로서 여성의 욕망을 통제하고 그 욕망의 발현을 금기시하고 있었다. 그렇다면 배곤의 여성에 대한 시선과 여성 욕망에 대한 통제는 어떻게 가능한 것인가. 무엇보다 그것은 배곤이 국가와 민족, 가족을 위해 전쟁을 수행하고 있다는 데 있다. 다시 말해 죽음을 무릅쓰고 국가와 민족을 위해 헌신하고 있으니, 여성의 욕망을 통제하는 것은 자연스럽고 당연하다는 인식이 그 기저에 깔려 있는 것이다. 이는 전장에서 생환한 그가 미군과 결혼하여 '혼혈아'를 낳은 이차래에게 혐오의 감정을 드러내는 한편, 타락한 여성인 그녀를 자신이 구원하겠다고 말하는 장면을 통해 보다 직접적으로 확인할 수 있다.

"아버지 말씀을 믿어요? 아버지가 거짓말을 하셨어요. 돈 까닭에…… 살 수가 없어서 미군하구 결혼했다는 아버지는 그렇게 말씀하셨다지요? 절대로 돈 때문이 아닙니다. 돈 때문에…… 살 수가 없어서 미군하구 결혼했다면 양갈보지 뭐예요? 나는 양갈보가 아닙니다. '캐리·쬬오지'를 사랑하기 때문에 결혼한 겁니다."

나는 쏜살같이 내 쏘았습니다.

"그렇던가요? 그렇담 나 개인으로선 할 말이 없습니다. 그러나 한국의 운명을 짊어진 사람으로선 하고 싶은 말이 많습니다. ……좀 더 참아줄 줄 알았습니다.

차래씨는 양갈보가 아니라고 자신을 변명합니다만 양갈보들에게 이야길 시켜보더라도 역시 차래씨와 똑같은 말을 할 겁니다. 사랑하기 때문에 같이 산다고─. 딸라가 탐나서, 호화로운 생활이 좋아서…… 말하자면 허영을 충족시키기 위해서 그 따위 짓을 한달 여자는 없을 것입니다. 사랑하기 때문이라거나 혹자는 부모 동기를 위해 멕여 살리기 위해서라고 말할 겝니다."

(…중략…)

"곤씨는 저를 웃읍게 아시는군요? 타락한 여자로 아시는군요?"

"개인의 이익을 위해서 국가 민족을 좀먹는 것 이상의 타락이 또 어디 있겠어요?"

"신성한 국제결혼을 당신은 향락으로 아시는군요?"

"글쎄. 어느 정도 신성한지 모르지만 오늘날 우리 현실에선 당신 같은 여자를 타락했다고 볼 수밖에 없어요."[9]

여기에서 배곤은 '한국의 운명을 짊어진 사람'으로 자처하고 있는데, 이는 반공주의 이념에 따라 국가와 민족을 위해 전쟁을 수행하고 있기 때문이다. 그리고 그러한 그가 미군과 결혼한 이차래를 허영을 충족시키기 위해 타락한 여성으로 규정하고 있는데, 이 역시 국가와 민족을 '좀먹는' 행위로 여겼기 때문에 비난하고 있는 것이다. 그에게는 미군과의 결혼이 사랑에 의한 것이라는 이차래의 목소리는 변명에 지나지 않을 뿐이다. 아니, 애초에 그에게 여성의 목소리는 들리지 않는다. 국가와 민족을 위해 전쟁을 수행하고 있는 자신을 배반한 여성의 욕망은 그 자체로 부인당하고 있는 것인데, 무엇보다 그것은 여성의 욕망이 자신이 아닌 미군을 향하고 있었기 때문이었다. 이때 미군이라는 존재는 남한사회의 남성 젠더들에게 자신들의 남성성을 위축시키거나 거세할 수 있는 존재로서 인식되어 적대시되고 있다. 배곤의 전우인 현영훈이 미군을 향해 "너희들 미국인의 발밑에 고귀한 정신문명이 짓밟히기만 하는 거야. 너희들 발자욱이 나 있는 덴 어디라 없이 그렇게 되어 있

---

9   위의 책, 288~289쪽.

어"[10]라고 적의를 드러냈던 것 또한 이와 무관한 것이 아니다. 이러한 현영훈의 적의에 이차래가 졸렬하다고 지적하자 그는 다시 "졸렬? 말을 함부로 하지 말아요. 왜들 이래? 정신을 차려. 몰체면하고 무지한 양갈보 축에 한목 끼고 싶어서 그래?"[11]라고 말한다. 이는 미군의 입장을 두둔하는 남한사회의 여성 젠더들을 '양공주'로 규정하고 혐오의 감정을 여실히 표출하고 있는 것이다. 즉, 자신들의 남성성을 위축시키거나 제한시키는 존재로서 미군을 적대시하고 있음을 드러내는 것이자 남성성 상실의 불안감을 표명한 것이다.

이처럼 미군에 대한 적대 감정과 미군을 욕망하는 여성을 혐오할 수 있었던 것은 위에서 언급했던 것처럼, 민족과 국가를 위해 전쟁을 수행하고 있는 자신과 달리 사적 욕망을 탐닉하고 있는 여성을 부정하는 것이다. 물론 이때 여성에 대한 혐오는 미군의 점령에 의한 남성성 상실이라는 견뎌내기 어려운 문제를 회피하는 전략[12]이었지만, 거기에는 여성을 자신의 소유물로 인식하고 있는 남성의 욕망이 내재되어 있다. 전장에 나가 죽음을 무릅쓰고 싸우고 있는 자신을 기다리지 못하고, 미군과 사랑을 나누고 결혼에 이른 여성에 대한 비난은 자신의 소유였던 여성을 미군에 빼앗겼다는 상실감의 다른 표현이라고 할 수 있다. 비록 전쟁 수행을 위한 것이라고 하더라도, 남한에 주둔·점령한 미군은 지속적인 후식민의 상태를 고착화시켜 남한사회의 남성 젠더들의 남성성을 위축시키는 존재이다. 그런 점에서 남한사회의 여성 젠더들이 그들

---

10 위의 책, 192쪽.

11 위의 책, 193쪽.

12 대상에 대한 혐오는 "실제로 견뎌내기 어려운 삶의 문제를 보다 잘 회피할 수 있게"(마사 누스바움조계원 역, 『혐오와 수치심』, 민음사, 2015, 180쪽) 한다.

과 사랑을 나누고 결혼하는 것은 자신들의 남성성을 보다 약화시키는 것으로 여겨질 수 있었던 것이다. 물론 거기에는 일정 부분 남한사회의 여성 젠더를 성적 대상으로 바라보는 미군에 대한 반감이 포함되어 있었지만, 그러한 반감 또한 자신의 (성적) 욕망의 대상인 여성을 미군에게 빼앗겼다는 상실감으로부터 기인한 것이었다. 여성을 점유하는 것을 통해 자신의 남성성을 구축해가던 남성 젠더에게 여성의 상실은 남성성의 상실이라는 또 다른 불안감을 자아냈던 것이다.

그런데 자신을 버리고 미군을 욕망하고 있는 여성을 '양공주'로 낙인찍고 혐오하고 있던 남성은 흥미롭게도 다시 그 여성을 소유하고자 한다. 그래서 이차래의 사랑에 기초한 미군과의 결혼과 출산이 모두 전쟁 때문이라고 말한다. 여성이 허영에 물든 것, 돈을 위해 몸을 판 것 역시 전쟁이 낳은 불행일 뿐이라고 강변하고 있는 그는 순혈주의에 기초한 배타적 민족주의를 내세워 여성으로 하여금 자신에게 돌아올 것을 종용한다. "당신 조상祖上의 어느 한 분과도 같지 않고 당신과도 같지 않고 조국 땅 안에 사는 우리 민족의 어느 한 사람과도 같지 않은— 백색 피부와 옴팍 들어간 눈과 우뚝히 높은 코를 가진 아이"[13]로 미군과의 사이에 낳은 '혼혈아'를 배제하고, 그 아이를 미군에게 보낼 것을 강권한다. 그리고 전쟁이 낳은 '불행한 여성'인 이차래를 자신이 돌보겠다고 말한다. 이 남성의 목소리는 결국 남성에 의해서만 존재의 의의를 가질 수 있는 여성의 삶을 드러내는 것이다. 하지만 이는 여성 없이 남성이 불가능하다는 것을 실토하는 격이다. 여성을 하위의 열등한 존재

---

13 崔貞熙, 앞의 책, 299쪽.

로 타자화하는 것을 통해서 자신의 정체성을 재정립하려는 남성의 일그러진 욕망이 여기에서도 고스란히 반복되고 있는 것이다.

이처럼 최정희의 『끝없는 낭만』에는 대타자로서의 미군의 남성성에 기대어 몰락한 가부장으로서 자신의 권위를 확보하고자 한 남성과 미군과 사랑을 나누고 결혼한 여성을 '양공주'로 규정하여 비난하는 한편, 불행한 그녀를 구원하는 주체로 자신을 놓는 행위를 통해 상실된 남성성을 회복하고자 하는 남성이 등장한다. 그들에게 여성의 욕망은 부인되고, 여성의 목소리는 봉쇄되어 있다. 해방과 전쟁을 거쳐 오면서 자신들의 남성성이 상실되어가는 것에 불안을 느끼고 있었던 그들은 여성을 성적 교환가치의 대상으로 위치시키거나 여성의 사랑과 욕망을 불온한 것으로 낙인찍는 것을 통해 자신들의 남성성을 회복하고자 하였다. 그리고 거기에는 순혈주의와 민족주의로부터 자양분을 제공받고 있던 가부장제도와 남성우월주의의 시선이 웅크리고 있었다. 남성성 상실의 원인이 해방과 군정 체제, 단정 수립과 전쟁 발발 과정에서 지속된 남성세계의 폭력적 구축 및 붕괴에 있었음에도 불구하고, 점령된 상태에 놓인 남성 젠더들의 굴욕감을 교모하게 은폐[14]하는 한편, 그들은 또 다시 여성을 소유하고 제공하고 통제하는 것을 통해서 자신들의 남성성을 구축해나가고자 하는 욕망—그러한 욕망이 역설적으로 남성성 상실로 귀결된다는 것을 인식하지 못한 채—만을 지니고 있었던 것이다.

---

14 김복순, 「트랜스로컬리티로서의 '나쁜 여자'와 '불평등 정당화'의 남한적 특수성 – 1950년대 소설을 중심으로」, 『대중서사연구』 제21권 3호, 대중서사학회, 2015, 41쪽. 이 논문에서 김복순은 1950년대 소설에서 '나쁜 여자'로 지목된 대표적 대상이 자유부인, 여간첩, 양공주, 팜므파탈 등이었는데, '나쁜 여자'는 자유·노동에 대한 젠더 불평등, 점령군에 대한 민족적 불평등, 세계냉전 체제의 체제 이념적 불평등, 구원에 대한 젠더 불평등을 정당화하는 기제로 활용되었다고 논의하였다.

3. 욕망하는 여성의 불안과 죄의식

최정희의『끝없는 낭만』의 서사를 젠더 정치의 관점에서 독해한다고 했을 때, 그것은 앞서 살펴봤던 것처럼 전후 레짐하 상실된 남성성 회복의 욕망으로 읽을 수 있다. 하지만 이 소설은 여성의 목소리로 여성에 대해 말하고 있는 여성의 이야기이다. 1952년과 1953년에 걸쳐 한국전쟁의 장기전화에 따른 미군 주도의 정전과 이승만 정권의 북진통일이 함께 논의되고 있었던 사회 분위기 속에서 남한에 주둔하고 있던 미군과의 사랑을 꿈꾸고 있던 여성의 자기 서사로서『끝없는 낭만』의 이야기는 한국전쟁이라는 장치가 낳은 사회 구조의 변동 과정 속에서 여성의 행위와 욕망에 대해 여성의 목소리로 말하고 있다는 특징을 갖는다. 특히 한국전쟁으로 촉발된 남성성 상실을 전후 사회 구조의 재편 과정 속에서 회복하려고 하는 남성 젠더들의 욕망이 분출되는 상황 속에서 여성이 어떠한 체제와 질서 속에 놓여 있고, 무엇을 욕망하고 있는가, 그리고 그러한 여성의 욕망은 어떻게 (불)가능한가를 말하고 있다는 점에서 여성 서사로서 중요한 의미를 갖는다. 그런 점에서 이 소설의 주인공이자 서술자인 이차래의 행위와 욕망, 그리고 그녀의 불안과 공포에 자연스럽게 시선이 간다. 전시라는 예외상태와 전후 레짐이 젠더 정치의 새로운 길을 열었다면, 그것은 남성 젠더에게만 국한되는 것이 아닌 여성 젠더에게도 해당되는 문제이기 때문이다.

전후 레짐하 여성 젠더들 중 상당수는 '아프레 걸après girl'로 통칭되곤 했는데, 전후라는 뜻의 프랑스어 아프레 겔après guerre을 여성화한 조어였다. 본래 아프레 겔은 타락과 반항, 방종, 그리고 살인·강도·

방화 같은 범죄를 수식하는 문구였는데, 그것이 전후 남한사회에서 여성화된 의미로 전이되면서 일체의 도덕적 관념에 구애됨 없이 구속받지 않으려고 하는 여성의 성적 방종이라는 이미지로 점철되게 되었다.[15] 양공주·'자유부인'·'팜므 파탈'·'여학생' 등 아프레 걸의 다양한 유형이 있었지만, 전후 한국사회에서는 아프레 걸 프로젝트를 통해 새로운 사회 건설에 요구되는 여성상을 촉구하는 한편, 무너진 젠더 질서를 재구축하기 위해 무질서 및 위기 담론을 통해 여성을 관리 통제하고자 하였다.[16] 하지만 여기에서 주목하고 있는『끝없는 낭만』의 여주인공 이차래는 양공주가 아닐뿐더러 낭만적 사랑을 꿈꾸고 있는 여학생이다. 그런데 그녀 스스로 양공주가 되는 것이 아닌지에 대해 불안을 가지고 있었다는 것은 그만큼 전후 젠더 정치가 여성 젠더의 젠더적 위상이나 섹슈얼리티를 강제하고 있었다는 점을 짐작하게 한다.

해방 직후 부모를 따라 귀환한 이차래는 아버지의 고향인 황해도 사리원에서 유년기 상하이로 이주해가면서 헤어졌던 배곤 일가와 해후한다. 그리하여 해방의 감격 속에서 양가 가부장의 즉흥적인 약속에 따라 당시 9살이었던 그녀는 14살인 배곤과 약혼하게 된다. 이후 아버지의 투옥과 어머니의 죽음을 뒤로하고 이차래 일가를 따라 월남해 서울에 정착했던 배곤과 함께 생활하던 그녀는 한국전쟁 발발 직후 자원입대한 그를 기다리는 한편, 어머니와 함께 근근이 생계를 유지해가면서 피난생활을 이어간다. 한편, 그녀는 유년기부터 영어를 학습해 구사하는

---

15 권보드래, 「실존, 자유부인, 프래그머티즘─1950년대의 두 가지 '자유' 개념과 문화」, 『아프레걸 사상계를 읽다』, 동국대 출판부, 2009, 79쪽.

16 金福順, 「아프레 걸의 系譜와 反共主義 敍事의 自己構成 方式─崔貞熙의 『끝없는 낭만』을 중심으로」, 『語文研究』 제37권 1호, 한국어문교육연구회, 2009, 286쪽.

등 일정 정도 수준의 교육을 받았고, 여학교에 재학하면서 학업을 병행하기도 하였다. 그러던 중 어머니를 도와 일을 하면서 만난 미군이 영어를 구사하는 자신에게 관심을 가지고 접근해 오는 것이 대해 불안을 느끼고 있었는데, 그것은 자신이 '양공주'로 비춰질 것에 대한 타인의 시선 때문이었다. 이후 전쟁에 출전한 배곤이 전사했다는 통지를 받고 낙담했던 이차래는 자신에게 지속적으로 구애하는 미군의 사랑을 받아들여 그와 결혼하여 출산하기에 이른다. 이 소설에서 이차래는 약혼자였던 배곤과 구애자인 미군 '캐리 · 죠오지' 사이에서 번민하면서 불안과 공포를 느끼는 한편, 자신의 욕망을 발현하는 과정 속에서 죄의식을 갖기도 하는 등 전쟁기 남한사회 여성 젠더의 행위와 욕망을 내밀하게 보여준다.

약혼자였던 배곤과 미군 캐리 · 죠오지 사이에서 번민하고 있었다고 말했지만, 사실 『끝없는 낭만』의 서사에서 이차래와 배곤의 사랑 이야기는 거의 제시되지 않는다. 유년기 헤어진 것에 대한 아쉬움과 해방 후 재회했을 때의 반가움, 양가 가부장의 결정에 의해 약혼을 한 상태에서 출전한 배곤을 기다리면서 그리워하는 모습들이 단편적으로 제시되어 있을 뿐이다. 오히려 이 소설의 서사는 이차래와 캐리 · 죠오지 사이의 이성애에 기초한 사랑 이야기로 읽힌다. 그리고 거기에 더해 두 사람의 행위와 욕망에 초점을 맞추자면 사랑하는 남녀 사이의 '혼사장애담' 정도로 받아들여질 소지가 충분하다. 하지만 전쟁이 진행되는 가운데 남한 여성과 미군 남성의 사이의 연애와 결혼은 서사 안팎에서 남녀 간의 '순수한' 사랑 이야기로 읽히지 않는다. 그들이 욕망하고 있는 낭만적 사랑은 전쟁이 초래한 비상시에 점령군과 원주민 여성 사이에 발생한 '불온한 것'으로, 미군은 돈으로 남한 여성의 성을 산 것이고, 남한 여성은 향락에 빠져 자신의 몸을 팔아넘긴 것으로 치부되기 일쑤였다. 그들의 사랑은 그 자체로 성립 불가능한 것으로, 이때 남한 여성 젠더의 사적 욕망은 부정되고, 그녀는 국가와 민족을 배반한 퇴폐와 타락의 상징물이 된다.[17]

이차래 역시 이를 모르지 않았다. 해서 처음 만난 미군이 자신에게 호감을 가지고 다가오는 것에 대해 불안을 느끼고 있었다. 하지만 그녀는 불안 속에서 자신의 내밀한 감정을 들여다보게 되고 애정 앞에 불가능은 없다며 미군을 사랑해선 안 될 사람이라고 생각하고 있었지만, 점차 자신의 감정에 따라 사랑을 키워나가게 된다. 그런데 미군을 사랑하는 감정이 생기게 되는 한편, 미군으로부터 경제적 원조를 받는 상황 속에서 주위의 시선을 떨쳐내지 못해 다시금 우울해진 그녀는 부모에게 과거 자신들의 삶으로 돌아가자고 강변하지만, 미군에게 의존하는 현재의 삶이 붕괴될 것에 거부감을 갖는 부모의 눈치를 보기도 한다. 가부장의 몰락과 경제적 궁핍 속에서 부모의 처지를 전혀 고려하지 않을 수 없었던 것이다. 물론 그렇다고 해서 그녀가 가족의 생계를 위해 미군에게 자신의 성을 교환가치의 대상으로 제공한 것은 아니다. 그녀는 한 여성 개인으로서 그저 '낭만적 사랑'[18]을 꿈꾸고 있었을 뿐이다.

---

17 이와 관련해 우에노 치즈코에 의하면, '매춘하는' 여성은 그 자체로 오욕화되는데, 추업(醜業)에 종사하는 여성 존재 자체가 더럽혀졌다고 생각하는 것이다. 또한 '매춘' 패러다임은 본인의 '의사'를 문제시한다는 점에서 여성의 자기 결정권을 인정하고 있는 것처럼 보이지만, 매춘하는 여성과 다른 여성들을 나누는 '성의 이중 기준'을 떠받친다는 점에서 가부장제 코드의 변이라고 할 수 있다. 우에노 치즈코, 이선이 역, 『내셔널리즘과 젠더』, 박종철출판사, 1999, 119~120쪽.
18 낭만적 사랑을 한 마디로 정의하는 것은 요원한 일이다. 다만, 니클라스 루만의 논의에

그런데 낭만적 사랑을 꿈꾸고 있었지만, 그녀는 미군과의 연애가 자신을 양공주로 전락시킬 것이라는 데 대한 불안을 쉽게 떨쳐낼 수 없었다. 그리고 약혼자 배곤의 죽음에 대한 모종의 부채의식 또한 지니고 있었다. 이처럼 미군을 욕망하는 여성의 불안, 자신의 욕망을 발현할 수 없는 데서 오는 히스테리는 모두 앞서 언급했던 것처럼 전쟁이 초래한 남성 부재가 역설적으로 여성의 욕망을 통제하였기 때문이었다고 해도 과언이 아니다. 죽은 남성이 살아 있는 여성의 욕망을 금기시하고 있었던 것이다. 해서 이차래는 캐리·죠오지를 욕망하면서도 동시에 그 욕망을 부인하는 모순된 상태 속에서 방황하고 있었던 것이다. 미군을 욕망하면 양공주가 될 수 있다는 것에 대한 불안과 자신의 약혼자였던 배곤을 배반했기 때문에 그로부터 처벌을 받을 수 있다는 공포 사이에서 그녀는 히스테리 환자가 되어갔던 셈이다.

"내가 너무 했어. 인제 다시는 '캐리'를 못 만난다. '캐리·죠오지'가 나의 편지를 받아 읽고 나면 얼마나 분해할가. 괘씸해할가. 내가 잘못했어. 아버지를 구해준 사람도 '캐리·죠오지'요, 우리를 살게 만든 것도 '캐리·죠오지'

기대자면, 낭만적 사랑은 "자기의식적인 자아 형성 기회의 증대"로 간주되는 '사회성'을 갖는다. 사랑에서 중요한 것은 오직 사랑뿐인데, 이것이 의미하는 것은 "사랑이 하나의 세계를 혼자서(ein Welt für sich) 구성한다는 것이지만, 사랑 자체를 위해 하나의 세계(für sich ein Welt)를 구성한다는 것을 뜻하기도 한다". 이때 관건은 사랑을 수행하는 개인이 "각별한 공동의 세계를 구성"하여 타인으로부터 재생산의 근거를 받는다는 것이다. 이런 점에서 사랑은 결혼이 될 수 있다. 한편 낭만적 사랑이라는 개념은 '열정으로서의 사랑'과 구분되는데, 무제한으로 상승될 수 있는 개체성을 포함시키거나, 지속성에 대한 전망을 갖고 결혼에 이름으로써 열정으로서의 사랑의 한계를 극복한다. 따라서 "사랑은 결혼의 기초가 되며, 결혼은 끊임없이 새롭게 사랑에 도움이 된다". 낭만적 사랑과 결혼이 연결되는 지점이 여기에 있다. 이에 대해서는 니클라스 루만, 정성훈·권기돈·조형준 역, 『열정으로서의 사랑—친밀성의 코드화』, 새물결, 2009, 195~214쪽.

가 아니냐. 인제 '캐리 · 죠오지'와 인연을 딱 끊는다면 우리 집은 어떻게 될 것이냐.

아버지와 어머니가 이 일을 아신다면 그 절망이 얼마나 크랴!"

(…중략…)

"나는 정신을 차려야 한다. 지금 나는 천길 낭떨어지기에 서 있다. 한 발 자 칫하면 떨어지고 만다. 정신을 차리자. 정신을 차리자. 발 뿌리를 고추 세워가 면서 정신을 차리자."[19]

자신에게 호감과 애정을 가지고 구애하는 미군에게 단교의 편지를 보낸 이차래는 자신의 행위가 미군을 낙담시킬 것과 미군으로부터의 경제적 원조가 끊기면 부모가 절망할 것이라는 점 때문에 번민한다. 그 녀 또한 미군을 향한 애정이 커가고 있었기 때문에 단교의 결심은 다른 한편으로 자신의 욕망을 좌절시키는 데서 오는 고통 역시 수반한다. 해 서 불안감을 떨쳐내기 위해 단교를 결심하고 편지를 보냈음에도 그녀 는 지속적으로 번민할 수밖에 없게 된다. 하지만 욕망의 발현이 양공주 가 되는 나락으로 자신을 떨어뜨리게 할 것이라는 불안의식은 결코 쉽 게 떨쳐낼 수 없었다. 낭만적 사랑에 대한 열정을 가지고 있었지만, 그 열정의 투사 대상이 미군이라는 데에서 그녀는 지속적으로 불안감을 느끼고 스스로의 욕망을 차단하려고 한 것이다.

이때 미군은 단순히 남한사회의 여성 젠더를 양공주로 전락시키는 존재로서만 거부되고 있었던 것은 아니다. 미군에 대한 부정적 인식은

---

19 崔貞熙, 앞의 책, 129~130쪽.

다른 한편으로 반공주의에 기초해 전쟁을 치르고 있던 당시의 정세와 무관한 것이 아니다. 한국전쟁의 고착화에 따른 미군 주도의 정전 협정 추진과 이에 반해 이승만 정권의 북진통일론이 대두하던 상황 속에서 미군은 적대시되었다. 해방 직후 민족의 해방군으로 환영받았다가 군정 체제하 후식민 상태를 고착화시킨 점령군으로 비판받았던 미군은 한국전쟁의 급변하는 전황 속에서 패색이 짙은 전세를 역전시키는 데 혁혁한 공을 세운 연합군의 대표이자 전쟁으로 인한 기아와 물자 부족 속에서 남한사회에 인도적·경제적 지원을 아끼지 않은 원조자로서 추앙되기도 했다. 하지만 반공 이데올로기에 기초한 북진통일론의 기치 속에서 주한 미군은 민족의 통일에 저해 요소가 될 뿐만 아니라 한민족의 문화를 말살하고, 한국의 풍속을 오염시키는 점령군으로 다시금 여겨질 뿐이었다.

『끝없는 낭만』의 서사에서도 1953년 소련의 유엔 대표에 의해 한국전쟁 정전이 제의되자 이승만 주도로 국회에서 정전 반대 결의문이 채택되고 이어 38선 철폐 정전 반대 국민 총궐기대회가 펼쳐진 상황이 제시되어 있다. 그리고 이차례 또한 "굴욕적이며 패배적인 양보를 하고 있"는 "미군에게 가는 분노"[20]를 주체하지 못하고 미 대사관 앞의 군중 데모에 가담하여 그들을 '비굴한 것들'이라고 멸시하면서, 그러한 인식을 캐리·죠오지에게까지 확장해 그 또한 다르지 않다고 생각하면서 그에게 단교 편지를 보냈던 것이다. 민족적 울분과 분노에 휩싸여 북진통일을 외치고 있는 시위대를 보며 이죽거리고 있던 미군을 본 그녀는

---

20 위의 책, 124쪽.

공산당에 대한 분노보다 더 큰 분노를 느끼면서 그들을 비굴한 것들이라며 울분을 토로했던 것이다. 그리고 그러한 분노와 울분이 낭만적 사랑을 꿈꾸고 있던 대상인 캐리·죠오지라는 미군에게까지 향했던 것이다. 이처럼 반공주의 이념 속에서 미군은 개인적·민족적 층위에서 멸시의 대상으로 위치 지어지기도 하였다.

따라서 양공주로의 전락 위협을 가하거나 북진통일이라는 민족적 염원을 저해하는 미군은 남한사회 여성 젠더의 낭만적 사랑의 대상이 될 수 없는 것처럼 보인다. 하지만 그것은 불가능한 것이다. 한 개인이 자신의 내밀한 욕망을 발견하게 된 이후에는 바로 그 욕망을 탐닉하고 발현하는 과정을 통해서만 존재의 의의를 가질 수 있기 때문이다. 최정희의 『끝없는 낭만』 역시 욕망하는 주체로서의 여성 젠더의 행위에 초점이 맞춰져 서사가 전개된다. 배곤의 전사 소식 이후 그의 죽음을 안타까워하면서도 미군에 대한 사랑의 감정을 키워가던 이차래는 여전히 양공주가 되는 것에 대한 불안의식을 가지고 있었지만, 자신의 낭만적 사랑이 교환가치의 대상으로 미군에게 성을 제공하는 양공주의 행위와 다르다고 규정하면서 자신의 욕망을 발현한다. 이는 양공주가 군사주의와 제국주의의 '희생자'로 규정되는 것에 대해 거리를 두는 한편, "능동성과 주체성, 경험, 그리고 사물을 보는 자율적 태도를 지니고" "자기 표현을 통해 자신들을 단순한 희생자나 억압받는 존재로 규정하는 지배적 재현에 반항"[21]하는 것이기도 하다. 그녀는 양공주가 되는 타락의 길을 걷는 것이 아니라 사랑하는 사람에게 자신의 감정을 온전히 투사하는

---

21 김현숙, 「민족의 상징, '양공주'」, 일레인 H. 김·최정무 편, 『위험한 여성-젠더와 한국의 민족주의』, 삼인, 2001, 223쪽.

것이라고 믿고 있었다. 그런데 친구 김상매의 사촌 현영훈으로부터 전선에서의 배곤의 소식을 전해들은 뒤 병상에 눕게 된 그녀는 약혼자 배곤에게 용서를 빌면서 "곤이 살아서 돌아온담 난 바른 길을 갈것 같다"[22]고 말한다. 자신의 욕망을 발현하면서 잊고 있었던 배곤이라는 죽은 자가 다시금 이차래의 욕망을 통제하게 되는 상황이 펼쳐진 것이다.

사실 이차래의 불안과 공포는 타인들에게 양공주로서 비난 받는 것이나, 다시금 집안이 경제적 궁핍함에 처할 수도 있다는 데 있지 않다. 그녀의 불안과 공포는 자신의 욕망을 금기시하는 배곤으로부터 기인한다. 해서 캐리·죠오지에 대한 사랑의 감정을 키워가면서도, 그와 결혼해 출산을 하면서도, 배곤이라는 존재가 유령처럼 그녀를 따라다니면서 그녀 스스로 자신의 욕망을 부정한 것으로 의심하게 하고, 그러한 욕망을 통제하게 한 것이다. 욕망하는 주체로서 자기를 발견한 여성 젠더가 자신의 욕망을 통어하는 자로서의 남성 젠더를 극복하지 못하고 있었던 셈이다. 이는 앞서 살펴봤듯이, 전후 남성성 회복의 욕망이 어떻게 여성의 욕망을 부인하고 있는가를 여실히 드러낼 뿐만 아니라, 여성의 욕망이 남성에 의해서만 비로소 발현 가능하다는 것을 나타낸다. 따라서 여성은 그 자체로 욕망할 수 없는 자가 되는 것이다. 남성에 의해 여성의 욕망이 통제되고 금기시된다는 것은 여성은 욕망하는 주체로서 자기의 삶을 살아갈 수 없다는 것에 다르지 않기 때문이다. 그러니 욕망하고 싶어도 욕망할 수 없는 여성은 죽은 자와 마찬가지의 상황에 놓이게 된다.

---

22 崔貞熙, 앞의 책, 152쪽.

어느 날 밤 꿈엔 '캐리·죠오지'에게 안겨서 잠이 들려는데 부르릉 부르릉 하는 비행기 소리가 났어요. 눈을 떠 하늘을 쳐다보았더니 비행기는 이제 곧 폭탄을 내려뜨릴 자세를 취하고 있는 것이 아니겠어요.

"'캐리'. 저것 좀 봐요. 비행기가 폭격하려고 해요."

'캐리·죠오지'도 하늘을 쳐다보았어요.

"참 그렇군. 어서 저 숲 속으로 들어가야 해요."

'캐리·죠오지'가 나를 안은 채 숲이 자욱한 속으로 들어 갔읍니다.

"여긴 괜찮을 거야."

'캐리·죠오지'가 안도의 숨을 내쉬며 말했읍니다.

"폭격을 맞더라도 '캐리'하구 같이 맞음 아프지도 않고 무섭지도 않을 것 같아요."

나의 이 말에 '캐리·죠오지'는 나를 꽉 껴안아 주면서 입을 맞췄읍니다.

(…중략…)

곤 꿈을 꾸게 되는 경우에도 소리를 지르는 때가 있었어요. '캐리·죠오지'의 꿈과는 정반대의 꿈을 꾸면서도 소리는 마찬가지로 질렀던 것입니다.

곤은 언제나 나에게 무서운 쟁기를 들고 대어 들었읍니다. 식칼인 경우도 있고 권총이 아니면 도끼나 창인 경우도 있었읍니다. 이런 쟁기를 가진 그에게 나는 언제나 쫓기우는 것이었어요. 소리소리 지르면서—[23]

이차래는 욕망하는 대상과 욕망을 통제하는 자에 관한 꿈을 꾸는데, 이는 신경증적 증상이 발현된 것이라고 할 수 있다. 그녀의 신경증적

---

23 위의 책, 155~156쪽.

증상은 남성 주체가 자신의 순결이나 행복을 빼앗아갈 것이라는, 즉 자기 상실과 밀접하게 관련되어 있다.[24] 그래서 거기에는 언제나 죽음에의 공포가 내재되어 있다. 비행기가 폭격하려는 상황 속에서 사랑하는 미군과 함께 있으면 괜찮을 것 같다는 그녀, 무기를 들고 자신을 죽이기 위해 쫓아오는 배곤에게 쫓기는 꿈을 꾸는 그녀, 사랑하는 사람과 함께하는 꿈이든, 과거 약혼자에게 쫓기는 꿈이든, 그녀는 죽음에의 공포를 가지고 있다. 그것은 자신의 욕망이 부정당하는 데서 오는 불안이 죽음에의 공포로 전이되는 과정을 여실히 드러낼 뿐만 아니라 욕망하는 주체로서의 존재 의의를 상실한 여성이 맞이할 파국을 예감하게 한다. 그녀가 겪고 있는 우울과 신경증, 불면증 역시 이로부터 기인하는 것이다.

해서 미군과의 사랑을 확인하고 성관계를 갖고, 결혼에 이르게 된 뒤에도 그녀는 욕망하는 주체로서의 자기의 삶을 완성하지 못한다. 물론 이는 배곤이 살아서 돌아왔기 때문에 그로부터 금기시된 욕망을 발현한 자신이 처벌될 것에 대한 두려움 때문이기도 하다. 하지만 여성으로서의 자신의 욕망 자체가 부정당하는 상황 속에서 그녀는 낭만적 사랑의 완성이라고 여겨진 결혼에 이르러서도 타인의 시선에 노출된 자신의 욕망을 의심하고 회의하게 된다. 양가의 축복 속에서 결혼한 뒤 떠난 경주 신혼여행에서도 사람들의 시선을 회피하려고 하는 그녀는 스스로 자신들이 인텔리 부부이지 미군과 성을 거래한 양공주의 관계가 아니라고 인식하고 있었지만, 그녀의 인식과 무관하게 그녀는 타락한

---

24 許允, 「1950年代 洋公主 表象의 變轉과 國民 되기−崔貞熙의 『끝없는 浪漫』을 중심으로」, 『語文研究』 제41권 제1호, 한국어문교육연구회, 2013, 268쪽.

여성, 민족과 국가를 배반한 여성, 향락에 도취해 성을 매매한 여성으로 낙인찍히게 되는 것이다.

더구나 먼저 미국으로 귀국한 미군이 자신을 버릴 것에 대한 또 다른 불안이 여기에 더해진다. "무사히 가거나 말거나 나한테 무슨 상관이예요. 당신들은 당신 나라에 돌아가면 훌륭한 아내 약혼자 연인들이 있잖어요? 교양있는 모임과 질서있는 생활이 있잖어요? 한국에 와선 아무렇게나 살다가 본국에 돌아가면 다들 질서 있고 교양있는 생활을 하잖어요?"[25] 온갖 비난과 처벌에의 공포를 감수하고 자신의 사랑의 감정에 충실해 미군과 결혼한 그녀였는데, 본국으로 돌아간 미군이 자신과 아이를 버릴 것이라는 생각, 끊임없이 자신은 양공주가 아니라고 부인해 왔지만 결국 양공주가 되어버리게 되는 것은 아닌지에 대한 불안이 그녀를 사로잡고 있었고, 이로 인해 그녀는 죽음이라는 자기 파멸의 길에 들어서게 되었던 것이다.

이처럼 최정희의 『끝없는 낭만』은 미군과의 사랑과 결혼에 이른 여성의 파국을 서사화하고 있다. 그녀가 파국에 이른 것은 결국 여성의 욕망이 그 자체로 받아들여지지 않고, 남성 젠더에 의해 통제되고 금기시되었기 때문이었다. 전쟁이라는 예외상태 속 남성성 상실이 욕망하는 여성을 타락한 자나 배반한 자로 규정하여 그러한 욕망의 발현 자체를 불가능하게 해 욕망하는 주체로서 여성의 자리를 삭제해버린 것이다. 이때 여성은 남성의 권력과 시선으로부터 벗어나 자유롭게 자신의 욕망을 발현할 수 없는, 해서 살아 있으면서도 살아 있지 못한 자의 처

---

25 崔貞熙, 앞의 책, 275쪽.

지에 놓일 수밖에 없게 된다. 여성의 낭만적 사랑은 그 감정의 주체인 여성에 의해 의미를 갖는 것이 아니라, 남성성 회복을 욕망하는 남한사회의 남성 젠더들을 대상으로 해야만 비로소 의미를 지니게 되는 상황이었던 것이다. 이는 전후 레짐하 남성성 회복의 젠더 정치가 여성의 주체적인 자기 기획을 불가능하게 했다는 점을 여실히 드러내는 것이라고 할 수 있다.

4. 처벌된 여성(성)과 파탄난 남성(성)

최정희의 『끝없는 낭만』의 서사는 결국 이차래의 죽음으로 종결된다. 결혼 후 본국으로 귀국한 미군과의 사이에서의 아이를 홀로 낳은 그녀는 다시금 미군으로부터 버림받게 되는 것은 아닌지 불안해한다. 즉, 그렇게 아니라고 부정해왔지만 결국 양공주로 전락하는 것은 아닌지 불안감이 커지게 되는 것이다. 몰락한 가부장은 그러한 딸을 통해 미군의 지속적인 경제적 원조를 받을 생각뿐이었고, 어머니는 미군이 보내온 물자를 밀거래할 뿐, 그녀의 불안은 전적으로 그녀만의 몫이었다. 그런가하면, 전쟁에서 생환한 과거 약혼자 배곤은 그녀에게 혼혈아인 아이를 미군 아버지에게 보내고, 자신에게 돌아올 것을 종용한다. 그녀의 죄는 모두 전쟁 탓이니 자신이 그녀를 구원하겠다고 말하고 있는 것이다. 이는 여전히 여성 젠더의 욕망을 통제하는/하려고 하는 자로서의 남성 권력의 폭력성을 보여준다.

이러한 상황에 놓인 이차래는 끊임없는 불안과 공포 속에서 번민을 이어가다 마치 미친 사람처럼 자신의 아이인 '토니·죠오지'를 성남영 아원이라는 혼혈아 입양기관에 방기한다. 그리고 돌아오는 길에 '미쓰·정'을 만나 그녀의 집에서 동반 음독자살하여 생을 마감한다. 이차래가 자신의 아이를 혼혈아 입양기관에 방기한 것은 배곤으로부터 그 아이가 한국인과 같은 민족이 아니라는 말을 들은 뒤 그녀 또한 그렇게 여겼기 때문이었다. 그런데 이는 오염된 여성이 자신의 오염된 상태를 증거하는 아이를 제거하기 위한 속죄의 과정을 수행하는 것이라고 할 수 있다. 사랑해서는 안 되는 미군을 사랑해 그와 결혼하고 아이를 낳은 그녀는 배곤으로 상징되는 남한사회의 남성 세계의 질서와 문법에 의해 민족과 국가를 배반한 타락한 여성, 양공주로 낙인찍힐 뿐이었다. 해서 그녀가 양공주가 아니라는 것을 증명하는 길은 미군과의 사이에 난 혼혈아를 거부하거나 부인하는 것밖에 없게 된다. 민족이 인간의 정념과 육체를 순결의 상징으로 변형시키고, 그에 따라 개인이 자기를 엄격히 통제하고 순결을 유지하는 것을 통해서 고결한 민족성을 획득할 수 있다[26]는 문법이 여기에서도 작동하고 있었던 것이다. 물론 그렇다고 해서 그녀의 낙인이 사라지는 것은 아니지만, 그녀는 강고한 남성성의 세계 속에서 살아남기 위해서 자신의 아이를 버리는 속죄의 제의를 거쳐야만 했던 것이다. 이처럼 전쟁과 전후 남성성 회복의 욕망은 여성을 제멋대로 단죄하면서 죄 없는 그녀들을 속죄하게 하는 폭력을 다시금 발현하였다. 하지만 자신의 아이까지 방기하는 여성의 속죄 의식은 남성성의 상징적 질서를 강화시킬 뿐 말 그대로 여성의 죄 사함으로 이

---

26 조지 L. 모스, 서강여성문학연구회 역, 『내셔널리즘과 섹슈얼리티』, 소명출판, 2004, 263~306쪽.

어지지는 못했다. 한 번 오염된 여성은 어떠한 경우에도 정화될 수 없는 처지에 놓여 있었던 것이다.

아이를 맡기고 돌아오는 길에 캐리·죠오지의 귀국 환송연에서 보았던 미쓰·정을 만난 이차래는 그녀에게 동질감을 느끼면서 그녀의 집으로 향한다. 그러면서 자신을 '미세쓰·죠오지'라고 부르는 그녀에게 자신의 이름은 이차래라며 다음과 같이 말한다. "내 이름은 이차래. 이건 나의 조상과도 통하고 나의 조국 땅 안에 사는 우리 민족의 어느 사람하고도 통할 수 있는 이름이라요."[27] 여기에서 그녀는 자신의 이름을 되찾고자 한다. 이차래가 미세쓰·죠오지가 된 것은 미군과의 사랑과 결혼의 결실을 보여주는 것 아니라, 민족과 국가를 배반하고 양공주가 되어 타락한 것을 드러낸다. 해서 그녀는 다시금 자신의 이름을 되찾고자 아이까지 방기하면서 자신은 미세쓰·죠오지가 아니라 이차래라고 말하고 있는 것이다. 하지만 그녀 스스로 알고 있듯이, 그녀는 민족과 국가의 일원으로 다시 받아들여지지 못한다. 더구나 남성에 의한 구원은 구원이 아니라 또다시 그들에게 종속된 삶만을 의미할 뿐이고, 한 개인으로서의 여성의 욕망은 계속해서 부인당하게 된다. 남성 젠더에 의해 양공주로 낙인찍힌 여성은 어떠한 경우에도 그 자체로서 존재의 의의를 갖는 여성이 될 수 없었던 것이다. 그녀의 죽음이 이를 극명하게 보여준다.

이처럼 『끝없는 낭만』의 서사에서 전쟁이라는 비상시 미군을 사랑하여 결혼하고 아이를 출산한 한국 여성의 죽음은 그 자체로 전후 남한

---

27 崔貞熙, 앞의 책, 313쪽.

사회의 젠더 질서가 남성중심주의적으로 재편되어가는 상황 속에서의 남성에 의한 여성의 처벌을 보여준다. 남성성을 상실하게 한 여성은 단죄되어야만 했던 것이다. 하지만 여성을 죽음으로 내몬 것이 누구인가. 이에 주목했을 때 『끝없는 낭만』의 서사는 남성중심주의적 세계 속에서 남성성을 훼손한 불온한 여성에 대한 처벌을 말하고 있는 것처럼 보이지만, 그것은 역설적으로 전후 남성성 회복의 욕망과 그에 기초한 세계가 얼마나 폭력에 기대고 있는가를 폭로하는 것이다. 그런 점에서 이 차례를 중심으로 전후 여성의 행위와 욕망, 여성의 자기 서사를 보여주고 있는 『끝없는 낭만』은 여성의 욕망을 금기시하는 것이 아니라 긍정하고 있는 것이라고 할 수 있다. "최정희의 소설에서 여성은 단순한 '타자'가 아니라 민족, 국가, 계급, 가족주의, 반공주의, 모성신화, 가부장제, 민족주의, 글로벌 자본 등 소위 '근대'로 운위되는 각종 요소에 균열을 내며 저항하는 일종의 '타자성의 주체'였다."[28] 그리고 남성성 구축은 언제나 폭력적인 방식으로 이루어지며, 여성 젠더를 필요로 한다는 것, 여성(성) 없는 남성(성)은 불가능하다는 것을 여실히 드러내는 것이기도 하다. 그러니 민족과 국가에 기댄 남성성은 회복은커녕 파탄으로 귀결될 뿐이다. 상실된 남성성 회복의 욕망이 강하면 강할수록 여성을 폭력적인 성적 대상으로 삼는다는 것, 전후 레짐하 젠더 정치의 문법은 바로 여기에서 작동하고 있었던 것이다.

젠더 정치와 관련해 주디스 버틀러의 '수행적 행위'를 통해 확인할 수 있듯이, 남성성과 여성성은 '본질'이나 '근본적인 것들'로 구성되는

---

28 김복순, 앞의 글, 228~229쪽.

것이 아니라 수행되고 있는 일련의 기호들이다.[29] 즉, 남성성과 여성성은 수행의 효과로서 나타나는 것이다. 따라서 이 글에서 주목했던 최정희의 『끝없는 낭만』의 서사는 글쓰기라는 언어적 실천 행위를 수행하는 과정을 통해 전후 레짐하 젠더 정치의 문법과 질서를 재생산하면서 동시에 거기에 균열을 일으킨다. 전후 레짐하 젠더 정치와 관련해 (최정희의) 문학에 주목해야 되는 이유는 그것이 젠더를 구성하는 과정의 수행적 장치로서 기능할 뿐만 아니라, 그 장치가 젠더 정치의 문법과 질서를 강화시키거나 고착화시키는 여타 장치들을 닮아 있으면서도 완전히 그것에 포섭되지 않기 때문에, 그것의 작동 방식 자체를 문제 삼게 한다는 데 있다. 다시 말해 서사의 전개 과정이 전후 젠더 정치의 문법과 질서를 강화하는 것처럼 보이지만, 역설적으로 거기에 틈을 내고 있었던 것이다. 문학의 상상력이 현실의 질서를 넘어서는 지점이 바로 여기에 있다.

---

29 존 베이넌, 앞의 글, 28쪽.

제12장
월경과 이산, '재일在日'의 존재 방식
이회성의 『백년 동안의 나그네』를 중심으로

1. 전후와 재일의 교차점

재일조선인在日朝鮮人은 제국 일본의 식민지 조선 지배의 소산으로 존재 그 자체가 제국 통치 권력의 폭력성을 증거한다.[1] 1945년 8월 15일 제국 일본의 패전과 식민지 조선의 해방 이후 재일조선인들은 고국으로 귀환하지 않고 일본에 잔류해 삶을 영위해가면서 남북한과 일본 사이의 과거사를 둘러싼 역사적 기억 투쟁의 장에 놓여진다. 또한 전후戰後 일본사회와 냉전-분단 체제하 남한사회에서 다양한 방식으로 호명되면서 한일 내셔널리즘을 구축하고 운용하는 데 타자the others로서 위치 지어지기도 한다. 하지만 그들은 한반도 밖에서 분단 체제를 체현하고 있는 존재들이자 남북한과 일본의 경계 위에 서 있거나 바로 그 경

---

[1] 윤건차, 박진우 외역, 『교착된 사상의 현대사―1945년 이후의 한국일본재일조선인』, 창비, 2009, 163~164쪽.

계를 넘나들고 있는 존재들로서 국민국가의 고유한 질서order와 체제 regime로부터 소외되고 배제된 자의 위상topology을 상징적으로 보여준다. 또한, 그러한 질서와 체제로부터 미끄러지면서 디아스포라적 삶이나 노마드적 이동의 가능성을 탐색하게 하는 존재이기도 하다[2]는 점에서 주목된다.

이러한 재일조선인이 전후 일본사회에서 형성하고 발전시킨 재일조선인 사회에 관한 연구는 대체로 3시기로 구분되어 진행되어왔다. 제1기는 1950~1960년대로 일본 제국주의의 억압과 저항에 초점을 맞추었다. 그리고 제2기는 1970~1980년대로 민족 문화기관 및 단체의 활동, 개인사적인 생활과 노동 상황에 주목하였다. 끝으로 제3기인 1990년대 이후에는 조선인 정주 과정과 그에 따라 형성된 독자적인 재일조선인 사회의 모습을 부각시켰다.[3] 한편, 재일조선인들의 정체성은 세대별로 차이를 보이는데, 패전 이후 일본사회에 남아 '식민지의 시간'을 살아가야만 했던 1·2세대들은 일본에 대한 강한 저항의식을 표출하였던 반면, 3세대들은 자신들의 권리를 쟁취하고자 하는 인정투쟁의 욕망을 드러냈다. 특히 3세대들은 이전 세대들과 달리 국가나 민족으로 환원되지 않는 재일조선인이라는 정체성을 새롭게 구축하고자 하는 움직임을 보였다.[4]

---

2   오태영, 「자서전/쓰기의 수행성, 자기 구축의 회로와 문법−재일조선인 장훈의 자서전을 중심으로」, 박광현·허병식 편, 『재일조선인 자기서사의 문화지리』 I, 역락, 2018, 82쪽.

3   도노무라 마사루, 신유원·김인덕 역, 『재일조선인 사회의 역사학적 연구』, 논형, 2010, 10~24쪽.

4   김종곤, 「'재일'&'조선인'으로서의 정체성과 가치지향성−재일 조선인 3세를 중심으로」, 『통일인문학』 제59집, 건국대 인문학연구원, 2014, 31~57쪽.

이 글에서는 이와 같은 재일조선인 사회의 형성 및 재일조선인 정체성 변화 과정을 염두에 두면서 '재일在日'의 한 기원을 고찰하기 위해 이회성의 『백년 동안의 나그네百年の‎ヵ旅人たち』[5] 서사를 분석하고자 한다. 『백년 동안의 나그네』는 제국주의와 식민지 지배, 제2차 세계대전 등 세계사적 전환과 국제정치의 역학 구도 속에서 소외되고 배제된 조선인 마이너리티의 존재 방식을 서사화하고 있다. 또한, 강제 징용 및 연행, 수용소 탈출 등 지속적인 월경과 이산 과정에 놓여 있는 재일조선인의 존재 조건을 파악할 수 있게 한다. 한편, 이 소설은 제국적 질서속에서 삶을 영위해왔던 조선인들이 제국 일본의 패전 이후 새로운 자기를 구축해가면서 윤리성을 획득해나가는 과정을 보여준다. 이는 재일조선인이 단순히 일본과 남한사회의 내셔널리즘적 경계 속으로 포섭되기를 욕망하지 않는다는 점을 확인할 수 있게 한다. 또한 이는 재일조선인 문학이 한국과 일본의 민족문학을 탈영토화하고 재영토화할 가능성을 가지고 있음을 짐작케 하는 것이기도 하다. 이 글에서는 『백년 동안의 나그네』 서사를 분석하는 것을 통해 재일의 한 기원을 추적하는 동시에 재일조선인들의 존재 조건 및 방식을 고찰하는 한편, 재일조선인 문학의 '소수자적 문학'으로서의 가능성을 탐색해보고자 한다.

이회성의 『백년 동안의 나그네』에 대해 주목할 만한 몇몇 연구들이 진행되어왔다. 이 글의 논의와 관련된 선행연구들 중 먼저 정은경은 코리안 디아스포라 서사의 관점에서 이 소설을 분석하여 사할린 조선인

---

5 일본 문예지 『新潮』 1994년 7월과 8월에 상, 하 편으로 분재되었고, 같은 해 新潮社에서 단행본이 발간되었다. 이 글에서는 이회성, 김석희 역, 『백년 동안의 나그네』(프레스빌, 1995)를 대상으로 논의를 전개한다.

이 국민국가의 경계 밖으로 내몰려 '재일'이라는 디아스포라의 운명을 맞이하게 되었음을 논의했다.[6] 같은 맥락에서 양명심은 이동의 보편성을 재일조선인의 특수성과 연결해 일본의 모빌리티 시스템이 조선인들을 일본의 이등 국민이자 정주하는 '재일조선인'으로 만들어간 장치였음을 밝혔다.[7] 이와 다소 결을 달리해 사할린의 장소성에 주목한 연구들 중 박광현은 이 소설에서 사할린을 증언하고 고백할 장소로 재현한 양상에 주목하여, 사할린에 관한 기억이 한국과 일본의 내셔널 히스토리로 회수되지 않는 대항 기억을 창출해내고 있음을 구명했다.[8] 이와 유사한 관점에 기초하여 김계자는 기민棄民과 망향의 땅, 이산의 장소로서 사할린에 관한 기억이 해방 후 조선인으로서의 자기동일성을 되찾고 현재의 재일의 삶에 새롭게 의미를 부여하기 위한 증언으로 작동하고 있음을 논의했다.[9] 한편, 변화영은 이회성이 가지고 있었던 인간성 회복과 민족적 평등의 시각에 주목해 고백과 용서를 통해 휴머니즘에 도달하는 서사적 가능성을 제시하기도 하였다.[10]

이상의 선행연구를 비판적으로 수용하는 한편, 이 글에서는 『백년 동안의 나그네』 서사에 나타난 조선인들의 월경과 이산의 과정이 재일의

---

6 정은경, 「'국민'과 '비국민' 사이—이회성의 작품에 나타난 20세기 코리안 디아스포라 루트와 내러티브」, 『어문론집』 제45집, 중앙어문학회, 2011, 61~91쪽.

7 양명심, 「해방 직후 일본의 모빌리티 시스템과 '재일조선인'의 형성—이회성의 『백년 동안의 나그네(百年のづ旅人たち)』를 중심으로」, 『日本語文學』 제84집, 일본어문학회, 2019, 371~388쪽.

8 박광현, 「'재일'의 심상지리와 사할린」, 『한국문학연구』 제47집, 동국대학교 한국문학 연구소, 2014, 225~259쪽.

9 김계자, 「사할린에서 귀환한 재일문학—이회성의 초기작을 중심으로」, 『일본학』 제49 집, 동국대학교 일본학연구소, 2019, 87~105쪽.

10 변화영, 「고백과 용서의 담론—이회성의 『백년 동안의 나그네』를 중심으로」, 『국어문 학』 제44집, 국어문학회, 2008, 193~214쪽.

한 기원으로 이어진 양상을 살펴보고자 한다. 1945년 당시 사할린 거주 조선인은 약 3만 명 정도였는데, 제국-식민지 체제기 이주한 그들은 대체로 탄광업·제지업·어업 등에 종사[11]하다 해방을 맞이했다. 1945년 종전 이후 사할린 조선인의 귀환 문제는 구 제국 일본의 붕괴, 구 식민지에 대한 미소의 분할 점령, 그리고 남북한 분단과 대립이라는 여러 요인이 복잡하게 얽힌 가운데 배태되었다.[12] 물론 제국 일본의 패전 이후 사할린으로부터 내쫓긴 자들로서 조선인들의 이동은 새롭게 구축되어갔던 탈식민-냉전 체제하 그 이동의 방향성에 이끌린 결과였다. 그런 만큼 그것은 국제정치의 역학 구도 속에서 국가주의 권력에 의해 획일적으로 이루어진 것이라고 생각할 수 있다. 하지만 한반도로 귀국·귀향할 것인가, 일본에 잔류할 것인가, 선택의 기로에 놓인 조선인들은 이주와 정착을 선택하기보다는 월경과 이산이라는 디아스포라적·노마드적 이동의 가능성을 보였다. 이는 국가주의 권력이 배제한 자들, 결코 쉽게 국민국가의 경계 속으로 포섭되지 않는 자들의 새로운 존재 방식으로, 그 자체로 국가주의 권력에 의한 폭력성을 폭로한다는 의미를 갖는다. 안전과 안정에의 희구 속에서 정착 과정을 보여주는 것이 아니라 끊임없이 경계를 넘고 흩어지는 과정 그 자체를 체현하는 조선인의 행위는 결코 어느 곳에도 소속되거나 안주할 수 없는 마이너리티의 존재 방식을 보여주는 것이다. 이회성의 『백년 동안의 나그네』는 바로 이 전후와 재일의 교차점에 놓여 있는 조선인의 이동을 서사화하고 있다.

---

11 채영희, 「사할린 이주민의 장소성 상실과 회복 양상」, 『동북아시아문화학회 국제학술대회 발표자료집』, 동북아시아문화학회, 2018, 281쪽.

12 이연식, 「사할린한인 귀환문제에 대한 전후 일본정부의 대응」, 『동북아역사논총』 제46호, 동북아역사재단, 2014, 315쪽.

2. 지속되는 이산과 재일의 기원

이회성의 『백년 동안의 나그네』는 사할린을 탈출한 조선인들이 1947년 7월 27일 새벽 아오모리青森 항에 도착하여 기차를 타고 나가사 키長崎 이시하야諫早 역까지 간 뒤 오무라大村 선으로 환승해 하에노사키南風崎 역에 도착하여 도보로 하리오針尾 섬 수용소까지 이동한 사흘 동안의 여정과 그들 중 일부가 8월 9일 부산으로 향하는 귀국선에 오르기까지의 10여 일 간의 수용소 생활을 서사화하고 있다. 이 소설은 사할린→일본→한반도의 이동 과정을 보이고 있는데, 박봉석과 유근재 일가가 귀국 · 귀향을 포기하고 일본에 잔류하기로 결정하면서 재일조선인으로서의 새로운 삶을 예비하고 있어 결코 조선인들의 귀환이 완료되지 않을 뿐만 아니라 그들이 지속적으로 이동의 과정 중에 놓이게 된 상황을 짐작하게 한다. 특히 고국으로의 귀국/일본에 잔류를 선택하는 과정에서 어떻게 해서 사할린에 이주 · 정착하였다가 그곳으로부터 탈출하게 되었는가를 말하고 있어 사할린 조선인들이 계속되는 이산의 상황에 내몰렸음을 확인할 수 있게 한다.

사할린의 조선인들이 자신들의 삶의 근거지를 등지고 떠날 수밖에 없었던 것은 소련군의 제2차 세계대전 참전으로 인한 1945년 8월 20일의 전쟁 발발 때문이었다. 전쟁 발발 직후 제국 일본의 영토였던 남부 가라후토가 소련의 영토에 귀속되고 일본인 · 조선인 · 아이누족 · 길랴크족 등을 대상으로 한 포고령이 공포되어 치안 유지와 생산 활동에 가담할 것을 종용받게 된다. 소련군 통치 체제하 생활을 영위해가던 중 1946년 11월 일본인들만을 대상으로 한 귀국이 시작되고, 과거 협화회 등을 비롯해 제국 일본의 체제에 협력적이었던 조선인들에 대한 처벌이 단행되자 생명에 위협을 느낀 조선인들은 일본인으로 가장하여 홀름스크 수용소를 거쳐 적십자 선박을 타고 타다르해협을 건넌다. 이후 1947년 하코다테函館 귀환자 수용소에 임시 수용되었으나 한 달여 동안 미군정청의 취조를 받은 뒤 6월 말 밀항자 송환 결정에 따라 7월 말 세이칸 연락선에 올라 하코다테항을 떠나게 된다. 그리고 같은 달 27일 아오모리항에 도착해 하리오섬 수용소로 향했던 것이다.

1921년 함경남도 고향 마을을 떠나 일본 곳곳을 전전하다 사할린에 흘러든 박봉석과 16세 때 정신대로 징집되어 오사카 공장에 배치되었다가 사할린 탄광촌 포주집을 거쳐 산촌에 정착했지만 전 남편이 죽고 박봉석의 후처가 된 김춘선, 20여 년 전 먹고살기 위해 삼등열차에 몸을 실은 뒤 부산을 거쳐 연락선을 타고 일본에 도착하여 박봉석과 마찬가지로 곳곳을 떠돌다 사할린에서 마쓰코를 만나 가정을 꾸리고 도라 여관을 운영하던 유근재, 탄광 노무반장으로 근무하면서 전시기 증산을 위해 조선인들을 폭압적으로 학대했던 이재길 등 조선인들은 사할린으로의 이주·정착한 과정에 차이를 보였다.[13] 하지만 대체로 그들은 "가라후토가 좋아서 거기에 간 게 아니"라 "먹고살 수가 없으니까 거기까지 흘러들어간" 유민流民들이었다.[14] 그리고 식민지 말 전시총동원 체

---

[13] 1917년 일본 기업의 '모집'에 의해 조선인 노동자 단체가 '시험적'으로 사할린에 이주하였는데, 그들의 노동 생산성이 인정을 받아 이후 조선인 이주가 활발해졌다. 1920년대 기업은 노동력 부족을 해결하기 위해 '모집'과 '교도'의 방식으로 조선인 노동자들의 이주를 독려했지만, 치안 당국은 조선인에 대해 부정적 인식을 가지고 있었다. 이준영, 「1910~1920년대 조선인의 가라후토 이주와 인식」, 『日本近代學研究』 제59호, 한국일본근대학회, 2018, 353~370쪽.

[14] 이회성, 김석희 역, 『백년 동안의 나그네』 상, 프레스빌, 1995, 67쪽.

제기 제국 일본의 신민으로 호명되면서 체제의 질서에 적응해 삶을 영위해가던 자들이었다.[15] 특히 사할린이 접경 지역이었던 만큼 남부 사할린 거주 조선인들은 체제의 통치 질서를 내면화해야 할 뿐만 아니라 전시기 천황의 적자로서 일본인으로서의 책무를 강제 받게 되었다.

이러한 사할린 거주 조선인의 위상은 소련군의 참전 및 제국 일본의 패전에 따라 사할린이 소련의 통치 질서에 놓이게 되면서 바뀌었다. 소련군 점령 직후 일본인 협화회 간부는 조선인들이 남하하는 소련군의 길잡이 역할을 한 스파이 혐의가 있다며 적대시하여 '할복'할 것을 요구하고, 소련군은 협화회 전력을 문제 삼아 "일본 제국주의에 협력한 주구走狗"[16]라며 조선인들을 처벌하려고 하였다. 이에 생명의 위협을 느껴 일본인으로 위장·밀항하여 하코다테 수용소에 이르렀지만 미군정청에서는 조선인들을 일본 내 폭동을 일으키기 위해 소련이 보낸 스파이로 취조한다. 제국-식민지 체제 붕괴 이후 조선인들은 일본, 소련, 미국 그 어디에서도 자신들의 존재를 인정받지 못하고, 안정과 안전에의 희구와 달리 지속적으로 감시와 처벌의 대상이자 스파이 혐의를 받고 취조 당한다. 제국적 질서 하 일본인이었던 그들은 패전 이후 일본

---

15 1930년대 말 전시총동원 체제기에 접어들면서 가라후토는 일본의 '연료기지'로 위치 지어졌고, 최대의 석탄 산지였던 에스토루 지방으로의 이민은 더욱 확대되었다. 1935년 26,549명이었던 인구는 1941년 39,026명으로 급증했고, 에스토루는 도요하라를 제치고 최대 도시로 성장했다. 양질의 석탄이 풍부한 서해안 북부에서는 새로운 탄갱 개발을 향한 경쟁과 호황으로 임금이 높아졌고, 농촌이나 홋카이도 탄광으로부터의 노동자 유입이 활발해졌다. 이것이 본토의 전시 노동력 배분에 위협 요소가 된다고 판단해 조선인 노동자를 가라후토에 투입하게 된 것이다. 현무암, 「사할린에서 교차하는 한·일의 '잔류자'들」, 현무암·파이차제 스베틀라나, 서재길 역, 『사할린 잔류자들―국가가 잊은 존재들의 삶의 기록』, 책과함께, 2019, 263~264쪽.
16 이회성, 김석희 역, 앞의 책, 124쪽.

인들과 마찬가지로 귀환의 대상이 되지 못했을 뿐만 아니라, 고국인 조선으로 돌아가는 것 또한 쉽지 않았다. 그들은 체제 변동 과정 속에서 국민국가를 경계로 작동하는 질서에 의해 배제되고 소외된 자들이었다. "조선반도도 '일본'이었다. 그리고 그는 '일본인'이었다. 하지만 전쟁이 끝나자 일본인만 내지로 돌아가고 있었다. 독립한 조선에서는 배한 척 나타나지 않았다"[17]라는 박봉석의 탄식은 해방 이후 사할린 조선인들의 기민으로서의 처지를 상징적으로 드러낸다.

이런 점에서 조선인들과 함께 사할린을 탈출했지만, 고국으로 귀국하지 않고 일본에 남으려고 한 이재길의 행위와 욕망에 주목할 필요가 있다. 그는 제국 일본의 체제와 질서에 적극적으로 가담한 자신의 이력으로 인해 조선으로 돌아갔을 경우, 자신이 조선인으로서 받아들여지지 않을 것이라고 생각하고 있는 인물이었다. 물론 일본인으로 살아왔던 자신이 패전 이후 일본인이 아닌 조선인으로서 살아가는 것이 불가능할 것이라고 판단하고 있었던 그가 다른 조선인들처럼 자기 고백을 통해 참회하고 새롭게 자기를 정립해나가지 않는 것에 대해 비판할 수는 있다. 하지만 비록 그러한 자기 고백의 과정을 수행한 조선인들이라고 하더라도 쉽게 귀국·귀향할 수 없었다는 점을 감안한다면, 조선으로 귀국하지 않고 일본에 남고자 하는 그의 욕망을 단순히 체제 협력적인 조선인의 자기 망각이나 회피로 단정할 수만은 없을 것이다.

나는 도대체 '어느 나라 사람'입니까? '유령'이 되어버렸습니까? 아니면

---

17 위의 책, 124쪽.

'무국적자'가 될 팔자인가요? 조선으로 돌아가면 국적이 돌아오니까 좋다는 겁니까? 하지만 나 같은 인간을 그 나라가 순순히 받아들여줄 거라고 일본인들은 생각하고 있습니까? 여러분은 내 생각을 어떻게 판단하십니까? 내 생각이 틀렸습니까?[18]

일본인으로 가장하여 불법적으로 일본에 밀입국한 조선인, 그리하여 미군 총사령부의 명령에 따라 강제 송환의 대상이 된 그들은 결코 일본인이 될 수 없었다. 그래서 귀환선에서 일본인으로부터의 습격에 대한 공포를 느끼고 있었고, 호송 열차에서도 격리되어 일본인들로부터 적대적 시선을 받았던 것이다. 기실 하리오섬 수용소뿐만 아니라 호송 열차 칸 또한 조선인들에게는 수용소와 같은 차단과 배제의 장치로 작동하고 있었고, 이는 사할린이라는 공간 자체로까지 확장된다고 할 수 있을 것이다. 그들은 박봉석의 아들 박준호가 사할린을 탈출하지 못한 조선인들이 도망칠 자유조차 박달당한 자들[19]이라고 인식하고 있었던 것처럼, 애초에 자유를 상실한 자들이었다. 그리고 무엇보다 그것은 기민으로서 그들이 민족과 국가의 경계 밖으로 내몰린 존재였음을 상기시킨다. 해서 위의 인용문에 나타난 이재길의 절규에 가까운 호소는 이른바 민족반역자 매국노의 자기 합리화를 위한 변명이 아니라, '무국

---

18 위의 책, 341쪽.
19 사할린 거주 조선인들은 일본인들과 달리 계속해서 사할린에 남아 있어야 했는데, 1946년 12월 19일 미소귀환협정으로 일본인 약 30만 명이 귀환되었지만, 1952년 샌프란시스코 조약으로 한국의 독립을 인정하면서 사할린의 조선인들은 일본 국적을 상실했다는 이유로 방치되었다. 사할린 거주 43,000여 명의 조선인들은 일본의 책임 회피와 당시 노동력 부족과 북한과의 관계를 우려한 소련 당국의 무관심 속에서 결국 귀환하지 못했다. 이순형, 『사할린 귀환자』, 서울대 출판부, 2004, 2쪽.

적자'이자 '유령'으로 전락해간 조선인의 자기 존재의 부정에 대한 항변으로 이해할 수 있는 것이다.

무국적자이자 유령으로 전락해간 조선인들, 그들은 전후 일본사회의 책임 회피와 해방 조선의 망각, 그리고 냉전 질서의 구축 과정 속에서 전략적으로 이용한 소련과 미국으로부터 버려지고 내쫓긴 존재들이었다.[20] 그리하여 그들은 정주에의 욕망을 가지고 있었지만, 그 어느 곳에도 안주하지 못하고 떠돌 수밖에 없는 신세가 되었던 것이다. 이는 귀국·귀향을 위해 하리오섬 수용소까지 갔던 박봉석과 유근재 일가가 결국 귀국·귀향을 포기하고 일본에 잔류하게 된 상황을 통해 보다 명확히 확인할 수 있다. 하리오섬 수용소에 도착한 조선인들을 해방 이후 한반도의 정치경제적 상황에 대해 듣게 되는데, 그것은 혼돈 그 자체였다. 좌우익의 이념 대립으로 인한 정치적 혼란과 38선의 봉쇄로 인한 이동의 차단, 그리고 물가 앙등 등 경제적 궁핍함을 전해들은 박봉석과 유근재는 귀환과 귀향을 주저하게 된다. 귀향에의 강한 열망을 가지고 있었던 그들이었지만, 귀국·귀환한 이후 또다시 조선으로부터 배제될 것을 예감한 상황 속에서 지금까지의 이동은 그 길을 잃게 된다.

---

20 1949년 7월 22일 일본인 귀환 사업이 종료된 시점에서 한반도 남부 출신이 대부분을 차지하는 사할린 조선인이 귀환할 곳은 없었다. 소련은 1950년 4월 22일 사할린에 거주하던 일본의 집단 귀국이 종료되었다고 발표하는 한편, 같은 해 7월 1일까지 잔류를 결정한 모든 일본인과 조선인들의 의무적 거주지 등록을 지시함으로써 개인적 통제를 강화했다. 임시거주자 신분으로 각종 제한과 차별 속에 놓여 있었던 조선인들은 1952년 5월 6일 소련 각료회의 결의에 따라 소련 국적 신청이 가능해졌지만, 그것을 귀환에서 정주로 변경되었다고 말할 수는 없을 것이다. 소련 측의 입장에서 보자면, 사할린 조선인의 귀환 문제는 새롭게 획득된 영토의 안정화와 전후 복구를 위한 노동력 활용에 초점을 맞추고 있었다. 방일권, 「이루어지지 못한 귀환—소련의 귀환 정책과 사할린한인」, 『동북아역사논총』 제46호, 동북아역사재단, 2014, 306~309쪽.

그들이 일본에 잔류하기로 결정한 이유는 무엇보다 '가족' 때문이었다. "고향에 돌아가는 건 좋지만, 살기 힘든 곳이라서 식구들을 고생시킬 게 뻔하고… 오늘 아침에도 송환계장이 말했지만, 일본인 아내가 조선에서 살려면 고생이 이만저만이 아니라더군"[21]이라는 유근재의 말을 통해 확인할 수 있듯이, 그는 일본인 처와 그녀 사이에서 태어난 자식들이 조선에서 배척될 것을 염려한다. 그것은 그 자신이 조선인으로서 일본사회에서 배제되고 소외되었던 경험을 가족들에게 되풀이하지 않게 하기 위한 것이다. 같은 맥락에서 박봉석 또한 사할린에서 나고 자라 조선어를 하지 못하는 자녀들이 조선인으로 받아들여지지 않을 것을 알고 있었다. 기실 해방 이전 그들은 조선인으로서 차별적 지위를 벗어날 수 없었다. 전시총동원 체제기 전쟁 수행을 위한 동원의 논리 속에서 천황의 적자로 호명되었을 때에도 그들은 '식민지 조선인'이었을 뿐이었다. 해방은 그들의 이와 같은 차별적 위상을 해소하기는커녕, 조선인으로부터 그들을 구분하고 배제하는 사건이 되었다. 특히, 일본인 처, 그녀와의 사이에서 태어난 자식들, 그리고 사할린 태생의 조선인 2세들은 해방 조선의 '국민'으로 인정받지 못하고 거부·부인될 가능성이 컸다. 따라서 기민으로서의 삶을 반복할 수 없다는 판단 속에서 그들은 불가피하게 귀환·귀향을 멈출 수밖에 없었던 것이다. 하지만 그렇다고 해서 전후 일본사회에서 그들의 삶이 마련된 것은 아니었다. 재일조선인으로서의 새로운 삶은 사할린에서의 차별 받았던 삶과 다른, 한 인간 존재로서 그들이 전후 체제 속에 안착해 그 자체로 인정받

---

21 이회성, 김석희 역, 『백년 동안의 나그네』 하, 프레스빌, 1995, 271쪽.

고 살아갈 수 있다는 희망의 결과가 아니었다. 그것은 그 어느 곳에도 속할 수 없다는 불안과 절망 속에서 삶을 이어가기 위한 불가피한 선택이었을 뿐이다.

이제는 '고가네마루'가 멀리 보인다. 배에 탄 사람들의 모습을 이제는 더 이상 분간할 수 없었다. 사람들은 잔교 끝까지 나아가 있었지만, 떠나는 이들을 누가 누군지 확인할 수는 없었다. 안개가 낀 것처럼 부옇게 흐려 보이는 오무라 만을 배경으로, '고가네마루'는 토레 섬 앞에서 뱃머리를 오른쪽으로 돌리기 시작했다. 배는 천천히 모퉁이를 돌아넘더니, 마침내 시야에서 사라지고 말았다. 배 꼬리에 남겨진 하얀 흔적마저 파도에 휩쓸리고 나자, 바다에 보이는 것이라고는 오무라 만뿐이었다.

"갔구나…"

박봉석이 바다를 멍하니 바라본 채 중얼거렸다. 그 표정은 더없이 쓸쓸했다. 끝없는 갈망을 의지로 강하게 억누르고 있었다. 창자가 끊어지는 것 같았다. 인생을 저주하며 땅바닥에 주저앉아 통곡하고 싶은 심정이었다. 왜 이대로 일본에 남아야 하는가. 이 일본 어디가 좋아서 이 땅에 머물지 않으면 안되는가. 또다시 이 객지에서 인생을 다시 시작한다 쳐도, 이 나라는 우리의 고뇌를 얼마나 이해해줄 것인가. 이러지도 저러지도 못한 채, 그는 자신이 쇠사슬에 묶여 있는 듯한 기분을 느꼈다. 가족을 택할 것인가 고국을 택할 것인가. 어쩔 수 없는 양자택일의 결단을 강요받고 결국 일본에 남았지만, 그것은 어떤 문제도 해결해주지 않고 새로운 고통의 시작을 암시하고 있을 뿐이다. '아이고!' 그는 속으로 신음했다. '도대체 누가 이 한을 풀어줄꼬!' 그 순간, 그는 털썩 주저앉아 땅을 치고 있는 듯한 착각에 빠져 가슴이 격렬하게 고동치는 것을 느꼈다. 창자가 부글부글 끓어오르는 것 같았다. 그는 입을 딱 벌리고 숨을 들이마셨다. 이 섬 전체를 들이마셔버릴 것 같은 기세였다. 그리고 나서야 겨우 정신을 차릴 수 있었다. 잠시 뒤에 그는 어느덧 엄격한 현실로 돌아와 있었다. 또다시 새로운 인생이 시작된다. 앞으로는 재일在日 조선인으로서 살아가게 된다.[22]

"조국이 독립했다 해도 그 꼴이니, 돌아가려 해도 돌아갈 수 없는 사람들"[23]은 이제 재일조선인으로서의 삶을 살아갈 수밖에 없게 된다. 따라서 재일은 개인이 선택한 존재의 방식인 동시에 제국의 해체와 식민지의 해방, 동아시아 냉전 질서의 구축 과정에서 새롭게 창출된 인간 존재의 형식이라고 할 수 있다. 물론 재일의 삶을 선택한 이유는 재일조선인들 각자 다양하겠지만, 그것이 동아시아 지역 질서의 변동 속 국민국가를 단위로 하는 경계 구획이 이루어지면서 버려지고 내몰린 자들의 생존을 위한 선택이었다는 점을 다시금 확인하게 한다. 하지만 바로 그 경계들로부터 끊임없이 배제된 자들로서 (재일)조선인들은 패전과 해방 이후 그러한 경계 긋기의 작업이 기실 개인을 국민으로 포섭하는 것이 아닌 국민으로부터 배제하는 것을 통해 수행되었음을 증거할 뿐만 아니라, 국가라고 하는 정치체가 결코 개인의 존재 근거가 되지 못한다는 것을 말해준다. 이회성의 『백년 동안의 나그네』에 나타난 조선인들의 지속되는 이동은 바로 이 국가 밖의 존재, 경계 위의 인간들을 통해 국가의 존재 이유와 정당성을 되묻고 있는 것이다.

---

22 위의 책, 335~336쪽.
23 위의 책, 280쪽.

3. 고백의 윤리와 파레시아의 말하기

이회성의 『백년 동안의 나그네』 서사를 이동 서사의 관점에서 이해할 수 있다고 했을 때, 무엇보다 이 소설에서 주목되는 것은 이동의 과정을 수행하는 주체들이 과거 자신의 행적을 '고백'하고 있다는 점이다. 이는 한편으로는 제국적 질서 아래 삶을 영위해왔던 조선인들이 해방 이후 고국으로 돌아가기 위해 과거 자신의 과오를 고백하는 것을 통해 '속죄'하고, 그를 바탕으로 새롭게 자기를 구축하기 위한 일종의 통과제의를 수행하는 것으로 이해할 수 있다. 과거의 자신과 결별하고 새롭게 자기를 정립하는 것은 체제 변동에 따른 주체의 능동적이고 적극적인 실천으로 의미화되는 경우가 일반적이다. 하지만 이 소설에서의 고백은 과거와의 단절이라는 측면에서 자기 회피나 망각으로 이어지지 않고, 오히려 자기 극복을 위한 갱신의 과정으로 이해할 필요가 있다. 즉, 고백을 통해 과거의 자기와 대면하고, 그러한 과거의 자기를 합리화하는 것이 아닌 부정적 대상으로 극복하려고 하는 의지가 사할린을 떠나 유동적 이동의 과정 중에 수행되고 있는 것이다. 따라서 자신의 과거를 은폐하거나 봉인하는 것이 아닌, 재일의 출발점에서 새롭게 과거를 기억하고 말하고 있다는 점은 이 소설에서 주목되는 부분이다.

물론 고백하는 행위는 고백하는 주체가 누구에게 고백하는가의 문제와 결부되어 있어 고백의 대상을 위치 짓는 행위이기도 하다. 다시 말해 무엇을 고백하는가 못지않게 고백이라는 형식 자체가 고백하는 자와 고백 받는 자 사이의 관계를 구축한다. 여기에서 고백 받는 자로서 주목되는 인물이 최요섭이다. 그는 1919년 3·1운동에 가담한 아버지가 투옥되었다가 출옥한 뒤 병사하자 1920년대 초 가족과 함께 지리산에 들어가 묵상과 기도에 정진하였는데, 자신을 따라 입산하는 사람들이 늘어나게 됨에 따라 장로파 선교본부로부터 경고를 받고 종적을 감춘다. 이후 일본으로 건너가 조선인들을 찾아다니면서 선교활동을 펼치던 그의 가족들은 1936년 가을 사할린에 도착하였는데, 도착 직후 사회주의 사상에 경도된 아들이 고등계 형사의 검문검색을 받아 구속되기에 이른다. 이후 6년 동안의 복역 후 출소한 아들이 '순회목사'로서 선교활동을 이어가지 않고 체제에 협력하는 행보를 보였던 최요섭을 비판하고 1년 뒤 전쟁에 참전해 전사하게 된다. 이러한 최요섭이 조선인 귀환자들로부터 과거 행적에 관해 의심 받지만, "난데없이 눈앞에 등장한 위인"[24]으로 여겨져 고백을 듣는 자가 되었던 것이다. 하지만 그렇다고 해서 최요섭이 조선인들에게 목사로서 어떤 신격화된 존재로 인식되는 것은 아니었고, 그런 점에서 조선인들의 그에 대한 고백은 고해성사로서의 성격을 지닌 것은 아니었다. 오히려 연장자로서 삶의 지혜를 구하거나 온화해 보이는 성품이 조선인들로 하여금 그를 대상으로 고백하게끔 한 것이라고 보아야 할 것이다.

박봉석은 최요섭에게 자신의 가족이 사할린으로부터 탈출하게 된 경위를 말한다. 그러면서 폴란드계 유대인으로 사할린 민정서에 근무하고 있던 솔로몬 마카스 샤바라로부터 도움을 받았던 상황에 대한 설명과 함께 상관의 서명을 위조해 귀국허가증을 건네준 그에 대한 염려, 유대인으로서 조선인보다 극심한 역경에 처해 있는 그가 대가없이 도

---

24 이회성, 김석희 역, 『백년 동안의 나그네』 상, 프레스빌, 1995, 120쪽.

움을 준 이유에 대해 의견을 구한다. 이에 최요섭은 그의 도움이 유대 율법에 따른 사명감의 발로였다고 답하자, 박봉석은 사할린 이주 초기의 밀렵과 암거래, 그리고 협화회 행적을 말하면서 탈출 과정에서 사토미를 비롯해 가족을 버리고 온 것에 대해 자책감을 느낀다. 그는 "아직도 하고 싶은 이야기가 남아 있었다. 그것을 말하지 않으면 아무 이야기도 하지 않는 거나 마찬가지라고 생각했다. 그런데 '그것'이 너무 많았다".[25] 무엇을 어떻게 말해야 할지 모르면서 말하지 않을 수 없는 상태, 그것은 생존을 위해 사할린을 탈출한 박봉석이 결코 사할린으로부터 벗어날 수 없음을 의미한다. 고백을 통해 과거 사할린에서의 자기를 극복하고자 하지만, 그것은 모두 고백될 수 없다는 점에서 박봉석에게 고통으로 다가온다. 그럼에도 그는 사할린으로부터 멀어지면서 역설적으로 사할린(과 그곳에서의 자기)에 대해 고백하기 시작한 것이다.

박봉석의 아내 김춘선 또한 최요섭을 향해 모든 것을 털어놓고 싶다며 남편을 속이고 있다고 고백한다. 그녀는 자신을 속여 재혼한 남편에게 반감이 있었지만, 자신에게 성적 수치감을 주면서 "'갈보'라느니 '위안부'라느니 '조선인의 수치'라느니 '창녀'라느니, 그야말로 '매국노' 취급을 하는"[26] 산을 벗어날 수 있었던 데 기뻤을 뿐이라고 말한다. 하지만 산에서 내려왔음에도 자신에 관한 소문이 퍼지자 사할린을 벗어나고자 했는데 마침 생명에 위협을 느낀 남편이 사할린을 떠나 귀국을 결심하게 되자 남편에게 자신의 의중을 밝히지 않은 채 동참했다고 말을 잇는다. 그러면서 전 남편을 죽인 남자에 대한 적개심이 자신을

---

25 이회성, 김석희 역, 『백년 동안의 나그네』 하, 77쪽.
26 위의 책, 220쪽.

향할 것이라 짐작해 수양딸이었던 사토미를 버리고 올 수밖에 없었고, 귀국선에 올라 부산에 도착하면 박봉석과 헤어져 자신만의 삶을 살아갈 것이라고 말한다. 최요섭을 향한 그녀의 고백 속에는 사할린에서의 치욕적인 삶의 궤적들과 인간으로서 지탄 받을 수 있는 자신의 과오가 담겨 있다. 그녀 또한 은폐하고자 했던 사할린에서의 삶을 스스로 말하는 것을 통해 과거의 자기를 극복하고자 한 것이라고 할 수 있는데, 다만 그것은 속죄의 형식을 갖지는 않는다. 물론 서사 말미에 박봉석과 헤어져 귀국선에 올라 부산으로 향하지 않고 그와 함께 일본에 남겠다고 결심하는 과정에서 그녀는 재일의 방식으로 사할린에서의 삶을 넘어서려고 하고 있었다고 할 수 있을 것이다.

나가사키 하리오 섬 수용소에 도착해 사할린에서의 자신의 과거를 고백하는 서사의 구조는 지속되는데 그러한 서사 구조에서 가장 주목되는 인물은 주두홍이다. 그는 사할린에서 하리오 섬 수용소까지 이동하는 과정에서 여타 조선인들과 거리를 두고 있었다. 무엇보다 그것은 사할린에 먼저 이주·정착한 조선인들이 선주민 의식을 가지고 식민지 말 징용되어온 조선인들에게 배타적인 한편, 그 이유야 어찌 되었든 제국 일본의 통치 질서에 협력했기 때문이었다. 그는 지속적으로 조선인 귀국자들과 자신을 구분하면서 여타 조선인들을 경멸하고 있었는데, 그와 같은 그의 생각은 이동의 과정에서 바뀌게 된다. "저는 사실 여러분을 용서하지 않을 작정이었어요. 경멸했을 정돕니다. (…중략…) 혐오감을 금치 못할 만큼… 하지만 생각이 바뀌었어요."[27] 그의 생각이 바

---

27 위의 책, 293쪽.

뀐 것은 체제 협력적인 조선인들을 경멸했던 자신의 모순을 발견했기 때문이었다. 그것은 그 자신 또한 다른 조선인들이 처한 상황 속에서 체제에의 협력을 거부하거나 조선인들을 착취하지 않을 거라고 확신하지 못하게 된 것이 그 원인이었다. 그러면서 그는 자신들이 시대의 '증인'이 되어야 한다면서 그를 위해서는 자신의 과거를 고백하는 것이 선행되어야 한다고 말한다.

앞서 박봉석과 김춘선의 고백이 한편으로는 체제 변동 과정 속에서 새로운 자기를 구축하기 위한 일환으로서 '자기 자신에의 배려'로서의 성격을 지니는 반면, 주두홍의 고백은 증언을 위한 것이라는 점에서 그 성격을 달리한다. 그는 최요섭에게 8월 15일 해방 당시 일본인을 살해했음을 고백한다. 1943년 23세 때 속리산 인근 마을에 거주하던 주두홍은 징용으로 가족과 헤어져 일본으로 건너온 뒤 탄광 광부로 일하다 해방을 맞아 그동안 조선인 징용 광부들을 학대했던 일본인을 우발적으로 살해하고, 탄광 노부반장이었던 이재길까지 죽이고자 하였다가 살려준다. 이후 사할린에서 미친 자로서 행세하면서 자신의 범죄 사실을 은폐하는 한편, 러시아인의 도움을 받아 조선인들과 함께 귀국선에 오를 수 있었던 것이다. 그는 민족이라는 경계 속에 자신을 가두지 않았을 뿐만 아니라, 역사의 현장에 위치한 "자기가 역사와 어떻게 관련되어 왔는가를 뒤돌아보고, 자신의 과거를 '고백'하는 게 선결 문제"[28]라고 생각하고 있었다. 그러니 그의 고백은 민족 수난사의 맥락에서 내셔널리즘을 강화하기 위한 기억의 작동이 아니라, 바로 민족의 경계를

---

28 위의 책, 299쪽.

넘어 역사를 올곧게 인식하기 위한 증언으로 작동할 수 있었던 것이다.

> 정말 무참한 얘기야. 하필이면 '해방'되는 그날 그런 사건이 일어나다니. 하지만 자네는 '고백'을 했어. 오오, 얼마나 슬픈 기념일인가. 자네가 '고백'한 건 자신에게 벌을 줌으로써 그날의 의미를…… 이 더러운 세상에 반성을 촉구하려는 거겠지. 아니, 알고 있네. 자네 성격은 나도 웬만큼 알고 있으니까. 틀림없이 자네는 이렇게 말하겠지. '그런 속셈은 추호도 없습니다. 이건 어디까지나 나 자신의 문제입니다' 하고… 물론 그렇겠지.[29]

이처럼 주두홍의 증언으로서의 고백은 미셸 푸코가 말한 '파레시아 parrêsia'의 말하기라고 할 수 있다. '모든 것'을 의미하는 pan과 '말해진 바'를 의미하는 어근 rêma가 합쳐져 '모든 것을 말하기'라는 의미의 동사형 prrêsiazein이나 '파레시아를 행하는 것'을 의미하는 동사형 parrêsiazeisthai이 되는 것을 통해 확인할 수 있듯이, 파레시아는 일반적으로 '모든 것을 말하기'라는 의미를 갖는다. 그리고 파레시아를 행하는 자인 '파레시아스트parrêsiastês'는 '자신이 생각하고 있는 모든 것을 말하는 자'를 뜻한다.[30] 푸코는 파레시아의 이 일반적 의미를 확장하여 진솔함, 진실성, 위험의 감수, 비판적 기능, 도덕적 의무 등 5가지 특징을 들어 파레시아를 정의하기도 하였다. 그가 정의한 바에 따르면, 파레시아는 진솔하게 자기 자신을 표현하는 것, 거리낌이나 두려움 없이 말하기를 의미한다. 푸코는 이 파레시아의 개념이 3가지 가치를 지

---

29 위의 책, 303쪽.
30 미셸 푸코, 오트르망 심세광·전혜리 역, 『담론과 진실』, 동녘, 2017, 91~92쪽.

닌다고 했는데, 각각 정치적, 윤리적, 철학적 가치가 그것이다. 정치적 가치는 민주주의와 진실 간의 관계를 재평가하는 것이고, 윤리적 가치는 주체와 진실 간의 관계를 문제화하는 것이며, 철학적 가치는 비판적 태도의 계보를 기술하기 위한 것이다.[31]

주두홍의 고백을 파레시아의 말하기로서 이해할 수 있다면, 무엇보다 그것은 살인자로서 자신이 처벌 받을 수 있는 위험을 감수하는 진실성을 넘어 역사와 시대를 비판하는 기능을 하기 때문이다. "'고백'은 인간을 드높이는 행위야. 민족도 마찬가지지. 그것은 대립하는 한 인간의 존재를 통일된 자기로 이끌어가는 것인데, 그 근저에 있는 것은 생명에 대한 긍정이야. '고백'이 인간적 가치를 갖는 건 바로 그 때문이지"[32]라고 말하는 주도홍의 목소리에 귀를 귀울이자면, 증언으로서의 고백은 제국과 식민지, 전쟁 등으로 인한 인간성 상실을 회복하고 윤리적 주체로서 자기를 정립하기 위한 방편이었던 것이다. 이는 주두홍의 고백에 최요섭이 선교활동을 하지 않고 궁성요배와 기미가요 제창 등 체제에 순응하여 자기를 합리화하는 이단자였다는 고백으로 이어지는 것을 통해 다시 한번 확인할 수 있다. 고백은 자기 망각과 합리화를 넘어설 뿐만 아니라 속죄의 제의를 통해 자기 자신에의 배려로 귀결되는 것이 아니라, 통치와 지배, 전쟁과 분단을 극복하기 위한 윤리적 주체의 탄생으로 이어지고 있는 것이다. 따라서 이회성의 『백년 동안의 나그네』 서사에 나타난 증언으로서의 고백은 재일조선인으로서의 새로운 삶의 조건에 놓인 윤리적 주체의 탄생을 보여주고 있는 것이다.

---

31 위의 책, 12쪽.
32 이회성, 김석희 역, 『백년 동안의 나그네』 하, 313쪽.

이회성은 1981년 10월 사할린을 방문하고 1982년부터 연재한 기행문 「사할린 여행サハリンの旅」에서 "나는 어떤 소설을 쓰더라도 그 전에 어떻게 해서든 사할린에 가보고 싶다고 끊임없이 생각해왔다"[33]라고 회상했는데, 이를 통해 그의 문학적 기원의 장소가 사할린임을 짐작할 수 있다. 재일조선인의 북한 귀국을 사할린 조선인의 귀환과 연결시킨 「또 다시 이 길またふたたびの道」1969, 패전 직전 사할린 마오카 산중에서 목격한 일본군의 죽음에 대한 재일조선인과 일본인 사이의 기억의 차이를 서사화하고 있는 「증인 없는 광경證人のいない光景」1970, 그리고 사할린에서의 유년 시절 어머니 '장술이'의 삶을 그리고 있는 「다듬이질하는 여인砧をうつ女」1971 등 이회성 문학의 원형으로서 사할린은 그의 글쓰기 곳곳에 산재해 있다. 그에게 "전후의 사할린은 과거의 기억 속에서 추억되는 장소가 아니라, 현재의 전후 일본에서 소환되고 증언되어야 할 현안의 장소"[34]였던 것이다. 『백년 동안의 나그네』 서사에서 사할린 조선인들이 역사의 증언으로서 고백을 수행하고 있는 것은 바로 이러한 맥락에서였다. 재일의 한 기원을 상징적으로 드러내는 사할린은 지속되는 현재의 재일이라는 조건을, 그리고 그것을 둘러싼 한일 내셔널리즘의 경계를 재사유하기 위해 기억되고, 씌어지고, 증언되어야만 했던 것이다.

---

33 李灰成, 「サハリンの旅 1 望鄕」, 『群像』 37-1, 1982.1, 312쪽.
34 김계자, 앞의 글, 97~98쪽.

4. '소수적인 문학'으로서의 재일조선인 문학

이상에서 살펴본 이회성의 『백년 동안의 나그네』는 기본적으로 사할린을 탈출해 고국인 한반도로 돌아가고자 한 조선인들의 이동 서사이다. 그런데 서사 속 행위 주체와 그들의 욕망에 의해 발생한 사건의 전개 과정에 따라 다양한 서사 형식으로 이해할 수 있다. 부친 살해의 욕망 속에서 오이디푸스 콤플렉스를 보이고 있는 박준호에 주목하자면 이 소설은 성장소설로 볼 수 있고, 고국(고향)으로의 귀국(귀향)이 좌절된 상황 속에서 가족들 사이의 갈등이 해소—기실 그것은 봉합으로 보이지만—되고 있는 서사의 종결에 주목하자면 가족 로망스로 읽을 수 있다. 뿐만 아니라 사할린으로의 유입, 사할린에서의 일본인으로서의 거주, 사할린으로부터의 탈출 등 조선인들의 인생유전이 동아시아 나아가 전 세계적 근현대사의 전환 과정 속에서 사건들로 연쇄하고, 그러한 역사적 사건들의 중심에 조선 '민중'이 놓여 있는 점에서 역사소설로 접근할 수 있으며, 이와는 달리 저자의 자전적 체험에 기초한 이야기라는 점에서 자기 서사self-narratives로 파악할 수도 있을 것이다. 하지만 이 글에서는 질 들뢰즈와 펠릭스 가타리가 제안한 '소수적인 문학littérature mineure'으로 이 소설을 이해하고자 한다.

들뢰즈와 가타리는 카프카 문학에 관한 논의에서 소수적인 문학의 특징을 다음과 같이 제시한 바 있다. 첫째, 언어가 어떤 식으로든 탈영토화에 의해 변용된다. 즉, 소수적인 문학의 언어는 낯선 소수적 용법에 적당한 탈영토화된 언어이다. 둘째, 모든 것이 정치적이다. 다시 말해, 소수적인 문학은 그 자체의 협소한 공간으로 인해 개인적인 문제가 직접 정치적인 것으로 연결된다. 셋째, 모든 것이 집합적인 가치나 의미를 지닌다. 개인적 언표 행위는 집합적 언표 행위와 결부되고, 개별 작가가 말한 것이 이미 하나의 공동 행동이 된다. 이처럼 소수적인 문학의 특징은 "언어의 탈영토화, 개인적인 것과 정치적인 직접성의 연결, 언표행위의 집합적 배치"[35]이다. 물론 카프카가 "언어 활동의 위계적 및 명령적imperatif 체계를 명령의order 전달로서, 권력의 행사 내지 그런 행사에 대한 저항"[36]으로서 '프라하의 독일어'를 활용한 것을 감안했을 때, 『백년 동안의 나그네』에 조선 민중들의 토속어(조선어), 소통 수단으로서의 일본어, 소련군 참전 이후 문화의 언어가 된 소련어, 그리고 최요섭과 윤마리아 부부를 통해 드러나는 성서의 신화적 언어의 배치들에 주목해야 할 것이다. 하지만 이러한 소수적인 문학이 자신의 언어 안에서 다중 언어를 이용하여 언어의 억압성에 피억압성을 병치시키며, 문화와 발전에 비문화와 저발전으로 응수하여 결국 문학의 탈영토화를 낳는다는 점을 감안했을 때, 재일조선인 문학은 일본문학과 한국문학의 영토로부터 미끄러져 그것을 탈영토화하고, 재영토화할 수 있다.

전후 내셔널리즘의 자장 속에서 민족문학을 새롭게 구축해가고 있었던 일본문학 장에서 재일조선인 문학은 주변부화되었고, 그것은 전후 일본사회에서 재일조선인의 사회적 위상이 그러한 것처럼 소외되고 배제되었다. 무엇보다 전쟁 책임을 망각하고 전쟁 수난사 속 피해자로

---

35 질 들뢰즈·펠릭스 가타리, 이진경 역, 『카프카—소수적인 문학을 위하여』, 東文選, 2001, 48쪽.
36 위의 책, 60쪽.

서 자기를 주조하기 위한 전후 국가 재건의 움직임 속에서 과거 제국주의적 침략을 증거하는 '재일'의 한 기원을 서사화하는 재일조선인 문학은 일본문학의 영토 밖으로 추방되어야 했다. 하지만 바로 그때 재일조선인들의 일본어로 씌어진 재일조선인 문학은 그러한 일본문학의 영토에 틈을 내고 균열시켜 결국 그것을 탈영토화한다. 일본문학의 영토 내부로 포섭되지 않는 재일조선인 문학이 역설적으로 외부에서 일본문학의 탈영토화를 이끌고 있는 것이다.

이는 한국문학과의 관계 속에서도 마찬가지이다. 통상 재외동포 문학 정도로 호명되곤 하는 재일조선인 문학은 해방 이후 냉전-분단 체제하 반공 이데올로기를 중심으로 체제의 실정성을 구축해간 남한사회의 민족문학으로부터 소외되고 배제되었다. 식민지의 체험과 기억 속에서 민족 수난사를 만들어내고, 한국전쟁 이후 전 세계적 냉전질서 하반공 이데올로기를 축으로 통치 이념을 발현했던 남한사회의 폐쇄적 민족주의에 입각한 남한문학이 자기 영토를 증식하기 위해 편취적으로 재일조선인 문학을 호명할 때가 아니라면, 재일조선인 문학은 언제나 남한문학의 외부에 놓여 있었다. 하지만 바로 그렇기 때문에 재일조선인 문학은 남한의 민족문학이 자가 증식을 위해 어떻게 자기 영토화했는지 폭로할 뿐만 아니라, 그것을 해체하여 탈영토화하고 재영토화하는 외부로부터의 작용을 가한다.

이처럼 재일조선인 문학은 전후 일본문학과 해방 이후 한국문학의 자기 영토화의 권력 구조와 이데올로기의 폭력성을 비판적으로 성찰할 수 있게 한다. 그것은 '재일'이 과거 식민지와 제국 사이, 신생 해방국과 전쟁 패전국과 사이, 그리고 미국을 축으로 하여 한국과 일본이 동아시아 반공 자유 진영 속으로 회수되어 연대하고 있는 어떤 지점들 사이에 존재하면서, 한편으로는 소외되고 배제된 상태를 증거할 뿐만 아니라, 다른 한편으로는 바로 그 소외되고 배제된 상태 즉, 외부로부터 한국과 일본의 영토를 탈영토화 할 가능성을 가지고 있는 것처럼, 재일조선인 문학 또한 한국문학과 일본문학의 영토를 해체하고 새롭게 구축해나갈 수 있는 가능성을 제시하고 있는 것이다. 그런 점에서 이회성의 『백년 동안의 나그네』는 소수자적 문학의 특징을 여실히 보여준다. 사할린과 일본, 그리고 해방·분단 조선으로 이어지는 심상지리는 가족을 버리고 온 자, 과거 식민 본국에 남겨진 자, 분단 조국으로 귀환해 숭고한 희생양이 된 자들의 '겹쳐진' 이산으로 인해 결락과 단절로 연상된다. 이러한 사할린의 기억은 일본/한국(인)의 언어로 서술되는 국민 서사로부터 거리를 둘 뿐만 아니라, 그것에 포섭되거나 환원되지 않는 대항 기억을 창출해낸다.[37]

　재일조선인 문학에 관한 논의는 일본과 한국의 관련 학문 분야에서 지속적으로 이루어져오고 있지만, 대체로 그것은 내셔널리즘의 자장 속에서 일국사적 관점에 기초한 것이었다. 하지만 제국 일본의 붕괴 및 식민지 조선의 해방이 추동한 탈식민-냉전 체제 형성기 재일조선인의 존재 방식에 주목한다면, 기존의 일국사적 관점을 넘어 동아시아 지역 질서의 변동, 나아가 세계 체제의 전환 속에서 재일조선인의 정체성 형성 과정 및 존재 방식을 탐색할 필요성이 대두한다. 즉, 재일의 문제를 전후 일본이나 해방 이후 한국(특히, 남한사회)이라는 내셔널리즘적 경계

37　박광현, 앞의 글, 255쪽.

속에서 사유하는 것을 지양하여 세계 체제 및 동아시아 지역 질서의 전환이라는 관점에서 새롭게 사유할 필요가 있는 것이다.[38] 이회성의 『백년 동안의 나그네』를 비롯해 '재일의 서사'를 구축하고 있는—그 자체로 역사의 증언으로서의 고백이자 체제의 질서를 넘어 윤리적 인간 존재의 가능성을 모색하고 있는—재일조선인 문학에 주목해야 하는 이유가 바로 여기에 있다.

---

[38] 이 글에서는 월경과 이산이라는 이동 과정에 주목해 전후 일본사회에서 재일조선인이 발생한 한 기원에 주목했기 때문에 사할린 (잔류) 조선인에 대해서는 본격적인 논의를 전개하지 않았다. 하지만 사할린 조선인(한인)을 둘러싼 문제가 단순히 과거 제국 일본에 책임을 돌리는 방식으로 한정되지 않을 뿐만 아니라, 거기에 미소 간 대립 구조 속 러일 관계, 한러 관계, 한일 관계 등이 가로놓여 있다는 점(정근식·염미경, 「사할린 한인의 역사적 경험과 귀환문제」, 『한국사회학회 사회학대회 논문집』, 1999, 121쪽)을 감안했을 때, 또 다른 월경과 이산의 상태에 놓여 있는 존재들에 대해서도 고찰할 필요가 있을 것이다. 이와 관련해 최길성의 『사할린—流刑과 棄民의 땅』(민속원, 2003)과 이역식·방일권·오일환의 『책임과 변명의 인질극—사할린한인 문제를 둘러싼 한·러·일 3국의 외교협상』(채륜, 2018) 등의 선행 연구를 참고할 수 있다.

제13장
식민(지)의 기억과 전후 연대의 상상력
고바야시 마사루의 『쪽발이』를 중심으로

1. 패전/해방과 국민국가의 경계선

1945년 8월 15일 제국 일본의 패전과 식민지 조선의 해방은 제국-식민지 체제의 종언을 낳았다. '패전'과 '해방'은 대체로 일본인과 조선인이라는 에스닉 아이덴티티의 경계 속에서 인식되고 체험된 것이지만, 제국과 식민지는 위계화된 관계 속에서 차별적 구조를 재생산하는 것을 통해 실정성positivity을 강화해오면서 서로 연루되어 있었다.[1] 따라서 제국 일본의 패전과 식민지 조선의 해방은 단일한 체제의 붕괴라는 점에서 동시적 사건이었다. 또한, 아시아-태평양전쟁과 제2차 세계대전의 종전에 이은 전 세계적인 탈식민-냉전 체제 형성 과정 속에서 제국-식민지 체제하 구舊식민자로서 일본인과 피식민자로서 조선인은 새

---

1   제국 일본과 식민지 조선 사이의 '상호 연루된 차별적 구조'에 대해서는 차승기, 『비상시의 문/법-식민지/제국 체제의 삶, 문학, 정치』, 그린비, 2016, 258~259쪽 참조.

롭게 구획되어가던 국민국가의 경계 속으로 포섭되어갔다. 일본의 경우 패전의 체험을 내세우면서 전범국가로서의 책임을 덧씌운 채 전후戰後 체제를 성립[2]해갔고, 한국의 경우 탈식민화의 기치 속에서 민족수난사의 내러티브를 구축하면서 민족국가를 건설[3]해갔다. 1945년 패전/해방은 제국주의(식민주의)를 지탱한 부인·망각의 구조가 와해되면서 일본(인)/조선(인), 자기/타자, 적/동지의 분할선이 명료하게 재구축되는 사건이었다.[4] 그리고 때를 같이해 일본인과 한국인은 국민(민족)국가의 주체로서 자기를 재정립하였다.

동아시아 지역 내 제국-식민지 체제의 해체에 이은 탈식민-냉전 체제의 성립 과정 속에서 국민(민족)국가의 (재)구축은 제국과 식민지의 정치적·경제적·지리적·문화적 위상을 탈각하는 과정을 수반한다. 그리고 그것은 국민국가 단위의 경계선을 새롭게 구획하고 확정짓는 작업으로 연결된다. 패전 일본의 경우에는 전시총동원 체제기 확장된 '대동아大東亞'라는 제국의 법역法域을 일본 열도로 축소·응집시켜야 했고, 해방 조선의 경우에는 상실·훼손된 영토인 한반도를 주권의 영역으로 회복·복권시켜야 했다. 과거 단일한 체제로 통합되었던 제국 일본과 식민지 조선은 패전/해방 직후부터 국민국가 단위의 경계 속에서 분할되어 각각의 구심력을 작동시키는 한편, 탈식민-냉전 체제로 전환하는 동아시아 지역, 나아가 세계 질서 속에서 자신의 위상을 새롭게

2　成田龍一, 『「戰爭體驗の戰後史－語られた體驗/證言/記憶』, 岩波書店, 2010, p.106.

3　이에 대해서는 권명아, 「여성 수난사 이야기－민족국가 만들기와 여성성의 동원」, 『여성문학연구』 제7호, 한국여성문학회, 2002, 105~134쪽 참고.

4　김경연, 「해방/패전 이후 한일(韓日) 귀환자의 서사와 기억의 정치학」, 『우리문학연구』 제38집, 우리문학회, 2013, 326쪽.

구축해나갔던 것이다. 그리고 제국 일본인과 식민지 조선인은 서로 다른 다양하고 이질적인 입장에 따라 상실과 회복의 욕망과 감각에 이끌리면서 국민으로서 자기를 만들어갔던 것이다.

하지만 이러한 국민(민족)국가 경계 긋기의 작업과 그에 조응한 국민-되기의 과정이 매끄럽게 이루어진 것은 아니었다. 국가의 경계를 획정하거나 국민이 되는 과정에는 언제나 배제되고 소외된 자들이 존재했다. 뿐만 아니라 획정되어가던 경계 속에는 국민이라는 이름 아래 감춰진, 해서 그 존재 자체가 쉽게 드러나지 않았던, 끊임없이 국민국가의 경계를 넘나들고자 하는 비非국민이 엄존하고 있었다. 그리고 그들은 제국-식민지 체제의 붕괴, 제국의 해체와 식민지의 해방이라는 사건이 새롭게 탄생시킨 존재들로, 역설적이게도 제국-식민지 체제가 지속되었다면 경계 위에서 동요하거나 비국민으로 내몰리지 않을 수 있는 존재들이었다. 하지만 이미 역사가 증명하고 있는 것처럼, 패전/해방으로 촉발된 체제의 변동과 사회구조의 재편은 개인과 집단에게 새로운 존재 방식을 요구하는 역사적 사건이었다.

이 글에서 주목하고자 하는 것은 패전 이후 '전후戰後' 레짐 아래 일본이라는 국민국가의 경계 속에 쉽게 안착하지 못하고 끊임없이 흔들리는 존재들이다. 특히 과거 식민(지) 조선의 체험과 기억이 패전 이후 전후 일본사회를 살아가는 과정 속에서도 지속적으로 환기되면서 정체성 구축에 동요를 일으키고 있는 자에 논의의 초점을 맞추고자 한다. 왜냐하면 그와 같은 흔들리는 존재들은 그 자체로 제국-식민지 체제가 탈식민-냉전 체제로 전환되는 세계사적 전개 과정 속에서 동아시아 지역질서가 국민(민족)국가 단위를 축으로 재편되는 가운데 자기의 기획과 주조가 쉽게 달성되지 않는다는 것을 증거하기 때문이다. 즉, 패전 이후 일본이라는 국민(민족)국가의 실정성 강화를 위한 각종 정책과 제도의 시행, 역사 서술과 문화 생산 등이 개인적 층위에서 매끄럽게 수용되지 않는다는 것을 확인하게 한다. 뿐만 아니라, 비록 그 내면의 풍경은 다르겠지만, 해방 이후 한국인들에게 식민의 체험과 기억이 결코 탈각할 수 없는 트라우마적 기억으로 남아 있듯이, 구식민자로서 제국 일본인에게도 그것은 결코 소거할 수 없는 기억으로 남아 있다는 것을 짐작하게 한다.

이러한 점에 착안해 이 글에서는 고바야시 마사루小林勝의 『쪽발이 チョッパリ』三省堂, 1970를 대상으로 논의를 전개하고자 한다.[5] 1957년에 간행된 첫 번째 창작집 『포드, 1927년』에 이은 두 번째 소설집 『쪽발이』에는 과거 재조일본인으로서 식민지 조선의 체험과 기억이 전후 일본사회를 살아가고 있는 일본인에게 지속되고 있을 뿐만 아니라, 그것이 정체성 구축 과정에 균열을 일으키고 있는 양상이 잘 서사화되어 있다. 고바야시 마사루는 전후 일본 내셔널리즘으로 온전히 귀납될 수 없는 자신 속의 이물감(혼종성)을 응시했고, 그것이 발원하는 (피)식민의 기억을 서사화했다.[6] 또한, 결코 망각할 수 없는 식민(지)의 기억이 식

---

5 1927년 식민 2세로 경상남도 진주에서 태어난 고바야시 마사루는 대구중학을 수료한 뒤 1944년 육군사관학교에 입학하였지만, 1945년 패전 후 일본으로 돌아간다. 1948년 일본공산당에 입당 후 신일본문학회에서 활동했던 그는 1950년 레드 퍼지 반대 투쟁 지도로 와세다대학 정학 처분, 1952년 한국전쟁 및 파괴활동방지법안 반대 데모 참가로 인한 구치소 수감 등 공산당원으로서 활동을 전개하였다. 이후 식민지 조선에서의 체험과 기억에 기초한 문학작품을 발표하여 문단의 주목을 받기도 했는데, 결핵으로 투병생활을 이어가다 1971년 장 폐색으로 사망하였다. 고바야시 마사루의 이력은 고바야시 마사루, 이원희 역, 『한림신서 일본현대문학대표작선 36 - 쪽발이』, 소화, 2007, 315~317쪽의 지은이 연보를 참고.

민자로서의 자기비판으로 이어지면서 전후 일본사회에서 배제되고 소외된 재일조선인과의 연대를 모색하는 방향으로 나아가는 상황을 그리기도 하였다.

고바야시 마사루의 문학에 관한 기존 연구는 대체로 식민자 2세 작가로서의 식민지 조선의 체험이 그와 그의 문학에 끼친 영향에 초점을 맞춰 논의되어왔다. 그리하여 고바야시 마사루의 문학에 표상된 식민지 조선이 일본인들의 모습을 되돌아보게 하는 거울이자, 그들의 잘못을 뉘우치게 하는 속죄의 대상이라고 하거나,[7] 그의 작품 속 등장인물에 주목해 그가 식민지 조선을 지배/피지배의 장으로서만 인식하는 것이 아니라 다원적 인물 상호 간의 억압된 욕망과 갈등이 교차하는 열린 소통의 장으로 인식하고 있다고 논의하였다.[8] 나아가 고바야시 마사루가 식민자로서 조선에서 보낸 세월을 그리워하면 안 된다고 천명한 것이 그의 문학의 원천이라고 논의하면서, 그것이 패전을 통해 제국에서 '민주국가', '평화국가' '문화국가'로 급변해가는 전후 일본에서 '식민자 2세'로부터 '귀환자'로 손쉽게 전환되어가는 것에 대한 위화감과 저항을 표명하기 위한 것이었다고 밝히기도 하였다.[9] 같은 맥락에서 조선에 대한 그리움을 거부한다는 그의 선언에 주목하여 조선이 그리움의 대상이지만 그러한 자신을 부정하면서 내면에 자리 잡은 식민자 의식

6   김경연, 앞의 글, 326~327쪽.
7   이원희, 「고바야시 마사루 문학에 나타난 식민지 조선」, 『日語日文學硏究』 제38집, 한국일어일문학회, 2001, 215~232쪽.
8   최준호, 「고바야시 마사루의 식민지 조선 인식 – 초기 작품들 속의 인물표상을 중심으로」, 『日本語文學』 제48집, 한국일본어문학회, 2011, 139~159쪽.
9   하라 유스케, 「그리움을 금하는 것 – 조선식민자 2세 작가 고바야시 마사루와 조선에 대한 향수」, 『日本硏究』 제15집, 고려대학교 글로벌연구원, 2011, 311~332쪽.

을 내파內破하려고 하였음을 논의하였다.[10] 그리고 결국 이는 고바야시 마사루가 식민지 기억을 현재로 소환하여 향수 속에서 과거를 망각하려는 전후 일본에 자기반성을 요구하는 윤리성을 견지한 것이라는 논의로 이어졌다.[11] 한편, 전후 체제의 성립 및 전개 과정 속에서 식민지 경험을 환기하는 동시에 일본인과 한국인의 대등한 관계를 실현하기 위해 각자 스스로를 해방시키는 혁명의 필요성에 대해 역설하면서 두 혁명이 불가분의 관계에 놓여 있다는 고바야시 마사루의 인식을 추적하거나,[12] '메이지 100년'에 해당하는 1968년을 기점으로 전후 일본사회에서 역사적 기억을 새롭게 구축해가는 과정에 대응해 봉인된 3·1 운동에 관한 기억을 마주 세워 전후 일본의 기억과 망각의 정치적 (무)의식을 비판적으로 사유하게 했다고 논의하기도 하였다.[13]

이처럼 고바야시 마사루의 문학에 관한 연구는 식민지 조선의 체험과 기억에 주목하는 한편, 그것이 전후 일본사회에서 어떻게 개인의 정체성 구축 과정 및 국가주의 권력을 비판적으로 성찰할 수 있는가에 주목해 진행되어왔다. 이 글에서는 이상의 선행 연구를 비판적으로 수용하는 한편, 그러한 개인과 국가에 대한 비판적 성찰이 전후 체제를 살아가고 있었던 일본인과 재일조선인 사이의 연대의 상상력으로 이어질

---

10 신승모, 「식민자 2세의 문학과 '조선' – 고바야시 마사루와 고토 메이세이의 문학을 중심으로」, 『일본학』 제37집, 동국대학교 일본학연구소, 2013, 154쪽.

11 오미정, 「고바야시 마사루의 「포드·1927년」론 – 중개는 가능한가?」, 『日語日文學研究』 제78집, 한국일어일문학회, 2011, 330쪽.

12 정병욱, 「일본인이 겪은 한국전쟁 – 참전에서 반전까지」, 『역사비평』 제91호, 역사비평사, 2010, 223~224쪽.

13 최범순, 「전후 일본의 기억과 망각 – '고바야시 마사루 문학'이라는 단층지대」, 『日本語文學』 제78집, 한국일본어문학회, 2018, 77~103쪽.

수 있는가에 논의의 초점을 맞추고자 한다. 무엇보다 그것은 제국-식민지 체제의 해체 이후 탈식민-냉전 체제하 국민(민족)국가를 단위로 분기했던 일본과 한국 사이에서 과거 식민의 체험과 기억을 극복하는 한편, 인간 존재의 새로운 삶의 조건을 모색했던 문학적 상상력의 가능성을 확인하기 위해서이다. 이처럼 이 글에서는 고바야시 마사루의 문학작품을 분석하는 것을 통해 식민(지)의 기억이 전후 일본인의 자기 정체성 구축 과정 및 재일조선인과의 연대의 움직임 속에서 어떠한 영향을 미치는지 확인할 수 있을 것이다.

2. 소통의 부재와 신뢰의 불가능성

패전 이후 전 세계적인 냉전 질서 형성 및 동아시아 지역 질서의 변동 과정 속에서 국민국가의 경계를 새롭게 획정해가던 일본은 전후 체제postwar regime를 성립해갔다. 대체로 그것은 패전의 체험과 상흔을 극복하는 한편, 돌아갈 수 없는 일본에 대한 상실의 감각이 추동한 회귀 욕망과 함께 폐허로서 일본을 새롭게 재건하는 움직임으로 점철되었다.[14] 그리하여 국민국가의 내적 구심력을 강화하는 국가·주권·인민의 삼위일체의 논리를 내세우면서 과거 제국-식민지 체제기 제국의 법역으로 자리매김했던 아시아의 지역, 국가, 전장 등으로 이산했던 일본인들을 '인양'하는 한편, 국내에 동원 및 소개되었던 일본인들을 고향

---

14 가와무라 미나토, 유숙자 역, 『전후문학을 묻는다』, 소화, 2005, 13~23쪽.

으로 귀향시키는 과정을 수행했다. 무엇보다 국민국가의 경계를 획정하는 작업은 인구의 이동 및 재배치를 통해 이루어졌던 것이다. 그리고 제국주의적 침략에 대한 전쟁 책임을 패전의 순간으로 덧씌우는 것을 통해 망각하면서 내셔널리즘의 자장 속에서 다시금 자기를 재정위[15]하였다. 때를 같이해 제2차 세계대전 종전 후 동아시아 지역의 패권을 장악하고자 했던 미국적 헤게모니에 포섭되는 한편, 한국전쟁의 발발로 인한 전쟁 특수를 누리면서 정치적 안정과 경제적 번영을 만들어갔다.

하지만 전후 일본사회를 살아가고 있던 사람들은 일본인들만이 아니었다. 거기에는 제국-식민지 체제기 내지內地 일본으로 이동하여 삶의 터전을 마련하고 살아갔던 자들과, 1937년 중일전쟁 발발과 1941년 아시아-태평양전쟁이 발발함에 따라 전쟁 수행을 위해 동원되었던 식민지인들 중 해방 이후 귀환하지 못한 자들 또한 엄연히 존재했다. 국민으로서 일본인이라는 경계 밖에 내몰렸던 자들, 그 자체로 제국-식민지 체제의 폭압적인 통치 질서를 상징하는 자들,[16] 피식민의 체험과 기억을 각인당한 신체를 증거하는 존재들로서, 그들 중에는 재일조선인들이 있었다. 패전 이후 전후 체제가 지속되어가면서 국민국가로서 자신의 위상을 정립해갔던 일본과 소위 천황의 자손으로 살아갔던 대다수의 일본인들, 그들은 자신들의 사회를 유지·존속하기 위해 과거 제국의 침략적 행위를 은폐하거나 기만하거나 망각하는 전략 속에서 전후 체제의 그늘 아래 재일조선인이라는 인간 존재를 타자화의 대

---

15 다케우치 요시미, 윤여일 역, 『다케우치 요시미 선집 1-고뇌하는 일본』, 휴머니스트, 2011, 234~235쪽.
16 윤건차, 박진우 외역, 『교착된 사상의 현대사-1945년 이후의 한국일본재일조선인』, 창비, 2009, 163~164쪽.

상으로 삼았다. 전후 성장과 발전의 패러다임 속에서 일본 사회 곳곳의 재일조선인들은 보이지 않거나 말할 수 없었던 것이다.[17]

이처럼 전후 체제를 살아가고 있는 일본인과 재일조선인 사이에는 국민국가의 경계선에 의해 서로 건널 수 없는 간극이 존재하고 있었다. 그리고 무엇보다 그것은 과거 제국-식민지 체제기 식민자로서 일본인 과 피식민자로서 조선인 사이의 지배/피지배의 위계화된 관계가 패전/ 해방 이후에도 전후 레짐의 문법 속에서 후식민의 상황으로 이어지고 있기 때문에 가능한 것이었다. 패전/해방이 과거 제국-식민지 체제의 기억과 체험을 봉인할 수 없는 이상 제국의 잔여이자 국민국가의 잉여 로서 재일조선인의 입장에서 일본인은 상실의 감각을 추동하는 존재로 서 적대시되게 마련이다. 그리고 거기에는 (재일)조선인에게 우호적이 거나 공감과 연민을 가지고 있었던 일본인들 역시 포함된다. 소위 '재 조일본인'들은 식민 지배를 대리한 식민 지배자로서 식민권력을 가지 고 있었지만, 그것에 지배받는 식민지민으로서 이중적 위상을 가지고 있었다. 1897년 부산 개항과 함께 본격적으로 조선에 진출한 그들은 1910년 한일병합을 거쳐 1945년 패전 때까지 약 100만 명 정도가 한 반도에 거주하고 있었는데, 1/3 이상은 상업·교통업에 종사했고, 대 부분은 도시 생활자였다. 비교적 최근 연구에서 식민자로서만이 아니 라 식민지민 또는 그 경계 위에서 살아갔던 재조일본인에 주목하면서, 식민성의 위계 구조가 민족만이 아니라 계급·계층·지역·젠더 등 다 양한 층위에서 이루어졌음을 확인할 수 있다. 그리하여 하층계급과 여

---

17 오태영, 「재일조선인의 역설적 정체성과 사회적 상상」, 박광현·오태영 편저, 『재일조 선인 자기서사의 문화지리』 II, 역락, 2018, 169쪽.

성 등 식민지민 또는 주변인으로 삶을 영위해간 재조일본인에 주목하는 한편, 식민지 조선인과 함께 살아가고자 했던 재조일본인에 시선을 돌리기도 하였다.[18]

그런데 식민 지배 권력의 폭압적인 통치 행위에 가담하지 않았고, 생활인으로서 조선인들과 함께 생활하면서 그들과 조선에 대해 남다른 애착을 보였던 재조일본인으로서의 아이덴티티를 강조한다고 해서 조선인과 재조일본인이 상호 소통하고 신뢰할 수 있었던 것은 아니었다. 이러한 상황을 잘 보여주는 작품이 「무명의 기수들」이다. 일본인 혼도 本堂는 출향出鄕하여 희망을 품고 미지의 세계에 뛰어들어 자신을 시험해보기 위해 식민지 조선에 건너온다. 하지만 이미 정치경제적 사회 구조가 강고하게 자리 잡혀 있어 시골마을의 교사나 지방 관청의 말단 공무원이 되는 길 밖에 남아 있지 않은 현실 속에서 그는 산골마을 농림학교 교사로 근무하면서 무료한 생활 속에서 욕망을 상실하고, 무기력한 모습으로 현실에 만족하는 인물로 그려진다. 그런데 그는 재조일본인들이 조선인들을 야만적이고 미개한 종족으로 인식하는 것과 거리를 두고 있을 뿐만 아니라 식민 지배 권력에 기생해 그들을 경제적으로 착취하는 것에 대해서도 비판적인 시선을 유지하고 있다. 뿐만 아니라 식민지 조선의 산골마을의 풍경 속에서 자신이 떠나온 고향을 떠올리면서 그곳을 정감어린 시선으로 바라보는 한편, 그곳에서 일상을 영위하고 있는 조선인들의 삶의 모습을 그 자체로 존중하려고 한다. 그는 "우리는 제멋대로 남의 나라에 들어와 있는 것이다"[19]라며 제국 일본의 식

---

18 전성현, 「식민자와 식민지민 사이, '재조일본인' 연구의 동향과 쟁점」, 『역사와 세계』 제48집, 호원사학회, 2015, 33~72쪽.

민지 조선의 침략에 대해 냉소적인 태도를 보이는 한편, 여타 재조일본인들과 달리 자신은 "이 마을을 사랑하고 있었던 것이리라"[20]며 식민지 조선에 대한 애착을 드러내고 있다.

그의 이러한 면모는 「무명의 기수들」에서 다양한 사건을 통해 부각된다. 식민지 조선에서 태어난 재조일본인 2세, '식민 2세'로서 자신의 아이들이 육체노동을 대신하는 조선인을 하위의 열등한 종족으로 천대하고 조선인은 모두 거짓말쟁이에다 도둑이라고 여기는 것에 대해 분노하면서도 자신 역시 그러한 태도로부터 자유롭지 않다는 모순된 감정을 느낀다. 식모로 와 있던 조선인 여성 옥희玉姬에게 자신의 어린 아이들이 도둑 누명을 씌우고, 그것을 대수롭게 여기지 않는 아내에게 화를 냈던 그는 "틀림없이 옥희가 범인으로 몰릴 것이라고 아이들이 생각한 것을 내가 나무랄 수 있을까?"[21]라며 식민자로서 자신의 위치를 반성적으로 성찰한다. 한편, 자신이 근무하고 있었던 농림학교 사환 최崔가 입신출세의 욕망을 가지고 도일하여 도쿄에서 파일럿이 된 뒤 고향에 돌아와 조선인으로서 자신의 존재를 부정하는 것에 대해 그는 안타까워한다. 도쿄에서 그가 보낸 편지에 "이제 최라는 인간은 이 세상에 없고, 앞으로는 기시다 시즈오安田靜雄가 있을 뿐"[22]이라고 말하거나, 고향에 돌아와 "내 머릿속에 있던 고향과 너무나 달라서, 온통 먼지투성이인 데다가, 마을은 너무나 좁고, 이런 곳을 내지에서 그리워했는가 생각하니 너무나 바보 같아서 웃음이 나왔어요. 이런 지저분한 마을에는

19 小林勝, 「無名の旗手たち」, 『チョッパリ—小林勝小説集』, 三省堂, 1970, p.110.
20 ibid., p.107.
21 ibid., p.114.
22 ibid., p.120.

더 볼일은 없어요. 돌아온 게 잘못이었어요"23라는 말을 들으면서 불쾌감을 느낀다. 그가 일본인이 되고자 하는 쵀를 '기시다 시즈오라는 기묘한 남자'로 명명한 것 또한 조선인이 자기를 상실해가는 것에 대한 안타까움의 토로라고 할 수 있다.

이처럼 재조일본인으로서 그는 식민자로서 식민통치 권력에 기대 자신의 위상을 구축하지 않고, 조선인들과 함께 생활하면서 그들에게 도움을 주고자 할 뿐이다. 하지만 재조일본인으로서 그와 식민지 조선인들 사이의 소통은 요원하다. 그가 자신을 따르던 하차효何次孝를 비롯해 조선인 학생들을 가르치면서 그것이 '식민지 노예 교육'은 아니라고 여기고 있었지만, 결국 그것은 그만의 생각이었다. 자신이 근무하고 있는 학교 소재 인근 지역에서 조선의 독립과 식민지 노예 교육을 반대하는 움직임이 있었던 것을 전해 듣고 긴장한 혼도는 군청에 근무하고 있던 소노베로부터 학생들 사이에 수상한 움직임이 있는 것 같다는 얘기를 전해들은 뒤, 사태를 확장시키지 않기 위해 그의 부하 직원인 조선인 홍에게 연루자에 관해 묻고 제자들이 관련되어 있다고 판단한 뒤 가능한 자신의 선에서 해결하고자 한다. 그리하여 경찰 권력에 기대는 것이 아니라, 교장에게 넌지시 상황을 전달하여 수습하고자 한다. 하지만 교장은 관련 첩보를 경찰에 신고하고, 하차효를 비롯한 10명의 조선인 학생은 조사를 받은 뒤 동맹 휴교를 획책했다며 퇴학당하게 된다. 그는 자신을 신뢰했던 하차효가 반일 운동의 중심인물이 된 것에 의아해하면서 "이 일본인 평교원이 가장 말단으로서 조선인과 접촉하고, 그리고

23　ibid., p.123.

어떤 위험한 일이 일어나지 않게 하기 위해 모두 상처 입지 않도록 약간 움직였을 때, 의도와는 반대로 많은 사람이 상처를 입게 되어 버렸던 것이다"[24]라며 안타까워한다.

하지만 그의 그러한 인식과 태도는 모두 자기본위의 것이다. 자신은 식민지 조선인들을 억압하거나 착취하는 여타 재조일본인들과 다를 뿐만 아니라, 조상 대대로 농군의 피가 흐르고 있어 조선의 가난한 산간 지방을 어느새 사랑하게 되었고, 농림학교 교사로서 조선인 학생들을 대상으로 식민지 노예 교육이 아니라 그들의 발전을 위해 무엇이라도 가르쳐주려고 노력했을 뿐이라고 스스로 자신의 입장을 드러내고 있지만, 혼도는 그저 자신의 삶을 안정적으로 유지해나가길 원했을 뿐이다. 해서 제국 일본의 식민지 조선 침략에 대해서 일정 부분 비판적인 인식을 가지고 있었지만, 학생들의 동맹 휴교 움직임이 자신의 문제로 봉착했을 때에는 그것을 회피하게 된다. 그가 자신의 행위를 모두가 상처 입지 않도록 한 것이었지만, 그 의도와 달리 많은 사람이 상처를 받게 되었다고 했을 때, 그때 '모두'의 중심에는 자기 자신, 그리고 재조일본인이 놓여 있었을 뿐이다. 따라서 퇴학 처분을 당한 하차효가 고향을 떠나겠다며 그를 찾아와 "말씀드릴 것이요, 아무것도 없습니다. 그렇습니다, 저와 선생님 사이에는 말할 게 없습니다. 아시겠어요?"[25]라고 말했을 때 그는 망연자실할 수밖에 없었던 것이다.

이처럼 「무명의 기수들」은 내지 일본의 일본인들과 달리 식민지 조선에 건너와 조선인들과 함께 생활했던 재조일본인, 특히 조선과 조선

---

24 ibid., p.153.
25 ibid., p.155.

인에 대한 남다른 애착을 가지고 있었던 그들의 행위와 욕망을 서사화하는 과정을 통해 식민자와 피식민자 사이의 소통이 불가능하다는 것을 보여준다. 그것은 제국-식민지 체제 내 제국 일본인과 식민지 조선인 사이의 위계화된 관계를 생활공간으로서 조선에 애착을 갖거나 조선인에 대한 우호적인 태도로 극복할 수 없다는 것을 단적으로 보여준다. 특히 그러한 애착이나 우호가 결국 자기 긍정의 수단으로 전락할수 있다는 것, 다시 말해 조선(인)에 대한 공감과 연민의 태도를 통해 식민자로서 자신의 위상을 덧씌우는 자기의 테크놀로지는 자기에의 배려[26]는 될 수 있을지언정 그것이 위계화된 관계 — 함께 연루되어 있으면서도 구조적으로 차별되어 있는 관계 — 를 해체하거나 와해할 수 없다는 것을 보여준다. 그리고 이러한 상황 속에서 재조일본인과 식민지 조선인 사이의 소통은 불가능하고, 신뢰는 요원할 뿐이라는 것을 이 소설은 폭로하고 있는 것이다.

3. 봉인된 기억의 해제와 분유되는 기억

1910년 한일병합 이후 식민지 조선을 통치한 제국-식민지 체제에 함께 연루되었던 일본인과 조선인은 1945년 패전과 해방이라는 사건을 겪은 뒤 사건 이후 국민(민족)국가의 경계 속에서 기억의 테크놀로지를 작동시켰다. 계층·세대·젠더·지역 등에 따라 기억은 분화되기

---

26 미셸 푸코, 이희원 역, 『자기의 테크놀로지』, 東文選, 1997, 36쪽.

마련이지만, 대체로 그들은 일본인과 조선인이라는 에스닉 아이덴티티를 구심점으로 식민/피식민의 기억을 주조해냈다. 기억이라는 행위는 현재의 입장에서 과거를 재구성하고, 그것에 의해 미래로 나아가려는 행위를 의미화하는 작용을 갖고 있다. 그런 의미에서 기억은 과거와 미래의 사이에 있는 행동 주체가 현재에서 행하는— 비록 그것이 의식적이지 않다고 하더라도— 선택을 수반하는 행위이다. 과거 사실의 어떤 측면을 망각하고 다른 측면을 상기하는 양면성을 갖는 기억은 그 시점에서 재편성에 의해 과거를 현재와 결부시키는 정신 활동이라고 할 수 있다. 그리고 그러한 재편성이 현재의 행위 주체가 미래를 지향하는 시점에서 이루어진다는 의미에서, 현재와 미래를 결부시키는 계기가 되기도 한다. 기억이 현실 세계를 이해하고, 그 이해하는 주체의 행동에 의해 과거와 미래를 묶는 계기로 작동한다면, 그 매개하는 기억이 망각과 상기에 의해 재편성이라는 불가결한 국면을 갖는다는 점을 재인식해둘 필요가 있다. 이 양면적 상보관계는 망각이 현재에서 기억을 재편성하는 경우의 전제가 될 때 나타난다. 과거의 어떤 면을 상기하고, 그 면을 기억 속에서 두드러지게 하기 위해서는 이것과 모순되는 다른 면을 망각하는 것이 필요한 것이다.[27] 1945년 8월 패전/해방이라는 사건은 확실히 과거 제국-식민지 체제의 체험을 선별적으로 기억/망각하는 것을 통해 전후 국민국가/해방 민족국가라는 미래에 자신을 투신하게 했다.

따라서 망각된 기억을 복원할 필요성이 대두한다. 왜냐하면 과거 제

---

27 石田雄, 『記憶と忘却の政治學—同化政策·戰爭責任·集合的記憶』, 明石書店, 2000, pp.12~14.

국-식민지 체제의 체험과 기억을 봉인하는 것은 때때로 체제 그 자체를 승인하는 결과를 낳기 때문이다. 나아가 패전/해방이라는 역사적 사건을 편취적으로 기억하여 국민국가/민족국가의 실정성을 강화하는 문법을 창출하는 것은 과거를 되묻지 않게 할 뿐만 아니라, 현재를 비판적으로 인식할 수 없게 한다. 물론 봉인된 기억을 해제하는 것은 고통스러운 일이다. 그것은 망각에 끊임없이 저항하는 것으로, 개인에게는 무의식적으로 자신이 망각한 과거와 지속적으로 대면해야만 하는, 불안과 공포를 야기할 수 있다. 하지만 그렇다고 해서 망각된 상태에 안주할 수는 없는 노릇이다. 이와 관련해 고바야시 마사루의 「눈 없는 머리」에는 봉인된 기억을 해제하는 흥미로운 장면이 제시되어 있다.

그러고 보면 여기에 있는 쇼와 13년은 사람들의 기억 속에서 희미해지고 사라지고 매몰되어버린 것이 아니라 사람이 그곳에서 눈을 떼더라도, 제아무리 멋대로 이것을 생각했더라도, 이렇게 여기에 엄연히 존재하는 쇼와 13년의 실재인 것이며, 결핵균과 싸워 무참하게 패배하고 괴멸된 폐와 심장이, 대장이, 직장이, 뇌가, 신장이, 인후가, 방광이 쇼와 42년의 현재처럼 발달된 수술도 할 수 없고 강력한 약도 없는 그러한 쇼와 13년의 모습 그대로 지금 살아 있는 인간들에게 말을 걸어온다. (…중략…) 지금 여기에 있는 것은 완전히 다른 몸과 착란된 머리의 무게에 겨우 견디고 있는 무언가 별도의 것이라는 생각에 지속적으로 위협을 받고 있는 사와키沢木에게, 매몰되어 버린 과거 따위는 있을 수 없다고, 눈앞에 있는 폐의 벽들은 말을 걸어오는 것이다.

요원하게 멀어지고, 형태도 없고, 소리도 없고, 냄새도 색채도, 그리고 그것들이 만들어내고 있던 복잡하고 정묘한 하나하나의 세세한 사건이나 일도 없고, 사라지고 매몰되어버렸다고 생각했던 쇼와 13년이 이런 곳에 있었다! 이런 형태로, 이런 색깔로, 지금 여기에 실제로 있다고 사와키는 반쯤 망연자실하면서 생각했다.[28]

결핵에 걸려 폐 절제 수술을 받고 3년 간 요양소에 입원했던 사와키 스스무澤木晉는 수술 이후 이전 생활이 모두 실체가 없는 투명한 허상이라고 여기면서 그것들과 연결되어 있다고 여겼던 현실감을 상실한다. 그는 수술 이후 착란과 공포의 상태에 빠지게 되었던 것이다. 조선인 소안난宗安南이 수술 후 광기에 휩싸였다고 판단했던 그는 자신은 그와 다르다고 생각하고 있었지만, 자신 또한 착란과 공포의 상태에 빠지게 되자 그를 외면하고 회피했던 자세를 바꿔 동정과 연민의 태도를 취하게 된다. 과거 학생운동에 가담해 레드 퍼지 저지, 반전·반핵 시위에 참가하여 구치소와 형무소에 수감된 이력을 가지고 있었던 그는 공산당에 입당하였지만 반당 수정주의자로 몰려 쫓겨나게 되었고, 그럼에도 역사 앞에서 멈출 수는 없다며, 전후 체제에 저항하는 움직임을 계속하고자 했다. 하지만 결핵에 걸려 수술 후 과거와 같은 신체 활동을 할 수 없게 된 데 좌절감을 느끼기도 한다. 그런 그가 요양소에 들려 의사와 면담한 뒤 병원 숲 속에 을씨년스럽게 자리 잡고 있는 건물을 발견하였고, 그 건물 내 나무 선반 위 유리병에 진열되어 있던 '폐의 벽'을 마주했던 것이다.

1938년부터 1965년까지 구분되어 있는 진열장 속에서 도래할 1970

---

28 小林勝, 「目なし頭」, op. cit., pp.189~190.

년을 예감하기도 한 사와키는 1938년이 사람들의 기억 속에서 망각되었다고 하더라도 그것은 엄연히 존재하는 실재라고 말한다. 소리도, 냄새도, 색채도, 그것들이 만들어냈던 사건들도 모두 봉인되었지만, 그것은 '지금-여기'에 실제하고 있었던 것이다. 그래서 그 역시 망각하고 있었던 과거 1938년 식민지 조선에서의 체험, 소학교 5학년 당시 농림학교 급사였던 조선인 이경인을 기억한다. 전후 일본사회를 살아오면서 식민지 조선을 떠올렸을 때 죄책감을 느꼈던 그는 스스로 봉인된 기억을 해제하여 그것과 마주하게 된 것이다. 「눈 없는 머리」에서 폐 수술 이후 착란과 공포 속에서 자신과 유사하게 착란과 공포를 느꼈던 재일 조선인에게 동정과 연민의 태도를 보였던 그는 (무)의식적으로 식민지 조선(인)의 기억을 망각해왔던 태도를 버리고 기억 속에 봉인했던 식민지 조선에서의 체험을 떠올린다. 그리하여 기억이 봉인되지 않고 현재에 지속될 뿐만 아니라, 미래에까지 이어질 수 있다고 생각한다. 이처럼 이 소설은 "매몰되어버리는 과거 따위는 결코 있을 수 없다는 점, 아무리 인간들이 제멋대로 망각하고 제멋대로 부정하고 무시하더라도 '과거'는 묵묵히 자신을 유지하고 있다는 점, 하나의 '과거'는 반드시 하나의 '현재'의 형태를 가지고, 아직 형태가 없는 '미래'까지도 확실하게 가지고 있다"[29]는 점을 말하고 있다. 그리고 그를 통해 봉인된 기억을 해제하고 있는 것이다.

과거 식민지 조선에서의 체험과 기억을 봉인한다는 것은 제국-식민지 체제를 망각하는 것을 통해 패전 이후 국민(민족)국가에 안착하고자

---

[29] ibid., p.204.

하는 욕망의 발현이라고 할 수 있다. 식민지 조선에서의 체험이 치욕적이거나 죄책감을 상기시켰을 때, 그것을 망각하는 것은 지극히 자연스러운 것이다. 또한 패전/해방 이후 재편된 체제 속에 자기를 위치시키기 위해 그러한 기억은 의도적으로 망각되어야만 했던 것인지도 모른다. 그런데 제국-식민지 체제에 함께 연루되었던 일본인과 조선인의 정체성이 국민(민족)국가의 경계선에 의해 구획되고 재정위되었다고 하더라도, 그러한 경계가 제국/식민지, 지배/피지배 등 이분법적으로 위계화된 역학 구도 속에 일본인/조선인의 자기 존재 방식으로 곧바로 연결되지는 않았다. 무엇보다 제국-식민지 체제의 해체 이후에도 그러한 체제의 잔여로서 해방 조선에 남겨졌던 재조일본인과 전후 일본사회를 살아갔던 재일조선인들이 존재했고, 패전 이후 일본으로 인양된 '외지外地' 일본인들은 식민지의 체험을 각인당한 신체를 쉽게 떨쳐낼 수 없었으며, 마찬가지의 맥락에서 해방 이후 조선으로 귀환한 조선인들 역시 제국적 질서 아래의 삶을 송두리째 망각할 수는 없었다.

그리하여 패전/해방의 기억을 통해 국민(민족)국가의 경계 속으로 포섭되어갔던 일본인과 조선인 사이에는 언제나 그러한 경계 속으로 쉽게 안착하거나 스며들지 못하는 존재들이 있었다. 그리고 제국-식민지 체제하 삶을 영위해왔던 그들은 각기 다른 기억을 지닌 채로 패전/해방 이후 동아시아 지역 질서의 변동과 한일 관계의 변화 속에서 연대의 움직임을 보이기도 하였다. 이때의 연대는 제국-식민지 체제의 해체 이후에도 지속된 제국주의적 광기와 신新식민주의적 폭력에 대한 저항이자, 재정위된 일본과 조선(대한민국과 조선민주주의인민공화국)이라는 국민(민족)국가로부터 배제되고 소외된 자들의 투쟁이기도 하였다. 특히 전후 일본사회에서 해방과 분단, 한국전쟁으로 연쇄하는 한반도의 정세를 목도한 일본인과 재일조선인들 사이에서 연대의 움직임이 일어났는데, 거기에는 과거 제국-식민지 체제하 삶의 기억들이 가로놓여 있기도 하였다.

이러한 상황을 잘 보여주는 것이 「가교」이다. 「가교」에서는 한국전쟁 발발 이후 1952년 반전·반파시즘 전선 확대의 일환으로 전개된 일본 공산당 군사 행동대에 가담하여 비합법적 활동을 수행하는 일본인과 조선인의 행위가 서술되어 있다. 일본인 도다 아사오戶田朝雄와 기무라木村라고 불리고 있던 정체를 알 수 없는 조선인 청년은 일본 공산당 당원은 아니었지만 공산당 군사조직에 몸담고 있는 것으로 여겨지는 니나카와蜷川로부터 지령을 받고 한국전쟁에 동원될 군수물자를 정비하는 곳에 화염병을 던져 파괴하고자 한다. 삼엄한 경비를 뚫고 생명의 위험을 무릅쓰고 파괴 공작을 감행해야 할 당위성이 그들 각자에게 있었지만, 그러한 공작에 가담하는 것은 이른바 전쟁 특수를 누리고 있던 전후 일본사회에 쉽게 안착할 수 없었던 일본인과 재일조선인 사이의 연대의 가능성을 보여주는 것이기도 하다. 그리고 그러한 연대의 가능성이 그들 사이의 이해와 공감을 전제로 한다고 했을 때, 이해와 공감은 공유된 기억에 기인한 것처럼 보인다.

일본인 도다 아사오는 패전 이후 일본으로 인양된 재조일본인이었다. 그는 패전 직전 전쟁에 가담한 소련군에 끌려가 총살당한 아버지의 죽음에 대한 고통스러운 기억과 함께 경찰 고위 간부였던 아버지를 비롯해 구식민자로서 조선에 대해 씻을 수 없는 부채의식을 가지고 있는 자이다. 그는 일본에 돌아온 뒤 식민지 조선을 통치한 일본에 대해 공부하면서 식민지 조선인의 저항운동과 함께 제국 일본의 탄압의 역사를 알게 되었고, 자신의 아버지가 그러한 탄압의 역사 속에서 어떤 역할을 했을 것이라는 점을 짐작하게 된다. 이어 아버지의 죽음과 조선에 대한 부채의식 사이에서 모순된 상태에 놓이게 되어 혼란을 겪는다. 그리하여 그러한 모순된 상태를 벗어나기 위해 일본 공산당 측에 가담하여 파괴공작에 나섰던 것이다. 그런데 그는 함께 파괴공작을 감행하는 조선인 청년이 자신을 냉대하는 것을 이해하지 못한다. 비록 자신이 일본인이지만 한국전쟁에 동원되는 군수물자 파괴공작에 함께 참여하고 있을 뿐만 아니라, 더구나 총살된 아버지에 대한 고통스러운 기억 속에서도 구식민자로서 부채의식을 가지고 함께 공작활동을 수행하고 있는데, 자신을 향한 조선인 청년의 냉정한 눈과 무표정한 얼굴을 그는 이해할 수 없었던 것이다.

해서 그는 파괴공작이 좌절된 뒤 조선인 청년과의 저녁 자리에서 자신의 아버지가 패전 직전 소련군에게 끌려가 총살당했다고 말한다. 그에게 아버지의 죽음은 "너무나 특수하고 너무나 개인적인 문제인 것처럼 여겨졌고, 그 고통 또한 그러한 체험을 하지 않은 사람은 결코 이해할 수 없는 성질의 것"[30]으로 기억되고 있었고, 그러한 기억을 조선인 청년에게 토로하는 것을 통해 연대를 위한 이해를 마련하고자 한 것이었다. 결코 쉽게 놓여날 수 없는 고통스러운 기억을 피식민자였던 조선인에게 말하는 것을 통해 자신의 행위의 정당성을 추인 받는 한편, 연대의 가능성을 열고자 했던 것이지만, 조선인 청년으로부터의 응수는

---

30 小林勝, 「架橋」, op. cit., p.66.

상호 이해를 통한 그들의 연대가 불가능하다는 것을 폭로한다. 조선인 청년이 도다 아사오에게 "일본인에게 살해된 중국인과 조선인은 몇 천 만 명이나 있다는 것도 생각해주면 좋겠네. 일본인은 항상 자신들의 것만 생각하고, 그것을 망각해버린 듯해"[31]라고 했을 때, 그것은 기억의 공유를 통한 이해와 소통이 불가능하다는 것을 드러낸다.

기억은 기억하는 주체의 입장에 따라 '분유分有'된다. 동일한 사건을 체험한 사람이라고 하더라도 자신의 욕망과 입장에 따라 기억은 선별적으로 기억된다. 도다 아사오가 재조일본인으로서 식민지 조선에 애착을 가지고 있었고, 제국 일본인으로서 식민 통치에 대해 일정 부분 책임의식을 지니고 있었다고 하더라도, 그에게 패전의 기억은 아버지의 죽음으로 각인되어 있었다. 하지만 재일조선인 청년에게 분단과 전쟁, 미군의 참전과 일본의 전쟁 특수는 결코 전쟁이 끝나지 않았다는 것을, 제국-식민지 체제는 그 형태를 달리해 여전히 한반도에서 존속되고 있음을 나타낼 뿐이다. 따라서 도다 아사오가 지금은 "너와 나 사이에 다리가 놓일 수가 없다"[32]고 인식했을 때, 그것은 일본인의 입장에서 재일조선인을 향한 것일 뿐만 아니라, 되돌아와 재일조선인의 입장에서 일본인을 향할 수도 있는 것이다. 물론, 도다 아사오와 재일조선인 청년의 군수물자 파괴공작에의 가담 행위는 국가(또는 민족)가 호명한 인민과는 다른 인민들이 만나 "각자에게 부여된 사회적 이름들을 기각하고 그 자체로 또 다른 공간을 산출했던 '불가능의 순간'"[33]의 재현으로 이

---

31 ibid., p.97.
32 ibid., p.84.
33 장세진, 「트랜스내셔널리즘, (불)가능 그리고 재일조선인이라는 예외상태-재일조선인의 한국전쟁 관련 텍스트를 중심으로」, 『東方學志』 제157집, 연세대 국학연구원,

해할 수 있다. 그리고 그런 만큼 거기에서 미약하나마 어떤 연대의 가능성을 산출할 수도 있다. 하지만 이 글에서 주목하고 있는 것처럼 기억의 공유를 요구하는 방식의 연대는 그 자체로 불가능한 것이다.

이처럼 제국-식민지 체제의 해체 이후 전후 일본사회를 살아가고 있었던 일본인/재일조선인 사이의 기억의 공유는 불가능하고, 따라서 기억의 공유를 통한 연대는 좌절될 수밖에 없다. 물론 망각을 경계하기 위한 기억의 테크놀로지를 작동시키는 것은 그 자체로 중요하다. 사후적으로 각자의 입장과 관점에서 기억된 제국-식민지 체제의 편린들이 적대의 언어와 혐오의 감각으로 점철되는 것을 막기 위해서라도 기억하기는 비록 그 효과가 제한적일 수 있지만 망각의 뒤편으로 사라져서는 안 된다. 하지만 기억이 연대로 이어지기 위해서는 망각하지 않으려는 노력과 함께 자신의 기억이 기실 자신의 욕망에 의해 끊임없이 덧씌어지고 있다는 것을 인정하는 것, 다시 말해 스스로 자기 기억(하기)이 갖는 한계 앞에 서는 데 있다. 망각된 기억을 복원하고 그것이 진실이라고 말하는 것이 아니라, 그 역시 만들어진 것이라는 것을 고백하는 것, 거기에 기억의 공유를 통한 연대라는 환상을 해체할 실재의 힘이 잠재되어 있는 것이다.

2012, 60쪽.

4. 자기 환멸의 윤리와 연대의 상상력

망각에 대한 경계, 기억을 통한 연대 가능성의 모색이 그 자체로 의미 있는 것이라고 하더라도 앞서 살펴보았던 것처럼, 기억은 기억하는 주체의 욕망에 의해 분유된다. 그리고 그렇기 때문에 과거 역사적 사건에 대한 기억은 때때로 입장과 관점을 달리하는 주체들에게 투쟁의 대상이 된다. 특히 패전/해방 이후 국민(민족)국가의 경계선을 획정하고 그것을 강고화해갔던 일본과 한국 사이에서 과거 제국-식민지 체제기에 대한 기억은 공유되지 못하고 분유되어 역사 투쟁의 현장으로 소환되었다. 이로 인해 기억을 통한 연대의 모색이 오히려 기억에 기초한 적대 행위로 나타나고 있는 형국이다. "전후 반세기를 지나 제2차 세계대전은 단순히 기념되었을 뿐만 아니라, 공적 기억의 형상을 둘러싼 투쟁 속에서 잇달아 커다란 정치적·문화적 이해를 갖고 '재再'기억화되었던 것이다."[34] 일본군 위안부에 대한 한일 양국 사이의 역사적 기억의 투쟁과 재생산 과정은 이를 명확히 보여준다.

그렇다면 기억의 분유를 넘어서는 연대는 불가능한 것일까? 좀 더 명확히 말하자면, 패전/해방 이후 구식민자와 피식민자였던 일본인과 조선인(한국인) 사이의 연대는 불가능한 것일까? 가해/피해, 지배/피지배, 제국/식민지 등 이분법적 인식틀 속에서 연대는 요원한 것처럼 보인다. 무엇보다 과거 식민지 조선에 대한 제국 일본의 강제 병합과 식민지적 수탈에 대한 참회와 반성 없이 피해의 기억을 넘어 가해자를 용

---

34 Carol Gluck, 梅崎透 譯, 「記憶の作用－世界の中の「慰安婦」」, 『岩波講座 近代日本の文化史 8－感情・記憶・戰爭』, 岩波書店, 2002, pp.193.

서하고 그들과 화해한다는 것은 불가능한 것처럼 보인다. 따라서 이러한 이분법적 인식틀을 해체할 필요가 있다. 그리고 이러한 인식틀을 해체하기 위해서는 무엇보다 '지금-여기'의 자기를 긍정하는 것이 아닌 자기를 부정하는 노력이 요청된다. 그리고 그때 선택된 기억이 자기 긍정의 논리로 작동하는 것을 멈추고, 비록 트라우마적인 것이라고 하더라도 은폐된 기억을 복원하고 그것을 통해 자기를 부정하려는, 자기 환멸의 윤리가 요구된다. 이와 관련해 주목되는 작품이 「쪽발이」이다.

구식민자로서 패전 이후 일본으로 인양되어 전후 일본사회에서 살아가고 있었던 일본인 고노河野는 요양소에서 흉부외과 의사로 근무하고 있다. 그는 폐병으로 3년간 요양소에서 입원 치료 중이던 재일조선인 나시야마 교쿠레쓰梨山玉烈가 자신이 입원해 있는 동안 일본인 처가 변절했을 것이고, 그로 인해 가정이 파탄날 것이라며 강력하게 퇴원을 요청해와 곤란해 한다. 완치가 되지 않은 상태에서 퇴원을 요구하는 것에 대해 주치의로서 책임을 다하고자 했던 고노는 직장, 가정, 아내 등 모든 것이 사라질 것에 불안을 느끼고 있던 나시야마 교쿠레쓰를 설득하지 못하고 결국 퇴원을 허락한다. 이후 그는 수술 시 수혈로 인해 급성혈청감염에 걸려 요양병원을 재방문하게 되고, 이 재일조선인으로 인해 일본인 고노는 잊고 있었던 과거 식민지 조선의 기억을 떠올리게 된다.

사실 고노는 과거 식민지 조선에서의 삶을 애써 망각하고 외면해오고 있었다. 그러던 그에게 나시야마 교쿠레쓰로 대표되는 재일조선인은 '거울 같은 존재'가 되어 자신의 가슴 속 깊이 숨어 있는 과거를 비추어낼 것이라는 불안감을 준다. 전후 일본사회에서 살아가고 있던 고노는 과거 식민지 조선에서의 체험과 기억으로 인해 일본사회 속에서 "한 개의 작은 광석처럼 이질적인 자신"[35]을 발견할 뿐이었다. 국민국가의 경계선에 안착한 여타의 일본일들과 달리 과거 식민지 조선에서 조선인들과 함께 생활했던 재조일본인으로서의 자기 인식이 전후 일본사회 속에 쉽게 통합될 수 없게 했던 것이다. 그러한 그에게 재일조선인은 의도적으로 망각한 자신의 과거를 언제든 마주하게 하는 기억의 장치로서 다가왔던 것이고, 그래서 그는 애써 조선과 조선인을 외면해 왔던 것이다. 그가 조선을 '회피'했던 이유는 식민지 조선에서의 체험을 상기했을 때 치욕의 감정이 들기 때문이었다. "나는 아무리 작은 활자라도 그 두 글자(조선-인용자)를 보면, 생각하기에 앞서 논리보다 먼저 그것들을 감싸고 있는 몸, 부드러운 육체, 전 존재의 감각의 중심이 부끄러움과 저주하는 불꽃으로 태워지는 기분이 드는 것이었다."[36] 트라우마적 기억을 환기시키는 존재로서의 재일조선인, 고노는 치욕적 감정에 휩싸이지 않기 위해 어떻게든 그들을 망각해야만 했던 것이다.

한편, 고노는 재일조선인 문제를 생각하는 학생과 시민의 모임에 참여하고 있는 일본인 대학생 호리 이치로堀市郎와 가토 기쿠코加藤菊子의 방문을 받고 그들로부터 모임에 후원해 줄 것을 부탁받는다. 그들과의 대화 속에서 고노는 단호하고 명확한 입장을 가지고 모임에 참석하고 있는 일본인 대학생을 감탄어린 시선으로 바라보면서 동시에 한 개인으로서가 아니라 '일본인이란 하나의 추상'으로서의 자기 인식이 필요하다고 생각한다. 즉, 한 개인으로서의 자기 자신이 아니라 16세기 이래

---

35 小林勝, 「蹄の割れたもの」, op. cit., p.15.
36 ibid., p.20.

계속해서 전쟁을 일으키고 조선을 침탈한 일본인으로서의 자기 인식을 요구하고 있는 것이다. 비록 그들이 전후 일본사회의 파시즘에 대해 경계심을 가지고 있고, 재일조선인을 둘러싼 각종 사회문제에 대해 비판적인 시선을 가지고 있다고 하더라도 일본인인 이상 역사적 존재로서 과거 일본인의 조선 침략에 대한 책임으로부터 자유로울 수 없다고 여기고 있는 것이다.

그런데 이러한 고노의 인식은 표면적으로는 과거 식민지 조선에 거주하면서 조선인에 대한 제국 일본인의 억압과 차별, 폭력적인 통치에 대해 비판적 인식을 가지고 있었기 때문인 것으로 여겨진다. 하지만 그 역시 구식민자로서 조선인을 폭력적으로 대한 기억을 지니고 있었다. 그는 1943년 중학교 4학년 재학 중 자신을 도련님이라고 부르는 조선인 가정부 에이코에 대해 양가적인 감정을 가지고 있었다. 문명화된 일본인으로서 불결하고 야만적인 조선인의 생활에 대한 거부감을 가지고 있는 동시에 미묘한 이끌림을 느끼고 있던 그는 에이코에게 창씨개명하기 전 조선식 이름인 본명을 물으면서 "실재하지 않는 인간을 향해 부르는 듯한 허전함"[37]을 느낀다. 이 허전함은 조선인인 그녀를 일본인으로 존재하게 한 데서 오는 공허, 아니 그녀를 조선인도 일본인도 아닌 마치 실재하지 않는 인간인 것처럼 만든 것에 대한 말로 표현할 수 없는 상실감 같은 것이다. 따라서 이때의 허전함은 전시총동원 체제기 제국 일본의 신민臣民으로서만 존재할 수밖에 없었던 식민지 조선인에 대한 통치 질서의 폭력성이 존재 그 자체를 무화시키는 것에 대한 비판

---

37 ibid., p.35.

으로 이어질 수 있는 것이기도 하다.

그런데 에이코에 대해 동경과 거부라는 양가적 감정을 느끼고 있던 그는 여름방학 때 근로에 동원되어 작업하다 귀가하여 잠들고 있(다고 여겨졌)던 그녀를 성적 대상으로 대한다. 그의 행위를 에이코에 대한 치기어린 소년의 성적 호기심의 발로 정도로 치부할 수 없는 것은, 이웃집에 살고 있었던 오우치 기요시가 자신의 행위를 보았고, 그것이 알려지면 일본인들의 비웃음거리로 전락할 것에 대해 고노가 두려움을 가지고 있었기 때문이다. 이를 통해 그 역시 식민자로서 조선인 여성을 폭력적으로 대하고 있었다는 것을 알 수 있다. 이름을 상실한 조선인 여성 에이코에 대한 연민이 허위의식을 발로이거나 자기 합리화의 수단이었음이 여기에서 드러난다. 고노가 패전 후 일본으로 돌아가 생활하면서 조선과 조선인을 자신의 삶에서 의도적으로 망각했던 것은 바로 이 폭력적 행위에 대한 기억과 그러한 기억이 상기시키는 허위의식과 자기 합리화 때문이었던 것이다.

이처럼 의도적으로 망각한 기억을 들춰내는 것, 기억을 은폐하는 행위의 한계를 지적하는 것만으로는 구식민자와 피식민자 사이의 연대는 불가능하다. 그러한 은폐된 기억을 복원하고 마주하는 것에서 그치는 것이 아니라, 거기에서 나아가 기억을 은폐하는 행위가 자기 긍정의 논리가 되지 못한다는 점을 토로하는 것, 즉 망각의 경계를 넘어 망각이라는 이름의 자기 은폐가 불가능하다는 것을 폭로하는 윤리가 요구되는 것이다. 이런 점에서 고바야시 마사루의 「쪽발이」에서 고노의 행위는 여러모로 주목된다. 재일조선인 나시야마 교쿠레쓰라는 거울을 통해 자신을 되비추고, 재일조선인 문제를 생각하는 학생과 시민의 모임에 참여하고 있는 학생들의 방문을 통해 망각된 기억을 복원한 고노는 과거 식민지 조선에서의 체험을 트라우마적 기억으로 봉인하는 것을 통해 자기를 유폐했던 상태로부터 탈각한다. 그리하여 실재가 아닌 허상을 쫓고 있었던 기억(하기)을 멈춘다.

> 에이코는 원래 가공의 것이었고, 일본인들만이 그 실재를 어리석게 믿고 있었던 허상에 불과했던 것이다. 에이코라는 여성은 처음부터 어디에도 없었던 것이다.[38]

해방 직후 태극기를 들고 가두행진하고 있었던 조선인들의 무리 속에서 에이코를 발견한 고노는 자신도 모르게 '에이코!'라고 불렀지만, 그녀는 그것을 강하게 부정하면서 '나는 옥순이!'라고 말한다. 해방이라는 사건을 통해 상실된 조선 이름인 '옥순이'를 회복한 그녀가 일본이름 '에이코'를 탈각하는 과정을 보여주고 있는 것처럼 보이지만, 기실 그녀는 일본인들에 의해 '에이코'로 불리어졌을 뿐 언제나 '옥순이'였다. 따라서 에이코라는 이름은 제국의 통치 권력이 그녀에게 부여한 이름으로, '실재'가 아닌 '허상'이었던 셈이다. 고노가 식민지 조선인 여성에 대한 양가적인 감정을 지닌 채 그녀를 에이코로 부르면서 느꼈던 허전함은 자신이 폭력적인 지배 권력에 가담하지 않았다는 알리바이를 제공할 수 있을지언정, 그렇다고 해서 그가 '실재'로서 '옥순이'와 소통한 것은 아니었다. 여기에서 다시 한번 구식민자 재조일본인의 자

---

[38] ibid., p.57.

기기만이 드러난다.

자신이 믿고 있었던 것이 실재가 아니라 허상이었다는 점을 고백하는 것은 기실 자신이 그와 같은 허상이 창출되는 데 가담했음을 시인하는 것이기도 하다. 그리고 허상을 실재로 믿고 있었던 자기기만을 자인하는 것이기도 하다. 그런데 「쪽발이」의 고노는 여기에서 한 걸음 더 나아가 옥순이가 자신에게 한 말을 기억하는 것을 통해 자기 환멸의 윤리성을 획득한다. 옥순이는 고노에게 '나는 옥순이!'라고 말했을 뿐이지만, 그렇게 말하는 그녀의 눈빛에서 그는 "나는 옥순이, 그리고 너는 쪽발이, 라고"[39] 하는 것을 읽는다. 일본인들을 향한 조선인들의 "원통하기 짝이 없는 증오와 저주 속에서 생겨난 뼈에 사무치는 경멸의 불꽃", 나아가 "단순한 저주의 말이 아니라 역사 그 자체의 무게를 짊어진 말"[40]로서 '쪽발이'는 단순히 비속어가 아니다. 그것은 피식민자 조선인이 자기를 상실하지 않기 위한 단말마적인 비명에 다름 아니다.

이런 점에서 과거 식민(지)의 봉인된 기억을 해제하여 망각된 과거를 기억하는 행위를 통해 자기기만의 허위의식을 폭로하는 한편, "쪽발이는 바로 나였다"[41]라고 말하는 것은 자기 환멸의 윤리성을 획득하는 하나의 선언이다. 그것은 자기 자신에의 배려라는 측면에서 자기의 테크놀로지로 작동된 기억/망각하기를 멈추는 동시에 그러한 과정을 통해 자신의 정체성을 구축해왔던 것이 끊임없이 피식민자 조선인을 실재가 아닌 허상으로 위치시키는 폭력이었다는 점을 자인하는 것이다. 그리

---

39 ibid., p.57.
40 ibid., pp.20~21.
41 ibid., p.58.

고 그것이 자기 부정이라는 개인적인 층위를 넘어 역사 속 존재로서 일본인으로 확장되어야 한다는 것을 암시하고 있다는 점에서 전후 레짐의 질서에 반하는 자신이 진실이라고 생각하는 것을 거리낌 없이 말할 수 있는 용기로서의 파레시아[42]의 가능성을 보여준다. 자기 부정과 위반을 통한 역사적 존재로서 일본인을 되묻는 것, 이 자기 환멸의 윤리야말로 전후 체제를 살아가고 있었던 구식민자 일본인과 피식민자 조선인이 지배/피지배라는 강고한 이분법적 구도로부터 벗어나 기억의 분유를 통한 역사 투쟁을 넘어 상호 연대할 수 있는 가능성을 제시한 것이라고 할 수 있다.

5. 구식민자로서의 기억 극복과 연대의 모색

고바야시 마사루는 『쪽발이』의 후기 격인 「나의 조선」에서 다음과 같이 자신의 소설 창작과 관련된 입장을 밝히고 있다.

일본과 조선, 일본인과 조선인—이것을 현실의 다양한 전개와 밀착시키면서 자신을 해방시켜 진정으로 대등한 관계가 될 수 있는 미래를 향해 투시해 나간다는 작업은, 빚진 것이 아니라, 바로 나 자신의 사상 그 자체로서 지탱해야 합니다만, 스스로 창출하고 단련시켜야만 하는 나 자신의 사상은, 조금이라도 안심하거나 게으름을 피우거나 건강을 상하거나 의기소침하거나 하면

---

42 미셸 푸코, 오트르망 심세광·전혜리 역, 『담론과 진실』, 동녘, 2017, 91~92쪽.

순식간에 돌처럼 단단하게 굳어져버리고, 그렇게 되면 필연적으로 나는 일본인과 조선인이 직조해낸 과거의 역사와 현실의 격렬함 속으로 빠져 들어버려 나의 소설 그 자체가 출구 없는 상황을 드러내고, 현실의 뒤에서 비틀거리며 걸어가 버리고 말 것입니다.[43]

구식민자 재조일본인 2세였던 고바야시 마사루는 1945년 패전/해방으로 제국-식민지 체제가 해체되었지만, 1948년 남북한 분단 체제의 성립, 미군의 일본 및 남한 진주·점령, 1950년 한국전쟁의 발발 등 일련의 동아시아 지역 질서 재편 과정 속에서 미국적 헤게모니 아래 군국주의적 망령이 되살아나고 있는 전후 일본사회에서의 '반혁명'이 팽배해지고, 그것이 일본인과 조선인(한국인)에게 불행을 초래할 것이라고 보았다. 그는 일본인과 조선인 사이의 '진정한 평등, 대등한 관계'를 성립시키는 '혁명'이 필요하다고 판단했는데, 냉전적 국제 질서와 전후 일본사회의 체제는 그와 다른 길을 걷고 있었던 것이다. 그래서 그는 "일본에게 조선이란 어떤 존재였는가, 지금 어떤 존재인가, 장래 어떤 존재여야만 하는가를 추구하는 것을 내 문학의 출발 시기에 자신에게 명하고 그 길을 10여 년 걸어왔"[44]던 것이다. 그에게 조선과 조선인은 일본의 현재를 가장 확실하게 재조명해주는 '거울'이었던 셈인데, 무엇보다 그것은 전후 일본사회에 과거 제국-식민지 체제기 제국주의적 파시즘의 잔영들이 짙게 드리워져 있었기 때문이었다. 그리고 전후 일본사회에서 살아가고 있었던 제국의 잔여이자 국민국가의 잉여로서 재일

---

43 小林勝, 「私の「朝鮮」」, op. cit., p.292.

44 ibid., p.293.

조선인들이 그 존재 자체로 제국주의적 파시즘의 폭력성을 여실히 증거하기 때문에 일본과 일본인들이 자기를 올곧게 재인식할 수 있는 장치로서 다가갈 수 있었던 것이다.

고바야시 마사루는 바로 이 자기 부정과 극복, 나아가 자기 환멸의 길에 이르는 윤리성을 지속적으로 문학작품을 통해 환기하고 있었다. 그래서 그는 재일조선인이라는 기억 장치를 통해 망각된 과거를 복원하고, 결코 현실의 전후 체제에 안착할 수 없는 일본인의 분열과 불안을 서사화하고 있었던 것이다. 뿐만 아니라, 일본과 조선, 일본인과 조선인 사이의 '진정한 평등, 대등한 관계'를 성립시키기 위해 그들 사이의 연대의 가능성을 모색하고 있었다. 하지만 연대는 어느 한쪽의 노력, 그러니까 일본인들만의 윤리성 획득만으로 이루어지는 것은 아니다. 한국과 일본, 한국인과 일본인의 연대를 위해서는 한국인 또한 자기 극복의 노력이 필요하다. 그리고 그때 피식민의 기억 속에서 지배/피지배, 가해/피해의 이분법적 구도에 기대어 배제되고 소외된 자의 위치를 고수하는 한 (재일)조선인(한국인)의 일본인과의 상호 연대를 위한 모색은 불가능하게 된다. 비록 고바야시 마사루의 작품 속 재일조선인들이 과거 제국주의적 권력에 의해 억압과 굴욕의 삶을 살았고, 그로 인해 일본과 일본인들을 적대시하는 태도를 견지할 수밖에 없었다고 하더라도, 과거에 갇혀 있는 한 식민의 체험과 기억을 탈각하기란 요원한 것이다. 물론 식민의 체험과 기억을 망각해서는 곤란하지만, 그것만을 내세워 일본과 일본인을 '가해자'로서 주조하는 것은 그들 사이의 연대의 가능성 자체를 차단하게 할 우려가 있다. 제국과 식민지, 국민국가와 민족국가의 경계를 넘어 새로운 역사 속 존재로서 자기를 구축하기 위해서는 역시 자기 환멸의 윤리가 필요한 것이다. 식민지 조선의 체험과 기억을 전후 일본에 소환한 고바야시 마사루의 문학적 상상력이 '또 다른 거울'로서 우리에게 다가오는 이유가 여기에 있다.

제14장

외부자의 시선과 경계 위의 존재들

이민진의『파친코』를 통해 본 재일조선인의 존재 방식

────────

1. 역사 밖 수난의 기록, 재일 가족사 연대기

이민진의『파친코』서사는 처음부터 역사 밖 존재들의 수난의 기록임을 명확히 하고 있다. "역사가 우리를 망쳐 놨지만 그래도 상관없다"[1]는 문장으로 시작되는 이 소설은 내셔널 히스토리의 자장 밖으로 내몰린 자들의 수난의 역사를 직조하고 있다. 대략 1910년부터 1989년까지 20세기 전반에 걸쳐 (재일)조선인 4세대의 처절한 삶의 궤적을 시간적인 순서에 따라 서사화하고 있는 이 소설은 대문자 역사가 기록하지 않은 자들, 배제되고 소외된 자들의 생존기 정도로 읽힌다. 제국-식민지 체제기 식민지 조선의 부산 영도에서부터 시작해 냉전-분단 체제기 전후 일본의 오사카를 거쳐 요코하마로 이주하는 그들 세대의 삶의 기

────────

1 이민진, 이미정 역,『파친코』1, 문학사상, 2018, 11쪽.

록은 한일 내셔널리즘의 경계 밖으로 내몰린 존재들을 상기시키기에 충분하다. 또한, 전 세대를 관통해 딸이자 아내, 어머니이자 할머니였던 여성 순자의 삶을 부각시키는 것을 통해 여성 수난사와 재일 가족사 연대기를 펼쳐 보이고 있다.

이 소설이 한국에서 주목받기 시작한 것은 저자의 개인사적인 이력과 함께 해당 소설에 대한 영미권의 찬사가 이어졌기 때문으로 보인다. 저자 이민진은 한국계 1.5세대로, 7살 때 미국으로 이민 가 성장하였고, 예일대 역사학과와 조지타운대 로스쿨을 졸업한 뒤 변호사로 활동하다 2004년부터 본격적인 작품 활동을 시작하였다. 이후 2008년 발표한 『백만장자들을 위한 공짜 음식』으로 베스트셀러 작가로서의 입지를 마련하였는데, 2017년 『파친코』가 뉴욕 타임즈, 영국 BBC 등에서 '올해의 책'으로 선정되고 애플 TV에서 8부작 드라마로 제작될 예정이라는 것이 알려지면서 한국사회에서 관심을 기울였던 것이다. 트럼프의 반反이민 정책[2] 속 아시아계 미국 이민가족에 대한 사회적·문화적 관심이 고조되면서 영미 문화비평계로부터 찬사를 받았던 『파친코』는 '재미 교포' 작가가 쓴 '재일 교포'에 관한 이야기로서 한국 독자들에게

---

[2] 트럼프는 대통령 취임 직후인 2017년 1월 25일 국경보안 및 이민법 시행을 강화할 목적으로 행정명령 13767호를 발동하여 미국과 멕시코 국경에 장벽을 설치하고 국경수비대 요원과 이민국 직원을 증원하였다. 또한 같은 날 이민법 집행을 거부하는 소위 이민자 보호 도시에 대한 연방기금 지원을 중단하고 불법체류자를 신속하게 추방하는 행정명령 13768호도 함께 발동하였다. 이어 27일 국토안보부장관이 지정한 테러 위험 이슬람권 7개 국가 국민에 대한 미국 비자 발급 중단 및 90일 간 미국 입국을 금지시키는 행정명령 137657호를 발동하였다. 이러한 조치는 모두 자국 우선주의를 내세운 반이민 정책의 일환이었다(조정현, 「자국 우선주의 정책과 국제법상 난민·이민자 보호 —트럼프 행정부의 미국 우선주의를 중심으로」, 『국제법평론』 제47호, 국제법평론회, 2017, 43~44쪽).

소개되어 이목을 끌었다. 하지만 이는 '교포'라는 단어가 상징적으로 드러내듯, 여전히 한국이라는 내셔널한 문화지정학적 경계를 잣대로 저자와 소설을 규정하고 호명하는 것에 불과하다.

이 소설에 관한 기존 연구는 미미하게 이루어졌는데, 대체로 그것들은 한국의 문화지정학적 경계 너머의 사유를 보여주고 있다는 공통점을 갖는다. 이승연은 차별과 억압을 받는 재일조선인의 선택에 주목하여 일본인인 것처럼 살아가는 패싱passing, 외국인으로 분류되어 한국인으로 살아가기, 그리고 귀화하여 일본 국적을 취득하는 방편을 제시한 뒤 어떠한 선택도 쉽게 할 수 없는 재일조선인들의 입장을 논의한다.[3] 하지만 이러한 선택들이 차별과 억압을 극복할 수 있는 방법이 아닐뿐더러 선택 과정의 주체성 문제는 여전히 남아 있기 때문에 그들의 선택/거부는 동화/이화처럼 재일조선인의 삶과 존재 방식을 단순화시킬 우려가 있다. 이에 반해 손영희는 이 소설에 나타난 디아스포라적 정체성에 대한 공감과 공유의식에 주목하는 한편, 재일조선인이 "어느 인종, 민족에 속하는가에 의해 규정된 규범, 법, 코드화에 함몰되는 것이 아니라 이분법적 선택을 선택하지 않을 용기 그리고 자신의 정체성을 스스로 만들어갈 용기"[4]를 보여준다고 논의하였다. 그리하여 『파친코』에서 재일조선인의 경계 넘기가 다문화·다인종 시대 폭력적인 구별 짓기를 비판적으로 성찰하고 소수자와 그들의 문화를 이해하는 윤리성 획득으로 나아갈 가능성을 보여준다고 하였다. 타자화된 경계인

---

3 이승연, 「생존을 위한 도박-『파친코』를 통해 보는 자이니치의 삶『파친코』」, 『아시아여성연구』 제58권 3호, 숙명여자대학교 아시아여성연구원, 2019, 209~216쪽.
4 손영희, 「디아스포라 문학의 경계 넘기-이민진의 『파친코』에 나타난 경계인의 실존양상」, 『영어영문학』 제25권 3호, 미래영어영문학회, 2020, 79쪽.

들의 소외와 정체성 문제를 트랜스내셔널 시대의 보편성으로 확장하고 있다는 점에서 흥미로운 관점을 보여주고 있다.

한편, 임진희는『파친코』에 나타난 장소에 주목하여 그곳이 "인간의 정체성을 지배하는 정치경제적 이데올로기이자 공동체적 경험으로서의 생명정치의 토대를 이루고 있다"[5]고 논의하면서 재일조선인 가족 서사에 공감하는 독자들의 확장된 장소 리터러시가 대안적 장소 담론 구축으로 이어질 수 있음을 밝혔다.『파친코』의 서사에 나타난 장소 상실, 장소와 정체성, 장소와 권력에 대한 흥미로운 논의를 바탕으로 내셔널리즘의 경계를 넘어 탈경계적 공존의 의미와 가치를 묻고 있는 이와 같은 논의는 재일의 존재 방식을 파악하는 데 일정 부분 시사점을 준다고 할 수 있다. 특히 재일조선인들의 이주와 정착 과정에서 한일의 내셔널한 경계 긋기의 작업으로 인해 지속적으로 배제되고 소외된 자들이 어떻게 스스로를 경계 위의 존재로 위치시키면서 자기만의 삶을 구축하고 영위해갔는가를 탐색하는 데 비판적인 관점을 제기한다고 할 수 있다.

이 글에서는 이상의 선행연구를 비판적으로 수용하는 한편, 재일조선인의 자기 보존의 방편으로서 일본인-되기의 역설적 상황에 주목하는 한편, 경계 위의 존재들로서 재일조선인들의 이동 및 공간 형성, 그리고 장소 상실에 대해 살펴보고자 한다. 해방/패전 이후 한국과 일본 사회 그 어느 곳에도 정착하지 못하고, '재일조선인'으로 살아갔던 그들은 한국인과 일본인이 내셔널 아이덴티티를 재구축하는 과정에서 지

---

5   임진희,「민진 리의『파친코』에 나타난 재일한인의 장소담론」,『예술인문사회 융합 멀티미디어 논문지』Vol.9, No.8, 사단법인 인문사회과학기술융합학회, 2019, 279쪽.

속적으로 타자로서 위치 지어졌다. 하지만 이 타자들은 단순히 주체화의 폭력적 산물로서 남는 것이 아니라, 그러한 주체화 과정의 문법과 질서가 내셔널리즘의 자장 속에서 배제와 차별을 정당한 것으로 권위 부여하고, 자연스럽게 그러한 권위에 가담하거나 그것의 폭력성을 눈감게 했다는 점을 폭로한다. 뿐만 아니라, 정주에의 열망 속에서도 삶의 근거지를 박탈당한 채 자기 장소를 상실하고 이산하는 재일조선인의 모습을 통해 경계 밖으로 내몰린 자들을 확인할 수 있다. 나아가 경계가 확정된 상태에서 그들을 배제하는 것이 아닌, 배제하는 것을 통해 경계 긋기가 이루어지고 있었다는 점, 그리하여 경계는 언제나 임의적이고 자의적인 권력의 산물이라는 것을 다시금 파악할 수 있게 한다.

주지하는 바, 재일조선인의 정체성과 그들의 사회적 이동에 관한 논의는 지속적으로 이루어져왔다.[6] 특히, 재일조선인 문학은 세대와 젠더를 달리해 형성되고 전개되어왔지만, 범박하게 말해 재일조선인의 이동 — 체제 변동에 따른 사회적 이동과 문화적 이동을 포함하는 — 과 정체성 구축에 주목하면서 한일 내셔널리즘의 경계 긋기 작업을 비판적으로 성찰하게 했다. 여기에 비교적 최근 재일조선인 문학에 관한 논의에서 공간과 장소, 이동과 경계, 전지구적 디아스포라 현상, 다인종·다문화주의의 관점이 더해지면서 논의를 풍성하게 하고 있는 것 또

---

6   이와 관련해 텍스트 마이닝기법을 활용해 '코리안디아스포라 문학'에 관한 연구의 대상과 주제를 분석한 강진구, 김성철에 의하면, 코리안디아스포라 문학 연구는 한글문학과 한글문단을 중심으로 진행되어왔고, 정체성 연구를 핵심적인 주제로 삼았으며, 큰 틀에서 한민족 통일문학사 관점을 취하고 있지만 미주 거주 코리안문학의 경우 '한국계 작가'의 소수자문학으로 다루는 한편, 민족 문제를 넘어 생활공간과 사회로까지 그 대상을 확장하고 있는 추세이다. 이에 대해서는 강진구·김성철, 「텍스트마이닝을 활용한 코리안디아스포라 문학 연구 경향 분석」, 『우리문학연구』 제69집, 우리문학회, 2021, 325~359쪽.

한 사실이다.[7] 이 글에서는 영미권에서 생산·수용된 이민진의 『파친코』 서사가 갖는 '외부자의 시선'이 경계 위의 존재들로서 재일조선인을 새롭게 재인식할 수 있는 계기가 되었다는 판단 아래 논의를 전개하고자 한다. 그리하여 트랜스내셔널 디아스포라의 가능성 또한 가늠해 보고자 한다.

2. 일본인-되기의 비의, 자기 보존의 역설

어떤 존재가 된다는 것은 범박하게 말해 타자로서 소외되는 것이 아니라 주체로서 자기를 정립하는 것을 말한다. 주체가 된다는 것은, 언제나 지난한 과정을 동반하지만, 자율의지를 가진 단독자로서 개인에게는 숙명과도 같은 자기 욕망의 발현을 의미한다. 또한, 주체/타자의 위계화된 구도 속에서 발생하는 폭력적인 차별 구조는 개인들로 하여금 언제나 주체의 위치를 꿈꾸게 한다. 쫓겨나고 버려진 존재에게 타자의 자리는 대체로 자기 상실을 맛보게 할 뿐이기 때문이다. 그래서 개인은 자기 상실을 넘어 주체로서의 자기를 구축하기 위해 분주히 움직인다. 제국-식민지 체제기 식민지 조선인들이 (비)자발적으로 제국 일본인이 되고자 했던 욕망은 결코 그 자체로 달성될 수 없는 것이었지만,

---

7   김환기에 의하면, "고향의식(귀향의식), 자기(민족)정체성, 모국어와 모어, 현지사회와의 갈등과 대립, 귀화, 월경, 혼종성과 글로컬리즘(Glocalism)의 가치와 이미지는 그러한 디아스포라 문학의 경계의식을 표상하는 지점들"(김환기, 「재일 디아스포라 문학의 경계의식과 '트랜스내이션', 『횡단인문학』 창간호, 숙명여자대학교 숙명인문학연구소, 2018, 65쪽)이라고 할 수 있는데, 이는 재일조선인 문학을 디아스포라 문학으로 보는 관점에서도 일정 부분 적용된다고 할 수 있다.

이러한 맥락 속에 놓여 있었다고 할 수 있다. 피식민자로서 차별적 상태의 극복은 체제의 통치 권력에 의해 불가능한 것이지만, 식민지 조선인들의 주체화 과정에서는 그것이 일본인-되기라는 욕망의 발현으로 이어졌던 것이다. 그리고 제국 일본의 패전과 식민지 조선의 해방이라는 사건으로 제국-식민지 체제의 위계화된 구도가 해체되었지만, 전후 일본사회에서 재일조선인들은 계속해서 타자의 위치에 고착화되었다.

주체/타자 사이의 거리, 차별적 구조는 '경계'를 통해, 좀 더 정확하게는 경계 긋기의 과정을 통해 만들어진다. 일반적으로 경계는 "사람·화폐·물건의 전지구적 통로들을 관리하고, 보정하며, 통치하기 위해 세밀하게 조율된 장치"로 "주권 권력의 변혁들과 정치와 폭력의 양면적 결합이 결코 눈앞에서 사라지지 않는 공간들이다".[8] 그런데 마치 담장의 이미지처럼 경계는 배제하기 위한 기능을 하는 장치로서 인식되지만, 오히려 그보다는 사람들을 선별하고 거르는 포섭의 장치이다. 따라서 경계가 어떻게 권력과 자본의 지형들을 따라 복수의 통제 지점들을 구축하는 배제-포섭의 기능을 발휘하는지에 주목할 필요가 있다.[9] 또한, "어떤 경계를 표시한다는 것은 정확하게 어떤 영토를 정의하는 것이고, 그것의 범위를 규정하는 것이며, 따라서 그 영토의 정체성을 천명하는 것이고, 혹은 그 위에 정체성을 하나 부여하는 것이다".[10] 패전 이후 전후 일본사회에서는 다양한 경계들이 구획되어갔고, 그 속에서 재일조선인들은 동화와 이화, 포섭과 배제의 대상으로 위치 지어졌

---

8 산드로 메자드라·브렛 닐슨, 남청수 역, 『방법으로서의 경계』, 갈무리, 2021, 25쪽.
9 위의 책, 30~31쪽.
10 Balibar, Étienne, *Politics and the Other Scene*, Verso, 2002, p.76.

던 것이다.

그렇다면 전후 일본사회에서 지속적으로 타자의 위치에 놓인 재일조선인들에게는 어떠한 선택이 가능할까? 그리고 그러한 선택은 과연 재일조선인의 주체화 기획을 달성 가능하게 하는 것일까? 앞서 이승연의 논의를 빌리자면, 재일조선인들의 선택지는 일본인으로의 귀화, 외국인으로서의 자기 고수, 그리고 일본인으로의 행세 정도로 나눌 수 있다. 하지만 일본 국내법에 의해 일본인이 된 재일조선인이 귀화 이전 자신의 정체성을 완전히 탈각했다고 할 수 없고, 같은 맥락에서 재일조선인으로서의 자기 정체성을 유지·존속시키는 것이 차별의 구조로부터 벗어나게 하는 것 또한 아니다. 따라서 귀화 여부는 법적·제도적 측면에서의 일본사회에 입사하는 데 용이할지언정, 그것이 정체성 재구축의 완성을 의미하는 것은 아니다. 한편, 일본사회로부터 차별 당하지 않기 위해 일본인으로서 행세하는 것은 언제나 재일조선인으로서의 정체가 밝혀질 위험 속에서 불안감을 증폭시킨다. 따라서 그 또한 정체성 구축의 완결로 이어지는 것은 아니다.

사정이 이러하다면, 정체성 구축이나 주체화의 욕망을 살펴보는 데 있어 그러한 선택의 결과보다는 과정에 주목할 필요가 있다. 다시 말해 재일조선인이 전후 일본사회의 억압적 차별구조 속에서 어떠한 수행적 과정을 통해 정체성을 구축해가고 있었는가에 주목해야 하는 것이다. 나아가 재일조선인을 대상으로 한 배제와 포섭의 경계 짓기 프로젝트가 전후 일본사회에서 지속적으로 이어졌고, 그것이 일본인/재일조선인 사이의 차별적 구조를 재생산한 것이었다면, 그러한 차별적 구조를 폭로하고 그것에 균열을 일으키기 위해서는 비자발적이거나 수동적인 상태에서의 귀화나 일본인으로서의 행세 그 자체가 아니라 그에 이르는 과정 속에서의 재일조선인의 욕망과 불안이 어떻게 표출되었는지에 주목할 필요가 있을 것이다. 이민진의 『파친코』의 서사는 등장인물의 행위와 그 속에 내재된 욕망을 통해 이를 서사화하고 있다.

이와 관련해 주목되는 인물들은 주로 일본에서 나고 자란 재일조선인 2세 이후의 세대들이다. 그들이 일본식과 조선식, 그리고 그것이 혼재된 방식의 "적어도 이름을 세 개 가지고 있었다"[11]는 것은 정체성 구축 과정에서 불안과 동요를 겪고 있음을 단적으로 보여준다. 또한 그들이 '착한 조선인'과 '나쁜 조선인'으로 구별된다는 점에서 사회적 존재로서 포섭과 배제의 생명 정치의 대상으로 위치 지어져 정체성 구축 과정에 차질이 발생하고 있다는 점을 확인할 수 있다. 일본인 야쿠자 집안의 데릴사위 격으로 들어가 권세를 누리고 있던 고한수는 자신의 금권을 통해 조선인임을 극복하고자 하지만 그것은 불가능한 것이었고, 일본인의 피가 섞여 있지 않다는 이유로 재일조선인이 부라쿠민보다 '천한 족속'으로 멸시의 대상이 되고 있는 상황 속에서 착한 일본인 따위는 되지 않겠다고 다짐하는 백모자수 또한 나쁜 조선인이 되어 자신들에게 가해지는 억압적 차별 구조를 회피할 수 있는 것은 아니었다.

이는 재일조선인 3세인 백솔로몬이 외국인 등록증을 발급받는 상황을 통해 보다 극명하게 드러난다. 1952년 4월 샌프란시스코 강화조약 발표 시 일본 정부는 법무부 민사국의 '통달'이라는 형식으로 옛 식민지 출신자들의 일본 국적을 상실케 했다. 이는 재일조선인 국적 문제에

---

11 이민진, 이미정 역, 『파친코』 2, 문학사상, 2018, 18쪽.

대해 대체로 본인이 희망하는 대로 처리할 것이라는 1949년 12월 중의원 외무위원회의 답변과 정면으로 배치되는 것이었다. 옛 식민지 지역의 잔류 일본인들의 귀환이 거의 완료되고, 한국전쟁이 발발하는 등 정세가 급변하는 가운데 일본 정부는 미국 측의 평화조약 구상에 국적 규정이 없다는 사실을 확인한 뒤 재일조선인들의 일본 국적을 일률적으로 박탈했던 것이다. 그리하여 통달 한 통으로 외국인이 되어버린 재일조선인들은 1951년 10월 공포된 출입국관리령의 대상이 되어 외국인 등록증을 상시 휴대해야 했고, 1955년 외국인등록법 개정에 따라 지문 날인을 의무적으로 수행할 수밖에 없게 되었다.[12] 재일조선인들의 일본 국적 박탈은 전후 체제의 질서와 문법이 제국국가에서 국민국가로 전환되면서 국민-됨의 자격을 일본인에게만 부여하고 비非일본인들을 국민의 경계 밖으로 내쫓고 있었던 정황과 결코 무관한 것이 아니었다.

그리하여 전후 일본사회에서 태어났다고 하더라도 재일조선인들은 일본인과 같은 안정적 지위와 권리를 행사할 수 없게 된다. 이는 『파친코』의 서사에도 잘 드러나는데, 작중 서술자에 의하면 "1952년 이후에 일본에서 태어난 조선인들은 열네 살 생일에 지방관청으로 가서 거주 허가를 받아야 했다. 그 후로는 일본을 영원히 떠나고 싶지 않으면 3년마다 등록증을 갱신해야 했다".[13] 14살 생일을 맞아 파티를 열기 전 백솔로몬은 관할 관청에 들러 지문을 날인하고 외국인 등록증을 받아야 했는데, 그것은 그의 아버지 백모자수에게 조국을 상실한 자가 일본에

---

12 미즈노 나오키·문경수, 한승동 역, 『재일조선인-역사, 그 너머의 역사』, 삼천리, 2016, 144~145쪽.
13 이민진, 이미정 역, 『파친코』 2, 241쪽.

서 살아남기 위해, 추방당하지 않기 위해 자발적으로 '개목걸이'를 차는 것처럼 인식된다. 일본에 거주하는 외국인으로서 법적·행정적 절차를 수행하는 것처럼 보이는 이와 같은 등록증 발급은 "손톱 밑에 낀 잉크"[14]가 쉽게 지워지지 않는 것처럼, 마치 주홍글씨를 새기는 것과 다르지 않다. 이에 대해 한국계 미국인 피비가 "왜 일본은 아직도 조선인 거주자들의 국적을 구분하려고 드는 거야? 자기 나라에서 4대째 살고 있는 조선인들을 말이야. 넌 여기에서 태어났어, 외국인이 아니라고! 이건 완전 미친 짓이야"[15]라고 항변한다고 하더라도, 그것은 재일조선인을 또 다른 경계 속에 가두는 낙인찍기 그 이상도 이하도 아닌 것이다.

따라서 재일조선인들은 경제적 부를 축재해 일본인들의 멸시의 이미지로 고착화된 '가난한 조선인'으로부터 벗어났다고 하더라도, 선량한 것으로 보이는 일본인들과 우호적인 관계를 형성해 사회적 활동을 하고 있더라도, 일본인이 아닌 자로서 지속적으로 배제된 상태에 놓이게 되었던 것이다. 이는 재일조선인으로서 정체성을 고수하는 것도, 일본인이 되거나 일본인으로 위장하는 것도 불가능하다는 것을 말한다. 물론 정체성은 그 자체로 유동적이고 끊임없이 (재)정립되어가는 것이지만, 한 개인이 주체로서 자신의 정체성을 구축하거나 자기를 정위하려고 하는 과정 속에서 재일조선인이라는 이유만으로 불온한 자로 낙인찍히거나 일본사회로부터 배제되는 것은 정체성 구축의 시도 자체를 원천 차단하는 결과를 낳는다. 즉, 재일조선인들에게는 주체화의 기획이 성공했느냐의 여부가 아니라, 주체화의 기획 자체가 봉쇄되어 있었

---

14 위의 책, 264쪽.
15 위의 책, 314쪽.

던 셈이다. 일본인의 피가 없다는 이유만으로 일본인이라는 경계 밖으로 내몰린 그들에게는 그저 살아남는 길만이 제시되어 있을 뿐이었다.

이처럼 전후 일본사회의 에스닉 내셔널리즘의 차별적 구조 속 재일조선인으로서 자기 정체성을 구축하는 데 불안과 동요를 겪는 인물들은 『파친코』 서사에서 너무나 쉽게 찾아볼 수 있다. 그런데 그들 중 그 누구보다 백노아가 죽음에 이르는 과정을 통해 경계인으로서의 재일조선인의 유동적 위상에 대해 짐작할 수 있다. 유년기 그는 백노아라는 이름 대신 보쿠 노부오라는 일본식 이름을 사용했고, 한국식 성을 일본식으로 읽는 이름 때문에 조선인임이 쉽게 밝혀졌지만, 그는 자신의 사정을 모르는 사람들에게 굳이 조선인임을 밝히지 않는다. 일본인 학생들보다 일본어를 능숙하게 사용할 수 있었던 그는 식민지 조선이나 한반도에 관한 이야기가 나오는 것을 꺼릴 정도로 조선인으로서의 자기를 회피하면서 성장하였다. 고학을 통해 와세다대학에 입학해 영문학을 전공하고 있었던 그는 졸업 이후 영어교사가 되는 꿈을 가지고 있었지만, 공립학교에서는 조선인을 채용하지 않는다는 사실을 안 뒤에도 언젠가는 그러한 법이 바뀌기를 기대하는 한편 자신의 꿈을 실현하기 위해 '일본시민'이 되는 것을 생각해보기도 하였다. 그는 조선인으로서의 소외 상태를 극복하기 위해 학업에 매진하는 한편, 전후 일본사회의 차별적 위계 구조로부터 벗어나기 위해 영문학에 몰입했던 것이다.

사실 그는 타인과 함께 있을 때 조선인이나 일본인이라는 국적에 신경 쓰지 않았고, 그저 '자기 자신'으로 존재하고 싶어 했다. 하지만 그것은 불가능한 일이었다. 와세다대학에서 일본인 상류층 집안 출신의 여성 아키코와 만나 사랑하는 사이가 되었지만, 그녀가 자신의 부모가 조선인을 차별하는 인종차별주의자라고 힐난하면서 자신은 오히려 조선인에게 호감을 가지고 있다고 말했을 때, 그는 조선인으로서 호명되는 상황에 놓이게 된다. 천대의 대상이 아닌 환대의 대상으로 위치 지어진다고 하더라도 그는 일본인에게 조선인이라는 타자로서 고착화되었던 것이다. 조선인으로서 자신을 망각하고자 했지만 그것이 불가능한 상황 속에서 그는 "조선인이 아니라 그냥 인간이 되고 싶었"[16]을 뿐이었다. 그럼에도 불구하고 인간 그 자체로서의 존재를 부인당한 그는 조선인으로서 자기를 은폐하는 전략 속에서 일본인으로 행세하면서 살아갈 수밖에 없게 되었던 것이다. 그러니 이때의 일본인으로서의 행세는 자기 보전을 위한 하나의 전략,[17] 자기 자신에의 배려의 방편이었다고 할 수 있다.

그런데 후원자라고만 여기고 있었던 고한수가 자신의 생부였다는 사실을 알게 된 백노아는 자신의 피가 조선인의 것이자 야쿠자의 것이라며 절규한다. '더러운 피'를 가진 존재로서의 자기 규정, 그것은 일본인으로서 행세하면서 조선인으로서의 정체성을 회피해왔던 자신의 자기 보존 전략이 더 이상 유효하지 않다는 것을 의미한다. 그리하여 그는 "엄마가, 엄마가 제 인생을 앗아갔어요. 전 더 이상 제가 아니에요"[18]

---

16 위의 책, 118쪽.
17 "행세란 부인에 굴하지 않고 자신이 욕망하는 지위를 달성하고 손에 넣으려는 자기표현과 자기표상을 뜻한다. 그렇다면 보통은 특권층과 비 특권층, 명망 있는 자와 그렇지 않은 자, 정상 인간과 일탈 인간을 구분하는 경계를 침범한다는 뜻인데, 그러려면 결국 욕망하는 성취 지위를 잘 수행하면서 동시에 혐오하는 귀속 지위를 잘 숨겨야 한다."(존리, 김혜진 역, 『자이니치 – 디아스포라 민족주의와 탈식민 정체성』, 소명출판, 2019, 47쪽)
18 이민진, 이미정 역, 『파친코』 2, 125쪽.

라고 힐난하면서 학업을 중단하고 가족을 떠난다. 이후 나가노의 파친코에 취업하고 일본인 여성과 만나 결혼한 그는 조선인으로서의 자기를 은폐한 채 살아간다. 하지만 그러한 가운데서도 그는 조선인으로서의 과거의 자기를 완전히 탈각하지 못했을 뿐만 아니라, 지속적으로 "자신의 정체가 들통날지도 모른다는 공포에 사로잡히지 않은 날이 하루도 없었"[19]을 정도로 불안 상태에 놓여 있었다. 반 노부오라는 이름으로 16년째 나가노에서 '순수한 일본인'으로 살고 있었던 백노아는 자신을 찾아온 어머니와 만난 뒤 파친코에서 일하는 자신에게 '저주받은 피'가 흐르고 있다고 말한다. 그에 대해 어머니 순자가 "니가 조선인이라는 게 그리 끔찍하나?"라고 묻자 "제 자신이 끔찍하게 느껴져요"라고 답한다.[20] 이 자기 환멸은 애써 조선인으로서의 자기를 회피했던 백노아가 반 노부오라는 일본인 행세를 하면서 살아가는 것이 불가능하다는 것을 여실히 보여준다.

일본인으로의 귀화를 통해 귀화 이전 조선인으로서의 자기 탈각이 불가능하고, 조선인으로서 정체성을 고수하는 것이 일본사회의 폭력적 차별 구조 속에서 인간 존재로서의 자기를 인정받지 못하는 상황 속에서 일본인으로서의 행세를 선택했지만, 결국 그 또한 언제나 자신의 정체가 밝혀질 수 있다는 것에 대한 불안감을 증폭시키는 상황 속에서 죽음을 선택한 재일조선인 백노아. 그는 일본인도, 조선인도 아닌, '그냥 인간'으로 존재하고 싶었을 뿐이었지만, 그를 둘러싼·관통한 경계들은 그로 하여금 그저 한 인간 그 자체로 존재하는 것을 불가능하게 했

---

19 위의 책, 191쪽.
20 위의 책, 231쪽.

다. 해서 그는 스스로를 일본인도 조선인도 아닌, 일본인과 조선인의 경계 위에 위치시키면서 위험한 줄타기를 시도한 것이었지만, 그의 그러한 생존을 위한 곡예는 일본인과 조선인 둘 중 하나를 선택해야 하는 경계 긋기의 폭력 속에서 무참히 실패하고 만다. 그의 죽음은 어머니와 남동생에게는 조선인의 죽음으로, 아내와 아이들에게는 일본인의 죽음으로 남겨질 터인데, 그런 점에서 그는 죽음 이후에도 산 자들의 기억의 경계 속에서 '그냥 인간'이 아닌 일본인/조선인으로 남겨진다. 이처럼 『파친코』의 서사는 백노아의 죽음에 이르는 과정을 서사화하는 것을 통해 경계 위의 존재로서 재일조선인의 자기 보존의 욕망과 발현이 차별적 사회 구조 속에서 강화되는 한편, 결코 그것이 달성될 수 없는 역설적 상황을 보여준다.

3. 지속되는 이동, 배제의 트라우마적 상흔

이민진의 『파친코』 서사가 전후 일본사회에서 배제되고 소외된 존재로서 재일조선인들의 수난의 역사를 직조한다고 했을 때, 그들은 끊임없이 이동의 과정 중에 놓여 있다. 무엇보다 그들의 이동은, 정주에의 욕망을 지니고 있었지만 자기 장소를 갖지 못한 자들이 지속적으로 자기 장소를 획득하기 위해 분투한 생존의 기록이자 동시에 전후 일본사회의 사회적 공간들로부터 내몰리고 있는 재일의 처절한 삶의 조건들을 보여준다. 제국-식민지 체제기 식민지 조선의 부산 영도에서 나고 자란 순자는 백이삭과 결혼해 그의 형이 있는 오사카로 이주한다.

이후 그녀의 아들들은 오사카에서 요코하마, 나가노로 다시금 이주해 삶을 이어가지만, 그것이 생활의 안정과 안전을 위한 자기 영토의 점유로 이어지는 것은 아니었다. 즉, (재일)조선인들은 자기 장소를 상실당한 채 지속적으로 내몰렸고, 일본인/조선인의 폭력적 차별 구조를 강화하는 경계 구획 속에서 경계 밖으로 소외되었던 것이다.

그런 점에서 이 소설에서 먼저 주목되는 공간은 선자 부부가 처음 일본에 이주한 곳이자 그들 부부의 자식들이 나고 자란 이카이노이다. 조선인 집단 거주지인 "이카이노는 일종의 잘못 만들어진 마을이었다".[21] 값싼 자재들로 엉성하게 지어진 판잣집들은 대부분 망가져 있었고, 넝마를 걸친 아이들과 술주정뱅이가 술에 취해 골목에 잠들어 있는 풍경은 그곳이 얼마나 척박한 곳인지를 짐작하게 한다. 더구나 좁은 방으로 인해 가족들이 교대로 잠을 자고, 집안에서 가축을 기르며, 수도와 난방이 되지 않는 그곳은 일본인들에게 '더러운 조선인' 마을일뿐이었다. 일본인이 조선인에게 집을 빌려주지 않아 최소한의 생계를 위한 삶을 영위해나갈 수 있는 조건을 상실한 조선인들이 모여들어 자연스럽게 형성된 이카이노는 그럼 점에서 경계 밖의 장소라고 할 수 있다. 그곳은 김시종이 "누구나 다 알지만 / 지도엔 없고 / 지도에 없으니까 / 일본이 아니고 / 일본이 아니니까 / 사라져도 상관없고"[22]라고 노래했던 것처럼, 존재하지 않는 곳이 되어버렸던 것이다.

그곳에서 재일조선인들 중 유일하게 집을 소유하고 있었던 형 백요섭으로 인해 선자 부부는 상대적으로 안정적인 생활을 시작할 수 있었

---

21 이민진, 이미정 역, 『파친코』 1, 160쪽.
22 김시종, 유숙자 역, 「보이지 않는 동네」, 『김시종 시선집 - 경계의 시』, 소화, 2008, 85쪽.

지만, 주위의 굶주린 조선인들에 의해 언제든 위협을 받을 수 있었다. 벌거벗은 신체들의 집합소로서 이카이노는 재일의 존재 방식이 죽은 자와 다름없는 산 자들의 공간으로서 디스토피아의 면모를 가지고 있었음을 가늠케 한다. 그리고 그곳에 거주하고 있다는 이유만으로도 재일조선인들은 게으르고 시끄러우며 불결한 존재로 인식되어 배제와 차별의 대상으로 고착화되었다. 무엇보다 이카이노의 조선인들은 극심한 가난 속에서 하루하루를 연명하는 데 몰두할 수밖에 없었고, 따라서 그들은 살아 있는 생명 그 자체인 '조에zoe'로서만 존재할 수 있었다. 결국 그들은 가치 있는 삶을 살고 있는 '비오스bios'로 여겨지지 못해 존재의 의의를 상실하게 되었던 것이다. 물론 이때 가치 있는 삶이란 범박하게 말해 전후 일본 체제의 실정성을 강화하는 데 포섭된 일본인의 삶, 바로 그것이다.

조에를 넘어선 비오스로서 자신의 존재를 증명하는 것, 그것은 이카이노의 재일조선인들에게는 불가능한 일이었던 것인지도 모른다. 재일조선인이라는 이유만으로 인간 존재 그 자체가 부정당하고, 전후 일본 사회에서 사회적 존재로서 인정받지 못하는 상황 속에서 가치 있는 삶을 살아가기란 요원한 일이다. 자기 장소를 상실한, 아니 애초에 자기 장소를 갖지 못한 그들에게 안전과 안정의 영토에 대한 희구와 정주에의 욕망은 달성 불가능한 것이었고, 그리하여 자기 장소로부터 유리될 수밖에 없었다. 그런데 이러한 장소 상실은 기실 그들이 고향을 떠난 그 순간 예비된 것이기도 하였다. 존재의 시원이나 유년기 기억의 장소로서 고향을 떠나 먹고살기 위해 오사카 이카이노로 이주하였지만, 그곳은 출향자 재일조선인들에게 새로운 삶의 터전으로 인식되거나 감각되지 못했다. 그리하여 자기 장소를 상실한 자들은 자연스럽게 떠나온 고향과 고국에 대한 회한의 감정, 노스탤지어의 감각을 환기하게 된다.

> 노아는 조선이 평화로운 땅이 되어 자신이 평범한 사람으로 살아갈 모습을 상상해보았다. 아버지는 자신이 자랐던 평양은 아름다운 도시였고, 엄마의 고향인 영도는 청록빛깔 바다에 물고기가 풍부한 평화로운 섬이었다고 말하곤 했다.[23]

오사카에서 성장하다 아시아-태평양전쟁 말기 일본인 경영 시골 농장으로 가족과 함께 피신했던 백노아는 부모의 고향에 대한 이야기를 떠올리면서 '아름답고 평화로운' 곳을 그리는 동시에, 그곳에서 자신이 '평범한' 사람으로 살아가는 모습을 상상한다. 이미 유년기부터 조선인이라는 이유만으로 오사카에서 차별을 받았던 그는 기억 속의 공간, 노스탤지어의 대상으로서 부모의 고향을 상상하면서 자신의 차별적 상태로부터 벗어날 것을 갈망한다. 따라서 자기 장소로부터 유리된 재일조선인의 원형의 공간으로서의 고향에 대한 동경은 현재의 경계 밖으로 내몰리는 데 대한 불안감을 고향에 대한 상상으로 봉합하려는 시도에 다르지 않다. 하지만 고향은 상상 속에서만 존재할 뿐이고, 그런 점에서 사회적 공간으로부터의 배제를 봉합하려는 시도는 언제나 좌절을 겪을 수밖에 없게 된다.

그런데 흥미롭게도 이 소설에서 고국으로 돌아가는 인물이 등장하

---

23 이민진, 이미정 역, 『파친코』 1, 327쪽.

는데, 그는 20년이 넘도록 고국에 가보지 못한 김창호이다. 그는 오랫동안 고한수 밑에서 일하다 1959년 12월 귀국사업에 참여하여 북한으로 향한다. 고국을 그리워하던 그는 남한 출신으로 부모의 무덤이 있는 대구로 향하는 것이 아닌, 해방과 남북한 단독정부 수립, 그리고 한국전쟁의 참상을 목도하면서 국가 재건 사업에 기여하기 위해 북한행을 선택했던 것이다. 하지만 고국을 그리워하는 그에게 고한수는 "너는 북한에 가면 살해당할 거야. 남한에서는 굶어죽을 거고. 다들 일본에서 살았던 조선인들을 미워하거든. 네가 고국에 가는 건 절대 찬성할 수 없어. 절대 안 돼"[24]라고 말한다. 이 말은 북한이 결코 재일조선인의 새로운 정주지로 기능하지 못한다는 것을 의미한다. 당시 재일조선인 귀국사업은 북한과 일본 사이의 이해관계가 맞물려 진행되었다. 북한은 재일조선인 사회에 영향력을 강화해 일본 내 정치와 사회에 대한 개입을 확대하기 위한 외교정책의 수단으로 귀국사업을 간주하고 있었고, 일본은 오무라수용소 문제와 빈곤한 재일조선인들로 인해 발생하는 사회문제를 해결할 수 있는 대안으로 귀국사업을 추진했던 것이다.[25] 고국에 대한 그리움을 가지고 귀국해 국가 재건에 기여하고자 했던 재일조선인의 귀국 후 삶은 이 소설에 드러나지 않는다. 하지만 일본에 남은 조선인들이 그를 기억하면서 걱정하고 있는 장면들을 통해 그가 고국의 품에 안착했을 것이라고, 그리하여 일본사회에서 받았던 차별로부터 벗어났을 것이라고 단정하기란 어려운 일이다. 오히려 고한수의

---

24 위의 책, 353쪽.
25 테사 모리스 스즈키, 한철호 역, 『북한행 엑소더스─그들은 왜 '북송선'을 타야만 했는가』, 책과함께, 2008, 233~234쪽.

말처럼, 또 다시 북한사회로부터 지속적으로 배제되는 상황에 놓일 가능성이 높다고 보아야 할 것이다.

　패전/해방 이후 한반도의 체제 변동과 공간 질서의 재편에 따라 재일조선인들이 떠나오기 전 고국과 고향은 더 이상 존재하지 않게 된다. 이카이노에서의 장소 상실이 고국과 고향에 대한 동경을 강화했지만, 고향 상실 속에서 장소 상실감은 지속되고 증폭된다. 따라서 그러한 장소 상실을 회피하거나 극복할 수 있는 대안 공간이 요구된다. 전후 일본사회의 상징 질서에 의해 만들어진 사회적 공간들이 재일조선인들을 경계 밖으로 내모는 한 재일조선인들은 자기만의 장소를 모색하지 않을 수 없었고, 그러한 상황 속에서 경계 밖으로 내몰린 자들이 고국이나 고향에 대한 기억과 향수의 감정을 환기하면서 상상적 봉합을 통해 자기만의 장소를 꿈꾸게 되었지만 그러한 고국과 고향이 훼손되어 오히려 상실감을 증폭시키게 된다면, 일본도 고국도 아닌 다른 곳으로 시선을 돌릴 수밖에 없게 되는 것이다. 그리고 그때 대안 공간은 무엇보다 일본사회의 구조적 차별을 벗어날 수 있을 것이라는 기대감을 충족시켜줄 수 있는 공간이어야만 했다.

　이 소설에서 그러한 대안 공간은 '미국'으로 나타난다. 이는『파친코』서사에 등장하는 인물들이 미국을 동경의 땅으로 인식하고 있는 것과 결코 무관한 것이 아니다. 앞서 살펴보았듯이 백노아가 영문학을 전공하고 있었던 것이 조선인으로서의 제한적·폐쇄적 위상으로부터 벗어나 단지 일본인이 되고자 했던 것이 아니라 일본인/조선인 사이의 차별적 위계 구조 그 자체로부터 벗어나기 위한 방편이었던 것처럼, 유미에게 미국은 일본과 달리 차별받지 않는 곳으로 인식된다. 부모로부터 받은 폭력적인 트라우마를 간직하고 있는 그녀는 미국영화를 보면서 캘리포니아에서 살 결심을 하게 되는데, 무엇보다 그것은 "멸시당하거나 무시당하지 않는 미국에서의 새로운 삶을 살고 싶었"[26]기 때문이었다. 백모자수를 사랑하고 있었지만 조선인이 되는 것을 가난이나 수치스러운 가족에 얽매이는 것이라고 끔찍해했던 그녀는 같은 맥락에서 일본에서 사는 것 또한 자신의 트라우마적 기억을 환기시켰기 때문에 그에 대해 장소 혐오의 태도를 보인다. 그녀는 백모자수와 결혼해 미국에 가고 싶다는 욕망을 가지고 있었지만, 결코 그녀의 욕망은 달성되지 못한다.

하지만 이카이노를 벗어나 미국을 동경하는 재일조선인의 모습은 차별과 배제의 영토인 일본으로부터의 이탈 욕망을 여실히 보여준다. 이는 백모자수가 파친코를 경영하면서 요코하마로 이주해 집을 짓고 사는 것을 통해 다시금 확인할 수 있다. "요코하마의 서양인 거주 지역에 있는 방 세 개짜리 최신식 집이었다. (…중략…) 가구들은 미국 영화에 나오는 것들과 비슷했다. 소파며 높은 원목 식탁, 크리스털 샹들리에, 가죽 안락의자까지 모두 미국식이었다. 한수는 이 집안 식구들이 요나 바닥이 아니라 침대에서 잔다고 추측했다. 이 집에는 오래된 것들이 보이지 않았다. 조선이나 일본의 흔적이 하나도 없었다."[27] 서양인 거주 지역에 서양식 주택을 짓고, 미국식 가구를 비치하는 등 백모수아의 요코하마 이주는 일본과 조선 사이의 경계를 초월한 곳을 지향하고 있었음을 보여준다. 그가 아들 솔로몬을 국제학교에 보내고 일본어와 영어를 완벽하게 구사할 수 있도록 교육했던 것, 전 세계 중산층 사람들 사

---

26 이민진, 이미정 역, 『파친코』 2, 99쪽.
27 위의 책, 179쪽.

이에서 성장하는 국제적인 인재가 되기를 바라 "모든 사람들을 공정하게 대우해주는 곳이라고 생각하는 도시"[28] 뉴욕에 유학 보냈던 것도 같은 맥락에서 이해할 수 있다. 재일조선인들에게 미국은 경계 밖 존재로서 자신들의 차별적 위상을 극복할 수 있는 곳으로 상상되었던 것이다.

이와 관련해 한국계 미국인 피비에 의하면, 미국에서는 한국인이나 일본인이라는 인종의 구별이 존재하지 않을 뿐만 아니라 남한사람이나 북한사람이라는 국적의 구별 또한 존재하지 않는 것으로 드러난다. 그녀의 가족이 다국가-다인종으로 구성되어 있지만, 그들 사이에는 차별이 존재하지 않는 것처럼 제시된다. 하지만 재일조선인 4세 백솔로몬은 그녀와 결혼하여 미국 국적을 취득한 뒤 미국인으로 사는 것이 일본인으로 사는 것보다 나은 것인지 확신하지 못한다. 그는 일본에서 태어나 남한 여권을 가지고 있는 자신이 이상하다고 생각하고 있으면서 동시에 귀화의 가능성을 열어두고 있지만, 혈통의 문제를 넘어 자신 또한 일본인이기도 하다는 인식을 하고 있는 인물이다. 그래서 그는 일본사회의 차별을 극복할 수 있다고 여겨지는 미국으로 향하지 않았던 것이다. 재일조선인 4세에게는 삶의 근거지를 떠나는 것이 쉽지 않았을 뿐만 아니라, 앞선 세대와 달리 고국이나 고향과의 자기 동일시가 약화되었기 때문에 미국행을 선택하는 것은 쉽지 않았던 것이다.

이처럼 전후 일본사회에서 재일조선인들은 끊임없이 이동의 과정중에 놓여 있다. 그들의 이동은 자기 장소를 상실당한 자들이 정주에의 욕망에 이끌린 결과였고, 때때로 그것은 부모의 고향과 고국에 대한 동

---

[28] 위의 책, 261쪽.

경으로 이어지기도 하였다. 하지만 체제 변동에 따라 고국과 고향은 변화되었고, 이제 그곳은 더 이상 그들을 환대해주는 장소로 기능하지 못하게 되었다. 그리하여 안전과 안정에의 영토를 찾아 정착하고자 했던 재일조선인들은 미디어를 통해 표상된 미국을 차별이 없는 대안 공간으로 인식하기도 하지만, 그곳으로의 이주는 일본에서 나고 자란 후세대 재일조선인들에게는 쉽게 선택할 수 없는 것이었다. 일본도 조선도 아닌 곳, 일본인과 조선인 사이의 위계화된 차별 구조가 작동하지 않는 곳을 꿈꾼다고 하더라도 재일조선인들은 결코 그곳을 찾아 안착할 수 없었다. 그런 점에서 그들의 지속적인 이동의 과정은 그 자체로 전후 일본사회에서 경계 밖으로 내몰리는 재일조선인들의 상흔으로 점철되어 있다고 할 수 있을 것이다.

4. 트랜스내셔널 디아스포라의 가능성

이 글에서는 이진민의 『파친코』 서사를 분석하는 것을 통해 경계 위의 존재로서 재일조선인의 존재 방식에 대해 살펴보고자 했다. 특히 재일조선인의 자기 보존의 방편으로서 일본인-되기의 역설적 상황에 주목하는 한편, 그들의 이동 및 장소 상실에 주안점을 두고 논의를 전개하였다. 전후 일본사회의 에스닉 내셔널리즘의 차별적 구조 속 재일조선인들은 자기 정체성을 구축하는 데 불안과 동요를 겪고 있었다. 그들은 일본인으로의 귀화를 통해 귀화 이전 조선인으로서 자기를 탈각하는 것이 불가능하고, 조선인으로서 정체성을 고수하는 것 또한 일본사회의 폭력적 차별 구조 속 인간 존재로서의 자기를 인정받지 못하는 상황 속에서 일본인으로서의 행세를 선택했다. 하지만 결국 그 또한 언제나 자신의 정체가 밝혀질 수 있다는 것에 대한 불안감을 증폭시키는 것이었다. 이처럼 『파친코』의 서사는 경계 위의 존재로서 재일조선인의 자기 보존의 욕망과 발현이 차별적 사회 구조 속에서 강화되는 한편, 결코 그것이 달성될 수 없는 역설적 상황을 서사화하고 있다.

한편, 전후 일본사회에서 재일조선인들은 끊임없이 이동의 과정 중에 놓여 있었다. 그들의 이동은 자기 장소를 상실당한 자들이 정주에의 욕망에 이끌린 결과였고, 때때로 그것은 부모의 고향과 고국에 대한 동경으로 이어지기도 하였다. 하지만 체제 변동에 따라 고국과 고향은 변화되었고, 이제 그곳은 더 이상 그들을 환대해주는 장소로 기능하지 못하게 되었다. 그리하여 안전과 안정에의 영토를 찾아 정착하고자 했던 재일조선인들은 차별이 없는 대안 공간으로 미국을 상상하기도 하지만, 그곳으로의 이주는 일본에서 나고 자란 후세대 재일조선인들에게는 쉽게 선택할 수 없는 것이었다. 일본도 조선도 아닌 곳, 일본인과 조선인 사이의 위계화된 차별 구조가 작동하지 않는 곳을 꿈꾼다고 하더라도 재일조선인들은 결코 그곳을 찾아 안착할 수 없었다. 그런 점에서 그들의 지속적인 이동의 과정은 그 자체로 전후 일본사회에서 경계 밖으로 내몰리는 재일조선인들의 장소 상실을 증거한다고 할 수 있다.

끝으로 '외부자의 시선'이 경계 위의 존재들로서 재일조선인을 새롭게 재인식할 수 있는 계기가 되었다는 판단 아래 가늠해보고자 했던 트랜스내셔널 디아스포라의 가능성에 대한 논의로 이 글을 마무리하고자 한다. 다만 여기에서 한 가지 짚어 두어야 할 것은 디아스포라 논의와 관련해 재일조선인을 '민족적 타자'로 위치시키는 것을 경계할 필요가 있다는 점이다. 2000년대 이후 한국사회는 이전까지 조우하지 못한 다수의 타자들과 대면하면서 다문화사회를 모색하고 있는데, 그러한 가운데 재일조선인을 디아스포라로 위치시켜 다문화사회의 '리트머스 시험지로 대용'하고 있다.[29] 이는 한국사회가 '다수자'의 입장에서 재일조선인을 '소수자'로 타자화시키는 것으로 결국 디아스포라 담론을 전유해 다수성을 확인하는 데 그칠 우려가 크다. 디아스포라 담론을 통해 재일조선인과 그들의 문학을 이해하는 것은 현대를 살아가는 재일조선인의 경험을 그 역사적 입장과 분리하지 않고, 현실에 입각해서 그려내는 자세를 뜻한다. 따라서 "전통적 의미에서의 역사와의 거리감에 난처하면서도 자기의 현주소를 찾으려고 하는 (재일조선인의 - 인용자) 행위"[30]에 주목할 필요가 있는 것이다.

외부자의 시선과 관련해 먼저 주목되는 것은 『파친코』 텍스트가 놓여 있는 콘텍스트이다. 영미권 독자들을 대상으로 영어로 씌어진 이 소설은 남북한의 내셔널 히스토리에 민족 수난의 기록을 서술하거나 재일조선인사의 중심에 기민으로서의 재일조선인을 위치시켜 이해하는 방식과 거리를 둔다. 그것은 한민족이나 재일조선인이라는 특정한 인종·계층·지역을 넘어 버려지고 내몰린, 소외된 인간 일반으로 확장될 가능성을 예비하는 것이다. 일본어로 씌어진 재일조선인 문학이 세대를 격해 대체로 '민족성'에서 '재일'로, 민족적 아이덴티티에서 동화와

---

29 이한정, 「재일조선인과 디아스포라 담론」, 『사이間SAI』 제24호, 국제한국문학문화학회, 2012, 267쪽.
30 리홍장, 「재일조선인의 정체성을 보는 시각-'더블'의 역사서에 관한 담론을 통해」, 『일본비평』 제14호, 서울대 일본연구소, 2016, 139~141쪽.

이화 사이의 동요로 변모되었다는 점을 감안했을 때 그것은 민족을 희구하면서 동시에 '재일'을 사는 모순에 초점을 맞추고 있었다.[31] 이는 일본인과 조선인 그 사이에서 겪는 정체성 구축의 동요를 주요 테마로 서사화하는 것으로 남북한과 일본 사이의 내셔널리즘의 자장 속에서 재일조선인의 존재 방식을 사유하는 것이라고 할 수 있다. 하지만『파친코』의 문화적 위상은 그러한 자장을 넘어 재일의 모순—역사화된 자기를 탈역사화 하고자 하는 나—을 살아가는 재일조선인들을 '경계 위의 존재'로서 사유하게 한다.

따라서 이와 같은 이민진의 외부자의 시선은 국민국가의 자족적인 경계 긋기 작업의 대상으로 호명된 '내부자'들의 인식 및 관점과 거리를 두고 있을 뿐만 아니라, 그러한 거리 두기를 통해 남북한과 일본 사이에 촘촘하게 구획된 경계를 넘나들 수 있게 한다. 물론 이민진은 "일본에서 살아가는 조선인들의 삶 대부분이 경시당하고 부인당하고 지워진다는 이야기를 글로 써야 한다"[32]는 믿음과 실천을 보여주었다. 그리하여 그것은 자칫 남한과 북한 내부자들의 민족 수난의 기억과 중첩되면서 항일 내셔널리즘을 강화하는 것으로 이해될 수 있다. 하지만 그것은 전후 일본사회의 재일조선인에 대한 차별을 폭로하는 데 그치지 않는다. 재일조선인들의 삶을 경시하고 부인하며 지웠던 것은 전후 일본사회만이 아니라 해방 이후 냉전-분단 체제 속 국가주의 권력을 강화해갔던 남북한사회 또한 마찬가지였기 때문이다. 따라서 폭력적인 경계 긋기에 대한 비판은 전후 일본사회에만 해당되는 것은 아니다.

---

31 尹健次,『「在日」の精神史』3, 岩波書店, 2015, 13~14쪽.
32 이민진, 이미정 역,『파친코』2, 384쪽.

잘 들어. 네가 할 수 있는 일은 없어. 이 나라는 변하지 않아. 나 같은 조선인들은 이 나라를 떠날 수도 없어. 우리가 어디로 가겠어? 고국으로 돌아간 조선인들도 달라진 게 없어. 서울에서는 나 같은 사람들을 일본인 새끼라고 불러. 일본에서는 아무리 돈을 많이 벌어도, 아무리 근사하게 차려입어도 더러운 조선인 소리를 듣고. 우리 보고 어떡하라는 거야? 북한으로 돌아간 사람들은 굶어 죽거나 공포에 떨고 있어.[33]

일본인 학생들의 집단 괴롭힘으로 인해 자살한 조선인 중학생 사건에 대해 조사하던 일본인 경찰 하루키가 조선인 학생의 부모로부터 일본인 학생들이 처벌을 받아야 한다는 말을 듣지만 아무것도 할 수 없는 상황 속에서 낙담하자, 그를 향해 친구 백모자수가 한 이와 같은 말 속에는 재일조선인들이 그 어느 곳에서도 존재 그 자체로 인정받을 수 없는 상황이 극명하게 부각되어 있다. 일본에서의 '더러운 조선인', 남한(서울)에서의 '일본인 새끼', 그리고 북한에서의 죽음에의 공포, 그것은 재일조선인을 경계 밖으로 내몰면서 그들의 존재성을 부정하는 폭력이다.

그런데 이러한 폭력의 동력은 그 무엇보다 동아시아의 냉전-반/공 이데올로기의 강화와 함께 남한, 북한, 일본이라는 국가의 경계 긋기 작업이 지속되면서 경계에 포섭된 자들이 배제되지 않기 위해 재일조선인들을 타자의 위치에 고착화시키고 그들을 경계 밖으로 내몰면서 자신들의 내셔널 아이덴티티를 구축해갔던 데 있다고 할 수 있다. 즉, 국민국가의 경계를 끊임없이 획정하는 작업 속에서 포섭-배제의 생명

---

33 위의 책, 220쪽.

정치의 문법을 (무)의식적으로 내면화한 자들의 자기 보존 전략이 반인간적이고 비윤리적인 폭력으로 발현되었던 것이다. 그리고 이는 보다 근원적으로는 국민국가라는 정치체—그 자체로는 어떠한 정당성도 가지고 있지 못하면서 마치 의심할 수 없는 권능을 가지고 있는 것처럼 자기 정당성을 주장하는—가 성립된 이후 체제의 전환과 사회구조의 변동을 추동한 사건들이 발생했지만, 오직 자기 증식에만 몰두하고 있는 (국민)국가 그 자체의 내재적 속성에 기인한다. 따라서 국민국가의 경계를 전제로 하는 한 이러한 폭력은 소멸되지 않는다.

일반적으로 21세기 인간사회를 규정하는 언어들 중에는 20세기까지 국민국가의 '신화'를 해체하거나 부정하는 말이 우세종을 차지하고 있다. 멀리 갈 것도 없이 아르준 아파두라이가 『고삐 풀린 현대성』에서 스케이프scape 개념들[34]을 통해 논의한 것처럼, 세계화가 국민국가의 경계를 흐려 초국가주의가 도래할 것이라는 전망은 '전지구화' 등의 말 속에 응축되어 있다. 그리고 실제 20세기 말부터 본격화된 국민국가의 모순과 병폐를 극복하기 위한 움직임들 속에는 국민국가의 경계를 넘어선 정치·경제·문화적 공동체를 구축하여 기존의 경계를 무력화한 바 있다. 하지만 비교적 최근 동아시아의 신新냉전적 질서와 코로나바이러스-19의 재난은 다시금 국민국가의 경계를 강화시키고 있는 듯한

---

34 아르준 아파두라이는 전지구적 문화 흐름의 다섯 가지 차원들 사이의 관계를 탐사하기 위해 에스노스케이프(ethnoscapes), 미디어스케이프(mediascapes), 테크노스케이프(technoscapes), 파이낸스스케이프(financescapes), 이데오스케이프(ideoscapes)를 제시하였다. 이를 통해 그는 베네딕트 앤더슨의 상상의 공동체를 넘어 "지구 전체에 퍼져 있는 사람들과 집단들이 지니고 있는 역사적으로 상황 지어진 상상력들에 의해 구성된 복수의 세계들을 구성"하고 있다. 아르준 아파두라이, 채호석·차원현·배개화 역, 『고삐 풀린 현대성』, 현실문화, 2004, 61~62쪽.

인상을 준다. 과거사를 둘러싼 기억 투쟁과 영토 분쟁은 여전히 동아시아 지역의 탈냉전적 질서를 거슬러 냉전 시대의 잔영을 드리우고 있다. 뿐만 아니라 코로나바이러스-19의 창궐은 국경의 봉쇄와 함께 자국민과 외국인을 구획 짓고 있는 형국이다. 그리하여 다시금 국가의 책무를 강조하면서 거기에 권능을 부여하고 있는 셈이다.

여기에서 이민진의 『파친코』 서사에 나타난 재일조선인을 둘러싼 전후 일본사회의 차별적 구조, 그들의 정체성 구축 과정에서의 동요와 불안, 장소 상실과 대안 공간 모색의 좌절 등 경계 밖으로 내몰리는 상황을 비판하면서 국민국가의 경계 긋기 작업의 폭력성을 폭로하는 것은 손쉬운 일일 것이다. 오히려 그보다는 그와 같은 재일조선인이라는 존재가 남북한과 일본 사이를 상상적으로 넘나들면서 그러한 경계를 지탱하는 상징 질서에 의문을 제기하고, 나아가 경계 그 자체를 무화시킬 가능성을 가지고 있다는 점에 주목해야 할 것이다. 그래서 경계 위의 존재—결코 어떠한 경우에도 완전히 배제되거나 포섭되지 않는 상태—로서 재일조선인을 하나의 시금석으로 삼아 국민국가의 경계 너머 인간 존재 방식을 상상할 수 있을 것이다. 21세기 첫 20여 년이 지난 현 시점, 특히 여전히 국민국가의 위력이 강화되고 있는 동아시아의 정세를 감안했을 때, 이민진의 『파친코』 서사에 나타난 재일조선인들의 선택과 욕망을 통해 트랜스내셔널 디아스포라의 탈경계적 삶의 가능성을 모색할 수 있을 것이다.

참고문헌

1. 자료

1) 신문·잡지

『경향신문』『동아일보』『녹기』『문장』『민성』『백민』『신시대』

2) 단행본

고바야시 마사루, 이원희 역, 『쪽발이』(한림신서 일본현대문학대표작선 36), 소화, 2007.

김남천, 『1945년 8·15』, 작가들, 2007.

김동리, 『해방』(탄생 100주년 기념 김동리 문학전집 6), 김동리기념사업회·계간문예, 2013.

金萬善, 『鴨綠江』, 同志社, 1948.

김시종, 유숙자 역, 『김시종 시선집-경계의 시』, 소화, 2008.

김윤식 편역, 『이광수의 일어 창작 및 산문선』, 역락, 2007.

모던일본사, 윤소영·홍선영·김희정·박미경 역, 『일본잡지 모던일본과 조선 1939-완역『모던일본』 조선판 1939년』, 어문학사, 2007.

北朝鮮勞動黨中央本部, 『北朝鮮 土地改革의 歷史的 意義와 그 첫 成果』, 勞動黨出版社, 1947.

小林勝, 『チョッパリ-小林勝小說集』, 三省堂, 1970.

손소희, 『태양의 계곡』, 현대문학사, 1959.

염상섭, 『만세전』, 고려공사, 1924.

_____, 『삼팔선』, 금룡도서주식회사, 1948.

_____, 『취우』, 을유문화사, 1954.

_____, 『중기 단편-1946~1953』(염상섭 전집 10), 민음사, 1987.

_____, 『효풍』, 실천문학사, 1998.

_____, 『홍염·사선』, 글누림, 2018.

이경훈 편역, 『이광수 친일소설 발굴집-진정 마음이 만나서야말로』, 평민사, 1995.

_____ 편역, 『춘원 이광수 친일문학전집』 2, 평민사, 1995.

이광수, 『나의 고백』, 춘추사, 1948.

_____, 『이광수 전집 17, 삼중당, 1964.

_____, 「서울」, 『이광수 전집』 19, 삼중당, 1963.

_____, 『무정』, 문학과지성사, 2005.

_____, 『흙』, 문학과지성사, 2005.

이민진, 이미정 역, 『파친코』 1~2, 문학사상, 2018.

이회성, 김석희 역, 『백년 동안의 나그네』 상·하, 프레스빌, 1995.

人文社編輯部 편, 『大東亞戰爭と半島』, 人文社, 1942.

임옥인, 『월남 전후』, 여원사, 1957.

_____, 『나의 이력서』, 정우사, 1985

정비석, 『자유부인』 상·하, 정음사, 1954.

최정희, 『끝없는 낭만』, 동학사, 1958.

춘　원, 『무정』, 신문관, 1918.

한기형·이혜령 편, 『염상섭 문장 전집』 3, 소명출판, 2014.

허　준, 『잔등』, 을유문화사, 1946.

황순원, 『카인의 후예』, 중앙문화사, 1954.

후지와라 데이, 위귀정 역, 『흐르는 별은 살아 있다』, 청미래, 2003.

2. 국내논저

1) 논문

강상희, 「계몽과 해방의 미시사 – 정비석의 『자유부인』」, 『한국근대문학연구』 24, 한국근대문학회, 2011.

강진구·김성철, 「텍스트마이닝을 활용한 코리안디아스포라 문학 연구 경향 분석」, 『우리문학연구』 69, 우리문학회, 2021.

강창부, 「6·25전쟁기 「전시생활개선법」과 후방의 '생활동원'」, 『민족문화연구』 86, 고려대 민족문화연구원, 2020.

공임순, 「1950년대 전후 레짐(postwar regime)과 잡지 '희망'의 위상」, 『대중서사연구』 23-3, 대중서사학회, 2017.

공종구, 「염상섭의 『취우』에 나타난 한국전쟁」, 『현대문학이론연구』 78, 현대문학이론학회, 2019.

곽채원, 「북한 청년동맹의 초기 성격 연구(1946~1948) – 조직, 당과의 관계, 역할을 중심으로」, 『현대북한연구』 17-3, 북한대학원대 북한미시연구소, 2014.

권명아, 「여성 수난사 이야기 – 민족국가 만들기와 여성성의 동원」, 『여성문학연구』 7, 한국여성문학회, 2002.

권　은, 「이광수의 지리적 상상력과 세계인식 – 이광수의 초기 장편 4편을 대상으로」, 『현대소설연구』 65, 한국현대소설학회, 2017.

김경미, 「해방기 이광수 문학의 기억 서사와 민족 담론의 양상」, 『현대문학이론연구』 43, 현대문학이론학회, 2010.

김경연, 「해방/패전 이후 한일(韓日) 귀환자의 서사와 기억의 정치학」, 『우리문학연구』 38, 우리문학회, 2013.

김계자, 「사할린에서 귀환한 재일문학 – 이회성의 초기작을 중심으로」, 『일본학』 49, 동국대 일본학연구소, 2019.

김무용, 「해방 후 조선공산당의 노선과 국가건설 운동」, 고려대 박사논문, 2005.

김복순, 「아프레 걸의 계보와 반공주의 서사의 자기 구성 방식 – 최정희의 『끝없는 낭만』을 중심으로」, 『어문연구』 37-1, 한국어문교육연구회, 2009.

＿＿＿, 「트랜스로컬리티로서의 '나쁜 여자'와 '불평등 정당화'의 남한적 특수성 – 1950년대 소설을 중심으로」, 『대중서사연구』 21-3, 대중서사학회, 2015.

김시덕, 「전후(戰後)와 냉전 – 이광수와 요시카와 에이지의 침묵과 재기(再起)」, 『동방문학비교연구』 6, 동방문학비교연구회, 2016.

김영경, 「적치하 '서울'의 소설적 형상화 – 염상섭의 『취우』 연구」, 『어문연구』 45-2, 한국어문교육연구회, 2017.

＿＿＿, 「한국전쟁기 '임시수도 부산'의 서사화와 서사적 실험 – 염상섭의 「새울림」과 「지평선」을 중심으로」, 『구보학보』 19, 구보학회, 2018.

김예림, 「냉전기 아시아 상상과 반공 정체성의 위상학－해방~한국전쟁 후(1945~1955) 아시아 심상지리를 중심으로」, 『상허학보』 20, 상허학회, 2007.

_____, 「'배반'으로서의 국가 혹은 '난민'으로서의 인민－해방기 귀환의 지정학과 귀환자의 정치성」, 『상허학보』 29, 상허학회, 2010.

김재웅, 「북한의 38선 접경지역 정책과 접경사회의 형성－1948~1949년 강원도 인제군을 중심으로」, 『한국사학보』 28, 고려사학회, 2007.

김정숙, 「손소희 소설에 나타난 '이동'의 의미」, 『비평문학』 50, 한국비평문학회, 2013.

김정원, 「일제강점기 사회적경제의 조직화 동학－민간 협동조합을 중심으로」, 『경제와 사회』 124, 비판사회학회, 2019.

김종곤, 「'재일'&'조선인'으로서의 정체성과 가치 지향성－재일 조선인 3세를 중심으로」, 『통일인문학』 59, 건국대 인문학연구원, 2014.

김종욱, 「희생의 순수성과 복수의 담론－황순원의 『카인의 후예』」, 『현대소설연구』 18, 한국현대소설학회, 2003.

김주리, 「월경(越境)과 반경(半徑)－임옥인의 『월남 전후』에 대하여」, 『한국근대문학연구』 31, 한국근대문학회, 2015.

김혜인, 「난민의 세기, 상상된 아시아－이광수의 『서울』(1950)을 중심으로」, 『대중서사연구』 24, 대중서사학회, 2010.

김환기, 「재일 디아스포라 문학의 경계 의식과 '트랜스내이션'」, 『횡단인문학』 1, 숙명여자대 숙명인문학연구소, 2018.

나보령, 「염상섭 소설에 나타난 피난지 부산과 아메리카니즘」, 『인문논총』 74-1, 서울대 인문학연구원, 2017.

노승욱, 「황순원 소설에 나타난 디아스포라의 지형도」, 『한국근대문학연구』 31, 한국근대문학회, 2015.

류경동, 「1950년대 정비석 소설에 나타난 소비 주체의 향방－『자유부인』과 『민주어족』을 중심으로」, 『Journal of Korean Culture』 31, 한국어문학국제학술포럼, 2015.

류보선, 「민족≠국가라는 상황과 한국문학의 민족 로망스들」, 『문학과 사회』 21-2, 문학과지성사, 2008.

_____, 「해방 없는 해방과 귀향 없는 귀환－채만식의 『소년은 자란다』 읽기」, 『현대소설연구』 49, 한국현대소설학회, 2012.

류진희, 「해방기 탈식민 주체의 젠더 전략－여성서사의 창출을 중심으로」, 성균관대 박사논문, 2015.

리홍장, 「재일조선인의 정체성을 보는 시각－'더블'의 역사서에 관한 담론을 통해」, 『일본비평』 14, 서울대 일본연구소, 2016.

박광현, 「'재일'의 심상지리와 사할린」, 『한국문학연구』 47, 동국대 한국문학연구소, 2014.

박용재, 「해방기 세대론의 양의성과 청년상의 함의－『1945년 8·15』, 『효풍』, 『해방』을 중심으로」, 『비교문학』 53, 한국비교문학회, 2011.

박진숙, 「이광수의 『흙』에 나타난 '농촌진흥운동'과 동우회」, 『춘원연구학보』 13, 춘원연구학회, 2018.

방민호, 「장편소설 『흙』에 이르는 길－안창호의 이상촌 담론과 관련하여」, 『춘원연구학보』 13, 춘원연구학회, 2018.

방일권, 「이루어지지 못한 귀환－소련의 귀환 정책과 사할린 한인」, 『동북아역사논총』 46, 동북아역사제단, 2014.

배개화, 「참정권 획득과 감성 정치－일제 말 이광수의 친일 협력의 목적과 방법」, 『한국현대문학연구』 50, 한국현대문학회, 2016.

배하은, 「전시의 서사, 전후의 윤리－『난류』, 『취우』, 『지평선』 연작에 나타난 염상섭의 한국전쟁 인식 연구」, 『한국현대문학연구』 45, 한국현대문학회, 2015.

변화영, 「고백과 용서의 담론－이회성의 『백년 동안의 나그네』를 중심으로」, 『국어문학』 44, 국어문학회, 2008.

사노 마사토, 「이광수 소설에 나타난 시각성의 문제－근대문학의 시작과 '외부'적인 시선」, 『한국현대문학연구』 34, 한국현대문학회, 2011.

서만일, 「한국전쟁 초기 민사정책－부산의 피난민 통제 및 구호 그리고 경제복구」, 『석당논총』 72, 동아대 석당학술원, 2018.

서세림, 「월남문학의 유형－'경계인'의 몇 가지 가능성」, 『한국근대문학연구』 31, 한국근대문학회, 2015.

서은혜, 「노동의 향유, 良心律의 회복」－『흙』에 나타난 이상주의적 사유의 맥락과 배경」, 『어문연구』 45-1, 한국어문교육연구회, 2017.

서지영, 「식민지 조선의 모던걸－1920~30년대 경성 거리의 여성 산책자」, 『한국여성학』 22-3, 한국여성학회, 2006.

손영희, 「디아스포라 문학의 경계 넘기－이민진의 『파친코』에 나타난 경계인의 실존 양상」, 『영어영문학』 25-3, 미래영어영문학회, 2020.

신수정, 「마녀와 히스테리 환자－1950~60년대 손소희 소설의 여성의 욕망과 가부장제의 균열」, 『현대소설연구』 66, 한국현대소설학회, 2017.

신승모, 「식민자 2세의 문학과 '조선'－고바야시 마사루와 고토 메이세이의 문학을 중심으로」, 『일본학』 37, 동국대 일본학연구소, 2013.

신아현, 「황순원 소설에 나타난 희생양 메커니즘 연구」, 『현대문학이론연구』 69, 현대문학이론학회, 2017.

신지연, 「해방기 시에 기입된 횡단의 흔적들－해방기념시집 『햇불』(서울, 1946)과 『거류』(평양, 1946)에 실린 동일 텍스트를 중심으로」, 『한국근대문학연구』 32, 한국근대문학회, 2015.

신치호, 「이승만 정권기 노동운동의 전개와 전국노협의 출현」, 『인문학연구』 37, 조선대 인문학연구원, 2009.

심진경, 「『자유부인』의 젠더 정치－성적 가면과 정치적 욕망을 중심으로」, 『한국문학이론과 비평』 46, 한국문학이론과비평학회, 2010.

양명심, 「해방 직후 일본의 모빌리티 시스템과 '재일조선인'의 형성－이회성의 『백년 동안의 나그네(百年のつ旅人たち)』를 중심으로」, 『일본어문학』 84, 일본어문학회, 2019.

양영조, 「6·25전쟁 시 국제사회의 대한(對韓) 물자지원 활동－1950~58년 유엔의 물자지원 재정립을 중심으로」, 『군사(軍史)』 87, 국방부 군사편찬연구소, 2013.

오미정, 「고바야시 마사루의 "포드·1927년"론－중개는 가능한가?」, 『일어일문학연구』 78, 한국일어일문학회, 2011.

우찬제, 「황순원 소설에 나타난 뿌리의 심연과 접목의 수사학」, 『문학과 환경』 14-2, 문학과환경학회, 2015.

이봉범, 「냉전과 원조, 원조시대 냉전문화 구축의 역동성」, 『한국학연구』 39, 인하대 한국학연구소,

2015.

이상준, 「아시아재단의 영화 프로젝트와 1950년대 아시아의 문화냉전」, 『한국학연구』 48, 인하대 한국학연구소, 2018.

이승연, 「생존을 위한 도박-『파친코』를 통해 보는 자이니치의 삶『파친코」」, 『아시아여성연구』 58-3, 숙명여자대 아시아여성연구원, 2019.

이연식, 「해방 후 한반도 거주 일본인 귀환에 관한 연구」, 서울시립대 박사논문, 2009.

_____, 「사할린 한인 귀환 문제에 대한 전후 일본 정부의 대응」, 『동북아역사논총』 46, 동북아역사재단, 2014.

이원희, 「고바야시 마사루 문학에 나타난 식민지 조선」, 『일어일문학연구』 38, 한국일어일문학회, 2001.

이윤갑, 「농촌진흥운동기(1932~1940)의 조선총독부의 소작정책」, 『대구사학』 91, 대구사학회, 2008.

이재용, 「국가권력의 폭력성에 포획당한 윤리적 주체의 횡단-황순원의 『카인의 후예』론」, 『어문론집』 58, 중앙어문학회, 2014.

이종호, 「해방기 이동의 정치학-염상섭의 단편소설을 중심으로」, 『한국문학연구』 36, 동국대 한국문학연구소, 2009

이준영, 「1910~ 1920년대 조선인의 가라후토 이주와 인식」, 『일본근대학연구』 59, 한국일본근대학회, 2018.

이철호, 「이광수 소설에 나타난 '인격'과 그 주체 표상-『흙』을 중심으로」, 『동악어문학』 56, 동악어문학회, 2011.

_____, 「반복과 예외, 혹은 불가능한 공동체-『취우』(1953)를 중심으로」, 『대동문화연구』 82, 성균관대 대동문화연구원, 2013.

이태숙, 「붉은 연애와 새로운 여성」, 『현대소설연구』 29, 한국현대소설학회, 2006.

이택선, 「조선민족청년단과 한국의 근대 민주주의 국가 건설」, 『한국정치연구』 23-2, 서울대 한국정치연구소, 2014.

이한정, 「재일조선인과 디아스포라 담론」, 『사이間SAI』 24, 국제한국문학문화학회, 2012.

이형식, 「태평양전쟁 시기 제국 일본의 군신 만들기-『매일신보』의 조선인특공대(神鷲) 보도를 중심으로」, 『일본학연구』 37, 단국대 일본연구소, 2012.

이혜령, 「해방(기)-총 든 청년의 나날들」, 『상허학보』 27, 상허학회, 2009.

_____, 「사상지리(ideological geography)의 형성으로서의 냉전과 검열-해방기 염상섭의 이동과 문학을 중심으로」, 『상허학보』 34, 상허학회, 2012.

임미진, 「1945~1953년 한국 소설의 젠더적 현실 인식 연구」, 서울대 박사논문, 2017.

_____, 「해방기 민주주의 선전과 여성해방-가정잡지 『새살림』을 중심으로」, 『한국학연구』 47, 인하대 한국학연구소, 2017.

임진희, 「민진 리의 『파친코』에 나타난 재일한인의 장소 담론」, 『예술인문사회 융합 멀티미디어 논문지』 9-8, 인문사회과학기술융합학회, 2019.

장세진, 「해방기 공간 상상력의 전이와 '태평양'의 문화정치학」, 『상허학보』 26, 상허학회, 2009.

_____, 「역내 교통의 (불)가능성 혹은 냉전기 아시아 지역 기행」, 『상허학보』 31, 상허학회, 2011.

_____, 「트랜스내셔널리즘, (불)가능 그리고 재일조선인이라는 예외상태-재일조선인의 한국전쟁 관련 텍스트를 중심으로」, 『동방학지』 157, 연세대 국학연구원, 2012.

_____, 「재현의 사각지대 혹은 해방기 '중간파'의 행방－염상섭의 글쓰기를 중심으로」, 『상허학보』 51, 상허학회, 2017.

전성현, 「식민자와 식민지민 사이, '재조일본인' 연구의 동향과 쟁점」, 『역사와 세계』 48, 호원사학회, 2015.

전소영, 「해방 이후 '월남 작가'의 존재 방식－1945~1953년의 시기를 중심으로」, 『한국현대문학연구』 44, 한국현대문학회, 2014.

_____, 「월남 작가의 정체성, 그 존재태로서의 전유－황순원의 해방기 및 전시기 소설 일 고찰」, 『한국근대문학연구』 32, 한국근대문학회, 2015.

정병욱, 「일본인이 겪은 한국전쟁－참전에서 반전까지」, 『역사비평』 91, 역사비평사, 2010.

정병준, 「1945~48년 美·蘇의 38선 정책과 남북갈등의 기원」, 『중소연구』 27-4, 한양대 아태지역연구센터, 2003.

정보람, 「전쟁의 시대, 생존 의지의 문학적 체현－염상섭의 『취우』, 『미망인』 연구」, 『현대소설연구』 49, 한국현대소설학회, 2012.

정상우, 「1948년 헌법 영토조항의 도입과 헌정사적 의미」, 『공법학연구』 19-4, 한국비교공법학회, 2018.

정선태, 「어느 법화경 행자의 꿈－일제 말기 춘원 이광수의 글쓰기에 나타난 개인과 국가」, 『춘원연구학보』 3, 춘원연구학회, 2010.

정승현, 「해방공간의 박헌영－공산주의의 한국화」, 『현대정치연구』 5-2, 서강대 현대정치연구소, 2012.

정은경, 「'국민'과 '비국민' 사이－이회성의 작품에 나타난 20세기 코리안 디아스포라 루트와 내러티브」, 『어문론집』 45, 중앙어문학회, 2011.

정재석, 「해방기 귀환 서사, 결속의 상상력과 균열의 역학」, 『사이間SAI』 2, 국제한국문학문화학회, 2007.

정종현, 「해방기 소설에 나타난 '귀환'의 민족서사－'지리적 귀환'을 중심으로」, 『비교문학』 40, 한국비교문학회, 2006.

_____, 「탈식민지 시기(1945~1950) 삼팔선 표상의 지정학적 상상력－해방 후 이태준 소설을 중심으로」, 『현대문학의 연구』 39, 한국문학연구학회, 2009.

_____, 『1950년대 염상섭 소설에 나타난 정치와 윤리－『젊은 세대』, 『대를 물려서』를 중심으로」, 『동악어문학』 62, 동악어문학회, 2014.

정주아, 「두 개의 국경과 이동(displacement)의 딜레마－선우휘를 통해 본 월남(越南) 작가의 반공주의」, 『한국현대문학연구』 37, 한국현대문학회, 2012.

_____, 「'정치적 난민'의 공간 감각, 월남작가와 월경의 체험」, 『한국근대문학연구』 31, 한국근대문학회, 2015

정하늬, 「이광수의 『흙』에 나타난 투사적 지도자상 고찰」, 『춘원연구학보』 10, 춘원연구학회, 2017.

정혜경, 「월남 여성작가 임옥인 소설의 집 모티프와 자유」, 『어문학』 128, 한국어문학회, 2015.

정홍섭, 「춘원 문학의 나르시시즘과 자전적 성격－「농촌계발」과 「민족개조론」을 중심으로」, 『춘원연구학보』 13, 춘원연구학회, 2018.

_____, 「나르시시즘의 거울 만들기로서의 이광수의 자전적 글쓰기」, 『한국현대문학연구』 57, 한국현대문학회, 2019.

조강희, 「해방기 38선 서사 연구」, 연세대 석사논문, 2015.

조은정, 「1949년의 황순원, 전향과 『기러기』 재독」, 『국제어문』 66, 국제어문학회, 2015.

_____, 「해방 이후(1945~1950) '전향'과 '냉전 국민'의 형성 - '전향성명서'와 문화인의 전향을 중심으로」, 성균관대 박사논문, 2018.

조정현, 「자국 우선주의 정책과 국제법상 난민·이민자 보호 - 트럼프 행정부의 미국 우선주의를 중심으로」, 『국제법평론』 47, 국제법평론회, 2017.

조형렬, 「1920년대 후반~1930년대 전반기 민족주의 계열의 농촌협동조합론 - 제기 배경과 경제적 지향을 중시으로」, 『한국사학보』 61, 고려사학회, 2015.

주창윤, 「1950년대 중반 댄스 열풍 - 젠더와 전통의 재구성」, 『한국언론학보』 53-2, 2009.

채영희, 「사할린 이주민의 장소성 상실과 회복 양상」, 『동북아시아문화학회 국제학술대회 발표자료집』, 동북아시아문화학회, 2018.

천정환, 「해방기 거리의 정치와 표상의 생산」, 『상허학보』 26, 상허학회, 2009.

최범순, 「전후 일본의 기억과 망각 - '고바야시 마사루 문학'이라는 단층지대」, 『일본어문학』 78, 한국일본어문학회, 2018.

최애순, 「1950년대 서울 종로 중산층 풍경 속 염상섭의 위치 - 『젊은 세대』와 『대를 물려서』를 중심으로」, 『현대소설연구』 52, 한국현대소설학회, 2013.

최주한, 「중일전쟁기 이광수의 황민화론이 놓인 세 위치」, 『서강인문논총』 47, 서강대 인문과학연구소, 2016.

_____, 「친일협력 시기 이광수의 불교적 사유의 구조와 의미」, 『어문연구』 41-2, 한국어문교육연구원, 2013.

최준호, 「고바야시 마사루의 식민지 조선 인식 - 초기 작품들 속의 인물표상을 중심으로」, 『일본어문학』 48, 한국일본어문학회, 2011.

최진석, 「문화냉전기구의 형성과 변동 연구 - 한국 지식인의 문화적 자율성 모색을 중심으로」, 성균관대 박사논문, 2019.

최희정, 「1930년대 '자력갱생'론의 연원과 식민지 지배 이데올로기화」, 『한국근현대사연구』 63, 한국근현대사학회, 2012.

하라 유스케, 「그리움을 금하는 것 - 조선 식민자 2세 작가 고바야시 마사루와 조선에 대한 향수」, 『일본연구』 15, 고려대 글로벌연구원, 2011.

한경희, 「임옥인 소설에 나타나는 월남 체험의 서사화와 사랑의 문제」, 『춘원연구학보』 7, 춘원연구학회, 2014.

허   윤, 「1950년대 양공주 표상의 변천과 국민 되기 - 최정희의 『끝없는 낭만』을 중심으로」, 『어문연구』 41-1, 한국어문교육연구회, 2013.

_____, 「냉전 아시아적 질서와 1950년대 한국의 여성혐오」, 『역사문제연구』 35, 역사문제연구소, 2016.

홍순애, 「식민지 법제도와 이광수 소설의 문학법리학(Literary Jurisprudence)적 재인식 - 『삼봉네집』과 『흙』을 중심으로」, 『우리문학연구』 63, 우리문학회, 2019.

2) 단행본

가와무라 미나토, 유숙자 역, 『전후문학을 묻는다』, 소화, 2005.

구보 도루, 강진아 역, 『중국 근현대사 4 - 사회주의를 향한 도전, 1945~1971』, 삼천리, 2013.

권보드래 외, 『아프레걸 사상계를 읽다』, 동국대 출판부, 2009.

김동춘, 『전쟁과 사회-우리에게 한국전쟁은 무엇이었나?』, 돌베개, 2011(개정판).

김복순, 『"나는 여자다"-방법으로서의 젠더』, 소명출판, 2012.

김예림, 「종단한 자, 횡단한 텍스트-후지와라 데이의 인양서사, 그 생산과 수용의 정신지(精神誌)」, 권혁태 · 차승기 편, 『'전후'의 탄생』, 그린비, 2013.

김윤식, 『이광수와 그의 시대』 2, 솔출판사, 1999.

_____, 『해방공간 한국 작가의 민족문학 글쓰기론』, 서울대 출판부, 2006.

김윤식 · 정호웅, 『한국소설사』, 문학동네, 2000.

김재용, 『풍화와 기억-일제 말 친일 협력 문학의 재해석』, 소명출판, 2016.

김재웅, 『북한 체제의 기원-인민 위의 계급, 계급 위의 국가』, 역사비평사, 2018.

김 항, 『제국일본의 사상-포스트 제국과 동아시아론의 새로운 지평을 위하여』, 창비, 2015.

김행선, 『해방정국의 청년운동사』, 선인, 2004.

김현숙, 「민족의 상징, '양공주'」, 일레인 H. 김 · 최정무 편, 『위험한 여성-젠더와 한국의 민족주의』, 삼인, 2001.

니클라스 루만, 정성훈 · 권기돈 · 조형준 역, 『열정으로서의 사랑-친밀성의 코드화』, 새물결, 2009.

다케우치 요시미, 윤여일 역, 『다케우치 요시미 선집1-고뇌하는 일본』, 휴머니스트, 2011.

도노무라 마사루, 신유원 · 김인덕 역, 『재일조선인 사회의 역사학적 연구』, 논형, 2010.

레이먼드 윌리엄스, 이현석 역, 『시골과 도시』, 나남, 2013.

마르쿠스 슈뢰르, 정인모 · 배정희 역, 『공간, 장소, 경계-공간의 사회학 이론 정립을 위하여』, 에코 리브르, 2010.

마사 누스바움, 조계원 역, 『혐오와 수치심』, 민음사, 2015.

미셸 푸코, 이희원 역, 『자기의 테크놀로지』, 동문선, 1997.

_____, 이상길 역, 『헤테로토피아』, 문학과지성사, 2014.

_____, 오트르망 심세광 · 전혜리 역, 『담론과 진실』, 동녘, 2017.

미즈노 나오키 · 문경수, 한승동 역, 『재일조선인-역사, 그 너머의 역사』, 삼천리, 2016.

브루스 커밍스, 조행복 역, 『브루스 커밍스의 한국전쟁-전쟁의 기억과 분단의 미래』, 현실문화, 2017.

산드로 메자드라 · 브렛 닐슨, 남청수 역, 『방법으로서의 경계』, 갈무리, 2021.

서영채, 『사랑의 문법-이광수, 염상섭, 이상』, 민음사, 2004.

송민호, 『일제 말 암흑기문학 연구』, 새문사, 1991.

신영덕, 「한국전쟁기 염상섭의 전쟁 체험과 소설적 형상화 방식 연구」, 문학사와비평연구회, 『염상섭 문학의 재조명』, 새미, 1998.

신형기, 『분열의 기록-주변부 모더니즘 소설을 다시 읽다』, 문학과지성사, 2010.

아르준 아파두라이, 채호석 · 차원현 · 배개화 역, 『고삐 풀린 현대성』, 현실문화, 2004.

에드워드 랄프, 김덕현 · 김현주 · 심승희 역, 『장소와 장소 상실』, 논형, 2005.

에르빈 파노프스키, 심철민 역, 『상징 형식으로서의 원근법』, 도서출판b, 2014.

오태영, 『오이디푸스의 눈-식민지 조선문학과 동아시아의 지리적 상상』, 소명출판, 2016.

_____, 『팰럼시스트 위의 흔적들-식민지 조선문학과 해방기 민족문학의 지층들』, 소명출판, 2018.

_____, 「자서전/쓰기의 수행성, 자기 구축의 회로와 문법-재일조선인 장훈의 자서전을 중심으로」, 박광현 · 허병식 편, 『재일조선인 자기서사의 문화지리』 1, 역락, 2018.

_____, 「재일조선인의 역설적 정체성과 사회적 상상」, 박광현 · 오태영 편, 『재일조선인 자기서사의

문화지리』 2, 역락, 2018.

와타나베 나오키 · 황호덕 · 김응교 편, 『전쟁하는 신민, 식민지의 국민문화 – 식민지 말 조선의 담론과 표상』, 소명출판, 2010.

우에노 치즈코, 이선이 역, 『내셔널리즘과 젠더』, 박종철출판사, 1999.

윤건차, 박진우 외역, 『교착된 사상의 현대사 – 1945년 이후의 한국 일본 재일조선인』, 창비, 2009.

윤대석, 『식민지 국민문학론』, 역락, 2006.

윤진헌, 『한반도 분단사 – 분단의 과정과 전쟁의 책임』, 한국학술정보, 2008.

이경훈, 『이광수의 친일문학 연구』, 태학사, 1998.

이광호, 『시선의 문학사』, 문학과지성사, 2015.

이순형, 『사할린 귀환자』, 서울대 출판부, 2004.

이역식 · 방일권 · 오일환, 『책임과 변명의 인질극 – 사할린 한인 문제를 둘러싼 한 · 러 · 일 3국의 외교협상』, 채륜, 2018.

이완범, 『38선 획정의 진실 – 1944~1945』, 지식산업사, 2001.

이임하, 『여성, 전쟁을 넘어 일어서다』, 서해문집, 2004.

이정선, 『동화와 배제 – 일제의 동화정책과 내선결혼』, 역사비평사, 2017.

임종국, 『친일문학론』, 평화출판사, 1966.

장세진, 『상상된 아메리카』, 푸른역사, 2012.

정병준 외, 『한국현대사 1 – 해방과 분단, 그리고 전쟁』, 푸른역사, 2018.

정용욱 편, 『해방의 공간, 점령의 시간』, 푸른역사, 2018.

정종현, 『제국의 기억과 전유 – 1940년대 한국문학의 연속과 비연속』, 어문학사, 2012.

_____, 『제국대학의 조센징 – 대한민국 엘리트의 기원, 그들은 돌아와서 무엇을 하였나?』, 휴머니스트, 2019.

정희진, 「편재(遍在)하는 남성성, 편재(偏在)하는 남성성」, 권김현영 외, 『남성성과 젠더』, 자음과모음, 2011.

제임스 I. 메트레이, 구대열 역, 『한반도의 분단과 미국』, 을유문화사, 1989.

조르조 아감벤, 김항 역, 『예외 상태』, 새물결, 2009.

_____, 양창렬 역, 『장치란 무엇인가?/장치학을 위한 서론』, 난장, 2010.

조지 L. 모스, 서강여성문학연구회 역, 『내셔널리즘과 섹슈얼리티』, 소명출판, 2004.

존 리, 김혜진 역, 『자이니치 – 디아스포라 민족주의와 탈식민 정체성』, 소명출판, 2019.

존 어리, 강현수 · 이희상 역, 『모빌리티』, 아카넷, 2014.

질 들뢰즈 · 펠릭스 가타리, 이진경 역, 『카프카 – 소수적인 문학을 위하여』, 동문선, 2001.

차승기, 『반근대적 상상력의 임계들 – 식민지 조선 담론장에서의 진통 · 세계 · 주체』, 푸른역사, 2009.

_____, 『비상시의 문/법 – 식민지/제국 체제의 삶, 문학, 정치』, 그린비, 2016.

최길성, 『사할린 – 유형(流刑)과 기민(棄民)의 땅』, 민속원, 2003.

캐서린 H. S. 문, 이정주 역, 『동맹 속의 섹스』, 삼인, 2002.

크리스토퍼 라쉬, 최경도 역, 『나르시시즘의 문화』, 문학과지성사, 1989.

테사 모리스 스즈키, 한철호 역, 『북한행 엑소더스 – 그들은 왜 '북송선'을 타야만 했는가』, 책과함께, 2008.

프랑코 모레티, 성은애 역, 『세상의 이치』, 문학동네, 2005.

하타노 세츠코, 최주한 역, 『『무정』을 읽는다-『무정』의 빛과 그림자』, 소명출판, 2008.

허병식, 『교양의 시대-한국 근대소설과 교양의 형성』, 역락, 2016.

허 윤, 「멜랑콜리아, 한국문학의 '퀴어'한 육체들-1950년대 염상섭과 손창섭의 소설들」, 권보드래 외, 『문학을 부수는 문학들』, 민음사, 2018.

_____, 『1950년대 한국소설의 남성 젠더 수행성 연구』, 역락, 2018.

현무암, 「사할린에서 교차하는 한·일의 '잔류자'들」, 현무암·파이차제 스베틀라나, 서재길 역, 『사할린 잔류자들-국가가 잊은 존재들의 삶의 기록』, 책과함께, 2019.

황종연 편, 『문학과 과학 1-자연·문명·전쟁』, 소명출판, 2013.

_____, 『탕아를 위한 비평』, 문학동네, 2012.

황호덕, 『벌레와 제국-식민지 말 문학의 언어, 생명정치, 테크놀로지』, 새물결, 2011.

3. 국외논저

Carol Gluck, 梅崎透 譯, 「記憶の作用-世界の中の「慰安婦」」, 『岩波講座 近代日本の文化史 8-感情·記憶·戰爭』, 岩波書店, 2002.

朴春日, 『增補近代日本文學における朝鮮像』, 未來社, 1985.

石田雄, 『記憶と忘却の政治學-同化政策·戰爭責任·集合的記憶』, 明石書店, 2000.

成田龍一, 『「戰爭體驗」の戰後史-語られた體驗/證言/記憶』, 岩波書店, 2010

松本武祝, 「戰時期朝鮮における朝鮮人地方行政職員の 「對日協力」」, 『岩波講座 アジア·太平洋戰爭 7-支配と暴力』, 岩波書店, 2006.

尹健次, 『「在日」の精神史3』, 岩波書店, 2015.

趙寬子, 「脫/植民地と知の制度-朝鮮半島における抵抗-動員-翼贊」, 『岩波講座 アジア·太平洋戰爭 3-動員·抵抗·翼贊』, 岩波書店, 2006.

和田春樹 外編, 『岩波講座 東アジア近現代通史 第6卷-アジア太平洋戰爭と「大東亞共榮圈」 1935-1945年』, 岩波書店, 2011.

Étienne Balibar, *Politics and the Other Scene*, Verso, 2002.

David Harvey, *Social Justice and the City*, The University of Georgia Press, 2009(Revised Edition).

John Agnew, *Geopolitics : Re-visioning world politics*, Routledge, 2003.

Julia Kristeva, translated by Leon S. Roudiez, *Power of Horror : An Essay on Abjection*, Columbia University Press, 1982.

Mary Louise Pratt, *Imperial Eyes : Travel Writing and Transculturation*, Routledge, 2008(Second Edition).

Rainer Forst, translated by Ciaran Cronin, *Normativity and power : analyzing social orders of justification*, Oxford University Press, 2017.

Stephen D. Krasner, *International Regimes*, Cornell University Press, 1983.

Yi-Fu Tuan, *Topophilia : A study of Environmental Perception, Attitudes, and Values,* Colombia University Press, 1990.

간행사_동아시아 심포지아·메모리아 총서를 펴내며

  '동아시아 심포지아'와 '동아시아 메모리아'는 한국연구원과 성균관대학교 비교문화연구소가 공동으로 기획하여 출간하는 총서다. 향연을 뜻하는 라틴어에서 딴 심포지아는 플라톤의 『심포지온』에서 비롯되었으며, 오늘날 학술토론회를 뜻하는 심포지엄의 어원이자 복수형이기도 하다. 메모리아는 과거의 것을 기억하고 기념하기 위해 현재의 기록으로 남겨 미래에 물려주어야 할 값진 자원을 의미한다. 한국연구원과 성균관대학교 비교문화연구소는 지금까지 축적된 한국학의 역량을 바탕으로 새로운 동아시아 인문학의 제창에 뜻을 함께하며, 참신하고 도전적인 문제의식으로 학계를 선도하고 있는 신예 연구자의 저술을 적극적으로 지원하기 위해 학술총서 '동아시아 심포지아'와 자료총서 '동아시아 메모리아'를 펴낸다.

  한국연구원은 학술의 불모 상태나 다름없는 1950년대에 최초의 한국학 도서관이자 인문사회 연구 기관으로 출범하여 기초 학문의 토대를 닦는 데 기여해 왔다. 급속도로 달라지고 있는 학술 환경 속에서 신진 학자와 미래 세대에 대한 후원에 공을 들이고 있는 한국연구원은 한국학의 질적인 쇄신과 도약을 향한 교두보로 성장했다. 성균관대학교 비교문화연구소는 2000년대 들어 인문학 연구의 일국적 경계와 폐쇄적인 분과 체제를 극복하기 위해 분투해 왔다. 제도화된 시각과 방법론의 틀을 벗어나기 위해서는 서로 다른 영역이 끊임없이 대화하고 소통하면서 실천적인 동력을 찾아내야 한다는 것이 성균관대학교 비교문화연구소가 지닌 문제의식이자 지향점이다. 대학의 안과 밖에서 선구적인 학술 풍토를 개척해 온 두 기관이 힘을 모음으로써 새로운 학문적 지평을 여는 뜻깊은 계기가 마련되리라 믿는다.

최근 들어 한국학을 비롯한 인문학 전반에 심각한 위기의식이 엄습했지만 마땅한 타개책을 찾지 못하고 있다. 한편으로는 낡은 대학 제도가 의욕과 재량이 넘치는 후속 세대를 감당하지 못한 채 활력을 고갈시킨 데에서 비롯되었고, 또 다른 한편으로는 시대의 변화를 선도하는 학문 정신과 기틀을 모색하지 못했기 때문이라는 것이 우리의 진단이자 자기반성이다. 의자 빼앗기나 다름없는 경쟁 체제, 정부 주도의 학술 지원 사업, 계량화된 관리와 통제 시스템이 학문 생태계를 피폐화시킨 주범임이 분명하지만 무엇보다 학계가 투철한 사명감으로 대응하지 못했을 뿐 아니라 오히려 자발적으로 길들여져 온 것이 엄연한 현실이다.

지금 우리에게 절실한 과제는 새로운 학문적 상상력과 성찰을 통해 자유롭고 혁신적인 학술 모델을 창출해 내는 일이다. 이를 위해서는 다음 시대의 학문을 고민하는 젊은 연구자에게 지원을 망설이지 않아야 하며, 한국학의 내포와 외연을 과감하게 넓혀 동아시아 인문학의 네트워크 속으로 뛰어들기를 두려워하지 말아야 한다. 그 첫걸음을 '동아시아 심포지아'와 '동아시아 메모리아'가 기꺼이 떠맡고자 한다. 우리가 함께 내놓는 학문적 실험에 아낌없는 지지와 성원, 그리고 따끔한 비판과 충고를 기다린다.

한국연구원 · 성균관대학교 비교문화연구소
동아시아 총서 기획위원회